师父如花隔云端 3

上册

穆丹枫 著

青岛出版社
QINGDAO PUBLISHING HOUSE

图书在版编目（CIP）数据

师父如花隔云端.3/穆丹枫著.—青岛:青岛出版社,2021.2
ISBN 978-7-5552-8972-2

Ⅰ.①师… Ⅱ.①穆… Ⅲ.①长篇小说—中国—当代 Ⅳ.①I247.5

中国版本图书馆CIP数据核字（2020）第144386号

书　　名 师父如花隔云端 3
作　　者 穆丹枫
出版发行 青岛出版社
社　　址 青岛市海尔路182号（266061）
本社网址 http://www.qdpub.com
邮购电话 18613853563　0532-68068091
责任编辑 李文峰
特约编辑 郑丽丽　孙昭月
校　　对 李玮然
装帧设计 千　千
照　　排 梁　霞
印　　刷 三河市良远印务有限公司
出版日期 2021年2月第1版　2021年2月第1次印刷
开　　本 16开（710mm×980mm）
印　　张 41.5
字　　数 520 千
书　　号 ISBN 978-7-5552-8972-2
定　　价 69.80元（全2册）
编校印装质量、盗版监督服务电话 4006532017　0532-68068050

目录（上册）

目录

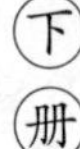

第六十一章　日则同行，形影不离

顾惜玖一向觉得自己是个可以创造奇迹的人，但她觉得这些年她创造的奇迹加起来都不如最近这个。

别人六阶半升八阶最少要三年，那还是天才中的天才才能办到的事。

但她完成这一步仅仅用了一个月零二十天！

当身体突破八阶的淡淡光环在她身周围绕的时候，顾惜玖几乎不敢相信自己的眼睛。

她原地愣了小半晌，再三确定后，才开心地在静室中转了三圈。

这时候她已经回了将军府，和帝拂衣分开五天了，离婚期还有十天。

她抬起手臂看了看自己莹润的小手，微微吐了一口气。

从鲛宫回来后，她一直和帝拂衣待在一起。

日则同行，晚则分睡。

这一个半月二人除了晚上各自歇息外，几乎是形影不离，甚至晚上歇息也只是分房，而不是分院，帝拂衣并没有让她睡客房，而是让她睡在自己的寝宫之内，寝宫是分里外间的，顾惜玖睡里间，他睡外间。

按帝拂衣的说法，他这个寝宫风水极佳，是练功的好地方，顾惜玖适合在里面修炼。

帝拂衣虽然亲自买了那些婚礼用品，但布置喜堂、通知宾客等烦琐的事宜是由沐风等人操持的。

这一个半月的时间，帝拂衣不但自己恢复练功，也督促顾惜玖一起练功。

这个人真是严师！

这一个半月的时间，他不允许顾惜玖偷一点儿懒，比教导徒弟还严格。

他教给她一些练功心法，让她大量背诵法诀，还教给她好几套功夫。

二人的相处，要么是在练功场练功，他检查她的练功成果，要么是在他的寝宫里，他检查她的课业，或者两个人相对坐着练功。

一天十二个时辰，顾惜玖有十个时辰是在练功，一天只能睡两个时辰，这两个时辰还是打坐休眠。

这种严苛的训练方式，顾惜玖自然也是有点儿怨言的。

她虽然渴望变强，但这种拼命三郎似的修炼她觉得没必要。有时候她累得狠了，也会奋起抗争。

但她的抗争都被帝拂衣的铁血手段给压下去了。

这家伙在这时候是一点儿情面也不讲的，顾惜玖偷懒十分钟，他会在她的睡眠时间内扣除二十分钟。

按他的说法，墨曌虽然受重伤逃了，但早晚有杀回来的一天，她得趁那个祸害没回来，修炼出自保能力。

因为她的魂魄已经修炼到八阶了，身体也要尽早修炼上来才行，要不然对魂魄不利。而且她的身体越早修炼到八阶，灵魂对身体的契合度越高，才能达到真正的统一。

帝拂衣还说，这具身体虽然是龙梵制造出来的，但如果她用自己的魂力修炼到八阶的话，身体就会被她的魂魄逐步改变，和父精母血生的孩子一样，是真正属于她的身体，不是任何人的。

顾惜玖被他说服了，好吧，听他的。

她毕竟在杀手集中营受过严苛的训练，所以帝拂衣这一套训练方式她一旦认可，还是可以完成。

于是，她在一个月零二十天完成了升两阶的壮举！

帝拂衣说她这么修炼能彻底改变体质，说不定能改变基因组合，或许她就可以断绝和龙梵之间的心灵感应。

能不能改变顾惜玖一时没感觉出来，但是从她吃了帝拂衣给的药，练习他传授的功夫后，她再没感应过龙梵的存在。

她坐在镜子前照了片刻，惊讶地发现她现在的形貌似乎有了些变化，和她才附身在这克隆体上时不太一样了。

既不像将军的女儿，也不像她的前世，更像独立的个体，原先的她相貌秀致，眼

睛是标准的杏眼，现在却是眼尾稍稍上挑，有点儿类似于丹凤眼，鼻梁也比先前高挺了些，唇色更加嫩红，如饱满的红樱挂在枝头。

帝拂衣曾经说，她的灵魂一旦和身体彻底融合，也就是说等身体也修炼到八阶，身体的容貌就会和魂魄容貌完全一致。

她端详了一下镜子中的人，难道这才是她的本貌？

原先的她就是美少女，现在她的美貌更上一层楼，一切都在向好的方面发展。

她现在的遗憾就是姻缘镯和苍穹玉。

姻缘镯也就罢了，关键是苍穹玉现在无法和她交流。

她敲了敲腕上的苍穹玉。这家伙又回到她的手腕上了，虽然不能和她交流，但时不时闪一下证明它的存在。

"小苍，你是不是有很多话要对我说？"

苍穹玉连闪三下，认同她的话。

这是她和苍穹玉约定好的说话方式，如果认同就闪三下，不认同就闪两下，特别反对闪一下。

顾惜玖忙得厉害，这些日子也没和它聊天。

"你说我是不是更漂亮了？"

苍穹玉连闪三下。

顾惜玖满足了，坐在桌前，瞧着烛光思索。

她升八阶了，要不要去找帝拂衣让他瞧瞧呢？让他瞧瞧她真正的美貌，免得那家伙再用美貌碾压她！

不过，她才和他分开五天，就巴巴地主动找他不好吧？

只怕沐风那家伙又会在暗中笑她离不开他家左天师大人了。

管他呢，她又岂是在乎别人眼光的人？

她立即动身，接连几个瞬移，就到了扶苍宫内。

扶苍宫原本有一种特殊的结界，能禁制顾惜玖的瞬移，但这次帝拂衣带着顾惜玖回来后，他就将禁制撤了，让顾惜玖能够自如地在里面瞬移。

此时已是深夜，顾惜玖估摸着这个时间帝拂衣应该在练功或睡觉，所以她直接去了他的寝宫。

不料她扑了个空，帝拂衣并不在寝宫。

帝拂衣一向神出鬼没，他不在宫中那是常事，顾惜玖虽然有些遗憾，却并不意外。

想着自己不能白来这一遭，她干脆又去了那座冰殿，她的原身还在水晶棺材里躺着呢。

因为需要用大蚌和陆吾的灵力滋养她的原身，所以顾惜玖的这三只爱宠并没有跟她去将军府，而是留在了那里，顾惜玖想去看看它们。

她直接瞬移到了那座冰殿外，正要走进去，忽然听到里面有说话声。

"姐夫，这身体就是你为我姐姐复生准备的吧？太好了，看这身体素质，拥有灵力八阶的资质呢！"

这声音很清脆，很好听，顾惜玖头却嗡的一声，手脚骤然发冷，屏住了呼吸。

这声音的主人是蓝静怡！

"凰兄，这身体看上去很像顾姑娘呢，难道是她……她遭遇了什么不测吗？"另一个声音响起，是鲛皇蓝摇光。

"她很好，莫乱猜。"殿内终于传来帝拂衣的声音，一如既往地清冷。

"那这身体是？真是为家姐准备的？"蓝摇光的声音略顿了顿，似乎围着那水晶棺转了一圈，"她身上的气场确实和家姐很相合……"

他又轻轻一叹："凰兄倒真是一位守信的人，当初说要为家姐找身体让她复生，原来是真的。这身体素质很不错，气场也相合，更难得的是真的已经修炼到了八阶，而且看容貌，年龄很小，以后大有可为，真是再完美不过，看来家姐的复生指日可待了。"

"就是这副容貌我不太喜欢。"蓝静怡的声音里似还有怨气。

"静怡！不许胡说！当日之事怨不得顾姑娘，你再言语之间对她不敬，别怪为兄关你禁闭！"鲛皇怒了。

蓝静怡却并不怕他，哼了一声道："她跑到我们鲛宫撒野，怎么就怨不得她了？她本来就配不上姐夫嘛，她……"

她的话并没有说完，大厅之中骤然起了一阵白光，接着就是蓝静怡的一声惊叫！

顾惜玖躲在树丛中，看到一道白光裹挟着蓝静怡直飞上天，转眼不见了。

"凰兄！"鲛皇叫了一声。

"本座的扶苍宫中不欢迎对未来左天师夫人不敬之人，本座可以容忍她一次，不能容忍她第二次。"帝拂衣声音冷了几分，"从今往后，扶苍宫再不许她来。"

鲛皇顿了顿："凰兄……"

"好了，多谢你亲自送来的定颜珠，你也可以走了。"帝拂衣说话不留情面。

鲛皇无奈，叹道："凰兄，这定颜珠虽然有大功用，可以保这具身体一切如初，但到底不比鲛宫，鲛宫之中的鲛棺才是最好的滋养之地。把它送到那里去，对这具身体更好，说不定三年之内它就这么躺着也能升到九阶。"

"现在尚不到时候。"帝拂衣淡淡地开口。

鲛皇略顿了顿："也对，家姐的魂魄尚是残魄，还得找到她其他的魂魄再说。"

他又一叹："凰兄，当年的事你也不必太过自责，家姐原本就喜欢你，所以她无论付出什么都是心甘情愿的。你当年也尽力了。我们鲛人原本死亡后就会立即魂飞魄散，是你用禁术强留她一魄，让我们好歹还有个念想，只是不知道她另外的魂魄在哪里……现在身体有了，就差找齐她的魂魄了。”

帝拂衣没接他的话茬：“你絮叨够了没有？赶紧滚蛋！”

“凰兄，你今日似乎有些欲求不满啊，怎么脾气这么暴躁……好了，好了，我滚，我滚就是了。”一道蓝光从殿中飞出来，直飞空中不见了。

又过了片刻，帝拂衣从殿内走了出来。

他似乎心事重重，望着冰殿出神半晌，这才转到冰殿后院，将大蚌和陆吾唤了出来，嘱咐它们好好看顾殿内水晶棺，又细细说了一些注意事项，这才转身走了。

大殿又恢复了往日的平静。

也不知道过去了多久，顾惜玖再次在冰殿门外现身。

冰殿原本就比其他地方冷，此刻又是残冬时节，自然就更冷了些。

顾惜玖站在那里，只觉身上一阵阵发寒，手脚冷得已经不像是自己的。

刚才那三人的对话显然对她的冲击不小，她一时竟不知道该如何反应，头脑中也有片刻的空白。她不知道是该冲出去直接质问，还是先默不作声地观察一阵再说。

她一时没理出头绪，幸好她的反应还是极为灵敏的，刚才鲛皇要走的时候，她及时瞬移了，这才没被那三人发觉。

她在树丛中平静了好半晌，极力压下心中要沸腾的情绪，思考自己该怎么办。

帝拂衣不愿意为她换体，这是她早就知道的事，她一直以为他是因为自己灵力不足才会如此，现在看来却不是这样。

有些事情不能细想，细想则极其恐怖！

譬如帝拂衣早在她穿越前，就和尚在襁褓中的小顾惜玖定亲了，当然，定亲是有条件的，但确实定亲了不是吗？

以帝拂衣的性格，岂会因为欠罗星蓝一个人情，就会赔上自己的亲事？

说不定就是因为这具身体和那个故去的鲛皇气场相合，他才故意如此的。

譬如帝拂衣在认识她不久就对她纠缠不休，千方百计想把她扔进暗黑森林中历练，还化身司沈在她身边保护她，他那时要保护的应该是那具身体吧？

她不是天授弟子，他却用走后门的方式把她逼进天聚堂学习，以保护者的姿态让她在天聚堂站稳脚跟。他总是逼她练功，想方设法让她快速修炼，她升阶了他比她还要开心。

他和她在水晶宫中定了终身，她的手腕上多了姻缘镯。

现在姻缘镯还在那具原身上，任何人都摘不下来。

只有在那具原身上复活的人，才能真正拥有姻缘镯，看帝拂衣的打算，是想用那具原身复活女鲛皇的。要不然那兄妹俩如此说的时候，他不会不反驳。

姻缘镯岂不成了女鲛皇的镯子？他真正想定亲的良人是女鲛皇吧？

听他们几个人的对话，帝拂衣和女鲛皇是定过亲的，要不然蓝静怡也不会口口声声唤他姐夫，而他也默许了。

他和女鲛皇前世就是未婚夫妻，等女鲛皇复生，二人依旧是未婚夫妻。

顾惜玖看看自己的手，只觉胸口的热血一阵阵向上翻涌。

这么看起来，自己出生入死忙了这么久，只是为他人作嫁衣？只是个游戏代练？！

可是，她的人生不是游戏，她好不容易修炼出来的身体也不是一个冰冷的账号，凭什么就这么拱手让人？！

是，她现在有了别的身体，而且这具身体也很强大，和她的灵魂也很契合，甚至他还想娶她，还准备了那么多东西。

可是，当真相在眼前揭开的那一刻，她还是不甘心啊！

无数负面的情绪如海浪般在她的胸口翻滚，身上一阵火热又一阵冰凉，她坐在那树丛里逼自己冷静再冷静。

在热血上头的情况下，她很容易做出不理智的事。

她坐在那里吹了好一阵冷风，待最初的愤怒过后，她稍稍能正常思考了。

帝拂衣对她是有感情的，而且感情还很深，这不可否认。

要不然她被叶红枫刺伤时灵魂出窍，那具身体已经练到八阶了，算是达到了帝拂衣的要求。

而她又陷在龙梵的地宫里，他如果对她无情，犯不着冒那么大的危险去救她，那可是九死一生，是演不出来的。

他如果不喜欢她，也不会心甘情愿地娶她，让她做扶苍宫的女主人，还满足她的各种要求，要把她宠上天的感觉。

说不定他对她也是真爱吧？

不忍伤害她，所以给她吃了那么多奇药，还逼她疯狂练功，就为了让这具克隆体和她的魂魄真正相合，这其实也是一种补偿。

说不定在他心目中这样做是两全其美，既为他的前未婚妻找到复生的身体，也让她拥有了自己的身体。

两者都不会失去，简直堪称完美！

有酸气在向外冒，冲得她的鼻子有些发酸，眼眶阵阵发热。

她抬手揉了揉眼睛，抬头望天。

今夜是初五，天边挂着一线淡淡的月牙儿。

她再揉揉眼睛，似乎想将酸涩揉掉，她觉得自己这胸怀一点儿也不宽广，帝拂衣这两全其美的做法让她无法苟同，甚至无法接受！

她觉得她得缓缓，好好考虑下一步该怎么办。

她刚才愤怒的时候，第一反应是冲出去将那具原身毁掉！她就算不用了也不想便宜别人！她想让帝拂衣以及那两位鲛人鸡飞蛋打！

但冷静下来后，她又想起了帝拂衣对她的好，为了她出生入死，数次把她从鬼门关拉回来，甚至还要娶她。

他处心积虑才弄出来这么一具满意的身体，如果她就这么毁掉了似乎不太厚道。

她微微闭了闭眼睛，苦笑一声，算了！

他其实也算对得起她，那她也不能把事情做得太绝，她就把那具原身拱手让人吧，就当还他的人情了。

只是这婚她觉得没法结了。

在知道真相的那一刻，她过不去自己心上那道坎。

她揉了揉眉心，觉得自己其实挺悲催的。

上一世是人家的人体器官储备库，龙昔为叶红枫而接近她。

这一世又成了帮人练壳子的代练，帝拂衣为女鲛皇对她另眼相看。

貌似她总是为他人作嫁衣啊！

她轻轻拍了拍自己的脸颊，自己这是长了一张做好事的脸吗？

她在树丛中吹了大半个时辰的冷风，这才起身，直接瞬移去了那座冰殿。

然后她发现冰殿中比前几天多了一些东西。

冰殿周围有四座冰雕，青龙、白虎、朱雀、玄武。这四座冰雕像门神，站在水晶棺周围，形成一个自然的法阵。

棺内她那具原身静静地躺在那里，面色如生，嘴里含着一颗珠子，想必就是刚才鲛皇所说的定颜珠了。有了定颜珠这具身体会保留一切生机，无须大蚌它们再用灵力护着。

顾惜玖是忽然瞬移进来的，把大蚌它们吓了一大跳，待看清是顾惜玖时，三只灵宠一起扑过来："主人！"

"主人，你怎么来了？你不是要嫁给左天师大人了吗？不是要和左天师大人分离半个月，结婚那天才能见面吗？怎么忽然跑来了？想他了，还是想我们了？"大蚌的问题连珠炮一样。

顾惜玖拍了拍大蚌的脑袋："来看看你们。"

大蚌遗憾地说道："左天师大人刚走，你如果早来一刻就和他碰到了。"

顾惜玖笑了笑："笨，我来这里就是找你们的。"

顾惜玖看了看亲热地盘在自己手臂上的陆吾，摸了摸它身上的毛："几天不见，长胖了不少啊。"

陆吾叫了两声，舔了舔她的掌心。

大蚌是个话多的，在旁边唠唠叨叨："主人，你瞧你的原身是不是更漂亮、更精神了？刚才鲛皇亲自送来了定颜珠呢！这可是宝贝，可以让这具原身保持不腐，还能疏通经脉，让灵力保持正常运转，如同打坐，不用我们几个在这里用灵力加持了。"

它又用壳夹着顾惜玖的裙子牵到图腾前："左天师说这神兽有吸附周围灵力的作用，最后全部加持到水晶棺里。"

顾惜玖看了看图腾，知道四兽代表四个方向，这种阵法她虽然没见过，但能感应到此殿内汹涌的灵力，比先前增加不少。

定颜珠，图腾阵法……

看来帝拂衣对这具原身还真是喜爱到了极点，只可惜不是为她准备的，而是为了另外一个女子。

顾惜玖拒绝自己再想下去，她不想和一个死去的人争宠。

既然这个地方已经不用大蚌它们加持灵力，那她要把它们带走，于是她问道："你们要不要跟我回去？"

"要！"大蚌回答得毫不犹豫，另外两个也频频点头。

她带着大蚌它们刚刚走出殿门，空气中微风拂面，一人凭空出现，正好落在顾惜玖面前。

顾惜玖吓了一跳，向后退了两步："左天师大人！"

来人自然是帝拂衣，他难得地穿着一身睡袍，流水似的长发也有些散乱，明显是急急赶来这里的。

他看到从门内走出来的顾惜玖，神情一松，一把将她扯住："怎么一声不响地跑来这里了？什么时候来的？"

"惦记着它们几个，就来瞧瞧，刚到。"顾惜玖压住纷乱的情绪回答道。

帝拂衣看了看她，跟她开玩笑："只想它们不想我？"

想，很想，所以她才扯了个理由来这里，没想到……

顾惜玖道："自然想啊。"她再看看他衣衫不整的样子，"你怎么知道我来这里了？"

帝拂衣："……"

他虽然把她送回了将军府，但也在她身边安插了暗影卫。

暗影卫保护她的安全，同时也监视她的行踪，免得她乱跑。

他刚要歇下，便接到暗影卫的急报，说顾惜玖在卧房失踪了，暗影卫搜遍整个将军府都不见她的影踪。

他遍寻不着，这才急报给帝拂衣。

帝拂衣的第一反应就是她偷跑到自己这里来了，果然发现她来冰殿这里了。

他将顾惜玖拉进怀中，摸了摸她的手脚，眸中微光闪烁："这么冷，你什么时候来的？”

“刚到不久。”顾惜玖回答，她窝在他的怀中，闻着他身上熟悉的淡香，心像潮汐似的起起落落，她真的很贪恋这个怀抱，像罂粟一样上瘾。

她一时头脑发热，将头向他的怀中埋了埋：“我想你了。”

帝拂衣抱着她的手臂收紧，忍不住笑她：“倒是很少见你这么小鸟依人的时候。”

他又摸了摸她的手，碰了碰她的小脸。

她的手和脸都很凉，他皱眉，揽着她就走：“这么凉，走，去我屋里暖暖。”

顾惜玖不走：“难得月色这么好，我想和你散散步。”

帝拂衣抬头看了看天上那一线月牙，似笑非笑地说道：“月色好？”

顾惜玖也抬头看了看天，那一线月牙极为浅淡，在漫天星光下淡如水墨，她咳了一声：“未必是圆月才有让人欣赏的兴趣，弯月有弯月的好处。怎么，你不想和我共赏？算了，那我离开吧！”她说完就想挣开他的怀抱。

帝拂衣揽着她：“走，我们散步去。”

月如霜，星满天。

扶苍宫后有一座小山，山不在高，有仙则灵。

这座小山原本寂寂无闻，但因为有了扶苍宫，这山在这块大陆就很有名气了，名为扶苍山。

而那座放置顾惜玖原身的冰殿就在这扶苍山的山顶，那里也是扶苍宫灵气极浓郁的地方。

从扶苍宫主殿通往冰殿的路上有一道长长的阶梯，青石台阶，弯弯曲曲地直通夜色深处。

台阶两旁生长着野草，因是初春，这山中气候又颇暖，台阶两旁已经有嫩嫩的野草冒出了一点儿绿意。

二人顺着台阶向下走。

夜风颇寒，顾惜玖瞧瞧帝拂衣身上的真丝睡衣，一身普通的内袍也给他穿出飘飘欲仙的效果。

“你冷不冷？”她还是关心他的。

帝拂衣忍不住笑了，把她往怀中抱了抱：“冷！给我取一下暖。”

他虽然穿得单薄，怀抱却是一如既往地温热，顾惜玖原本觉得有些冷，被他这一抱差点儿出汗。

她看了看他：“看来你恢复得不错呢。灵力恢复几成了啊？”

将养了近两个月，帝拂衣身上的伤已经基本好了，灵力也恢复了不少。他灵力太深，就算丢了些灵力顾惜玖也测不出他的深浅。

“一大半了。”帝拂衣瞧了瞧怀中的她，“你修炼到八阶了！”

顾惜玖挣开他的怀抱，原地转了一圈：“那我漂亮了没？”

她今天精心打扮过，目如朗月，唇如带露花瓣，一身飘飘水色裙很好地勾勒出她魔鬼般的好身材，纤腰如束，越发显得前胸饱满高挺，这样的身材很容易让人想“犯罪”。

“果然很漂亮！宝贝儿，没想到你身材这么好。”

顾惜玖轻笑：“你会为这身材着迷？你说过，皮囊乃身外物。”她像是想起什么，轻轻一叹，“我那具原身你保护得很好啊，如果成长起来，肯定也是倾国倾城的大美人儿。”

帝拂衣一顿：“当然，会很漂亮。”

或许夜色太美好，或许她还想再搏一次。

顾惜玖拉着他的衣袖：“你能不能设法再给我换过来？其实我还是最喜欢那个身体，我很久没和小苍聊天了，我只有用那个身体才能和它交流。”

帝拂衣直接拒绝：“笨，你现在这具身体可比那具身体强多了。不必换了，你瞧你现在的模样才是适合你的灵魂本貌的，正适合你。”

顾惜玖抿了抿唇：“可是我最喜欢那个，那个才是我的本体不是吗？”

帝拂衣沉默片刻，望着她的眼眸有些深：“惜玖，别怪我说实话，那具身体是曾经的将军府小姐的，怎么是你的本体？”

顾惜玖：“……”她轻吸了一口气，半开玩笑半认真，“那具身体毕竟是我辛辛苦苦修炼到八阶的嘛，更何况那位将军府小姐已经死了，那具身体自然应该是我的。再说你把它保存得这么好，难不成你还想送给别人？”

帝拂衣明显不想谈这个话题：“惜玖，你要修炼的是你的魂魄，何必执着于皮囊？你现在很不错啊，比原身还美。”

他将她拉到怀中，轻吻了一下她的鼻尖：“我觉得你现在更吸引我。”

帝拂衣又在她的耳边一笑：“宝贝，我现在已经十分期待十天后的婚礼了，要不要随我去看看那婚房？”

他的气息火热，顾惜玖心头却一片冰寒。

她将他一推：“没正经！”

帝拂衣笑了：“看婚房怎么就没正经了？那婚房是我亲手布置的，你看了一定满意！怎么样？要不要去看？”

顾惜玖摇头：“婚房提前看不好吧？也缺少神秘感。”

她不想去看，她怕看了以后会醉在里面舍不得离开。

帝拂衣不疑有他，觉得她说得也有理，也就不勉强她了。

二人又走了一会儿，顾惜玖干脆坐在石头台阶上：“歇歇吧，脚有些酸。”

帝拂衣瞧着她纤长的睫毛，忍不住想笑，小丫头追求浪漫，她已经灵力八阶的人只走这么远的山路会脚酸？

他蹲下身：“哪只脚酸？来，我给你揉揉。”

他的声音温柔。顾惜玖鼻中一酸，又有向他怀中扑的冲动，但她只是把两只脚伸过去：“都酸。”

帝拂衣干脆也坐在她身边，将她的两只脚抱在膝上，脱掉她的鞋袜，为她的脚做按摩。

她的脚形好，足弓似月，肌肤细腻，皮肤欺霜赛雪，指甲晶莹粉嫩。

他专心为她捏脚，按摩手法很专业，一股暖流顺着她的足底涌入，似乎能顺着人的七经八脉涌到人的心房里去。

天上弯月如钩，地上星光如霜。

顾惜玖脑海中忽然闪现出两句歌词：“美丽夜，美丽人……”

她情不自禁地哼唱起来。

她用粤语唱的。

帝拂衣听了片刻，没听出歌词是什么，只觉得曲调不错，就是有点儿伤感。

她常常哼唱一些他从未听过的歌，这时候也不在意，只问了一句：“唱的什么？字也咬得不清楚。”

顾惜玖打了个哈哈：“我们那边的一首老歌，歌词忘了，就记住几句。‘美丽夜，美丽人，美丽事让我想唱歌……’”她顿了顿，又道，“我真想就这样天长地久，我们永不分开。”

帝拂衣手指一顿，半晌后，轻笑道：“你不是最洒脱的吗？不是说只在乎曾经拥有，不在乎天长地久？”

顾惜玖凑近了他，夜色下她的眸光如湖水细碎：“我在乎啊，左天师大人，我想和你长长久久的，就我们两个人长相厮守。”

她抬起双臂搂住他的脖子，声音有点儿鼻音：“我这人有点儿贪心，爱上一个人就想永生永世。”

她能明显感觉到他的身体有瞬间的僵硬，但随即他拍了拍她的后背：“孩子话，好了，你的脚还酸不酸？好点儿了吗？”

顾惜玖微微闭了闭眼睛。是的，他不肯陪她永生永世，一旦那个女鲛皇醒来，他就会回到她的身边。

终究是她贪心了。

顾惜玖心中的酸涩冒上来，冲得她眼眶有些发热。

帝拂衣将她拉起来，看着她微微发红的眼睛：“怎么像是要哭？”

顾惜玖心中酸涩更重，却哼了一声，像小女孩儿似的撒娇：“谁让你连哄我高兴的话都不会说！哪怕骗骗我也好嘛。”

帝拂衣似乎没想到她也有如此孩子气的时候，虽然有些蛮不讲理，但还是让他心里暖暖的。

她再坚强也是女孩子，在心爱的人面前也想脆弱一把，想让人哄哄。

他牵着她的手站起来，哄她：“看来你的脚还是酸的，让我背着你？”

“好！”顾惜玖答应得很爽快，果然趴在了他的背上。

帝拂衣大概是第一次背女孩子，他直着腰大步流星往下走，顾惜玖在他的背上险些掉下去，忙用双臂揽着他的脖子，在他耳边说道：“喂，人家都是微弯着腰背的，你走慢一些嘛。”

小丫头事儿真多。

帝拂衣无奈，还有些好笑。

如果让人看到堂堂左天师背着一个女孩子下山，估计能惊掉下巴。

不过，他还是满足了她，帝拂衣微弯下腰，开始一步步慢慢往下走。

这一路顾惜玖没怎么说话，只把小脸伏在他的背上，仿佛是在嗅闻他身上的气息。

她又开始哼唱他听不出歌词的歌。

一些故梦难说清楚，
几点旧愁谁愿点破。
吻别往事作别往时，
告别昨日恨爱的风波。
星辉下，月光中，
此刻深情才是真我。
美丽夜，美丽人，
美丽事让我想唱歌。
…………

顾惜玖离开了，走的时候带走了大蚌它们。

她那一夜很能折腾，让帝拂衣背她下山后，又让他把她再背上山，说她喜欢趴在他的背上听他心跳的感觉。

幸好帝拂衣不是一般人，背着她丝毫不吃力，对他来说就像拎着纸片一般轻松。

这种散步倒也新奇，帝拂衣或许是对她心中有愧，所以她这么折腾他都认了，他背着她走了个来回，也听她唱了一路的歌。

他们回到冰殿的时候，顾惜玖和帝拂衣商量，说想带三只宠物回去显摆显摆。

帝拂衣思量着冰殿也用不着它们加持灵力，就同意了。他似乎散步上瘾了，问她："走吧，我送你回去。"

顾惜玖笑了："行了，你也累了，我瞬移回去就行了。你送我回去的话又兴师动众的，让将军府的人为了迎接你不得安宁，再说我是偷跑出来的，倒不如再偷偷回去，神不知鬼不觉的，岂不更好？"

她说得倒也在理，帝拂衣答应了。

她今夜十分黏他，临走的时候还给了他一个大大的拥抱，这才带着三只灵宠瞬移。

帝拂衣等她走了以后，总感觉她似乎不太对劲，想了想，联系安插在那边的暗影卫，暗影卫说顾姑娘已经回来了，正在泡澡，准备歇息了。

顾惜玖有个习惯，临睡前必然会泡个花瓣澡的，所以帝拂衣就放下心来。

他也有些疲惫，决定再打坐恢复恢复，临打坐前吩咐属下没有十万火急的事不要打扰他。属下自然应了。

这一打坐就是一夜，直到天光大亮他才睁开眼睛，自我感觉精神又恢复了不少，想了想，又联系那名暗影卫，没想到这次无论如何也联系不上了。

他心中一沉，那名暗影卫做事很妥当，如不是出事不会联系不上。

他懒得吩咐沐风他们去看，干脆自己用瞬息千里之术去了将军府，然后发现顾惜玖不见了！

那名暗影卫被捆成个粽子放在她屋内的一张软椅上，看到帝拂衣进来，暗影卫满面羞愧，嘴里呜呜有声，声音比蚊子声还小。

帝拂衣一挥衣袖，那名暗影卫身上的捆仙索就松开了，他解开了暗影卫被点的穴道："怎么回事？！"

暗影卫一跳而起，脸红得像关公："属下无能，被顾姑娘发现并偷袭成功。"

帝拂衣手指握紧："那她去了哪里？什么时候离开的？"

"就在……就在昨夜子时左右，属下看她吩咐人要浴桶，便离开了一会儿，去院外转了一下，却没想到正转悠着被她偷袭，被拖回她的屋内……对了，她临走时将一封信塞进属下的衣袖之中，让属下转交给您。"

暗影卫急忙自身上拿出一封信递了过去。

帝拂衣打开一看，俊脸发青！

信上只有寥寥数语："左天师大人，看在你我交情的分上，那具身体我甘愿送你。我不要你的愧疚和补偿，婚礼还是取消了吧，从今以后你我男婚女嫁，各不相干。"

他的手指捏着信纸，捏得指节都发白了。

不用问，昨夜他和蓝摇光的对话她都听到了，然后她就干脆利落地放手了！

暗黑森林中一如既往地阴森。

但在顾惜玖的眼里，这片森林七峰以下都是极为安全的，峰上的猛兽虽然多，但它们在闻到陆吾气息的那一刻立即就跑了。不但没再出现被猛兽层层围困的情况，甚至她想打只野味来打打牙祭都不行，因为她连只野兔子也找不到……

大蚌、风召、陆吾来到这片森林后简直就是如鱼得水，撒欢一样四处乱窜，无论跑到哪里都是一阵兵荒马乱。

顾惜玖骑在风召的背上，上山过川如履平地。

等这三只灵宠玩够了，她开始向第七峰进发。

她需要的药草就在第七峰。

暗黑森林自成体系，这里常年不见天光，也不能与外界联系。

顾惜玖习惯性地看了看天，看到的自然是一片昏暗。

她抬手揉了揉眉心，觉得有些纳闷，上次来时灵力低微，但在帝拂衣的船上向下看时，能看到诸峰各有各的颜色，最神秘的第八峰是七彩的，而且偶尔还能在林中看到外面的天空。

但这次来她在外围看这些山峰时就是一片灰蒙蒙的，啥也看不清，再没看到那漂亮的颜色。

而且她进入林中后，看到的天空永远是黑的，一丝天光都瞧不见。

她算了算时间，现在外面应该已经是第二天的中午，她留给帝拂衣的信，他应该也看到了。

其实她写信时，很想大度地写上“祝你的心上人早日醒来，你和她早日团聚，双宿双飞”，但落笔的时候却觉得这么大度的话她写不出来，勉强写出来后，她看到那些字就感觉刺眼，心里很不舒服，她不想这么祝福他。

所以她那一晚上写废了好几张纸，写废的纸团能塞满纸篓。到最后她才写了那么几句，然后将纸篓里的废纸团全部毁掉。

她无法给出她的祝福，最多甘心让出那具身体。

她也不想再看到他，确切地说，她不想再听到关于他和女鲛皇的任何消息，这样女鲛皇无论什么时候活过来，她都不知道。

她相信时间是治愈一切的良药，再深的伤痛，再深的感情，都经不住时间的洗涤。

或许若干年后，她再听到他和别人双宿双飞时，也能心平气和，真心实意地送上自己的祝福。

他们从此以后各自珍重，各自幸福。

她想得很好，做的事也很理智，甚至以后的路她也规划得很清楚。

但是，她的心依旧很疼！疼得仿佛要裂开，疼得她很想不顾一切大醉一场。

一片荒滩，一堆篝火。

篝火上架着一只四角羊，这里是第六峰，在六峰上生存的魔兽自然都不是省油的灯，这只四角羊也不是吃草的，看上去像羊，性子却如狼。

刚才三只宠兽都被顾惜玖派出去打猎了，顾惜玖落了单，或许是感觉顾惜玖这个小姑娘嫩生生的好欺负，这只四角羊自暗处蹿上来，冷不丁给顾惜玖一个突然袭击，想用角把她刺穿再吃掉。

结果它很悲剧，在顾惜玖眼里，它就是一坨会跑的羊肉。

顾惜玖正觉得胃里有些空，急需要东西塞满，所以把它弄死后，就开始原地生起火来烤全羊。

在烤的过程中大蚌先回来了，它从壳里丢出七八只野味，满脸兴奋："今天一定要吃顿好的，我已经吃素很久了！"

再看到顾惜玖烤的那只"羊"，它惊讶地说道："饕灿！主人，你居然打了一只饕灿！"

饕灿是凶兽饕餮的山寨版，模样和性子都有些类似于饕餮，只是本事比饕餮低一些，但也足够勇猛了，就算是八阶修士碰到它也是有多远跑多远，没想到顾惜玖自己就将它收拾了。

大蚌又看了饕灿一眼，见饕灿身上被切得像剁椒鱼似的，满身伤痕。

它情不自禁地打了个哆嗦，小心翼翼地看了一眼顾惜玖。

主人这是虐过尸？其实饕灿脖子那里的一剑就能要了它的命。

顾惜玖没理它，自顾自地在那里翻烤。

大蚌忽然看到她的眼睛："主人，你的眼睛好红呀……哭过了？"

顾惜玖抬手揉了一下眼睛："胡说！我这是烟熏的，我才不会哭！"这一揉不要紧，又揉了一手水渍。

大蚌："……"

大蚌壳中的小娃娃盯着她手上的水渍，不服气地说道："还说不是哭，明明流泪了。"

这只大蚌一点儿都不善解人意，顾惜玖冷笑："笨，被烟熏红了自然会流泪的啊。"

为了证明自己的观点，她随手抽出一根冒烟的木柴凑到大蚌眼前。

她动作快，大蚌冷不防被烟熏了个正着，顿时泪流不止，它慌忙退后，壳差点儿滚进火里。它拿着壳拼命扇风："熏死了！"

“现在相信了？”顾惜玖头也不抬地问它。

大蚌自然相信了，不过它还是有些纳闷：“主人，你烤了这么多次野味，还是第一次熏到眼睛呢，你真是太不小心了。”

顾惜玖没理它。

是啊，她是被烟熏到了，所以才这么想流泪。

她现在正是被伤得最疼的时候，等熬过了这段时间，她就不会再疼，再深的伤口也会风干成一道疤。

陆吾和风召也回来了，各自打回不少野味，足够一人三兽吃个饱。

大蚌颇为担忧地看着自家主人，主人今天做事看似有条不紊，其实有些颠三倒四。

譬如她把一头剑齿虎的皮剥了，把肉扔到一边，把虎皮穿起来烤，结果虎皮烤着了，烧成火球，燎伤了她的手。

还是大蚌手疾眼快，及时喷出一道水柱，给她灭了火，但手背上已经冒出了两个大泡。

“主人？”大蚌张开小嘴给她轻轻吹着。

陆吾也扑过来，两只圆溜溜的眼睛盯着那两个亮晶晶的水泡，试着用舌头舔了舔，舔两下看她一眼，发现她没有不适的表情再趴下继续舔。

还别说，这两只小家伙紧张兮兮地给她这么一处理，那火烧火燎的感觉倒是减轻了不少。

顾惜玖轻吸了一口气，心中还是颇为温暖的，她按捺住纷乱如麻的心绪，还有心情开玩笑：“我听说爆烤老虎皮是个美味，却没想到这是忽悠人的。”

手腕上的苍穹玉闪了好几下，很明显是笑话她在撒谎。

顾惜玖故意曲解它的意思：“你们瞧，连小苍也认同我的话呢！”

于是，苍穹玉同学又愤怒地连闪三下，感觉还不足以表达被曲解的愤怒，又闪了三下。

顾惜玖只当作没看见，反正苍穹玉也无法和她多交流，不能再在她脑海中刷屏找存在感。

说实话，她还是蛮怀念苍穹玉的刷屏的，它虽然是个话痨，却是她的军师，很多这个世界的知识都是它为她普及的，也是她在这个世界的第一个朋友。

只可惜以后她再不能看到小苍刷屏了。

她的鼻子又有发酸的趋势，她果断放弃那些想法，拿出一坛酒，豪爽地拍掉泥封道：“有肉没酒不尽兴，我们喝酒！”

陆吾欢喜地叫了两声，立即跑到她的跟前蹲下，大蚌更是哈喇子流了老长，张着壳等着。

顾惜玖摆出四个大碗，分别满上："放心，大家都有。陆吾，你还是个孩子，你少喝，就一碗啊。"

大蚌急急地表示："主人，我饭量大，酒量大，我可以多喝！"

顾惜玖这次出门准备得很周全，美酒准备了不少，她干脆拎出三坛子摆在那里："喝！今天你可以撒欢喝。"

大蚌一声欢呼，赶紧抱起一坛子酒放在自己跟前。

大碗喝酒，大块吃肉，这是江湖人向往的惬意生活，顾惜玖终于也放开了量。

暗黑森林虽然危险重重，但有这三只灵宠在身边，她就算喝醉了也没危险。

大蚌今天十分佩服主人，主人今天不但酒量大，饭量也很大，她啃了一只羊腿，一对山鸡翅膀，一只野猪脊背肉，现在正抱着一扇羊排啃，还喝了一坛子酒。

真难为她这样的小身板居然能吃下这么多的东西，她这么纤细的腰，那么多东西她到底吃到哪里去了？

酒已半酣，大蚌醉眼蒙眬地问她："主人，你都不会撑得慌吗？"

顾惜玖愣了愣，直到此刻她才感觉确实撑得难受，吃进去的东西已经堵到嗓子眼了。

可是胸腔里某个地方依旧空落落的，头也有些晕晕的。

她好撑，要撑哭了！

眼眶泛酸，她眨了眨眼睛，那水汽就开始在眼睛里弥漫，接着她就哇的一声吐了！

她吐得头晕眼花，吐得眼泪横流。

她好不容易止住吐，浑身无力地坐在那里直想躺倒大睡。

大蚌个头虽然不小，但酒量实在算不上好，喝了一坛子酒它就要醉了，不过它还是惦记着自家主人，看着主人坐在那里摇摇欲倒，它忙张开壳靠过去："主人，你可以在我的壳上靠靠。"

于是顾惜玖就靠在它的壳上了，她实在坐不稳，这一靠靠在了大蚌壳的边上，她的身子一晃，栽进了它的壳里。

大蚌壳里空间虽然不大，但也像个小房子，容纳一个人绰绰有余，它的壳里很软，顾惜玖躺在里面像躺在水床上，她在里面翻了个身，感觉很舒服，干脆就不出来了，抱着大蚌壳里的一坨软肉睡了过去。

大蚌感觉不怎么舒服，它的壳里虽然也装过猎物，但那些猎物都已经死了，它让它们待在哪里它们就待在哪里。但顾惜玖在它壳里伸胳膊舒腿，还抱着它的斧足睡觉，那热乎乎的气息吹在它的斧足的脚底板上，让它感觉痒痒的。

蚌壳里的小娃娃忍不住想把她提出来，但醉得迷糊的顾惜玖抱着它的斧足不撒手，它一时扯不开。

“不要……为什么……我不要做游戏代练……我很难受……”她的小嘴里咕哝着，声音有些哽咽，“我很疼……”她的眉头皱着，紧紧闭着眼睛，眼角处有泪滴沁出来。

大蚌心软了，它俯下身子，伸出两只小手想抱一抱主人，很想给她安慰。

但它毕竟也喝多了，伸出小手的同时也张开了嘴。

它的嘴一向吞人没商量，顾惜玖如被它吞下去直接就挂了！

危急时刻还是没怎么喝酒的风召靠谱，它一个箭步扑过来，用头上的角顶住了大蚌的嘴，嘴里威胁似的直呼噜。

陆吾也蹿过来，它本意是想窝在主人怀中睡一觉的，但看到大蚌张开的嘴，本能地感觉到了危险，几条尾巴一起挥动，抽在大蚌咧开的大嘴上。

大蚌终于被抽醒了，它低头一看，也吓出了一身冷汗，忙闭上嘴。

陆吾个头虽小，力气可不小，它怕大蚌一时犯浑真把主人给吞了，干脆用尾巴将主人卷出来，放在一块青石上。

顾惜玖浑然不知自己已经在鬼门关走了一遭，依旧睡着。

暗黑森林中颇为寒冷，她躺在青石上有些冷，身子蜷了起来，小小的一团。

风召怕她受凉，干脆走过去，伏在她身边，用蹄子将她扒拉到自己的怀中，弯起身子将她圈在正中，用肚子给她取暖。

陆吾也钻进顾惜玖怀里，九条毛茸茸的尾巴呈扇形覆在主人身上。

半夜的时候，天下起雨来，大蚌索性张开壳，让风召它们都进来，然后它再合上壳，仅留一尺宽的细缝，供里面的两兽一人呼吸。

这么折腾一圈下来，三只灵宠都很疲惫，大蚌的酒也醒了。

三只灵宠到底合作了两年多，彼此之间很默契，于是互相分工，由大蚌守夜，另外两个则陪在顾惜玖身边。

大雨夹杂着大风在树林中肆虐，闪电一个接着一个，雷声轰隆作响。

大蚌天不怕地不怕，唯独怕打雷。

现在它被迫暴露在荒郊野外的狂风暴雨中，头顶上的惊雷一响，它就有点儿肝颤。

到最后它实在忍不住，干脆用了土遁术，直接遁入地下。

它原先在地底走路靠打地洞，但那样速度毕竟慢了些，一天也挪不了两里路。

所以它跟随顾惜玖后，帝拂衣就教给它一套遁地术，这套术法可以让它快速地在地底穿行，十分好用。

但大蚌有个致命的缺点，那就是它方向感很差，是个路痴。

大蚌遁入地下后，嫌弃那块地下石头太多，磨得它壳疼，所以它索性向土质松软的地方移动。

土遁了一会儿后，它感觉这里的土质差不多了，便停了下来，张开壳看了看壳里，然后它有些傻眼了。

这地下是没有空气的，它倒没什么，但它壳里的两兽一人都是要呼吸的！

它壳里本来空气不少，但经不住里面会呼吸的有点儿多，故而壳里现在已经是二氧化碳多，氧气少了。

顾惜玖还醉着，俏脸已经有些涨红，鼻翼扇动，呼吸明显有些困难。

而风召因为块头大，所需要的氧气多，此刻已经给憋晕了。

陆吾倒是跳起来了，但也像喝醉了酒似的在它的壳里乱晃，冲着大蚌啾呜啾呜一阵乱叫，让它速速返回地面。

它们现在所处的地方是地底，上下左右全是土。

大蚌一慌之下，连上下也分不清了，胡乱选了个方向一阵乱窜，但好半天也没看到地面。

等再张开壳时，它几乎要哭了。

前面出现了一条条粗大的树根，那树根密密麻麻的，似一面杂乱的树根墙，挡住了它的去路。

怎么办？哪里是上方？

它低头看壳里的陆吾，陆吾九条尾巴都快憋红了！

它看到那些树根的一刻，一阵乱叫，但它叫得太快，大蚌没听懂。

陆吾急了，直接蹿了出去，撞在一条树根上，用爪子划破树根皮，有新鲜空气自里面冒出来。

大蚌大喜，忙扑过去，用壳接连划破数条树根，让树根里面的空气灌入自己的蚌壳内，然后在陆吾的指引下，它急匆匆地向上钻……

顾惜玖醒来的时候发现自己被围观了！

四周围着几十个人，这些人高矮胖瘦、男女老少都有，他们像看西洋景似的看着她，一脸惊讶。

而她躺在蚌壳之中，蚌壳外的风召和陆吾严阵以待，戒备地盯着这些人，不允许这些人靠近半步。

这里看上去像是一个小村寨，村寨的房屋是用一种银光闪闪的树皮搭成的，散落四周，如同传说中的原始部落。

而这些人倒不像原始人那样穿着树皮什么的，他们穿着一种特制的银色衣袍，像是用什么粗制纤维织出来的，同样闪着微光。

顾惜玖一时有些蒙，她明明是在第六峰喝酒吃肉的，貌似喝醉了吐了一场，然后好像睡着了，怎么一醒来就跑到这种诡异的原始部落来了？

“她醒了！”

“她是蚌精吗？”

“她很漂亮啊。”

人群开始议论纷纷，顾惜玖抚着头坐了起来。

很好，这些人说的话她都能听懂，这就好沟通了。

“诸位，这是哪里？”她哑声开口，大概是酒喝多了，嗓音有些哑。

“你先说说你是谁？！怎么会从地底冒出来？！”

“对，你是何方妖孽？居然敢来这里撒野！”

“美成这样，不会是外面的什么狐狸精吧？”

“……”

那些人看她的目光很不友好，手里握着兵器，似乎随时都会冲上来把她剁成包子馅。

顾惜玖微微凝眉，她看向大蚌，大蚌有点儿尴尬，快速地把她睡着以后的情景说了，当然，它差点儿把她吞了的事它没敢提。

顾惜玖满头黑线，她不过就是醉了一场，大蚌就捅出这么大一个娄子来。

她清醒过来，人也很快冷静下来，她身形一起，自蚌壳中飘然而起：“我是人，不是妖，是我家灵宠为了避雨遁入地下，然后误入贵地……这到底是哪里？”

她抬头看了看天，结果啥也没看到，因为被大树的树冠遮住了。

顾惜玖这辈子都没见过这么大、这么高的树。

村寨正中有一棵大树，一百人手拉手也围不住，树高百丈，几乎看不到顶，庞大的树冠将整个村寨笼罩在里面。

大树的叶子似蒲扇，叶片呈淡银色，偶尔有光芒闪过，会闪出七种颜色。

这个地方看上去像世外桃源。

顾惜玖目光快速一扫周围的人，心中一动，这些人都是高手！

每一位都是最少七阶的灵力高手，还有十几个是八阶，一个个神完气足。

要知道这块大陆上六阶以上的高手就很少见了，这里却有这么多！

这到底是什么地方？

她又问了一遍。

结果那些人面面相觑，其中一人哼了一声：“我们如果知道这是哪里就好了！我们已经被困很久了。”

顾惜玖：“那你们怎么来这里的？”

“他们曾经都自称天授弟子，却没过关，被丢进了这里，姑娘莫非也是天授弟子的闯关者？”一道声音忽然自人群背后响起。

那声音清朗，是个年轻男子的声音，话音一落，围着顾惜玖的那些人散开了一条通道，一辆小车被推了进来。

小车上坐着一个青年男子，顾惜玖在瞧见他的刹那，目光微微一凝。

那人发如墨染，鬓如刀裁，眉目清秀绝伦，眉心还有一枚心形的朱砂痣，看神态气度颇像《雪花女神龙》里的神医欧阳明日。

这些都不是最重要的，最重要的是这人眉目她看着有点儿眼熟，似乎有些像自己。

男子是被两个人推进来的，似乎是不良于行。

“顾天诺。”顾惜玖试着叫了一声。

男子神色间没什么变化，视线落在顾惜玖身上：“姑娘是叫这个名字？”

男子神情不似作伪，顾惜玖轻吸了一口气：“不，我不叫这个名字。这个名字是我一位亲人的，公子的容貌和我那位亲人有些相像……我的名字叫顾惜玖。”

男子微微一笑：“原来如此，顾姑娘还没回答我的问题。”

“我是独闯暗黑森林的，原本是想在七峰采点儿药草回去，不想发生了一点儿小意外，被我家灵宠带到了这里。”顾惜玖简略地说了一下自己的来历，忍不住又问那男子，“公子说他们都是天授弟子？”

男子轻叹一声：“他们曾经都自称天授弟子，但没通过左天师大人的测试，失陷在暗黑森林中。”

顾惜玖和这男子交谈了几句，终于明白了大体缘由。

在场的这些人曾经都自称天授弟子，经测试却不是，被左天师派人丢进暗黑森林后，自然是各种搏命，然后受伤昏迷，再醒来时就到了这里。

这里似乎有一种天然的阵法，只能进不能出，这些人被困在这里数年，慢慢地也就形成这个村落。

这些人都是被扔在这棵大树下的，只有顾惜玖是躺在蚌壳里从地底钻出来的，故而引来这些人围观。

“主上，暗探送来消息，说顾姑娘进了暗黑森林。”

这次几乎所有飞星国的暗探都出动了，他们循着蛛丝马迹找了两整天，终于传回这样一条消息。

沐风颇为担忧地看着自家主子，主子已经两天两夜没合眼了！

听到这个消息的时候，主上刚刚作完法，面色有些苍白。

顾姑娘出走以后，扶苍宫鸡飞狗跳，能派的人全部派了出去，还全是暗中派出去的，不能惊动外面的人，甚至连将军府也不知道事情的真相。

顾谢天一时没找到女儿，亲自上门来询问。

不过扶苍宫的人并没有让他进去，只是遵照帝拂衣的吩咐告诉他，他的女儿无恙，九日后婚礼照常举行。

这把顾谢天气得不轻！

其实帝拂衣在发现顾惜玖失踪的那一刻，就开始调派各方人手寻找了。

寻踪鸟、循迹兽，各种寻人小能手纷纷上场，甚至有几位是大理寺的名捕，这些人也是暗影门的人。

按理说，有这些人出马，就算顾惜玖躲进蛇洞，也能被搜出来。

帝拂衣没想到顾惜玖这次的失踪极为彻底，她把自己的踪迹掩藏得极好，反跟踪能力也到位，这么多人找了一天时间，也没找到她半片衣角。这让帝拂衣几乎怀疑她已经遭遇了不测。

所以他用很耗灵力的搜魂术追索，结果也没搜到她的魂魄。

现在终于知道她的大体方向了，沐风也松了口气：“主上，属下等这就去暗黑森林寻找，您先回去暂时歇歇，暗黑森林虽然危险重重，但她身边有三大灵宠，应该不会出什么意外。”

他关切的话没说完，帝拂衣就打断了他的话：“那三只灵宠并不靠谱！你们四个随同本尊入暗黑森林搜寻！”

“是！”沐风不敢说别的，答应一声连忙去找其他三人了。

第六十二章　她向来放手比他潇洒，断得也比他干净

沐风等人觉得，只要到了暗黑森林肯定很容易就能找到顾惜玖。

毕竟她身边带着三只灵宠，而它们又是不怎么安生的，无论走到哪里都是鸡飞狗跳，他们只要朝闹腾得最欢的地方寻找必然能找到。

暗黑森林无论哪一峰猛兽都不少。

在这里大自然的优胜劣汰的法则贯彻得极为彻底，森林各处每天都有厮杀。

于是，四位使者在暗黑森林中旁观或者目睹了一场场猛兽和猛兽之间的厮杀，各种猛兽都有，各种血腥战斗都有，唯独没看到大蚌等灵兽。

当然，他们更没看到顾惜玖。

还是帝拂衣在六峰的一处山坡上找到一堆篝火的痕迹和一堆凌乱的骨头。

因为下过大雨，这里的痕迹被雨水冲得差不多了。

那些骨头也散在淤泥野草下，看上去脏兮兮的，没想到一向好洁到变态的左天师大人将那些骨头一一捡起，不时放在鼻端闻闻味道，看看上面的痕迹。

沐风正好也转到这里，看到这一幕心里不知道是什么滋味，一阵眼酸，忍不住上前："主上，这些脏活让属下来做！"

帝拂衣没理他，只沉声说了一句："三天前她曾经在此逗留过！"

沐风："……"三天前在此逗留过，但三天的时间够这位顾姑娘跑到天涯海角去了！

不过，好歹证明她在此出现过，以此为中心，他们向四面八方寻找。沐风放出了四只寻踪鸟，让它们去追踪，结果四只寻踪鸟像没头苍蝇似的转了一圈，也没转出个一二三来。

很明显，顾惜玖和她的三只灵宠是原地消失的。

所以说瞬移的功夫一旦跑路最讨厌了！

这个地方方圆五里他们都细细搜查过了，没看到其他的痕迹。

帝拂衣略顿了顿，手腕一翻，掌心出现了一枚红钻石戒指。

这枚戒指是他向顾惜玖求婚时套在她手指上的，犹记得她那时还是很欢喜的，和他在扶苍宫同住的时候，他常常看到她瞧着这枚戒指笑，像个得到糖的孩子。

而她这次出走时，却将这枚戒指留下了，连同他送给她的那些东西一起装在储物袋中，放在被她捉住的暗影卫衣袖里，让暗影卫转交给他。

他微微闭上眼睛，唇角苦涩地一牵，她向来放手比他潇洒，断得也比他干净。

沐风见圣尊看着那戒指出神，一时也不敢打扰，他总感觉此刻的圣尊身上有一种凄清的味道。

好在圣尊并没有出神太久，他开始作法，指尖冒出七彩光，随着七彩光冒出的还有一串异常红艳的血珠，血珠在他的掌心凝成血洼，将那枚戒指浸泡起来。

沐风看得心惊胆战，大气也不敢出。

圣尊这次放出来的血不是普通的血，那血刚一冒出来空气中就飘出异香，这异香似药似花，沁人心脾，连沐风这么好的定力闻到也是一阵心思浮动，恨不得扑上前去啃两口，四周传来异响，明显有猛兽经不住诱惑，找过来了。

沐风倒不怕猛兽，这里是六峰，再凶的猛兽在他手里那也是小菜一碟！

不过这血是怎么回事？

原先圣尊大人也流过血的，但那血没有这么香啊。

沐风满心纳闷，不过他看到圣尊的脸色越来越白时，感觉不太妙了！

圣尊上次被消灵锁锁了那么久，脸色也没这么苍白！他这血是什么血？！

沐风心一横，拼着被圣尊惩罚的危险猛然上前一步：“主上，您这是做什么？”

圣尊没理沐风，好在那血洼在他掌心约莫有一酒盅时，血珠不再往外冒了，此刻血已经将戒指完全淹没，然后在他的掌心急转起来。

戒指转了片刻便脱离了圣尊的掌心，在空中飞舞化为无数道血符，血符直飞入天。

片刻后，天空中现出血色浓云，接着是一声霹雳，淡红色的血雨倾盆而下！

整个森林都似沸腾起来，又有无数猛兽在林中跳跃，贪婪地张大嘴去接淡红色的血雨。

圣尊这时飘飘飞起，手中施法，有声音如同晨钟暮鼓般传了出去：“得吾血，听吾令，寻血中所指之人。”

这戒指曾经是她最喜欢的东西，她又戴了那么长时间，戒指上面她的气息很足，再有他神之血做牵引，整个暗黑森林中凡是喝到他这血雨的野兽，都会帮他寻人。

顾惜玖只要在暗黑森林，就会被这些野兽找到，从而向他传递消息。

做完这些后，他飘飘落下来，身子稍稍一晃，就势坐在一块大青石上，拿出一粒药丸吃下。

沐风看着圣尊的脸色仿佛透明似的，明明那么强大的人却给他一种仿佛风一吹就会散掉的感觉。

帝拂衣吃下药丸后没说什么，他开始打坐，沐风在他身边做护卫。

这样过了足足一个时辰，帝拂衣缓缓睁开眼，站起身。

他没接到任何动物传来的消息，也就是说，她压根没在七峰以下的任何山峰上！

那她会去哪里？

难道她又出暗黑森林了？

他深吸了一口气，吩咐身边的沐风：“你出去号令全大陆的暗影卫，寻找她的下落。”

除非她也找个岩浆秘宫猫着，否则她只要出了暗黑森林就能被暗影卫找到！

沐风答应一声去了。

帝拂衣微闭上眼睛，无论如何，先找到她再说。

相比帝拂衣的焦头烂额，这两天顾惜玖的日子过得倒是顺风顺水。

她在那小村寨里暂时住了下来。

顾惜玖一天就摸清了这里的人口，女子八人，男子三十二人。他们在这里的年限不等，有已经待了十年的老者，也有才来两三年的少年。

好在这里的资源尚算丰富，那棵大树上的叶子有个很奇特的功效，将叶子摘下来揉烂捶打后，就能制成一种薄薄的银色布料，用这种布料裁制衣袍不但好看还耐脏，穿在身上也很舒服。

大树上常年结果，结出来的果子像椰子，果汁营养丰富，果肉甘甜，可以当干粮和蔬菜食用。

在村寨后面还有一座小山，山上有不少凶兽，这些凶兽是吃人的，但它们身上的肉也很鲜美，这里的人常常成群结队出去打猎，打回凶兽后一村的人打牙祭。

因为女子少，所以这里的女子被全村三十多个男子宠着。

当然，他们也有自由结为夫妻的，全村八个女子有六个已婚，剩余的两个女子就是香饽饽，走到哪里都像公主。

总而言之，这里的生活方式就像是传说中的原始部落，大家基本是平等的，裁衣、打猎、采摘，各有不同分工。日子也算过得有滋有味。

唯一让人遗憾的是，在这里结合的夫妻是生不出孩子的，这么多年过去了，没出生过一个孩子。

在这里，那个坐轮椅的青年公子就像是部落首领，大家还是挺服他的。

他极为聪明，资质又高，居然是村里第一个灵力达到九阶的人。

他懂阵法，还懂一些医术，平时村里有人生病、受伤，都是他医治，因为这些，他很得大家敬重，成为这里的村长。

因为顾惜玖出现得有些诡异，所以大家一开始还是有些排斥她的，但后来听她说起外面的那些事情，又试探了她几次确认她不是山精树怪，也就接纳了她。

这里女孩儿少得可怜，顾惜玖这样的漂亮女孩儿一进来，自然是大受欢迎。

不用那位青年公子吩咐，已经有很多人抢着为她搭建那种特制的草房。

还有人给她送来了果子和兽肉，甚至还有一个少年将珍藏多年的一枚羊脂玉镯子送给她，说是祖传的，各种方式向她示好。

顾惜玖对镯子有阴影，她现在手腕上只留着苍穹玉，不想再要任何镯子。

苍穹玉现在虽然不能和顾惜玖交流，但它喜欢独一无二的脾气没改，爱吃醋，它觉得主人有它一个镯子就够了，其他的都该扔。

现在那少年一脸献宝似的把镯子递给顾惜玖，顾惜玖不要，那少年却很执着，一定要顾惜玖拿着，还死命往她手里塞。

这让苍穹玉大为恼火，它猛然光芒一闪，一道七彩光芒直接射向羊脂玉镯子！

于是，倒霉催的羊脂玉镯子碎成了渣！

少年：“……”

顾惜玖：“……”

少年心疼得几乎要哭，顾惜玖愧疚，本着损坏人家的东西要赔偿的原则，她自储物袋中拿出一个琉璃镯子送给少年。

琉璃镯子是她在鲛人的海市自己购买的，在海市不值钱，但拿上岸后就成珍稀物品了，价值比羊脂玉镯子要高一些。

少年本来不想收，但后来不知道想到了什么，又抬手收下，喜滋滋地道：“顾姑娘送的礼物杨某自然要收下，就当……就当一种情谊的见证。”

顾惜玖：“……”

琉璃镯子在海市十几个砗磲珠一个，顾惜玖储物袋中足足装了四五十个，本来是打算送给朋友的，也送出去了几个，还有四十多个，于是她给分了。

顾惜玖送给少年镯子后，少年喜滋滋地拿着镯子四处炫耀，结果人人都拿出一个和他差不多的镯子。

于是少年蔫了。

顾惜玖脾气虽然略冷一些，但还是比较好相处的，也不过三天时间，她已经和这里的人打成一片。

顾惜玖因为怀疑青年公子是她的哥哥顾天诺，所以不免多打听了一些和他有关的事。

从和那些人的交谈中，她知道这个青年公子叫罗展羽，这里的人都尊敬地称他为展羽公子。他是十五年前来到这里的，来时是个十岁左右的孩子，不记得自己姓甚名谁，也不记得自己是怎么来这里的，沉默寡言，别人问十句他也不回答一句。

大家对孩子自然要看顾些，又因为这孩子是灵力奇才，大家也很愿意教他功夫。

后来他不知道怎么忽然开了窍，练功如有神助，还无师自通懂了医术，还懂排兵布阵，当他功夫越来越高，带领大家打退几次猛兽入侵后，大家渐渐就以他马首是瞻了。

失忆，十五年前，十岁左右……顾惜玖默默在心里算了算，越算越觉得这人像顾天诺。

顾天诺闯入暗黑森林时正是十一岁，也是十五年前失踪的，尤其是他的容貌真的和她的那个原身有些像。

如果他真是顾天诺，肯定是母亲的跳崖给了他极大的刺激，再加上在暗黑森林中受的惊吓，说不定还遇到了危险，九死一生才逃出来，会失忆也在情理之中。

顾惜玖因为被龙梵坑过一次，所以十分痛恨失忆这种事，从龙梵的地宫逃出来后，也一直研究失忆这件事，力争这辈子再不失忆。

她极端聪明，最近对这方面的研究颇有心得，像罗展羽这种失忆症她可以医治，不过需要病患配合，需要多方面引导。

罗展羽看上去对人彬彬有礼，但性子很冷淡，并不太好接触，尤其他不太喜欢和女子接触，他对感情的事天生有抵触情绪。自他成人后，当时那些未婚的女子几乎都向他表示过好感，都被他很不客气地拒绝了。

那些女子在其他男子那里被宠成公主，在他这里却踢到铁板，被拒绝的次数多了，大部分女子也就对他的不回应绝望了，转投其他男子怀抱。

只有一名叫黄裳香的女子追了他七八年，依旧锲而不舍。

黄裳香在这八名女子中长得最漂亮，也是最受宠的，只是性格有些娇纵，除了追不上罗展羽外，她的御男手段还是很高的，让很多男人围着她打转。

顾惜玖来了以后，将她的风头抢了不少。顾惜玖不但比她漂亮，还比她本事大，很多曾经围着她打转的男子开始围着顾惜玖转了，这让她心里颇为不爽。

而更让她不爽的是，顾惜玖明显对罗展羽感兴趣，不但多方打听关于罗展羽的事，还时常借故去找罗展羽。而罗展羽也怪，他明明对任何女子都不假辞色，唯独对顾惜玖莫名有好感，对她说话都比对别人温和得多。

这让黄裳香危机感瞬间爆棚，她开始有意无意地找顾惜玖的碴，暗暗给顾惜玖使绊子。

在这里生存人人都需要干活，或采摘，或制衣，或打猎，或做饭……

女子们一般留在村寨里制衣、做饭，男子们则负责采摘和打猎。

在这里采摘也是很危险的，那棵大树的树干又高又直，树皮光滑如镜，无论叶子还是果实都长在百米以上的地方，想要采摘极不容易。

更何况树冠深处还生活着一群灵力五阶多的狒狒，这群狒狒也是以这棵大树上的果实为生，人上去采摘等于和它们争食，自然会受到它们的围攻……

它们的灵力虽然不算高，但它们擅长围攻，常常百八十只狒狒一起攻过来，上来采摘的人稍有不慎就会被这群狒狒攻击得满树乱窜。没有十几人结伴是不敢上树和这群狒狒对上的。

所以采摘不但是力气活，还很危险，原先是不让女子参加的。

顾惜玖来了之后，主动要求加入采摘队伍。

她这个决定自然遭到了所有人的反对，大家都不想看到美人儿被树上的狒狒给撕了，或者从树上掉下来摔成肉饼。

顾惜玖并没有多解释，直接用实力证明。

她抬头望了望树上的果子，默算了一下距离，一个瞬移直接到了果实生长处，拿手一劈，砍下一个果子，然后又是一个瞬移，落在了地上。

她这一上一下没用半分钟，不但树下的人没反应过来，连树上的狒狒也没反应过来！

她这一手干净漂亮，众人十分佩服，对于她加入采摘队伍就不再反对了。

这支队伍原本有十六人，清一色的男子，顾惜玖加入后，这些人自然想照顾她，上树以后，以她为中心来防护。

顾惜玖却不需要他们的保护。

她对阵法很熟，把这十六个人各自分工，有上树以后直接采摘果子的，有在四周专门打跑狒狒的，有采摘树叶的。

原先这些人基本都是进行粗略的分工，效率自然低，而顾惜玖根据阵法和各自的武功特点来分工后，击首则尾应，击尾则首回，有远攻，有近战，各自配合得当，再加上顾惜玖的瞬移术，她就像一个神出鬼没的女刺客，哪里稍有危险，她立即出现，或将差点儿跌落的人接住，或打跑前来骚扰的狒狒。

这树上的狒狒都是半成精的，它们一向自诩在这树上没有什么物种比它们逃得快，结果碰到个会瞬移的顾惜玖，真正的女杀神，比它们还神出鬼没，她手上的刀光让它们肝颤。

狒狒们在吃了无数次亏后，再看到她就头疼无比了！它们开始绕开她走，一看到她出现立即远远躲开。

这样一来，这些人的采摘效率提高了何止一倍。众人自然是满载而归。

原先这些人一天最多采集三四十个果子，几十片叶子，偶尔受狒狒骚扰厉害了，一天颗粒无收的时候也有。

而这一次，他们采了一百多个果子，一百多片叶子。

原先他们要在树上待一天，最少要待七八个时辰，这次只在上面待了三个时辰就下来了。

去采摘的这些人对她佩服得五体投地，众星捧月般将她围在中间，对她说话时几乎把她当老大了。这些人到处说顾惜玖在树上的表现，自然让其他人又惊又奇。

顾惜玖本来就引人注目，现在更引人注目了。

这自然引起黄裳香的不满，第二天开始传出来流言，说顾惜玖在树上和这次采集队的小头目有点儿不清不楚。

这个小头目在这里是有妻子的，他的妻子没别的毛病，就是善妒，她听到这流言自然恼火，和自家老公吵了一晚上的架，于是这流言传得更微妙了。

流言蜚语其实就是这么回事，就算传得沸沸扬扬，当事人往往是最后知道的。

顾惜玖中午在外面遛弯时无意中听到了这则关于她的流言……

她是什么人，在这方面早已是老油条，也压根不在意，一笑了之，心里也明白是谁在暗中捣鬼。

她的打算是先不动声色，等找到机会来一场漂亮的反击。

只不过尚未等她找到机会，罗展羽就亲自登门了。

他依旧坐着那辆车，后面有一人推着他。

因为他像顾天诺，顾惜玖对他还是很客气的，问他有何贵干，想将他让进屋。

不料罗展羽看了她片刻，忽然向她出手！

这把没防备的顾惜玖吓了一跳："喂，你……"

后面的话她没说出来，因为罗展羽已经如疾风暴雨般攻了过来！

顾惜玖已经来不及问他为什么了，罗展羽是九阶灵力，又是全力攻击，攻势极为凌厉，迫得顾惜玖只能全力应对。

一时之间，顾惜玖的茅草房前狂风呼啸，风沙滚滚。

他们的打斗动静不小，自然惊动了村落中的其他人，众人纷纷从四面八方赶过来，谁也弄不清到底发生了什么事，更不知道顾惜玖到底闯了什么祸，让一向对人友善的罗展羽痛下杀手。

罗展羽灵力九阶，顾惜玖灵力八阶，按道理说，顾惜玖的灵力、功夫不如罗展羽，应该很快落败才是。

但二人斗了上百招，却依旧难分胜负。

这里的人几乎每个都是武学上的行家，有一双利眼，谁优谁劣他们还是能分辨出来的。

直到此时他们才看到顾惜玖真正的本事！

顾惜玖跟随采摘队上树时的表现其他人只是听说，很多人认为采摘队的那些人是看在顾惜玖是女孩子的分上，把一分的本事夸成十分，水分很大。

再加上那些流言，人们怀疑顾惜玖是靠采摘队队长出的风头，所以私下里有些传言已经很不堪了……

这次罗展羽二话不说就和顾惜玖动上手了，众人终于看到了顾惜玖的本事，才明白采摘队里那些人说的是真的，这个姑娘确实本事极大！

她的功夫已经和罗展羽不相上下！

罗展羽在打斗中确实尽了力，并没有放水，大家谁都能看出来。

二人就这样斗了足足二百招，罗展羽忽然身形一起，重新落在自己的小车上："好了，不打了！"

顾惜玖收掌站定，挑眉看着罗展羽："你这是？"

罗展羽声音淡淡的，也很直接："让人看看你的本事。"

顾惜玖："……"

罗展羽的目光一扫围观的人："诸位现在还有什么话说？她的本事摆在这里，是靠别人出风头的吗？"

他的目光落在其中一名女子身上："冷二嫂，你怎么说？现在还需不需要让我为你主持公道？"

冷二嫂正是那位采摘队队长的妻子，她涨红了脸："我……我……""我"了半天也没说出一个词来。

罗展羽又道："我确实规定这里必须一夫一妻，夫妻双方任何人都不许和其他人有染，只要我在这里一天，这条规矩就不可废，所以我不会偏袒任何人。冷二哥平时对你如何你应该心里有数，你以为顾姑娘来这么两天就能让他变心？你是对他没信心还是对你自己没信心？"

冷二嫂满面羞惭："是……是那些流言。"

"流言就能让你立即怀疑自己的丈夫？你对他就没半点儿信任？这位顾姑娘的功夫你也看到了，比冷二哥要高很多，她用得着冷二哥来保护？"

冷二嫂彻底没话说了。

罗展羽的目光又一扫众人："顾姑娘的本事大家有目共睹，昨天的采集不过多了她一个人，但采回来的果子和叶子却比平时多了将近两倍，你们以为她靠别人就能做到？"

众人也有些赧然，纷纷称是，尤其是那些在背后传流言的人，都有些不好意思。

冷二嫂终于明白自己误会了，一张俏脸涨得通红，她不是拖泥带水的性格，上前一步向顾惜玖施礼道歉，说是一场误会云云。

就在众人以为这场误会已经解开，纷纷要散去的时候，罗展羽再次开口："这个流言来得蹊跷，还须好好查查，找出散布流言的人。"

众人面面相觑，这散布流言的人要怎么查？

黄裳香强笑道："罗大哥，这流言怎么查嘛。大家不过是一时心有疑窦，口口相传而已。好在没给顾姑娘造成实质性的伤害，这误会也解释清楚了，我看此事就作罢，大家都在说这件事，总不能把说的人全揪出来吧？"

罗展羽视线落在她的身上，有些迫人："我说话的时候何时轮到你来插嘴了？"

黄裳香张口结舌："我……我……"

罗展羽冷冷地瞧了她一眼："其他地方钩心斗角、耍小聪明我不管，但在这个村寨里，这种人绝对容不得！大家在这里生活不容易，是一家人，理应同心协力，共同抵御外敌，而不是在背后搞一些见不得光的小动作。这种害群之马如果还留在村寨里，以后不知道又会搞出什么事来，所以必须严查！"

黄裳香脸色变了："怎么……怎么查？"

罗展羽道："很容易，整个村寨算上顾惜玖一共四十一个人，大家对质便好，冷二嫂，这流言你是听谁说的？"

他沉下脸的时候，气场强大，在场的人佩服他，自然都听从他的安排，于是大家分别指出自己是听谁说起的。

这样一个接着一个指证，到最后线索就到了黄裳香这里。

黄裳香脸色苍白，却说不出她听谁说的，因为除了采摘队的人外，大家都在场，她胡乱指证的话自然没有人认。

她心一横，随意说了采摘队中的一个人，仗着对方不在现场，她想先糊弄过去再说。

不料顾惜玖小嘴一抿，淡淡地说了一句："我请那人下来。"

她身形一起，瞬移不见了。

黄裳香："……"

还没过去半分钟，顾惜玖再次出现，这次带回来黄裳香说的那个人。

那个人下来时明显是蒙的，不明白发生了什么事情，待罗展羽将事情一说，那个人大怒，怒视着黄裳香："我什么时候和你说这个了？我从昨天开始就没和你说过话好不好？！这点我兄弟可以为我做证，我昨天回来后就和好兄弟喝酒来着，喝完酒就睡觉了，今早出去采集，压根没见过你！"

事情发展到这里，谁是散布谣言的人就是秃子头上的虱子明摆着的事。

罗展羽冷冷地说道："黄裳香，你还有什么话说？"

黄裳香有些慌，“我”了半天也没说出什么，到最后她开始装可怜：“是……是我看到顾姑娘被他们众星捧月似的围着，又看到顾姑娘和冷队长多说了两句话，所以……所以我就误会了，把自己的怀疑当事实说出去了……我真的不是有心的，只是一时口误。”

罗展羽眸中却露出失望之色，淡淡地道：“黄裳香，本来我想给你个机会，只要你诚心认错，求得顾姑娘的原谅，或许我不会罚你太重……没想到你到现在还是满嘴谎言！你还真是无可救药！”

他吩咐身边的人：“张睿，给她准备五天的口粮，送她离开吧。”

这里是出不去的，所以所谓的送她离开就是送到后面的山中，任其自生自灭。

山中多凶兽，平时大家去打猎都是成群结队，现在让她一个人去那里，无疑是让她去送死。

黄裳香没想到会受到如此严厉的惩罚，终于慌了，扑通一声跪倒，连连磕头：“罗大哥，我知道错了！看在我喜欢你这么多年的分上，饶我这一次，我再也不敢了！”

这里毕竟姑娘少，未婚的姑娘更像熊猫一样珍贵，所以黄裳香在这里还是比较有人缘的，大家虽然不齿她这次的造谣生事，但也觉得这惩罚重了些，纷纷开口为她求情。

但这次罗展羽铁了心，无论谁说就是不改口。

顾惜玖微微皱眉，她看到在场的许多人已经露出不服之色。如果真把黄裳香送进山里，那这些和黄裳香有点儿交情的光棍只怕会哗变，有时候妹子确实是留住一些人的法宝。

这就像游戏中的公会一样，妹子多，大神就多。

顾惜玖看了一眼黄裳香，黄裳香是真吓坏了，跪在那里连连磕头，不但给罗展羽磕，也给周围的人磕，最后她干脆扑过来抱着顾惜玖的腿，涕泪横流地求顾惜玖原谅，求顾惜玖也为自己求情。

顾惜玖觉得她受到的惊吓也差不多了，这才开口为黄裳香求了两句情。

因为顾惜玖开口了，罗展羽终于松口，说把黄裳香送进山中三天，三天之内她如果能自己闯出来，这村寨就重新接纳她。

这个惩罚明显轻多了，黄裳香的功夫是不错的，毕竟是闯过暗黑森林的人，就算把她投入后山之中，她只要小心些就能出来。

当然，她如果太愚蠢，去和凶兽死磕的话，估计连骨头都剩不下。

黄裳香虽然害怕，但还是被人送走了，等待她的将是一场生存大战。

经此一事，大家终于明白罗展羽的底线在哪里。

顾惜玖还是很欣慰的，罗展羽最初给她的印象是谦谦君子，性子似乎也有点儿软。

现在看来，他的御人手段也很高嘛！该出手的时候他还是铁血无情的。

这一手杀鸡吓猴的计策用得好！

罗展羽在不知道她身份的情况下为她出头，这让顾惜玖有点儿感动。

在罗展羽转小车要离开的时候，顾惜玖终于开口："罗公子，想不想站起来？"

这句话说出来，不但罗展羽僵住了，就连其他没散去的人也愣住了。

罗展羽转动小车回身瞧着她："你有办法？"

他身后为他推车的人一脸不信："不可能吧？！罗大哥这病可是十几年了，罗大哥自己也是神医，却一直没治好，你一个小姑娘能有什么办法？"

"就是，顾惜玖，难不成你还懂医术？"

"就算懂医术应该也不是很高吧？毕竟她年龄这么小。"

众人议论纷纷。

顾惜玖并没有理会众人的议论："我刚才和你打斗时用灵力测试了一下你的身体，基本知道了你的双腿无知觉的症结所在，我估摸着吃上两次药，再配合我的独门针法，在三天之内就能让你站起来行走，不过也只是能行走而已，要想恢复腿上功夫，得用药调理一个月。"

没有知觉十几年的腿能治好？所有人都睁大眼，一脸的不可思议。

一向喜怒不形于色的罗展羽眼睛也亮了，他按捺住心头的激动："顾姑娘，我这腿……"

"你的腿血液循环没问题，但行气运转的经脉神经受到了刺激，有一关键部位发生了堵塞，以致上下不通。如我所料不错，你的双腿受过极寒……平时无所觉，针扎不痛不痒，唯有每天子时会疼痛入骨。"

顾惜玖开始说他的具体症状，越说越对症，罗展羽的手指发抖，他连连点头："不错！半分不错！"

他长吸一口气："就按姑娘所说的治疗！什么时候开始？"没有人喜欢当残疾人，他渴望站起来好久了，渴望得心都疼了！

顾惜玖微微一笑："我先采集几种药材，才能炼制所需的丹药。"

"姑娘还会炼丹？！"围观的汉子中有人问了出来。

"嗯，可以炼制六品左右的丹药。"顾惜玖也不自谦，直接说了出来。

众人："……"

这下众人全都沸腾了！

这些人基本都出自练功世家，在外面的世界摸爬滚打了好几年，自然明白丹药的重要性和珍稀性。

丹药不但能治病、治伤，还能提升功力，改善体质，甚至极大地减少升阶所带来的凶险，为安全练功保驾护航。

这些人曾经都是武痴，练功拿手，炼药不会，这四十人中就罗展羽是个大夫，但他的医术挺强，却不会炼丹。平时大家生病、受伤基本就是熬个草药或者敷个药膏，已经很多年没尝到丹药的滋味了。

顾姑娘居然还会炼丹？！还是六品丹！

天哪，就算是在外面的世界，这炼丹术也已经逆天了！

顾姑娘这么年轻，怎么什么都会？！

“顾姑娘，冒昧问一句，你贵庚？”有人开始怀疑顾惜玖是驻颜有术，实际年龄应该不小了。

“我来这里之前，曾经听说有一个圣女医术高，炼丹术强，她叫古惜惜，你和她……”

顾惜玖淡淡地回答：“我是飞星国顾谢天顾将军之女，十七岁，和天问宗的古惜惜没有任何关系。”

在场的人中有一个是九年前进来的，他听说过顾惜玖的名头，脱口道：“我记得顾将军府出了一个废材女儿，还满脸胎记，也叫顾惜玖……”

看看顾惜玖那白皙娇嫩的肌肤，他顿了顿：“难道将军府有两位顾惜玖小姐？”

这就说来话长了。

顾惜玖不想跟人说自己的过去：“顾惜玖小姐自始至终只有一个，过去已矣，但看现在。我等于脱胎换骨重生了一回。”

她这短短几句话，似乎蕴藏着许多血雨腥风的过往。

每个人都有不愿提及的过去，所以大家聪明地选择不再问了。

大家的注意力全部回到顾惜玖的炼丹上，纷纷询问她需要什么药草，这些人常常进后山打猎，哪个地方有什么药草他们还是清楚的。

顾惜玖干脆列了一张所需药草的清单，罗展羽先接过来看了看，立即让人去采。

其中一味药材并不是药草，而是一种动物的骨头，而这种动物是七阶凶兽，住在山的最深处。

罗展羽道：“这一味药我亲自去取。顾姑娘，你跟我一道吧？”

顾惜玖也很干脆：“好！”

众人再次面面相觑。

罗头儿这还是第一次邀请女子和他同行，难道罗头儿终于动了春心？

也对，这个女孩子聪明、漂亮、本事大，还有这么多异能，哪个男子不喜欢啊？

在场的这些光棍其实已经有不少人被顾惜玖给俘虏了！

但如果罗头儿也来参加竞争……

呀，竞争压力好大！

这里男人多，又是在这种恶劣环境中成长起来的，所以这些男子普遍血性足，做事爽快大气，追求美人儿也追得光明正大，理直气壮。

所以立即有其他男子站出来道："盔甲蛇可是七阶兽！不好对付，我和你们一起去！"

"罗头儿，我也去！算我一个！"

想要追美人儿就要花费力气，尤其是追求漂亮、本事大的美人儿那就更需要拼命了！

这些光棍都想在顾惜玖面前刷刷存在感，所以纷纷报名。

但罗展羽一句话就给他们兜头泼了盆冷水，阻止他们的雄性荷尔蒙大爆发："不必，我们两个人去就好，你们该做什么做什么吧。"

别价啊，老大你想在美人面前抖擞身上的孔雀毛，也得允许其他雄孔雀竞争一下啊，好歹也让他们在美人面前开个屏嘛！

于是，依旧有人不死心地争取，甚至把罗展羽腿脚不便，不适合上山打猎这种理由都扯出来了。

罗展羽没跟他废话，直接将那人揍了个腿脚不便，估计没个三五天他起不来。

罗展羽收拾完了人，脸不红气不喘，一扫周围虎视眈眈的"雄孔雀"："还有谁想废话的？"

诸位"雄孔雀"呼啦一声作鸟兽散。

狼多肉少，让这里的男人满身的精力没处发泄，于是他们化悲愤为力量，成群结队上山和猛兽去死磕了。

"哥，这样下去也不是办法，妹子太少啊。"在去后山的路上，顾惜玖看着一群汉子正在暴虐一头猛兽时，忍不住叹气。

罗展羽摇头轻叹："这也没法子，进来的女子太少，而我们又闯不出去。对了，你刚才叫我什么？"

"哥啊。"顾惜玖微笑，"我觉得你像我哥！"

罗展羽望着她的目光微微复杂："奇怪……"

"奇怪什么？"

罗展羽看了她半晌，微抿了抿薄唇："你说起顾将军时，我不知道为何有些反感，潜意识不想听到这个人的名字，可是对你却有一种莫名的亲近感，似乎你小的时候我哄过你……"

顾惜玖心中恻然，顾天诺失踪时顾惜玖才一岁多点儿，或许他这个当哥哥的确实哄过小妹妹。

她的脑中忽然闪过一个画面，一个小婴儿躺在摇篮里咿咿呀呀地学舌，一个看上去十岁左右的小男孩儿跑到摇篮边，用小手抚摸小婴儿的嫩脸："妹妹，不怕啊，哥哥会疼你的，不会让你受其他人的气。"

小婴儿被他逗得咯咯笑，小男孩儿干脆吃力地将她抱起来："妹妹，叫哥哥，来，叫哥哥，叫了哥哥，哥哥带你出去玩儿。"

于是小婴儿叫了一声"哥哥"，但她咬字不清，听上去像"蝈蝈"。

但那小男孩儿还是很兴奋，抱着小婴儿就往外跑："乖，哥哥带你去看花！"

小男孩儿将小婴儿放在草地上，他在那里打拳给她看。

小婴儿咯咯笑着拍手，场面温馨。

小男孩儿大概是尿急，过来和妹妹商量："妹妹，你先在这里坐着，不许乱爬，哥哥马上就回来，你乖乖的。"

然后小男孩儿急匆匆跑了，他刚跑走，又有一个看上去七八岁的小男孩儿和几个小女孩儿跑到这草地来玩，他们看到坐在草地上乖乖等待的小婴儿，起了恶作剧之心，纷纷向小婴儿丢土，揪她的小辫子，扯她的衣服，原本如同粉团儿般的小娃娃被撒了一脸土，狼狈不堪，坐在那里哇哇大哭。

先前那个十岁左右的小男孩儿像颗小炮弹似的跑了回来，一看妹妹被折腾成这个模样，大怒，一个火箭头槌把那个七八岁的小男孩儿撞倒在地，又把其他孩子也推了几个跟头，他们都滚了一身泥……

然后他抱起小婴儿，声色俱厉地训斥那些小鬼头："谁再敢欺负我妹妹，我要谁好看！"

于是，小婴儿被他哄得破涕为笑，而其他几个小鬼头全部哇的一声哭了！

孩子们的哭声招来了大人，其中就有顾谢天，他们纷纷上前告状，顾谢天头疼，训斥十岁小男孩儿："天诺，你怎么欺负弟弟妹妹？兄妹、兄弟之间要友爱，不能打架……"

顾天诺梗着脖子："是他们先欺负我妹妹的！我妹妹不允许任何人欺负！"

顾谢天揉揉眉心："天诺，他们也是你的弟弟妹妹……"

顾天诺把头一扭："才不是！天诺只有这一个妹妹，其他人都不是！他们再敢招惹我，我让他们吃不了兜着走！"

这话明显踩在了顾谢天的痛脚上，他暴跳如雷："小混账！反了你了！来人，送这浑小子去跪祖宗祠堂，不认识到自己的错误，不允许他起来！"

或许顾谢天的暴怒吓到了小婴儿，刚刚止住哭声的小婴儿再次大哭，一边大哭一边叫："爹爹坏……哥哥，要哥哥……"

画面到此戛然而止。

顾惜玖怔了一瞬，她穿越附体后，原主的记忆确实被她吸收，但是她在那具原身的基础上才有那些记忆，现在她这身体可是龙梵造出来的克隆体，怎么还会有原主的记忆冒出来？

难道原主的魂魄和她彻底融合了？

她一时有些愣神，连罗展羽和她说了什么都没听到。

罗展羽又问了一遍："惜玖，你的功夫和医术都是和谁学的？"

这个……

其实到现在为止，顾惜玖的功夫和医术已经是大杂烩，在现代主要是跟龙昔学的，在实战中又偷学了其他高手的，还跟过其他大夫进修。她穿越以后，则是帝拂衣教她的多，在天聚堂也学了不少……

想到"帝拂衣"这三个字，她的心像被针扎了一下，忙又把这个名字强行按进记忆深处。

她笑了笑："和很多人学过，比较杂。对了，以后我就叫你哥吧？"

罗展羽点头："好，那我直接唤你名字了。"

顾惜玖瞅着他道："哥，我听人说你来这地方之前的记忆没有了，是真的吗？"

罗展羽一僵，微微点头："是真的。"

"那你就没打算恢复之前的记忆？"

罗展羽微微皱了皱眉，缓缓摇头："没这个打算。"他潜意识里抗拒过去的事物。

顾惜玖倒愣了愣，她还以为罗展羽也会像她一样想恢复记忆，只是苦于没法子呢，没想到……

二人边上山边交谈，顾惜玖在交谈中劝他，做人不要逃避，要勇敢面对自己的过去。

她极有口才，一番话说得罗展羽有些心动，他低叹："你说得对，或许儿时觉得不堪忍受的记忆现在想来也容易接受了……如果能恢复我倒不反对，但我没法子……"

顾惜玖笑道："你没有我有啊！哥，我治疗这个可是行家！"

她双眸闪闪发亮，罗展羽的情绪也被她带动起来，忍不住笑起来："你是行家？难不成你失忆过？"

顾惜玖睫毛一垂："是啊，我失忆过。不过我是被人强行弄失忆的，后来我恢复记忆后，就发誓以后无论碰到什么再也不要失忆！就算用药物控制也不行！"

这番话里似乎又包含了一段血雨腥风的过往。

罗展羽怒道："哪个浑蛋把你弄失忆的？！"

顾惜玖心中一暖，道："那人已经被我弄死了，不会再跑出来作怪……"

最起码十几年的时间作不了怪，龙梵现在不知道在哪个旮旯蹲着种蘑菇呢！

她想起龙梵，不可避免地想起了曾经和她并肩战斗的那个人，心如被刀割了一下，痛楚在胸腔里张牙舞爪。

她忙又把那个人影压下去。

罗展羽看着她突然发白的俏脸，问道："怎么了？不舒服？"

顾惜玖摇头："没，对了，哥，你怎么忽然想起在这村寨弄一夫一妻制的？"

罗展羽顿了顿道："我莫名很讨厌男子三妻四妾，也讨厌女子勾三搭四。既然要结为夫妻，就应该一生一世携手，白头到老……"

这念头好，她喜欢！

罗展羽又道："除了开始的两对夫妻结合我没参与外，其他人要结为夫妻时，我都再三考验过了，也让他们必须考虑清楚，一旦成为夫妻就是一生一世，让他们慎重。无论男不忠还是女不贞都会受到严厉的惩罚。"

顾惜玖咳了一声，觉得罗展羽有点儿矫枉过正了，不过这样也公平，最起码这些人成亲时会慎重再慎重。

怪不得那个冷二嫂听到点儿闲言碎语就找罗展羽求公道，原来是有这条规则。

"哥，你怎么不找一个呢？"罗展羽的条件是那些女子的首选吧？

罗展羽略顿了顿，微微摇头："没合适的。"他宁缺毋滥。

被困的八个女子中，有两个是单身，一个是黄裳香，另外一个女子叫孟素言。

如果说黄裳香是个八面玲珑、能博取大多数男人欢心的交际花，那么孟素言就是个冷美人，平时沉默寡言，做事独来独往，并不合群，但功夫是这八人中最高的。

如果不是因为她是女孩子，只怕没人会注意到她。

而且她也不喜欢接近任何男子，就算罗展羽也一样，她是唯一对罗展羽不感冒的人。

孟素言很美，行事干脆利落。顾惜玖在这里已经待了两天，和孟素言也接触过一次，觉得她是很淡然的女孩儿。

顾惜玖这个时候就提起了她，开玩笑似的说道："这个地方能进不能出，或许我们都将在此处终老，哥也该找个伴儿，我瞧着孟素言不错……你别只等着让人家追你啊，你得主动出击……"

罗展羽微微一僵，随即苦笑摇头："惜玖，你多想了，孟素言在外面有心上人的，她十五岁进入这里，在进这里之前，她有未婚夫……她是最渴望出去的人，大家这些年对出去这件事已经死心了，但她一直不放弃。每天干完手头的活后，她只有两个任务，练功和寻找出口……"

原来如此！

顾惜玖心中恻然，孟素言倒是个痴情女子，值得敬重！

"对了，惜玖，我们十有八九这辈子就老死此处了，你在这里也多留意一下，有合适的人选告诉我，我替你把关。"罗展羽冷不丁地开口说道。

顾惜玖："……"

她打了个哈哈应付过去，再没有合适的人选了。

曾经沧海难为水，除却巫山不是云，是一种心境的真实写照。

现在她不想谈任何和感情有关的事！

罗展羽很敏锐："惜玖，你是不是在外面也有心上人了？"

顾惜玖不想说这件事，所以她把话题岔开，抬头一看前面："咦，我发现了一株需要的药草！"说完她身形一起，向不远处的悬崖飞纵而去。

二人这一趟采药之旅很顺利，凑齐所有药材后，顾惜玖立即开炉炼药。

别人炼丹都是在密室，所有手法、术法都藏着掖着，顾惜玖却光明正大地在自己的小屋里开炉炼丹，引来不少人围观。

这一炉丹炼完，打开炉盖的时候，众人看到炉底躺着一枚六品丹，三枚五品丹，两枚三品丹，其他则是一品丹。

这里的人以前都是见惯丹药的人，但他们常常能看到或者能吃到的也就是三品丹，五品丹对他们来说就是极品了，六品丹他们见都没见过！

所以这一炉丹炼成，围观的人都发出欢呼，所有人都很兴奋、激动！

他们终于有自己的炼丹师了，还是一位高级炼丹师！以后他们再也不怕生病和受伤了！

罗展羽当即决定，顾惜玖在这里的任务就是治病和炼丹，其他什么也不用管，采药什么的也让其他人去做，她只负责一天炼两炉丹就可以。

其他人自然极为赞成这个决定。

还有的人说顾惜玖这座房子简陋了些，应该给她盖个大的，方便她炼丹。

于是人们自发地为顾惜玖重新盖了一座房子，房子虽然称不上多么精致，但比原先那个舒服多了，也敞亮多了。

顾惜玖晚上躺在床上时，颇有一种不真实感。

自己这算是安顿下来了吧？

他应该会找她一段时间吧？

原先她还为自己逃出来后怎么躲他而劳神，现在倒不用发愁了。

她被困在这里，或许这就是天意，不给她后悔的机会，也不给对方再和她牵扯不清的机会。

现在已经过去五天了，他或许已经放弃寻找了。

这样也好！

她闭上眼睛，等胸中那阵熟悉的酸涩过去，然后开始数羊催眠。

这几天她其实有些失眠，靠数羊才睡得着，但今夜却睡得很快，然后她梦到了他。

梦中她和他也不知道和什么东西打了一架，还打赢了，她很开心，得意地围着他转圈，他也笑了，但那眼底却似有悲伤弥漫，他将她抱在怀中亲吻，然后又猛然将她放开，说他还有事要去做，让她先离开。

梦中的她也确实离开了，还嘱咐了他几句，让他小心什么的。

他含笑和她挥手告别，有花瓣在他身后纷纷落下。

她离开了，而他的步子却开始踉跄，直接在花丛中跌坐下来，身上血流如泉涌，他也不去管，只垂眸看着手中的一枚戒指，半晌死死握紧，脸色越来越白，越来越透明，最后化为流光四散……

“帝拂衣！”她叫道！

她的声音凄厉，把自己惊醒了，她猛然睁开眼睛，这才发现自己已经泪流满面，胸口那里疼得厉害，仿佛悲伤直撞进心底，将心脏凌迟。

她大口喘息着，看着周围熟悉的布置，极力让自己平静下来。

这是梦！幸好是梦！

她微微闭了闭眼，擦了一把额头上的冷汗，苦笑，自己居然做了这样的梦，还真稀奇！

她拍了拍脸，湿了一手，然后发现枕巾都被她的泪水打湿了。

做梦哭成这样，她还真是丢人。

她跳下床，梳洗了一下，又照了照镜子，发现眼睛都哭肿了！

她揉了揉眉心，正想用冷水敷一下，门扉传来轻叩声。

她打开门，发现罗展羽坐着小车在她的门外，他一个人来的，并没有让人推着。

罗展羽的视线直接落在她的眼睛上：“做噩梦了？你叫得很凄厉。”

原来她在梦中喊出声了吗？

顾惜玖含糊地应了一声，将他让到屋里，昨天炼好丹后，她已经让罗展羽吃过一粒，也给他扎过一次针了。

顾惜玖一面询问他的恢复情况，一面为他诊脉。

和她料想的一样，他的腿已经恢复了一点儿知觉，麻得厉害。

这麻虽然有些难挨，却让罗展羽极开心，他终于真切地感受到这双腿是属于他的！

不过开心归开心，他还惦记着顾惜玖的梦：“惜玖，你做什么噩梦了？”

顾惜玖不想说：“忘记了，我做梦一向是做过了就忘的。一个梦没必要计较……”

“我听到你喊帝拂衣……”罗展羽打断她的话。

顾惜玖手指在他的腕上一僵，抬眸看他。

“惜玖，不会你的心上人是他吧？”

顾惜玖苦笑："哥，原来你也如此八卦啊。"她没承认也没否认。

罗展羽叹气："那应该就是了。唉，你们这些女孩子啊，总喜欢那些神坛上的人物，徒惹一段相思，这是何苦呢？惜玖，听我说，你必须把这种单相思收起来！要不然只能是飞蛾扑火，说不定还是一场毁灭。"

顾惜玖："你这话……从何而来？"

罗展羽摇头："惜玖，你知道这里的女孩子是怎么进来的吗？"

"她们不是假天授弟子被左天师识破，然后投放进来的吗？"

罗展羽苦笑："可你知道她们为什么要冒充天授弟子吗？"

顾惜玖福至心灵："难道是因为左天师？"

罗展羽点头："不错！进来的这几个女孩子除了孟素言外，都是因为痴迷左天师，甘冒被发现死无葬身之地的风险，冒充天授弟子，就为了能和左天师相处。你也知道，这些女孩子都是各地的人尖，清高倨傲，却被左天师迷得神魂颠倒，都以为自己在左天师那里会是例外，会成为左天师心中的唯一，结果……你也看到了，左天师对她们并不客气，一旦发现她们是假冒的，立即就将她们投放进暗黑森林，所以她们才会被困在这里一直出不去。她们刚进来时偶尔也会做噩梦，在梦中喊'左天师'三个字。惜玖，你老实告诉我，你是否也是因为冒充天授弟子才进来的？"

顾惜玖顿了顿，坚定地摇头："不是！"

罗展羽松了一口气，情不自禁地揉了揉她的头发："惜玖，我希望你好好的，不要做那种不切实际的梦，左天师不是普通女子能降服的，你还是忘了他吧！"

顾惜玖："……"她没说话，事实上她是不知道说什么好。

罗展羽又道："对了，惜玖，你也知道这些人被困这里基本都和左天师帝拂衣有关系，所以这个人、这个名字在这里是禁忌，大家都不会提。男人们恨他，女人们对他又爱又恨……被关了这么多年，就算是女人估计对他也是恨多爱少了吧。所以以后在这里你不要提起他，免得闹出什么不愉快。"

顾惜玖点头，她并没有和人分享心事的乐趣。

她再次为罗展羽施针，她的方法还是极有效的，第二次行针完毕后，到了晚间，罗展羽的腿已经能自由支配着动一动了，虽然还是站不住，但已经可以活动活动了。

入夜，大树下燃起了篝火。

篝火上烤着各种野味，村寨中的男男女女围着篝火载歌载舞。

这是这里唯一的娱乐项目，基本半个月举办一次，一是调动人们的积极情绪，二是为了联络感情。

这次却是打破了惯例，是在第十天举行的，因为这是一场欢庆之宴，庆祝他们的头儿罗展羽终于站起来了！

和顾惜玖承诺的一样，罗展羽是在第三次施针完毕后，双腿完全恢复了知觉，当他丢掉助步的小车，依靠双腿的力量缓缓站起的时候，周围响起雷鸣般的掌声，几乎在场的所有人都开始欢呼！

奇迹！顾惜玖创造了一个奇迹！

对被困在这里的人来说，顾惜玖创造的奇迹绝对不是医好了一个人这么简单，她还让众人看到了出去的希望。

不错，就是出去的希望。

这里虽然是一片封禁之地，但这里的灵气也是最浓郁的，再加上那棵大树特殊的果实，不但能果腹，还能改善体质，让人更易于修炼。在这里修炼一年可以抵得上在外面修炼两三年，这也是这里有这么多绝顶高手的原因，在这里灵力七八阶是常态。

这些年人们一直没停下探索出路的脚步，只是始终没有找到出路。

就在三年前，有人在大树上采集果实时，无意中在树干上看到这样一行金字：九九归一见天日。

这一行字如禅机，众人探讨好几天，最后得到比较统一的结论，那就是被困在这里的人，应该全部修炼到九阶时才能破局而出，重见天日。

众所周知，九阶灵力是极难炼的，整个大陆达到九阶的人屈指可数，十个手指头都能数得过来。

而且修炼之人必须拥有绝佳的资质，适宜的练功条件，再加上必须有丹药，才有可能修炼到九阶。

前两个条件这里的人算具备了，唯有丹药是他们无法弄到的。

八阶灵力升九阶时必须服用七品护灵丹。

不要小看八阶升九阶，这对每个修炼者来说都是一道大坎，一旦升入九阶就算接近仙了，体质会发生很大的变化。在升阶过程中，这种剧变会让人身体承受不住，就像传说中的历劫，通过了就可以真正成仙，而通不过则会因为承受不住灵力的冲击，整个人会爆炸，连魂魄也会被炸得四分五裂，再也聚拢不起来。

护灵丹可以护住身体急速扩张的血脉，平复戾气，为顺利升阶保驾护航。如果没有护灵丹，一百个人升九阶，得有九十九个人被炸成粉末，可见护灵丹的重要性。

罗展羽是在发现这行金字不久后升九阶的，他身上没有护灵丹，幸好孟素言身上带了一粒，她贡献出来，这才让罗展羽平安升阶。

孟素言只有一粒护灵丹，所以这里已经升到八阶的人不敢再升阶，不敢拼命修炼。

但现在顾惜玖是一个高级炼药师，小小年纪已经能够炼制六品丹药，她好好修炼，炼制七品丹指日可待！一旦有了七品护灵丹，他们就能平安升阶，就可以重见天日。

顾惜玖是他们的希望！他们自然开心，自然想要大肆庆祝一番。

这里的人将最好的酒拿出来了，最好的肉也拿出来了，女子们拿出看家本领做了一些菜肴，而男人们也帮着收拾，其乐融融。

几乎所有人都向顾惜玖敬酒，当然，四十人轮流敬一个人还是很可怕的，幸好这些人是打心里佩服她，在他们心里顾惜玖比一千只熊猫加起来还要珍贵，不敢让她受伤或者不舒服，所以大家敬酒的时候，都会对她说："我干了，你抿一点儿就行。"

于是顾惜玖只抿一点儿。

顾惜玖并不想喝醉，因为她知道自己的酒品，据说十分恐怖，她可不想在男人窝里耍酒疯！

但或许是篝火太热情，周围人的情绪太高涨，也或者是敬酒的人太多，喝到最后她放开了量，喝了一杯又一杯，醉眼蒙眬中，帝拂衣的影子不住地在眼前晃荡。

如果她没有跑，今天是她和帝拂衣新婚大喜的日子，今夜该是她和他洞房花烛夜。

今天曾经是她和他都期盼的日子，现在——

他做什么呢?

那婚应该退了吧?

她和他终究是无缘的。

"惜玖，惜玖……"有人在叫她，声音低沉。

她身子一僵，恍惚间觉得听到了帝拂衣的声音，忙抬起头，眼前站着的却是一个满身遒劲的肌肉，堪比健美教练的男子。他长得英俊伟岸，拿着一枝甜果子，笑得一脸憨厚："惜玖，这个送给你！"

最近顾惜玖常收到这些花花草草和果子，在这里单身的男人为了追求顾惜玖简直像孔雀开屏似的各出奇招，送花，送首饰，送衣服，送才采摘的新鲜果子，送他们亲手打造出来的家具……

这些人的示好是光明正大的，所送的东西虽然不值钱，却是满满的真诚。

此刻送她果子的这人是狩猎组的老大，叫百里策，很有文化气息的名字，为人豪爽大气，偏偏声音和帝拂衣有些像，尤其是他低声说话的时候。

顾惜玖每次听到他说话都会心跳加快，很想给他吃点儿什么药让他的嗓子变下声音，幸好这疯狂的念头只是在她的脑海中转了转而没付诸行动。

他送的果子不错，味道甘甜，是难得之物。

她此刻嘴里正有些发苦，很想用甜的东西压一压，于是她道了声谢，接了过去。

百里策眼睛微微发亮，顾惜玖大概是怕麻烦，轻易不接受别人的礼物，难得接受了他的……

他其实很想在顾惜玖身边坐下，奈何她两边都坐了人，左边坐着罗展羽，右边坐着冷二嫂，压根没他能挤进去的地儿。他只得选了一个比较靠近她的地方，尽量找话题和她聊天。

但顾惜玖有点儿喝多了，反应明显迟钝。

那果子颜色鲜红，如同喜堂的颜色，顾惜玖望着果子眼睛发涩，想掉眼泪。

她强吸一口气，稳住情绪，咬了一口果子，明明很甜的味道，她却依旧觉得很苦。

那一枝上有十几个果子，像一盏盏火红的小灯笼，顾惜玖干脆给周围的人都分了下，让大家都尝尝鲜。

百里策分到了两个，他哭笑不得地看着手中的果子，这小姑娘拒绝得如此不动声色啊。

“惜玖，百里策不错的，他本事高，曾经的家世也好，是百里世家的继承人，更难得的是他对待感情很慎重，原先一直没喜欢过人的，你是第一个。”罗展羽低声和她说道。

顾惜玖喝得有些高，嘴上没把门的：“他是不错，是条汉子，我感觉可以和他做哥们，正琢磨着要不要和他义结金兰……”

罗展羽满头黑线，抬手在她的肩头轻敲了一下：“你又想认哥哥？不许胡闹，我才是你亲哥，其他都不是，义兄也不行！”他已经恢复记忆了，是顾惜玖的功劳。

或许是因为年代太久远，而他也长大了，恢复记忆后，他没感觉特别难受。

既然知道顾惜玖是自己的亲妹妹，他在百感交集之下，护妹模式彻底开启。

无论以后能不能出去，他都希望妹妹能幸福，能有好归宿，所以他常常有意无意地给顾惜玖介绍这里的青年才俊，这让顾惜玖颇为头疼，她有些后悔让他恢复记忆了。

顾惜玖不敢喝醉，她的头有些晕，便提前退场，回了自己的屋子。

一室冷清。

回到自己的屋子后，她自然不用再强撑着，干脆和衣躺在床上，本意是打个盹，却没想到就此睡了过去。

第六十三章　取消的婚礼

沐风感觉这几天是扶苍宫最惨的日子。

圣尊大人在暗黑森林用血之咒术也没搜到顾惜玖的半片衣角后，整个人便像霜打的茄子似的，颓了一半。

而自暗黑森林出来后，圣尊大人动用了全部的暗影卫也没能找到顾惜玖的一丝行踪，他一直强撑的另一半也颓了。

这几天圣尊大人很忙，用秘术搜过魂，甚至还亲自到阴司走了一遭，最后依旧无果。

沐风很痛苦，因为从外面传进来的消息都是他转达给圣尊的，而这些消息又都是让人绝望的消息，沐风每次进去报告事情时都不敢抬头，因为他不想看到圣尊越来越黯淡的眸子。

明日就是大婚的日子，沐风终于沉不住气，询问圣尊：“主上，明天的婚礼怎么办？”

帝拂衣沉默了足足一盏茶的工夫，终于开口：“取消吧。”

啊？！沐风睁大眼。

开什么玩笑？！左天师大人要成婚的消息已经昭告了天下，这几天三山五岳的客人已经进城了，就等着正日子来道贺呢。

百姓们在听到这消息时也喜气洋洋的，都自觉地用净水泼街，家家在大门口挂起了红灯笼，就为了给这场婚礼增加喜庆气氛。

各国的皇帝，各帮派的帮主，各世家的家主也全部到了，都在驿馆住着呢！

这几天四处讨论的都是这场旷世婚礼，势头造得不是一般火爆，结果圣尊大人说取消？！

如果取消了，不但给所有人都泼了一盆冷水，也会让扶苍宫成为最大的笑话！这可牵扯到左天师大人的面子问题，扶苍宫丢不起这个人啊！

沐风觉得不能忍！

他思索片刻斗胆建议："主上，属下倒有一个主意，或许能两全其美。"

帝拂衣："说！"

沐风先说了婚礼取消的丢人之处，接着又道："顾姑娘虽然一直没找到，但她那个原身还在啊，您大不了使用傀儡术，和她的原身拜堂。反正那天她只要按照程序走就是了，也无须说话。您先把这堂拜了，把这一关应付过去再说，那样她就算逃了也还是您名正言顺的妻子，我们再寻找她就是。她既然还活着早晚有出来的时候，不可能在什么地方猫一辈子的。"

帝拂衣再次沉默，半晌才开口："本尊不想和除她之外的任何人成亲！"

沐风苦口婆心地劝道："主上，您娶的就是她啊，只不过是用傀儡术控制一下而已。"

帝拂衣微微闭了闭眼："那也不是她！"他对单纯的壳子不感兴趣。

沐风扶额："可是……"

"没有可是。"帝拂衣打断他的话，"把婚礼取消吧，本尊不怕丢人。"

沐风："……"

帝拂衣淡淡地道："她这次逃得很彻底，说明她是真的不想嫁给我，既然她不想嫁，本座再强她所难，等她回来说不定更惹她厌恶，强扭的瓜不甜，还是遵从她的意见吧。"

沐风心中一痛，没话说了，只问了一句："既然取消，总得有个理由，说她逃婚太丢左天师大人的面子，不如说是左天师大人发现顾姑娘非命定良人，故而取消婚礼？"

帝拂衣瞧了他一眼："不必，就说顾姑娘发现左天师非她的命定良人，极力要求退亲，左天师终是答应了这个要求，故而取消婚礼……"

"可这样说我们扶苍宫太丢人……"

帝拂衣一手支着额头，淡淡地说道："本尊说了，不怕丢人。"他一向不在意这些。

沐风心中对顾惜玖有了点儿怨气："不行就实话实说，就说她逃婚了！要不然顾谢天会找我们要人的……"

帝拂衣不耐："本尊会怕顾谢天来要人？"

还真是说曹操曹操到，外面有人禀报顾谢天顾将军又来了。

这几天顾将军每天都会来一趟扶苍宫要人，眼看明日就是婚期了，女儿还没影子，顾谢天自然沉不住气。从昨天开始他已经换成一天两趟了。

沐风看向帝拂衣，帝拂衣道："按本尊所说的去做，宣布婚礼取消！"

沐风："是！"

左天师的婚礼临近婚期忽然取消，这条消息无论对谁来说，其威力都相当于原子弹。

消息直接以光速传播，几乎在一夜之间，这条消息就传遍了这块大陆的每个角落。

有不信的，有震惊的，有失望的，也有觉得这里面有猫腻的……

各种猜测甚嚣尘上，各种八卦集体出笼。

天还没亮，扶苍宫就迎来了好几拨问询的客人，因为大家都不信，都觉得这是谣传，直到在扶苍宫门口看到曾经装点的喜色红绸被撤掉，扶苍宫又恢复曾经的庄严神秘，大家才知道这是真的！

因为前来问询的人太多，让沐风烦不胜烦，他干脆在启天台上宣布了这件事情："奉左天师谕令特在此宣布，左天师大人和顾惜玖顾小姐的婚礼就此取消。婚礼虽然取消，但二人以后还是朋友，任何人不得因此事为难顾惜玖顾小姐，如有违背者，视同和左天师大人作对……"

下面先是寂静，再是喧哗，海潮般的质疑声不绝于耳。

沐风宣布完毕就离开了，再没回应一个字。

大家在蒙圈之余，其实也很愤怒。

毕竟左天师大人平时高高在上，现在他临到婚期突然宣布取消婚礼，大家都觉得这事怨帝拂衣，肯定是他对人家顾姑娘始乱终弃。

其中最愤怒的就是顾谢天了！

他的女儿前三个月一直生活在扶苍宫，他争取了好久，才争取到半个月的时间让女儿回家，结果女儿刚回家五天就又不见了！

他去扶苍宫要人说什么左天师自有打算，婚礼前夕会将人送回来。

结果呢？！结果对方食言了！

左天师不但没将他的女儿送回来，还宣布取消婚礼！更何况他依旧没见到女儿！这简直不能忍！

所以他直接去扶苍宫要人，说话也极不客气："小女和左天师既然已经退亲，那是小女没福气，还请将小女放还，不要仗着扶苍宫势大欺负我们平头百姓……"

但他这些话只能对着扶苍宫的门童说，没有帝拂衣的允许，他是进不了扶苍宫的，帝拂衣也没出来见他。

当然，帝拂衣也没放人，没让他见到女儿。

他横下心想硬闯，结果他连门童都打不过。

他正在那里大闹，结果碰到了闻信前来的龙司夜。

顾谢天见到龙司夜如同见到救星，愤怒地将此事从头至尾说了一遍，然后说了他的目的，他只想领回女儿。

龙司夜默不作声地听顾谢天说完，然后便让门童进去传信，说天问宗宗主求见，有关于天授弟子的要事找左天师。

左天师早就吩咐过，凡是关于天授弟子的事一定要及时禀报，不得有任何延误，所以门童忙跑进去禀报，半晌后门童出来，请龙司夜进去。

顾谢天也想跟进去，却被门童拦住了。

龙司夜安慰顾谢天，说他进去后会问清楚，让顾谢天少安毋躁。

顾谢天无奈，只能在外面继续等着。

像往常一样，龙司夜是在待客大厅里见到帝拂衣的，他在看到帝拂衣的那一刻微愣了下。帝拂衣看上去清减了不少，穿着一件宽大的白袍坐在那里，明明还是衣饰整洁，脸上的神情也很淡定，但偏偏给人一种颓废的感觉。

帝拂衣没和他寒暄，直奔主题："你发现新的天授弟子了？"

龙司夜不答反问："你俩到底怎么回事？惜玖呢？"

帝拂衣俊脸微沉："你是拿天授弟子的事当由头，来问这几句废话的？"

他沉下脸的时候，气势强大，龙司夜却不怕他，也冷笑道："我确实有了一点儿天授弟子的眉目，不过我更关心惜玖的事。我这几天联系过她，一直联系不到，寻踪鸟也寻不到她的踪迹。你老实告诉我，她是不是出什么事了？"

帝拂衣声音平淡，倒没瞒他："她逃婚了。"

龙司夜一僵，明显不信："怎么可能？！她那么喜欢你，一心想嫁给你，怎么可能逃婚？你们之间发生了什么事情？"

龙司夜忽然想到了什么："是不是因为惜玖原身的事？其实我很不明白，你为何不给她换过来？你应该知道我那时想给她用的药确实是可以帮她的，可以为她解开龙梵在她体内下的咒术，让她的魂魄安全地离开那具克隆体。惜玖对克隆体一向有阴影，她甚至有些恨克隆体的，她认为那是反人类……"

帝拂衣没说话，有些事他没必要向龙司夜解释。

龙司夜说了这么多也没换来帝拂衣的解释，愈加生气，冷冷地道："帝拂衣，我问你，你今天和她取消了婚礼，是不是就打算放弃她了？"

帝拂衣抬眸冷冷地说道："取消的只是婚礼！"

龙司夜声音也愈加冷淡："我不管你们之间究竟发生了什么，她既然选择逃婚，那证明她确实不想嫁给你，既然如此，那我的退出也就没有意义了，我还会再争取她！"

帝拂衣深吸一口气，只说了两个字："随便。"

龙司夜被噎得半晌说不出话："这个先放一边，她虽然逃婚了，但我相信以你的寻人本事不会找不到她，她在哪里？我要先见她一面。"

帝拂衣冷冷地道："本座如果知道她在哪里，至于取消婚礼？"

龙司夜："……"

他的脸色变了，他是知道帝拂衣的寻人本事的，只要他想找的人没有找不到的，如果连他也无可奈何……

"她是不是出意外了？！被墨曌或者龙梵抓去了？！"龙司夜猜测。

"她还活着，不会被墨曌和龙梵抓走，因为这两个人现在是泥菩萨过江自身难保，没有抓她的本事。"

龙司夜纳闷："你怎么知道？"

"因为本座比你本事大。"帝拂衣说话气死人不偿命。

龙司夜想到的这些他早想到了，所以他曾经作法观星，看到代表顾惜玖的那颗星依旧亮着，没有被代表墨曌或者龙梵的星辰围困。

而且代表墨曌和龙梵的星辰都暗淡得很，证明他们这次受伤极严重，没有十年二十年恢复不了，自然不足为虑。

龙司夜被他这句话气得不轻，想拍他板砖的念头都有！

不过他既然说得这么肯定，应该就是有把握。

她只要还好好活着，没落在龙梵或者墨曌手里就好。

龙司夜的心总算放下来一半。

一切都等找到她再说。

他又询问了帝拂衣都找过哪些地方，帝拂衣倒不瞒他，说了一遍。

龙司夜沉默片刻："你说她在暗黑森林失踪的？七峰和七峰以下都找过，为什么不找找第八峰？说不定她误打误撞闯到那里了呢？"

帝拂衣摇头："她闯不进去的！"

龙司夜挑眉："怎么说？"

帝拂衣冷冷地看着他："龙司夜，这些年你一共闯过九次第八峰对不对？"

龙司夜一窒，诧异地问道："你怎么知道？"

他其实对第八峰很好奇，想闯进去瞧瞧，但圣尊有禁令，任何人都不得闯第八峰，所以他那几次都是偷偷去的，连门下弟子都不知道。帝拂衣从何处知道的？还知道得这么清楚！

帝拂衣没回答他的话，继续反问："你这九次是从不同方向闯的，可闯进去了？"

龙司夜不说话了，他那时为了闯进去连伏羲八卦都用上了，结果那地方依旧如铁板一般，他连个缝也没撬开。

他这样的本事都无法闯进去，更别说顾惜玖了。

第八峰的结界据说是几千年前圣尊全盛时联合其他高手设的，封印了这个大陆上最凶的魔兽，一旦放出则会祸害天下，所以那里的结界相当结实，再厉害的破界高手也无法破开，除非圣尊亲自动手。

这些都是关于第八峰的传言，龙司夜当年也是年轻气盛才去偷偷闯了几次，全方位闯过都失败之后终于死心再没去过。

他以为他做得神不知鬼不觉，这世上没有人知道，没想到帝拂衣居然知道得这么清楚！

他狐疑地看着帝拂衣，帝拂衣声音冰冷："不必怀疑，任何人硬闯那里本座都能知晓。"

换言之，如果顾惜玖误闯第八峰，帝拂衣是能察觉的。

这样一来，连龙司夜也想不出顾惜玖到底躲到哪里去了。

龙司夜临走的时候，帝拂衣警告龙司夜：不许透露顾惜玖失踪的消息，免得被有心人听到暗中对她不利，连顾谢天也不能说。

龙司夜颇为头疼："顾谢天还在外面等着，你总得给他一个说法。"

帝拂衣淡淡地道："就说本座被退亲一时恼羞成怒，送她到一个地方去修炼了，日后他们父女总有相见之期，让他好好活着。"

龙司夜："……"

顾惜玖今夜虽然喝得薄醉，但她并没有耍酒疯，回到自己的屋子后，倒床便睡，这一睡就不知道今夕是何夕了。

或许是想到今夜应该是自己的洞房花烛夜，所以日有所思，夜有所梦，她居然梦见自己又回到了扶苍宫。

她看到了来来往往的侍从，看到了有些苍凉的殿宇。

她离开时，这些殿宇已经开始装修，披红挂彩，一看就是要举行大婚的模样。

而她这次回来发现那些代表喜色的东西都不见了，楼宇又恢复了曾经的老样子。

那些侍从走路极轻，生怕惊到什么人或者惹到什么人似的，交谈声也很小。

整个扶苍宫里的气氛不是一般压抑，和前几天顾惜玖在这里的热闹不可同日而语。

顾惜玖原地站了片刻，其间又有多人匆匆地从在她身边走过，依旧没人瞧她一眼。

自己是在梦中还是灵魂出窍了？

顾惜玖也有些茫然，她恍惚记得自己是在那村寨中喝酒，然后回屋睡觉，怎么忽然来到这里了呢？

她瞧了瞧四周，心中闪过一个念头。

喜堂撤了，喜绸撤了，不知道喜房还在不在？

她一个念头刚刚转到这里，就发现自己已经身处一间红彤彤的喜房之内。

她愣了几秒，忍不住打量四周。

喜房内布置精美，远超她的想象。

有古朴雅致的原木家具，原木是她从没见过的木材，在夜明珠的映照下流转着水波似的花纹。

进门是一道山水屏风，屏风上明明只是一幅画，却极有立体感，似乎带了真实山水的灵气，空蒙缥缈，仿佛再上前一步就能迈入那青山绿水之中。

足下铺着大红的地毯，那大红却不俗艳，地毯柔软如云，人行其上仿佛踩在红云之中。

案几上有一个水晶蚌壳，蚌壳内有一颗淡粉色的夜明珠幽幽闪着光芒，给整个屋子增添了一种朦胧梦幻的色彩。

这屋里最显眼的还是那张喜床，足有平时双人床的两倍大。床帐也是大红色的，如轻纱薄雾般朦胧，偶尔一阵风吹过，那床帐如红云般起伏不休。床帐上方有流苏，流苏是极细小的珍珠连缀而成，组合出一幅鸳鸯交颈的图案。

顾惜玖慢慢走向那张床，她认得那张床，帝拂衣在鲛人的海市定制床时曾经画过样图，现在她终于看到了实物。

床板是半透明的淡粉色红玉做成的，上面有精美的镂空云纹。整张床给人极为舒服的感觉。

她站在那里一时有些愣神，心像是溺水般一窒，她忍不住伸手想撩开床帐，想瞧瞧里面的风景，但手伸出去却发现撩了一个空，手掌直接从床帐上穿过，她整个人也向前一扑，扑到了床上，扑进了柔软的被子中，还在上面滚了几滚。

她呆了呆，坐起身来，低头看了看身下的被褥。

鸳鸯戏水的鲛丝被，鱼戏莲叶间的蚕丝褥，细密的纹理，轻柔的面料，水波般轻柔，云朵般温暖。

被褥是铺好的，只有一个被窝，很明显，新婚之夜，夫妻原本就盖一床被子。

如果她没有逃婚，现在的她就该坐在这张床前，等他掀掉盖头，喝交杯酒，然后……

她忍不住向身下的被子摸去，她的手指并没有碰到被子，而是直接飘了起来，附在帐顶，看着身下的一切，心中不知道是什么滋味。

她正有些出神，门扉处忽然轻轻一响，一人推门走了进来。

她隔着床帐向外一瞧，心忽然激跳起来。

进来的人是帝拂衣。

他居然穿着新郎官的礼服，一身大红色衣袍下摆拖曳在地，衬得他脸色如玉。

顾惜玖印象中帝拂衣要么一身紫袍，要么一身白衣，极少看到他穿大红色，还以为这个颜色不适合他，原来他穿大红衣袍也能穿得这么风流。

顾惜玖瞧着他这一身新郎官礼服，有些发怔。

帝拂衣进来后也没发现躲在帐顶的她，直接在桌前坐了下来，怔怔地望着桌上的一套酒具出神。

顾惜玖的目光也落在那套酒具上，她忽然想起这套酒具是她原先肖想过的，那时候帝拂衣还化身圣尊在她身边晃荡，还开玩笑说她如果喜欢这套酒具可以和左天师定亲，让左天师拿这套酒具当聘礼……

往事如云烟，在她心头一晃而过，又让她的心脏一紧。

她像片纸一样贴在那里，怔怔地看着他，心如潮汐般起起落落。

人说十年生死两茫茫，而她和他仅仅分别了十天而已，她的感觉却像是分别了十年。

她知道这是在梦中，知道他看不到她，所以顾惜玖开始光明正大地打量他。

其实她知道自己应该离开的，既然注定无缘，何必过多牵扯，既然已经斩断了和他的一切，就不应该再贪恋地看着他。

但知道是一回事，做起来却是另外一回事，她贴在那里踌躇半晌，还是舍不得走。

最后她安慰自己，反正这是梦，她就多看他一会儿吧！

梦醒了她就得面对现实中的一切了。

帝拂衣在那里坐了很久，几乎让顾惜玖以为他想坐成雕像，坐到地老天荒！

幸好他终于动了，他抬手拿过酒壶，摆好两个杯子，然后将酒杯倒满，端起其中一杯，望着对面轻轻一笑："顾惜玖，你压根不知道，我盼这一刻盼了多久……"

顾惜玖："……"心脏那里又像被什么东西拉扯了一下，丝丝缕缕的疼在胸腔里蔓延。

她也曾经极为盼望这一刻。

洞房花烛夜，并不是只有男人才盼望，女子同样盼望，尤其是嫁给自己喜欢的人，就更加盼望。

"这酒是我亲手用雪梅果酿造的，是你喜欢喝的梅子味，喝了它不但能提升你的功力，还能让人非常舒服，甚至初次行房时也不会让你疼……"帝拂衣轻晃杯中酒液，那酒液是粉红色的，如同透明的桃花花瓣。

顾惜玖：“……”她忍不住舔了舔唇。

她喜欢喝酒，尤其喜欢品尝各地佳酿，她也知道雪梅果，其稀有程度可以媲美传说中的人参果，一颗就价值连城。

传说中用它酿出来的酒可以大大改善人的体质，延年益寿，甚至立地成仙。

如果男女在双修前饮用此酒，不但能提升彼此的敏感度，还能让初夜的女子感觉不到破瓜的疼痛。如果方法得当，不但能让女子尝到双修的极致乐趣，还能让她将得到的精元全部吸收，提高功力。

这样的酒一滴就能让全天下的人抢破脑袋，而现在帝拂衣准备了一壶，看来他为了让洞房花烛夜美到极致，确实花费了不少心思。

顾惜玖的眼睛落在另一个酒杯上，她几乎想跳出去，先不管不顾地喝上一杯再说。

可她现在摸不到这个世界的任何东西，无论摸什么都是从上面直接穿过，就是出去也喝不到。

她忽然有点儿后悔逃婚了！

哪怕和他成完亲喝了这杯酒再逃也好啊。

她再舔舔唇，正琢磨着要不要出去喝那杯酒，反正他也看不到她，她就算喝不到最起码能上前闻闻也好啊，当然，能喝到就更好了。

外面忽然传来沐风的禀报：“主上，鲛皇率人来了。”

顾惜玖心中一沉，身子又贴紧了帐子。

帝拂衣并未起身，淡淡地道：“带他去冰殿让他把顾惜玖的原身带走就是，让他小心些，一切按本尊说的方法去施行，不得有半分差池，再告诉他，出了差错本尊会拆了他的鲛族之地！”

“是。”沐风答应一声去了。

顾惜玖：“……”

虽然这事她早有心理准备，但现在亲耳听到他要将她的原身让鲛皇带走，心里还是极不舒服，胸口像是被人塞进了石头，堵得难受。

她再看这花团锦簇让人浮想联翩的喜房也不再那么美好了。

她不想再待在这里了！

她正要离开，却听坐在那里的帝拂衣又喃喃说了一句：“顾惜玖，你这小混账！我这辈子只喜欢你一个人，从来没有别人，你……”

顾惜玖火冒三丈，忍不住冲了出去，也不管他能不能听到，冲着他吼道：“骗人！你明明喜欢鲛皇，还把我的身体送给她，帝拂衣，你个大骗子……”

她气势汹汹的话并没有嚷完，因为她听到有人叫她：“惜玖，惜玖……”

什么喜房，什么帝拂衣全部化为薄雾四散，她激灵灵打了个冷战醒过来，入目的是罗展羽那张略显焦急的脸，他正俯身看着她："醒了？你又梦魇了？"

顾惜玖："……"

她的一颗心突突乱跳，仿佛还有怒火在胸腔里闷闷地烧着。

这显然是个梦，而梦境的最后，她似乎看到帝拂衣骤然睁大的眸子和急速站起的身子。

就在他将要扑过来的时候，她醒了！

她的想象力果然很强大，因为酒醉前思想着这是自己的洞房花烛夜，然后梦中她就跑去找他了，还像模像样地看到那么多东西。

她肯定是日有所思夜有所梦。

只是梦中最后的一幕仍然让她心里不舒服，火气直往上冒。

"惜玖，你又梦到帝拂衣了？"罗展羽问道，她嚷得那么大声，让他想装作听不到都难。

顾惜玖心里烦躁："不要提他！"提他，她就火大。

那个人怎么可以在把她的原身送给别人的时候，还口口声声说什么只喜欢她一个？大骗子！

罗展羽："……"

他在顾惜玖床前坐下，正色道："惜玖，你老实告诉我，他是不是欺负过你？欺骗了你什么？"

他一副"你说出来哥去削他"的表情，让顾惜玖心中微暖，但她和帝拂衣的那笔账不是几句话能算清的，更何况他们现在被困在这里，压根见不到帝拂衣，想削他也找不到。

所以顾惜玖用"做梦而已不必当真"的话胡乱挡了过去。

她向外看了看天，外面还黑着呢。

她有些纳闷："哥，你怎么来了？"

罗展羽道："昨晚瞧你喝得有点儿多，怕你难受，所以熬了一碗醒酒汤给你送过来……正看到你被噩梦魇住，所以叫醒了你。"

他将桌上还冒着热气的汤端过来递到她手上："来，喝下吧，能解酒也能缓解头疼。"

因为宿醉的关系，顾惜玖确实有些头疼，她将醒酒汤喝下，平复了一下情绪，一个念头忽然自心中冒出来，她当初也梦到过一次帝拂衣，那时正看到帝拂衣在洗澡，他还强亲了她，后来她提起这件事，帝拂衣告诉她那是真的，并不是她在做梦。

那么这次呢？这次是毫无关联的梦，还是真实发生的事？

上次据说是她离魂，所以帝拂衣能看到她，能亲到她。

但这次他似乎从头到尾都没看到她，或许就是个梦，不是离魂。

不对，她冲出去吼他时，他明显看到她了，所以才会猛地站起来……

天色尚早，顾惜玖往被子中一躺："哥，谢谢你的醒酒汤，我还想再睡一会儿……"

罗展羽是在篝火晚会后直接来看她的，也没休息，所以嘱咐她两句，转身离开了。

顾惜玖又闭上眼睛，却发现被刚刚那个梦影响得有些睡不着，她还有些气。

扶苍宫内。

帝拂衣像被点了穴般怔了足足半分钟！

他居然又看到她了！

只可惜她消失得实在太快，他甚至都没来得及抓住她！

她又离魂了！

按道理说，她那具克隆体有些特别，没有特殊手段她离不了魂，但她偏偏做到了，还躲在喜房内。

他知道她是变数，在她身上发生的很多事不能以常理来推断，可这小丫头的变数也太大了，让人应接不暇。

奇怪，原先她在离魂的状态下，他能看到她，这次他事前居然一点儿没有察觉。

是他功夫退步了，还是她的魂魄又强大了？

该死，他甚至没来得及问出她现在到底在哪里！

不过，不要紧，她既然是离魂来到这里的，魂魄上应该带着所在地的气息，或许他可以根据那点儿气息推断出来。

他轻吸了一口气，迅速在屋内查看了一圈，然后在床帐上隐隐嗅到了她的气息，她的气息有点儿怪，带着一点儿酒气。

他的脸色直接变了！

那是蕉奶果特有的清香。

而全大陆只有一个地方有这种果子——暗黑森林第八峰阵眼内。

她居然跑到第八峰阵眼去了！

她怎么进去的？！

她如果是硬闯进去的，他可以立即察觉，如果是和其他人一样的方式进去的，他也能察觉。但这次他偏偏一点儿感应都没有，她居然进去了！

怪不得代表她的那颗星越来越亮，原来她在那里修炼！

他微微闭了闭眼睛，很好，他终于可以去找她了，只不过有些麻烦……

“她在第八峰的阵眼中？！”沐风一脸被雷劈的表情，“怎么进去的？”

“天哪，怎么可能？！”沐雷也一脸不信。

沐电摇头：“顾姑娘一向是个异数，她常常把许多不可能变为可能。”

沐云本来想开口也发表一下感想，但话到嘴边他又咽了回去。

祸从口出，祸从口出啊！

以后他要做个惜字如金的人。

帝拂衣等他们惊诧完，终于开口：“都惊诧完了？既然惊诧完了那就听本座说，明日本座会再去暗黑森林，这趟去的时间应该有些长。本座不在的这些日子，外面的一应事务交给你们四个处理，依旧以沐风为首，其他人协助……”

沐风心中升起不好的预感：“主上，您不会是想进阵眼中吧？！您不是说那里是天地形成的天然结界，只有垂死之人才会被蕉奶树主动吸入，其他途径压根进不去？连您自己也无法直接闯入。”

帝拂衣淡淡地道：“那就以正常法子进入好了。”

沐雷激动地说道：“不成！主上，那样太危险了！再说您进去也出不来啊！万一顾姑娘没在里面……”

“她在里面。”帝拂衣语气十分笃定。

“可是那里面的人都恨您啊！”沐电也忍不住叫起来，“您功力尽失进去后，他们万一想报仇，对您群起而攻之……”

“是啊，是啊，主上，此事须从长计议，属下知道主上对顾姑娘深情一片，但此事太过重大，属下认为不值得主上冒这么大的风险，主上。您是这世界之神，万一失陷在里面一直出不来，那……”沐云冒着被圣尊惩罚的危险也说出了自己的观点。

“本尊此次进入里面也不完全是为了她。”帝拂衣冷静地开口，“八峰之内封印的是这世间最凶猛的恶兽，而阵眼则是维持封印的关键所在，原先那些人在里面翻不了天，但现在惜玖进去就不一样了，她是个变数。如果她在不知情下率领里面的人误把第八峰的结界破坏了，恶兽会重返世间，则天下岌岌可危。本尊必须趁他们尚没铸成大错时进去制止，这才是万全之策。”

“那让属下进去！”沐风自告奋勇，“属下进去后会对顾姑娘言明一切的。”

帝拂衣瞥了他一眼：“本尊心意已决，休得再论！”

四使：“……”

主上，您其实是扯了一个高大上的理由去玩命泡妞吧？！

暗黑森林第七峰上。

四使胆战心惊地站在远处看着圣尊卸掉大部分功力走进七峰暗黑森林深处，里面正有猛兽发出让人牙酸齿冷的怒吼声。

八峰阵眼处的蕉奶果树是一棵奇树，它的根须四通八达，据说已经遍布整个暗黑森林的地底最深处。

它有一个奇异的本事，能迅速察觉到闯入者的处境，一旦闯入者经过一番激战，濒临死亡时，它的根须就会将人卷入第八峰的阵眼中。

当然，它并不是每个闯入者都会救，必须是它认为值得救的，如果闯入之人运气不好直接被猛兽给吞了，它也是不会救的。

圣尊这些年也不知道向暗黑森林内投了多少假冒天授弟子的人，但被蕉奶果树救下来的也就只有十分之一左右。

它救人还有个苛刻的条件，那就是被救之人灵力不满八阶，六七阶的武者是它最喜欢救的人，太低的话它觉得不值得救，太高的话，灵力这么高还会遇到风险濒临死亡，那也太无能了！不救！

帝拂衣为了提高被救率，卸掉了绝大部分灵力，看上去像七阶灵力的人，然后他飘飘走了进去。

四使很担忧，忍不住隐在远处盯着，他们打定主意，一旦主上遇到大危险，就冲上去救人，决不能让主上被野兽吞了！

七峰之上是七阶凶兽，十分凶恶，按说帝拂衣现在灵力只有七阶，对付一两头有把握，三头以上就危险了，应该不是它们的对手。但帝拂衣现在虽然灵力低，实战经验却丰富，他进入七峰后，在一个地方遇到三头七阶凶兽的围攻，结果，三头七阶凶兽被他失手打死了，他连袍子都没破一个角！

四使在周围看了片刻，一起摇头，看来圣尊想在这里求濒死状态并不容易，他把凶兽揍个濒死还是很有把握的。

因为必须是尽力打斗后确实不敌达到濒死状态，蕉奶果树才会救，所以帝拂衣也不能放水。

他在原地想了想，干脆又卸掉一阶灵力，直接降到六阶，然后闯进了一个七阶兽的老窝。

这是单翅蓝熊的老窝，里面住着四只熊。

单翅蓝熊在七峰是霸王，而这一窝熊则是霸王中的老大，平时是没有动物敢招惹它们的，它们身上的戾气能让五里之内的动物望风而逃！

帝拂衣常来暗黑森林，把这些山峰上的凶兽习性摸得很清，知道这窝熊厉害，所以他为了尽快达到目的，在灵力六阶的情况下，单挑熊窝！

四使的心脏差点儿跳出来，他们连忙远远跟过去，唯恐援救不及。

按规矩是不能有人帮忙的，所以四使轻易不敢出手，只听到熊窝里传出熊的怒吼！

单翅蓝熊仰天一吼，简直可以让天地失色，震得脚下的大地地震似的乱抖。

四使心惊，圣尊太托大了！

你好歹一只一只向外引啊，这样直接杀进人家窝里，被四只单翅蓝熊一围，几爪子挥下来，还不得把你撕成肉丝？

洞里熊吼声惊人，四使怕有闪失，正要一横心入内救人，没想到他们尚未掠到洞前，就看到一只熊飞了出来，紧接着又飞出来一只！

两只熊都很狼狈，翅膀都被削掉了半边，一路嗷嗷叫着呼扇着半边翅膀跑了，沿途洒了一路的血……

四使对望一眼，不是吧？！

圣尊这也能赢？！

圣尊的灵力级别已经降到六阶了，再降的话就不符合蕉奶果树的标准了。

四使很替自家主子纠结，不过他们很快就不纠结了，因为他们发现圣尊始终没出来。

这下他们又急了，忙掠入洞内一瞧，心咯噔一下！

洞内躺着两只已死的单翅蓝熊，而他们的主上却不知所终！

他们的主上是被熊啃了，还是如愿被蕉奶果树救走了？

四使面面相觑，担心得不得了。

不过圣尊毕竟是神，他如果被熊啃了，魂魄也会在的，最多到冥界走一圈，和阎王爷喝一壶茶，然后他还能回来，最多他再耗费功力凝一具新躯壳，唯一的麻烦是新躯壳功力低，圣尊又要疯狂练级了。

圣尊常喜欢冒险，喜欢玩极限活动来挑战自我，不过他还从未失过手，所以四使从跟随他后，从没看到过他把自己玩死然后重聚身体，这是圣尊自己说的，四使还没有验证过。

八峰之上的阵眼中是无法与外界交流的，任何通信工具都没用，所以四使也联系不上他。

他们只能在这里祷告天地，求天地多多保佑圣尊了。

因为帝拂衣临行时已经把所有的事都交代了，他们按照圣尊的吩咐，直接去执行就行，所以四使揣了一肚子疑虑离开了。

顾惜玖昨天有些醉，这是人人都知道的事，所以大家以为她今天肯定起得很晚，也没人叫她。

眼看中午了，还是没见她出来吃饭，罗展羽有些纳闷，来敲她的门，发现门虚掩着，遂推门而入，然后他发现顾惜玖并不在屋内，只在桌上留了一张字条：我去采药，晚时可归。

屋内那只大蚌正睡得口水横流，不知今夕是何夕。

它昨天跟着喝酒吃肉，肉吃了不少，酒也喝得有点儿多，现在还是一只半醉蚌，关闭了壳在那里呼呼大睡，因为是半醉状态，它的壳都合不紧，哈喇子流了老长。

罗展羽将它拍醒，它还有起床气，张开壳就骂人："哪个浑蛋敢打扰老子睡觉？"

罗展羽想踢它一脚！

这只大蚌平时也算是有文化，但最近和一帮粗糙汉子待久了，也学了一肚子匪话，不喝醉倒不怎么说，现在半醉着就原形毕露了。

罗展羽问它顾惜玖的行踪，它比罗展羽还蒙，半眯着眼睛摇头："不知道，主人没通知我。"

"那你可知道她要采什么药？"

大蚌翻眼睛："老子怎么知道？！"

罗展羽气得不行："你不是也看她炼过丹药吗？缺少药材啊？"

大蚌不耐烦："炼药太枯燥了！老子看她炼药常常看睡着了，怎么知道她缺什么药材？"

罗展羽："……"

他压了压火气："那陆吾和风召呢？"

大蚌壳往床上一指："陆吾在床上，风召……"它扫视了一圈屋内，"咦，风召不见了，大概是驮着主人采药去了。昨夜就它没怎么喝酒……"

罗展羽揉了揉眉心："后山很凶险，你家主人独闯太危险，你嗅觉不错吧？带我去找她。"

大蚌不以为意："她没事的，这后山上最高级别的兽才七阶，她可是八阶高手，只有她虐兽的份，她不会被虐的，你不必瞎操心。"

罗展羽皱眉："后山上的兽虽然级别不算太高，但很喜欢成群结队攻击人，一旦被围，就算九阶高手也跑不掉，她自己去太危险了！"

大蚌依旧不挪窝："她有瞬移术啊，打不过她就瞬移了，一百只兽也围不住她，好了，老子要睡觉，不要再婆婆妈妈地打扰老子了，不然老子拍你啊！"

它合上壳不再理会罗展羽。

罗展羽还是不敢惹这只大蚌的，这只大蚌本事很大，尤其是入梦术更是变态，一不小心就会被它探到隐私。

所以罗展羽干脆去找陆吾，结果陆吾将自己盘成一个圈在睡觉，压根不理他。

罗展羽没办法，终于知道这俩货都指望不上，愤愤离去。

他刚刚走出门，有人跑来急报，说在大树下又发现了一个新人——

罗展羽足下顿了顿，他还惦记着找妹妹，但一般新人都受了重伤，急需医治。

罗展羽既然是这里的首领，此刻救人那是责无旁贷，所以他叹了口气，只得立即前往。

大树下躺着一个人，曾经的白衣已经变成了血衣，白色倒成了血衣上的点缀。这人眉目极俊美，泼墨山水画般清雅，罗展羽看到这张脸怔了怔，他这辈子还没见过长相如此清奇精致的男人。

此刻这男人已经晕过去了，长长的睫毛轻覆在脸上，没见半丝颤动。

村寨中没有外出的人都赶过来了，围在那里看着男子，嘴里啧啧称奇。

“这个男子真俊！”

“是啊，爷还没见过这么好看的男人……”

“最近挺奇怪的，我们这里三年五载也进不来一个人，这次邪了，居然在几天的时间内进来两个，还都这么好看！”

“我觉得他的美和顾姑娘不分上下呢！就是不知道有没有顾姑娘那样的本事。”

“应该没有吧？他的灵力似乎不高，也就六阶左右，顾姑娘可是八阶了！”

“可惜他是男人，要是女人多好！”

“……”

人们聚在那里议论纷纷。

这个人身上的伤势看上去很重，胸口处塌陷了一块，应该是肋骨断了，腹部鲜血淋漓，应该也有伤。

罗展羽查了一下他身上的伤势，诧异地挑了挑眉，目光露出震惊，低语一声：“奇怪！”

“头儿，奇怪什么？”有人询问，“他是被什么伤的？看上去很严重啊，五阶兽还是六阶兽？”

罗展羽沉声道：“是七阶兽！而且还不是一头七阶兽！”

众人：“……”

不是吧？！

“头儿，你没看错？他可是六阶灵力……被什么兽伤到的？”

罗展羽沉声道：“单翼蓝熊！看他身上的伤势和沾染的熊毛，他应该挑了四只单翼蓝熊。”

众人：“……”

这人是变态啊！

这人受伤极重，气息微弱，罗展羽在他胸口一按，就知道他断了四根肋骨，其中一根肋骨扎入胸腔内，这种情况下是不能动的，稍一动说不定断掉的肋骨就会扎入心脏，那这个人就直接死了！

这么强的人来这里一旦救活就是一员猛将，所以罗展羽十分乐意为他治疗。

罗展羽单膝跪在地上，一只手去解那人的衣襟。

只不过他尚未解开那人的衣襟，罗展羽的手腕忽然被一只染血的手握住！

罗展羽吓了一跳，抬头对上一双如旋涡般深邃的眸子。

那人醒了！

这人绝对是个高手，握人手腕也握在脉门处，明明力气不大，但罗展羽还是觉得手腕麻了下。

“你受伤了，我给你疗伤。”罗展羽开口说道。

“不必！”那人放开他的手，微微闭了闭眼睛喘息片刻，艰难地抬起手指自衣袖中摸出一个储物袋，自里面倒出一粒碧莹莹的药丸吃了下去。

这人明明受了重伤，行动也很艰难，动作却给人一种行云流水般的美感。

罗展羽瞳孔微微一缩，那人手中的药丸是传说中的八阶药！他到底是谁？他怎么可能拥有这种药？

这人的药显然是奇药，他吃下药没多久，原本苍白如雪的脸色好看了一点儿，腹部的鲜血也几乎止住了。

然后他抬手自抚胸口伤处，有淡淡白光，塌陷的胸口慢慢又鼓了起来。

众人看得目瞪口呆，他们从来没想到还有这种操作。

不过这种操作很耗费力气，那人额头上满是密密的汗珠，脸色又白了一分。

“阁下……好神秘的医术，你是天问宗门人？”罗展羽询问。

那人瞥了他一眼，并没有回答他的问话，反而问了一句：“这里……可有一个顾姑娘来此？”那人的声音有些沙哑，但不掩清朗本色，居然很好听。

罗展羽愣了愣，上下打量那人一眼：“你到底是谁？”

那人轻吸一口气：“先回答我！”

那人明明灵力不高，气度却不小，身上甚至隐隐有一种无形的威压，让人莫名想臣服，不敢造次。

罗展羽皱眉，他总感觉这人不简单，和往常进来的那些人不一样，仿佛进来的不是一个性命垂危的少年，而是一个王者。

罗展羽不敢大意，这人底细不明，万一对惜玖不利呢？

罗展羽俊脸一沉：“阁下不先报身份的话，恕我们不能回答你任何问题！”

那人微微闭了闭眼睛，似乎也明白自己有些心急了，他扫了一圈，周围人不少，女子也有八个，却没有他想找之人的影子。

他毕竟受伤太重，虽然吃了药，也将胸口断掉的肋骨重新接上，但稍稍一动还是冷汗频冒，不养个三天五天怕是恢复不了。

周围的人不少，灵力也不低，看来他们在这里修炼得不错，一旦出去必然是一支强大的生力军。

不过，这些人应该都会把他当仇人……

他正要开口，远处忽然一道声音传来："又进来新人了？哇，那老子可要看看！"

风烟滚滚，一道淡粉色的影子挟着狂风而来："都让让！让我看看！"

人群一分，一只大蚌直接滚进来，蚌壳一张，从里面探出个小娃娃，蓦然看到刚刚坐起身的人，一双眼睛骤然睁大："左天师大人！"

它的嗓门实在不小，这五个字如同一颗炸弹，直接把周围的人炸蒙了！

左天师？！

帝拂衣？！

不可能吧？！

人群先是一静，紧接着就如同开锅似的沸腾起来！兵器出鞘声不绝于耳，无数雪亮的寒芒对着帝拂衣。

罗展羽也是大吃一惊，后退一步，微提着双掌，转头问大蚌："他是左天师？你没认错？"

帝拂衣在外行走时常年戴着面具，虽然这些人几乎都是被他投入暗黑森林的，却从来没见过他的真面目。

现在大蚌忽然这么一喊，自然是人人震惊。

在他们心里，左天师是浮在云端半神仙似的人物，现在这个狼狈不堪只有六阶的新人真是他？

无数目光落在大蚌身上，大蚌再一次成为众人的焦点，它很得意："当然！如假包换！我跟在主人身边时可是常常能看到他……"

然后它还向前滚动了一下，直接滚到帝拂衣跟前："左天师大人，你怎么来了？呀，居然还搞了一身伤。"

那人自然是帝拂衣，他看到这只大蚌倒松了一口气。

她在这里！

他没扑空——

"你家主人呢？"帝拂衣开口问道。

"主人去后山采药了，还没回来。"

帝拂衣也干脆："带本座去找她！"他想起身，但身子晃了晃，没起来，反而又出了一身汗。

周围的人终于反应过来了！

这些人中女子还好说，对帝拂衣的感情比较复杂，但男子就不一样了！男儿血性，又是在这样恶劣的环境中锤炼了这么多年，一个个都像狼一样狠，他们每天做梦都想着要痛扁帝拂衣这个罪魁祸首一顿！

现在这人就在眼前，还受了这么重的伤，正是最虚弱之时，这时候不报仇啥时候报仇。

于是，这些人呼啦一声围上来，怒气冲冲：“帝拂衣，你也有今天！”

“帝拂衣，你今天也失陷在这里算不算天报？”

“帝拂衣，你还认不认得我？！老子只不过是和同伴开个小玩笑，结果就被你投进暗黑森林，险些丧命！十五年了！老子在这里被困了十五年！”

“……”

最开始是一人声讨，很快就引起周围人的同仇敌忾之心，声讨声一片。

有的人比较冲动，干脆直接对帝拂衣出手：“你也有今天，你去死吧！”

一人动手，其他人自然也跟着动手，一时之间，无数技能光向帝拂衣飞去！

这些人恨怒之下热血上头，出招自然不管不顾，先报仇再说！

好虎也怕群狼，更何况帝拂衣现在受了重伤，这些大招自四面八方向他拍过来，一旦拍中说不定他不等见到顾惜玖，身体就先废了。

就在这关键时刻，帝拂衣动了！

刚刚他还坐在那里似乎动弹不得，这一动却如闪电之光，唰的一声闪到罗展羽身边，直接说了一句：“本座是你妹妹的未婚夫！”

罗展羽一震，一声大喝：“且慢！”他立即出手，一道弧形光波闪过，将帝拂衣护在正中，那些朝帝拂衣砸来的各种技能光全部射在那道光波上！

就算是罗展羽功力高，也被震得晃了晃，胸口气血翻涌，险些吐出血来。

众人似乎没想到罗展羽会出手阻拦，愣了一下：“头儿，你这是啥意思？！”

“头儿，此人和我们有不共戴天之仇，今天势必不能让他活着离开这里！”

“不错，老子这次豁出去了，死也要拉着他陪葬！”

“……”

人人义愤填膺，有些人眼睛已经发红。

机不可失，时不再来！

他们先把这个大仇人杀了再说！

这些人又想出手，大蚌已经反应过来，身子一滚，将帝拂衣挡在身后，冲着那些人怒吼：“他可是左天师大人，是我家主人的未婚夫，就快成亲了，你们敢伤他？！”

众人：“……”

天雷滚滚，众人被雷焦了！

啾呜！远处一道光影一闪，陆吾冲了进来，九条尾巴红绸似的乱挥，如同九条鞭子，在空中挥出九条光影，向着围住帝拂衣和大蚌的人发出攻击。

众人还是不敢招惹这个小家伙的，于是再次后退。

陆吾像颗小炮弹，直接蹿到帝拂衣身边，九条尾巴迎风摇曳，在他眼前筑起一道屏障，嘴里还啾呜啾呜地怒吼。

这俩货是顾惜玖的灵宠，现在它们这么护着帝拂衣……

众人你看我，我看你，一时不知道该如何反应，手中依旧抓着兵器，脸色铁青。

众人略一踌躇的时间，帝拂衣已经开口："你们想不想出去？本座有法子！"

众人："……"

他们面面相觑，有人冷笑："你肯带我们出去？当初就是你把我们丢进来的！"

帝拂衣声音冷了下来，淡淡地道："冒充天授弟子者一律废去灵力投进暗黑森林之中，这是这个大陆的法则，本座是执法者。"

众人自然也明白这点，可是就此放过他，他日后如果报复……

帝拂衣似乎猜到了他们所想："你们对本座有怨亦在本座意料之中，本座既然敢进来，自然不怕你们报复，你们真觉得能杀得了本座？"

众人看了看他苍白的脸，再看看他似乎摇摇欲倒的身子。有人冷笑："你现在这样就算是童子也能将你杀死……"

他一句话没说完，忽然眼前人影一闪，身上骤然一麻，等他反应过来，发现已经落在帝拂衣的掌中。

帝拂衣莹润的手掌横在他的脖颈上，声音冷如薄冰:"谁杀谁？你的功夫尚不如童子？"

那人脸色变了，微张着嘴说不出话来。

帝拂衣这一手很有震撼效果，原本有些蠢蠢欲动的人们顿住了脚步。

帝拂衣目光一扫，唇角轻勾："你们如果此时停手的话，本座可既往不咎，如果再不知道死活上前，本座保证，你们此生都休想走出此地！"

这番话果然很有震慑效果，再加上帝拂衣平时太过强大，这些人打心底里有些怕他，听他如此一说，心中微动，手里虽然还是握着兵器，但尖端已经不再指着帝拂衣，语气还是有些半信半疑："此话当真？"

"自然。"帝拂衣声音淡淡的。

帝拂衣将抓住的那人随手一推，放开了他。

众人："……"

事情发展到这里，他们也不想再动手了。

刚才他们是愤怒之下头脑发热才如此冲动，现在他们稍稍冷静下来。

他们杀了左天师后患无穷，更何况还未必能杀得了他……

罗展羽略一沉吟，道："诸位少安毋躁，一切还是等惜玖回来再说。"他又转头看向帝拂衣，"阁下毕竟来历不明……"

他正要说将帝拂衣留在此，等顾惜玖回来再做定夺。

没想到帝拂衣却不再看他，直接敲了敲大蚌的壳："带本座去找她！"

“好！”大蚌答应一声，身子一趴，等着帝拂衣上来。

“张壳。”帝拂衣只说了两个字。

大蚌一头雾水地张开了壳，然后帝拂衣就施施然地迈进它的壳内：“好了，去找她。本座怕颠，你跑稳当些。”

大蚌：“……”

这位左天师还真是无论何时都这么会使唤蚌。

大蚌一溜烟跑了，连陆吾也在后面跟着，一路狼烟滚滚，眨眼不见了影子，显然他们是找顾惜玖去了。

罗展羽：“……”他简直不知道该说什么好。

那只看人下菜碟的大蚌！

众人你看我，我看你，一时也不知道说什么好。

罗展羽轻吸了一口气：“我听说左天师重诺，他既已承诺今日之事既往不咎，就不会再找大家麻烦，他既已经进来了，说不定真有带大家出去的法子。”

众人纷纷称是，罗展羽到底不放心：“我去看看。”他也随后追去了。

大蚌觉得有点儿郁闷，左天师身上遍布血渍，受伤很重，需要治疗。

左天师大人身上的血真香，而且就在它嘴边上……

那感觉就像一个贪吃甜食的孩子守着一大块巧克力，让它垂涎三尺。

当然，给它八个胆子它也不敢把左天师大人给吞了！它只能悄悄地舔嘴唇，顺便将左天师大人衣服上沾染的血渍舔一口再舔一口，就当解馋了……

大蚌的小心脏紧张得怦怦乱跳，倒不是春心萌动，而是怕左天师大人察觉它馋他血肉的心思。

大蚌明显想多了，帝拂衣坐进它的壳里后就开始打坐，甚至没有和它聊天的兴趣。

顾惜玖带着这三只灵宠逃婚的时候，并没有对它们说自己是逃婚，只说需要采点儿药，后来被困在这里，大蚌觉得这娄子是自己捅出来的，一直在顾惜玖面前讨好卖乖，压根不敢问她关于帝拂衣的事。

现在它驮着帝拂衣，心里还是很忐忑的。

它觉得自己害得主人被困在这里，左天师大人必定在外面久候不至，所以设法进来找媳妇儿了。

主人给它留面子，不追究它捅的这个娄子，但左天师大人如果知道了，他气怒之下说不定会把它的蚌壳敲烂！

但它又不能撒谎，因为一旦主人和左天师大人见了面，必定会将事情说得清清楚楚，到那时说不定左天师大人就该找它麻烦了！

主人曾经说过什么来着？

坦白从宽，抗拒从严，自首有减罪的可能。

于是大蚌就小心翼翼地开始坦白了：“左天师大人，这次我不是故意的，实在是雨太大，老天还轰隆隆地打雷，我最怕打雷了，所以就用您教的遁地术遁入地底，想躲过了雷雨就出来，却没想到在里面我迷了路，而主人和陆吾他们都醉着，我只能拼命钻啊钻，一不小心就钻到这里面来了……”

正在打坐的帝拂衣指尖微微动了一下，大蚌唯恐他惩罚自己：“这几天我其实一直想将功赎罪，再钻出去的，结果这个地方许进不许出，我在地底钻了好多方向，都没找到出路……”

帝拂衣终于睁开眼睛，看着一脸讨好的大蚌，他微眯了眯眼睛：“她喝醉了？从头说！”

大蚌不敢隐瞒，竹筒倒豆子似的把顾惜玖带着它们来暗黑森林所发生的事说了一遍，大蚌口才还是很不错的，将这些事讲得有条有理，清清楚楚。

帝拂衣瞧着这只大蚌，终于明白顾惜玖为什么带着三只灵宠撞入此地了！

原来是大蚌误打误撞！

不过，这真是偶然吗？

暗黑森林虽然不见天日，也下雨，但几乎是不打雷的，一年也碰不到一次两次，却被这只大蚌给碰到了！

能把这只大蚌吓得乱钻的惊雷必定十分凶险，只怕不是普通的惊雷，而是天之劫雷！这种劫雷可以附着在蚌壳上，被大蚌带入地底，而那天也是阵眼相对脆弱的时候，这才让带劫雷的大蚌在蕉奶果树下钻破结界，以至于进入阵眼之中。

劫雷，会遁地术又喜欢迷路的大蚌，阵眼最脆弱之时，这些关键因素好巧不巧地碰在了一起，这只怕不是巧合，而是天意。

大蚌讨好地蹭了蹭他：“左天师大人，你特意进来的是吧？弄这一身伤是苦肉计？好让我家主人心疼吧？她如果看到了肯定会心疼的，你受这一身伤还能出奇招镇住那些人，真了不起。”

它喋喋不休，帝拂衣微闭了闭眼睛只说了五个字：“少废话，赶路！”

于是大蚌闭嘴了，专心赶路。

大蚌的嗅觉还是极灵敏的，再加上旁边陆吾的指引，它很快就找到了顾惜玖曾经走过的路线，然后循着她的气息向前走。主人的气息越来越明显，大蚌松了口气：“左天师大人，我们就快见到她了，应该离这里不足二十里路了……”

“啊哦……”极远处忽然传来凶兽的吼声。

大蚌抬头一瞧，吓了一大跳！

一条长长的虹影出现在半空中，那虹影如练，鳞片闪耀，在天光下如雨后彩虹。

大蚌下意识地停住了如风的脚步，蚌壳抖了抖！

虹影魔龙！

那是八阶兽虹影魔龙啊！这后山上怎么会有这么高阶的兽？不是最高等级才七阶吗？！

虹影魔龙一声长啸几乎要震动天地，伴随着长啸声，大蚌看到有一道青影在魔龙身周纵跃如飞，强大的技能光几乎要割裂空气。

明明离得还极远，但山里已经刮起了狂风，大蚌屏住了呼吸！

主人！那道青影是它的主人顾惜玖！

她居然在同魔龙周旋，而且还没露败象。

当然，在她身周还有其他人，因为大蚌看到还有数道不同颜色的技能光向那魔龙飞去。

叱咤声、兵刃撞击声、兽吼声……不时传来，显然那里正进行着一场激战。

大蚌是七阶兽，凡是兽类对高于自己的猛兽都有本能的恐惧，所以大蚌看到魔龙后，也感觉腿肚子有些转筋。

它一扫周围，发现那些草窝里、山坳里，很多凶兽都在探头探脑，大概也被魔龙吓到了，一个个缩着身子趴在草丛里。

倒是陆吾一脸兴奋，啾呜啾呜地叫个不停，它速度快，这时候它顾不上大蚌了，闪电般向打斗方向冲了过去！

大蚌在蚌壳发软之余，心里还在琢磨，它是在原地等待，还是跑过去看看？

又一想，它壳里还装着本事最大的左天师呢！

以左天师的本事，不要说一条刚够八阶的魔龙，就算是传说中的九阶兽也不在话下啊。

于是大蚌硬着头皮开始向前冲！

主人，你撑住，我给你带帮手来了！

第六十四章　遇险

大概是受那个梦的影响，顾惜玖今早一起床就感觉心浮气躁，打坐片刻也无法静心，这种状态下是无法炼药的，所以顾惜玖想了想，干脆进后山去采药，她想吹吹风冷静冷静。

她进山以后，山风一吹，浮躁的心终于有点儿平静了，但还想找什么东西发泄发泄。

她干脆一路走，一路打怪。

碰到不长眼的想来啃她的凶兽，都被她一路狂砍，直接砍死了。

这种发泄方式果然很管用，当她把第七只凶兽送回姥姥家的时候，她感觉心里舒服多了！

她终于采到自己想要的药草，感觉心情也好了不少，这才准备回去，没想到还没开始瞬移，她就听到远处传来惊呼之声。

听声音是负责打猎的那些人发出来的，他们遇险了！

顾惜玖闻声直接瞬移过去，结果就看到了那条魔龙。

那条魔龙也不知道从哪儿蹿出来的，打了那些猎人一个措手不及，顾惜玖赶到的时候已经有三个人受伤，其他人则围着那条魔龙拼命。

这次出来打猎的有二十人，都是村寨里的高手，但这些人围着那条魔龙依旧落了下风。

顾惜玖有些纳闷，一边为其中一人包扎一边问：“这是八阶兽啊，你们打不过为什么不跑？”

那人脸色苍白地回答：“它是虹影魔龙啊，这玩意儿很记仇的，只要砍它一下它就能追杀到死，现在跑的话它会直接跟到村子里去的！”

顾惜玖皱眉：“既然知道它这么厉害，你们怎么还去招惹它？”

那人几乎要哭了：“这条魔龙有点儿神经病啊，它会化身，化为一条冉蟒在一个洞里趴着睡觉，老大这次出来就是为了猎冉蟒的，说冉蟒肉好吃，皮也漂亮，冉蟒皮可以为顾姑娘做双好鞋子，还能缝制个蛇皮袋装药草，结果就惹到它了……”

顾惜玖在片刻间就为受伤的三个人包扎好伤口，在包扎的同时，她也注意观察了一下那条魔龙发招时的路数，心里琢磨应对之策。

等她包扎完，应对之策也琢磨得差不多了，她立即纵身上前，加入了战斗。

此刻领头围攻魔龙的是百里策，他的功夫在这些人中是最高的，此刻也是主力，他早就看到顾惜玖来了，只不过一时分不出精神来打招呼。

他见她忽然加入了战斗，吓了一跳，在他的观念里，和野兽打斗是男人的事，女孩子太柔弱，能救护伤病员就很不错了。

现在顾惜玖纵身一上，他下意识地开口：“顾姑娘，太危险，你不必来！”

说话分神，他险些被魔龙一爪子抓中肚子！还是顾惜玖在危急时刻扯着他一个瞬移，避开了魔龙：“少废话，你们兵分三路……”

顾惜玖迅速说了组队打魔龙的要求，百里策还是相信她的，立即招呼人按照顾惜玖所说的法子，列阵和魔龙搏斗。

普通围攻和列阵围攻效果明显不一样，这些人调整了各自的站位，效果立刻显现出来！再加上顾惜玖的瞬移术，不出手则已，一出手必然会在魔龙身上添一道流血的大口子。

虽然不是致命伤，但也让这条魔龙暴跳如雷！

它仰天一声长啸，直接飞了起来，如虹桥一样悬在半空。

它这一吼很有震撼效果，围攻的人也被震慑到了，手底下的速度也慢了下来。

意外就是在这时候发生的，那条魔龙飞起的时候，爪子扯到了百里策的手臂，然后硬生生地将他的手臂扯了下来！

血雨飞溅，百里策一声闷哼，向后踉跄了好几步！

顾惜玖如风一般在他身边掠过，直接点了他手臂上的数个穴道，为他止住了血，说了一句：“保存好断臂，待会儿我能为你接上！”说完，她在他手里扔了一瓶药，“先吃一粒！”

她在他身边停顿不过三秒，然后直接和魔龙打斗在一起。

断臂之疼痛彻骨髓，百里策倒是条汉子，很有孤狼的好勇斗狠精神，居然没

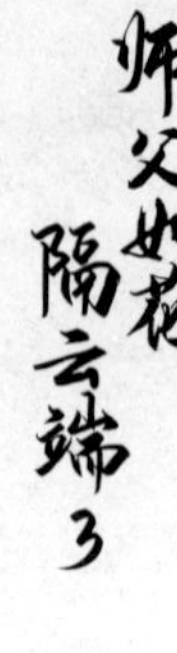

疼晕过去，他咬牙吃了药，缓了缓，用布条将断臂一勒，左手兵刃一扬，重新加入战斗……

好虎也怕群狼，更何况这些人训练有素还会列阵。

再加上神出鬼没的顾惜玖，魔龙再威风，也开始落了下风。

为求速战速决，顾惜玖在兵刃上抹了数种毒药，一种不管用就换另一种，在魔龙身上做试验。

就在这时候，陆吾到了。

小家伙很兴奋，一来就直接加入战斗！

小东西虽然个头不大，和魔龙相比，就像大象旁边站着的麻雀，却极能打，九条尾巴长鞭似的摆动，每次挥动就是一道可以割裂魔龙皮的技能光，看得人眼花缭乱。

而且它很懂得配合顾惜玖作战，这只小兽可以和在场的六七位精英媲美了！

这样一来，这场战斗结束得毫无悬念，五分钟之后，魔龙被杀，重重地砸在地上，抽搐几下就不动了。

陆吾大喜，熟门熟路地跳到魔龙脑袋上，一爪子劈开了魔龙的头盖骨，将里面的内丹掏出来，纳入口中吞了下去。

众人看得目瞪口呆，他们还是第一次看到陆吾猎兽，没想到它如此厉害。

陆吾吞了内丹以后才想起自己要做什么，冲着顾惜玖啾呜啾呜地叫着，九条尾巴盘旋飞舞，似乎在比量一个什么人出来。

因为没有大蚌这个翻译，所以顾惜玖压根不知道它想说什么，这时候她也没心思猜。所以她拍了拍陆吾的脑袋："乖，内丹吃了需要消化，不然会爆血管，赶紧去运功消化，我还有事要做，不能陪你玩……"

她绕开它走到百里策身边，百里策疼得脸色煞白，手里却抱着自己那条断臂，他不想做独臂大侠，他满怀希望地看着顾惜玖："惜玖，这断臂真能接上？"

顾惜玖稍一查看断臂茬口，点头道："能！"

断臂要想接活必须在一个小时之内动手术，而动手术自然不能在荒郊野外，需要回村寨。

事急从权，顾惜玖这个时候自然顾不得男女之别，正要扯着百里策瞬移离开，远处大蚌风沙滚滚地跑了过来："主人！我给你带来了帮手……"

它眨眼来到跟前，忽然看到已经死透的魔龙，愣了愣："咦，主人，你们已经把它杀死了啊！主人，你真厉害！"

顾惜玖这个时候自然没心思和大蚌说废话，她仅嘱咐了一句："大蚌，待会儿把魔龙的筋扯出来，我有用。"

不待大蚌再开口，她一扯百里策的手臂："跟我走！"然后她唰的一声直接瞬移了。

大蚌："……"

它张着壳傻了片刻，这就跑了？！

她还没见到左天师大人呢！左天师大人也受伤了啊！

它下意识地向壳里一瞧，发现一直打坐的帝拂衣刚刚站起，望着顾惜玖消失的方向脸色不是一般苍白。

大蚌咳了一声："她……她急着救人，大概没看到您，这个……我再驮您回去吧？"

帝拂衣没说话，身子却微微晃了晃，望着远处默不作声。

此刻周围的人也反应过来，看着大蚌壳里的帝拂衣，他们有些纳闷："这位是？"

大蚌已经吃过道破帝拂衣身份的亏，所以这次它学乖了，含糊了一句："他是新人……"

没等那些人再问，它又加了一句："也是我家主人的未婚夫。"

众人一脸震惊！

帝拂衣的表情却是极淡定，他只说了一句："回去！"

"哦！"大蚌答应，猛然一个回身，帝拂衣在它的壳里晃了晃，忽然吐出一口鲜血，全喷在大蚌壳内的身体上。

大蚌吓了一跳，忙低头看，见帝拂衣面色如雪，闭着眼睛动也不动。

大蚌虽然不懂医术，但它还是能感应到一个人的气息强弱的，帝拂衣气息很弱，竟然是垂死的征兆。

大蚌傻了，用斧足小心地在帝拂衣身上探了探，几乎感应不到帝拂衣的心跳。

这是真的还是装的？

左天师大人有这么虚弱的时候？！

大蚌又用斧足推了左天师两三次，结果他依旧动也不动，脸色也越来越白，唇角溢出来的血有不少沾到了他的脸上，他也没擦掉。

大蚌这辈子没见过这么狼狈的左天师，它终于慌了，也顾不得听从主人的吩咐去剥龙筋了，直接关了壳就往回赶。

主人，左天师大人病危了啊！你先给他瞧瞧！

帝拂衣这次确实不是装的，蕉奶果树是棵丝毫不打折扣的大树，非性命垂危者不救，所以帝拂衣确实是在性命垂危时才进来的。

他虽然在事前有筹划，准备了保命的丹药，醒来后也及时吃下了，但身上所受的伤那是一点儿也不含糊的，实在是虚弱到了极点。

他制住人看似轻松，其实耗费了他现存的所有力气，这才能将所有人镇住。但他也到了强弩之末，他用尽了所有力气也仅仅支撑着自己不倒而已。那时候不要说来个高手，就算来个普通壮汉也能将他直接打倒！

他到底强大，虽然身体昏迷，但神魂还是保持清醒的，用神魂之力维持着身体的生机，但也就能维持三个时辰而已。一旦超过三个时辰，他也回天乏术，只能放弃肉身……

她会先救他吗？

或者说她能及时发觉吗？

今知天意是无情。

惜玖，你我这段缘分是我强争来的，难道真是强扭的瓜不甜？

大蚌正在飞奔，正碰到循着它的踪迹赶来的罗展羽。

大蚌知道罗展羽是大夫，立即向他求救，打开蚌壳让他先看看。

罗展羽稍一检查就皱起了眉头。

帝拂衣的气息太弱了，如风中残烛随时会熄灭的样子。

罗展羽也不敢耽搁："走，速去百愈室！"

百愈室是罗展羽救人的地方。

百愈室就是一顺百顺的意思。顺利痊愈，是每个病人的愿望。

因为人们天天要打猎采集，受伤的事可以说每天都会发生，有时候甚至一天发生好几起。

原先就罗展羽一个大夫外加两名助手，有些忙不过来。

顾惜玖来了以后，众人也为她修建了一座医室，和罗展羽的百愈室相邻，方便二人互相帮忙。

顾惜玖的医术要比罗展羽高很多，所以这里的人干脆给她的医室挂了一个"千愈室"的牌子。

顾惜玖将百里策直接带回了千愈室。

百里策已经要痛晕过去了，冷汗冒了一层又一层！

动手术自然是要脱掉上衣的，百里策开始还扭捏了一下，他觉得在女孩子面前光膀子有点儿不好意思。

只不过他扭捏的话还没来得及说，就被顾惜玖打断了："少废话！"她直接将他上身的衣衫全部扯下来扔掉，露出他肌肉虬结的上身。

百里策身材很有料，他也以身材有料自傲，他觉得没有哪个男人有他这样的肌肉，这么有男人味。

他每次脱衣的时候，哪怕只是露出两条胳膊，也能吸引女子的目光。

他这是阳刚之美，男人味十足。

此刻男人味十足的百里策像只白条鸡似的躺在床上，他忍不住看向顾惜玖的眼睛，想从她的眼中看出一点儿惊艳之色。

结果，顾惜玖看他的目光没有丝毫波动。

确切地说，她并没有看向他的身体，只盯着他的伤口。

百里策咳了一声："我……我会负责……"

顾惜玖无语，怪不得说女大夫不好当，如果看了男人的上身就要男人负责的话，估计她这辈子不用干别的了，就剩下一次次嫁人了！

"不必，再啰唆一句，我让你这条胳膊再也长不上！"

一句话镇住了百里策，他不敢再说话了。

顾惜玖怕他在手术时挣扎，让他躺在床上后，又给他灌了麻沸散，顺便给他点了穴。

麻沸散是顾惜玖根据现代麻药的药性，自己采药熬制的，虽然没有现代麻药效果好，但还是很管用的，而且病患还不会晕，痛楚会大大减少。

接手臂是个细致活儿，为防止被打扰，顾惜玖干脆锁上了门。

一切准备停当后，她正要开始为他接手臂，门口传来小爪子的挠门声和陆吾的啾呜声。

顾惜玖感觉自己今天格外心烦气躁，心里莫名其妙慌慌的，有些静不下心，陆吾的挠门声让她更心烦，呵斥了一句："陆吾，别闹！我正给人动手术，不能打扰，你再闹我就不要你了！"

她的吓唬很有效果，挠门声消失了。

百愈堂内，帝拂衣强撑着醒过来，他知道自己的伤势，所以他醒来的第一件事就是嘱咐大蚌："去叫你家主人来。"

大蚌正忙着，就让陆吾去，陆吾也知道事情紧急，转身就跑了。

只不过它出去得快，回来得也快，片刻后它就垂头丧气地回来，冲着大蚌啾呜啾呜一阵乱叫。

大蚌看了看帝拂衣："陆吾说她正给别人动手术，来不了。"

帝拂衣眸光黯了下去。

罗展羽道："还是我来救你吧，我的医术也挺高的。你这样的伤我也可以治。"

帝拂衣嘴唇翕动了两下，似乎想说什么，却没说出来又晕了过去。

罗展羽不敢怠慢，忙为他疗伤……

顾惜玖呵斥走陆吾后，轻吸了一口气，继续动手术，每条血管都需要接活，每条经脉都需要连上，骨头要对好……

她压下心底莫名的不安，有条不紊地忙碌，时间一分一秒地过去。

一个时辰过去了，一个半时辰过去了，那手臂已经接上了大半。

她正忙碌，门外又传来急促的敲门声。

她有些不耐烦，她曾经明确说过，她为人动手术时禁止任何人打扰，这又是谁这么不懂事？！

“闹什么？！走开！”

“惜玖，是我，你快开门，我有急事跟你说！”罗展羽的声音传了进来。

顾惜玖一怔，看了看手下做了一半的手术：“哥，我正为百里策动手术，他的胳膊必须快速接活，要不然他这条手臂就废了……”

“惜玖，还有一个人也受了重伤，哥也救不了他，你来看看……”

顾惜玖皱眉：“再给我半个时辰……”

“主人，左天师大人不好了啊！他只怕等不了你半个时辰，你快来救救他！”大蚌带着哭腔的声音传了进来。

当的一声，顾惜玖的手术刀掉在了地上！

她猛然打开门：“什……什么？”

大蚌在门外哭成了泪蚌：“左天师大人来了，可是他受了重伤，快没气了……”

顾惜玖足下踉跄了一下，前因后果这个时候是来不及问的，她只问了一句：“他在哪里？”

“在我的百愈堂……”罗展羽开口。

顾惜玖身形一闪，直接不见了。

罗展羽：“……”

做了一半手术的百里策张大嘴：“我……我的胳膊还没接上……”

罗展羽忍不住抚了抚额头，他一直不太清楚帝拂衣和顾惜玖之间到底是怎么回事，也不清楚帝拂衣在顾惜玖心目中到底是什么分量，但看到这二人的行为，很明显他们都很在乎对方。

早知如此，他刚才将帝拂衣救回来时就应该直接来砸顾惜玖的门，而不是自己耽搁了半天，发现实在救不了才来叫顾惜玖。

但愿顾惜玖能将他救回来，如果左天师就此死去，只怕妹妹会崩溃。

但愿一切还来得及！

他看了百里策一眼，心说这个时候不要说你的胳膊还没接上，就算你的脑袋还没接上，她也会第一时间去救帝拂衣的。

罗展羽的医术也是很厉害的，百里策的胳膊已经完成大半，罗展羽只要再为他缝合外围的皮肤组织，上一些药就差不多完成了，所以罗展羽留了下来。

顾惜玖几乎是扑进百愈堂的，她终于看到了帝拂衣，手指在袖中颤抖起来。

她从来没见过这么脆弱的帝拂衣，帝拂衣双眸紧闭，脸色像纸一样白，薄唇抿成一条线，几乎和脸一样白，唇角有血，脸上也有血，头发纷乱铺在他的身下，他的手仿佛捏了一个法诀，在那里动也不动。

单看他的模样，就是一个死人！顾惜玖在他身上看不到一点儿生机。

他为什么会来？他怎么来的？他什么时候来的？……

这些问题这时候全不重要，顾惜玖直接扑到他的身边，查看他的伤，为他诊脉。

这时候她的大脑一片空白，近乎机械地做着一切，脑中只有一个念头，绝不能让他死！就算她死了，她也不想让他死！她要救活他！

他的脉搏时断时续，心跳若有若无……胸口处断了四根肋骨，其中一根扎入了心室，他应该受到了致命的重击，肝脏破裂内出血，腹部有一道大血口子，虽然已经被罗展羽处理过了，但看伤口深度应该也伤到了内脏……

帝拂衣这样的伤势如果是普通人，此刻早就轮回去了！

顾惜玖越检查手越抖，他居然伤成这样！怎么会？怎么可能？！

“帝拂衣！帝拂衣！左天师大人，左天师大人！拂衣！拂衣……”

顾惜玖一边为他急速检查，一边拼命叫着他，想唤回他的神志。

他这样的伤医生治疗是一方面，还需要患者有极强的求生意志，要不然就算顾惜玖有妙手回春的能力，对他这样的伤也无能为力。

她叫遍了对他的所有称呼，他却没有一丝反应。

“主人，他是不是要死了？”大蚌眼里含泪，它是真不希望左天师大人出事，虽然左天师大人对待它们三个很严厉，天天给它们布置一堆任务，让它们生不如死，但他也确实教给它们真本事，说它们是顾惜玖的左膀右臂，只有变强才能护主。

他还给它们丹药吃，让它们的灵力提升的速度比自然提升快了一倍还多！

这样的左天师大人是不能死的，他死了主人怎么办？主人是不是就成小寡妇了？

“我不会让他死！”顾惜玖像发誓，在心里加了一句：哪怕用我的命来换！

她虽然逃婚了，虽然想和他桥归桥路归路，但她从来不希望他出事，当然更不想他死，甚至想想就怕得浑身发凉，几乎不能想象他如果真的死了她会怎样。

她迅速为他治疗，大蚌在旁边似乎喋喋不休地说着什么，她压根听不到，眼里只有他的伤……

事不关己，关己则乱。

顾惜玖在为他人治疗的时候，无论那人受伤多么严重，场面多么惨不忍睹，她也能眼也不眨地为人治疗，心态极稳，压根不会手抖。

但现在她的手抖了，抖得不像是自己的。

这样不行，做手术手必须要稳！要不然稍稍一抖就会要人命！

而她现在也没有其他人可以指望，只有她能救他的命。

她猛地掐了自己的手臂一把，只有剧痛才能让自己保持清醒。

不会的，他不会死的！顾惜玖，你要稳住！

他是神，他不会死！这天下人死绝了他也不会死！现在你唯一要做的就是为他疗伤，不要想乱七八糟的。你给我镇定！

她深吸一口气，再深吸一口气，握住他一只冰凉的手："帝拂衣，我不许你死！你听到没有！你九死一生来这里，是不是想和我说什么？你还没有说，我还没有听你说，我想听你说……"

她声音哽咽，眼泪模糊了视线。

她再吸一口气，狠狠擦掉眼泪，附在他的耳边威胁："左天师大人，你如果死了，我就陪你去死！我会去阴司找你算账！"

一个时辰过去了，她正在忙碌，罗展羽悄无声息地进来，看到顾惜玖正为帝拂衣做手术，她的脸色虽然煞白，但动作流畅娴熟，丝毫不乱。

罗展羽很佩服她！

一般大夫很少能做到这点，为自己最在意的人动手术还能如此镇定真的不容易。

如不是看她脸色苍白得厉害，看向帝拂衣的眼眸中明显写着在乎和担忧，他几乎以为顾惜玖对帝拂衣并没有多深的感情。

他怕她忙不过来，想为她打下手。

顾惜玖不让，她不想让任何人碰帝拂衣的身子，更何况这种外科手术罗展羽也确实插不上手，她自己就可以。

罗展羽只得沉默地退到一边，偶尔给她递个剪子、镊子之类的。

顾惜玖一直没说话，也没问百里策现在怎么样，她已经忘了那个人。

顾惜玖今天其实很累，一天都在打凶兽，尤其是最后和魔龙的对阵更是累得不轻。

刚才为百里策动手术忙了一个多时辰，现在又为帝拂衣动手术再次站了将近两个时辰。

一个时辰就是两个小时，三个时辰就是六个小时。

外面已经半夜了，她依旧在忙。

她虽然始终很镇定，但苍白的脸色、冒汗的额头还是暴露了她的真实状况。

其间罗展羽想替她，都被她拒绝了。

手术一直持续了近三个时辰才完成。

被刺破的心室补好了，断掉的肋骨被重新接上，其他内脏所受的震裂伤也被她用灵力重新修补好……

手术虽然完成了，但帝拂衣始终没醒，一直没什么反应。

罗展羽看顾惜玖的脸色实在太差，就逼她出去歇歇，他在这里守着帝拂衣就行。

顾惜玖再次摇头，她只喝了一口水，就扯了把椅子坐在帝拂衣身边，一副要在他身边扎根的架势。

罗展羽没办法，只得出去亲手为她做消夜，等做好了端过来时，发现顾惜玖坐在那里，两只手握着帝拂衣的一只手，将自己的脸放进帝拂衣的掌心中，正在低语：“左天师大人，别睡了好不好？你先醒一下，先醒一下……你这么睡，我害怕……”

她的声音有些哽咽：“帝拂衣，我害怕！我真的害怕……”

他的手一直冰凉，顾惜玖两只手给他焐着，试图用自己的体温将他暖过来，她的脸贴在他的掌心，眼泪也滴落在他的掌心。

在这个无人的深夜里，她守护着他，终于撑不住了，露出了她的脆弱。

罗展羽心里也酸酸的。

妹妹进来十几天了，她做事干脆强势，他就没见她怕过什么，但现在他清清楚楚地感受到了她的怕！

她怕帝拂衣死，怕得要命！

这时候连大蚌和陆吾都很乖，缩在角落里不敢上前打扰。

罗展羽上前测了下帝拂衣的脉门，他的脉搏还是时断时续，跳得极慢，正常人一分钟七八十下，他的也就四十下左右。好在搏动比刚才有力多了，证明顾惜玖的手术很成功。

他安慰顾惜玖：“惜玖，别怕，左天师他可是极强的，应该已经接近神体，他这辈子肯定经历了很多风浪，也禁折腾不会轻易死的……他才进来时也是性命垂危，但还是凭身手制住了一个人，这才镇住全场……”

顾惜玖刚才一直忙着救人，压根没想帝拂衣到底是什么时候进来的，怎么进来的，此刻听他如此一说，忍不住问了几句。

罗展羽就把帝拂衣进来时的情景简略说了一遍，顾惜玖看向缩在屋角的大蚌，大蚌缩了缩身子：“主人，我尽力了……”

“你见我时为什么不第一时间告诉我他受伤来找我？倒先说了两句废话！”

大蚌如果当时说了，她肯定会先救他……

或许还能救治得早一些。

大蚌无话反驳，缩回壳内，它貌似见了主人说的第一句话是夸主人英勇来着，只不过还没等它多说两句，主人就带着人瞬移了……

这时候不是追究任何人责任的时候，顾惜玖轻吸了一口气，让罗展羽去歇着，她这个时候无论如何也不会离开帝拂衣的。

罗展羽拗不过她，只得逼着她先将那碗消夜吃了，想了想，他觉得帝拂衣这里反正没什么事，想让顾惜玖再去瞧瞧百里策。

顾惜玖摇头：“不必瞧了，他那手术我虽然没做完，但神经骨头之类的主要经脉已经接好，你再给他多用点儿药……”她说了几种药物的名字，让罗展羽去照顾百里策。

显然，她是不肯再动窝了。

罗展羽瞧着她："惜玖，你爱他，是吗？"

顾惜玖一窒，看了看床上的帝拂衣，倒不否认："是的。"

"那你为何……是不是他做了什么对不起你的事？"罗展羽想了解一下事情的来龙去脉。

顾惜玖微垂着眸子，她和帝拂衣的事太复杂，不是三言两语能说清的，再说她也不是喜欢把感情的事跟别人诉说的人，所以她摇头："哥，我有点儿累，不想说那些。"

罗展羽看着她苍白的脸色，也不忍逼她了，又嘱咐了她两句，转身走了。

第二天一大早，他不放心妹妹，又来了，发现顾惜玖在为帝拂衣擦拭额头、腋窝等处，比小蜜蜂还忙。

"他怎么样了？"罗展羽看了看帝拂衣，发现他依旧没有醒来的迹象。

"他晚上发烧了，现在刚刚退了烧……"顾惜玖顶着一双熊猫眼回答。

罗展羽心中一疼，不用问顾惜玖是在这里守了一夜，压根没休息。

罗展羽上前测了测帝拂衣的脉门，和昨晚几乎一样，他不由得皱眉："他一直没醒？"

顾惜玖点头："是……或许我昨夜为他动手术时给他服用的麻沸散多了点儿，所以让他这么睡……哥，你摸他脉门是不是感觉比昨夜有点儿起色了？"

她的医术明明比罗展羽高，罗展羽能看出来的她自然也能看出来。

只是因为顾惜玖盼着帝拂衣好转的心太急切，她反而失去了平时的判断力，只希望自己看错了……

罗展羽看着她期待的眸子，不忍心说实话，所以违心地点了点头："嗯，比昨夜强了点儿，惜玖，你别太着急，他受伤太重，所以醒来得迟些也是正常的，好歹他没恶化不是吗？"

顾惜玖点了点头，下意识地说道："这倒是，手术后十二个时辰是危险期，现在还没满十二个时辰，没恶化就代表是好的……"她这番话像是解释给罗展羽听，又像安慰自己。

罗展羽心疼，这么失魂落魄却又强装坚强的顾惜玖，让他的眼眶忍不住发酸。

他不想看到妹妹这么累，于是再次逼她去休息，并保证他会在这里好好守着，绝不会让帝拂衣有一丝一毫的意外。

顾惜玖确实非常累，但她明白以她现在的状态，就算是回屋里肯定也睡不着，必须要守着帝拂衣她才能安心。

帝拂衣这样的伤还是尽量不要挪动，免得触及伤口。

她想了想，让大蚌把自己的床搬来，她要在这里睡。

罗展羽拗不过她，只得同意。

两张床并排放在一起，她只要一睁眼就能看到他的脸，顾惜玖这才稍稍放心，叮嘱罗展羽好好看着，她休息片刻。

顾惜玖平时贪睡，如在以往，累了这么久只要沾上床，她就能睡着。

现在她虽然躺在床上却睡不着，好不容易打了个盹，还梦到帝拂衣死了，然后被吓出了一身冷汗，醒了。

她第一时间去看帝拂衣的脸色，发现他的脸色依旧没有变化……

她心里焦躁，手术已经超过四个时辰了，按道理说，帝拂衣应该醒了！

何况他是神体，更不应该一直昏迷不醒才对。

那个关于他死亡的噩梦又浮上心头，让她的心脏紧缩，他不会一睡不醒吧？！

这样的结果顾惜玖不能接受！

可是这里就她医术最高，她不懂的事其他人就更不懂了，她想问苍穹玉，但现在她和苍穹玉无法交流……

三天！帝拂衣整整昏迷了三天！

他身上的伤已经开始愈合，是好转的迹象，可是他一直不醒又让顾惜玖异常焦躁，患得患失。

她压根没休息，这三天衣不解带地陪在他身边，时刻注意他的动静。

当然，这三天她也用遍了所有的法子，但帝拂衣就像变成了植物人，无论如何也不醒。

随着时间的流逝，她越来越绝望。

又到了深夜，她守在帝拂衣床前，看着他宛如玉像般的睡颜，心头的绝望一阵紧似一阵。如果他就此长睡不醒，那她该如何是好？

她死死地握住帝拂衣床边的手："帝拂衣，你是在惩罚我吗？惩罚我没及时救你……算我错了好不好？你醒来看看我……你进来应该是想和我谈谈吧？可你一直不醒……帝拂衣，你醒来我听你解释，明明是你对不起我……明明是你有其他心上人，我才选择退出，可你又找来是怎么回事？帝拂衣，我不明白，我不明白你到底想做什么……"

她的声音里有些委屈："你起来和我说啊！"

她看他不醒又发狠："你现在执意不说，那以后我也不听你说了！你不希望我救治别人是吗？我偏偏去救治其他人……"

她絮絮叨叨地说着，没看到帝拂衣的指尖微微动了一下。

"算了，你不醒就算了。"顾惜玖又说了一句，起身想去倒口水喝。

她刚刚起身，忽然察觉自己的衣角被什么东西牵住，身后传来微弱的声音："你敢走试试！”

顾惜玖缓缓回头，见帝拂衣已经微微睁开眼睛，一只手扯住了她的衣角，他的手并没有力气，她一转身之际，衣角就在他的掌心滑落下来。

他醒了！他真的醒了！

他的眼睛湛然有神，正望着她。

二人目光相对，顾惜玖的心像是被什么击中，一直弥漫在心底的绝望瞬间被击退，像阳光照进阴云密布的天地，巨大的欢喜自胸腔里泛起，心像是瞬间充盈起来的气球，她鼻子发酸，眼眶泛红。

她抿了抿唇，眨了眨眼睛，眨去酸意，握住他的手：“你终于醒了！”

他的手微凉，而她的手比他更凉，小冰棒一样。

帝拂衣和她一握就微皱着眉头：“怎么……手这么冷？”手腕一翻，就想探测她的脉门。

但他现在手没有力气，手腕这一翻没翻过来，倒被她抓得更紧，她在探查他的脉门。

她轻轻吐了一口气：“你的脉搏比以前有力多了。”她又看了看他的脸，“气色也好了不少……”说到这里她的声音有些哽咽，顿住了。

没有人明白她这几天有多怕，怕他长睡不醒，怕他就此逝去。

她已经为他诊完脉了，却还下意识地握着他的手不放，唯恐一松手他就会又睡过去。

她虽然没说一句情话，但她微红的眼圈，冰凉的手指，凌乱的头发，淡青的眼圈，甚至脸上可疑的泪渍，以及此刻的形体语言都无声地说明她有多在乎他，说明她这几天有多难熬……

帝拂衣手指微微一紧，想将她扯进怀中抱着，但他没力气，这一扯没扯动她，反而挣疼了伤口。

顾惜玖一直盯着他，见他额头忽然冒汗，吓了一跳，忙又伸手摸他的额头：“怎么忽然冒汗了？还有哪里不舒服？伤口疼，还是哪里不舒服？”她连珠炮似的问了一堆问题。

“到跟前来。”帝拂衣道。

顾惜玖靠近他一些。

“再近些。”

顾惜玖：“……”再近些她就直接爬上他的床了！

“你要说什么？到底哪里不舒服？”顾惜玖只关心这个问题，不过还是又靠近了他一些，她已经半趴在他身边。

帝拂衣拍了拍身边：“上来吧。”

床虽然不大，但睡两个人还是绰绰有余的。

顾惜玖心中一跳，和他同床共枕？她和他之间的事情还没说清……

她现在就爬上他的床太不矜持了，所以顾惜玖没动窝。

帝拂衣轻叹："我这个样子你还怕我对你做什么？这么怕我？"

顾惜玖一挑眉："有什么好怕的？对了，你到底怎么样？"她看了看他的脸色，似乎比昏迷着时强了点儿。虽然他的脸色还苍白着，但唇上好歹有了一点儿血色，看来他不要紧。

她毕竟三天没休息了，这时候心气一松，就有点儿熬不住了。但她又不想离开他回自己屋里歇着，怕自己离开后他又晕过去。

所以她想了想，干脆把邻床稍稍向这边挪近点儿，然后趴上去打了个哈欠："我眯一小会儿啊，你先自己调息着。"

她困得难受，但不知道是不是熬过头了，躺下后明明眼睛酸胀却睡不着，她索性用自己的秘法数羊，刚刚数了一百只，忽似察觉到什么，猛然睁开眼睛，然后直接从床上跳了起来。

帝拂衣居然从床上下来了！

只不过他实在没力气，刚一下地就双腿一软，顺着床铺滑了下去……

顾惜玖的心脏险些跳出来，闪身就到了他跟前，抬手扶住他："你又做什么？！"一句话脱口而出，"帝拂衣，你就不能安生些？"

她好不容易才把他小命救回来，他想再折腾没了？

说完之后她觉得这台词似乎有些耳熟……

帝拂衣这个动作明显牵动了伤口，他满头冷汗，但一双眼睛却看着她："我想抱抱你……"

他这就像是在撒娇，顾惜玖无语，念在他刚从鬼门关爬回来的分上她只得妥协，将他小心翼翼地抱上床，幸好她力气大，不然真抱不动他。

她的模样像抱着一件易碎的青花瓷，动作极轻，帝拂衣扯着她的袖子："上来陪我。"

顾惜玖揉了揉眉心："好，好。"反正他现在也做不了什么，顾惜玖倒不担心他会趁机耍流氓。于是她也上了他的床，掀开被子钻了进去。

顾惜玖躺在床侧："这样总可以了吧？"

帝拂衣看看两个人之间的空隙，可以再睡上一个小的……

他没说话，而是准备吃力地挪挪。

顾惜玖忙按住他："你不许动！"

帝拂衣瞧着她："那换你动？"

顾惜玖："……"她咋感觉这台词画风有些不对啊！

为免他再出幺蛾子，顾惜玖干脆挪到他的身边，和他紧挨着。

这下二人身体相贴，彼此之间喘息相闻。

顾惜玖的鼻中是他身上熟悉的冷香，而这种冷香帝拂衣昏迷时淡得几乎闻不到。

现在重新闻到，顾惜玖眼睛有些泛酸，她其实一直很贪恋他的怀抱，每次钻到他的怀里，她就感到特别安心。

不过她现在不敢钻，一来名不正言不顺，二来他重伤未愈，她怕动作稍稍一大碰到他的伤口。

她下意识地又想摸他的腕脉，这是这几天养成的习惯。

帝拂衣就让她握着，一条手臂圈过来，半抱着她，这次不出幺蛾子了："睡吧，我看着你睡。"

顾惜玖对"睡"有点儿阴影："那你睡不睡？"

帝拂衣轻轻摇头："不睡。"他睡得够多了！

顾惜玖这才稍稍放心，于是她闭上眼睛，准备小憩一会儿。

说来也怪，她刚才自己独睡时说什么也睡不着，但依偎在他的身边后，她居然很快就睡着了。

帝拂衣垂眸看着她，现在的她其实一身狼狈，他却觉得她好看，她睡得很香，睫毛垂着，小扇子一样。

睡着的她少了棱角，恬淡得像个孩子。

他忍着疼痛将她向怀中抱了抱，她就下意识地抱着他的腰继续睡了。

她的小脸贴在他的胸口附近，温热的呼吸在那里流连，那感觉不是一般温暖。

帝拂衣忍不住低头在她的额前吻了下，虽然什么也不能做，但就这么抱着她，他也感觉满足得很。

于是他抱着顾惜玖闭着眼调息，他有一种特殊的调息方法，这种调息对疗伤最有效。

他刚刚闭着眼调息了一会儿，忽似察觉到什么睁开了眼睛。

顾惜玖居然已经醒了，半支着身子紧张地看着他，看到他睁开眼睛确认他是清醒的，她才松了一口气又躺下去，喃喃地说道："不错，你没晕……"一句话没说完她又睡过去了。

帝拂衣："……"看来他这几天的昏迷不醒给她造成的阴影不小，现在的她像个受惊的孩子。

他心中又酸又暖，索性也不调息了，就这么静静地抱着她看着她睡，如不出意外，她还会醒……

和他预料的一样，顾惜玖睡了一会儿又像受惊似的睁开眼看看他，看他醒着她才放心，然后接着睡。

就这样，她在他怀里睡了一个多时辰，一共醒了十多次，而且每次都要确认他醒着，还要下意识地摸他脉门……

到最后帝拂衣向她承诺："放心，在你醒来之前我绝不会睡！"

于是顾惜玖终于睡安稳了一些，最后这一觉睡得稍长一些，差不多有两刻钟。

等她再醒来的时候，看上去精神好了不少，当然她的第一反应还是看帝拂衣和摸他的脉门，帝拂衣乖乖让她摸，还不忘调笑她："我的手腕要被你摸出茧子了。"

顾惜玖的脸微微一红，她也感觉自己有些神经兮兮的。

于是她松开他的手腕，像专职大夫似的说了一句："你的脉搏有力不少，恢复得不错！"

帝拂衣瞧着她："来，告诉我，你几天没睡觉、没吃饭了？"他刚才也为她诊了脉，她的脉象虚浮，正是熬夜加营养不足的症状。

顾惜玖一顿，他昏迷的这几天她一直在这里守着，罗展羽虽然给她送过几次饭，但她都没胃口，每次只吃一两口。

那时候她是真不觉得饿，甚至心里总感觉被塞得满满的。

现在帝拂衣一问，她感觉饿得慌，身子也有些发虚，懒洋洋地回答："也没几天，你醒来就好了，我出去让人熬蕉奶果液给你喝……"

她跳下床正要出去，外面就响起了轻轻的敲门声，罗展羽端着一些吃食进来了。

他骤然看到帝拂衣醒了，讶然又欢喜："呀，你醒了！"

他长长地出了一口气："你昏迷了足足三天！"

帝拂衣看向顾惜玖，三天？她在他身边衣不解带地侍候了三天？

她虽然已经睡了一小觉，但黑眼圈依旧挺浓的，一双秋水般的眸子里布满血丝，甚至曾经饱满湿润的唇也变得有些起皮，头发有些打结，形容不是一般狼狈。

他心中又暖又痛，拍了拍她的手："我醒过来就没事了，你先去洗漱吃点儿东西。"

这句话倒提醒了顾惜玖，她下意识地摸了摸自己的脸，忽然想起这三天自己一直在这里忙碌，脸都没洗过……

晕，现在的她只能用两个字来形容——邋遢！

她顶着这张邋遢的脸在他眼前晃了这么久，还钻进了他的怀里！

顾惜玖的脸红了，她立即站起身，说了一声："我去洗漱。"然后她一溜烟跑了。

罗展羽忍不住揉了揉眉心，女为悦己者容，一向强势的妹妹在帝拂衣面前终于有女人味儿了，看来他妹妹真的掉进去了！

他转头看向帝拂衣："阁下真的喜欢惜玖？"

帝拂衣微闭了闭眼："这还用说？"

“喜欢到想娶她为妻？”

“如果她没逃跑，五天前是我和她的新婚夜。”

罗展羽一怔，脸色凝重起来：“婚前逃走……那定然是发生了让她难以接受的事情，要不然以她的性格和对你的感情，应该不至于逃走，你做对不起她的事了？”

帝拂衣睁开眼睛，他这辈子还没被人审贼似的问过，更何况审他的还是个小辈。

如在以往，帝拂衣压根懒得理会这小子，不过现在……现在罗展羽是惜玖的哥哥，那就是他的大舅哥……

算了，看在惜玖的面上，他不和这不知道尊卑的小子一般见识。

“我和她之间有点儿误会，我这次来会和她解释清楚的。”

“小玖性格大气爽快，她并不是一点儿小事就斤斤计较的女孩子，她又那么喜欢你，如果只是小误会，我想她不会逃婚……”罗展羽还是极为聪明的。

帝拂衣微垂着眼睛：“误会是不小，但我会解释清楚。”

罗展羽正色道：“我不管你和她之间到底有什么误会，但她既然逃婚了，那就证明她对你们这段感情并不看好，你让她没有安全感……”

他明显想到了自己父母之间的恩怨，如非伤心到极点，母亲当年又怎么会逃？！如不是父亲那样逼迫，她也不会跳崖寻死……

所以他最恨打着感情的旗号逼迫女子留在身边的事！

“帝拂衣，我知道你是尊贵的左天师，你的身份比小玖要高得多，你的年龄比我爷爷还大，你的心计肯定比我家小玖要深，毕竟整个大陆都说左天师大人算无遗策，除了圣尊大人，任何人你都不放在眼里。”

帝拂衣沉默片刻，终于问了一句：“你这是夸我？”

罗展羽哼了一声：“我在说事实！”

帝拂衣叹气：“嗯，那就是夸我了，虽然你这夸奖有些另类。所以你夸我半天到底想表达什么？”

罗展羽的手在袖中握了握：“我要说的是，你无论身份多尊贵，但在我心中你比不上我妹妹的一根手指头！我绝不允许你算计她，打着喜欢的名号囚禁她，让她活得生不如死。”

帝拂衣瞧了他一眼：“你不会把我当成你爹了吧？”

罗展羽：“……”

左天师大人说话很欠揍，让温文尔雅的罗展羽有向他挥拳头的冲动。

罗展羽确实有点儿暴躁，顾惜玖三天三夜没睡，他又何尝睡安稳了？

他总是做噩梦，不是梦到顾惜玖殉情自杀，就是她失魂落魄地在雨中大哭……常常把他吓醒，醒来就跑来看她，顺便看看帝拂衣死了没有。

现在帝拂衣好不容易醒了，看他的精神应该死不了了，他死不了妹妹就不会出意外，所以罗展羽还是松了一口气。

但他怕自家妹妹走母亲的老路，母亲受难时，他还小，无法保护母亲，只能眼睁睁地看着母亲日渐憔悴、日渐绝望，最后走上绝路。

现在他已经长大了，是个顶天立地的男人，自然要保护妹妹，不让她被别人欺负！

罗展羽轻吸了一口气，冷笑："左天师大人，我不管你是什么身份，但我绝不会让你欺负我妹妹！回头我会调查你和她之间到底是怎么回事，也会看小玖是什么意思。如果她已经无意于你，我绝不允许你勉强她半分！就算她愿意，我也得好好掂量掂量，免得她被你骗了！"

帝拂衣："……"这小子有点儿男人的担当啊，很护犊子。

"放心，我不会勉强她。"帝拂衣的声音淡淡的，"我让她自己选择！"

罗展羽不怎么相信他，毕竟他在小时候一直听说左天师如何神秘，如何高高在上。

而在这里偶尔听别人说起左天师，也都恨得咬牙，说他腹黑，手段变态，心狠手辣，虽然位于五大天授弟子之首，但其他四位都被他算计得很惨。

现在这个地方是他的地盘，帝拂衣就算曾经是一条强龙，但也压不了他这个地头蛇，更何况帝拂衣现在这模样，强龙都算不上。

他略一用力就能弄死帝拂衣！

所以罗展羽说话还是很不客气的："记住你这句话，我会盯着你！小玖就算一时被感情冲昏头脑，我可不会！你如敢做半点儿对不起她的事，我自有法子弄死你！"

这还真是很别致的威胁，帝拂衣笑了笑，上下打量罗展羽一眼："当初本座倒没救错你，有点儿担当了。"

罗展羽一愣，当年他误闯入暗黑森林，被野兽袭击受了重伤，还跌入一个寒冷的河中，险些被河中的猛兽吞了，在危急关头确实有一道光芒将他从河里提出来。他当时处于半昏迷状态，只恍惚觉得有人往他身上丢了一本书，然后等他再醒来时就到了这里，因为刺激太大，他失忆了，但他还是恍惚记得那本书的，所以等他养好伤后，就开始研究那本书，功夫这才芝麻开花节节高。

因为印象太模糊，所以罗展羽一直以为当初救自己的是神仙，那书他只当作神仙赐予的仙物，他甚至怀疑自己得到了天授，给他书的人是上苍派来的神仙。

原来当初救自己的是左天师！

左天师是他的救命恩人。

罗展羽的气势矮了半截："你……我听说左天师冷血无情，你当初为何救我？"

帝拂衣挑眉："救人也需要理由？"

罗展羽道："对其他人来说不需要，但对阁下来说需要。"

帝拂衣想了想，回答了两个字："忘了。"

罗展羽："……"

帝拂衣瞧了瞧他，呼出一口气："撇开惜玖的事不谈，罗展羽，当初本座救了你，你是不是应该报答本座一下？"

罗展羽警惕地看着他："阁下的救命之恩我自当铭记于心，但我绝不会用妹妹的幸福报答你，休想让我出卖惜玖！"

帝拂衣抿了下唇："你真想多了，我和她的事我们自己解决，就不劳你费心了。"

"那你想让我怎么报答你？"

帝拂衣看了看桌边的饭再看看他："麻烦给本座端盆水让本座净下手，再把饭给本座端过来，本座饿了。"

罗展羽："……"

他松了口气："就这些？没想到左天师大人也要吃饭……"他还以为左天师大人是餐风饮露，直接吸收日月精华呢！

帝拂衣微微闭了闭眼："呃，你没想到的事其实挺多的，再帮我拿个夜壶来吧。"

罗展羽："……"

左天师忽然这么接地气，罗展羽有些无法接受，但还是转身去准备了。

帝拂衣在床上调息，片刻不停地恢复灵力和体力，顾惜玖为他做的手术很成功，他自己再调理下就可以了。

帝拂衣这次受伤是没办法的事，只不过进来以后出了点儿意外，让他和顾惜玖险些就此错过！

好在有惊无险，这一关他终于闯过来了！

他只要清醒过来，再治疗那自然事半功倍，何况他身上带足了药，就痊愈得更快了。

他刚醒来时还没有力气，握一片衣角都很费劲，但调息片刻后，他感觉身上稍稍有点儿力气了。

罗展羽又进来了，端来了水，也拿来了夜壶，他先把夜壶递给帝拂衣："你先解决解决？"

帝拂衣瞧了他一眼，皱眉道："这是谁的？没有新的？"

罗展羽想将夜壶拍在他的脸上，用个夜壶也这么多讲究，他咋不上天？！

他冷着脸道："只有这一个，爱用不用！"

在这里生活的大部分是糙汉子，平时风里来雨里去，这种事只要没女人在旁边，他们都是随地解决，哪用准备什么夜壶！

就这个夜壶还是他自己做的呢！

帝拂衣在这方面很有原则："那算了，本座不用了。"

罗展羽狐疑地看了看他，这事能不用夜壶解决，还是他又憋回去了？

这个憋坏了不好吧？

"你确定不用？事急从权，你总不能让我临时给你做一个吧？也来不及。"

帝拂衣叹气："本座不愿将就，另外，本座其实并不急，只不过是让你准备着，重做一个吧，要山上那种紫原木的，带香气的那种。"

罗展羽："……"他的三观裂了！

这么龟毛的男人他家小妹是怎么忍受的？！

帝拂衣有大半天没看到顾惜玖，这丫头说一声去洗漱就跑没影了。

倒是罗展羽一直在屋里守着他。

"惜玖呢？"帝拂衣忍不住问道。

罗展羽的声音淡淡的："她救了你的命就已经很不错了，你还指望她一直守在你身边啊？"

帝拂衣已经调息了一上午加一中午，精神恢复了不少，听罗展羽如此说，他微皱着眉，她不会还在逃避吧？！

他微合双眸继续调息，破天荒地没顶回去。

片刻后他睁开眼睛，直接起身下床。

罗展羽吓了一跳："你做什么？！"

"本座去看她！"他这次进来不是让她来为自己疗伤的，有些事必须要当面解释清楚。

罗展羽头疼："左天师大人，你消停些行吗？你让她安安静静睡一觉成不成？她为了给你治病已经三天三夜没休息了！现在好不容易睡着了。"

帝拂衣动作顿住，终于不再下床："好吧。"

他也没躺下，而是在那里打坐，恢复灵力还是打坐快。

罗展羽看他没什么事，也就不管他了。

他还有一堆事要处理，所以回了自己的屋子。

帝拂衣打坐完，外面天色已暗，显然是到了晚上。

顾惜玖依旧没来，帝拂衣起身下床，他的伤虽然很严重，但他毕竟是神体，又有灵药相助，就恢复得很快了，现在已经能下床活动了。

他下床以后活动了一下胳膊腿儿，感觉有些力气了，功力虽然还没恢复，但溜达溜达还是可以的。

屋内很静，静得能听到他自己的呼吸声，当然，他耳朵灵，还能听到隔壁屋子似乎有点儿动静。

他心神一动，走了出去。

顾惜玖的千愈堂和罗展羽的百愈堂虽然相邻，但墙壁的隔音效果做得极好，就算其中一个屋里有病患鬼哭狼嚎，也不会吵到另一间屋子里的病患。

百里策一条手臂被生生扯下，这种痛不是常人能忍受的，顾惜玖虽然帮他接上，但因为手术只进行了一多半，没全部完成，所以他的伤臂还是留下了后遗症，动一下就疼得要命。

虽然他已经休养了三天，他的伤臂依旧肿得很厉害。

帝拂衣进去的时候他正躺在床上呻吟，脸颊上的汗滚得像黄豆粒似的。

帝拂衣一进来，他明显吓了一跳："你……是谁？"他忽似悟到了什么，"左天师？！"

他只听说帝拂衣来了，一直没见着。

帝拂衣瞧了瞧他的伤臂："很疼？"

百里策哼了一声，冷冷地道："拜君所赐！"如不是顾惜玖急着去救这位大神，他的伤臂又怎么会是现在这个样子？

帝拂衣本来想做些什么，听到他说完这句话，又把手放下了，悠然地说道："她是本座未婚妻，自然是把本座放在第一位的。"

百里策微眯着眼睛："未婚妻？不见得吧？惜玖可没承认过！她只是看到你伤势比较重，所以先救阁下而已。"

帝拂衣本来是怕耽搁了百里策的病，顾惜玖会愧疚，所以他想赐枚丹药给百里策，没想到这小子像刺猬似的见了他就扎……

嗯，那就让他先疼着吧！最多受些罪而已，反正死不了人。

帝拂衣转身想走，百里策忽然道："惜玖从来没承认你和她的婚约，她刚才来时我也问过了，她没认，只说你是她的朋友，很好的朋友。她虽然给我治了一半，但心中过意不去，现在又出去为我采药了，说可以炼制一种奇丹，让我的手臂彻底好起来……"

帝拂衣足下顿住："她刚才来看过你？"

百里策得意地说道："当然，还给我送来一些好吃的，瞧见桌上那碗鱼汤了吗？她亲自熬了送过来的。"

帝拂衣瞥了一眼那碗还冒着热气的鱼汤，闻了闻，确实像她的手艺。

看来她对百里策很愧疚，都为人家洗手做羹汤了！

他还以为她是一直睡着，现在看来早就醒了啊。

他端起那碗鱼汤转身就走，百里策一呆叫道："你做什么？！这是她给我熬的！"因为太烫所以他才放在那里，准备待会儿再喝。

帝拂衣正色道："你这是受的红伤，这种伤最忌讳吃发物，鱼虾是发物，你喝了这碗汤手臂会肿得更大！"

百里策："……"

貌似是有这么回事。

咦，不对！

百里策怒道："据我所知，阁下受的伤也是红伤吧？这碗汤你也不能喝！"

"本座岂能与你一样？"帝拂衣撂下这句话后，转身走了。

百里策大怒，顾不得胳膊疼，跳下床想追，他是胳膊受伤腿又没受伤……

不料他刚追了两步，帝拂衣头也不回地一挥手，他双腿一麻，扑通一声跪倒，倒像是跪送左天师大人一样。

百里策被气蒙了。

这真是高高在上不染片尘的左天师大人吗？连一碗鱼汤也抢！

这鱼是他亲自在后山钓的，一直在屋里养着，后来送给顾惜玖了，还为她做了个鱼缸。

结果他这次受伤，顾惜玖干脆将这条鱼炖了给他补身子。

鱼虾确实是发物，受红伤不能吃，不过这么浅显的道理顾惜玖知道吧？她既然敢给他喝就证明无碍……

早知如此，他刚才就该喝掉的！省得便宜了外人。

百里策悔得肠子都青了，他想追出去把那碗汤抢回来，奈何腿肚子一直转筋似的疼，他一时爬不起来。

罗展羽怎么也没想到，自己不过出去处理了一会儿村寨里的事务，结果百里策就来告状了，说自己的鱼汤被左天师给抢了。

罗展羽简直不敢相信，他跑到帝拂衣的房间一瞧，帝拂衣并不在屋内，但盛鱼汤的碗确实摆在那里，显然，鱼汤被左天师大人给喝了……

鱼汤倒不要紧，罗展羽主要怕帝拂衣拖着病体跑出去出意外，毕竟这里的人对他都有点儿仇视，万一他在看不到的地方被暗算了，自己没法跟妹妹交代！

罗展羽忙出去找了一圈，结果没找到人，他心里大急。

不会出什么意外了吧？！

顾惜玖出去采药他知道，只是没对帝拂衣说，一来他觉得没必要，二来帝拂衣幺蛾子多，知道了不知道会闹出什么事来。

结果他还是知道了！

难道他又去后山找惜玖了？

以这位左天师大人不按常理出牌的德行，还真干得出来！

罗展羽只觉额头青筋突突乱蹦，正要去找大蚌，让它带路找找左天师，没想到刚刚走到顾惜玖的屋前，远处人影一闪，顾惜玖凭空出现：“哥，你怎么在这里？”

罗展羽顿了顿：“我来找你家大蚌。”

“那货在屋里睡觉吧？我去叫它出来，对了，你找它干吗？想让它带你去打猎？天这么晚了……”

是啊，天已经很晚了。

左天师到底跑哪里去了？

村寨里他已经全找过了，压根没见左天师的影子。

罗展羽又顿了顿，顾惜玖看出了他的犹豫，心中忽然一沉：“哥，你是不是有什么事要对我说？是不是他的病症又恶化了……”

罗展羽心一横：“他的病症倒没恶化，不过他出了点儿意外。”

“什么意外？”

“他不见了，我找遍了村寨都没找到他，我怀疑他进山寻你了，所以想让大蚌带路找找他。”

顾惜玖的脸色有点儿苍白，她僵了片刻：“他怎么知道我进山采药了？”

罗展羽叹口气：“还不是那碗鱼汤惹的祸……”他把百里策鱼汤被抢一事说了。

顾惜玖：“……”

她揉了揉眉心，他是不是生气了？

她其实没想躲着帝拂衣，想和他好好谈谈的，但想到他重伤未愈，谈那些恩恩怨怨明显不合适，所以她一直没说，想等他好转以后再说。

或许她是潜意识里想逃避，怕他说出的真相让她心里有疙瘩。

所以她早晨嘱咐哥哥帮着照看帝拂衣，她则回屋内睡了一觉，一觉睡到了太阳偏西，她出来第一念头就是想去看看帝拂衣，但她路过千愈堂的时候忽然想起了百里策，她当时给人家做了一半手术，然后扔手术台上跑了……

所以她脚步一转，先去看望了百里策，结果她发现他的手臂发炎严重，正疼得满脸冒冷汗，在那里强撑。

顾惜玖对他还是很愧疚的，所以为他检查了一下伤臂，然后想起他送给自己的那种鱼熬汤喝的话，对止疼有好处，所以她回去就把那条鱼炖了，给他送来，让他放凉了再喝。

他的伤臂这样很容易神经坏死，必须用丹药调理才有望痊愈，所以顾惜玖就去采药了。

她速度快，来回也就用了一个时辰，却没想到出了这种事。

这个地方能进不能出，帝拂衣进来时是按规矩进来的，那他现在也应该跑不出去吧？！

他现在到底去了哪里？

顾惜玖心里像燃起了一团火，转身跑进自己的屋子，想踹起大蚌去寻人，却发现大蚌不在，而桌上多了一封信。

她的心脏一跳，指尖微冷，他这是留书告别？

她将信打开，信笺上果然是他龙飞凤舞的笔迹：“我需闭关练功，借大蚌一用，不必找寻，九日后必回。”

顾惜玖松了口气，原来他去闭关了……

在这种地方他会到哪里闭关？

闭关需要极为安静、安全，是需要守卫的，但他只带了那只不太靠谱的大蚌……

早知如此，她就先去看他了！

或许他就不会只带大蚌去闭关，而是和她说清楚闭关之地，然后让她为他护卫。

自己是不是伤到他了？

顾惜玖心里有些怅然又有些惴惴不安，唯恐他再出什么意外。

她忽然有些明白当初帝拂衣对她的担忧了……

当一方弱小容易被欺负时，一旦出去另一方就会百般牵挂，他当初曾经说她能不能安生些，现在她也很想说这句话。

只有真正在意对方，才会一边为其收拾烂摊子一边想让对方安生些。

帝拂衣这次伤得很重，他貌似有受伤就闭关的习惯，所以他稍稍恢复行动能力就直接去闭关了。

虽然他明确说明九日后必回，但顾惜玖不放心，出来询问罗展羽附近哪里适合闭关修炼。

罗展羽皱眉：“这里最安全的地方就是村寨里，外围无论后山还是大树上都是危险重重，但村寨里我全找了，没有他的行踪，也没人看到他和那只大蚌出去……”

他忽似想到什么：“对了，刚才好像有人看到那只大蚌出现在蕉奶果树下，后来再没看到过它的影子。”

蕉奶果树下？

顾惜玖转身就往蕉奶果树跑。

这棵树她已经爬上爬下无数回了，周围的环境她摸得门清，她把有可能藏身的地方找了找，结果什么都没发现。

他应该不会上树，毕竟闭关需要极安静的地方，而大树上面有好多闹腾的狒狒，不要说闭关，在上面打坐都不可能！

他没上树，难道钻入地下了？

她的心骤然一动！

大蚌会遁地术，大蚌说蕉奶果树的树根里有许多空气，而且灵力惊人……

莫非他让大蚌带着他遁入地底树根处了？

顾惜玖几乎想挖开周围的土找找，幸好她拍飞了这个不靠谱的念头。

大蚌说蕉香奶果树的树根扎得极深，它当初钻了一刻钟才上来，以大蚌的脚程来算，它当时应该钻了有上千米！这次它如果载着帝拂衣入地底的话，或许钻得更深，她就算弄个挖掘机只怕也挖不到他的半片衣角。

九天并不长，尤其是在大家都忙的日子，几乎眨眨眼就过去了。

但对顾惜玖来说，却有些长，这九天里帝拂衣一点儿消息都没有，她也找了好多地方都没有他的影子，大蚌也联系不上，他仿佛已经离开了。

陆吾平时和大蚌有一种特殊的联系方式，只要不出十里，它们就能用自己的法子联系上。

但这次陆吾也感应不到大蚌在哪儿，顾惜玖只能等九天后帝拂衣出来了再说。

第六十五章　姻缘镯

又是聚会的日子。

篝火燃起来了，兽肉烤起来了，肉香扑鼻。

这次的篝火有些特别，因为燃烧的是后山特殊的香木，用这种香木烤出来的野味有一种特别的香味，极为好吃。

这次的肉也很特别，是前些日子打死的魔龙肉，魔龙肉不但滋味鲜美，而且还耐放，已经过去十多天了，如果是其他肉早就臭了，它的肉却越放越香，这让村寨里的人很惊奇。

负责做饭的女子将这些肉做了不少花样，炖、烤、煎、炸，今日的篝火会几乎就是魔龙肉聚餐大会。

各种肉、各种菜摆满了长条桌，大家喜欢吃什么就自己去取，很有自助餐的感觉。

大家围坐在一起，喝酒吃肉、唱歌跳舞，倒也很有原始风味。

顾惜玖也坐在人群里，一边喝酒一边漫不经心地将肉喂给身边的陆吾和风召。

这里虽然环境原始，但灵力确实相当惊人。

顾惜玖在这里待了这么久，感觉灵力又提高了不少。

陆吾的变化最大，不但个头长了，灵力水平更是升得极快，众人如果带着它打猎，几乎不用出手，它跑出去一现身，很多六阶兽、七阶兽直接趴窝。

原先是奶兽大家看不出什么，现在它身上莫名多了威压，灵力级别稍低的人看到它心里会本能地产生惧怕。

不过这家伙比较萌，喜欢像只猫似的待在顾惜玖身边，喜欢蹲在她的肩膀上，九条尾巴甩来甩去，像是给顾惜玖围了一个华丽的披肩。

“惜玖，我敬你！如不是你我这手臂就废了！”百里策走过来给顾惜玖敬酒。

因为有顾惜玖的上佳丹药辅助，他的伤好得很快，断臂现在已经可以开始活动了。

虽然那只胳膊还是使不上力气，但抓握东西还是没问题的，他就是用这只手端着酒杯来敬酒的。

顾惜玖和他碰了一下杯，把酒喝了。

恰好顾惜玖身边的一个女子站起来去跳舞了，百里策不客气地把她的位置占了，坐在顾惜玖身边，殷勤地问道：“想吃什么？我去给你拿。”

顾惜玖信手将一枚果子丢给肩上的陆吾，回答得懒洋洋的：“不必，暂时没什么想吃的。”她有些提不起精神。

明天就是帝拂衣所说的九日之期，他会不会如期出现？她其实还在等他一个解释。

她确实喜欢他，喜欢得连她自己都心惊，可是女鲛皇的事在她心中是个大疙瘩，她这些日子想了很多，发现自己还是接受不了这件事。

通过这一系列事件，她也知道帝拂衣对她是真情，是真心喜欢她，但那个女鲛皇呢？

当然，她不是不接受他有前女友，她还有前男友呢，做人不能双标。

但她接受不了他把她的原身送给女鲛皇复活，他处心积虑弄出个好身体送给女鲛皇复生，那女鲛皇复生之后呢？他是不是就该和女鲛皇双宿双飞了？

毕竟姻缘镯在顾惜玖的原身上，到那时他们才是天造地设的一对。

那自己算什么？是他这段感情空窗期的替代品？

还是说女鲛皇复生需要很长时间，或许百年甚至千年，到那时她说不定就已经进土了。

她毕竟是人，就算修炼到九阶，寿命也不过千年，或许他真能做到不相负，陪伴她到老。

是的，对爱情的态度她是觉得只要曾经拥有，不求天长地久，可那也是在对方心中没有其他人的情况下。

尤其是自己曾经苦苦修炼出来的身体还要送给他的前女友，他等自己百年以后再和女鲛皇在一起，看到的还是她的身体，他或许觉得这就是天长地久，两个女子都不会辜负，但顾惜玖却接受不了，那样她总感觉自己是个替身……

她一时有些出神，连百里策的问话也没听到。

还是坐在她另外一边的罗展羽用手肘碰了她一下，她才醒过神来，看着一脸等答案的百里策："你说什么？"

百里策正色道："惜玖，你和左天师真的有婚约？你真想嫁给他？"

顾惜玖头疼，这个问题她不想回答，所以她只是抿了一口酒，岔开话题："这是我的私事，百里策，我不希望有人过问我的私事。"

百里策顿了顿："好！我可以不过问你和他的事，我问这个只是想告诉你，惜玖，我不管你和他之间是什么烂账，但你们毕竟还没成亲，那我就有喜欢你的权利，我不会放弃的！"

顾惜玖："……"

百里策在这些人中是佼佼者，灵力八阶，人也生得阳光俊美，做事干脆利落，也很有领导才能，很有人缘，打猎的那一队人基本上以他马首是瞻。据说他的家世也不错，百里家族在整个大陆也是名门望族，百里策如果不是失陷在这里，只怕早就是百里家族的族长了。

这些是罗展羽告诉顾惜玖的，百里策也是罗展羽最属意的妹夫人选，他曾经有意无意地把他俩往一起凑。

百里策明显对顾惜玖有意，而且这意思越来越明显，但像今天这种表白还是第一次。

他这边的动静明显惊动了其他人，百里策的手下不少，好哥们也不少，这些人趁机起哄。

"在一起！在一起！"

"惜玖，你跟着我们百里头儿不会吃亏的，他对你可是真心的。"

"是啊，惜玖，昨天我们百里头儿还拖着带伤的身子去后山的河里钓鱼，说那里的鱼滋味鲜美，长得又好看，养着或者炖了都好。"

"惜玖，你和左天师只是定过亲吧？其实定亲还是可以退的。"

"左天师太神秘莫测，对你未必是真心……"

这些人纷纷说百里策的好，言语之中也踩了帝拂衣几脚。

毕竟他们对左天师很忌惮，甚至有些仇视，而顾惜玖又是他们喜欢的人，也是他们能逃出这里的希望，他们自然不想顾惜玖和帝拂衣在一起，所以趁机在这里挖帝拂衣的墙脚。

顾惜玖微皱了皱眉，她无论以后嫁不嫁给帝拂衣，都不希望任何人说他的不好！

而且她对百里策也确实无意，她敬他是条汉子，可以和他做朋友，做伙伴，但做恋人绝无可能！他不是她的菜，她和他之间不来电。

所以她等众人七嘴八舌说完了才放下酒杯，环视了一圈："都说完了？"

她有一种不怒自威的气势，这一冷下脸，众人还是不敢造次的。

“你们说完该我说了。”顾惜玖声音淡淡的，“我说过，我和左天师的事是我们的私事，不想让任何人插手。这是其一。其二，百里策，你喜欢我，我很感谢，但我可以确定的是，我并不喜欢你，我可以把你当朋友、当伙伴，唯独感情上不可能！所以无论我和左天师成还是不成，我都不会选择你。”

她这番话说得很明白，也很绝情，百里策的俊脸微微一红，他尚不死心：“惜玖，我这次受伤你……”

“这次我救你是出于对同伴的道义。”顾惜玖打断他的话，“我是大夫，大夫眼里没男女之分，只有病轻病重之分，再说我也只是治好了你的伤臂，并没有拿走你的贞操，你的清白也还在，用不着非逼我负责吧？”

为了让百里策不至于太难堪，顾惜玖最后几句话就带着点儿开玩笑的成分了，这几句话很大胆，在场的人有的喷了酒，有的忍不住哈哈笑，连罗展羽也忍不住笑了起来，摇头道：“惜玖……你太大胆了……”

罗展羽嘴里说着训斥的话，眼睛里却全是宠溺，直到此时他才打消了将妹妹和百里策凑成一对的念头。

百里策倒也光明磊落，虽然被明确拒绝了有些难堪，倒一点儿不记仇，反而对顾惜玖多了一分敬重。

他认识不少女孩子，其中不乏漂亮有本事的。但很多女孩子有个通病，就是喜欢在男女关系上和人暧昧不清，对别人的追求就算无意也不拒绝，偶尔有些举动还会让人家误以为她也有意，就这样似远似近地吊着人家，享受被众多男子追求的感觉，这种行为让他很鄙视。

而顾惜玖却不是这样，她对待感情干脆直接，不喜欢就是不喜欢，会很干脆地拒绝，既然给不了人家所要的，就要打断对方的所有妄想，看似冷酷无情，其实对双方都好。

她自身就是个发光体，不必靠任何男子来吸引别人的目光。

“惜玖，那我们还是不是朋友？”百里策问得专注而认真。

“当然。”顾惜玖就回答了他两个字，然后端起酒杯，“喝一杯吧，就当这事从来没发生过，我会一直当你是朋友！”

百里策热血上涌，果然端起酒杯和她一碰：“好，我们永远是朋友！”

“肝胆相照的那种。”他在心里又加了一句，不过没说出来。

真正的朋友是靠行动的，不是靠说。

一场小插曲就这么过去了，大家继续喝酒吃肉，唱歌的唱歌，聊天的聊天。

突变就是在这样祥和快乐的时刻忽然降临的。

因为山上的野兽偶尔会来袭击村寨，所以罗展羽一直让村寨里的人轮流放哨，今夜也不例外。

因为事关生死，每个放哨的人都很机警、认真，山上稍有异变，都会及时吹哨子示警，从未出过纰漏。

没想到今夜十分邪性，正当大家酒至半酣时，头顶的大树上忽然传来一声狒狒的尖啸，那声音非常凄厉，像是被什么东西忽然掐住了脖子，让在场的所有人都打了个哆嗦！

还没等众人反应过来，有三道黑影裹挟着飓风从天而降。

在场众人毕竟常在野兽堆里打滚，反应速度还是极快的，所有人都跳了起来，拔兵刃的拔兵刃，出招的出招，纷纷喝问："什么人？！"

"什么人？"

那三道黑影快如闪电，刚一落地，就直接向人群中反应较慢的人攻去！

这几道黑影来无踪，去如电，狠如狼，凶似虎。

人们还没看清黑影的模样，就已经有三四个人中招，被黑影一把抓住，还没来得及发出惨叫，就被撕成了两半，鲜血飞溅，溅入倾覆的酒液之中，残酷而血腥。

人群大乱！

其中一条黑影向顾惜玖扑去！

在周围火把的映照下，这条黑影一双眼睛灼亮，泛着绿光，冰寒锐利，让人心脏颤抖。

这黑影不是人，是一种凶兽！

它们全身黑毛，连面目都被黑毛覆盖，身体大小似人，像猩猩又像鹰，背后还有一对墨色的翅膀。顾惜玖还是第一次见到这种生物，不过她毕竟研究过帝拂衣给她的关于凶兽、神兽的图片和说明。

她立即认出了这东西——黑魃鹰！

传说中的八阶凶兽，上古凶兽之一，来无踪去无影，体形像人，遍体黑毛，秉天地戾气而生，力大无穷，可裂犀牛，擅用木术，八阶修炼至深者可幻化人形，喜食心脏，出则大凶，万夫难挡。

这样的凶兽是传说中的存在，据说几千年前凶兽在整个大陆肆虐，其中就有黑魃鹰。还是圣尊联合其他高手将它们封印在暗黑森林中的第八峰。这块大陆已经数千年未曾见到这种凶兽的身影，没想到它们忽然出现在这里。

因为这种兽极为罕见，在场的人除了顾惜玖，没人认识。

它冲下来的时候，十指尖利如刀，顾惜玖毫不怀疑，真被这玩意儿抓住，她绝对会被撕开！

她的反应速度很快，立即瞬移，避免和它正面交锋，直接闪到它的背后，她的剑如匹练，向它的后背劈了过去！

当的一声，像砍在了金石上，震得顾惜玖手腕发麻，宝剑险些脱手。

她这霹雳一剑居然没砍破它的一点儿油皮，反而激得它大怒，如疾风暴雨般向顾惜玖攻过来。

顾惜玖仗着身法快，步法诡异，和黑魃鹰斗了起来，一时还不至于落败。

其他人则没有这么幸运了，另外两只黑魃鹰直扑入人群之中，它们似乎知道女子较柔弱，所以扑击的都是人群中的女子！

幸好这村寨中的人都训练有素，短暂的混乱之后立即自发组合起来，将女子聚在一起，护在正中。

其他功夫高的八人一组，开始围攻另外两只黑魃鹰。

这个围猎的阵法是顾惜玖这几天教给他们的，对付大型凶兽极为有用，比他们一窝蜂似的向前进攻强了数倍。

围攻黑魃鹰的这些人都是村寨猎手中的佼佼者，有万夫不当之勇，平时去后山打猎，他们都是精英。

但就是这样一群人围攻两只黑魃鹰时攻击不过十几招，已经开始落了下风。

黑魃鹰速度太快了！

而且这玩意儿会隐身，打着打着忽然消失，然后不知道在什么地方猛然出现，打得众人措手不及。

接连有四五个人遭了黑魃鹰的暗算，虽然同伴救援及时，黑魃鹰没将他们撕裂，但也挂了彩。

诡异的是，血口子里流出来的血是绿色的，似乎有种子在里面快速生根发芽，伤口奇痒难忍，全身无力……

八阶兽相当于人类九阶的修为，前几日众人猎杀八阶兽魔龙时十几个人一起围攻，百里策还是受了重伤，如果没有顾惜玖，那次只怕会全军覆没。

如果说魔龙是八阶兽里面的低级兽，那么黑魃鹰就是八阶兽中的中级兽。

这样厉害的角色一出来就是三只，在一盏茶的时间内就杀得众人狼狈不堪。

频繁有人挂彩失去战斗力，能战的人也越来越少。

顾惜玖和罗展羽合斗一只黑魃鹰，勉强能打个平手，他们一时也顾不了其他人。

这中间还亏了有陆吾，这小家伙个头虽小，本事却不小，它闪电般在三个战场间来回蹿，时不时挠黑魃鹰一爪子，稍稍解了众人之围。

但它毕竟还小，这些凶兽可都是几千年级别的，而陆吾出生不足三年。

眼看着自己这边的人一个又一个地受伤，顾惜玖心急，却又一时没办法。

这个地方是封闭的，这些人就算放弃抵抗也无处可逃！

众人虽然不认得黑魃鹰，但看到它们发招的威力就知道此物不凡。

照这么打下去，他们这些人只怕会全军覆没，到最后一个不剩……

奇怪，这里这么多年也没进来过八阶兽，最近怎么出来得这么频繁？到底哪里出了纰漏？！

混战中陆吾又去攻击一只黑魃鹰，陆吾最喜欢干的事就是挠鹰的眼睛。

黑魃鹰不怕别的，但对双眼保护得很，陆吾频频挠它的眼睛显然激怒了它，那只黑魃鹰也是有些智慧的，它开始对陆吾不太理会，仿佛没有注意到陆吾的存在。直到陆吾有点儿得意忘形，挠了一把后还想挠第二把，黑魃鹰前爪猛然一抓，居然抓住了陆吾的一条尾巴！

陆吾啾呜一声尖叫，再想跑已经来不及了！

黑魃鹰一声长啸，居然不顾其他人刺过来的兵器，扯着陆吾的两只前爪就要撕！

陆吾吓得魂飞魄散，还没来得及再尖叫，眼前一道人影电闪而至，一剑向黑魃鹰的眼睛刺去！

那只黑魃鹰吓了一跳，下意识地用一只前爪护住眼睛，而它另外一只爪子抓住的陆吾趁机转过身，冲着它的前臂猛然一咬，尖牙入肉，疼得黑魃鹰怒啸一声，抖爪将陆吾摔了出去！

陆吾凌空一个翻转，啾呜一声，再次攻了过来！

救它的人自然是顾惜玖，她一边旋风似的向黑魃鹰猛攻几下，一边叫道："它们的罩门是眼睛，攻它们的眼睛！大家逐个攻破！"

她迅速说了一种队形，让大家移形换位。

这时候她说的话简直就是圣旨，众人立即按她所说的列阵。

众人知道了它们的罩门，又改变了战略，场中形势终于开始逆转。

罗展羽和顾惜玖以及其他三名八阶高手开始合击其中一只黑魃鹰，其他人则拖着另外两只黑魃鹰，只要坚持住不受伤就行。

顾惜玖这边成了主战场，五个人走马灯似的围着那只黑魃鹰急转，一盏茶的工夫过后，顾惜玖猛然刺出一剑，剑光直接贯入黑魃鹰的眼睛！

黑魃鹰一声惨叫，四肢乱舞，状如疯狂，然后被罗展羽和其他三名高手一人再刺一下，终于落地不起。

众人解决了一只，精神大振。

顾惜玖五个人片刻不停，立即又加入了战斗，用前法攻击另外一只黑魃鹰。

他们再攻击这只黑魃鹰就轻松了一些，顾惜玖已经有了经验，所以她的剑光不离黑魃鹰的双眼，眼看又可以杀死这只黑魃鹰，这只被困的黑魃鹰忽然仰首发出尖锐的长啸。

长啸声惊天动地，震得整个大地都在颤抖，而黑魃鹰长啸过后，后山深处忽然传来阵阵兽吼之声，接着就是如擂鼓的脚步声向这边滚滚而来。

兽潮！

这黑魃鹰居然引来了兽潮！

这后山之中有很多凶兽，平时偶尔也有成群结队来袭击村子的，但那时来袭村的都是单一品种，最多八九十只，大家在村外设置了陷阱、机关等，再加上大家顽强抵抗，每次都能将它们打退。

但这次不同，这次剩下的两只黑魃鹰已经让他们疲于应付，现在又来了兽潮！

奔腾声如擂鼓声轰鸣，听声音，这次赶来的凶兽有四五百头！而且脚步声凌乱，显然赶过来的不是一个品种……

这么大规模的兽潮无论出现在哪里都是一场灾难，它们所过之处不会留下活口。

更何况这里只是一个只有几十人的小村寨？

他们对付两只黑魃鹰已经极为吃力，再来兽潮……这是天要亡他们啊！

“头儿，怎么办？”

“头儿，我们被包围了！”

“头儿，这次完了！”

“……”

绝望的气氛感染了每个人，大家都想不出逃出生天的办法。

“上树！我们上树！”罗展羽大喝一声，树上虽然危险重重，但是兽类大部分是上不了树的，说不定他们还有一线生机！

众人正要向大树飞奔，忽听有人大叫：“天哪！有鸟！有金眼雕！”

扑簌簌的翅膀扇动声随之而来，后山处黑压压一片向这边移动，这些自然是鸟群！各种凶鸟组合起来的鸟群！

大大小小足足有二三百只，此刻已经接近村子了，有眼尖的人甚至看出了鸟的品种……

他们被凶兽四面八方全面侵袭，无处可逃！每个人都被死亡阴影笼罩着，众人除了绝望还是绝望！

顾惜玖一颗心也沉入地底，这次她也没有法子，她有瞬移术，或许她能带着一两个人逃掉，但是其他人呢？

这是天要亡这些人？

“拼了！咱们拼了！”

“对，杀一个够本，杀两个赚了！”

当绝望到了极点，众人倒豁了出去，愈加搏命。

人们的呼喊声，兵器撞击声，兽吼声，翅膀扇动声，如擂鼓的脚步声……种种声音混杂在一起，几乎谁也听不清别人在嚷什么。

就在这混乱的时刻，一缕笛声忽然悠悠自天际传来。

笛声如风，在这么多杂音中居然也异常清晰，仿佛在每一个人的耳边响起一样。

笛声如天籁，在天地之间回响，流泉般涤荡在人的心上，仿佛春日里繁花次第盛开，仿佛天空中骄阳高悬，将世间的一切黑暗驱除……

顾惜玖的心中猛然一跳，她顺着笛声抬头一望。

在大树的顶端站着一个人，一身白色法袍如月光流泻，黑发随风飘舞，狐眼抹额在夜色中熠熠闪光，他正横笛而吹，七彩光芒自他指尖随着音符飘飞……

他周身似有云气环绕，淡淡的光芒在他身周镶嵌了一圈银边，那银边也似泛着淡淡的七彩光芒。

来人正是左天师，帝拂衣。

他就这么凭空出现在虚空里。

此刻的他周身气势磅礴，似乎多望他一眼都是亵渎，强大的威压让凶兽屏住了呼吸。

所有人都怔住了，一时之间大气都不敢出。

两只黑魃鹰不知道是被他的强大威压所震慑，还是被笛声去掉了所有戾气，居然像醉酒一般在那里左右摇摆起来。

天空飞来的鸟群，地上跑来的走兽，原本眼睛血红，气势汹汹，但在笛声的涤荡下，它们的神志像是被清风吹醒，血红的眼睛恢复正常，鸟群围着帝拂衣盘旋了一圈，振翅远去。

兽群则像是朝拜一般扑通扑通跪倒，像人类叩拜一样连连向天空的帝拂衣点头，然后也转身向后山跑去……

一盏茶的工夫过后，鸟群和兽群都不见了，就连那两只黑魃鹰也软倒在那里，它们想起身跑路，又被笛声所迷，身上有黑气开始一波一波地冒出来，它们的身子也在急剧地缩小，最后它们的身子缩成一团不动了。

这样的场景太震撼，原本人们已经完全绝望，没想到还有获救的一刻。

众人望着迎空站立的帝拂衣一时回不过神，这才是他，高高在上、神秘莫测，如神般俯视众生。

这样的帝拂衣他们没见过，他们只是隐隐觉得他身上的气势似乎和原先见过的左天师不太一样，当然，和受了重伤、狼狈不堪出现在他们眼前的帝拂衣更不一样……

这样的气势让人想膜拜，已经有人不由自主地拜下去了。

顾惜玖也在望着他，心跳忍不住加剧。

第一个念头：他终于出来了，比约定的还早一天！

第二个念头：他的功夫居然在这么短的时间就恢复了！

第三个念头：他居然使用了圣尊的功夫！那流泻的七彩音符就是最好的证明。

难道他想在这里暴露圣尊的身份？！

顾惜玖有些愣神，直到他飘飘而下站在她身前，她才回过神来：“你……你的功夫恢复了？”

帝拂衣唇角微牵，身子忽然一晃，一条手臂搭在她的肩上：“还没，勉强为之。”他的全部重量几乎都压在了顾惜玖身上，他在她耳边低语了一句，“宝贝儿，我使脱力了，现在有些虚……”

顾惜玖：“……”

众人：“……”

大蚌忽然自大树上嗖的一声钻出来，兴高采烈地围着顾惜玖转了一圈，张着壳显摆：“主人，主人，我升阶了啊！”

它果然升阶了，原本灰黑色的壳变成了五彩色，周身好似还有荧光闪耀。

它真的升阶了，八阶！

偌大的村寨被毁得七零八落，茅屋被毁得差不多了，四处一片狼藉。

不过，这次大家死里逃生，能够捡回一条命就不错了，重建家园自然是小事。

有不少人受伤，还是那种伤口向外钻草的诡异伤，看上去让人心头发寒。

这种伤顾惜玖也没见过，幸好帝拂衣是行家，他拿出几粒药丸命人取水化开，让人用这种药水清洗伤口。说来也怪，那些人伤口长出来的草原本茂盛如草原，稍微一碰又疼又痒，钻心般难受，不能摸不能碰的。但涂抹上这种药水后，那些草就脱落了，化为黑气消失了，露出了里面的肌肤……

这场灾难共损失了六个人，十几人受伤，虽然是伤亡最惨重的一次，但比起全军覆没还是好多了。

众人又悲又喜，二话不说就开始重建家园。

这次因为左天师救了大家的命，众人对他的怨恨消散了很多。

所以他们在盖房子的时候，也主动为他修建了房子，和顾惜玖的那个一样精致。

重建家园人人有责，在场的人除了左天师，几乎都投入紧张的重建家园中。

当然，顾惜玖和罗展羽则忙着救人。

帝拂衣则在四周溜达，似乎在计算着什么。

因为这次家园被毁得相当彻底，要想完全修建好至少需要三天时间。

大家忙了一天一夜，才将弄好了一半，不过伤员全部安顿好了。

这时候人人都很疲惫，除了放哨的人，其他人基本凑合着回屋睡了。除了夫妻外，大家基本都是三四人睡在一起。

因为对左天师和顾惜玖二人的敬重，众人最先给他们盖好了房子。

顾惜玖也很累，她也想先回屋睡一觉再说，刚刚进屋就发现帝拂衣坐在那里。

他依旧穿着那身月光白的法袍，发丝如墨，坐在那里的时候顾惜玖感觉自己这蜗居瞬间具有像水墨画般的意境。

顾惜玖的心微跳，一句话脱口而出："你穿这一身，不怕你的身份暴露了？"

他正自来熟地在那里泡茶，手上行云流水般忙碌着，回道："笨，他们压根没见过本尊，怎么可能认得出？更何况看衣服识人也太草率了吧？"

顾惜玖道："也不是只看衣服啊，看你出招也能看出来。"

帝拂衣开始分茶："看过圣尊出招的人全大陆也不过二十人，这些毛孩子先前可没这个福分看本尊出手。"

毛孩子……

顾惜玖忍不住想笑，故意道："这倒是，这些人按年龄确实是您晚辈中的晚辈，他们唤您爷爷都是应该的，您唤他们毛孩子也不算过分。我貌似也是毛孩子，我比他们还小呢！"

帝拂衣正在分茶的手一顿，他抬头似笑非笑地瞧了她一眼："所以本座唤你宝贝儿啊。"

顾惜玖在他对面坐下，悠然道："那我以后唤你一声'帝前辈'？"

帝拂衣手中的茶杯啪的一声往桌上一放，他似笑非笑地望着她："你这么唤一声试试！"

他的语气充满了威胁，顾惜玖还是不想在老虎屁股上拔毛的，所以她咳了一声："算了，我依旧唤你为左天师大人吧。"

这么称呼似乎很生分，但她也确实叫习惯了，这个称呼每次都会让她的心里有微微一暖的感觉。

帝拂衣没说什么，抬手给她推过来一杯茶："尝尝这茶，味道不错还有营养，可以解乏。"

顾惜玖正有些渴，接过来喝了，那茶甘醇，而且明显加了东西，喝下去之后不但暖胃，还暖心，满身的疲惫消失了不少。

"好茶！"顾惜玖赞叹道。

帝拂衣望着她不说话，屋里一时静了下来。

屋里一静气氛就有点儿暧昧，顾惜玖的心有些慌，她想找个话题："对了，你到底去哪里练功了啊？我四处找也没找到你。"

帝拂衣瞧着她："你找我做什么？我不是给你留信了？"

顾惜玖顿了顿，是啊，他确实给她留信了，但她不放心嘛，毕竟他是受着重伤失踪的……

她抿了抿唇，笑了笑："算我多事吧……"

帝拂衣依旧瞧着她，眸底闪过微光，慢慢解释："我的伤耽搁不得，必须要进入天之泉内打坐恢复，在去之前我找过你，想和你说一声的，结果你出去采药了，不知道什么时候回来，所以我只能留书，我以为你看到信后就不会再找我了。"

他一向我行我素惯了，无论去哪儿都是抬脚就走，就算四使也常常不知道他去了哪里，他也没有和人交代的习惯，这次给顾惜玖留封信再走已经算想得周到了。

顾惜玖倒没想到他会解释得这么详细，微愣了一下，低头抿了一口茶。

帝拂衣看着她微垂的眸子，手指轻敲了一下桌面："不准备对我说什么？或者你没有什么想问我的？"

顾惜玖抬眸："我觉得你追到这里来应该有话对我说。"

"我确实有话对你说，顾惜玖，你为何逃婚？"

顾惜玖答得很干脆："那夜我听到了你和鲛皇的谈话，我那个原身你是为女鲛皇准备的对不对？为了让她复生你一直在找合适的身体，结果相中了我的原身。我的原身曾经是废材，我很辛苦才将它练到八阶，我也喜欢原身，讨厌克隆体，可是你压根不和我说具体理由，只是不让我换过来。你不但不帮我，还阻止龙司夜帮我，我一直在猜真正的原因，但那时我问你，你总是顾左右而言他……如果我不是无意中听到你和他们兄妹的对话，我还被蒙在鼓里……"

她轻吸一口气："左天师大人，我知道那原身也不是我的，是将军府小姐的，我只是阴错阳差附在她的身体上，将它修炼到了高级别。当然，我之所以修炼成才也有左天师大人的功劳，而且我又有了新的身体，所以左天师大人觉得将我的原身送给旧情人复生没有罪恶感，甚至还是两全其美的办法对不对？"

她一口气说了这么多，然后看着帝拂衣。帝拂衣这时候是个很好的倾听者，他没回答顾惜玖的质问，只是轻敲桌面："继续。"

顾惜玖微微皱眉："左天师大人有没有想过，如果你现在娶了我，女鲛皇复生以后你如何安排？你心心念念让她复生，想必你和她的感情极好，她如果复生你肯定不会放手吧？到那时你将我置于何地？是想让我和她效仿娥皇、女英共侍一夫，还是到那时休掉我和她在一起？或者她复生还需要一段时日，有上百年或者上千年，而这段时间你是陪在我身边的，等我老死或者你对这段感情厌倦了再对我放手……"

帝拂衣眸光莫测，他问道："对待爱情你不是说过只求曾经拥有，不在乎天长地久？"

顾惜玖揉揉眉心："我确实说过，但我希望相爱时两个人的感情是纯粹的，谁也不会利用谁，而且彼此忠诚，没有其他人介入。但你这样做，让我感觉自己就是一个替身，或者说，是你感情空窗期的替代品，你承诺娶我是对我的原身的补偿，或者你确实也喜欢我，娶我也是心甘情愿，但是这样我难以接受……我顾惜玖就算是个克隆人，但既然活在这个世上就想活得堂堂正正，不想要一份补偿似的感情，更不想做任何人的替身……”

她终于把这些日子憋在心里的话全说了出来，吐出了心中块垒，也松了一口气：“你或许觉得我不知好歹，或许觉得我矫情，但是我真的接受不了，只能选择离开。”

帝拂衣轻叹了一口气：“说完了？就这些？”

顾惜玖点头：“是！”

“那好，我也给你解释一下。第一，女鲛皇并非我的未婚妻。第二，她是真正的亡故，再不会复生，你的原身压根不是给她的。第三，我没有把你当成空窗期的填补，我这一生只动过一次情，那就是你，从来没有别人。我和女鲛皇之间并非你想的那样，我们只是朋友。第四，我喜欢你才想娶你，你觉得我会为了补偿娶一个不喜欢的女人？所以什么二女共侍一夫都是瞎说。”

他说完，顾惜玖愣住了，不服地说道：“可我那夜明明听到鲛皇兄妹……”

帝拂衣叹气：“那只是他们以为而已，你的身体我凭什么给别人？鲛人族有个地方是养尸宝地，不但能保持尸体不腐，还能让它生机不灭，在长眠中也能提升灵力，你的原身放在那里是最好的。”

顾惜玖：“……”

她怔了片刻：“我的原身你既然不是给女鲛皇的，为什么不能让我回去呢？你明明知道我喜欢的是真正的人身……”

帝拂衣微微闭了闭眼睛：“这事，牵连天机，我不能说。但我向你保证你的原身一直都是你的。你回那具身体是早晚的事，但不是现在……”

顾惜玖：“……”她没想到他全否定了！

她轻吸一口气：“你说女鲛皇不是你的未婚妻，可是她的妹妹却一直叫你姐夫，而你也从来没有否认过……”

帝拂衣叹气：“此事……是我的疏忽，几千年的习惯使然，忘记纠正她改口了。”

顾惜玖看着他：“你的意思是，你曾经是她的准姐夫？要不然她不可能莫名其妙这么叫吧？”

帝拂衣沉吟片刻，低叹一声：“本来我和蓝静珂的事早已成为过去，而她已故去，死者为大，我和她的事不想和人多解释，不过这既然是你误会的起因，看来也只能跟你说说了。”

顾惜玖的心微跳，她看着他：“我并没有逼你说出你和她的具体事情，只是想确定你和她真正的关系……”

“那我说她只是我一个朋友，未婚夫全是误会，你信不信？”

顾惜玖轻吸一口气，看着他的眼睛：“如果这就是你的解释，我相信！”

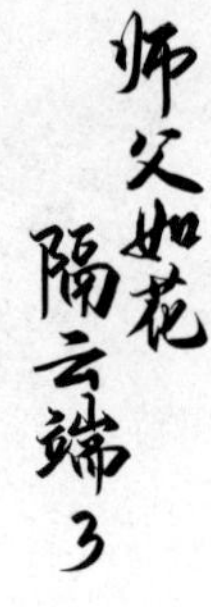

帝拂衣反而笑了：“不，你不相信，这事我不说出来，只怕会是你心中永远的疙瘩，我也不想你一直误会我，就简短说一下吧。”

他似乎在整理思绪，片刻后先问了一句：“惜玖，你觉得我这圣尊的地位是怎么来的？”

顾惜玖一窒：“天生的吧？你是神啊……”

帝拂衣懒懒地一笑：“没有人天生为神……换言之，就算拥有神格，注定是这世上的主宰，但在没成长起来之前那也是要历经血雨腥风……”

顾惜玖点头：“这个我知道，天将降大任于是人也，必先苦其心志劳其筋骨饿其体肤，成就大事的人必然会历经重重劫难。你忽然说这个，意思是？”

帝拂衣手指转着茶杯，淡淡地道：“我的意思是，就算是我当年也是从羸弱少年成长起来的，也曾经有像你一样被人追着打，功力不如人的时候。”

顾惜玖：“……”她还以为他天生就是圣尊，最多偶尔落个难，原来他也有成长过程，她不再说话，听帝拂衣说下去。

帝拂衣和蓝静珂的事其实并不复杂。六千年前，帝拂衣正在成长阶段，曾经被对手所伤，跌落大海，被游出海面散心的蓝静珂所救。

那时蓝静珂的父亲刚刚去世，鲛族正经历一场夺位风波。

鲛族也像人间一样，是嫡子传承制，但那时蓝静珂的弟弟蓝摇光是幼儿，鲛族王位要么由蓝静珂继承，要么由蓝氏旁支叔叔继承。

蓝静珂自然不想让自家的王位旁落，所以她设法继承王位，但她要继承王位必须满足一个条件：在她继任鲛皇之前，需要有个特别有本事的未婚夫。

蓝静珂虽然生得美，却是男儿性格，豪爽帅气，她在鲛族中虽然朋友不少，但实在找不出一个特别有本事的未婚夫。

正发愁的当口，受重伤的帝拂衣送上门来。

好巧不巧，帝拂衣还失忆了，搞不清自己是谁。

帝拂衣无疑是极有本事的，蓝静珂正被未婚夫一事弄得焦头烂额，看到伤好失忆的帝拂衣她计上心头，忽悠帝拂衣说她是他的未婚妻，不日他们就要成亲。

蓝静珂还是很有本事的，一套谎话编得有鼻子有眼，也由不得人不信。

帝拂衣虽然失忆，但他毕竟不好糊弄，对蓝静珂的话他还是持怀疑态度的。

好在蓝静珂说只当他是朋友，他只要帮她闯过这一关她就可以和他解除婚约，她不会耽搁他太久。

她对他毕竟有救命之恩，帝拂衣就答应了，陪她演这场戏。

既然是演戏就要演全套，所以从那时起，蓝摇光和蓝静怡就开始喊他姐夫，他自然默许了。

蓝家旁支的那个叔叔自然不甘心，在背后各种捣鬼，都被帝拂衣轻松化解，这样的帝拂衣自然赢得了全鲛族的认同，三年后蓝静珂终于登上鲛皇之位。

蓝静珂擅长打仗，让她做个女将军还行，但做鲛皇确实有些为难她，她常常被朝政弄得焦头烂额。

而帝拂衣擅长处理朝政，他稍一点拨，往往能拨开云雾见月明。

蓝静珂把他当成军师，常常向他请教。

这样一来，帝拂衣和蓝静珂也成了好哥们，两个人几乎无话不谈。

恰在此时，帝拂衣恢复了记忆，自然知道他被蓝静珂忽悠了。

好在蓝静珂并没有忽悠他别的，对他也一直极好，把他当成过命的兄弟，她的好东西，只要帝拂衣喜欢她就眼也不眨地送给他。她又诚心道歉，甚至向他磕头请罪，所以帝拂衣就没追究这件事，只要求解除这个误会，和其他鲛人言明他并不是她的未婚夫。

蓝静珂却很为难，她心一横，只得说出她的秘密：她不喜欢所有鲛人男子。

这种情况是不被鲛族允许的，所以这件事情不能“见光”。

最起码在她当政的十年之内不能“见光”，要不然这事会在鲛族引起轩然大波，蓝家皇位不保。

她恳求帝拂衣继续当她的未婚夫，不用举行定亲仪式，只要让鲛族的百姓一直这么认为就行。

当然她也说了，帝拂衣的婚姻是自由的，他一旦有了心上人，这未婚夫的名头就可以轻松卸掉，作为他帮忙的条件，蓝静珂答应借他鲛兵十次。

那时的帝拂衣对婚约并不看重，也就答应了蓝静珂，于是她的弟弟妹妹喊他姐夫喊了将近十年，一来二去就成习惯了。

他恢复记忆后，自然要出去报仇顺便征战天下，蓝静珂倒极守诺，果然借他鲛兵，她甚至亲自带兵出战，整个鲛族都成了帝拂衣的支持者。

又是一番血雨腥风，帝拂衣终于打败了最大的对手，成为圣尊，而就在最后那场战役中，蓝静珂中伏身亡，临死前帝拂衣就在她身边，她求帝拂衣看顾自己的弟弟妹妹，最好能帮她的弟弟蓝摇光登上皇位。

当然，她也求帝拂衣不要泄露她的秘密，因为她不想死了还被族人指指点点。

那时她的弟弟妹妹还小，按鲛人的年龄，都是幼童，因为父母早逝，蓝静珂长姐如母，对弟弟妹妹不是一般好，弟弟妹妹也极依赖她，把她当成唯一的靠山。

鲛人一旦死亡便不会重生，蓝静珂怕弟弟妹妹伤心过度出意外，所以她恳求帝拂衣在弟妹面前撒谎，就说她日后还会复生，给弟弟妹妹留个念想。

她是为他征战而死，她的这些条件也不难做到，所以帝拂衣就应了下来。

他是这个大陆的圣尊，四海归附，对他来说，让蓝摇光登上皇位并不是难事。蓝摇光还小，帝拂衣助他登基后，常常隔几年就去鲛族一趟，教他处理政务。

自然和他们兄妹混得更熟了，两个人一直叫他姐夫，帝拂衣也已经听习惯了，压根不放在心上，直到现在……

帝拂衣说完了，顾惜玖听得愣住了，她怎么也没想到帝拂衣和女鲛皇是这么回事。

帝拂衣和蓝静珂充其量就是好兄弟，压根不涉男女之情……是她完全误会了。

屋内很静，静得连一根针落地都能听到。

帝拂衣大概第一次说这么多话，所以他端起茶杯抿了一口茶："现在明白了？"

顾惜玖心里放下了一块大石头，诚心道歉："明白了，是我误会你了，对不起。"

帝拂衣垂眸，转着手中的茶杯："只是一句对不起？"

他的身上似有点点冷意泛起："顾惜玖，你知不知道你这次逃婚带来了什么后果？你知不知道我为了准备这次婚礼费了多少心血？你知不知道我为了找你几乎翻遍了天下？你只是听了几句闲话，问也不问就抛弃我逃婚，可想过我的难堪？你将我置于何地？"

顾惜玖手指握紧，低头不语。

帝拂衣将茶杯往桌上一放："你我同甘共苦这么久，出生入死这么多次，我对你如何你应该清楚，你为何就不能多给我一些信任？"

他的质问如铁锤敲在顾惜玖的心上，她声音放得低低的："是我的错……"

那些话她亲耳听鲛皇兄妹说出来，帝拂衣始终没有否认，再加上那晚她各种试探而他却一直含糊其词，这由不得顾惜玖不信，以至于逃婚，阴错阳差惹出这么多事来，帝拂衣也差点儿在此丧命。

帝拂衣瞧着她，眸光隐隐有些复杂，淡淡地道："惜玖，我觉得或许你并不是真喜欢我，要不然不会不问清楚就跑……"

顾惜玖骤然抬头："我……"

他站起身来，声音冷淡："我之所以追到这个地方来，是不甘心一直被你这么误会。所以我拼命进来见你这一面，把一切都解释清楚。至于那场婚礼你似乎也没放在心上，取消就取消了。就这样吧，你多保重。"他转身没了影子。

顾惜玖微张着小嘴，甚至还没来得及说出挽留的话，他就消失了！

她下意识地追出去，外面清风拂面，夜深似水，哪里还有帝拂衣的影子？

难道他直接离开了？

他的功力已经恢复，要想离开这里应该很容易吧？！

顾惜玖一阵心慌。

既然知道他心里只有她一个，女鲛皇的事就是个天大的误会，那她又怎么能再放手？

现在误会是解开了，可是他离开了。

她站在那里，心中像是被什么东西一绞！

他如果想藏起来那她无论如何也找不到的，正如他失踪的这八天，她怎么找都找不到……

她正想去村寨里找找看，迎面碰到罗展羽，罗展羽似有心事，险些和疾行的顾惜玖撞了个满怀。

“小玖，这么晚了你怎么还不睡？”

顾惜玖含糊地应了一声：“这就睡了，对了，哥，你可看到左天师大人？”

罗展羽摇头：“没有，那个人一向神出鬼没，和我们不同……”他又看了看不远处的一座房子，“他应该在他那屋休息了吧？”

顾惜玖看了看那座房子，那是众人合力为他修建的，和她的房子一样大。

当然，因为是仓促建起来的，里面的家具只有一张床和一张桌子。她记得修建起来后，还有人请他去看，结果他只在外面瞧了一眼，说了一句：“太简陋了，本座宫里的厕房也比这个华丽百倍。”

这话把大家气得不轻，于是没人理他了，还有人悄悄向顾惜玖告状，顾惜玖自然知道帝拂衣说的是实话，但在这种地方有个安身之所就不错了，他还指望大家一天的时间建一座宫殿出来？

大家都是用双手建的房子，可不像四使用术法就可以造房子。

顾惜玖知道帝拂衣是完美主义者，他的东西要么最好，要么不要，这样的屋子他看不上很正常。

顾惜玖向那屋子瞧了瞧，黑漆漆的，一丝光亮都没有，显然他压根没去那里。

顾惜玖叹了口气，一时也想不出去哪里找他，这人如果想藏起来，她就算弄十条猎犬也找不到他。

她问大蚌这几天左天师到底藏在哪里修炼。

大蚌神秘兮兮的，说要保密，决不能对外说。不过左天师也说了，它可以和主人说……大蚌说了一大堆后终于说到了重点，说它和左天师大人是在蕉奶果树下的气根附近修炼的，那里集天地精华，练功速度比平时快十几倍。

不过那个地方像迷宫，而且需要左天师的鲜血抹在它的壳上，它才能够进入那个地方。

大蚌说得神乎其神，顾惜玖本来想等他们聊完好好问问的，结果……

他现在功力恢复了，是又去那个地方修炼了，还是直接离开了？

无论哪一种，顾惜玖都别想找到他，所以她一时有些茫然。

罗展羽也似有心事，拿出一坛子酒来邀请她去他屋里痛饮。

顾惜玖确实想用酒来浇一浇这乱麻似的惆怅，所以便跟着罗展羽去他的屋里。

推杯换盏间罗展羽问她："左天师既然能进来，应该有出去的法子吧？或许我们很快就能出去了。"他的语气颇为惆怅。

"怎么？你不想出去？"他的语气让顾惜玖有点儿诧异，这个地方环境恶劣，罗展羽在这里待上瘾了？

罗展羽摇头，闷头继续喝酒。

顾惜玖心中微动："哥，你是不是有心事？"

罗展羽握杯的手指一顿，他没说话，只是仰头灌了一杯酒。

顾惜玖还是比较敏锐的："是因为孟素言？"

罗展羽骤然抬头看着顾惜玖："你怎么知道……"

顾惜玖叹气："你伪装得确实挺好，不过你的眼神出卖了你……"自己这个哥哥看着对任何人都是公平公正的，但看他偶尔追逐的眼神，顾惜玖明白他对冷美人孟素言情有独钟，只不过人家心中有人，所以罗展羽只能把这份情深埋心底，甚至不想让对方知道。

或许是顾惜玖戳破了这层窗户纸，或许罗展羽确实想找个信得过的人倾诉，所以罗展羽终于将心事说了出来："小玖，我确实喜欢她，不过她在外面有未婚夫，她心心念念的也是那个男人，我不想插足其间……"

他苦苦一笑："原先因为大家一直找不到出去的法子，我也以为会老死在这里，心里还是抱着一点儿希望的，希望时间可以改变她的想法，或许几十年后，她能接受我……"

他再喝一杯酒："小玖，你是不是觉得我挺卑鄙的？"

顾惜玖摇头："喜欢一个人并没有错，何况你也没强迫她啊，她甚至不知道你对她的感情……"

"是吗？"罗展羽酒量并不高，十几杯酒下肚，眼睛已经微微迷离，"刚才我看到她坐在练武场上，手里拿着一枚簪子出神，我走过去和她聊天，才知道簪子是那个男人送给她的定情信物。这十几年她一直珍藏着，她刚才第一次冲我笑，说终于看到出去的希望了，她可以和她的未婚夫团聚了，还问我她穿什么衣服好看，她想出去的时候穿给那个男人看，让那个男人看到她最好的一面……"

顾惜玖："……"她不知道该怎么安慰罗展羽，孟素言是个好女孩儿，但她和罗展羽没有缘分，男人或许容易变心，但女子一般认定一个人就是一生一世。

兄妹俩都有心事，喝酒一个比一个爽快，一个时辰后，顾惜玖有点儿醉了。

一缕笛声忽然悠悠自远方响起，仿佛是从天际跋山涉水而来，在夜色中，极为动听。

顾惜玖立刻站了起来。

是他！帝拂衣！他没走！她要去找他！

因为心太急，她直接瞬移过去，但因为酒喝得有点儿多，只凭声音判断不出远近，她这一瞬移，直接瞬移到后山去了，险些砸在一头觅食的凶兽身上！

凶兽自然想把这个从天而降的人啃了，所以大吼着向她猛攻。

顾惜玖吓了一跳，酒醒了一小半。

那是七阶兽，因为饿，它极其凶猛。

顾惜玖毕竟醉得有点儿腿脚不灵敏，最后她虽然把凶兽给拍死了，但她的手臂也被凶兽的尖牙给扎了一下，火辣辣地疼。

她低咒一声，草草包扎了一下，这才又循着笛声瞬移回去。

帝拂衣此刻正坐在大树下，风吹得他的紫袍猎猎作响，他的面前摆着一张小桌，小桌上有酒也有小菜。

顾惜玖好不容易赶回去，笛声正好停下来，一位穿淡银色衣衫的女子正从阴影处走出来，袅袅婷婷地站在帝拂衣面前，向他行了一礼："黄裳香拜见左天师大人。"

帝拂衣头都不抬，只嗯了一声，然后斟酒自饮。

黄裳香眼眸一动，立即款步上前："让小女子来吧，小女子斟酒一绝，可令酒满而不溢……"

帝拂衣俊脸微冷，衣袖一抬，黄裳香被一股莫名的力量直接给推了出去，伴随而来的还有帝拂衣的一个字："滚！"

很显然，左天师大人心情很不好。

黄裳香险些被推个跟头，踉跄了好几步才站稳，脸色发白，却不死心，难得碰到可以和左天师单独相处的机会，她不想错过："左……左天师大人，小女子并无他意，实是感激左天师大人前日救了大家，这才想尽微薄之力报答……"

她还想多说几句，帝拂衣忽然手一指，黄裳香的声音戛然而止。

空气中仿佛有一只无形的手扼住了她的喉咙，她只觉喉咙发紧，气也透不过来，原本有些嫣红的小脸憋得发青，她想挣扎却一时使不出力气，吓得险些尿了裤子。

片刻后，空中扼住她喉咙的无形之手才消失，帝拂衣的声音冷冷地响起："滚！不要让本座再说第三遍！"

黄裳香一口气终于透过来了，她哪里还敢再啰唆，转身飞也似的跑了，眨眼没了影子。

"左天师大人好威风啊，心情不好？"罗展羽走过来，看了看帝拂衣面前的酒菜，"我可不可以坐下喝一杯？"

帝拂衣瞥了他一眼："不可以！"

罗展羽倒没想到他拒绝得如此干脆，微愣了愣："一个人喝闷酒多无聊？不如让我来陪你。"

帝拂衣托着半边脸，形容看上去懒洋洋的，说出的话却有些毒："本座现在不想和任何人说话，其中也包括你！"

罗展羽皱眉，他虽然处于半清醒半迷糊的状态，不过也是很好面子的，对方既然下了逐客令，他自然也无意在这里待着："那——算了！我其实也不想陪你喝，对了，小玖呢？"

帝拂衣声音冷淡："我怎么知道她在哪里？"

罗展羽皱眉："她明明跑出来了……难道不是去找你？"

帝拂衣喝了一杯酒："她找本座？她从来没找过……呵呵！"他轻笑一声，"本座也不想见她，她来到我跟前我照样让她滚！你如找她可去别处找，不要在此处啰唆！"

左天师此刻气场强大得很，罗展羽也不想在这里热脸贴冷屁股，所以他麻利地转身走了。

树下又恢复了原有的静谧，只有左天师一人在这里喝酒吹笛。

顾惜玖远远地站在一片阴影里看着这一幕，她就算喝醉了，耳朵还是很灵的，自然听到帝拂衣几句话骂走两个人。

因为还带着三分薄醉，她的脑筋不算太灵光，她本来跑过来想和他聊聊，现在看似乎不是时候，他现在大概不想被任何人打扰。

顾惜玖原先心烦的时候，也曾经有过这种状态，只想自己安安静静地待着，不想让任何人来打扰她，她觉得帝拂衣现在自然也是这样。

既然如此，那她也就不过去了，免得更惹他不痛快。

有时候，她还是很善解人意的。所以善解人意的顾惜玖想了想，终究没过去，转身又回自己屋了。

她本来就很疲惫，又赶上多喝了点儿酒，回到屋里后就直接躺床上了。

喝过酒的人总是睡得快些，所以顾惜玖几乎是沾枕头就睡着了。

睡梦中似有笛声一直响着……

对她来说，这笛声就像催眠曲，只会让她睡得更香甜。

她的乐感极好，就算在睡梦中她也能听出好坏，她恍恍惚惚觉得后来的笛声跑调了，不算完美。

睡到半夜的时候她被外面哗哗的雨声给惊醒了。

此刻她的酒已经醒得差不多了，神志也清醒了不少，她在床上定了一会儿神，隔着窗户看着外面的瓢泼大雨。

好大的雨！

听这里的人说，这个地方不轻易下雨，没想到她来了不久就赶上一场大雨，这场雨算得上倾盆暴雨了！

临睡前的事浮上脑海，她心中一颤。

她下意识地听了听外面的动静，只有哗哗的雨声，没有笛声。

她苦笑，这种天气他自然不会还在树下吹笛子，早不知道跑到什么地方避雨去了！他又不傻！

算了，她还是明天再去找他吧。

什么事也比不上两个相爱的人在一起重要，所以顾惜玖打算明天和帝拂衣好好谈谈，最多哄哄他嘛。

顾惜玖打定主意后又重新躺下，准备再睡一觉。但不知道为何她怎么都睡不着，听着外面的雨声她的心有些慌。

他心情不好在那儿喝酒，万一真喝醉了呢？

喝醉的人可是逮哪儿睡哪儿。

他如果就这么醉在大树下，那可是要被雨淋坏的。

顾惜玖的脑海中甚至闪过他躺在大雨中呼呼大睡的场景，她被惊到了，翻身爬了起来！

不行，她要去看看才放心！

她披衣出门，瞬移直奔大树。

雨已经小了一些，但还是淅淅沥沥地下着，雨丝不断。

顾惜玖是八阶灵力，有灵力护体，那些雨丝是落不到她身上的。

夜深如墨，就连悬挂在旗杆、树梢上的风灯也被雨水浇灭了好几盏，剩余的几盏在风雨里飘摇，发出昏暗的光。

顾惜玖在大树下迅速转了一圈，没发现帝拂衣的影子。

她松了一口气，拍了一下自己的脑门，暗笑自己神经质，帝拂衣那么精明的人怎么可能任凭自己倒在雨水中？自己就爱瞎操心！他肯定早去什么地方避雨了，说不定也已经睡了。

至于他睡在哪里顾惜玖不担心，这位左天师随手就能自己盖房子，他自然不会睡在露天地里。

他睡的地方说不定比她现在的窝豪华多了，顾惜玖决定不找了，回去睡个回笼觉比较好。

她正要瞬移回去，忽然有只手在她的肩头一拍，一道微微暗哑的声音幽幽响起：“你在找我？”

周围一片漆黑，灯光摇晃，雨丝飘飞，从背后拍肩，甚至连声音都含着森森的鬼气，这怎么看都像惊悚片里的场景，顾惜玖吃了一惊，身上的汗毛全部竖了起来！

她忙回头去看，然后呆了呆。

在她的身后，帝拂衣水鬼一样站在那里，全身湿透，头发贴在脑袋上，滴滴答答往下淌水，那形容不是一般狼狈，他的手里居然还捏着一葫芦酒，此刻正站在那里面无表情地看着她。

“你……居然一直在这里！”顾惜玖总算反应过来，过去握住他的一只手。

他的手冰凉，她握着他的手像握着一截冰棒，让顾惜玖皱了皱眉，二话不说扯着他就走：“走，先跟我回去！”

帝拂衣倒是没反抗，不过也没跟她走，他有他的坚持：“去我的屋子。”

顾惜玖一时没反应过来：“你的屋子？哪里的屋子？”

帝拂衣瞧着她：“在这里我的屋子不就一处？”

顾惜玖明白过来：“啊？你真住在那里啊？”

帝拂衣微抿着唇：“不然我能住哪里？”

好吧，顾惜玖不想和他抬杠，带着他瞬移去了他的屋子。

进了屋之后顾惜玖终于明白帝拂衣说的是真的，他确实住在这里。

屋里床上的被褥还没叠，桌子上还有没喝完的茶。

看来他自她屋里出来后，就直接回这间屋子了，是她一时没想到。

他身上湿得厉害，全身都在滴水，这样下去自然不行，顾惜玖和他商量：“你用清洁术把自己弄干了成不成？”

帝拂衣像没听懂似的看着她，自然也没使用清洁术。

顾惜玖和他大眼对小眼看了片刻，终于后知后觉明白了一件事，帝拂衣喝醉了！

别人醉了要么睡要么闹，他却安安静静，神态举止一时也看不出异常，但仔细看就能看出他的反应慢了好几拍。

这样的左天师她真没见过，不由得又心疼又有点儿好笑。

她拉着他的手：“醉得这么厉害？你不会清洁术也使不出来了吧？”

帝拂衣看了她片刻，分辩道：“我没醉！”他再添一句，“本座喝酒从来不会醉！”

顾惜玖：“……”他不醉的话干吗把自己淋得像水鬼似的？他明明用灵力护体就可以不被雨淋的。

顾惜玖不想和他争论这个问题，勉为其难地给他使了个清洁咒。但毕竟她的功力达不到，清洁咒使得有点儿不到位，只勉强让他的头发和衣服不再滴水了，但还是湿漉漉的，看着就不舒服。

看来她只能督促他换衣了。

她先把这身湿衣服给他换下来再说，要不然说不定他会生场大病。

“你身上带着干爽的衣袍吧？拿出来换上，穿着湿衣服没法休息。”

帝拂衣侧头看着她，那眸色极深，仿佛要透过她的皮相看到她的骨头。

顾惜玖被他看得心中微跳：“你拿出来啊。”

“为什么不来找我？是不是我不找你，你就直接放手了？”帝拂衣仿佛自嘲地笑了笑，缓缓开口，“你每次放弃我都是那么容易……”

顾惜玖心中一窒，眼眶有些发热，这样的他强大之中又透着丝丝脆弱。

“我没放弃你啊，我找过的，我以为你出了这个地方或者又去什么修炼之地了，我在村寨中找过的。”

“撒谎。”帝拂衣抿紧薄唇，“我就在这里，你只要找就能找到……”

顾惜玖扶额：“我以为你嫌弃这里不会来。”

她扯着他的衣襟：“咱先把衣服换下来再说其他的，嗯？”

帝拂衣却直接在一张椅子上坐了下来：“我很难过，你放手总是比我容易……”他摸过桌上的凉茶就要喝。

顾惜玖忙拦住他，抢他手里的凉茶：“这个不能喝。”

帝拂衣不习惯别人抢他的东西，自然躲避。奈何顾惜玖锲而不舍，二人你追我躲，那碗凉茶就洒了，浇在两个人相贴的身上。

顾惜玖：“……”这下不但他要换衣服，她也需要换衣服了！

帝拂衣垂眸看着自己胸前滴滴答答的茶渍，微皱着眉：“好脏！”

顾惜玖出了一口气，忙道：“是啊，脏了，咱把它换下来，嗯？”

这次帝拂衣不作怪了，他不知道从哪儿拎出一套衣袍就往身上套。

顾惜玖忙拦住他，帝拂衣皱眉：“又怎么了？”

顾惜玖索性将他按在椅子上：“先把湿衣服脱下来再穿新的！”

他现在醉得厉害，她和他说话基本就是鸡同鸭讲，所以她干脆不说了，一横心亲自动手脱他的衣袍。他倒是乖得很，双眸定定地望着她，顾惜玖让他抬手就抬手，让他抬腿就抬腿。

他身上的衣袍还是很好脱的，外袍、内袍全部脱下，顾惜玖盯着他的裤子。

他的裤子也湿了，自然要脱下来。

不知道他这次穿内裤没有，她记得他原先穿过内裤的。

她去脱他的裤子，忽然手腕一紧，她抬头正望进他那双仿佛翻滚着旋涡的眸子里。

这样的眼神让她头皮发麻，心跳如擂鼓，下意识地解释：“我给你换衣……”

后面的话她没来得及说，因为他将她猛然一扯，顾惜玖现在的力气自然不如他，直接被他扯进了怀里，她低呼一声下意识地抱住了他的腰。

他的上衣已脱，顾惜玖能清晰地感应到他劲瘦有力的腰，光滑温热的肌肤，烫人的温度似乎能隔着她的衣衫传进她的心房里。

顾惜玖的心霎时跳得不像自己的，她抬头：“你……”

眼前一张俊脸迅速放大，他的吻已经落了下来，直接侵袭上她的唇。

他的唇里有酒香、有他特有的体香，两种香气混合在一起，在她口中肆虐，让她一时沉醉。

她也想他，快要想疯了！

所以她没怎么推他，双臂圈上他的脖子，仰着脸迎接他的热吻。

他的吻火热强势，一开始就如同疾风暴雨，让她几乎喘不过气来，却甘之如饴。

他坐在椅子上，而她坐在他的怀里，彼此相贴，气息暖暖交融。

只是一个深吻就让她如升天堂，忍不住热烈地回应他，让这吻更深入。

他已经不满足于唇与唇的厮磨，火热的唇侵袭她细嫩的脖颈、肩窝，一路向下……

她的衣衫被他扯开，湿凉的头发随着火热的唇一起落在她胸前的肌肤上，凉意让她一抖，终于醒过神来。

天哪，他还醉着，全身湿着，她现在要做的是让他换衣服，更何况她的衣衫上也有茶渍。

她忙将他一推，想跳离他的怀抱，奈何他将她箍得紧紧的，她一时推不开。

“宝贝儿，我要你……”他在她耳边低语，声音沙哑极了。

顾惜玖脸蛋爆红，她已经感应到身下他最直接的反应，让她心跳得不像是自己的。

她其实不排斥和他滚床单，但是这种状态不行，两个人一身狼狈。

她猛然一推，帝拂衣正情热，自然没防备，终于被她挣开，她一跳而起，连退了好几步。

帝拂衣坐在那里愣了片刻，一双黑眸望着她，眸底似有痛楚：“你……还是不愿意？”

顾惜玖道：“先……我先帮你弄干头发，把身上弄清爽……”她虽然极力镇定，但声音还是微微发抖。

顾惜玖身上带着解酒药丸，刚才趁和他热吻时推入他的口内，他对她倒是绝对信任，虽然不知道她给他吃了什么，他还是咽了下去。

药丸怎么也得一刻钟才能起作用，顾惜玖也没指望他立即清醒。

他应该淋了半夜的雨，最好是泡个热水澡暖暖，要不然他明天说不定又得病一场。

顾惜玖说完这句话后直接瞬移，她要去为他准备洗澡水，她的屋里有泡澡的浴桶，而他这里四壁空空，除了一张桌子、一张床外啥也没有。

她回到自己的屋子，拖出那个浴桶，弄上水，然后手掌贴在浴桶上，火之灵力运转起来，也不过片刻工夫，那水已经热了。

她测了测水温，正是泡澡的温度，抱起来正要再瞬移到他的屋子里，偶一转头，发现他正站在她的身后，抱臂看着她。

她吓了一跳，险些把桶扔掉，这家伙喝醉酒怎么神出鬼没！

她放下桶拍了拍胸口：“吓我一跳！你怎么跑过来了？”

帝拂衣走过来："你这是？"

"给你泡澡啊，你淋了半夜的雨，容易着凉，泡澡暖暖……"说到这里她忽然顿住！

此刻的帝拂衣衣衫整齐，发丝顺滑如缎，哪里还有半分狼狈之态？

顾惜玖瞪着他脱口道："我记得明明将你脱半光了……"

帝拂衣眼眸一闪，指尖白光微闪，他身上的衣袍不见了，只剩下一条亵裤，然后他懒洋洋地看着她："这样？"

灯光下他的肌肤如玉石般结实，肌理分明，宽肩窄臀，人鱼线、马甲线分明，线条极度流畅，看上去极为养眼，冲击着人的视觉。

顾惜玖一时愣在那里。

帝拂衣低头看了看浴桶，那浴桶不大，是用一截粗木直接剜成的，很原生态。

他低叹："这桶小了点儿，花纹也不好看。"

顾惜玖下意识地反驳："不小了，一个人泡正好。在这种地方能有这样一个桶就不错了。"

在这里生活的人因为比较原生态，所以大部分男子想洗澡基本都是到村头那个小池塘里，只有女子才各分到一个浴桶。所谓浴桶其实就是一个深盆，勉强能容一个娇小女子坐在里面泡半个身子。

顾惜玖才来时原本也分到一个，但她嫌小，干脆就把那盆当泡脚盆了，她又到后山找了一截结实的木头，自己打磨出这个浴桶。

她的目的是实用，自然不在意好不好看，这个浴桶就算身材高大的帝拂衣也可以用。

帝拂衣看了看浴桶的做工，很实诚地评价："桶壁有点儿粗糙，人在里面硌得慌。"

顾惜玖怒了："我就这手艺，你既然嫌弃那就算了……"

顾惜玖看他这神情，他分明已经酒醒了！自己给他喂的醒酒丹居然有这么强大的功效，这才半刻钟左右。

果然他一醒就恢复龟毛的性子，喜欢出幺蛾子，挑肥拣瘦的。

一个洗澡桶他也能挑出这么多毛病，他咋不上天呢？！

顾惜玖看看他干爽的衣裤、顺滑的长发，显然他已经用过清洁术了，她深深觉得他应该不需要泡澡了。

"这桶是你亲手做的？"帝拂衣围着浴桶转了一圈，"看上去倒是很原生态，古味十足。"

顾惜玖："……"

然后她就眼睁睁看着帝拂衣开始脱裤子。

第六十六章　朱漆映红烛

顾惜玖的心脏险些跳出来，她立即转身：“你……做什么？”

帝拂衣回答得慢条斯理：“洗澡啊，你不是说这一大桶水是为我准备的？”

他脱衣极快，回答完这句话，顾惜玖已经听到后面传来他踏入水中的动静。

她不敢再看，一挥手飞出一道布幔，围在浴桶周围：“你不是用清洁术了？其实泡澡已经没用……”

里面传来哗啦的水声：“清洁术和真正的沐浴还是有区别的，我更喜欢沐浴。”那声音又顿了顿，“你不需要洗洗？”

他这是邀请她共浴？

“你先洗吧，待会儿我再洗。”

他清醒时她可没有和他共浴的勇气，当然，他醉着时这勇气她也生不出来，最多把他脱光扔进桶里。

帝拂衣轻叹一声，看来他这酒醒得太不是时候了！

以他的体质他极少喝醉，也就两次，还都是因为她，而两次酒醉也都落入她的眼中……

他就算喝醉也不是醉得人事不知，心里还是明白的，所以和顾惜玖的那些互动他记得。

顾惜玖的解酒丸很不错，他服下不久就清醒过来，然后发现那丫头又跑了。

他实在是怕了，所以整了整身上就跟了过来，没想到她在忙着为他弄洗澡水，心在这一刻暖了起来。

顾惜玖坐在自己的床上，看着布幔。

水声似乎撩在她的心上，今夜的他似乎有些邪性，让她频繁心跳不已。

她定了定神，决心先打坐静静，刚上床，布幔内传出帝拂衣的声音："有没有皂角？"

在这里皂角是专门用来洗澡的，顾惜玖自然准备了，她只是没想到帝拂衣也会用："有啊。"

"给我送过来。"

"啊，好。"

顾惜玖拿出皂角给他送进去。

帝拂衣倚着桶壁坐着，头发流水似的披了一身，布幔内有一颗夜明珠，那光晕白而不刺眼。他一条手臂支在桶的边沿，光影投在他的身上，仿佛是一幅动态绝美的图画。

她一进来他的视线就落在她的身上，在他的目光洗礼下，顾惜玖头皮发麻。

她跟他隔了几步远远站定，将手中的皂角向他一抛："皂角来了，接着。"

咚！皂角落入水中，这东西入水即化，帝拂衣瞧着她："我现在有些晕，准头不太好，还有没有？"

顾惜玖握拳，接东西都接不住，他忽悠谁？要不要她投射几枚暗器过去？他肯定能及时打落！

不过看在他为她淋了半夜雨的分上，顾惜玖不想和他计较，也没点破他这小伎俩，所以她又拿出一块，对着他晃了晃："就剩这一块啦，你再接不住就没有了……"

帝拂衣向她伸出手："递过来。"

顾惜玖顿了顿，帝拂衣叹气："我刚刚醒酒，头其实还晕着，也没多少力气。"

好吧，顾惜玖向前走了几步，将皂角递到他手里："好了……"

后面的话她没来得及说就被他一把扣住了手腕，紧接着一阵天旋地转，哗啦一声水响，她跌进了浴桶里，坐在了他的怀中，他的声音在她耳边低低响起："不要再逃了！"

湿热的水波瞬间将她包围，比水波更热的是他的气息："宝贝儿，不要再逃避！"

他身上裸着，她能清晰感觉到他肌肤的热度和光滑度，她紧张得手脚都不知道该放哪里："喂，我……我没逃啊……你先放手……"

"那和我一起洗？"

顾惜玖的脸蛋儿乎要燃烧了："这……这浴桶太小了，不适合……不适合两个人……"

帝拂衣在她耳边轻笑："我刚才说浴桶小你还生气……"

顾惜玖："……"

她一条手臂撑着他的胸口，让自己离他稍稍远一点儿，挑眉看着他："我可没同意和你洗鸳鸯浴，你又不是我什么人……"

婚礼取消了，戒指她也还给他了，他上半夜还说让她"多保重"呢。

帝拂衣一条手臂圈住她，看着她的眼睛："嫁给我好吗？"

顾惜玖的心在胸腔里蹦得欢实，她也瞧着他："你不是让我'多保重'？我以为你说出那些话是要和我彻底决裂……"

决裂？开玩笑！

帝拂衣拇指划过她的小嘴："嗯，我是说过，但'保重'这个词儿不是决裂之意吧？而且我忽然觉得你常闯祸，稍稍不注意，你说不定就捅个娄子出来，让你自己保重倒不如我来保重你……"

"喂，说得我像闯祸精似的，我的危险还不是你造成的？你瞧你不在我身边我也活得挺滋润的，也没碰到什么危险……"顾惜玖反驳道。

两个人这样的姿势极为暧昧，让她格外慌张，所以她想用说话打破这要命的暧昧气氛。

帝拂衣眸底闪过一抹受伤神情："你真不要我了？"

她抿唇："你都没什么表示……"

帝拂衣一时没反应过来，还要他怎么表示？

顾惜玖看他没反应，忍不住提醒他："你这是在向我求婚吧？怎么也得拿出诚意来啊。"

帝拂衣在她唇上一吻："想要我什么诚意？"

这人喝酒喝成呆头鹅了！

顾惜玖气鼓鼓的，干脆点醒他："戒指呢？！"

帝拂衣在她的鼻尖上吻了一下："乖，闭上眼睛。"

顾惜玖闭上了眼睛，只觉指尖一凉，有一物套上了她的手指。

他果然有准备！

顾惜玖松了口气，睁开眼睛，发现手指上果然套了一枚戒指，戒指很漂亮也极珍贵，顾惜玖却愣了一下："新戒指啊……原先……原先那枚呢？"

帝拂衣摇头："那枚被你丢过，不吉利，我做了两个新的，来，帮我戴上。"

他拿出另外一枚戒指托在掌心递到她面前。

两枚戒指一看就是情侣戒，材料相同，颜色一致，她手指上戴的这枚戒指是粉红钻，颜色极纯正，盈盈如少女的眼波。

他掌心托的那枚上面也镶嵌了粉钻，样式精致大气，一看就很适合他的手。

他上次送她的戒指是红钻的，而粉钻比红钻更珍贵，这枚戒指绝对比原先那个要贵重得多。

顾惜玖却抿紧了唇："我想要原先那个！"

帝拂衣叹气："那枚我没带进来，再说这新的不是更好？"

顾惜玖这次异常固执："不管，我就要原先那枚！我喜欢那个！"

帝拂衣："……"

他略一沉吟，顾惜玖干脆抱着他的脖子，主动在他的唇上吻了一下："把那个再还我好不好？我想要那个。"

她难得撒娇，这时候的她就像个要糖吃的小女孩儿，让帝拂衣心神一荡，叹道："出去以后给你。"

这还差不多！顾惜玖松了一口气，唯恐他反悔似的叮嘱一句："不许变卦！"

"当然！"

他瞧了瞧她手上的新戒指："这个你真不喜欢？"

顾惜玖伸出手指，看了看，这戒指真漂亮！戒面是一个花苞，在她指间开放，在夜明珠下异常璀璨。

"这个也不错，在这里先拿这个抵账吧。"

"财迷！"帝拂衣失笑，把自己的那枚戒指塞到她手里，"来，帮我也戴上。"

顾惜玖帮他戴上，两只手、两枚戒指在夜明珠下熠熠闪光。

这样的画面异常和谐，更奇异的是戴上这枚戒指后，顾惜玖感觉心像被一根红线牵住，在冒泡泡。

她抬头道："左天师大人……"

帝拂衣道："叫荼哥哥。"

顾惜玖："啊？"

"唤我荼哥哥！"

顾惜玖打了个寒战，坚决地说道："不叫！太肉麻了！"

帝拂衣一手放在她的肩膀上，眼露危险："我现在可是你的夫君，你天天左天师大人不离口像什么话？别人这么叫也就罢了，你这么叫就太生分了。"

"那我叫你拂衣？"

"宝贝儿，我真名是凰荼。"

顾惜玖为难："那我在人前唤出凰荼，别人岂不是知道你圣尊的身份了？"

"所以说叫荼哥哥最合适，来叫一声让我听听。你当初不也叫过墨曌哥哥嘛。"

顾惜玖："……"原来他逼着她让她叫哥哥是因为吃醋，他这反射弧真长。

“我那时被迷了心智嘛，被墨曌忽悠了，说实话，我如果叫你荼哥哥会想起他的……”

这倒是！帝拂衣终于不坚持了，他直接提议：“那称呼我为夫君吧。”

夫君，很特指的称呼，顾惜玖的心微跳：“我总觉得不该叫你这么接地气的称呼……再说我们还没正式成亲……”

帝拂衣轻叹：“如果你没有逃婚的话，此刻你我已经是夫妻了……”

顾惜玖不说话了，她想起了那场没举行的婚礼，也想起了那个关于喜房的梦，心中不是没有遗憾。

帝拂衣瞧着她微垂的睫毛：“后悔了？嗯？”

顾惜玖眉梢一扬：“我才不后悔！是你当时没说清楚嘛，你不知道我听了那兄妹的话受的打击有多大……”她的声音低下去，带了抹委屈，“我那时是真的难过……”

她莫名有些委屈，红了眼眶：“你还是觉得是我错了对吗？我……”

她不想待在他怀里了，想起身出去。

帝拂衣哪肯这么放她走？双臂死死地扣住她的腰：“惜玖，是我的错，等出去后我会补上我们的婚礼，让全天下的人都知道你是我的新娘。”

顾惜玖将脸埋在他的胸前，声音闷闷的：“我还想要个和先前一样的婚礼、一样的喜房，你布置的喜房我都没见过……”

帝拂衣叹气：“那喜房你见过了，你忘记你冲我发一通脾气跑了？如不是在喜房中见到你，我还找不到这里。”

顾惜玖抬头诧异地说道：“我那明明是做梦——”

帝拂衣揉了揉她的头发：“你还是想我的，所以做梦去找我。”

那梦居然是真的。

顾惜玖想起那美轮美奂的喜房，每一样布置都是她喜欢的。

“那喜房里的布置都没变吧？我其实挺喜欢的。”

“拆了。”帝拂衣就回答了两个字。

顾惜玖：“……”

她轻吸了一口气：“你倒舍得！”

她在他胸前吹气，帝拂衣的声音隐隐有些发紧：“新娘子跑了，喜房自然也跟着跑了……”

顾惜玖怒道：“我跑了你就不打算娶我了？”

帝拂衣将她抱紧：“娶！当然娶！不想娶的话我就不会九死一生闯这里了，是不是？”

他说着话，手指却揉上了她的衣衫，让她已经湿漉漉的衣衫从肩头滑落，优雅如天鹅的脖颈，精致的锁骨，圆润的肩，小巧的胸依次显现。

等顾惜玖回过味来的时候，她的衣衫已经不见了。

二人在水中肌肤相贴，毫无间隙，彼此喘息相闻，这样的姿势也只有夫妻才会做……

屋内一旦静下来，那火热的暧昧顿时滋生出来。

顾惜玖心跳如擂鼓，帝拂衣附在她的耳边："宝贝儿，我控制不住了，今夜算我们的洞房花烛夜可好？我要你！"

他火热的气息吐在她的耳垂上，让她的耳朵像涂了辣椒汁儿似的火辣辣的。

她几乎不敢抬头，心慌得不像是自己的："我……我这里这么粗糙，你……你习惯吗……"

她这蜗居虽然空间不小，但里面的家具寥寥无几，都是一些必需品，当洞房着实寒碜了一些。

这个人不是什么都喜欢最好的吗？这样的环境他能接受？

她心里甚至有点儿后悔，早知如此，她该好好收拾一下自己这小窝的，现在看上去都不像女孩子住的地方。

帝拂衣看着她红得几乎要滴血的耳垂，低笑道："有你的地方都是天堂。"

这句话简直甜死人不偿命。

顾惜玖心里又开始冒粉红泡泡，只觉得整个人似乎要飞起来。

帝拂衣一只手揽着她，一只手不知道从何处摸出一把蓝玉酒壶和两个酒杯，然后将酒斟满："宝贝儿，接着。"

顾惜玖抬头，被动地接过那杯酒。她脸蛋酡红，脑子里乱哄哄的，一时没反应过来这是什么酒，下意识地问了一句："你还要喝？"

"这酒不同，你会喜欢的。"帝拂衣声音带着沙哑，像小钩子似的在顾惜玖心上轻轻挠着。

顾惜玖低头看着那酒，酒色粉红，如同透明的桃花瓣，带着一种极为特别的清香，她似乎想起了什么："这是……雪梅酒？"

这酒看上去和她梦中在喜房内帝拂衣所持的酒没区别。

帝拂衣："看来你对此酒印象挺深啊。"

那当然，有这种特殊效果的酒她自然印象深啊，当时看到这杯酒她还后悔逃婚了呢。

"没想到你把它也带进来了。"顾惜玖轻嗅酒香，酒不醉人人自醉。

帝拂衣："自然。"

他进来就打算和她把洞房花烛夜补上的，自然准备齐全。

"来，我们饮了此杯。"帝拂衣向她举起了酒杯。

顾惜玖虽然脸红红的，倒是不扭捏，也举起了手里的酒杯，她忍不住笑道：“人家喝交杯酒都是在桌前，我们在浴桶里。”

帝拂衣看看她如同染了霞光的脸蛋，很想在水中就要了她！

不过，夜还长，他不能太急，强按下心猿意马，蓦然抱着她站了起来，一闪身就到了浴桶外。

顾惜玖乍离了水，身上一凉，低呼一声，但手里还是紧握着那杯酒，一滴酒液也没洒出来。

“宝贝儿，我给你个惊喜，先闭上眼睛。”帝拂衣几乎要咬上她的耳朵。

他还有惊喜给她？

顾惜玖果然闭上眼睛，觉得他稍稍移动了一下，按距离算应该是从布幔内移到了布幔外。

“来，睁开眼睛。”

她慢慢睁开眼，然后呆了呆！

就这么片刻的工夫，她这蜗居居然大变样！

满室流光溢彩的红色，古朴精致的家具，如同携带着灵山秀水的屏风，红云似的地毯，水晶蚌壳，蚌壳内是淡粉色的夜明珠。

大红色的床帐，红玉雕刻的云纹的床板。

这一切顾惜玖并不陌生，她在梦中见过！

原来他把整个喜房里的东西全拆了，装在储物空间里带过来了，现在在她的屋内布置好，立即让她原本平凡无奇的蜗居上升了几百个档次！

帝拂衣抱着她走向那张床。

顾惜玖的心慌慌的，她手里还握着那杯酒：“喂，我们还没喝交杯酒……”

“待会儿喝。”帝拂衣将她手里的酒杯拿走。

她被放在了床上，坐在柔软的被褥上，此刻的她如初生婴儿般全身一块布片都没有，让她很没安全感。所以她一到床上就下意识地想扯过被子盖上。

帝拂衣一把按住她：“慢着。”

顾惜玖抬眸看向他，想开口说什么时又怔住了。

原本应该也是光裸的帝拂衣此刻居然已经穿戴整齐了！

他穿着一身新郎礼服，和那日在喜房中穿的一模一样。

他刚洗了澡，大红色的衣袍穿在他身上居然异常和谐，衬得他面如玉，眼似星，二人目光相对的时候，她险些移不开眼睛。

他连喜袍都带来了！

顾惜玖微垂着眸子，心中有一抹遗憾。

“惜玖，其实我一直很想看你穿嫁衣的样子，穿给我看好不好？”

帝拂衣指尖一转，一摞衣裙出现在他的掌心，放在她的身边。

顾惜玖心中咚的一声，一眼认出这是她的喜服，这个人看来所有事都想到了。

这套衣裙她其实偷偷试过，还在镜子前转了好几圈，那时的她心里对婚礼是满满的憧憬。

衣裙全部用鲛丝制成，顺滑贴身，穿起来的时候显得腰肢更细，袅袅纤美，飘飘欲飞。

她心中激动，抬手正要穿上，帝拂衣却制止她："让我来。"

于是顾惜玖就让他给自己穿上，里衣、抹胸、内裙、外裙……

每一件都是他为她穿上的，没用任何术法。她闭着眼睛，任他穿戴，今夜她是他的新娘。

她穿戴完毕后，他后退两步打量她。

她的头发虽然剪短了，但自从她知道自己必须要用这具身体时，她又把头发留长了。如果按正常生长，几个月的时间自然长不了多长的，但她会术法，所以长得快些。

她脸色如霞光，唇也水润饱满，那双眸子里更似浸了水，微一转眸间就勾魂夺魄。大红色的衣裙在她身上翩然飞舞。

帝拂衣的眼眸深了下去，他明明已经为她穿好了鞋袜，却还是抱起了她，在她唇上一吻："宝贝儿，你是最美的新娘！"

顾惜玖搂住他的脖子，不知道为何她的眼眶发酸，原来她也可以这么幸福！

从今以后她再不是一个人，她会和他联手共进退。

这个风雨飘摇的世界上，有他为她遮风挡雨，她疲惫的时候，他的怀抱将是她最想休憩的港湾。

这种有依靠的感觉真好！

她忍不住抬头在他下巴上亲了亲，亲了一口觉得没解馋，于是再亲一口："小衣衣，我喜欢你。"

帝拂衣足下微一踉跄，垂眸看着她："小衣衣？"

顾惜玖抱着他的脖子笑得志得意满："这是我刚想到的称呼，喜欢不？"

帝拂衣笑了："喜欢！"不是老衣衣就成，要不然他会觉得她嫌弃他年龄大。

他将她抱到桌前坐下，重新将那杯酒递到她手里："来，我们喝交杯酒。"

顾惜玖接过酒先和他碰了碰，然后手臂互缠，额头相抵，她低语："但愿我们年年有今日，岁岁有今朝。"

帝拂衣忍不住笑了："笨，你想天天做新娘子啊？"

顾惜玖瞪着他："我想让你天天像宠新娘子似的宠着我，不行啊？"

"行！"帝拂衣在她嘟起的红唇上一吻，"自己的媳妇儿当然要宠着。"

顾惜玖心满意足，这才和他将那杯酒喝下。

那酒有一种淡淡的青梅香，入口绵软中透着抹激情的辣，滑入喉中如一股暖流在胃里微微漾开。

这酒太好喝了！

顾惜玖看着桌上的小酒壶，和他商量："我们再来一杯？成双成对嘛。"

帝拂衣抬手就将桌上的小酒壶收了起来，然后在她脑门上轻轻敲了一下："这酒不能多喝，对身体不好。"

好吧，听他的！

顾惜玖想了想，退而求其次："那能不能每晚都来上这么一小杯？"

帝拂衣凑近她："宝贝儿，这酒又名合欢酒，合欢时用的，你这么说是每天晚上都邀请我和你……"

顾惜玖脸上刚刚褪去的红晕又有爬上来的趋势，她果断地将他凑近的脸推开："那还是不要了……"

帝拂衣哈哈一笑，抬手将她揽入怀中："宝贝儿，春宵一刻值千金，我们可以开始了！"

顾惜玖刚刚穿起来的衣衫一件件落下，激烈的吻仿佛让空气也灼热起来。

这是大部分男女都会经历的激情之夜，他强势进攻，肆意掠夺，她热烈反应，如藤缠树……

春宵苦短，这是帝拂衣的感受。

当外面天光初透时，他才意犹未尽地放开她，而她实在累坏了，甚至不等着他给她清理完就睡了过去。

顾惜玖醒来的时候已经是下午了，日光在屋内跳跃，让一室的大红色都沐浴在春光里。

帝拂衣不在屋内，顾惜玖坐起身，云朵般柔软的被子自她身上滑落，露出她身上柔软的睡袍，蚕丝睡袍贴在身上，顺滑如无物，极为舒服，不用问这衣服肯定是帝拂衣为她穿上的。

她伸了个懒腰，说来也怪，昨夜明明累得不行了，但睡了这一觉醒来所有的疲惫都消失了，神清气爽得几乎要飘起来。

她掀开被子下床，脚落地时微微踉跄了一下。

其他还好，身体的某个部位还是有感觉的，有些酸胀，这酸胀让她有点儿腿软。

他去哪里了？

顾惜玖环顾屋内，看到床侧放着一摞衣服，鹅黄色，顺滑的料子，娇嫩得仿佛是开在春光里的花。

这衣服自然是帝拂衣为她准备的，顾惜玖穿上，揽镜一照，镜中人眸如春水，唇如涂脂，脸颊微红，娇嫩得如同一朵盈盈盛开的花。

她抚了抚唇，她的唇略略有点儿红肿，再加上脖颈处暧昧的红痕，明眼人一看就知道她经历了什么，她不太好意思出去了！

“醒了？怎么不多睡会儿？”帝拂衣推门进来了。

他已经换上惯常穿的紫袍，看上去神清气爽，整个人神采奕奕。

顾惜玖心中微跳，想起他昨夜的龙精虎猛，她一向很厚的脸皮红了红。

帝拂衣看着她酡红的小脸，心中一荡，揽住她的腰肢：“累不累？我以为你会睡到天黑。”

顾惜玖的头倚在他的身上，她取笑他：“你不是应该更累？昨夜那场雨我以为能让你柔弱一点儿。”

帝拂衣将她腰肢箍紧，眼睛眯起，唇角似笑非笑：“看来你对夫君昨夜的表现不太满意？”

他忽然抱起她就往床边走，很显然他是想让她“满意”一下。

顾惜玖吓了一跳，在他怀中一挣，挣下地来，再连退几步：“你别没完……”

帝拂衣倒没逼她，昨夜她毕竟是第一次，而他一时控制不住连着要了她三四次，就算喝了那酒，她毕竟也受了伤，不适合太频繁……

他笑了笑：“我以为你不满意……”

顾惜玖不想和他继续探讨这么暧昧的话题，免得又让他化身为狼，她问他：“你饿不饿？想吃什么？”

帝拂衣笑了，在她唇上轻轻亲了一下：“我想吃你……”

顾惜玖反手抱住他的腰，在他的下巴上亲了亲：“我和你不同，你可以辟谷不食，我真的饿了……”

她就昨晚和哥哥喝了几杯酒而已，直到现在都没吃东西，昨晚活动量又那么大，一醒来就感觉饿得前胸贴后背。

帝拂衣衣袖一抬，桌上多了几碟糕点、几样小菜、两份蕉奶果粥，他搂着她在桌旁坐下：“就知道你会饿，给你准备的这些够不够？”

蕉奶果粥也就罢了，是这里的土特产，但糕点和小菜一看就是从外面带进来的，异常精致，味道也极好，是顾惜玖最喜欢吃的。

这里的东西虽然有营养，但物产还是很匮乏的，菜是山里的野菜，肉就是兽肉，几乎没有调料，无论做什么菜也就放一点儿盐而已，也没有粮食。这里能吃饱饭，但肯定是吃不好，对顾惜玖这种比较挑食的人来说，天天吃这里的饭食让她有点儿难以下咽，吃饭也就是为了果腹而已。

嗅着久违的糕点和饭菜的味道，顾惜玖笑颜如花，在他脸上亲了一口：“小衣衣，你真贴心！”

然后她将他放开，心满意足地拿起一块糕点就要吃，帝拂衣握住了她的手腕，似笑非笑地看着她：“这么贴心的我，你就敷衍地亲一下？”

顾惜玖斜眼看着他：“你还想怎样？”

帝拂衣一根手指点了点自己的唇：“亲这里。”

顾惜玖痛快地在他的唇上亲了一口，蜻蜓一般沾之即走。

帝拂衣自然不想让她偷工减料，不待她起身就直接将她揽在怀里，结结实实一个深吻后，他才放开她，慢悠悠地道：“这个才算！”

顾惜玖被他吻得心跳都乱了节奏，她发现自己抵抗不了他的亲热，心里甜蜜的泡泡又开始冒……

她咳了一声，去吃东西了。

席间顾惜玖和帝拂衣聊了几句，问他有没有出去的办法。

帝拂衣微一沉吟，叹了口气：“这个地方——不好出，我暂时也没法子。”

顾惜玖心中一沉：“不是吧？连你也没法子？这个地方到底是什么地方？”

“八峰中心阵眼处。”帝拂衣倒不瞒她。

“原来这就是八峰，不是说八峰上都是八阶兽吗？怎么这里也没见到几头啊。”顾惜玖纳闷。

帝拂衣叹道：“这里是八峰的阵眼，这棵蕉奶果树是天地孕育的神树。它笼罩之处，灵力最为充裕，当然也会自动形成一个净化外面戾气的净化圈，让那些由戾气生成的八阶凶兽无法外逃。它是支撑整个暗黑森林的关键所在，它一旦出意外，整个暗黑森林都会毁去，那些由天地戾气生成的凶兽就会降临人间，为祸大陆……”

“一棵树也有这么大本事？！”顾惜玖觉得要被刷新三观了。

帝拂衣微微摇头：“这树只是一个由头，它是天地生成的阵眼，它要生生不息就要有特定之人的阳气来维持。这里的人依靠此树生存，而此树也需要这里的人提供阳气。”

顾惜玖一僵：“好诡异的树！如果此树以人气为生，那如果我们全部逃出去，这阵眼岂不是要破了？！“

帝拂衣淡淡地道：“一般情况下，进来的人都会在这里老死。”

顾惜玖看着他：“原来你把非天授弟子投放到这里，是给这棵大树送养料的。”

帝拂衣抬手顺了顺她的头发：“小玖，此乃天道，这些人原本都是命里必死之人，被蕉奶果树选中救下来等于给了他们一条活路，也不算亏欠了他们，这也是蕉奶果树只救垂死之人的原因。天道有玄机，为天道者不能有妇人之仁。”

顾惜玖：“……”

她还是第一次听帝拂衣讲解天道的事，一时有些愣愣的。半晌她问了一句：“那这阵眼存在多久了？”

帝拂衣叹气：“我在时它便在了，我也不知道它有多少年，让这棵大树保持活力支撑阵法是每一个天道守护者的责任，你以后……”说到这里他顿了顿，“你以后就明白了。”

“那这里进来过多少人了？在这里没看到其他人的尸骸。”

“没有人能留下尸骸……这里的人一旦死去就会化为灰烬，而且此地五百年清一次场，一旦到了规定的年限，此地一切人活动的痕迹都会被直接抹杀，再看不到一点儿痕迹。”帝拂衣继续给她普及知识。

顾惜玖听得心惊：“这里的人一旦修到九阶寿命能达到一千年，五百年清一次场的话，那这些人岂不是……”

帝拂衣道：“八阶升九阶需要特殊的丹药，如没有的话，盲目升阶不可能成功，所以此地绝大多数人修炼到八阶就是最高了，也就是几百年的寿命，偶尔有带着丹药升阶的，碰到清场也只能自认倒霉……”

顾惜玖没想到此事如此严重，一时有些发愣：“这么说我们都出不去了？”

帝拂衣道：“放心，会出去的。毕竟神被关在这里，总不能困到天荒地老。”

这倒是！

顾惜玖略松了一口气，心中还是很感动的，帝拂衣明知道此地如此诡异凶险，还是义无反顾地找来了，这种感情摆在这里，她还有什么可怀疑的？

以后她不会再怀疑他，她要和他好好的！

不过帝拂衣这句话的潜台词就是他暂时也没有出去的法子，看来还是要在这里困几年，但愿别赶上清场……

她像是想起了什么：“对了，前几天怎么忽然有三只八阶兽来袭？那是不是清场？”

帝拂衣摇头：“清场不是这样清的……那夜是个意外。”

“嗯？”顾惜玖挑眉看着他。

“这个意外和你有关。”

顾惜玖：“……”

“你的意思是这些八阶兽是针对我来的？”说得她像扫把星似的！

帝拂衣手指轻敲桌面：“倒不是针对你，而是大蚌干的好事！大蚌钻进来时曾经破坏了蕉奶果树的树根，让它灵气外泄，也让它吸收多年的戾气外溢，以至催生了那三只黑魃鹰，才招来这绝大祸事。”

顾惜玖明白了，原来是大蚌那一钻带来的严重后果！

她略顿了顿，还有些纳闷：“你说大蚌割破两条树根就让灵气和戾气外泄得这么厉害，那你不是也到那树根处练功了吗？我听大蚌说看到你割断了好几条树根……”

“大蚌割断的是神树的气脉，我割断的则是一些不必要的分杈，效果不同的。”

原来是这么回事！

“那大蚌割坏的气脉树根是不是需要修补一下？我怕八阶兽以后会层出不穷……”

“放心，那里我已经修补好了，我下去的那几天一来恢复功力，二来就是修补那两处。”

原来他失踪是为她收拾烂摊子去了。

她有些后悔：“早知如此，我就不该逃到暗黑森林里来。”

“天意。”帝拂衣将她拉到怀中，“无论如何我们又在一起了，其他的不必在意。”

有些事是他在逆天而行，怨不得她。

顾惜玖终于想起一件很重要的事：“对了，我们在大树上看到一行箴言……”她将看到“九九归一见天日”的事跟帝拂衣说了。

帝拂衣沉吟片刻，一揽她的腰肢：“带我去看！”

蕉奶果树上那行“九九归一见天日”的大字还在，那字的颜色一直在变换，分外好看。

树上的那些狒狒是绕着这些字走的，并不敢靠近。

帝拂衣研究了那行字片刻，然后手掌发出淡淡的七彩光将那行大字笼罩，片刻后他移开手，那行字居然消失了。

他看了看自己的手掌，似在看上面的纹路，顾惜玖也跟着他看，她忽然发现那行字出现在他的掌心之内，而且更诡异的是，那行字是由无数小字组合在一起的，在他的掌心乱麻似的疯狂旋转，顾惜玖看了片刻就感觉眼晕，身子晃了晃。

帝拂衣抬手将她揽在怀中，一只衣袖遮住她的眼睛：“你现在功力太低，还不能看这个，要不然对你有损伤，以后我再给你看。”

顾惜玖道：“这也是天示吧？怪不得我们都研究不透，原来需要你这位神来看。你如果不进来的话，看来这行字就白白出现在这里了。”

“这倒不是，等你灵力升到九阶也能看了。”他的出现对天道来说应该是意外，自然不是为了让他解读的。

“九阶就可以？那我哥已经九阶了，他也研究了好多天，压根没看出什么来。”

帝拂衣道：“那是他笨，你聪明，你是独一无二的。”

顾惜玖接下他的夸赞，然后问他：“那些小字到底讲了些什么？可说了怎么才能脱离此境？”

帝拂衣半开玩笑半认真地道："这套文字晦涩得很，我要慢慢研究一下。不过我倒是想到一个可能，九九归一，玖玖归衣，预示着你是归我的……这证明你我确实是天造地设的一对儿。"

顾惜玖扶额："它又不是月老树，还管人姻缘，如果我归了你就能出去，那现在怎么一点儿动静也没有？"

帝拂衣在她的脸颊上亲了亲："或许还要触动其他事儿，走了，我们下去再说。"

在门口顾惜玖二人碰到了罗展羽。

她刚才出门时屋门忘记关了，罗展羽正一脸被雷劈了似的看着屋内。

罗展羽看到顾惜玖和帝拂衣相携出现，而高大的帝拂衣还半依靠在自家妹妹身上！罗展羽怒气要压不住了："小玖，这是怎么回事？"

他虽然不看好帝拂衣和顾惜玖之间的感情，但如果妹妹实在想嫁他也会祝福，甚至在脑子里勾画了一个给妹妹弄场风光婚礼的画面，却没想到只不过一夜没见，妹妹居然和帝拂衣洞房了？！这屋里的布置一看就是洞房啊！

顾惜玖："……"

罗展羽又看向帝拂衣："堂堂左天师大人用坑蒙拐骗得到女人，是不是太说不过去了？！"

帝拂衣挑眉，这小子胆肥了啊！居然敢指责他！

但现在这个人是顾惜玖的哥哥……

于是一向高高在上的左天师大人难得认真地为自己分辩："本座喜欢她，追她也追得堂堂正正，坑蒙拐骗什么了？"

"你和她尚未拜堂怎能入洞房？！"罗展羽咄咄逼人，"据我所知，左天师大人在外面也没和舍妹拜堂吧？！"

顾惜玖轻咳一声，插话："那是因为我逃婚了……"

罗展羽一顿，望着妹妹的目光有些恨铁不成钢："小玖，无论到底因为什么，你们尚未拜堂是真的，没拜堂就在一起名不正言不顺……"

顾惜玖其实真不在乎那些虚礼，她要的是他的心，其他的其实无所谓，她正要再分辩几句，帝拂衣制止了她，看向罗展羽："这事是我的错，出去以后我自会给她一场风光的婚礼，让全大陆的人都知道惜玖是我的妻子。"

罗展羽挑眉："这么说阁下已经有出去的法子了？"

"暂时没有。"

原来他也没法子，罗展羽心中更加生气："阁下既然暂时没法子，那怎能保证一定给她一场风光的婚礼？如果一直出不去，阁下是不是就一直这样不明不白地跟舍妹在一起？"

“那你的意思是？”

“这里有这里的规矩，阁下既然来了这里，那么一切就应该按照这里的规矩走，你必须在这里为她准备一场大家都认可的婚礼。”

这个地方男多女少，又是一夫一妻制，所以这里的男子要想娶到媳妇儿非常不易，必须得和女子情投意合，还要经得住各方面的考验。只有通过考验才能获得大家的认可，大家才会为其办一场体面的婚礼，让他把媳妇儿娶进门。

那些考验都是千奇百怪，极难完成，有的人为了娶到媳妇儿需要准备七八年！譬如要得到所有男子的同意。

顾惜玖虽然来这里的时日尚短，却不知道赢得多少男子的垂青，几乎在场的单身男子都喜欢她，摩拳擦掌地想赢得她的欢心。

帝拂衣没来之前，顾惜玖身边的那些男人已经为赢得美人芳心暗中竞争，都想赢得美人归。

现在帝拂衣来了，还是以未婚夫的身份进来的，他又和大家或多或少都有点儿过节，大家对他还是有防备的。

现在大家对他的态度是敬而远之，他们甚至还没将他当成村寨中的一分子，他想得到这些人的同意自然是难上加难。

得到大家的同意只是其中的一个条件，还有一个条件是他必须用他最不擅长的本事为大家谋一份福利……

譬如擅长采集的人要独自上山打一次猎，猎回来最美味的兽供所有人大吃一顿，而满足这个条件的兽都十分凶猛，稍不小心就会把小命搭上。

擅长打猎的则要上树去采集够所有人使用一天的果子和叶子，同样也是要独自前去。

因为这些苛刻的条件，所以男人们想要婚配需要下很大很大的决心，经过九九八十一难娶进门的媳妇儿自然会如珠如宝似的宠着。

现在罗展羽就把这些条件在帝拂衣面前说了出来，问他可敢经过这些考验。

他唯恐帝拂衣要横不答应，又加了一句：“左天师大人，我知道你本事大，你如果硬要赖在小玖这里，我也拿你没办法，但你如果连这些条件也不敢答应的话，如何能证明你对小玖的真心？我也永远不会承认你是我的妹夫！”

这番话罗展羽说得铿锵有力，威胁感十足。

帝拂衣微微一笑：“罗展羽，原本我和她的事没有你置喙的余地，你承不承认对本座来说根本无关紧要，但既然我来了这里想娶她，就不想让人说闲话，所以入乡随俗，依了你的规矩便是。”

他居然痛快地答应了！

顾惜玖心中一暖，忍不住传声给他：“你可以不用答应的，我不在乎这些。”

帝拂衣将她揽在怀中，在她耳边轻笑：“没事，以我的本事轻松过关，放心好了。”

这事就这么定了下来。

直到帝拂衣点头同意，罗展羽又说出了另外一条规矩：“未婚的男女是不可以同住的，成亲前，男方不可以见女方，也不可以说话。”

帝拂衣：“……”

顾惜玖：“……”

左天师大人有些咬牙：“得到所有男子同意这点本座自有法子，你想让本座用什么不擅长的本领做事？速速说出来，本座自有法子完成！”他现在好不容易才和顾惜玖冰释前嫌，重归于好，刚刚在一起一天，实在不想分开。

罗展羽咳了一声：“这个……你先完成其他的，这一条我琢磨琢磨。”

帝拂衣：“……”他很干脆地说了一句，“给你半个时辰琢磨，过时不候！”

“好！”罗展羽也答应了，拉着顾惜玖就走，“小玖，你先跟我走，我有话对你说。”

他拉着顾惜玖走了，将帝拂衣晾在了那里。

此刻有不少人在这里围观，大家看着站在那里的帝拂衣，男人们普遍幸灾乐祸，心里已经打定主意，不会轻易同意这件事，难得找到一个为难左天师的机会，不捉弄够本怎么成？他们趁机报报小仇也不错！

女人们则报以同情，觉得高高在上的左天师大人这次只怕是踢到了铁板，想太太平平地娶到媳妇儿只怕比登天还难。

“小玖，他最不擅长的事是什么？”罗展羽问顾惜玖。

顾惜玖微抿了抿唇，硬邦邦地回答：“不知道！”

“小玖，你在生我的气？”罗展羽沉默片刻询问道。

顾惜玖微皱着眉，淡淡地道：“我的事不想让任何人插手。”

罗展羽沉默了，半晌才道：“小玖，你可能觉得哥哥多事，但是你想想我们的母亲，当年不顾家人阻拦硬要嫁给那位顾将军，自带嫁妆，甚至也没要婚礼，结果……大部分男人对太容易得到的女子普遍不珍惜……我不想你走母亲的老路，我希望你被夫君捧在手心里，一生一世珍重相待。何况这是此地的规矩，你是我的妹子，带头破坏规矩不好，难以服众……”

话说到这里顾惜玖也无法再反对。

好吧，那就入乡随俗！她其实也很想看看帝拂衣是如何征得所有男子的同意，怎么降服他们。

或许是这恶劣环境的原因，那些男人一个个都如狼般孤狠，如熊般桀骜，他们虽然崇拜强者，但也不畏强权，悍不畏死。

所以帝拂衣想要得到他们的认可用身份压是不行的，他会用什么法子？

“对了，小妹，他到底不擅长什么？”罗展羽还没忘记这事。

上树采集、上山打猎对帝拂衣来说，都是小菜一碟，所以不能用这些。

当然，也不能是做饭洗衣制衣这类的。

顾惜玖叹气，帝拂衣擅长的东西太多了，他不擅长的事还真不多。

她蓦然想到了一个：“他不擅长钓鱼！”

罗展羽半信半疑：“真的？”

顾惜玖说出来后就有些后悔，左天师大人已经够惨了，她怎么能跟着落井下石？

所以她咳了一声：“假的……他不擅长……不擅长打猎……”

罗展羽看了她一眼，看穿了她心中的小九九，微微一笑：“那就考验他钓鱼吧，让他抓够全村寨的人吃一天的鱼。”

顾惜玖：“……”

左天师大人，我没想卖你，你自求多福。

全村寨的人都在等左天师大人上门求他们，他们已经在肚子里想了无数花招折腾这位左天师大人，结果三天过去了，左天师大人愣是没登任何人的门。

他也守诺，这三天并没有找顾惜玖，当然，晚上他也是睡在自己的屋内。

这三天大家已经把家园建得差不多了，也基本恢复了曾经的生活，该采集的采集，该打猎的打猎。顾惜玖原本想看帝拂衣的手段，结果这家伙压根没动静，像是忘了这回事。于是顾惜玖暂时也不管他了，自顾自地修习炼丹术。

倒是罗展羽有些沉不住气了，见到帝拂衣的时候还旁敲侧击了一下，帝拂衣却压根不理他。帝拂衣依旧神出鬼没，无人能真正掌握他的行踪。

这让罗展羽很生气，不时在顾惜玖这里吹吹风。

“小玖，男人其实骨子里都有点儿贱，一旦征服成功便不会再放在心上，你让他得到了你，他知道你跑不了也就沉住气了。”

“这个人如此沉得住气，是不是他高高在上习惯了，习惯别人去求他？他大概觉得你这么爱他，又已经成为他的人了，肯定会沉不住气找他的，这样他就能化被动为主动。”

“小玖，我看这人就是没把你放心上！要不然不可能这样。”

他天天来顾惜玖这里吹风，让顾惜玖一走神，险些炼废一炉丹药！

最后顾惜玖被他唠叨得没办法，忍不住道：“哥，你比老太太还唠叨呀，更年期提前了？来，送你一丸药降降你的燥气。”

顾惜玖将一颗药丸塞到罗展羽掌心。

罗展羽唇角一抽："小玖，他这样你不伤心？"

顾惜玖一耸肩："有什么可伤心的？我相信他。"

罗展羽："……"

好吧，算他白说！

"小玖，这几天怎么没见你到食堂吃饭？给你送的饭你也没吃多少，是不是哪里不舒服？"

顾惜玖略顿了顿，说了实话："其实他每天都给我准备饭菜的。"

罗展羽怒道："看来他还是违约了！明明说好成亲前不许来见你的！"

顾惜玖回头继续炼药，声音也淡淡的："他没有见我，只不过我每次回去都有一桌热腾腾的饭菜等着我而已。"他给她准备的饭菜都很丰盛，量小而精，正好够她一个人吃的。

罗展羽顿了顿："没想到他还会做饭……"

顾惜玖笑了笑，慢条斯理地道："那是他从外面带进来的，嗯，这个大陆各地的美食，他都带了一些。"

罗展羽："……"

他怒其不争："小玖，他这是让你贪恋他的美食，让你越发离不开他！这人真阴险！"

顾惜玖笑了笑，没再说话。

罗展羽的意思是帝拂衣拿美食当糖衣炮弹让她对他死心塌地，那又如何？她喜欢！

不过，顾惜玖对帝拂衣迟迟没有动静也是有些纳闷的，帝拂衣到底在憋什么坏水呢？

帝拂衣的行为其实有些怪，譬如大家在树上采集，碰到大批狒狒的围攻，大家紧张地和狒狒搏斗的时候，他忽然出现在不远处的树梢上，颤悠悠地踩着一根小树枝，悠闲得如仙人下凡，让灰头土脸的众人恨得牙痒痒。

这位左天师平时喜欢坐山观虎斗，双方就算把人脑袋打成猪脑袋，他也能做到见死不救，对他这个特性众人那是早有耳闻，所以也没指望他能出手帮忙。采集队的头儿觉得左天师大概是想趁这个机会提条件作为帮把手的报酬，没想到他这次直接出手，一首曲子自他指尖流泻，然后那些狒狒就手舞足蹈去了，压根顾不上追人。

众人被他所救，正满心戒备地等他提条件，没想到他飘然而去，挥挥袖没带走一片云彩，压根没和他们说一句话。

众人面面相觑，有种一脚踏空的感觉。

同样，狩猎队也碰到了类似的情况，危急时刻左天师从天而降，解除他们的危机后，他又飘然离去。

这些人毕竟是恩仇必报的热血汉子，吃人嘴软，拿人手短，他们也想把人情债还还，奈何找不到机会。

次数多了，众人对他的戒备少了不少，遇到危险的时候，习惯性地盼望他能来。

这样过去了五天，帝拂衣再出现时还会偶尔指点他们几句，譬如一些修炼心法上的错误，招数上的不足。

他的指点几乎是一针见血，让他们醍醐灌顶，受益匪浅。

这些人都是好武的，对武学极为痴迷，所以后来开始有人主动找左天师请教，赶上左天师心情好，多指点他们几句，那绝对能终身受益！

帝拂衣并不是时时刻刻都高高在上，他还是很亲民的，于是他偶尔会拿出酒来和他们分享。

男人在酒桌上是最容易交朋友的，几场酒喝下来，这些人已经把帝拂衣当哥们了，他们不但同意这桩婚事，很多人甚至开始劝那些不同意的人，成了他的说客。

也不过是短短十天的工夫，村寨里除了百里策之外，几乎都成了这桩婚事的拥护者，大家纷纷找到罗展羽，表达出自己的这种观点。

罗展羽没想到帝拂衣十天之内就能把这些桀骜不驯的汉子搞定，心中还是有些佩服的，就等着他把百里策这个难啃的硬骨头拿下了。

百里策喜欢顾惜玖这是众人皆知的事，他很犟，认准什么就会用百倍的力量去争取，九头牛也休想拉回来！

他在顾惜玖这个问题上软硬不吃，谁劝也没用，说得多了他就直接要和人绝交！

他的态度如此强硬，他的那些朋友也不敢深劝了。

这样过了将近半个月，他依旧不同意。

第六十七章　百般情结，天人两界，从此无人解

又到了半月一期的聚会日。

众人聚在了一起，顾惜玖也难得从炼丹房出来和大家相聚。

这将近半个月的时间她真的没和帝拂衣见面，最多就是远远地看对方一眼，然后各忙各的。

篝火，烤肉，各种美味……只是人们有点儿提不起精神来欢歌笑语。

在这个地方生活大家虽然基本都看淡了生死，但上次的聚餐日毕竟失去了六个同伴，这对众人的打击不小。这次的聚餐日上有人忍不住提起他们，气氛就更压抑了。

罗展羽为了鼓舞士气，便让大家围坐一圈行酒令。

大家所会的酒令自然是有限的，无非就是击鼓传花之类的游戏，大家也玩不出精神来，依旧死气沉沉，这让罗展羽愁得慌。

一直坐在旁边安静听他们聊天的顾惜玖忽然提议了一个节目——真心话大冒险。

这个节目对现代人来说那是玩烂了，但对这些人来说还是极新鲜的，果然让大家提起了精神。

她简单地讲了规则，于是大家玩了起来。

大部分人输了还是选择真心话，毕竟大冒险太百无禁忌，大家还是有所顾忌的。

顾惜玖也输了一回，而赢家恰好是百里策。

百里策已经喝了不少酒，此刻他一双微红的眼睛望着她：“惜玖，你是选择真心

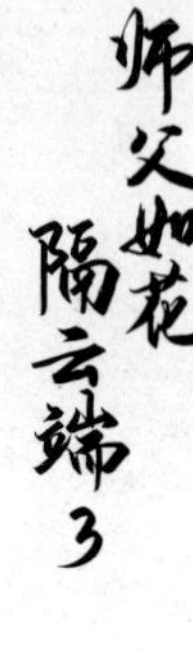

话还是大冒险？”

顾惜玖转着手中的筷子问他：“大冒险是什么？真心话又是什么？”

百里策轻吸了一口气：“大冒险就是你要当众亲我一下，真心话那自然是要如实回答我的问题，绝对不能有半句谎言！”

顾惜玖瞥了他一眼：“真心话吧！”

“惜玖，如果没有左天师，你会不会喜欢我？我想听真话，请依从你的本心来回答，而不是只为快刀斩乱麻什么的。你想好了再回答。”

顾惜玖眸光沉静：“不必想了，我现在就可以回答你，不会！我可以当你是伙伴是朋友，但是绝不会是恋人，我对你压根没有那方面的感情。”

她的声音冷冷的，将百里策的所有幻想一起浇灭，他脸色苍白：“你真的喜欢左天师？如果我一直不答应，你们只要在这里一天，就无法真正相聚，你和他会一直无名无分，这样你也不后悔？”

顾惜玖随手拈起一枚果子，淡淡地道：“其实如果我想和他在一起，任何人也无法阻止我们。我们在外面已经有婚约，如果不是一场意外，我已经堂堂正正地嫁给他了。说实话我这人一向不在意人言，也不在意别人的目光，相爱是两个人之间的事，和任何人都无关。”

她的目光扫视了一圈众人，众人也全都看着她，她接着道：“他之所以答应罗头儿的规矩，乃是不想让我被任何人说闲话，也是看在罗头儿是我哥哥的分上，不想让罗头儿太难堪。他是因为尊重我所以尊重这里的规则，想要得到大家的祝福，但对我来说，这些规则并没有什么约束力，我喜欢谁是我的事，能得到大家的认可我会很开心，但如果凭借此事故意要挟报复，那么我只能说抱歉了，我们的友情也到此为止！”

百里策的脸色白了。

女孩子脸皮薄，以前其他男子娶妻想征得大家同意做各种努力时，女孩子是不好意思多说的，基本都是看着自己未来的丈夫在那里拼命努力，有的甚至被当猴耍，准新娘子也不敢多说一句话。

而顾惜玖却丝毫不避讳她的感情归属，她现在这样做无形中是给他警告，劝他适可而止，要不然她和他朋友都没得做。

这个女孩子有气魄，有担当！

百里策低下头，轻吸了一口气：“放心，惜玖，我不会故意刁难你们，我只是想看看我退出得值不值。”

顾惜玖微笑着端起了酒：“多谢成全，来，我敬你一杯。无论如何谢谢你的喜欢。”

百里策喝下了这杯酒，等于表明他也同意了此事。

罗展羽看向顾惜玖的目光隐隐有些复杂，没想到百里策这么难啃的骨头居然被顾惜玖这么轻松地搞定了。

有人扫了一圈："左天师呢？这几天没看到他呢。"

其他人也纷纷附和，都表示差不多三天没看到左天师了。

顾惜玖其实很忙，忙着提升炼丹等级的事，这次聚餐日她其实不必来，但她已经有十几天没见到帝拂衣了，心里还是很想念他的，想趁这个机会见他一面，哪怕不能说话对望一眼也好，没想到他居然没来，这让她有些失望。

左天师一向视规矩如浮云，这次却守得一丝不苟，让人恨得牙痒痒。

顾惜玖垂眸喝了一杯酒，忽然道："干坐着说话没什么意思，不如我为大家唱一曲？"

顾惜玖在这里从来没唱过歌，大家压根没想到她会唱歌，一怔之下纷纷叫好。

在这里歌唱得最好的人是黄裳香，她也常常以此自傲，现在听顾惜玖这么一说，她微微一笑开口道："对啊，人家还是唱起来跳起来有意思，无论会不会唱，敢唱就是好的。"

她的双眸看向顾惜玖，眸底满是鼓励："顾姑娘，你大胆唱，放心，无论你唱得多差大家都不会取笑你的。就当抛砖引玉好了，待会儿我也给大家唱一曲。"

顾惜玖："……"她几乎想笑！对这种人她一向懒得计较，所以她没理会黄裳香。

黄裳香难得占了点儿上风，此刻有些得意，她环视了一圈："大家想不想听我唱歌、看我跳舞啊？"

她还是颇懂饥饿营销的，知道物以稀为贵，平时在人前并不怎么唱歌、跳舞，非等别人三催四请给足了面子，她才会矜持地出来助兴，每个人都要叫好助威，要不然就是瞧不起她，她就不会再唱了。

这些男人还是比较宠着她的，她唱歌、跳舞的时候必然会叫好，给足她面子。

此刻她难得主动说要唱歌、跳舞，大部分人还是很高兴的，不过她此时这么问出来，明显是想给顾惜玖难堪，所以大家面面相觑，最后大家含糊应了一声："你俩的歌舞我们都想欣赏。"

"两位姑娘都来一曲吧，让我等开开眼……"

大家还是比较圆滑的，这样的话两位姑娘都不得罪。

黄裳香心中颇为不悦，但也没露出不满的情绪，她力争要在歌舞上为自己赢回面子，重新变成男人们眼中的焦点。

在场的人中还是有几人会弹奏乐器的，有一个甚至有一架古琴，弹得也似模似样的，这时候他自告奋勇："我用琴声为两位姑娘伴奏。"

黄裳香看向顾惜玖："顾姑娘，你先来吧。"

顾惜玖侧眸看了她一眼，似笑非笑："真的让我先来？"

"当然，我怕我唱完，你不想唱了，你难得自愿唱，大家也图个乐子，我可别扫了大家的兴，你说是不是？"黄裳香一脸为了顾惜玖好的模样。

顾惜玖笑了："好，那就我先来！"

她懒得和这种人起口舌之争，实力才是王道！

弹琴的男子问顾惜玖："顾姑娘想唱什么？可先哼一个曲调出来，小可也好有个准备。"

顾惜玖略顿了顿，给了他一张曲谱，是古代词人的曲子，那位古琴兄先看了一遍，立即击节叹了一声："好曲！"

这位古琴兄果然有才，他先试弹了几个音，接着慢慢步入正轨，一串叮叮咚咚的声音弹得很有意境，顾惜玖身形一旋，边舞边唱：

落日城关云晚送，
轻舟夜半浮尘梦。
古镇潇潇烟雨重，
轻曳影，朱颜浅映瑶台镜。

她刚刚唱了一句，原本有些嘈杂的众人骤然静了下来。

天籁之音！

众人显然没想到她唱得如此好，一个个微张着嘴看着她。

美妙的音乐人人喜欢，天籁般的嗓音唱出的歌自然人人沉醉。

顾惜玖不但歌唱得好，舞也跳得好，她今天穿着一身天青色的长裙，翩翩起舞时如月光下的粼粼碧波，又如一朵花在夜色中盈盈绽放。

在场的所有人都屏住了呼吸，唯恐出气大一点儿就会打破这美好的一切。

懂乐理的人甚至有点儿遗憾，这样的歌舞应该用更好的琴声来配，这位古琴兄的琴还是弹得不太到位……

顾惜玖唱到第五句的时候，一缕笛声忽然加了进来。

笛声缥缈如风，仿佛带着山间的松风跋山涉水而来，刚刚加进来就把古琴声完全盖住了。

它明明是突兀地加进来的，却和歌声异常合拍，其他声音都是杂音。

那位古琴兄勉强又跟了两个调子，自己也感觉到了不对劲，意犹未尽地停下了。

能把笛子吹得如此出神入化，这世上只有一人——左天师帝拂衣！

他终于来了！

顾惜玖心神微微一动，倒是没动声色，依旧边唱边跳。

初晨月尽天如雪

血染云扉做长别

一曲情思和泪写

百般情结，天人两界，从此无人解……

笛声，歌声，翩然的舞姿，三者结合，仿佛让天地都跟着静了下来，风也柔和起来。

一曲终，余音袅，久久不散。

直到余音散去，众人才自歌声中清醒过来，然后便是雷鸣般的掌声！

大家的巴掌几乎都拍红了。

他们这辈子没听过这么好听的歌，看到这么好看的舞！

顾惜玖已经坐回原地，瞥了黄裳香一眼：“我抛了一块砖，黄姑娘可以来一首玉了。请！”

黄裳香：“……”

众人纷纷摇头，和顾惜玖的歌舞一比，黄裳香的歌舞就像是小孩子过家家，不能看不能听。

黄裳香呆若木鸡，脸色青白，坐在那里已经没有站起来的勇气，恨不得遁地而逃！

但她刚才已经夸下海口，这时候再向回缩就不好了，正纠结的时候，她一抬头，见帝拂衣自树上飘然落下，他一手持笛，一手拎桶，画风虽然有些清奇，但这样的姿态丝毫也不损他芝兰玉树般的气质。

“左天师大人，你终于来了啊。”

“对啊，这三天也没见你……”

“左天师大人的笛子吹得真好！和顾姑娘的歌声相和堪比天籁……”

“……”

最近帝拂衣人缘不错，大家纷纷笑容满面地和他打招呼，显然已经把他当成这里的一分子了。

帝拂衣唇角浅勾，看似懒散，目光却直接落在顾惜玖身上，比夜色更深邃，比星光更耀眼。

顾惜玖抱膝坐在那里，视线毫不避讳地和他相接，她挑唇一笑，冲他点了点头。

众人看着他手里的桶，桶里不时响起水声，有好事的人伸长了脖子向里一瞧，发现桶里游着一条鱼。

那鱼模样甚怪，一半红一半银，像胖头鲤鱼，模样看上去有些萌。

“咦，这不是银染霞锦鲤吗？左天师大人这是去钓鱼了？”

“这鱼可奸猾得很，不好钓！左天师大人居然能钓来这个，看来左天师大人的钓鱼技术不错啊。”

“这鱼虽然不好钓，但是极有营养，味道也鲜美得很啊。左天师大人钓此鱼回来是打算送给谁的？”

众人你一嘴我一嘴地调侃起来。

顾惜玖心中微动，貌似她当日为百里策熬的鱼汤就是用的这种鱼，听说后来被帝拂衣给抢了，让百里策愤怒了很久。

她正琢磨着，身边一暗，有淡香扑入鼻中。

帝拂衣已经走到她的身边，没和她说话，而是温声对顾惜玖左边的一名女子道：“姑娘可否让让？”

那名女子自然也是有眼力的，立即起身另找位置去了。

然后帝拂衣就飘飘地在顾惜玖身侧坐了下来。

顾惜玖已经十几天没见他，此刻他在身侧一坐，鼻中嗅到他身上的淡香，手臂和他的手臂无意中碰到一起，那温度让她心悸。

坐在她右边的罗展羽瞧了帝拂衣一眼：“左天师大人，依照规矩你和惜玖不能交谈、不能相见，你坐在这里不合适吧？”

帝拂衣将桶往地上一放：“这是公众场合，碰面难道不是理所应当？本座也没和她交谈。至于本座选择坐这里，那是因为这里风景最好。”

罗展羽无语，大家坐了一圈，哪里有什么风景最好？

不过帝拂衣所说也在理，他一时找不到理由反驳。

大家普遍对帝拂衣钓的鱼感兴趣，这鱼可观赏、可食用，适合女孩子养着，帝拂衣这鱼是不是想送给顾惜玖？

顾惜玖其实也纳闷他钓这鱼做什么，她刚才也扫了一眼他的桶，那鱼貌似和她炖汤的那条一样大，甚至连花纹都一样。

帝拂衣的目光落在百里策身上，百里策被帝拂衣一盯，感觉瞬间矮了一截。不过他立即挺直了腰板，反盯了回去，干脆先发制人：“阁下有何指教？”

帝拂衣淡淡地道：“当初抢了你的鱼汤，是本座的错，本座特意钓来这条鱼，和你的那条一般无二，毫厘不差。你可亲自验看。”

他的手一挥，那桶就飞到了百里策的身边。

这鱼居然是赔给自己的？！

百里策下意识地向桶里瞧了瞧，发现那鱼果然和先前那条一模一样，他不由得呆住。

这鱼有多难钓他比谁都清楚，这鱼数量稀少个头也很不均匀，不要说一模一样，就算再抓一条和原先那条差不多大小的也是极为困难，而现在帝拂衣却还了他一条宛如双生子的鱼。

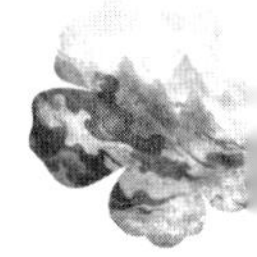

他呆了片刻，视线直盯帝拂衣："这鱼你钓了多久？"

帝拂衣声音清淡："也没多久，三天而已。"

原来他失踪三天是钓鱼去了！

有人反应快，睁大眼睛："那这三天左天师大人一定钓了不少这种鱼吧？不知道钓了多少条才碰到这条合适的？"

"也没多少。"帝拂衣声音浅淡，手一抬，他的面前摆了八个鱼桶，每个鱼桶里有各种鱼在冒泡泡，大小不一，花纹不一，足足有六七十条！

众人："……"

三天苦守一个地方钓鱼，只为钓一条相同的鱼赔人……

这礼赔得有诚意！

众人动容，纷纷看向百里策。

百里策所受的触动不小，看着桶里的鱼出了片刻神，忽然一叹道："左天师大人，我认输了！我祝福你俩的婚事，不再干涉……"

他输了！输得心服口服！

他刚才跟顾惜玖说他可以退出，不再干涉，那完全是看顾惜玖的面子，和帝拂衣无关。

但现在他看着这些鱼终于服气，对帝拂衣服气！

帝拂衣几不可闻地松了一口气，他高高在上几千年，用威势压人习惯了，凡是不服他的他用威势一压，全部乖乖听命。

而这次他没用一点儿威势，完全是用心去做事，只是想为她争得一个真正的名分，也为了能和她成为真正的夫妻，得到这里所有人的祝福。

帝拂衣瞧了罗展羽一眼："罗展羽，本座这算是过关了吧？"

到了这个时候罗展羽也心服口服，答应得很爽快："过关了！阁下是第一位过关如此快的人，恭喜！"

众人也纷纷向帝拂衣道贺，帝拂衣依旧看着罗展羽："那阁下何时为我们举办婚礼？"

以前这里的人通过考验之后，大家要准备一些东西，譬如布置喜堂、喜房，准备吃的……这些林林总总的事准备好最少需要十几天的时间，所以罗展羽都把成亲时间定在一个月后，让大家准备充分。

所以他这次依旧说道："那就一个月后吧。"

一个月后？

帝拂衣微眯着眼睛，这效率真低！他的手下办事效率如果这么低早被他给拍飞了！

按照这边的规矩，他就算通过了，在成亲前也是不可以和准新娘说话见面的，那他岂不是要再忍一个月？！

他淡淡地笑了笑，悠然开口：“本座的婚事可以暂放一边，关于那棵大树上显示的天机，不知道大家有何解读？”

这是大家都关心的事，所以他这一句话立即就把所有人的注意力都吸引过来了。

“左天师大人，此事还是您来解读的好，不知道左天师大人有何想法？”

“是啊，我们想出来的那些都不对，大家不知道碰了多少钉子了。”

“……”

一道道热切的目光落在帝拂衣身上，等着他解惑。

帝拂衣弹了弹衣襟，淡淡地道：“本座才看到天机时原本有了一点儿思路，但后来一直为婚事努力，天机的事自然就放在了一边，只隐隐觉得这天机所指之事和惜玖关系很大，需要我们共同探讨。既然我们的婚期定在一个月后，那本座还是等婚后和她探讨清楚了再来为大家解读吧。”

众人：“……”

片刻后，几乎所有人的矛头都对准了罗展羽。

“罗头儿，我深深觉得左天师大人既然已经通过了考验，这二人又如此情投意合，不如早早把婚礼办了！”

“是啊，一个月后太迟了！依我看打铁要趁热，就今日吧！”

“对，对！择日不如撞日，今日正好！”

“你看左天师大人的鱼也准备得很齐全了，我们在这里有吃有喝，干脆今夜就当他们的洞房夜，大家在这里集体为他们主持婚礼，岂不更好？”

“……”

这些人个个发言，话说到这个份上，罗展羽再不同意那就不得人心了，他咳了一声：“喜堂倒不算难准备，可喜房……”

一直安静的顾惜玖说道：“我那屋本来就是喜房。”

罗展羽：“……”

好吧，看来妹妹也是很愿意立即嫁人的，那他就没必要做坏人了，于是他一横心答应下来，不过他也有条件，以后闯出这里后，左天师要在外面再补一场盛大的婚礼，给妹妹一个真正的名分。

帝拂衣自然答应下来，于是这场婚事就定下来了。

于是半个时辰后，顾惜玖已经身穿凤冠霞帔站在了刚刚布置一新的临时喜堂前，帝拂衣也穿上了他新郎的礼服，和她并肩而立。

周围的宾客虽然就这几十人，却比几百人还热闹。

后面的一切对顾惜玖而言如同做梦，在众人的祝福唱礼中两人拜了天地，然后她又回到了她的喜房内。

这房间里的布置她其实一直没动过，自那夜后，她独自睡在这里，每天早晨第一件事就是把这里的一切都仔细地擦拭一遍，所以这里的一切看上去还是崭新的。

帝拂衣一直牵着她的手，进入喜房后，他还一直握着。

按规矩，新郎将新娘送入喜房后，应该出去和满堂的宾客喝酒谢礼的，所以顾惜玖坐下后直接催他，让他出去会会宾客。

帝拂衣笑了，手上一用力，直接将她扯入怀中，看着她的眼睛："宝贝儿，你现在还要赶我走？"

帝拂衣的怀抱很温暖，她强忍着抱他腰的欲望："我没赶你，这是规矩……"

"什么规矩！本座恨规矩！"

顾惜玖哼了一声："你不是一直很遵守规矩？"让他婚前不见她，他执行得如此彻底，真的是一面也不肯露。

他没再说话，而是直接行动，低头吻住了她。

热吻很容易点燃激情，帝拂衣干脆抱起了她，向床边走去。

顾惜玖眼睛一花之际，已经被他压在了床上……

小别胜新婚，更何况他们这种刚刚尝到甜头就被迫分开的人。

他的眼睛牢牢锁定她："惜玖，今夜才是我们真正的新婚之夜，你喜欢吗？"

他的目光太有形有质，顾惜玖被他盯得感觉脸蛋似要燃烧起来："这嫁衣我穿了两回……"

帝拂衣灼热的气息吹在她的耳边："上一次算试穿，这一次才是正式的。无论你什么时候穿都很好看。"

"可是……"顾惜玖伸手制止住他解她衣襟的手。

"可是什么？"帝拂衣不解。

顾惜玖有些不好意思："可是……可是我还没有洗澡……"

她每天晚上临睡前都会沐浴的。

她怎么也没想到今夜会成婚，刚才大家决定了以后，就把她拉去换衣打扮，压根没时间洗澡……

帝拂衣愣了愣，忍不住笑了起来。

顾惜玖被他笑得脸更红了，抬手就捶他的肩："你还笑！都怪你，结婚这么急……"

帝拂衣任她捶，她现在捶他的力气就像个孩子，明显没舍得使劲，他当挠痒痒了。

顾惜玖连着捶了他七八下才反应过来，她有些赧然，讪讪地停下，自己也没想到有这样孩子气的时候。

帝拂衣等她停下，这才握住她的手，和她十指紧扣："宝贝儿，你要洗澡？那我带你去一个地方。来，先闭上眼睛。”

他的声音温柔中透着强势，她如受催眠，果然闭上眼睛，然后感觉帝拂衣将她抱在怀中，再然后就是一阵天旋地转，风声呼呼直响。

她很好奇，这个地方虽然面积不小，但像个倒扣的铁锅，他们在锅内压根出不去，他能带她去哪里？

这样过了一刻钟左右，顾惜玖估摸着以帝拂衣这样的脚程，应该能跑几百里路了，他却还没有停下来的打算。

他们不会是已经出了那结界了吧？

她觉得从结界这头跑到那头也没有这么长的距离。

又过了片刻，他终于停住，吻了吻她的睫毛：“好了，睁开眼睛。”

顾惜玖睁开眼睛，然后怔在那里。

她这是进了仙境了吗？

四周都是半透明水晶似的物体，这些物体有粗有细，有宽有扁，有的如同一面墙，有的又如同一根不规则的柱子，有的像鹿角……光怪陆离，不一而足，更稀奇的是，这些物体似乎都是中空的，里面似水波似的冒着气泡。

这是什么东西？

顾惜玖忍不住上前摸了摸，触手温凉如玉，不算太硬也不算太软，她如果用力戳一下的话，说不定能将这些东西戳破。

“这是什么？这里是哪里？”顾惜玖好奇地问道。

“这里是地下三十里处，这些就是蕉奶果树的树根。”帝拂衣给她解惑。

顾惜玖心中一跳，一句话脱口而出：“我能来这里？”

大蚌不是说这个地方是帝拂衣练功之地，极为隐秘吗？

只有帝拂衣能来，大蚌来这里也是因为当时帝拂衣伤重自己来不了，让大蚌给他当坐骑。

而且大蚌就进来过那一次，后来它贪恋这里极浓的灵力，还想自己再悄悄进来，结果都无功而返，因为没有帝拂衣的带领压根进不来。

帝拂衣牵着她的手往前走：“以后我能去的地方你都能去。”

如果说这片阵眼之地面的灵力是外面世界灵力的两倍，那顾惜玖现在所处的地方流动的灵气几乎是外面的十几倍！

浓郁的灵气在这里转化为流动的风，顾惜玖感觉在这里吸上一口，就能感应到体内灵力在搏动。

“大蚌还说这里面没有空气，普通人进来会死呢，原来那货是在骗我！”

“也不全是骗你，你如果不是我的人，大树树根周围的结界你压根进不来，而结界外确实是没有任何空气的。”

顾惜玖福至心灵：“你的意思是说，因为我和你……有了那层关系，身上有了你的味道，所以能进这里了？”

“聪明！”

顾惜玖没想到和他滚床单还有这种好处，她有一种傍大款的感觉。

帝拂衣带着她向里走了约有半里路，前面现出一个池子，池水浅碧色，如同透明的翡翠，有淡淡绿色雾气自池水中升腾而起，缭绕似仙气。

最显眼的是，在这池子旁边不远处放着一张淡红色的云床，薄雾一样的红色床纱低垂，这张床就像绿叶中烘托出来的红花，漂亮得不可思议。

顾惜玖：“……”

她不用问就知道，这床是帝拂衣准备的，看来他早就有所准备。

顾惜玖看着那张床愣神。

“宝贝儿，喜欢这个地方吗？今夜我们也可在此处洞房，这里才是我为你布置的喜房。”帝拂衣牵着她走向那池子，“你想泡澡可以在这里，我们同泡。”

毕竟是第一次来，她对这里很感兴趣，挣开帝拂衣的手，开始在附近转悠。

帝拂衣干脆拎出一把椅子坐下，看她转悠，偶尔看到她在哪里驻足有点儿长，他还会为她解说一下。

这个地方并不算大，也就一个足球场大小，片刻的工夫她就转悠完了，她忍不住叹气。

帝拂衣目光一直跟着她转：“叹什么气？怎么了？”

“这个地方真是修炼圣地，当初你在外面打坐静修那么久，也没完全恢复，但来这里后，你居然在短短八天内恢复了全部功力，你那时出来时我都吓了一跳……”顾惜玖感叹，她半开玩笑地说道，“早知如此，该让你早来这里。”

帝拂衣眼眸微微一闪，笑了笑：“所以说我这是因祸得福？”

顾惜玖轻抿了抿唇：“其实这些日子我一直很后悔，后悔逃婚，让你受了重伤险些丧命……”

帝拂衣将她拉进自己的怀里：“惜玖，你不必愧疚，其实这也是天意，如不是你这一逃，也找不到你的哥哥不是吗？再说我也平安活着，事情也不算糟……”

他又拂了拂她的头发：“放心，我们早晚能出去的。其实我已经破解了天机，只要条件达到了我们出去是很容易的事。”

顾惜玖眼睛一亮：“你破解了？需要什么条件？”

“九人的灵力至少达到九阶，这九人中带头之人必须为女子，灵力须达到十阶大圆满。”帝拂衣说出了条件。

顾惜玖微微一愣，现在这些人中，只有帝拂衣和罗展羽达到了九阶，其他人基本全在七八阶上转悠，现在达到八阶的人算上她共有七位，已经八阶半即将到达九阶的有三位，其他则是刚刚升上八阶的。

众所周知，八阶升九阶难如登天，很多达到八阶的人再修炼五六十年也未必能升到九阶。

那这几个八阶的要想升上九阶只怕还得十年二十年。

带头之人是女子，如无意外，那说的就是她了，她现在才八阶，升九阶都不知道要等到什么年月，让她升十阶那岂不是遥遥无期？

还有，其实这里的人都想出去，大家共同进退这么久，如果只能出去九个人，那其他人怎么办？只怕他们会绝望！

帝拂衣一旦说出真相，怕是会引起一场轩然大波。

她有些出神，帝拂衣仿佛读懂了她的心思，缓缓开口：“惜玖，为上者要懂得取舍，不能有妇人之仁……”

这个道理顾惜玖自然明白，可是——

最近帝拂衣总喜欢给她灌输一些上位者的处世之道，让她觉得有些好笑。

“左天师大人，我知道你是上位者，有一套上位者的处世哲学，可我不是啊，我也没想做上位者，我学功夫只为保护自己和身边的亲人、朋友，只希望我的朋友都能好好的……”

帝拂衣沉默片刻，看她的目光有些深邃，顾惜玖心头有些发毛，挑眉道：“这么看我做什么？我说得不对？”

帝拂衣叹了口气：“算了，今天讨论这个有点儿煞风景，以后你自然会明白……也不用我这么教你。”

顾惜玖忍不住笑了，抱着他的手臂：“你是不是带徒弟上瘾了啊？把我当徒弟来教了？”

帝拂衣也笑了：“笨，我只想让你强大一些，免得以后吃亏。”

顾惜玖头倚在他的肩上：“左天师大人，你真不会说情话。”

“嗯？”

“我记得在一本书上看到过，男人真宠爱身边女人时，会说‘有我在你身边，你不需要坚强’，很感人对不对？”

帝拂衣：“……”

顾惜玖在他的脸颊上亲了一下：“来，对我也说一次。”

“你这是对我撒娇？”帝拂衣搂住她的腰。

顾惜玖眼眸闪闪地望着他：“说嘛，说嘛，哄哄我。”

帝拂衣叹气：“教的曲唱不得，你叫我说，我说了你有感觉？”

顾惜玖道：“有感觉啊，我喜欢听你说，来，说几句我听听，不说今夜不洞房！”

“赖皮！”帝拂衣眼眸深邃，唇角却勾起一抹危险的笑意，“不洞房？你舍得？”

顾惜玖挑眉：“有什么舍不得的？”

帝拂衣的唇靠近她的耳边：“你不怕把我憋坏了？”

顾惜玖忍不住向他身下瞧了一眼，他穿着宽大的袍子，自然看不出什么，她抱着他的脖子，也在他耳边道：“左天师大人，你憋了这么多年了也没憋坏，现在怎么可能憋坏？要不然你这几千年怎么过来的？”

她软软的呼吸吹在他的耳边，现在的她就像个魅惑的小妖精，撩拨得人心里痒痒的。

帝拂衣眼眸深如旋涡：“以前——那是从未开荤……”

顾惜玖还想说什么，帝拂衣却不想和她聊了！

他刚刚开荤就被迫忍了半个多月，今天可是洞房花烛夜，他带她来这里可不是陪她聊天的！

所以他很干脆地衣袖一卷一缠，顾惜玖眼前一花，身上一凉，如有温水从身上涤荡而过，她还没反应过来，人已经被他压在了那张云床上。

云床居然是温热的，她仰躺在上面丝毫没感觉到凉，反而有淡淡的暖流自床上传入她光裸的后背。

是的，是光裸的后背，刚才帝拂衣那一卷一缠，不但给她使用了强大的清洁术，也顺势将她的衣裙全脱下来了。

“你……这么急啊……”

顾惜玖的心脏险些跳出来，双手软软地撑着他的肩，他俯身下来，声音暗哑得仿佛压着沸腾的岩浆：“是啊，我很急……”

后面的话她说不出来了，被他以吻封缄。

事毕她累得连指尖都不想动了，而他却神清气爽像匹餍足的狼，耐心地为她做清洁。

她伸手勉强握住他的手：“我……我自己来……那个，不是，其实不用涂药的……”

说话间他已经为她做完了清洁，笑着将她扯起来：“来，练功。”

顾惜玖有些蒙：“啊？”

不都是完事后互相偎依着休息吗？他怎么抓她起来练功？她好累啊！

“不要！我累了！”顾惜玖像没骨头似的躺下，因为光着，她下意识地将自己蜷成一团。

帝拂衣忍不住笑了，将她强行打开再拉起来坐着："乖，此刻练功是最好的，你试试，我来教给你法子。"

他教她此刻练功的法门，她坐在那里摇摇晃晃像个不倒翁，等他讲完，她又倒下去："我先睡一会儿，待会儿再练。"

帝拂衣："……"他二话不说将她再次强行拉起，顺手弹了她一个栗暴，威胁道："再不听话我会强行要你！"

他这个威胁对她来说还是很管用的，于是她终于精神了一些，一双眸子雾蒙蒙地看着他："你刚才说什么练功法子来着？"

帝拂衣："……"多少人想听他指点一句，这丫头却当成了耳旁风。

无奈他又教了她一遍，当然在教的过程中也注意她的精神状态，随时准备敲醒她。

好在她还是很争气的，这次她听得很明白，立即盘膝照做——

等修炼了片刻她就知道好处了，体内的灵力运转起来时似乎将小腹下面某些精华一点点地溶解汇合，然后那些精华转化为灵力，和她本身的灵力融合在一起。

一个时辰后她收功，出了一身透汗，惊喜地发现她的灵力居然提升了一小截。

现在的她对灵力的感应自然是极为灵敏的，灵力提高她自然第一时间就感应到了，心中忽然一动，脱口问道："不会是……我这不会是采阳补阴吧？"

帝拂衣："……"

他二话不说一挥手，顾惜玖腾云驾雾般飞起来，扑通一声跌入池水中。

顾惜玖会水，她三两下从水里冒出来，瞪着依旧在床上打坐的某人："帝拂衣！"

帝拂衣笑吟吟地看着她："你不是要洗澡？现在是最好的时候。"

于是顾惜玖开始洗澡，她刚才身子还酸涩得厉害，一根手指都不想动，但练了一个时辰的功后，不但灵力提高不少，她身上酸软的感觉全消失了，甚至感觉很轻松，有一种飘飘欲仙的感觉。

这池子里的水又温又滑，缎子一样，泡在里面极为舒服，更让她欣喜的是，泡在里面的时候仿佛有许多灵力在围着她旋转。

"此水为灵木泉，可涤荡你体内所有浊气，让人脱胎换骨，用我刚才教你的法子在里面打坐，你会发现有更大的妙用。"帝拂衣的声音再次响起。

怪不得他恢复得那么快！这个地方简直就是风水宝地啊！

于是顾惜玖开始在里面调息打坐，运行一周天后睁眼，又一个时辰过去了，她发现灵力再次提升。

她这两个时辰的修炼，灵力提升速度是原来的几十倍！

这简直就像是打游戏开了外挂啊！

顾惜玖在水中不愿意出来了，她又想闭上眼睛继续在里面修炼。

“别泡了，再泡就把你泡皱了。”帝拂衣不知道何时来到岸边。

“我再运一次功。”顾惜玖舍不得离开。

“不成，在里面待久了对你的皮肤不好，会皱的。”

“皱就皱吧，这里面练功灵力提升得太快了！”顾惜玖就像盗宝贼发现了宝藏，无论如何也舍不得离开。

帝拂衣没再说话，他衣袖一挥，直接裹住水中的她，于是顾惜玖身不由己地飞上了岸……

顾惜玖：“……”

她落地后正在他身边，她像是泡软了，落地时一个踉跄，直接湿漉漉地扑进他的怀中。

帝拂衣自然将她抱住，还没来得及说话，不料胸口忽然一麻，然后被人猛然一推！

扑通！他也落了水，激起很大的水花。

等他从水中冒出头来的时候，看到顾惜玖正站在岸边得意地笑着，眼睛水盈盈的：“我觉得你也该在里面恢复恢复……”

帝拂衣：“……”

片刻后，他重新上岸，而她的衣服也穿得整整齐齐的，她用指尖凝了一张藤椅坐下，叹道：“我还以为等我修炼到十阶怎么也得三四十年，照现在这个修炼速度，我觉得大概用不了几年……”

帝拂衣和她挤到一张藤椅上，然后把她拉到自己怀中，两个人并头躺在藤椅上，她枕着他的手臂，他挑起她的一缕长发玩儿，淡淡地吐出两个字：“八年。”

“啊？”顾惜玖瞧着他。

“我说你修炼到十阶需要八年。”帝拂衣微笑着说道。

换言之，他们要在这里相依相守八年……

八年很漫长，但有他在身边……顾惜玖忽然觉得八年也挺好过的。

她趴在他身上数他的睫毛：“你说只能出去九个人，是不是也包括你啊？”

帝拂衣挑眉：“你想把我排除在外？”

汗，这倒不是，她总感觉他是神，不应该算在他们这些凡人里面，不过听他的语气他应该也算一个，那她能带出去的也就七个人。

这七个人绝大多数是男的，女子中只有孟素言有希望。

这些还不是让顾惜玖最发愁的，她发愁的是，这六个可能最先到达要求的男子中，有几人是已婚的。

那她一旦带人出去，岂不是让有情人分离？

虽是生离却是死别，因为后面的人再也出不去了。

“到时候还是选择单身的人往外带吧？”顾惜玖提议。

帝拂衣声音淡淡的：“到时候修炼到九阶的人应该不止八个，让他们自己选择吧，把所有利害都说清。”

顾惜玖：“我觉得有些残忍……”

帝拂衣勾唇一笑：“或许这也是一种试金石。”

这样的利害关系才能真正考验两个人的相爱程度，一边是渴望已久的自由，一边是相濡以沫的妻子。

顾惜玖的心情有些沉重：“那这个结果，要不要现在公布？”她敢保证，一旦公布必然是一场轩然大波。

帝拂衣声音淡淡的：“当然！”

顾惜玖：“……”

她顿了顿道：“我觉得还是晚公布好，我怕引起动乱……”

这条消息没公布前，大家是互帮互助的关系，而这个结果一旦公布，那么彼此就是竞争关系，夫妻有可能离心，朋友有可能反目，会互相使绊子……保持了几十年的和平就不复存在了。

公布的后果实在是弊大于利！

帝拂衣手臂半揽着她：“不要怕动乱，以你的本事，这种动乱你能摆平的，我相信你！”

顾惜玖：“……”她扯着他的衣襟，“你既然在这里，这事不是应该你来摆平吗？”

帝拂衣笑道：“在这里以你为主，我可以给你打打下手什么的。”

顾惜玖捶了他一拳：“你就偷懒吧！”

帝拂衣哈哈大笑：“有事娘子服其劳，这就是娶媳妇儿的福利。”

顾惜玖不再说话了，她坐在那里开始思索有可能发生的事以及应对的法子。

帝拂衣也不打扰她，只是抱着她……

他相信她能解决！

时光倥偬，岁月如梭。

八年看似很长，但在忙忙碌碌中倒不觉得有多漫长，甚至感觉很快！

顾惜玖非常忙，炼药、练功、双修，甚至还要学习处理帝拂衣交给她的一些政务。

当然，最后这个任务是后来帝拂衣为她加的，那是第六年时，她的炼药技能终于提升到了八阶，她能轻松地炼出所需的丹药。

正当她庆幸终于少了一项任务可以歇歇时，帝拂衣就扯着她学习处理政务了。

按圣尊他老人家的话说，这些政务原本一直是他自己在处理，十分劳神，现在娶了媳妇儿，媳妇儿自然要为他分忧，以后帮他处理这些乱七八糟的事儿是理所应当的，所以从现在就要开始学习……

顾惜玖开始很抗拒，觉得他看上去悠闲得很，哪里像为政事很劳神的样子？

她又那么忙，哪里还有时间学习处理政务？

她要学也得等出了这个鬼地方以后再说。

但帝拂衣这人一旦想要达成什么目标，那就是锲而不舍，顾惜玖被他缠得没办法，只得想了一个折中的办法："想让我学可以，把履行夫妻义务的时间空出来学！"

顾惜玖不知道其他夫妻之间的和谐生活是怎么进行的，但她觉得和帝拂衣成婚后，这家伙就变成了一条不知餍足的狼，结婚头三年，他一天得和她双修两三次，一次将近一个时辰，让她有些吃不消。

后来在她的强烈抗议下，他改为一天一次，然后就雷打不动了。

更过分的是，他这一次需要一个多时辰。虽然双修让她体质提升很快，也不会太疲惫，但顾惜玖总感觉自己的时间挺宝贵的，这一天一次挺浪费时间的，所以曾经提议一星期两三次就可以，奈何这家伙不听，他每天总有法子将她拐上床。

现在顾惜玖用这个来威胁他，没想到他思索片刻后居然一脸壮士断腕似的答应了。

于是夫妻生活改为一星期四次，其他三天的这一个多时辰她学习处理政务。

不过在顾惜玖学习处理政务的过程中也是一言难尽，他是时常考她的，一旦通不过，就要接受他的惩罚，而他的惩罚往往是多履行一次夫妻义务。

所以这三天的学习过程中，她常常被罚着滚床单……

如此一来，夫妻生活虽然名义上减少了，其实也没减多少，一星期减少一两次就算很不错了。

帝拂衣推测得极为精准，顾惜玖在第八年上半年终于升到了灵力十阶！

当灵力突破的那一刻，有无数祥云在她身周凝聚，身上似有月白色的银光照耀，这银光中镶嵌了七彩边儿，照得整个大厅光彩变幻。

她睁开眼睛后，发现为她护法的帝拂衣就坐在一边，望着她的目光深如幽潭。

成亲八年，二人几乎形影不离，彼此之间已经熟悉得如同自己的左右手，但每次帝拂衣这么看她的时候，她就心跳得厉害。

她跳起来转了一圈，在他面前显摆："怎么样？我是不是又漂亮了很多？"

九阶升十阶其实是质的飞跃，九阶如果是陆地神仙，那么十阶就是已经历劫飞升了，如无意外，已经可以长生不老。

她现在的身体就是仙体，肌肤体态自然更加莹润，唇不点而红，眉不画而翠，自带一种仙气凛然的体态，原先她虽然也极美，但毕竟是肉体凡胎，身上有种红尘烟火气，现在那种烟火气却全部消失了。

她极美，美得惊心动魄。

帝拂衣一抬袖，大厅中央竖起一根旗杆，他的眸光炯炯有神："来，跳个钢管舞给我瞧瞧。"

顾惜玖脸一红，不上他的当，这家伙每次让她跳这个，必然会将她热烈扑倒。她还急着出去看大蚌它们，所以身子一转："才不要！"她喜滋滋地跑出去找大蚌它们了。

她当初修炼到九阶的时候，已经能自己出入这里，所以也不用帝拂衣带她来。只不过这家伙属狗皮膏药的，喜欢贴在她身边，每次她进来练功他也会进来修炼。

这八年她的功夫是节节攀高，帝拂衣却似没什么变化。

顾惜玖曾经询问他原因，帝拂衣沉吟了一下问她："一条小溪汇入小河之中会看到河水暴涨，如果一条小溪汇入大海之中呢？你能看出它暴涨来？"

顾惜玖："……"

她跳到他的背上挠他："你的意思我是小河你是大海呗？"

帝拂衣将她从自己的背上揪下来，搂到怀中抱着，笑吟吟地咬她耳朵："比喻，只是比喻而已，不要奓毛。"

今天天气晴好，蕉奶果树下，所有的人都聚集在这里。

九月九日，这是帝拂衣破解出来的出此地的日子。

因为有帝拂衣这个良师常常提点，这里的人修炼速度比原先快了好几倍，到八年后的今天，一共有十一人灵力达到了九阶！

顾惜玖、帝拂衣、罗展羽、百里策、孟素言、冷二哥、冷二嫂，还有四个男子，四个男子中两个单身，另两个则是有妻子的人。

气氛有些古怪，激动、悲伤、离别、欣喜、忐忑……种种情绪在人们心中萦绕，大家等着顾惜玖挑选人。

这八年其实又进来两名新人，这两名新人居然还是因为不是天授弟子而被投入暗黑森林的，不过他们比其他人幸运，灵力没有被废，所以养好伤后就是两员猛将。最近他们也和大家相处不错，不过他们毕竟级别低，现在不到七阶，自然不抱半分希望，站在人群里看热闹。

没有人不向往自由，就算是再好的地方也有待烦的一天，尤其是那些心高气傲的

男人，更想到外面去干一番事业。

八年的时光，顾惜玖彻底降服了这些人，这些人也习惯了以她马首是瞻，习惯听她的号令。

至于帝拂衣，这八年他几乎不理事，就算理事也是帮顾惜玖做，开始大家还习惯性地问他意见，而他一概将问题踢到顾惜玖那里，让她去解决，一来二去，大家也就不指望这位左天师了，只把他当成顾惜玖的辅助。

顾惜玖先扫了一遍达到要求的几人，再问一遍："你们现在有九人，而我只能挑选七个，有谁想主动留下？"

那七人你看我，我看你，都没作声，显然都想出去。

顾惜玖目光落在两个已经成亲的男子身上："周天赐，王允原，你二位也想出去？你们的妻子怎么办？"

那二人微微一顿，向自己的妻子瞧过去。

周天赐倒很干脆："我和娘子在一起本来就是无奈之举，其实我们早已不合，只是碍于罗头儿的规矩没有分开，在一起凑合了这么多年，我已经写了和离书，我出去后，我娘子可以改嫁他人……"

顾惜玖把目光转到周天赐的妻子乐小瞳身上："周嫂，你怎么说？"

乐小瞳红唇微抖，垂眸道："我愿……我愿成全他。"

顾惜玖一笑："你愿意成全他是你的事，我问的是他所说是否属实？"

乐小瞳一僵，哑了半晌，最后微闭了闭眼："属……属实。"

顾惜玖轻轻一叹："你说你们早已不合，没有感情了，什么时候开始的？"

乐小瞳一愣，似乎想说什么，周天赐抢先道："在十二年前我和她就貌合神离了。"

顾惜玖眉尖一挑："十二年前？我记得我来时，听这里的人说，你们二人的感情是最好的。你稍稍回家晚一点儿，她就倚门而望；你上树采集无论回来得多晚，她都会等着你，为你泡脚为你按摩；而你有什么好东西都会带给她，谁稍稍给你妻子一点儿脸色看，你必定逼着人家向她道歉，我就亲眼见到过一次。这是貌合神离？"

周天赐："……"他没想到顾惜玖记得如此清楚！

他只得改口："我记错了，是七年前……"

顾惜玖俏脸冷了下来："七年前已公布了出去的条件，看来你为了达到出去的条件，那时就开始冷淡她了！"

周天赐："……"

顾惜玖说得没错，他确实是从那时开始冷淡妻子，他也不打骂她，只是对她冷如冰霜，不闻不问，妻子对他的示好他就当看不到。

一来二去，乐小瞳也知道了他的心思，她爱他，所以不想连累他，只能暗暗垂泪，因为周天赐对她是冷暴力，她甚至无法向别人诉说寻求公正。

昨晚他跪在她面前，求她成全，求她放手，而她被他冷待了将近七年也已经彻底心寒，所以她选择了成全。

顾惜玖的话让乐小瞳红了眼眶，能来到这里的女子也是那种极为坚强的，所以她笑了笑：“惜玖，强扭的瓜不甜，我和他确实已经和离，从此男婚女嫁，各不相干，我对他也已经死心，他如果够条件就让他参与竞争吧。”

顾惜玖看向周天赐：“你不后悔？当初她对你并无意，是你一直锲而不舍地追了她六年，为了她曾经受伤垂死，她这才被你打动嫁给了你……”

周天赐手指在袖内握紧，冷声道：“不后悔！”

古人有杀妻证道，他只是抛弃了妻子而已，做得不算太绝。

顾惜玖不再理他，看向另外一对：“王允原，你怎么说？”

王允原看看妻子，王允原的妻子上前一步：“惜玖，不必问了，我愿意成全他，他出身王公世家，是家里的嫡长子，他如果出去应该有更好的前程等着他，他其实也一直想出去。”

顾惜玖看向王允原：“你和妻子也没有感情了，写了和离书，从此男婚女嫁各不相干？”

王允原脸色变了，他长吸一口气，忽然走到妻子身边：“不！我舍不得她！我放弃这个机会……”

王允原的妻子脸色变了：“你不能因为我……”

王允原握住她的手：“璐儿，我不要和你分开！”他根本做不到男婚女嫁各不相干！他一想妻子以后会再嫁别人他就心如火烧。

王允原的妻子眼眶也红了：“你……你别犯傻……”

王允原将她抱在怀中：“我明白自己要什么，你不要说了。”他再抬头看向顾惜玖，“惜玖，我选择留下。”

顾惜玖轻轻松了一口气，笑了笑，没说话。

夫妻本是同林鸟，大难来时有选择各自飞的，也有选择生死与共的。好在他们的选择没有让她对人性绝望。

顾惜玖转头看向周天赐，淡淡地道：“我只带重情重义之人，对不住，这次我不能带你。”

在这里他能为了自由抛弃一直爱他的发妻，那么出去以后在腥风血雨的环境中，他可能会出卖自己的良心，出卖自己的朋友，这样的人她带出去做什么？给自己添堵吗？

周天赐的脸色变了：“你……你先前没说这个！你这分明是……”

帝拂衣原本在一边含笑看着一切，此刻面色一冷，声音微寒：“分明什么？你连妻子都能抛弃，还有什么是你不会抛弃的？”

他的气场强大，周天赐被噎在那里，一张脸一阵青一阵白：“我……我没抛弃她，我只是……只是……我和她是真的已经没有任何感情，谁也没规定喜欢一个人就要喜欢一辈子不是吗？你们这样做不公平！”

“你和她真的一点儿感情也没有了？”顾惜玖逼问。

“是！”

“那你发个毒誓，说你和她已经恩断义绝，从今以后无论怎样都不会再和她复合，如有违背天打雷劈！”帝拂衣凉凉地开口。

周天赐顿了顿，为了证明自己，一横心就按照帝拂衣所说发了毒誓。

天空中响过一串惊雷，代表誓约成立。

乐小瞳脸色雪白，苦笑一声：“算我这么多年眼瞎了！”

周天赐铁青着脸不说话。

帝拂衣微笑：“很好！”他扫了众人一圈，慢吞吞地开口，“其实天机还有一条本座最近几天才解读出来，是关于留下的人的出路的。”

众人都竖起了耳朵。

帝拂衣道：“你们也不是再没有机会，可以分批出去的，灵力修炼到九阶后满九人为一批，这结界用特殊的手法就能打开，可依次出去。”

众人的眼睛亮了！

其实这几年大家比赛练功，到八阶的人已经很多了，他们再修炼几年也是可以达到九阶的，尤其是周天赐的妻子，她因为赌这口气，灵力已经到达八阶八，离九阶只差一点儿，或许用不了几年她就可以升至九阶！

顾惜玖拿出一个小袋子，递给乐小瞳：“这里面是一百颗供大家升九阶的丹药，谁将要升九阶时可到你这里取一粒服用。下一批出去的人可由你选定。”

乐小瞳眼睛一亮，道一声谢后接过去，她嘴里不说，心中对顾惜玖感激不尽。

顾惜玖扫了一圈众人，又从中选出几名当乐小瞳的副手，让他们来保证她的安全。

乐小瞳行事稳重，功夫也不错，在这里很有人缘，也懂管理，平时村寨里的女子们就是由她带着做事，现在由她继续执行罗展羽定下的规矩，不让这里生变。

大家有了希望，自然都很欢喜，一扫刚才的阴郁，热闹了不少。

王允原夫妇彼此紧握双手，对望一眼，王允原将妻子拉入怀中：“我会督促你练功，到时候我们一起出去！”

他的妻子点头，抱着他的腰再不肯松开。

周天赐站在原地傻眼了！

他看向自己的妻子：“小瞳……”

她淡淡瞥了他一眼，走开了。

乐小瞳温柔稳重，做事有条不紊，长相又极漂亮，曾经是这里无数男子的梦中情人。

现在她重获自由，那些依旧爱慕她的男人总算找到了机会，已经有三四个男子围在她身边和她说话了。

周天赐原先极爱吃醋，别的男子和乐小瞳多说一句话他也会吃醋，现在他却再没有了吃醋的机会，她的身边再没有他的位置。

乐小瞳这人看似温柔，骨子里其实很决绝，一旦放下那就再不会回头，何况他又刚刚立了誓。

她再不是他的妻子了……

所有的一切都安排妥当，要离开的人回屋收拾行李，和朋友告别。

顾惜玖也回到自己的屋里，她环顾了一下屋子，在此住了八年，如今就要离开，以后说不定再回不来，有些恋恋不舍。

“主人，咱们以后还会回来吗？”大蚌用壳夹了夹顾惜玖的衣角。

“自然是不会来了，这个地方像坐牢似的，还是外面的花花世界好。”另一道童音响起，脆生生的，一位红衣小童子在旁边撇嘴。

是陆吾，这八年它的修行速度是这三只灵兽里面最快的，已经修成人形。

它现在是个粉团儿一般的童子，看上去有六七岁的样子，眉清目秀，眉心一个火焰形的朱砂痣，小模样水灵灵的惹人喜爱。

它知道主人喜欢小娃娃，所以它修炼出来的人形是小娃娃的模样。

主人见了它这小娃娃模样果然十分欢喜，不但捏了好几把它的胳膊腿儿，还在它嫩生生的脸蛋上亲了一口。就在陆吾觉得自己又能重新得到主人的宠爱时，左天师大人回来了，看到了它的萌模样……

他端详了它片刻，难得地夸了它两句，拍了拍它的脑袋，然后赠送给它两只看上去很有文化的银镯子，陆吾很高兴地戴上了，然后跑到另外两只灵兽跟前显摆，它们羡慕得直流口水。它又跑到主人跟前去显摆，顾惜玖对它这对银镯子很感兴趣，让它摘下来瞧瞧，结果它发现摘不下来了。

那两只银镯子像是长在了它嫩藕似的手腕上一样，它无论如何也弄不下来，还越弄越紧，勒得它想哭。

主人也上前帮忙，结果主人刚刚摸到它的手臂，它就直接现出原形了！

而那两只镯子就扣在它的前爪上。

陆吾怒了，身子忽而变大忽而变小，想将这镯子撑断或者让它自动脱落，结果这镯子是如意镯，可以随着它的身子变大变小。

陆吾终于明白这镯子是跟定它了！它如果幻化成人形，不和主人有身体接触怎么都行，一旦有身体上的接触，它就会恢复原形，两个时辰再无法变身。

陆吾深深觉得自己上了左天师大人的恶当，所以它气冲冲地去找左天师大人理论，解铃还须系铃人，它想让他把这对变态镯子收回去，它不要了！结果它噼里啪啦地将自己的想法说完，左天师只看了它一眼，然后他又拿出一个明晃晃的项圈，和颜悦色地道："本座这里还有个如意圈，你这童子样很可爱，戴上这项圈肯定增色不少，过来，本座亲手为你戴上。"

然后陆吾就飞一般跑了！

从那以后，陆吾只要看到左天师就跑，压根不靠近。

顾惜玖在屋里转了一圈，把自己的东西都收拾到储物空间内。

没离开这里前心心念念想离开，但现在真的要离开了，她又觉得怅然。

她正站在屋子中愣神，帝拂衣进来了，看看她的小脸："怎么了？"

顾惜玖靠在他的怀中："有点儿舍不得，这毕竟是你我生活了八年的家……"这里承载着他和她很多回忆。

帝拂衣也在打量四周，他万事不萦于怀，万物自然也入不了他的眼，他这一生所居之处无数，什么风格都有，但这么简朴的，还是第一次。

就算再豪华的房子他也是说拆就拆，一点儿都不心疼，但这里他有点儿舍不得。

他沉吟片刻，对顾惜玖道："这个地方还是拆了吧！"

顾惜玖一时没反应过来："啊？为什么要拆？"她舍不得！这屋子里有很多是他和她亲手制作的东西，譬如壁画，譬如窗子。

帝拂衣道："我不想这幢房子里再住进其他人！"

他们一旦离开，这个房子势必会被留下的人占了，他不能忍受他的爱巢内再住进其他人。

于是，帝拂衣就开始拆房子了。

他拆房子很快，几下衣袖挥过，那房子就像被大风刮跑了似的原地消失。

第六十八章　不做他羽翼下的小鸟，只和他比肩翱翔

无论舍不舍得都是要走的，所以到了规定的时间，要走的九个人聚在一起。

顾惜玖带着自己的三只灵宠，和众人一起上了那棵大树，到了顶端后，他们用帝拂衣教的术法使原本封得严实的树顶天空裂开了一个口子。

九个人依次从裂开的口子上蹿出——

九个人的身影很快消失了，周天赐悄悄跟在九人身后，看到九人出去后，他心一横，也随即向上跃起，却在将要碰到那口子的时候，被一股莫名的力量给弹了下来！

那莫名出现的力量极大，他落下来时砸断了无数根树枝，有些树枝不可避免地扎进了他的身体，让他痛呼出声。等有人发现他时，他全身插满树枝，像个刺猬。

现在村寨里的大夫就只有乐小瞳，顾惜玖这几年传授给乐小瞳不少医术，而乐小瞳又好学，现在她虽然医术不如顾惜玖，但在这里已经算很厉害的大夫了，她处理红伤还是很拿手的。

原先周天赐不想让妻子学医，因为学医会和其他男人有接触，当他下定决心要抛弃她出去时，他就不再管她了。周天赐虽然看她给别人看病很不自在，但他咬牙让自己习惯，让自己无视……

此刻他受了重伤，但人还是清醒的，被同伴抬到了乐小瞳那里。

乐小瞳和他和离后，立即就搬了家，现在她住在医馆中。

周天赐再见到曾经日夜相处的妻子，又羞愧又期待。

他觉得她曾经那么爱他，每天为他洗脚、为他按摩，现在见到他伤成这样一定会心疼，原先他回家就算手上破个小口子她也会紧张半天。

他冷淡她的那些日子，她的紧张只会让他厌烦，觉得是她牵制他的法子，现在他却只想在她的眼中看到心疼……但他失望了！

乐小瞳看到满身鲜血刺猬似的他，眼睛也没眨一下，只是淡淡地叫自己的副手处理。

她的副手是一个少年，少年刚进来，略通一点儿医术，正好为乐小瞳打下手。

这副手不喜欢说话，做事极为麻利，在医术上也得到过顾惜玖的指点，乐小瞳也乐意带他，两个人平时配合得很默契。

周天赐那时为了让乐小瞳死心，常常找乐小瞳的麻烦，言语中常常暗指乐小瞳和副手之间不清不楚，把乐小瞳气哭好几次，还因此不再与副手合作，只为避嫌。

但她再避嫌也无法挽回周天赐的心，所以乐小瞳从明白周天赐的真正想法后，她就慢慢绝望了，从试着挽回到逐渐放手。

周天赐想让乐小瞳为自己处理，不想让她的副手处理，所以他耍脾气拒绝治疗，口口声声只要乐小瞳治疗，要不然他宁肯在这里流血至死。

结果他流血都晕过去了，险些丢掉一条小命，乐小瞳却再没来看他一眼。

十几年的夫妻恩情在这一刻彻底斩断……

他终于明白，女人一旦狠起来，比男人还要洒脱，她一旦决定放手那就是真的放手了！

迟到的悲伤、后悔直到此刻才密密麻麻地漫上心头，却已经无法挽回……

顾惜玖他们出去时，落在了第八峰上。

第八峰封印着一批上古凶兽，每只都不是省油的灯，这一路他们看到过在河边溜达的梼杌，看到过赤足鸟，看到过混沌……

每只放出去都足以在这世界上引起狂灾！

众人屏气敛息，按照顾惜玖的指点，排成特殊的队形，再用隐身术向外飞奔。

隐身术是有时间限制的，每次只能使用一刻钟。幸好大家的隐身术快到时限时，顾惜玖都会用灵力织出一片青蒙蒙的帷幕，然后大家在帷幕中现身，稍作休息后，继续使用隐身术前行。

帷幕是那些凶兽看不到的，也阻隔了所有的气息，让凶兽不至于循迹而来。

就这样他们在第八峰上足足飞奔了一个时辰，才到七峰和八峰的交界处。

只要到了第七峰，众人就彻底安全了！

用灵力制造青色隐身帷幕很耗费灵力，顾惜玖来到交界处后，已经很累了，她倚在帝拂衣身上："你来破开这里的结界吧？我有些累……"

帝拂衣瞧了瞧她微微苍白的小脸，这一路她是最累的，是开路先锋。如果是他来做这件事也会很累，更何况是刚刚修成十阶的她？

他握住了她的一只手："那我们先在这里歇歇，来，我帮你按摩疏通疏通筋骨。"

帝拂衣牵着她的手让她坐下，为她按摩后背，揉捏手脚。

大家在这里跑一圈才知道八峰到底有多凶险，如果当初他们破了阵眼结界，也压根逃不出第八峰！只怕他们破开结界时就是遭遇灭顶之灾的那一刻！

此刻大家纷纷找石头、树根坐下，争分夺秒休息。

因为顾惜玖说了，八峰的结界不能破坏，所以只能打开一个快速出入的通道，而这个通道是很难打开的，需要大家齐心协力才行。

帝拂衣的按摩手法极为专业，再加上他在按摩的过程中为她输送了一些灵力，顾惜玖很快缓过劲来。

她靠在他的怀中，轻声问他："你是在锤炼我吗？"

帝拂衣微笑："你不是不想做我羽翼下的小鸟，想要和我并肩翱翔吗？想要和我并肩自然要有很强的本事……"

顾惜玖抿唇："可是……可是风雨太大我累的时候，我也想靠一下嘛！"

帝拂衣将她揽在怀中："嗯，我现在不就是让你靠着？"

顾惜玖："……"

旁边大蚌看不惯："我说左天师大人，容我说句实话，你现在什么事都让我家主人做，你像个大爷似的一直等现成的太可恶了！你明明本事比她大，偏偏一直让她打头阵，什么危险都让她自己去扛……你看看人家其他夫妻，都是有危险男人冲在前面，保护身边的女人，那才是真爷们！你这样……哼，连我都看不下去！"

帝拂衣瞧了大蚌一眼，只说了一句："看不下去那就关上壳！"

大蚌："……"

顾惜玖其实也知道帝拂衣是在锤炼她，他是在培养能和他比肩的妻子，只不过太累了才抱怨两句而已，并没放在心上。

更何况制定的路线、阵法都是帝拂衣提前教给她的，他这么做像是在为她立威。

所以她也瞧了大蚌一眼："不许这么说他！再胡说八道小心我敲你的壳！"

大蚌："……"它感觉受到了一万点的伤害！怪不得人家说夫妻之间的账外人插不得嘴，果然如此啊！

大蚌伤心地关上壳跑一边反省去了。

顾惜玖想起了什么，说道："对了，以后我们的孩子也由你来教导吧。"

帝拂衣教徒弟很有一套，顾惜玖在这点上蛮佩服他的，以后孩子由他来教导，肯定能成大才！

帝拂衣揽着她腰的手微微一僵，他随即笑道：“那也得等你生出来再说。”

顾惜玖兴致勃勃地说道：“我们在阵眼中无法生孩子，出去以后肯定能生的，对了，你想要男孩儿还是女孩儿？”她的眼睛里有憧憬，已经开始想象一家人在一起游玩的场面了。

帝拂衣顿了片刻，笑了笑：“要孩子的事不急，你自己还是孩子呢，我先养好你再说。”

顾惜玖：“……”

她怒道：“我才不是孩子！”就算按这个世界上的年龄，她也二十五岁了！

帝拂衣在她的额头亲了亲：“嗯，你不是孩子，只不过在本座眼里你还是个孩子……”

顾惜玖：“……”

她横了他一眼：“在你眼里谁不是孩子？”貌似他的年龄可以做这个世上所有人的祖宗。

帝拂衣在她耳边轻笑：“最起码我没拿顾谢天当孩子……”

顾惜玖：“……”

她恶意满满地一笑：“貌似你还应该唤他一声爹……”

帝拂衣叹气：“所以本座不想见他。”

顾惜玖忍不住扑哧一笑，不再和他抬杠了。

这家伙似乎对要孩子不热衷啊。

算了，她不和他商量这个了，出去以后她应该能怀孕，等怀孕了他自然就喜欢了……

这家伙当爹以后会是什么样？

她几乎已经想象出孩子在他身边爬来爬去，让他头疼无比的画面了。

她想到美妙处，唇角扬起笑容，双眸也闪闪发亮。

帝拂衣抱着她在那里坐着，看似悠闲，眸光却在附近睃巡。

他不止一次来八峰，别人不知道他却知道，八峰上的戾气比八年前重了不少，已经快要有形有质了！八峰上的凶兽也比先前多了，也更凶了。

八峰是聚集天下戾气并将之净化的地方，戾气多凶兽自然就多，原先八峰上的灵气能将汇集而来的戾气净化，让两者达到平衡，不外溢。如果世界太平，这里的戾气自然不会太多，也容易净化。

现在这里的戾气却几乎要溢出来了，外面发生了什么？

他的手指在袖内暗暗掐算，片刻后他轻轻叹了口气，貌似掐算不出来了。

他垂眸看着自己的指尖，指尖莹润粉红，倒是看不出什么异常。

他在里面偷了八年的懒，外面没有他坐镇，应该是发生了大事，难道龙梵又出来作妖了？

墨曌应该不会，他的伤得休养几十年才能恢复元气，不过外面戾气这么重，墨曌应该会恢复得快一些，说不定用不了几十年就会卷土重来。

帝拂衣眸中闪过冷色，墨曌是他的对手，他得让那浑蛋彻底消失才行，不能留下后患。

这里毕竟是第八峰，危险随时会出现，所以顾惜玖也不敢多歇，坐了约莫一刻钟便站了起来："我们开始吧！等出去以后再好好休息。"

众人纷纷站起表示同意，于是按照顾惜玖所说的方案开始列阵。

帝拂衣则抱着手臂在外围看着，没有丝毫要帮忙的意思。

顾惜玖很紧张，因为帝拂衣说过，在结界上打通道的时候，会惊动八峰上的凶兽，也会有三分钟的时间让大家完全暴露在凶兽面前，到时候会有一场恶战，扛过去后众人才是真正逃出生天。

在顾惜玖的主导下，各色技能光闪过，坚不可摧的结界上渐渐出现了一道雾蒙蒙的门。

一切都和帝拂衣所说的一样，这门刚刚现出一点儿影子，八峰深处便传来凶兽的怒吼声，大地在震动，狂风在呼啸，有四头凶兽从四面冒出头来。

这么多？！

顾惜玖的脸色变了！

帝拂衣明明说只会惊动一两头凶兽的，现在却来了四头！

高阶凶兽身上自有一种狂暴的气势，让草木自动断折，也让人心头发寒。

四头凶兽四个品种，梼杌、赤足鸟、混沌、裂天犀。

这四头凶兽随便拎出一头就足以将这九人在片刻间撕成碎片！

帝拂衣原本神情轻松，此刻也微皱着眉头，指尖在袖中掐了个法诀，不动声色地退到顾惜玖身边……

顾惜玖虽然心惊，却不慌张。

她立即分派人手守住各自的方位，连大蚌和陆吾也都严阵以待。

风召毕竟是六阶兽，虽然现在修炼到了七阶，它骨子里对天生的八阶凶兽还是极怕的，此刻四只蹄子在那里抖啊抖，全身的毛全竖了起来！

顾惜玖表面看不出什么，手心里却全是冷汗。

帝拂衣沉声道："沉住气，你可以的！"

顾惜玖轻吸了一口气，扬声道："诸位，考验大家的时刻到了！这一战是背水一战，要么生，要么死，没有第三条路可走！放心，只要按我说的做，就有百分之九十的希望！"

她这一番话极大地鼓舞了士气，众人热血上涌。

“不错！必须拼才有活路！”

“放心吧，惜玖你放心指挥，我们全听你的！”

“最多一死而已！”

四头凶兽终于扑了过来——

这真是一场恶战！

这四头凶兽每一头都大如小山，九个人在这些凶兽面前就像芝麻粒和篮球。

但这九个人摆出来的阵法有种特殊的气场，让四头凶兽一时攻不破。

宛如裂天的兽吼，兵器撞击声接连不断地响起……人影翻飞，顾惜玖极有指挥才能，她随时调整战术，不时指挥人们变换队形，她的声音不大，但在混乱的战场上却异常清晰，让混战中的人们宛如找到了主心骨。

在这场恶战中，只要有人快被凶兽抓住，顾惜玖就会从天而降，用瞬移术带着遇险之人避开凶兽的扑击。

三分钟，原本很短的时间，但此刻像是被无限拉长，一秒钟都极为漫长。

一分钟过去了，有人受了轻伤。

两分钟过去了，有人受了重伤……

但无论轻伤者还是重伤者，大家都在拼命坚持，没有一个人退缩。

接近三分钟的时候，那门终于开了，顾惜玖一声令下，大家按照先前的安排开始一个个向门中飞跃！

顾惜玖和帝拂衣断后。

人一个又一个飞了出去，门内的人越来越少，顾惜玖和帝拂衣的压力也越来越大。

当大蚌和陆吾也跳出去时，顾惜玖二人所承受的压力简直让他们无法呼吸！

“惜玖，出去！”帝拂衣吩咐。

这也是他们先前就说好的，帝拂衣最后出去。

当时帝拂衣和顾惜玖这么说的时候，顾惜玖答应了，因为她觉得没有什么事能难住帝拂衣，也没有什么东西能伤害到帝拂衣。他就算自己断后应该也能安全撤出。

但现在面对四兽扑击的压力，顾惜玖终于知道最后一个出去的人会有多危险！

她在他身边一起抵抗，他的唇角都溢出血迹，好几次被凶兽伤到，她如果再出去，留下他自己，他说不定就——

“你和我一起出去！”顾惜玖临时改变了主意。

帝拂衣皱眉：“闹什么？按先前说的做！”因为说话分神，他险些被裂天犀狂扫过来的冰刀砍中。

“不！要出一起出！”顾惜玖来了倔脾气，她不能忍受把他自己留下对付四头凶兽。

帝拂衣没再和她争辩，只叹了一口气：“好，我们寻机一起出去！”

顾惜玖松了一口气，重重地应了一声：“嗯！”

二人边打边向虚空中出现的门退，那门窄小，每次只能容一个人进出，那些凶兽大概知道这两人要跑，疯了似的阻拦。

它们也疯狂地往门边冲，在这里禁锢了这么多年，自然也想逃出去。

它们已经可以化形，四头凶兽都化成像人一般高矮，有一头甚至化为一副童子样，狂风似的向门口飞去。

但那门明显是有术法控制的，顾惜玖他们可以随便出去，但凶兽撞到那里时又被无形的力量弹了回来。

这下四头凶兽发了狂，拼命拦住他们。

它们这是要找做伴的啊！

顾惜玖感觉帝拂衣现在的功夫不如自己，所以她下意识地稍稍靠前一步，替他挡住凶兽的攻击。

他们好不容易要退到门前，她低喝一声：“你先出！”

“好！”帝拂衣应了一声，向后退了一步。

顾惜玖刚刚松了一口气，腰肢蓦然一紧！紧接着她的身子瞬间腾空，嗖的一声，等她回过神来，人已经穿门而出，落在了外面！

她的脸色变了！

帝拂衣，你又骗我！

她看也不看在外等待的人，二话不说又向那个门冲去，想进去接应他，却没想到被闪着白光的门直接弹了回来。

她这才想起帝拂衣曾经说过，这种门是单向门，只能出不能进。

明明是一扇敞开的门，他们在门外却听不到门内任何动静。

所有的人都在外面等着，看到顾惜玖出来他们松了一口气。

众人看到她二话不说就向门内冲都被吓了一跳，百里策扶起被弹回来的顾惜玖：“惜玖，你没事吧？”

顾惜玖一跃而起，她不理会别人，双眸紧盯着那扇门，一颗心提得老高。

如无意外，帝拂衣应该也能随后飞出，但现在又过去了一分钟，还没见他的影子。

这门出现的时间并不长，只能支撑五分钟左右，顾惜玖出来的时候，已经过去三分钟了！

她出来也一分钟了，这门还有一分钟就要关闭了。

门内静寂如死，门外顾惜玖的心脏也几乎停跳。

十秒钟过去，二十秒钟过去，四十秒钟过去……那门开始慢慢缩小，慢慢虚化。

顾惜玖的大脑几乎是空白的，她冲上去双手撕扯那扇门！

不要关！不要关！他还在里面！他还没出来！

那门框边锐利如刀，她这么高的灵力碰到上面也被割得鲜血淋漓。

割破倒不要紧，关键是手指碰到门框的时候，像是遇到电流似的，碰到一点儿就像被蜂蜇。

顾惜玖双手死死地抓住门框，试图阻拦它关上，鲜血顺着她的指缝汩汩而流，她也不知道疼似的，一双眼睛通红地在那里拼命撕扯那扇门……

大蚌和陆吾也飞扑过来，想帮着撑开这扇门，但它们刚一靠近就被弹飞了。

大蚌莽撞，壳碰到了门框，疼得它整个壳都合不拢，在那里哆嗦成一团。

罗展羽不想妹妹受罪，也冲上前帮忙，但他的功力不如顾惜玖，手刚刚碰到门框就失去了所有力气，也被弹飞了！

他疼得脸色煞白，险些站不起来。

这种术法门不是用力扯着就不会关的，它依旧在缩小，越来越虚。

短短几十秒对顾惜玖来说，简直就像是一个世纪！

无论众人多么不愿意，那扇门依旧逐渐闭合，终至彻底消失。

顾惜玖跌坐在地，面色如死。

众人也面面相觑，谁也没想到最后没出来的是一向无所不能的左天师！

罗展羽扑到顾惜玖面前，扯着她的手："小玖，你别担心，他本事那么大不会出事的，你先包扎一下……"

她的手血肉模糊，鲜血染红了她的罗裙，让罗展羽看着心如刀绞。

他二话不说就为她处理。

顾惜玖整个人都呆呆的，她的眼睛望着那扇门曾经出现的地方，目光没有焦距。

罗展羽刚刚给她包扎了一小半，她却忽然像惊醒似的一把将罗展羽推开，一跃而起！

"我要救他出来！"

"帝拂衣，你不出来的话，我也不活了！"

她手指连环掐诀，拼命作法，试图强行破掉这个结界！

罗展羽吓了一跳，扑上前死死地握住她的手："小玖，你冷静一下！这结界不能破掉！一旦破掉整个八峰上的凶兽都会冲出来！"

八峰上的凶兽不是这个世界该有的东西，就算跑出一只，也会给这个世界造成狂灾，更何况这八峰上的凶兽足足有几十头！

顾惜玖一掌将罗展羽拍开！

这时候她根本不听别人的劝解，脑海中只有一个念头：救他出来！哪怕让整个世界陪葬她也要救他出来！

她天生对结界敏感，灵力低的时候破结界已经很拿手，更何况她现在的灵力已经达到了十阶。她现在已经是半仙体质，她使出来的术法足可以撼动一座山！

牢固结实的无色结界在她接连的术法攻击下开始起了波纹。

众人都知道她这时已经不冷静了，做的事是大错特错，但没有人再拦她。

罗展羽眼睛也红了："小玖，我帮你！"

百里策也豁出去了："惜玖，我们都帮你！"

众人热血上涌，纷纷跳了过来，没有多余的话语，都使出看家本领向结界拼命攻击。

于是那结界终于开始摇晃，波纹越晃越大，渐渐地出现了一个六角星似的七彩门，然后那道门前人影一闪，一个人自门后跃了出来！

"住手！"那人一声低喝，声音虽然有些虚弱但清朗如昨。

众人："……"

大家全部傻住了！

大蚌激动得壳都抖了，欢呼一声："左天师大人！"

顾惜玖几乎不相信自己的眼睛，傻在那里！她呆了几秒才扑过去："帝拂衣！"

出来的正是帝拂衣，他看上去脸色有些苍白，还没站稳就抱住了扑过来的顾惜玖。

怀中的人在微微颤抖，死死地抱着他的腰，几乎要将他的腰勒断，她嗓音喑哑，充满了愤怒："你骗我！你又骗我……"

后面她说不下去，喉咙里像堵了一颗鸭蛋，声音有些哽咽："我快被你吓死了……"

帝拂衣看着她煞白的小脸，满眼红丝，他第一次见到一向内敛的她情绪如此外露，很显然，他真的把她吓坏了！他如果再晚出来一会儿，她说不定会崩溃。

这段情她陷入得远远比他想象的深。

他眸中闪过痛楚，抬手轻轻拍了拍她的后背："没事了，我就是晚出来一会儿……我当时必须要先把它们引到别处，才能重新开启通道……"

顾惜玖抱住他，一直紧提着的心才缓缓放进肚子里，她也觉得自己有些失态，想放开他，但双臂几乎是僵直的，直到此刻她才觉得双手疼得抓心挠肝，双腿也是软的，眼前更是阵阵发黑。

她不能失去他！她压根无法承受失去他的痛苦。

帝拂衣已经看到她手上的伤了，他是行家，一看就知道是怎么回事，脸色微变，将她的小手扯过来："你不要命了？！我不是早就嘱咐过你，那虚空之门不能碰。"

大蚌在旁边撇嘴："不能碰？她刚才死命扒着门不让它消失……"

帝拂衣的心像溺水似的一窒，他看着她疼得冒汗的小脸："你笨！"他抬手为她处理伤口，这种伤不同于普通伤，流血不止，伤口也狰狞得厉害，让她一双小手看上去甚为吓人。

她也不知道是疼还是害怕，身子在他怀中还有些颤抖。

"以后不许如此。"帝拂衣将灵药涂在她的手上。

那灵药清凉，倒是缓解了不少疼痛，她一双眼睛一片墨黑，紧紧抿着唇，似乎还有些惊魂未定。

她的手像是扎了满手的木刺，稍稍一碰就像被蝎子蜇了，帝拂衣的动作已经够轻了，但还是让她额头又冒汗了，所以帝拂衣为她包扎的时候，她的手下意识地一缩，轻嘶一声："疼……"

帝拂衣手上的动作更轻："知道疼了？"

她用手扒门框时简直就像是把手伸进马蜂窝抓马蜂，别人被蜇一下早跑了！

她却抓着马蜂窝不放，神勇得不能再神勇！

顾惜玖微微闭上眼睛，平复因为过度惊吓而混乱不堪的情绪，然后才觉得气不打一处来！

她不顾疼痛，抬起刚刚包扎好的手揪住他的衣襟，一双墨黑色的眸子里燃着愤怒："帝拂衣，以后你不能再丢下我！要生一起生，要死一起死！你再丢下我……你再这么丢下我，我……我恨你一辈子！再不会原谅你！"

帝拂衣将她包扎得像萝卜似的小手拢在自己的掌心之中，轻叹了一口气："惜玖，你得相信我。"

"嗯？"

"你对我的本事这么不放心？我做事都是有后招的，有时候来不及解释，以后再碰到类似情况你先离开就好，我自有法子脱身……"

大蚌在旁边添油加醋："左天师大人，以后你可别再这样了，你知道自己死不了，但主人不知道啊，刚才她像疯了一样，我真担心你再不出来她会一头撞死在这里……"

顾惜玖的脸终于红了，她抬腿踢了大蚌一脚："滚！你才像疯了！"

她一颗心落了地，再回想自己刚才的行为，也觉得有些过头……

一直紧张的气氛终于缓和下来，这次虽然受伤的人不少，但好在有惊无险，大家也是在风浪里闯过的人，自然很快就平复了心态，疗伤的疗伤，打坐的打坐，聊天的聊天。

因为顾惜玖手受伤了，给别人疗伤的任务自然落在罗展羽身上。

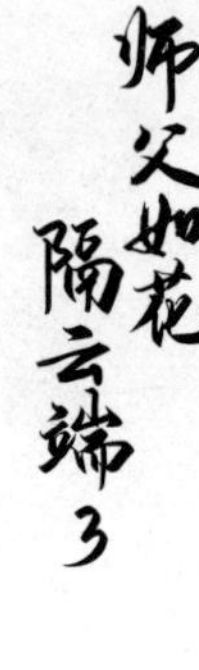

顾惜玖原本想找块石头坐下养养精神，她刚才那一通忙，着急之下没觉得什么，现在一旦松懈，只觉骨头酸涩得厉害，想找个地方靠靠。

她还有点儿生帝拂衣的气，不想离他太近，但帝拂衣二话不说将她扣在怀中，为她揉捏穴位。

顾惜玖在他怀里挣了挣："不必管我！骗子！"

帝拂衣抱着她："对不住。"

顾惜玖盯着他的眼睛："我现在的功夫应该能站在你身边和你共同进退了吧？你干吗非把我先丢出来？"

他既然想引开凶兽再打开虚空之门，可以和她一起嘛，他把她丢出来自己留下，他怎么就不想想她会多担心？

帝拂衣轻抚她的头发："习惯了。"他习惯了先保护她，习惯了先让她脱离危险之地。

其实刚才他也没有十足的把握能出来，也是凭借多年的经验拼了一把。

好在他赢了，成功出来了。

幸好他出来了，要不然她……

他垂眸看着怀中的她，她的小脸依旧苍白，她虽然力持淡定，但身子还有点儿发抖，看来刚才她真的被吓坏了。

大家死里逃生，也是疲惫得要命，此刻在一片空地上生了个火堆，围在一起歇息聊天。

顾惜玖刚才是最拼的，自然也是最累的，又被吓了一场，此刻腿都是软的，很需要休息。

此刻她窝在帝拂衣的怀中，闻着他身上熟悉的味道，终于觉得心安。

"困了？你先休息一下。"帝拂衣干脆将她横抱在怀中，他衣袍宽大，她在他怀中很舒服。

她其实还有些不解："奇怪，刚才在门口我想用瞬移术，结果使不出来。我明明和凶兽打斗时能使的……"要不然她早抱着帝拂衣瞬移了，也不至于受这场惊吓。

帝拂衣叹气："是那门的原因，要不然我也会提醒你抱着我跑的。"

"原来你自己还能开那门，你开的那门和我开的不一样……"

帝拂衣轻叹："笨，开这门的法子还是我教给你的，我自然会开。至于不一样……你忘记我的本尊了？"

顾惜玖不再说话，慢慢伸出手，抱着他的腰，将脸靠在他的胸前，闭着眼睛听他的心跳。

他的心跳很稳，让人踏实心安。她迷迷糊糊睡了过去。

帝拂衣垂眸看着她，不动也不说话。

罗展羽走过来，看看在帝拂衣怀中已经睡熟的妹妹，再看看帝拂衣："她彻底陷进去了，你绝对不能负她！我从来没见过她像刚才那样疯狂！"

帝拂衣抱着她的手臂紧了紧，然后他抬眸看向罗展羽："你是她哥哥，以后也要多照看她。她其实……挺重情的……"

罗展羽哼了一声："那当然，她是我的妹子我自然视她如宝！"

他还有些不满："左天师大人，我瞧你开这门挺轻松的啊，那你还让她那么拼命！你吃定她了吧？"

帝拂衣看了看怀中的人："她终究要独当一面的，本座是锻炼她。"

罗展羽不服："男人顶天立地，掌心剑一护脚下的土地，二护身边的女人，免她惊免她伤，你这么有本事，还不足以庇护她让她过安稳快活的生活？还锻炼她？"

帝拂衣淡淡地道："她是鲲鹏，你想让我把她当金丝雀养着？"

罗展羽："……"

顾惜玖睡得并不安稳，在帝拂衣怀中忽然动了动，肿成萝卜的小手又揪住了他的衣襟，小嘴里咕哝一句："你不能死……我很害怕……"

她的眼睛有泪沁出，濡湿了她的睫毛。

罗展羽心疼，又瞪了帝拂衣一眼："你要把她吓出毛病来了！"他也不管顾惜玖听到没听到，又道："小玖，放心吧，他是什么人？最强大的左天师啊，怎么可能死？你没听说过吗？好人不长命，祸害活千年，他一肚子坏水能活一万年！"

帝拂衣："……"这小子越来越没大没小了！

帝拂衣懒得再理会他，靠在一棵树上，抬头看了看天空，微微皱眉。

天空的颜色有些邪异。

罗展羽也跟着帝拂衣看了看天，他是看不到什么的，只看到灰蒙蒙一片，也看不出是白天还是晚上。

"出去以后你有什么打算？"帝拂衣忽然问他。

"好男儿志在四方，我想四处看看。"

"不回家瞧瞧？"

罗展羽的脸色微变，他淡淡地道："那不是我的家！"他无法原谅他的父亲，自然也不想登将军府的门。

"你不想见见你的母亲？"帝拂衣似乎有了谈兴。

罗展羽从顾惜玖嘴里知道母亲没有死而另嫁人的事，他微抿薄唇："没必要吧？她已经有了新的家庭、新的儿女……"

"你的意思是，出来了这两人一个也不见？"

罗展羽微仰着头："不想见！"

顾惜玖睡觉本来就轻，罗展羽嗓门一大，把她吵醒了："不想见什么？"

罗展羽咳了一声："小玖，你不会逼着我去见父母吧？"

顾惜玖知道他的心结，微微摇了摇头："随你便，其实母亲对你一直愧疚……至于父亲，他这些年倒是一直在找你，从没间断过。"

罗展羽擦拭自己的兵刃，声音淡淡的："他找我不过是愧疚而已，我不要他的愧疚！这样的父亲我永远不会认！"

顾惜玖也不想劝，对顾谢天曾经做的她都觉得无法原谅，怎么可能再劝罗展羽去认父？

顾谢天想认回儿子，估计会有很长的一段路要走。

无论如何，她已经替顾谢天把儿子找回来了，至于认不认那是他们父子之间的事。

帝拂衣并不想干涉这些，他只在意一件事，八年了，顾谢天还在他门口闹不？

顾惜玖也比较在意一件事："那我的婚礼你以什么身份来？"

罗展羽不说话了，他明显也想到了这个问题，妹妹的婚礼他是一定要参加的，而且是以亲哥哥的身份参加，不可避免就会被顾谢天认出来……

顾谢天认出又如何？他依旧和顾谢天没有半毛钱关系！

顾惜玖无意间一抬头，皱眉："外面的天有些红啊，是晚霞吗？"

罗展羽也跟着看天，看了片刻他纳闷地说道："在这里看不到外面的天吧？我瞧着一片灰蒙蒙的，看不出红啊。"

帝拂衣站起来："好了，大家也歇得差不多了，走了！"

这些人出来自然是各有各的打算，他们离家这么多年，现在出来自然是把回家当成第一要事，所以他们商定，出了暗黑森林吃一顿散伙饭，大家就各回各家，等顾惜玖和左天师大人的婚礼时再聚。

大家打算得不错，却在出了暗黑森林，在山下一家酒楼吃饭时才发现这个世界早已物是人非。曾经的和平被打破，三个国家打成一锅粥，其中皓月国已经被飞星国所灭，现在飞星国正和朝阳国开战。

战争一起，百姓命如草芥，被收割了一茬又一茬，死伤无数，曾经富庶和平的大陆已经完全被战火硝烟覆盖，赤地千里，饿殍遍地，民不聊生。

而这个地方因为靠近暗黑森林，不是兵家必争之地，倒还没被战争波及，不至于遍地都是死尸。

在酒楼里吃饭的时候，众人还听说这场战争是飞星国的国君容伽罗挑起来的，而且他还得到了左天师帝拂衣的全力支持。

据说两年前左天师大人夜观天象，说天下大势合久必分，分久必合，星月大陆也到了统一之时，故而撺掇容伽罗发动了这场战争。

还有的说，两年前朝阳国的百姓在清理河道时，挖出了一个石人，石人上写着四个大字“天下大同”。于是朝阳国的国君觉得自己是天命之主，雄心万丈地加入了这场战争。

原先这个大陆的各大门派、世家是不参与国与国之间的战争的，但这次大概是左天师亲自参与的原因，这些门派、世家也参与了进来，他们基本都在帮飞星国……

据说是要以摧枯拉朽之势灭了其他两国。

五大天授弟子中只有龙司夜的天问宗是中立的。

一旦遍地燃起战火，就算是酒楼里的平头百姓那也是关心政治的。

大家在这里吃了一顿饭，就把外面的形势了解得差不多了。

当然，百姓说的事把大家也都惊住了。

左天师在两年前亲自参与了战争？那时他明明被困在阵眼中好不好？！

众人吃惊地看向帝拂衣，帝拂衣面沉如水，起身离座，拿出八年未曾使用的传音玉牌，开始联系四使……

片刻后，他将玉牌缓缓握紧！

四使一个也没联系上！

这是从来没有过的事！

他轻吸了一口气，此事透着绝大的蹊跷！

“是不是龙梵在冒充你？”顾惜玖道，毕竟那浑蛋有前科。

帝拂衣淡淡地道：“不排除这种可能！”

众人你看我，我看你，不约而同地做了决定，回家的事暂时放一放，先调查这件事！

不过他们毕竟在里面被困十几年，甚至几十年，已经与外界严重脱节，所以该怎么做众人是一头雾水。

百里策干脆地说道：“有什么需要我们做的？”

帝拂衣双臂一抱，看向顾惜玖：“惜玖，在这种情况下要如何做？”

这是在考她？

顾惜玖看了看帝拂衣，发生了这么大的事他倒是一直云淡风轻，看上去悠然得很，这让大家心中安定了不少。她略一沉吟，开始分派任务：“百里策，冷二哥，冷二嫂，张睿，孟素言，你们几个先各自回家，看看家中是否平安。十日后，我们在此处重新会合。哥你和范天云去现在的两国战场查看一下，是否有诡异的事，记住要秘密打探，不要暴露，我这里有传音符，有事可用传音符联系。”

她将自己炼制的传音符分发给众人，众人也确实想回家看看，只有范天云自小就是孤儿，吃百家饭长大的，就算是出来也没有亲人，所以他和罗展羽一起去打听消息。

众人分头离开。

帝拂衣微笑着看向顾惜玖："我们呢？"

"你去你的左天师府，看看那里是不是已经被人占了，顺便联系你的旧部。你的部下遍及天下，应该不会被全部控制，假冒的就是假冒的，你这个真的一旦出来，假冒的就会现形，到时候那些跟随'左天师'的人自然会明白，你又能一呼百应。我怀疑这次和上次情况差不多，容伽罗只怕又被人控制了！我去皇宫容伽罗处瞧瞧，我们也分头行动。"

顾惜玖是个行动派，她正要瞬移，帝拂衣一把拉住她："这次你我不适合分开，一起行动吧！"

顾惜玖略一顿："好！"

现在首要的任务就是打听那假左天师的事。

他带着顾惜玖直接去了暗影门总部。

暗影门是这片大陆最有名的消息堂口，全大陆的暗影卫都是暗影门的人，在这里没有打听不到的消息。暗影门在全大陆都有分门，接四海生意，纳八方客人，暗杀和打探消息是主要任务，也是暗影门的主要经济来源。

暗影门也是最神秘的组织，除了帝拂衣身边的四使，没人知道暗影门背后的人是左天师。

暗影门内部也只有门主和十位分堂的门主知道此事。

顾惜玖曾经和暗影门的门主黎孟夏有过几面之缘，当初从火焰宫外逃时，还是黎孟夏开的船，她随同帝拂衣离开，还是黎孟夏贡献的车马。

帝拂衣和黎孟夏有特殊的联系方式，黎孟夏也有一面传音玉牌。

在酒楼的时候，帝拂衣曾经用传音玉牌联系过黎孟夏，和四使一样，联系不上，所以帝拂衣干脆亲自到总部去看看。

黎孟夏常年坐镇总部，如无特殊情况，她不会出远门。

帝拂衣站在街口望着"暗影门"三个金光闪闪的大字有些出神。

暗影门的总部在这片大陆一直是极神秘的，只有极少数的人知道总部在什么地方。现在却挂上了气势恢宏的大牌匾，上面还镶嵌了宝石，在阳光下闪烁着光芒。

顾惜玖看了看牌匾说道："这牌匾是新的，也就挂了三个月左右。"

帝拂衣点头一笑："貌似暗影门发财了，走，进去，再给他们送点儿银子。"

暗影门接任务是明码标价的，一万两银子的生意小堂口里的小长老就有权接下，十万两银子的则需要分堂的大长老接洽，百万两银子的生意就可能有幸见到暗影门门主，由门主亲自洽谈。

帝拂衣和顾惜玖此刻都不是本貌，他们易了容，也隐去了周身的气息。帝拂衣看上去就像财大气粗的土财主，一举一动都透着一股“老子有钱老子天下第一”的架势，顾惜玖则化装成他身边的美貌侍妾，锦衣华服，彩绣辉煌，这两个人一进来能闪瞎众人的眼睛。

帝拂衣将一张一万两银票拍在负责接待的人面前：“我有一桩百万两银子的生意要照顾贵堂，烦请你们的门主出来一下。这一万两算是给你通报的小费。”

一万两银子的小费是极阔气了，接待人立即满脸笑请他们坐下，然后颇为为难地道：“老爷有所不知，现在最高级别的任务已经涨钱了，需要二百万两才能请门主出面洽谈……”

帝拂衣跷着戴着硕大祖母绿扳指的手指一笑：“本老爷是说百万两银子的生意，可没说是一百万……”他抽出一沓银票在那人眼前一晃，“是三百万！”

那人立即恭敬地说道：“好，小的立即去请杨门主！”他转身欲走，帝拂衣冷下脸来：“本老爷要见总门主！”

那人一愣，赔笑道：“现在杨门主就是总门主啊。”

帝拂衣皱眉：“不对！你们欺负本老爷外行吗？本老爷可是听说你们的总门主是黎门主！”

那人又打量了一下帝拂衣：“阁下怎知我们的门主是黎门主？”他明显起疑了。

帝拂衣打鼻孔里哼了一声：“本老爷既然前来谈生意，自然是要各方面都打听清楚的，岂能让人骗了？看来你们暗影门没什么诚意嘛……”他站起身来，“都说暗影门诚信天下第一，看来也不过如此，既然如此，那本老爷也无须在这里耗费时间。”说完他起身要走。

那人忙将他拦住，赔笑道：“老爷有所不知，我们这里原先的总门主确实是黎门主，但黎门主病重，禅位于杨门主……老爷有生意和杨门主谈便可，说实话，杨门主可比黎门主好说话多了……”

帝拂衣半信半疑，冷冷地道：“那算了！本老爷只信得过你们黎门主，如果她不出来，这桩生意就不必谈了！”他带着顾惜玖离开了。

那人望着帝拂衣二人离开的目光有些阴冷。

这样一条大鱼，他不想放走。

他使了个眼色，派人暗中跟着帝拂衣二人，顺便打探他们的路数。

半个时辰后，跟踪的人回来禀报：“这二人是朝阳国首富沈浩三和他的第三十八房侍妾，曾经照顾过暗影门的生意，不过原先是几十万的小生意，出手一向豪阔。他们现住在本城的同福客栈之中，听他们的语气，似乎想去找风杀门谈生意。”

小头目皱紧了眉峰，风杀门也和暗影门做同样的生意，只是规模比暗影门小不少，算是同行。同行是冤家，暗影门自然不想让这桩大生意跑到风杀门。

小头目转身进入楼里，找到杨门主禀报了此事。

杨门主冷哼："现在黎孟夏已经反出暗影门，我们的人正在追杀她，如何让她来谈生意？"

小头目道："那怎么办？"

杨门主道："他们的银票带在了身上？"

"是！属下亲自验看过。"

杨门主打了个手势，语调阴狠："做了他们！再把尸体化掉。"

小头目一愣，为难地说道："这只怕与我们暗影门的初衷相悖，暗杀主顾是严令禁止的，一旦违反，必凌迟……"

杨门主不耐烦地道："那是黎孟夏立的规矩，现在她自己都朝不保夕了，她的规矩还遵守个屁！现在本门主说了算！"

小头目点头："属下只是怕那些长老不服……"

杨门主冷哼一声："八位长老跟着黎贱人跑了三个，剩下的五个老顽固不必理会，此事设法不让他们知道便是。派出去的人做利索点儿，别留下蛛丝马迹。"

"是！"小头目答应一声去了。

杨门主正在沉吟，另外一名小头目进来禀报，说梁长老求见。

杨门主打了个手势，示意让梁长老进来。

杨门主皮笑肉不笑地道："梁长老，本门主给了你两个月的时间追杀黎孟夏，为何还没有消息？你这个长老是不想做了吗？！"

梁长老脸色发青："杨门主，黎门主好歹曾经是我们的门主，您这样直呼其名不好吧？"

杨门主一拍桌子："她公然违逆左天师大人的谕令，犯了大不敬之罪，害得我们暗影门也险些被左天师大人迁怒，是本门主苦苦求情才能让整个暗影门无恙。本门主那时可是下了保证的，一定要捉拿住她，算是赔罪，但你们迟迟没有抓到人，定是你们顾念旧情不肯用心……莫非你们也想像她一样造反不成？！"

他疾言厉色一通训，梁长老不敢再说话。

杨门主又冷冷地道："本门主知道你们瞧不起我，觉得我先前连长老都不是，就坐上了这门主的位子，其实本门主也懒得坐这个位子，只不过是左天师大人亲口封的，本门主自然要尽心竭力，才不负左天师大人所托。"

梁长老低头一言不发。

杨门主又问："梁长老，你的人可是暗影门中的精英，这两个多月不会真的一无所获吧？"

梁长老似乎有些踟蹰，杨门主倒是擅长察言观色，连吓唬带哄，终于让梁长老说了实话："属下查到他们一行人躲进了天行谷中……"

杨门主笑了，眸现厉色："那还磨蹭什么？你集齐其他四位长老以及其他精英，去天行谷捉拿他们！”

“是！”梁长老答应一声去了。

杨门主坐在那里长长松了一口气，有五位长老以及无数精英出马，就算再有两个黎孟夏也能抓回来！

“黎孟夏，你也有今天！天天骄傲得像只孔雀，老子抓到你，一定让你尝尝本门主的手段，让你求生不得，求死不能！”他说到得意处，低声轻笑。

“你的手段是什么？本座倒真有点儿好奇。”一道清冷懒散的声音在他身后响起。

他吓了一跳，骤然回头，见身后飘飘站着两个人，一人紫袍潋滟，银质蝴蝶面具在烛光下熠熠闪光，那双眸子如深海碧波，正盯着他。

而在紫袍人的身侧，站着一位穿湖水色衣衫的女子，容貌绝美，明眸清澈如泉，冷锐如刀，周身气质偏冷，也抱臂看着他。

左天师大人！

杨门主吃了一惊，下意识地翻身跪倒：“左天师大人驾临，属下不知，未及迎迓，还望恕罪。”他又望了那女子一眼，“这位姑娘莫非就是圣尊夫人？天师大人和圣尊夫人一同驾临，暗影门蓬荜生辉……”

左天师和那女子对望一眼，那女子唇角抿出一抹笑意：“你倒是有心了，只是你怎知我是圣尊夫人？”

杨门主低头道：“这……属下听说左天师大人最近和圣尊夫人走得极近，左天师大人和圣尊夫人常常同行……”

那女子唇角浅勾：“你的意思是，圣尊夫人和左天师有染？”

杨门主吓了一跳：“属下……属下绝不是这个意思，属下……属下……”

那女子又道：“你称呼我为圣尊夫人，那你可知我到底是谁？”

杨门主讷讷地道：“属下听闻……听闻夫人是丽王仙子，是上界派下来拯救苍生的。”

那女子眸光微闪，干脆在一张椅上坐下：“果然不愧是暗影门的门主啊，知道得真不少。不过听你的口气似乎是说本宫和左天师大人暧昧不清，或者暗指左天师大人就是圣尊？”

杨门主脸色一变，扑通跪倒：“属下不敢！属下只是听说圣尊夫人奉圣尊之命和左天师大人联手共创天下……圣尊是圣尊，左天师是左天师，两者自然不能混为一谈。而圣尊夫人和左天师大人之间也是清清白白可昭日月……”

左天师笑了，一抬手将那女子搂入怀中，那女子也微笑着倚在他的怀里，好整以暇地问道：“这样呢？”

杨门主：“……”

他吓得冷汗都出来了，却不知道该说什么好。

那女子又笑道："我们这样你还看不出我们的关系？"

"这……"杨门主冷汗流得更多。

那女子悠然道："我和他情投意合，我们已经结为夫妇，你说我们之间清清白白？"

杨门主张口结舌："属下……属下……"他似乎福至心灵，忙道，"丽王仙子和左天师大人其实才是天造地设的一对……"

那女子一叹："可我听说左天师大人对顾惜玖顾姑娘情有独钟啊，你消息最灵通，是不是真的？"

杨门主忙道："顾惜玖怎么可能配得上左天师大人？她不过是个凡人女子罢了，左天师大人那时是可怜她才与她有婚约，左天师大人真正喜欢的定是丽王仙子您……"

那女子手托着腮："真的？有何为证？"

杨门主道："左天师大人把门下四位护法拨给您做仆从，还把最好的车驾给您，让您出行使用，甚至还命天下臣民见了您的车驾要远远跪拜相迎，不得有半分亵渎……那个顾惜玖可没有这等礼遇。顾惜玖自逃婚后，左天师大人就下令全大陆围剿她，属下就曾经参与过寻找捉拿她的行动，只可惜她太狡猾，不知道躲到哪个犄角旮旯去了，直到现在也没人找到。依属下看，她定然是被凶兽吞了，连骨头也没留下，自然无处寻找。仙子就不必将那样的女人放在心上了，她压根不配您惦记……"

那女子笑了，站起身来，裙裾轻摇，走到杨门主跟前，悠然道："杨门主，看在你对丽王仙子如此忠心的分上，我告诉你个小秘密，你要不要听听？"

杨门主急于巴结她："仙子请讲，属下洗耳恭听。"

"我不是丽王仙子，我是你口中的凡人女子顾惜玖……"

杨门主的身子猛然一哆嗦，他睁大眼睛："你……不可能！"

"嗯？怎么不可能？"顾惜玖好整以暇地问道。

"顾惜玖明明是八阶灵力，而您……您是十阶啊，顾惜玖不过失踪八年，灵力怎么可能提升得如此之快？仙子……仙子不要开玩笑了，这并不好笑……"

顾惜玖笑了："其实我还有个秘密要告诉你。"

她微微靠近他："我确实是圣尊夫人，也是左天师的夫人……"

杨门主眼睛睁成鸭蛋那么大："一女侍二夫……"

顾惜玖唇角一勾："本姑娘如此贞烈，岂能嫁二夫？"

杨门主似乎猛然想到了什么，眸光猛然转向旁边站着看戏的左天师："莫非……莫非左天师大人就是……就是圣……"

这实在是个大秘密，他不敢说下去了！

左天师悠然一笑："你总算聪明一回！那你死了也就不冤了……"

左天师话还没说完，杨门主像个兔子似的跳起，抬手就去抓顾惜玖！

很显然他想将顾惜玖抓过来当挡箭牌，但眼前一花，刚刚还俏生生站在他身边的顾惜玖就不见了。

下一刻，眼前一道七彩光芒闪过，他的心脏骤然一疼！

再然后他就倒了下去。

杨门主也是灵力八阶的修士，但在这二人面前，他连还手的机会都没有，直接毙命。

顾惜玖轻叹："我本来还想再套套他的话呢，你清理门户也清理得太快了些！"

帝拂衣道："一时手痒……事情基本已经清楚了，后面也没什么可审的了。"他一边说，一边用手指虚虚点在杨门主眉心上，片刻后，一缕淡白色的魂魄被提了出来。

杨门主生前修炼到了八阶，灵魂已经能看清全貌，它在帝拂衣指尖拼命挣扎，想逃跑，帝拂衣冷冷地道："你以为本座眼瞎，会提拔你这样的人做门主？"

他的指尖冒出彩光，那魂魄在彩光中吱吱叫了两声，直接灰飞烟灭。

顾惜玖冲他一竖大拇指："够狠！"

帝拂衣拉她过来，抬手给她使了个清洁术。

顾惜玖打了个寒战："你干吗？"

"你刚才离人渣太近。"帝拂衣一本正经地说道。

顾惜玖无语，左天师大人的龟毛性子还真是一直不变，她甚至和杨门主都没实质性的肢体接触。

她将杨门主的尸体随手化掉，道："现在事情大体清楚了，那个不知道从何处蹦出来的丽王仙子冒充圣尊夫人，和假左天师联手做的这个局。假左天师对你不是一般了解，冒充你也冒充得极像，所以能欺瞒世人，顶着你的名头为所欲为，连其他天授弟子也被骗过了，奇怪，沐风他们应该对你很了解，怎么也会上当？"

帝拂衣淡淡地道："他们如果只用普通法子自然不会让四使上当，或许还用上了控制人心的蛊术……走了！"

顾惜玖撤回手："等等，我们得善后。"

第六十九章　不许把她扔下偷偷去救人

天行谷的环境极为恶劣。

谷内沼泽密布，毒兽横行，没有灵力七阶以上的功夫，没有人敢跑到这个地方来冒险。

黎孟夏和她的三位护法长老以及她的忠心下属就藏在这里。

此处山风如刀，一年四季大风不断。那风还是龙卷风，谷内的生物稍不注意就会被龙卷风给卷起撕成碎片。人在这里一日都极难熬，而他们却在这里待了两个多月。

这个地方没有吃的喝的，也不能盖房子，大家累极了就找块石头靠着歇歇，他们还得轮流守夜，一旦毒兽或者龙卷风来袭，就要起来战斗或者逃跑。

至于吃喝则需要冒险出去采买，这次黎孟夏触怒的是“左天师”，“左天师”已经下了严令，全天下追杀他们几个。

“左天师”的谕令比皇帝的圣旨还管用，不知道多少人在抓捕他们，其中也包括暗影门中的其他高手……

这里的生活极为困顿，黎孟夏他们在这里待了两个月，个个像从土坑里刨出来似的，叫花子都比他们干净些。

黎孟夏坐在一块石头上，这里是一片乱石坡，山坡上怪石林立，像石头阵，周围都是黑沼泽，算是天然的屏障。

她的几名属下也坐在她的身边，这些在任何艰难环境中都没有低头的汉子此刻却隐带愁容。

他们能吃得了任何苦，只是这样的日子无穷无尽，他们看不到任何希望，更何况他们心中还压着叛主的沉重包袱。

他们一向尊重左天师，但现在他们无奈之下反了左天师，如今被他的人追杀，心里的滋味当真是难以言喻。

"黎头儿，你说左天师不像真的？可是为什么这么久他还没露出马脚？"

"是啊，最近我出去采买，看到他出行，沐风四位护法也照常在他身边，如果他是假的，最起码沐风他们能看出来，定然不会保护他……"

"黎头儿，或许我们真错了……"

黎孟夏一撩乱糟糟的头发，漂亮的眼睛里有一抹孤狠："假的！他就是假的！真的左天师不会对其他女人好，不会一直追杀顾惜玖顾姑娘！"

众人无语。

黎孟夏扒了扒头发，接着道："更何况他这些年的倒行逆施你们也瞧见了，他亲手挑起战争，视人命如草芥。我亲眼看到他下令将反对他的百里家族全部坑杀，可怜百里家族传承将近千年就这样被屠戮殆尽……真正的左天师绝对不会这么做！"

众人不说话了，是啊，这两年左天师大人像恶鬼上身了一样，暴戾无情，动辄杀人，稍有反抗就株连九族，这和曾经的左天师的行为大相径庭。

"或许……或许做大事者不拘小节，左天师也说过，他要用铁血手段让大陆统一，这样以后才不会有战乱之苦，所以……所以是左天师改变曾经的行事风格也说不定……"

黎孟夏哼了一声："铁血手段不代表可以把百姓当猪狗来屠杀……正常战争死伤也就罢了，但他为了弄一支无往不前的军队，将一些英勇善战的将士用残酷的手段杀死，说什么为了积攒大家的怨气，将他们变成冷酷无情的杀人机器，还让这些杀人机器屠戮自己的家眷……这样的恶行和魔鬼有什么区别？"

众人叹气，这也是最让他们难以接受的地方。

在百姓心里，左天师的形象也一落千丈，只不过敢怒不敢言而已。

"全怪那个什么丽王仙子，她自称圣尊夫人，却一直待在左天师身边，定是她在左天师身边挑唆的……"

黎孟夏冷笑："左天师是轻易受人挑唆的人吗？那个丽王仙子自称上界派来拯救这个大陆的，在人前一副菩萨慈悲嘴脸，行事却如同恶魔，让人起鸡皮疙瘩。我不相信圣尊大人真会娶这么一个夫人……"

众人苦笑。

这个……倒真是难说，圣尊夫人也是随便什么人能冒充的？圣尊虽然多少年不会露一次面，但他老人家手眼通天，似乎什么事都知道，如果有人冒充他的夫人在这世间如此高调地行走，他老人家又怎么会不知道？

现在他老人家连面都没露，也没制止，那说明对这位夫人的行为是默许的。

毕竟丽王仙子长得美，又是上界仙子，或许也只有她才配得上圣尊。

众人一边啃着干硬的牛肉，一边讨论，正讨论得热烈，忽听半空中一声冷笑："死不悔改！这个时候你们还敢在此处讨论左天师的是非！"

众人脸色大变，一起跳起，有十几人在空中现出身形。

那十几人高矮胖瘦都有，对在场的人来说，这十几人都是熟人。

他们是暗影门的五个长老、两个护法和六个功夫极高的杀手！为首的是执法长老梁长老，这人为人耿直，执法严厉，对左天师忠心耿耿，原先和黎孟夏关系一直不错。

这次黎孟夏他们出事，梁长老虽然下令捉拿，但并不认真执行，一直网开一面，黎孟夏没想到他会在此处现身，而且还带来了其他的长老和护法。

曾经的同袍如今变成对头，大家都有点儿不知道该说什么好。

只有其中一个叫左银虎的杀手怒气冲冲："黎孟夏，原来你们这些叛贼躲在这里！弄成如此狼狈的模样却还不知道悔改，在这里诽谤左天师大人，幸好天网恢恢，疏而不漏，这次

我看你们还往哪里跑？！识相的，束手就擒！或许左天师大人还能给你留个全尸，如再执迷不悟，明年的今日就是你们的忌日！"

一番话说得毒辣凶狠，黎孟夏却不看他，只看向梁长老："老梁，你也要拿我去领赏？"

梁长老眸现黯然："黎门主，老夫职责所在，只能得罪了。"他已经放水好几次了，这次实在没办法了。

黎孟夏扫了一圈其他人："你们也要动手？"

其他人低头不语，他们几个其实都是左天师提拔起来的，左天师对他们有再造之恩，自然忠于左天师，无论如何也不会背叛他，就算知道左天师的行为不对，但对他的命令只能执行。

倒是左银虎不耐烦了："他们自然也要动手，黎孟夏，他们对你的那点儿香火情不足以让他们背叛左天师大人！"

黎孟夏斜眼看着他："左银虎，你是我从叫花子堆里捡回来的，你的功夫还是我教的，也算是你半个师父，你那时口口声声说要报恩，时常在我身边晃来晃去，说拼了一条命也要保护我……你就是这么报恩的？！"

左银虎的脸色有些涨红，随即他把头一抬："公是公，私是私，我不会公私不分，我拿你叫大义灭亲！少废话，拿下他们！杨门主有令，他们如不束手就擒就地格杀！"

他最后几个字说得杀气腾腾！

事情发展到这里，双方再没什么话说，自然开打，一时之间这石阵之中飞沙走石，杀气漫天，人影翻飞，闪现着各种技能光。

黎孟夏在暗影门是第一高手，跟她出来的三位长老、四位护法也都是精英中的精英，如在以往，梁长老带来的这些人未必能困住他们。

但黎孟夏他们毕竟在这鬼地方待了这么久，吃不好，睡不好，体力消耗极大，大家其实已经很虚弱了。

梁长老带来的人也比黎孟夏他们多，又是暗影门中的顶尖人物，又是有备而来，此刻打起来，黎孟夏一行人自然吃亏……

黎孟夏这边陆续有人受伤被擒，这还是梁长老他们顾念同袍之谊，没下死手，要不然只怕已经有人死亡了。

黎孟夏身边的人越来越少，但她依旧悍勇。人一旦豁出命去，那真的有万夫莫当之勇。

众人又不想杀了她，一时奈何不了她，倒被她伤了好几个。

幸好她也没动杀心，只是伤人不杀人。

左银虎是杨门主的人，他这次来主要就是监工的，他连连喝令众人下狠手，奈何他的威信并不高，大家不听，对他的话置若罔闻。

他的功夫又和黎孟夏相差甚远，他自己不敢上前去拼。

他唯恐这次又功亏一篑，心一横，一把扯过一名被擒之人，宝剑横在对方的脖子上，对黎孟夏厉喝："黎孟夏，你再负隅顽抗，我就杀了他！他可是跟你跑出来的，你忍心让他命丧这里？"

众人脸色大变，梁长老皱眉："左银虎，你做什么？他已被擒，用他要挟算什么英雄好汉？"

"放开他！"有人干脆直接喝道。

左银虎脸一冷："莫非你们也想造反不成？！也想背叛左天师大人？！"

众人被噎住。

梁长老道："这和效忠左天师大人无关！已经擒住之人没道理再被胁迫！"

左银虎冷冷地道："他们反了左天师，本身就犯了死罪，杨门主也说了，可以就地格杀！杨门主让我盯着你们，现在你们出手明显留了香火情，这可不成！谁再多说一句，左某回去会如实禀报给杨门主，看杨门主怎么罚你们！"

众人："……"

众人都知道杨门主正得左天师器重，所以对杨门主虽然看不惯，但也敢怒不敢言，杨门主又小肚鸡肠，睚眦必报……

左银虎见镇住了众人，阴冷的目光又看向战斗的黎孟夏："我数到三，你再不束手就擒，他就会人头落地！！”

数数声如催命，黎孟夏脸色苍白，终于绝望，手中血红的长鞭坠地，垂眸道：“罢！罢了！”

左银虎大喜，身形如电闪，向黎孟夏直扑而去，指如毒蛇，点向黎孟夏的肋下。

那个地方被点中的话，黎孟夏不但会被擒，这一身功力也会被废了，再也无法恢复。

其他人神色都变了，想要救援已经来不及。

黎孟夏闭上眼睛，压根没想躲，就在这千钧一发的时刻，一道白光横斩而来！

等左银虎发觉那道白光，已经来不及躲了，白光正切在他点过去的手上。

鲜血飞溅，左银虎一声惨叫，整个右手被白光斩落！

“谁？！哪个浑蛋敢暗算老子？！”左银虎疼极，厉声怒喝。

他还以为是黎孟夏身边的人暗算他，所以目光先看向他们。

没想到那些人的目光都直直地向他身后不远处看去，似惊似喜又似怕，表情极为怪异。

他这边的人也看向那个方向，然后微张着嘴，集体呆住了。

黎孟夏也睁开眼睛，呆呆地看着那个方向，嘴唇颤抖。

左银虎骤然转身，也往那个方向看去，愣了几秒，脱口道：“左天师大人！”

在他身后不远处，一个戴面具的紫袍人和一名女子飘飘而立。

紫袍潋滟，银质面具闪着寒光，那一双如同含着山水的眸子此刻正淡淡地瞧着他们，面具遮住了他的上半边脸，露出一张薄唇，此刻那薄唇微勾，笑容似懒散又似随意。

而他身边的女子一身湖水色衣裙，飘飘如仙子，异常冷艳。

正是帝拂衣和顾惜玖到了。

帝拂衣看也不看左银虎，眸光落在黎孟夏身上：“黎门主，别来无恙？”他的声音似带着暖意。

黎孟夏死死地盯着他，又看了看顾惜玖，上前两步又后退一步，似惊喜又似紧张还似不信，颤声道：“左……左天师大人？！”

帝拂衣指尖化出一面玉牌，滴溜溜一转：“黎门主，本座送你的玉牌呢？本座先前不是说过，头可断，血可流，玉牌不能丢？”

黎孟夏的眼睛立即亮了，她霎时泪奔，一个虎扑，跪在了帝拂衣跟前，恨不得去抱他的腿：“左天师大人！您总算来了！孟夏就知道那个是假货！”

帝拂衣一道清洁术打在她的身上，黎孟夏大花猫一样的脸总算看见点儿本貌，刚刚在那样绝望的情况下她都没掉一滴泪，还像狼一样狠，这时候却放声大哭：“左天师大人！孟夏想死您了！”

上
册

顾惜玖看着这个曾经意气风发的黎门主，此刻只见她一身褴褛，身上的脏污虽然被清洁术洗掉了，但到底受了这么久的罪，肌肤粗糙，头发似鸡窝，此刻眼泪汹涌成河，哭得像个孩子。

她一边哭一边告状：“左天师大人，那个玉牌被冒充您的家伙给毁了，他说要告别过去，所有的一切都要换。”

跟着黎孟夏一起的人此刻还被捆在那里，帝拂衣衣袖一挥，白光闪过，他们身上的穴道被解开，绳索尽断。这些人意识到眼前的左天师是真的，个个激动万分，在脱困的那一刻就跪在那里，八尺高的汉子泪流满面，向帝拂衣叩头行礼：“左天师大人！您老人家可算回来了！”

前来拿人的长老、护法们都呆住了，面面相觑。

他们看看帝拂衣二人，再看看黎孟夏等人，然后目光再次转回来，落在帝拂衣身上。

最后他们似明白了什么，也纷纷上前见礼。

左银虎傻了片刻，一张脸一阵青一阵白，然后也似恍然大悟，猛地一拍大腿：“天哪，原来黎门主说得对，果然有人冒充左天师大人，将我们都糊弄了！拜见左天师大人……”

他也跟在众人身后磕头，他确实跪下去了，却起不来了。因为在他将要起身的时候，空气中有一抹无形的压力压着他，让他起不了身。

帝拂衣的声音淡淡地响起：“卖友求荣、背信弃义的人也配跪本座？也配活着？”

左天师明明只是站在那里，看上去什么都没做，但左银虎身上像是被压上了一座山，让他的身子直接佝偻下去，像狗一样趴在那里。

他被压得气都透不过来，脸色大变，勉强挣扎着喊道：“左天师大人，是属下眼拙，错认了您，属下知罪，但那假冒之人实在跟您太像，属下被蒙蔽，追杀黎门主也是奉命行事……”

帝拂衣声音冷如冰流：“奉命行事没错，但黎门主对你有再造之恩，你捉拿她也就罢了，还肆意羞辱，这是你对恩人的态度？如此不仁不义之徒岂能留在暗影门中？”

左银虎张口结舌，汗如雨下，讷讷地说道：“属下……属下……”

帝拂衣唇角微勾，瞥了黎孟夏一眼：“他是你的人，交给你了。”

黎孟夏一擦眼泪，跳起身，拎起手中长鞭，一指左银虎：“姓左的，单挑吧！赢了本门主你可以滚蛋，输了就把命留下！”

左银虎后退一步：“我……这不公平，我伤了一只手……”

黎孟夏也干脆，抽出带子将自己的右手捆在身后，左手持鞭：“老娘也用

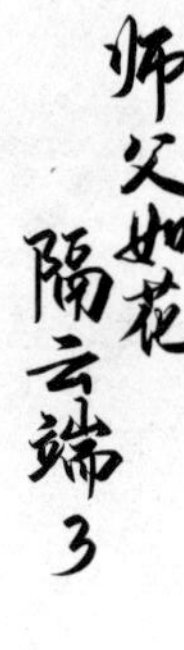

单手！”

左银虎：“……”

他知道帝拂衣对他已经动了杀心，而在场的人他基本得罪光了，无人会为他求情，在此情况下，打败黎孟夏是唯一的活路。

他只能应战，双方战在一起。

顾惜玖站在那里看了片刻，轻叹：“没想到黎门主左手鞭法也这么好！”

帝拂衣一条手臂搂着她的腰：“暗影门的门主并不是吃素的。”

黎孟夏百忙中还亮出小白牙一笑：“多谢左天师大人夸奖！”

左银虎越打越心虚，叫道：“不公平！你本来就擅长左手鞭，又没受伤……”

旁边有人叫道：“左银虎，你也擅长使左手剑好不好？！你右手虽然受伤，但并不疲惫，你刚才可是半分力气也没出，而黎门主刚刚力战了一场，几乎是强弩之末，你还占了大便宜呢！”

左银虎：“……”他没话说了。

黎孟夏虽然形容狼狈，但整个人像打了鸡血似的兴奋，像一柄刚刚打磨出来的宝剑，凶光四射，向左银虎疾风骤雨般强攻！

“不仁不义，抽之！”

“残害同门，抽之！”

“忘恩负义，抽之！”

“心术不正，抽之！”

…………

黎孟夏每抽中左银虎一鞭，必会骂一声，最后左银虎被她活活抽死，整个人被抽得像花斑豹似的，身上都是纵横的鞭痕，连魂魄都被抽散了，尸身倒下后，那魂魄飘飘悠悠地出来了。

其他人并没有看到，顾惜玖却看到了，她抬手正要做什么，帝拂衣已经握住了她的手：“别脏了你的手。”说完，他的衣袖向那魂魄一挥，白光将魂魄包围，直接燃成灰烬。

梁长老他们这时候才纷纷向帝拂衣请罪，人人惶恐。

帝拂衣倒没怪他们，毕竟他们也是忠于自己的，只是被假左天师蒙蔽了而已。

真左天师终于露面，还像曾经那样强大，也是他们熟悉的样子，自然人人激动，大家有了主心骨，纷纷控诉这几年假左天师做的那些倒行逆施的事。

帝拂衣从他们的话里又掌握了一些信息。

这些人虽然在假左天师那里并不得志，但毕竟是暗影门的人，知道的远比外面的百姓多得多。

顾惜玖将这些消息汇总了一下，总结出几点。

一、假左天师和丽王仙子是互相依存的关系，假左天师倒行逆施，干下这些天怒人怨的事，一为夺权，将原先帝拂衣的人想方设法赶尽杀绝，提拔自己的人上来，为他真身上位做准备。

二、他应该修炼了邪功，需要人的怨气为引，而且他应该修炼得很成功，现在他的功力最少达到了十阶。

三、沐风四人应该是被什么东西控制住了，还活着，但成了假左天师身边的傀儡。假左天师吩咐他们做什么就做什么，而且他们的行为看上去与平时没什么不同，这才令黎孟夏等人在最开始也上了当，将玉牌交了上去，还险些听从指挥屠戮百姓。

四、假左天师弄出来的所谓杀人机器和八年前龙梵暗中捣鬼，弄出来的那些僵尸有异曲同工之处，或者是那些僵尸的进化版……

五、假左天师常常以圣尊的命令来行事，让其他天授弟子听命于他，为他卖命，不听从者一律以违抗圣尊谕令处罚。千玥冉因为违抗了一次，被免去九星宗宗主之位，一怒而走，下落不明。

右天师天祭月则彻底不问世事，在他的宫中隐居，数年未曾露面，无人知其死活。

龙司夜的天问宗被去年一场大火烧成平地，龙司夜和他的属下忙着重建宗门，没参与任何江湖争斗。

这些宗门中，只有阴阳宗没受波及，宗主花纤言对假左天师唯命是从，如非甘心追随，就是被什么东西控制住了。

至于其他小门小派，凡是曾经忠于左天师的，里面的当家人或被暗杀或失踪，基本都换了一个遍，像暗影门一样，换上了忠于假左天师的人。

总之，现在的天星大陆，处处烽火，处处狼烟，怎一个乱字了得！

黎孟夏最后又忍不住哭了："左天师大人，这些年您到底去了哪里？那个假货冒充您干下如此多的坏事，把您的一世威名全部败坏光了，百姓嘴里不说，心里大概早就骂娘了！"

帝拂衣淡淡地开口道："此乃天劫，好在本座出来得还不算晚，还有挽回的余地，你们听本座吩咐……"

他开始快速分派任务。

众人现在有了主心骨，自然人人振奋，纷纷答应一声，领命而去。

有去寻找千玥冉下落的，有去联系右天师的，有去天聚堂的，也有去联系那些千年世家门派老当家的……

当然，现在大家还不宜暴露，这些都需要暗中行事。

黎孟夏摩拳擦掌，一副要大干一场的架势："那浑蛋居然敢冒充左天师大人，害苦了这么多人，这次不把他弄死我不姓黎！左天师大人，孟夏要做什么？请吩咐！"

假左天师这两年并没有居住在扶苍宫中，据说是嫌弃扶苍宫太小。

有人提议将扶苍宫和其周围的建筑一并拆了重建，但假左天师否定了这个提议，说扶苍宫暂时留着，他另外选了风水宝地役使十万工匠又建造了一座，比扶苍宫大两倍，无人知道里面的布局，因为那十万工匠从修建完这处宫殿后，就集体失踪了，再无人出现过，当然，也无人敢问。据说曾经一位大臣问了一句，第二天就暴病而亡。

黎孟夏等人也曾经暗中去那里探查过，结果连大门都没进去，按黎孟夏的说法，那座宅院像机关遍布的大迷宫似的，不但城墙高，还像是隐在了迷雾中，人碰到院墙就会迷失方向。

当黎孟夏和帝拂衣说起这些时，他们已经进了飞星国的都城。

八年未回，飞星国都城的变化也不小，变得更加富丽堂皇了！

几人这一路行来，所看到的都是流离失所的难民和破败的房屋，没想到这都城依旧如此繁华，一个乞丐也没看见。

黎孟夏低声道："那个假货让容伽罗下令，将所有穷人都赶出去，只允许中等偏上或者大富大贵的人家进入，所以这里看上去繁华了些。不过这些人的日子也不好混，皇室三天两头敛税，中等人家不足一年就被敛成赤贫，然后也被赶出去……"

顾惜玖微微皱眉："那些人就甘愿被朝廷这么盘剥？"

黎孟夏苦笑道："不甘心又能怎样？不甘心就会被赶出城，而现在整个大陆处处都是烽火，也就这里相对安全些，税赋虽然高得离谱，但好歹生命安全是有保障的。很多不甘心者跑出去没两天就被人发现横死在田野地头，死状极惨，而他们身上的所有财物都不见了……"

顾惜玖自然明白那些人是被朝廷派人暗杀了，不由得叹了口气。

当一个疯子掌握了权力，那还真是超级恐怖的事！

京城很不好进，需要通关文书、身份文牒等一大堆东西。

好在黎孟夏门路广，这些东西都弄来了，而顾惜玖又通易容之术，所以三个人化装成城中一豪绅和他的家眷。

帝拂衣化装的员外郎看上去风度翩翩。

顾惜玖化装成他的美妾，依旧很美。

黎孟夏则化装成两个人的武婢，一双眼睛黑白分明，倒极精神。

三个人上了一家酒楼，叫了一桌菜，黎孟夏数月逃亡，几乎要不知肉味了，看到这一桌的荤素搭配，眼睛都冒出光来，立即大快朵颐。

三个人正吃着，忽听外面不知道是谁喊了一嗓子："左天师大人驾到，跪！"

"左天师大人驾到，跪！"

"左天师大人驾到，跪！"

“……”

那声音初时极远，一声声传近。

随着第一声，街道两旁原本正忙碌或走动的百姓，酒楼里正在用餐的客人，甚至给客人倒水倒了一半的伙计……所有人都放下正忙的事，像被大风刮过的树苗，纷纷朝一个方向跪倒。

炉子上的菜还炒着，水还开着，茶刚泡了一半，但所有人都跪在地上，不敢动分毫，原本喧哗热闹的酒楼顿时像坟墓一样静寂。

顾惜玖：“……”

众人都跪在那里就他们三个坐着未免太显眼，顾惜玖看了帝拂衣一眼，这位大神看到外面的假货冒充自己还弄出这么大阵仗，心中不知道是什么滋味。

帝拂衣手指轻弹，一道淡淡的白光将三个人全部罩住。

顾惜玖看向他，他却牵着她的手走到窗前：“隐身术，在这里看热闹吧，看得清楚些。”

顾惜玖松了一口气，趴在窗口看热闹，黎孟夏也趴在窗口和她同看。

然后他们看到了比皇帝出巡还要盛大的仪仗队自远方缓缓行来。

最前面的百人银盔银甲，后面的百人金盔金甲，再后面的百人是身穿青色道袍的少年男子，个个俊美，再然后又是一队身穿红裙的少女，最后面则是一队身穿绿衣的百人童子，这些童子簇拥着一辆宽大豪华的车，驾车的是八匹奔腾跳跃的双翼雪虎，车极豪华，整体用半透明白玉抠出来的，白玉上镶嵌着八颗闪光的淡蓝色宝石，在阳光下闪着璀璨的光芒。

车是半敞篷式，车内对坐着两人，一人紫袍潋滟，一人白裙如仙。

二人面前摆着棋盘，两个人正各执一色棋子在下棋，车顶垂下雪白柔软的纱幔，纱幔飘舞如白云，二人坐在车上如坐云中，飘飘不似尘世中人，藐视众生。

车后又是前面那种的五色百人队。

顾惜玖终于看到了四使，两位在车前，两位在车尾，垂手而立，向车厢内半恭着身子，虽然四人都戴了面具，看不出表情如何，但看态度毕恭毕敬。

顾惜玖忍不住看了看身边的帝拂衣，帝拂衣微抿着薄唇，眸光也落在四使身上，眸色如旋涡般深邃。

四使跟在他身边时间最长，既是他的仆从也是他的家人，看到自己最忠心的下属如今被弄成这个模样侍候别人，谁心里都不好受。顾惜玖在身侧握住了他的手，然后轻轻拍了拍，帝拂衣也握了一下她的手。

二人谁也没说话，却已明白对方的意思。

千人的队伍绵延数里，队伍行进得又不算快，百姓从听到那一声喊就开始跪下，看到车驾以后又开始像见了皇帝一样行三拜九叩之礼，而且要不断地跪拜，这样一来，百姓最少要跪拜将近半个小时，那些青年人还好说，只苦了那些老年人，这一番跪拜下来，双腿都在颤抖，几乎站不起来。

人群中有一名少妇抱着周岁的孩子，孩子自然什么也不懂，母亲在那里跪，他初时觉得好玩，咧开小嘴就想笑，被母亲伸手捂住。

母亲太紧张，捂得那孩子透不过气来，涨红了小脸就想哭，自然也是哭不出来的，只有眼泪大颗大颗地滚，在母亲怀中拼命挣扎，小脸渐渐发青。

顾惜玖无意间向那个方向一瞥，正好看到这一幕，心中骤然一沉。

那孩子会被捂死的！

她屈指一弹，一道无形的力道飞出，弹在那母亲手上，那母亲的手立即没了力气，垂落下来。

在垂落的那一刻，少妇的脸都吓白了，以为孩子怎么也得惊天动地哭出来。

没想到那孩子除了大口大口地呼吸外，倒是一声没出，小嘴微张是要哭的架势，但哭不出半丝声音。

少妇松了一口气，自然不会再去捂孩子的口鼻，依旧在人群里跟着跪拜。

帝拂衣瞧了顾惜玖一眼，知道她是顺势封住了那孩子的穴道，这才不动声色让那少妇和孩子躲过了杀身之祸。

黎孟夏情不自禁地向顾惜玖一竖大拇指："顾姑娘，好指法！"

顾惜玖却望着那车中人微眯起眼睛，眸光锐利冰冷。

这人应该是龙梵吧？！看他周身的气势，灵力应该到达十阶以上了，而且他周身隐现邪气，似有怨灵环绕，看来他急功近利，剑走偏锋，修炼邪功了！

再看看那所谓的丽王仙子，身穿如雪软绸纱裙，面上也罩了一段轻纱，看上去像不染纤尘的仙女似的。

她周身气势极冷，下棋的时候，对四周百姓的跪拜视而不见，在她的身后则站着个黄金甲大力士。

大街上很静，只能听到千人整齐划一的脚步声，和周围百姓压抑的呼吸声。

所以丽王仙子开口的时候，明明声音不大，但满大街的人都能听得到："左天师大人，你又败了。"她的声音脆如玉铃。

"夫人棋艺高超，拂衣自愧不如。"假左天师轻笑，衣袖一拂，推开棋盘，向两边跪拜的百姓扫了一眼，那目光如同看蝼蚁。

丽王仙子唇角浅勾："过奖……"她的目光也向两边看了看，看着百姓在那里起起伏伏地跪拜，她轻轻一叹，"下界真的没什么好玩的，贱民太多，聪明人太少……"

假左天师轻叹道："下界之所以称之为下界，自然是愚民多，不及上界修士多，倒让仙子受委屈了。"

顾惜玖握紧了拳，这个浑蛋！他自己对上界的人奴颜婢膝也就算了，居然还顶着左天师的名头做这样的事！这厮为了败坏帝拂衣的名声简直不遗余力！

黎孟夏也气得浑身发抖，几乎要一拳砸在窗棂上！她最崇拜的人就是左天师，现在看到这个情景如何不气？

左天师的名声都被这假货败光了！

她甚至不敢看帝拂衣的脸色，真正的左天师看到这一幕只怕心都在滴血吧？

顾惜玖握住了帝拂衣的手，传音给他："别难过，日后我们想法恢复你的名誉……"

帝拂衣眸如冰泉，瞧着下面，眼光扫过假左天师，唇角勾起一抹冷嘲。

仪仗队终于过去，酒楼里、大街上又恢复了曾经的热闹。

假左天师这么大的阵仗，他走后居然没有一个人敢议论，只不过每个人都在暗中握拳，看向假左天师仪仗队方向的眸中燃烧着愤怒和恨意。

民怨已经沸腾，只不过都在强压着，只等着压死骆驼的最后一根稻草……

假左天师修建的院墙上花纹有些古怪，像符咒又像骷髅头。墙体为朱红色，上面似乎弥漫着雾气，稍一靠近就寒气逼人。

"主上，就是这墙有大古怪，上去了就迷路，整个人会陷入迷雾之中，迷雾中还有无数古怪的影子，只要撞上那些影子，就会被粘住，被融化，跑都跑不掉……"黎孟夏低声说了自己带人几次探查发现的古怪之处，"我们的人在这里损了不少……"

帝拂衣微微点头，上前两步，伸出一根手指轻触墙体，冰冷如锥，直刺入骨。

他眸中现出一抹怒色："怨灵墙！"

黎孟夏诧异："啊？"

顾惜玖在旁边道："那个假货曾经役使十万工匠修建此院，那些工匠并不是失踪，而是被杀死砌在了院墙之内。那些工匠死前应该遭受了极大的折磨，故而怨气冲天，这墙也就成了怨灵墙，你们在迷雾中看到的影子应该就是那些不得解脱的怨灵所化……"

黎孟夏脸色变了，原先她只是听说十万工匠不知所终，还以为那些人是被关起来了，却没想到会在这墙体之中！

工匠也是人，却无辜惨死，看来这假货还真不拿人当人！

"可有进去的法子？这墙上的怨灵能不能破解超度？"黎孟夏询问。

帝拂衣道："本座能超度他们，不过一旦开始作法，势必会被里面的人察觉，会打草惊蛇。"

顾惜玖挽了挽袖子："我瞬移进去！"她的瞬移术不受空间墙体限制。

帝拂衣一把扯住她："不行！"

他将她扯到自己身边待着，然后望向黎孟夏："想不想帮本座救沐风他们？"

黎孟夏一挺胸膛："想！"

帝拂衣微微一笑："很好，本座已经想到了进去的法子，不过需要委屈你一下。"

假左天师住的地方叫擎天宫。

原先左天师不问政事，从不参与国事，而现在的左天师却事事都要参与，现在的文帝容伽罗就是傀儡，大权旁落。

擎天宫只有一个出入门户。

看守擎天宫的正是丽王仙子身边的黄金甲巨人，这人灵力九阶，一身功力已至化境，而他身边还带着灵力八阶的六名护卫，普通人想从正门硬闯无疑是痴人说梦。

周围有怨灵墙相护，大门口又有黄金甲力士护卫，假左天师住在里面就像是住进了保险箱里，十分放心。

这一日他亲自送丽王仙子去了别院，自己宽衣正要歇下，外面有人禀报："左天师大人，暗影门的门主杨飞易偕同门下三位长老求见，他抓到了逃犯黎孟夏和其同党，现在门外相候。"

假左天师一愣，眸现喜色："好，让他们进来！先暂在客厅候着。"他想了想，又吩咐道，"请丽王仙子出来。"

他的属下自然答应着去了。

布置得极为低调奢华的待客厅内，杨飞易等押解着黎孟夏走了进来。

黎孟夏形容极为狼狈，衣衫破烂，发如草窝，脸上也灰一道白一道的，她身上虽然没有绳索，但明显被点了穴，行走间脚步沉重，一摇三晃。

假左天师一出来，杨飞易等人一起向他行礼，黎孟夏却梗着脖子直挺挺地站着。

假左天师脸上戴着面具，看不出喜怒，杨飞易说了抓捕黎孟夏等人的过程，自然说得惊心动魄、艰难无比。

假左天师上下打量黎孟夏两眼，不置可否，只不咸不淡地夸奖了杨飞易等人几句。

杨飞易等人看上去又惶恐又兴奋，自然又向假左天师表忠心。

正说着，丽王仙子款款来了，她在上首坐下，她是目无下尘的，杨飞易他们对她行礼，她只是略摆了摆手，也不正眼瞧，她的眸光落在黎孟夏身上。

黎孟夏虽然狼狈，还是很有气势的，立即回瞪过去！

丽王仙子薄唇浅浅一抿，盯着黎孟夏，原本墨黑的眼眸如同水波似的起了波澜，那墨色渐渐化开转为浅淡的茶色……

黎孟夏身子一僵，原本气势汹汹的眼神渐渐转为迷茫，望着丽王仙子。

“汝乃何人？”丽王仙子优雅地开口。

黎孟夏怔怔地望着她，依旧不说话。

丽王仙子眉峰轻皱：“吾问汝，为何不答？”

众人面面相觑，假左天师皱眉，丽王仙子会控心术，能让人中招以后不知不觉就把实话全说出来，百试百灵……

这次怎么失灵了？

他一双利眸也落在黎孟夏身上，手指在袖内缓缓握起。

他正要有所动作，黎孟夏终于开口：“你说的什么？我怎么不懂？”

丽王仙子终于想起黎孟夏最讨厌说话文绉绉的人，因为她很讨厌古文！

丽王仙子暗松了一口气，换了一种问法：“你叫什么？”

“黎孟夏。”

“在暗影门任什么职位？”

“门主。”

“为何反了左天师大人？”

“他是假货！”

众人：“……”

假左天师勾唇一笑：“胡说！本座如何能作假？”

他看向杨飞易几个人：“你们怎么说？”

杨飞易摇头：“她失心疯胡说！左天师大人乃天人也，岂是阿猫阿狗能假扮的？”

假左天师：“……”他毕竟心虚，对方明明在夸他，他却觉得人家似乎语带讥讽。

他盯了杨飞易片刻，杨飞易被他盯得头皮发麻，惶恐地低下头。

假左天师唇角轻勾，声音极冷：“为何会这么说？”

黎孟夏的眼睛盯着他的面具：“你可敢摘下面具让人瞧瞧？我认得左天师大人的！你的一些行为压根不像曾经的左天师大人！”

假左天师淡嘲：“人都是会变的，何况是本座？本座如此做乃天机，是顺应天命而已。”

黎孟夏哼了一声：“撒谎！你连面具都不敢摘，明显是奸人假扮的！”

假左天师瞥向杨飞易他们：“你们可信她的鬼话？”

杨飞易他们额头直冒冷汗，忙道：“自然不信的，属下早就说了，她是失心疯了……”

他们说着不信，但眸底还是闪过狐疑，明显也起了疑心。

丽王仙子笑了，她一笑极好看：“拂衣，这些人其实都是你的心腹，倒不如摘下面具让他们瞧瞧，也让他们认认你这个主人。”

假左天师微微垂眸，片刻轻叹：“好吧。”他缓缓抬手，摘下面具，冷冷地道，“现在看清楚了？”

面具下是一张如天人般的俊脸，和帝拂衣的容貌一模一样。

黎孟夏像是傻了，直勾勾地盯着假左天师，喃喃地道：“居然……居然是真的……”

丽王仙子的控心术十分厉害，她现在用的这种就是让人说心里话，有什么说什么，所以黎孟夏的神情反应很正常。

假左天师索性也不戴面具了，冷冷地瞧着黎孟夏：“你可知罪？”

黎孟夏直着眼睛后退几步：“怎么会这样？怎么会这样？明明你就是假的……”

黎孟夏是暗影门的门主，知道很多帝拂衣的秘密，所以假左天师让人尽量将她活捉，方便审问。

现在人已经抓到了，他也松了一口气，只要人落在他的手里，还怕她不乖乖说实话？总不能她也像沐风四护法似的，关于帝拂衣的一切基本都忘了吧？！

“黎孟夏，本座问你，你……”他正要问点儿重要问题，黎孟夏一双眼睛却盯着桌上的点心，喃喃地道：“好饿！”

她踉跄上前，直接抢了一个盘子，抓起一块糕点就往嘴里塞。

假左天师：“……”

他一挥袖，一道白光闪过，黎孟夏手中的盘子就不见了，手中的糕点也不见了。

假左天师面沉如水：“你个逆贼也配吃本座的东西？本座问你话，你如果能照实说……”

后面的话他没再说下去，因为黎孟夏蓦然倒地，在地上抽搐了几下，直接晕过去了。

假左天师：“……”

旁边杨飞易上前把了一下她的脉，禀报道：“她是饿晕了。”他看假左天师面色不善，有些惶恐，“这人凶狠，却有个致命的弱点，怕饿，一饿就容易晕……她身上原本随时带着零食的，这次全部被搜了出来，她已经好几天没正经吃东西了……”

假左天师手指在椅上握了握，吩咐一声：“唤沐风护法来。”

片刻后，沐风大步走了进来，向假左天师躬身行礼：“主上。”

左天师摆摆手，一指黎孟夏：“去看看她是怎么回事。”

沐风答应一声，果然走到黎孟夏身侧，探她的脉门，片刻后皱眉，起身禀报：“禀主上，她体有隐疾，饿过头就会晕……”这和杨飞易所说分毫不差。

假左天师这才放心：“要如何才能让她快速清醒？”

沐风垂眸：“普通人如这样，灌一碗糖水后一刻钟就可醒转，但她不同，她一旦饿昏过去，非一夜不能醒。”

事情发展到这里，自然不能再审下去了，假左天师吩咐人将黎孟夏抬走关入地牢之中。

此刻天色已晚，假左天师这里是不留人的，所以他又嘉勉了杨飞易他们几句，便将他们打发走了，命沐风送这几人出去。

他们出去后，假左天师似乎想到了什么，身形一闪，也跟了出来，暗暗跟在后面。

他功力高，前面的几人明显没感应到他。

外面月正圆，沐风在前默不作声地领路，杨飞易他们在后面跟着。

杨飞易跟沐风套近乎：“沐风大人，在下久仰大人之名，苦于无缘相见，如今终于见到，沐风大人果然风姿不凡。”

沐风头也不回，声音也淡淡的：“好说。”

“沐风大人，怎么不见其他三位护法？”

沐风声音微冷：“杨飞易，你逾矩了！”

杨飞易干咳一声，挠了挠头，向他赔礼道歉，好话说了一箩筐，沐风护法只当没听见，显然没把杨飞易放在眼里。

杨飞易苦笑，他像想起了什么：“原来沐风护法的医术如此高明，小可最近有点儿不适，不知道沐风护法能不能给小可看看？”

沐风有些不耐烦：“我瞧你好得很。”

“这……隐疾，隐疾……还望沐风使帮忙看看。”他一脸的恳求之色，几乎要凑到沐风跟前。

沐风鼻中忽然闻到一抹熟悉的清香，身子一僵，转头看向杨飞易。杨飞易体形有些胖，小鼻子小眼睛，相貌有点儿猥琐，此刻一双小眼睛正眼巴巴地看着他，眸底如有波光流转。

沐风轻咳了一声，依旧冷着脸：“把手给我！”

杨飞易把手伸过去，沐风为他把脉。

杨飞易能感觉到他的指尖微凉，微抖。

片刻后，他缓缓放开手，看向杨飞易：“阁下应该是心事太重，思虑过甚，伤至心脾乃至气血亏……”他说了一堆专业术语。

杨飞易点头：“沐风护法真是好医术，可有法子治疗？”

沐风道：“我可开一药方给你，你回去抓药熬了就是。”

他不知道从何处摸出一张纸来，写了个药方，正要递给杨飞易，身后有人淡淡地道：“杨飞易怎么了？”

众人一起回头，见假左天师站在阴影处，正瞧着他们。

杨飞易赔笑说了自己的症状，并说明沐风护法给他开了药方。

假左天师向沐风伸出手："本座也粗通医术，让本座瞧瞧。"

沐风便将药方递给了他，假左天师看了片刻，上面的药并不复杂，也是一些常见药，他看了半晌也没看出什么不妥，便将药方递给了杨飞易："这药方还可以，照着抓药便是。"

杨飞易他们告辞离开了，假左天师瞥了沐风一眼，见他垂眸站在那里，倒没其他不妥。

他缓缓开口："沐风，本座饿了，去为本座抓条鱼吧。"

"是！"沐风不假思索地答应，一翻身，跃入旁边的大湖里。

此时正是深夜，湖水本就冰冷，而这湖底还禁锢着无数怨灵，每到午夜是它们最活跃的时候。

这大湖中只产一种鱼，一种极凶的鱼，以食怨灵为生，平时生活在湖底深处，身子滑溜，极为难抓。

午夜的大湖，怨灵凶猛，鱼也凶猛，沐风跳进去对这些怨灵和鱼来说，无疑是一盘美食，湖水像开锅似的沸腾起来。

一刻钟后，沐风从水中冒头，手里抓着一条摇头摆尾的大鱼，他身上被咬出许多血口子，周身的衣服也结了冰。

沐风的嘴唇苍白，他抓到鱼后正想上岸，假左天师淡淡地开口："这鱼太小，再另外抓一条个头大一些的。"

"是！"沐风一句废话都没有，又一头扎入水中。

水里再次沸腾，有血花一团一团地冒出，也不知道是沐风的，还是那些鱼的。

"你这是做什么？"假左天师正站在岸边看着，身后传来女子清脆的声音。

他回头，看到站在他身后的正是丽王仙子。

"这湖里的鱼很有营养，本座想弄一条熬汤补补。"

丽王仙子小嘴一抿："这湖中的鱼可不是什么美味……你如此做又是试探他对你的忠心吧？放心吧，中了我独心蛊的人，都会对主人极为忠心，不必你用这个来测试。"

假左天师被戳破了心事，笑了笑："本座觉得这鱼确实美味……"

丽王仙子的声音微冷："午夜这湖正是凶灵肆虐的时候，就算你我下去也未必能毫发无损地上来，你让他下去真为解口腹之欲？看来你对我的术法不怎么相信啊。"

假左天师明显不想得罪她，强笑道："仙子多想了，算了，这鱼我也不想吃了。沐风，上来！"

片刻后，沐风从水中冒头，整个人几乎冻成了冰坨子，身上的血口子纵横，看上去有些吓人。

他想上岸，却明显力不从心。

假左天师手一抬，衣袖飞卷而出，将他卷上岸来。

沐风全身结冰，在那里止不住地抖，却依旧死死地拎着那条鱼向假左天师躬身：“主上。”

假左天师有些意兴阑珊：“本座忽然不想吃鱼了，将这条鱼放生吧。”

“是。”沐风垂眸将拼了半条命才捉到的鱼放入湖水中。

假左天师仔细看了看他的脸色，沐风脸色虽然青白得厉害，却没有一点儿被捉弄的不忿之色。

他这才满意，抬手丢给沐风一个药瓶：“吃下此药吧，回去再打坐三个时辰可解阴寒之毒。”

沐风再次答应一声，道一声谢接过药瓶走了。

丽王仙子微笑：“没想到他也能像狗一样听话。”

假左天师牵起她的手：“这里风大……”

丽王仙子脸色微变，衣袖一抬，直接将假左天师拂开，冷冷地道：“说话就说话，不要动手动脚的！”她转身走了。

假左天师望着她的背影眸中现出厉色，手指缓缓握紧。

假正经什么？不过是上界被贬的人而已，还真当自己是这世上的主宰了？哼！

沐风慢慢回到自己的屋子，他表面一直很平静，心里已经如大浪翻涌！

主上！主上真的回来了！

他终于看到希望了！他终于快熬出头了！

主上居然化装成那么猥琐的人来救他们，如不是他闻到独属于帝拂衣的味道，他还无法认出帝拂衣。

在认出主上的那一刻，他激动得几乎想翻跟头！

他心里虽然激动得不得了，表面上却看不出什么。

假左天师很变态，这个院子里四处都是摄像头，他的一举一动都在人家的掌控之下，所以他回到屋子后，就开始冷着一张脸为自己涂抹药膏。

上好药后，他又像往常那样四处溜达一圈，布置正常的防卫工作。

他和他的同伴是分开的，分住在院子的四个方向，他每天无论多晚都会到其他三人那里转一圈，今天也不例外。

他先转到沐雷那里，沐雷正在练功，见他进来和他打了一声招呼，就又练功了。

沐风微微点了点头，也没说别的，又出来了。

这次浩劫他们几个会中招是意外中的意外，事前压根没有一点儿征兆！

左天师进入阵眼后，他们几个日夜悬心，几乎隔几天就要到暗黑森林去转转，和左天师联系的玉牌更是一天掏出来瞅八遍。

左天师一去不复返，随着时间的推移，他们几个心里也越来越没底。

两年前的一天沐云沉不住气独自出外寻找，一个月后回来，兄弟几个为他接风洗尘，吃了一顿，然后就陷入了一场噩梦！

他们看到左天师回来了，左天师明明各种行为都和他们的主上不同，但他们心里就是莫名其妙忠于他，他说什么就是什么，甚至他说球是方的，他们也会附和。

他们明明心里什么都明白，但语言、动作皆不听自己指挥，跟在假左天师身边鞍前马后地跑。

那感觉就像自己的身体是木偶，被人操控了似的，完全无法自主，偏偏神情动作和原先并无区别，没有人能分辨出来。那种感觉极为恐惧也极为绝望。

沐风或许是体质特殊，这种状况他仅仅持续了半天，半天后他就夺回了身体的主动权。

他的兄弟们却没有他这么幸运，他们始终没真正醒过来。

沐风醒过来的第一件事就是试探自己的三个兄弟，发现他们依旧中招后，他只能使用秘术让他们三个失忆，这样才避免了把左天师的秘密全部泄露的危险。

沐风虽然脱离了控制，但他也不敢离开，他的三位生死与共的兄弟都在对方手中，他如果逃走，他们三个怕是会有意外。再说那种失忆术必须一个月用一次，要不然会失效。

所以沐风隐忍下来，他一直装作中招的样子听从假左天师的安排，暗地里他也在研究解开蛊术的法子。

奈何这蛊极为罕见，沐风甚至不知道他们到底中了什么招，只能慢慢试，跟在那两个人身边的时候在他们的谈话中寻找蛛丝马迹。

这半年他才知道他们中了一种罕见的蛊，而沐风对蛊术一窍不通，他一时也没办法。

假左天师多疑，虽然控制了他们，但对他们并不放心，时不时想出各种缺德法子试探，甚至让他们四个给那个女人牵马坠镫，当小厮使唤。

所以他们四个这两年过的日子苦不堪言。

现在时机终于来了，他们的主人回来了！

他们的主人只要回来，那就一切好办！

他给“杨飞易”开的药方看上去平平常常，其实暗藏玄机。

他跟随帝拂衣多年，主仆之间自然有一套特殊的相认方式，帝拂衣当年一人千面游戏人间，他们几个依旧能准确找到他也是这个原因。

他相信主人看到那张药方后，应该就能明白他们四个现在的处境。

城中一处客栈内，帝拂衣很快将药方破译出来，药方总共两句话：三人中独心蛊行动不能自主；每日寅时三刻院西一棵槐树下怨灵会失灵半个时辰。

帝拂衣指尖轻点独心蛊三个字，眉峰轻皱，他对蛊术也只是有所涉猎，并不算精通。

他刚才趁沐风为他把脉时，也暗测了一下沐风的脉门，沐风体内有蛊，但被压制住了，所以他是清醒的，而其他三使直到现在依旧被控制。

如果给他一些时日，这种解药他应该能配制出来，不过他们现在时间并不多，他必须争分夺秒才行！

“惜玖，你为我护法，我开炉试炼解药。”帝拂衣决定试试。

顾惜玖挑眉：“试炼？你没有明确的配制方法？”

“是，这种蛊我也是第一次见，只能多试验几次。”帝拂衣也不瞒她。

顾惜玖轻吸了一口气：“或许我可以试试！”

帝拂衣诧异：“你？”

顾惜玖点头：“我知道一种化蛊丹可以驱除蛊虫，只是极其难炼。”

帝拂衣松了一口气：“好，你先试，我给你护法！需要什么药材？”

顾惜玖说了一些药材名，其中几味帝拂衣原本就备着，还有几味必须去药店买新鲜的。

帝拂衣立即吩咐梁长老去弄那些药材，对暗影门的人来说，去药店弄药材是手到擒来的事。所以小半个时辰过后，顾惜玖所要的药材都准备齐了。

炼制丹药时灵气会外泄，为免引起假左天师的疑心，顾惜玖和帝拂衣去了扶苍宫。

扶苍宫内景物依旧，只不过里面的侍从流失了大半。

二人是隐身进入的，没惊动任何人，偶尔碰到几个巡夜的侍从，听他们的谈话，二人知道那些侍从的下落。

他们被假左天师给弄到新宅院去了！

顾惜玖的心沉了下去，她在假左天师的府邸中并没有看到熟面孔。

那么那些人被弄去了哪里？是弄到一些角落做杂工，还是已经遇害了？

以假左天师的性子，那些人遇害的可能性大。

她心情沉重，足下也慢了下来。

她忍不住看了一眼身边的帝拂衣，他微抿着薄唇，倒是不显山不露水的，月光映着他漆黑的眸光。

他并没有看她，而是抬头看了看天空。

星光满天，有几颗明几颗暗？

如果一颗星代表一个人，又有多少颗星星已经陨落而不为人知？

他心里也不好受吧？只不过他没表露出来而已。

顾惜玖忍不住去牵他的手，他的手指微凉，他似乎在走神，破天荒地没有像往常那样和她十指紧扣，只是被动地任她牵着。

顾惜玖将头靠在他的肩头："我一定会研制出解药！"

帝拂衣拍了拍她的手，嗯了一声，没说别的。

二人去了帝拂衣曾经的炼药室，顾惜玖打起精神，开始炼制解药。

因为时间紧迫，她炼制丹药必须全神贯注，不能被外界打扰，所以帝拂衣干脆在炼药室外罩了一层结界，这样外面的人看不到炼药室的烛光，也听不到任何动静。

半个时辰过去了，一个时辰过去了……顾惜玖整整炼制了一天一夜，这一天一夜她压根没出来过，自然也没合过眼。

她自己也记不清炼废了多少炉丹药，直到第二天傍晚时分，她打开炼丹炉，看到里面躺着十颗绿莹莹的丹药。

八品化蛊丹！八品化蛊丹化蛊效果是最强的，再厉害的蛊虫也能驱除。

原本她觉得七品化蛊丹应该就可以，但为保险起见，她在最后一炉丹中加了一种特殊的药——她的血！

她居然直接炼出了八品丹！而且还是十颗！简直是奇迹！

她其实早就发觉自己的血能让炼药成丹率提高不少，不管是曾经的身体还是现在的身体，效果都一样，只不过她从来没对人说起这件事。

她原本心情一直很沉重，现在看到这十颗八品丹，她沉重的心情终于轻松了不少。

这是最强的解蛊丹，是她在现代时认识的一位奇人教给她的，那人自称蛊祖宗，她无意中救了他的妻子一次，他就将这种丹药的配方告诉了她。

这丹药因为需要有极强的灵力配合才能炼制出来，还需要特殊的炼药技巧，顾惜玖那时尚不知道灵力是何物，对炼药更是一窍不通，所以这配方她一直记在心里，从来没有炼过，没想到现在派上了用场。

丹药在她掌心滴溜溜滚动，她的心终于有些雀跃，如果那个叫轩辕落羽的家伙说的是真的，那么沐风他们就有救了！

她将十颗丹药小心地装入一个小瓶中，然后打开门去找帝拂衣。她发现他并没在炼丹室外等待。

她有些小失落，不过也没放在心上，自身上掏出传音符联系他。

然后她发现联系不上，传音符像没信号似的。

她心里一惊，发生这种情况只有一种可能——他去禁地了！

他明明说在外面为她护法的，怎么忽然去禁地了呢？会去多久？什么时候回来？有没有危险？

她心里忽然没底，原地推磨似的转了几圈，然后看了看外面的天色，天已经黑透了，漫天的星星闪着光芒。

顾惜玖心中火急火燎，黎孟夏还在假左天师手里，已经过去一天一夜了，不知道她有没有受审？受审时有没有用刑？

她不能再耽搁了，今夜必须将人救出来！

好在沐风说寅时三刻怨灵墙会失灵半个时辰，这半个时辰足够她偷溜进去救人了！

可帝拂衣到底去了哪里？

顾惜玖心中升起一抹无力感，貌似帝拂衣每次失踪她都不知道去何处找他，只能被动地等待。

时间还早，她其实可以合眼休息一下，但因为惦记帝拂衣，她根本睡不着，干脆跳下床，在扶苍宫中又转了一圈。

她曾经在扶苍宫中住了好几个月，对这里的一草一木十分熟悉，原先看着只觉满目锦绣，现在却给人一种楼台轩榭半凄凉之感。

不知不觉她就转到了后园，后园里有一座大殿，那大殿和其他地方的大殿没有区别，平时一把铁将军把门，轻易不会开。

现在她又转悠到了这里，无意中发现大殿门上的铁将军不见了。

殿门虚掩着，明显有人进去了。

她记得听沐风说过，这个大殿是禁地，只有左天师大人自己可以进去，其他人误闯的话就是死罪。

顾惜玖知道帝拂衣身上有很多秘密，因为很多事牵扯天机，不让她进的地方她也不会进，甚至也不会问。

现在她看到这虚掩的门纠结了片刻。

帝拂衣会不会在这里？

她又拿出传音符，再次联系他，传音符依旧没动静。

他还在禁地，那就不应该在这里，那闯进去的人会是谁？如果是心怀叵测的人闯进去看到里面的一切，说不定对帝拂衣不利！

她一横心，决定进去瞧瞧。

她先使用了瞬移术，想瞬移进去。

她计算距离精准，这一下瞬移应该能直接瞬移进大殿之中，结果她瞬移过后，发现自己在一片迷雾之中。

那雾气极冷，她激灵灵打了个寒战，抱了抱手臂。

晕，她这一下到底瞬移到哪里了？

她打量四周，结果只是一大团一大团的迷雾在四周聚集，让她看不清方向。

她试探着向前走了几步，足下忽然一空，整个人像是一脚踩进了万丈深渊之中，而深渊下翻滚着岩浆，她一旦跌下去只怕连骨头都找不到！

幸好她现在灵力高，立即提气飞起，终于出来了。

然后她发现自己找不到落脚的地方了，踩哪里哪里塌，而下面或者是岩浆，或者是尖锐的冰刀，或者是翻滚的黑色沼泽……每种看上去都是要人命的！

她原本已经学会飞行术，就算脚不踩实地，也能在空中飘着，但这里似有绝大的吸力，让她感觉身子像秤砣一样沉，她拼命掐诀才能控制自己不往下掉，但也异常辛苦。

自己莫非陷入某种阵法中了？！

或许大殿是禁地，帝拂衣在门口设置了禁制，而她硬闯触动了禁制。

帝拂衣曾经教过她破除各种禁制的法子，她立即开始试用。

她刚刚试了两种，蓦然从左方飞过来一道蓝光，将她整个裹住，她的身子横着飞了过去！

然后她撞入一个怀抱之中，熟悉的味道扑入鼻端，顾惜玖下意识地抱住了对方，感觉对方一个旋转。

片刻后她感觉自己的脚踩上了实地，周围红花绿树，依旧是那个后花园。

她则被帝拂衣抱着落在了一块大石上，她惊魂未定，看了看依旧抱着自己的帝拂衣：“你……”

她的心脏怦怦乱跳，他的心脏居然跳得也很急，甚至脸色都有些苍白，他张口就是斥责：“你又乱跑什么？！不是什么地方都是你能乱闯的！”

顾惜玖：“……”

她微抿着唇，垂下眸子：“对不住。”

帝拂衣似乎也察觉自己的口气重了些，轻吸了一口气，问她：“有没有伤到？”

顾惜玖摇头：“还好。”

帝拂衣的手指搭上她的腕脉，他似乎想要为她把一下脉，顾惜玖向后一退：“我说了我没事。”

她平复了一下激跳的心脏，看了看大殿。大殿的门刚才虚掩着，此刻已经是铁将军把门了，很显然，帝拂衣是从这大殿中出来的，他刚才也一直在里面。

大殿在他进入之后会有结界，没有他的许可，任何人都进不去，一旦有人误闯就会跌入迷雾中。

而且那迷雾能伤人，她相信她如果跌入岩浆中定会尸骨无存。

她又打量了一下帝拂衣，他穿着一身罕见的天青色法袍，法袍上有暗绣的星星，它们如同真的一般，随着他的动作在法袍上流转。

她定了定神：“你刚才一直在大殿中吗？我用传音符联系你，你一直没回，我不放心所以就去找找看……”

帝拂衣略顿了顿，叹了口气：“我在这里有什么不放心的？你最近有点儿草木皆兵了。”

顾惜玖垂下眸子，是啊，她现在确实有点儿草木皆兵，神经兮兮地总怕他出事，变得有些不像自己了。

或许是因为她这一生真正在意的人太少，一旦在意，就会珍而重之地将他放在心上，不容许他有任何意外。

帝拂衣垂眸看着她，她最近看上去虽然很坚强但总是小心翼翼的。

他忍不住叹了口气，牵着她的手往前走：“你最近是不是挺愧疚的？”

顾惜玖身子微微一僵，抬头看着他，下意识地想否认，但看着他的眼睛否认的话又说不出来，半晌轻叹了一口气没说话。

帝拂衣道：“今知天意是无情，有时候是天意作祟，你不必自责，有些事是命中注定的。”

顾惜玖抬眸看着他：“我还以为你会说我命由我不由天……”

帝拂衣忍不住笑了：“我这不是在做扭转乾坤的事吗？好了，药炼得怎么样了？”

说起这个顾惜玖终于精神了些，她掏出药瓶在他面前晃了晃，像个孩子在大人面前炫耀自己的成果：“大功告成！”

帝拂衣接过药瓶，倒出一粒丹药看了看，又闻了闻，这种丹药他从来没见过，不过他能感觉到上面汹涌的灵力，这种丹药这个大陆从来没有人炼过，就算是他开炉炼制，三天都未必能炼出八品，没想到她一天一夜就炼出来了！

这除了她本身绝高的天分外，还靠一个字——拼！

他看了看她的俏脸，眼下有淡淡的阴影，明显这一天一夜她片刻都没休息。

他心中一痛，揽紧了她：“你这么拼做什么？救人也不急在这一天两天的。”

顾惜玖道：“怎么能不急？孟夏还在假左天师手上，能早救出来一天是一天。我们今晚就去救吧？”

帝拂衣不由分说将她拦腰抱起：“走，现在时间还早，你去休息一个时辰。”

他抱着她直接去了自己的寝宫，他的寝宫倒还干净得很，没有一丝浮尘，帝拂衣将她放在自己的床上：“乖乖睡一觉，到时间我会叫你。”

顾惜玖也确实困了，嗯了一声闭上眼睛，在将睡未睡时又忽然睁开眼睛，睁开眼睛的第一件事就是眸光四转地找他。

还不错，帝拂衣并没有离开，而是坐在桌前喝茶，他敏锐地感觉到她醒了：“怎么了？”

顾惜玖摇摇头，她只是心里有些发慌，有些没着落。

帝拂衣似乎察觉到了她的情绪，叹了口气，干脆侧躺在她身边："我就在你身边，现在乖乖睡！"

顾惜玖身子一翻，滚到了他的怀中："你陪着我睡。"

帝拂衣拍了拍她的后背："好。"

顾惜玖闭上眼睛："不许把我扔下偷偷去救人。"

帝拂衣："……"

他确实有这个打算，让她在这里歇着，他去救人。

但看她紧张兮兮的模样，他又不忍心了，许诺道："当然不会，放心吧，我去会带着你。"

顾惜玖这才放心，片刻后就睡熟了。

顾惜玖整整睡了一个时辰，这一个时辰她的小手一直无意识地扯着他的一片衣襟，怕他跑了似的。

帝拂衣也确实没有起身，他侧躺在她身边，半揽着她，把她新炼制出来的丹药研究了一个时辰。

然后他松了一口气，超级强力的解蛊丸，这种丹药无论什么蛊都能解开，这个配方简直就是神配方，她到底从哪儿弄来的这个配方？

第七十章　好久不见，龙司夜

寅时两刻的时候，顾惜玖和帝拂衣已经站在了怨灵墙外，侧耳听了听，里面并没有什么动静。

二人静静地等了一刻钟，然后就发现怨灵墙靠近大槐树的一角，一直被雾气笼罩的地方像是被什么东西驱动，雾气消散，露出一个可供一人进出的地方，这里是没有怨灵雾气的。

顾惜玖扯着帝拂衣一个瞬移，直接从那个小门进去了。

这次瞬移顺利得很，并没有碰到什么阻隔，他们现身的地方是院内的一片竹林，风吹得竹叶飒飒作响。沐风就在不远处站着，看到他们进来松了口气，疾步迎上前，直接跪在帝拂衣脚下："主上！"他的声音微微颤抖。

帝拂衣微微点了点头，也不废话："黎孟夏如何了？"

"回主上，她尚在地牢中。"

"受刑了吗？"顾惜玖问道。

沐风略顿了顿："那个假货对她使用过读心术，不过并没有读到什么，她又一直半昏迷半清醒，那假货折腾了她一天，也没得到有用的信息，不过听他的口气，明日她还不醒就对她用刑……"

顾惜玖松了一口气，他们总算来得不迟。

因为他们提前做了准备，再有沐风做内应，所以一切进行得很顺利。

因为这里面摄像头很多，顾惜玖和帝拂衣二人都隐了身，随沐风去了他的屋子。

顾惜玖先给了沐风一颗丹药，让他试一下，毕竟他功力高，又用灵力压制住了蛊毒，由他做试验比较靠谱一些。

沐风二话不说就将丹药吞下，然后按顾惜玖所说的法子打坐。

顾惜玖一直盯着他，不错过他面上的任何变化。

还好，沐风吞下丹药后面色稍稍发红，继而发白，然后再次发红……

所有的反应和当初轩辕落羽所说的一样，丹药应该是起作用了。

帝拂衣握了握她的手，安慰她："不要紧张，就算不管用也不要紧。"

片刻后沐风起身，用内视法看了一下，惊喜地发现那蛊已经无声无息地化掉了！

沐风大喜，他强压住内心的激动，立即传音给帝拂衣："主上，属下的蛊彻底化了！"

帝拂衣微笑，把原话传给了顾惜玖。

顾惜玖眼睛微亮，立即道："那还磨蹭什么？给其他三使送药去！"

沐风自然也想立即给他们送药，只有他们知道这种心里明白但行动完全不能自主的感觉有多恐怖！

他当初被迷了半日就感觉生不如死，其他三位兄弟却煎熬了将近两年，没疯算他们精神力强大！

按沐风的意思，他自己送药过去就行，但顾惜玖不放心，毕竟其他三使和沐风功力不一样，万一服药后有什么意外，她也方便处理，所以她还是跟着去了。

他们先到了沐雷那里，沐雷已经歇下，沐风来了之后，他又起来了。

顾惜玖终于见到了真正被迷了心智是什么样子，沐雷整个瘦了一圈，或许晚上蛊虫不活跃，所以沐雷看上去有些呆呆的。

"沐风，怎么半夜前来？有事？"

沐风打量了他一眼，被蛊虫控制的人是不能点破的，一旦点破他会大叫大嚷。

所以沐风也没多说，只是和他聊了几句闲话，譬如明天跟随丽王仙子时要注意什么，他一边说话，一边沏茶。

沐雷频频点头："好，我会注意，一定会保护她。"他说得很恭敬，但眸底却有痛苦一闪而过。

沐风将茶递给他一杯："来，为了明天的顺利，我以茶代酒，我们共饮一杯。"

沐雷不疑有他，端起来抿了一口，喝的时候还微微皱了皱眉："这茶味道有点儿怪……"

沐风道："你自己的茶怎么会怪，大概是放得稍久了点儿，好在没变质，喝了吧。"

沐雷点头，将茶喝了。

沐风又和他闲聊了几句，问他明天有没有其他任务。

沐雷道："左天师大人说明日要严审黎孟夏，还说为了给她教训，让我找几个壮汉去破她的身……"

隐身在暗处的顾惜玖握了握拳，没想到那假货如此变态！

沐雷和沐风聊了片刻后，沐雷面上现出苦痛之色，微微弯下腰。

"怎么了？"沐风询问。

"肚子有些疼。"沐雷的眉头皱得很紧。

"大概是这茶有些凉了，你打坐恢复一下。来，我教给你一个新法子，对化解肚子疼最有用。"沐风开始教给他打坐的法子，这法子自然也是顾惜玖教给沐风的。

沐雷有些狐疑，但他对沐风还是极为信任的，果然按照沐风所说开始打坐。

他功力低，服下药后反应明显很大，一张俊脸忽青忽白忽而又涨红。

好在他意志力还是极强大的，一直忍着没蹦起来。

五六分钟过后，他打坐完毕，话都没说一句，直接扑向外面的净房，吐了。

沐风跟了进去，拍了拍他的后背："感觉怎么样？"

沐雷缓缓直起腰，看向沐风，视线都在颤抖："沐风，我……我……"

沐风盯着他："有什么感觉？是不是感觉手脚像自己的了？可以听自己指挥了？"

沐雷手脚都在打战，他先看看自己的手，又试着比画了几个动作，然后一把握住了沐风的手臂："你在那茶中加了料！我可以做我自己了！你一直没被控制是不是？这解药是你找来的是吗？"

沐风的手臂被他捏得生疼，不过却微笑着点了点头："你总算清醒过来了！天知道这两年我独自装傻有多累。"

沐雷那么坚强的性子，此刻眼中也含了泪。

他终于夺回身体的主动权了！

"这解药你是从哪里弄来的？还有没有？沐云和沐电还……"沐雷性子一向沉稳，此刻激动之下说话却像是机关枪，很快。

沐风拍了拍他的肩："放心，他们也有的。"

"那还磨蹭什么？我们快去找他们！"沐雷扯着沐风就想走。

沐风将他拉回来，正色道："这里四处都是顾姑娘所说的那种摄像头，也就是这里没有，你出去以后还要装作曾经的样子，不能这么欢实。这样吧，我去沐云那里，你去沐电那里，我们分头行动，你按我教你的法子让沐云也服下解药，然后你们俩设法避开摄像头去竹林那里，我有话要说。"

沐雷知道轻重，忙点头答应，平复了一下心情后，这才同沐风出来。

顾惜玖隐在暗处，看到沐雷确实已经恢复，松了一口气，她已经把另外两颗丹药给了沐风，这时候传音给他，让他去救其他人。她和帝拂衣则直接去了地牢，她得设法把黎孟夏救出去，不能再让黎孟夏在这里活受罪。

顾惜玖和帝拂衣按照沐风事先画好的地形图，很快就找到了地牢的位置。

此时这里只有一名狱卒巡视，其他人则呼呼睡大觉去了。

顾惜玖带着帝拂衣直接瞬移，进入地牢后帝拂衣便微皱着眉头，此处几乎没有灵力，戾气倒是充盈得很，空气中隐隐有号哭之声，让人心烦意乱，也让人莫名心悸。他这样的功夫听到这些声音心里都有些不舒服，顾惜玖只怕更难受。

帝拂衣一只手搭上了顾惜玖的肩："怕吗？"

顾惜玖摇头："不怕。"她还纳闷地看了帝拂衣一眼，"这有什么好怕的呀？"

在她看来，这地牢也就阴森了点儿，冷了点儿，其他倒没什么，鬼屋她都闯过，地牢小意思！

帝拂衣不动声色地看了看她的脸色，确实没什么异常，看上去正常得很。

他心中微动，看了看周围，地牢内鬼影幢幢，在阴暗逼仄的甬道内飞来飞去。

他揽住她的腰："宝贝儿，你在这里可看到什么东西？"

顾惜玖又向四周看了看："青油灯、血、脏污的囚犯……"

帝拂衣顿了顿，抬手在她身上施了个咒："乖，现在再看看，能不能看到那些好朋友？"

好朋友？顾惜玖眨了眨眼睛，又向四周看了看，依旧没看到什么，她诧异地问道："好朋友？你是说怨灵？这里有？"

帝拂衣："……"

他轻咳了一声，衣袖轻拂，将靠近她的两名怨灵直接变成渣，不动声色地拉着她就走："这里阴气重，对你身体不好，我们快走！"

二人很快就找到了关押黎孟夏的牢房，然后瞬移进去，一天一夜没见，黎孟夏看上去更脏了。她虽然没受大刑，但被丽王仙子折腾一圈，小脸更苍白了。

此刻她正躺在一个稻草堆里呼呼大睡，帝拂衣先为她施术法，顾惜玖又上前给她喂了两粒丹药。

片刻后，黎孟夏像是挣脱了梦魇，看到他们时眼睛瞬间晶亮："左天师大人！顾姑娘！你们来得好快！"

她想蹦起来，却忘了身上还锁着铁链，哗啦一声，惊动了外面巡逻的那名狱卒："折腾什么？！"

门上的小窗户上现出狱卒那张不耐烦的脸。

他向里面扫了几眼，里面挺暗的，只看到黎孟夏坐在那里，一副梦魇刚醒的样子，正在那里揉眼睛。

狱卒扑哧一笑："梦到天师大人了？哼，放心，天亮以后你就会看到他的，也不急在这一时，至于什么顾姑娘，你就死心吧！她早死得不能再死了！不可能和左天师大人一起来。"

黎孟夏一脸凶相，只回了狱卒一个字："滚！"

她毕竟是暗影门门主，发威的时候自带气场，让人莫名心惊，狱卒也不敢惹恼她，咕哝一句"凶什么"，就转身离开了。

顾惜玖二人不再隐身，抬手为黎孟夏解锁链，两三分钟就弄开了。

黎孟夏活动了一下胳膊腿儿，撸撸袖子："左天师大人，下一步该怎么做？我们把那假货刺杀了？"

帝拂衣摇头："不急，先出去再说。"

黎孟夏顿了顿："这里的狱卒隔半个时辰就会来瞧瞧，他如果发现我不在，只怕会立即禀报那假货……"

她话没说完就闭嘴了，因为顾惜玖不知道从何处拎出一个假人，大小和她差不多，然后顾惜玖咬破手指将血染在假人的额头。假人晃了晃倒在地上，猛地一瞧，居然和黎孟夏一模一样，甚至胸口还有微微的起伏，仿佛会呼吸一样。

黎孟夏看呆了，看看躺在稻草堆里的假人，再看看顾惜玖："这是？"

"障眼法，它像睡着的你，会翻身，叫它也会应，把它放这里不会露馅的。"顾惜玖解释。

黎孟夏满脸艳羡："顾姑娘，有时间能不能把这法子教给属下？"

"等你灵力达到九阶半再说！"帝拂衣开口。

黎孟夏摸摸鼻子，原来这术法是和灵力等级挂钩的。

她迷糊了两天，现在才恢复了些精神，自然很兴奋，一双眼睛猫似的盯着顾惜玖，满眼的崇拜："顾姑娘……"

她正想说什么被帝拂衣打断："顾姑娘？她现在已经是本座的夫人了。"

黎孟夏圆睁着眼睛脱口道："已经结婚啦，我还一直等着喝喜酒呢，啥时候办的婚事？"

顾惜玖正要回答，帝拂衣道："此处不是闲聊这些废话的地方，走了！"

时间确实很紧，顾惜玖左手扯着黎孟夏，右手牵着帝拂衣，直接瞬移去了竹林……

顾惜玖的丹药极管用，沐云、沐雷、沐电终于恢复了，此刻他们聚在竹林内，还是一头雾水。

三双眼睛盯着沐风："你到底在卖什么关子，我们在这里等什么？"

"是啊，这里连个鬼影都没有，要等谁？"

"我觉得我们得想法子先把黎孟夏救出来……天亮以后那浑蛋就要对她下毒

手了！”

“对了，你的解药是从哪儿弄来的？太管用了！这两年我眼睁睁看着自己像白痴似的围着那浑蛋转，简直是生不如死啊！这解药是哪个恩人炼出来的？咱得好好感谢人家。”

三使在那里问沐风，想从他嘴里掏点儿料出来。

沐风却只是微微一笑：“少安毋躁，再等一会儿。”

“嘁，你又卖关子！”

这几年来沐风的心情难得如此轻松，左天师大人回来了，生死与共的兄弟们也回来了！是该他们打翻身仗的时候了！

“话说，我怎么感觉我好像忘了一些东西？”沐电先发现了自己的不对劲。

其他两人顿了顿，面面相觑，片刻后：“我们似乎也忘了一些东西。”

沐风咳了一声：“这个，是我的原因……”

三双眼睛一起望向他，沐风再咳一声：“我怕你们被人家套出一些东西，所以清洗了你们一部分记忆。”

沐雷三人：“……”

“你还会这种功夫？”沐雷诧异地问道。

沐风微笑：“自然，我可是灵力十阶，主上教给过我这种功夫。”

沐云轻吸了一口气：“那我们还能恢复吗？”他们可不想记忆残缺不全！

沐风点头：“当然，其实我的功力还不够，需要每个月用一次，要不然你们的那部分记忆会自然恢复。如果是主上给你们施法，可以把你们的一部分记忆封印一辈子，让你们永远想不起来……”

沐电叹气：“这么说我们还要一个月才能全部恢复记忆？”

“这倒不必，我现在就可以给你们恢复。”沐风一边说一边开始给他们几个施法。

片刻后，三个人完全恢复，他们终于明白自己被封印的记忆到底是什么，不由得出了一身冷汗！

如果沐风没封印他们这部分记忆，只怕会彻底泄露给那个假货，到时候不知道会弄出什么事来！说不定会引来一场滔天大祸！

“主上已经失踪八年了！不知道他什么时候能出来……”

“是啊，如果主上在，哪里轮得到那假货这样耀武扬威？早被揍得屁滚尿流了！”

“唉，也不知道主上到底找没找到顾姑娘……”

“我做梦都梦到主上忽然出来了，差点儿激动哭了，醒来才发现是一场梦……”沐云眼圈红了。

三使在那里讨论，他们是真的想念主上了！

“嗯，激动哭了？先哭一下给本座看看。”

一道清朗的嗓音响起，直接传送到四使耳朵里。

沐风眼睛一亮，其他三使却像被雷劈了似的一愣！他们缓缓回头，向竹林深处瞧去。

竹林深处走出来三个人，一男两女。

男子紫袍潋滟，他身边穿淡青色衣裙的女子美如天仙，而另一位女子穿着一身黑衣，头发虽然很乱，但一双眼睛很有精神。

三使死死地盯着紫袍男子，身子僵直如木头桩子。

他是真的主上，还是那假货发现了他们的异常，来偷听了？！

他们的目光又在紫袍男子身边的两名女子身上转了一圈。

黑衣狼狈女子是黎孟夏，另一位女子是……是顾惜玖！

假货身边没有顾惜玖，甚至还一直在通缉顾惜玖，那么现在这个有顾惜玖相伴的人就是……

三使身子微微抖起来，微张着嘴，沐云眼圈真红了：“主……主上！”

沐风对三个兄弟此刻的反应很满意，他不再理会他们，上前一步行礼：“两位主上，沐风已奉命给他们服下解药，夫人的解药十分管用，他们全部恢复了！现将他们带到此地听候两位主上吩咐。”

三使这才如梦初醒，几乎是飞扑上前，跪在帝拂衣脚下：“主上！”

“主上！”

“主上！”

“主上，您总算回来了！”

帝拂衣垂眸看着自己的四名亲属，将他们一一扶起：“你们受苦了。”

简单的五个字，却让四个人眼圈全红了！

“主上，我们有罪，没替主上守好这片大陆，还助纣为虐……”

“主上，您惩罚我们吧！属下无能……”

四个人又羞愧又激动。

沐风道：“你们不是一直问解药是哪儿来的吗？是主上夫人炼制的，这才救了你们。”

三使望向顾惜玖的目光中满是讶然，纷纷向她道谢。

“主上，下一步要怎么做？”

“主上，这假货将您的名声全败坏光了！现在要不要擒贼先擒王？”黎孟夏气势汹汹地挽袖子，她想痛揍假左天师很久了！

帝拂衣看向顾惜玖：“你怎么看？”

顾惜玖轻吸了一口气，沉声道："现在还不是打草惊蛇的时候。"

嗯？在场的数双眼睛一起看向她。

顾惜玖为他们分析："一、假左天师一直顶着左天师的名头作恶，如果我们现在将假左天师和仙子弄死了，左天师的名声又如何恢复？难道到时候跳出来说，做坏事的是假左天师？有何为证？百姓会相信？难道要交出假货的尸体让百姓验看？百姓也未必相信啊，还以为左天师又要出什么幺蛾子，故意弄出一个和他模样一样的人来忽悠他们呢！二、假左天师和丽王仙子灵力都达到了十阶以上，身边九阶以上灵力者也有不少，我们未必能将他们一击而杀。一旦杀不死他们，势必会引起他们提前反扑，现在其他天授弟子和门派还跟在他身边，一旦他使诡计来个指鹿为马，说不定把他先前做的坏事都扣在左天师身上，那时我们会很被动。"

在场的人都是极聪明的，顾惜玖略一分析，他们便明白了，连连点头，看向顾惜玖的目光中有一抹佩服，没想到她小小年纪有这样的政治头脑和手腕。

帝拂衣微笑道："那以你之见，下一步该如何做？"

顾惜玖道："你们几个暂时按兵不动，依旧装作被控制的模样，伺机而动，顺便调查他们如何以怨气来修炼，假左天师身边到底有多少可供调配的兵马，这些都需要有具体数据。我和拂衣潜入其他人那里，看看他们到底是真的认错了左天师才追随他，还是也被控制了。如被控制需要解开，如自愿也需要让他们知道真相再做定夺，这次我们从阵眼中带出七名九阶灵力的朋友，到时候会是我们的助力……总之，我认为现在最主要的任务是釜底抽薪，将他身边的那些人挨个分化，一来让人们明白谁是真正的左天师，二来也将他们身边的人杀的杀，争取的争取。一旦到了恰当的时机，他们就是光杆司令，真正的众叛亲离，到那时我们再痛打落水狗，将他们公审击杀，才能真正恢复左天师的名誉，给百姓一个交代，平复民怨。"

四使和黎孟夏频频点头，顾惜玖等于给他们指出了大体方向，他们只要按这个方向去做就好。

因为天亮以后就要提审黎孟夏，为免打草惊蛇，黎孟夏主动要求留下。

顾惜玖摇头："不成，他已经对你起了杀心，你留下只会搭上一条命，我有个主意，你们听我说……"

次日，假左天师果然迫不及待地想提审黎孟夏，让亲信去地牢将她带出来。

亲信去地牢将黎孟夏带了出来，但途经充满怨灵的湖泊时，黎孟夏猛然挣脱了押解她的人，一头扎进湖泊之中。湖泊中又是怨灵又是食人鱼，她身上又戴着锁链，扎进去后湖面一阵翻腾后，她就再没出来。

假左天师大怒，命沐雷下去打捞，结果只是打捞出几块骨头，连个囫囵尸体都没捞着，这把假左天师气得脸色铁青，却无可奈何。

城中一处秘密客房内，顾惜玖坐在床上，手指掐诀，似在指挥，片刻后她睁开眼睛，微微一笑："大功告成！"

黎孟夏就站在她的身边，听她如此一说，长出了一口气，满眼佩服："惜玖，没想到你还有远程控制傀儡的能力，高！实在是高！话说那傀儡不是真人，就这么跳入水中，不知道那些怨灵和食人鱼会不会吃掉它？万一不吃被他把尸体捞出来，说不定会露馅。"

顾惜玖起身道："放心，那傀儡也是血肉之躯，而且其血肉对食人鱼和怨灵来说，是绝顶美味，不要说血肉，只怕连骨头也会给啃散了，绝对无人再认出来，放心吧。"

说话的工夫，她接到了沐雷传过来的消息："一切搞定！"

黎孟夏一颗心终于放进了肚子里，目光闪闪地看着顾惜玖："惜玖，下一步要如何做？给我派个任务吧！"她已经忍不住想痛打落水狗了！

顾惜玖显然早有打算："好，你同我一起去找龙司夜。"

黎孟夏微微一愣："那左天师大人呢？"他们夫妻两个不是一向焦不离孟孟不离焦吗？今天一上午她也没看到左天师。

顾惜玖道："事情太急，需要联系的人也太多，我和他今早已经商量好了，分头行动，他去寻找千玥冉、花纤言以及天祭月，我去找龙司夜，让他出山帮忙……"

黎孟夏点头，终于明白了。

龙司夜这两年一直中立，偏安一隅，想必他心里对假左天师已经起疑，只是苦于孤掌难鸣才选择明哲保身，所以顾惜玖想将他请出来共同面对这场浩劫。

顾惜玖已经学会了御剑之术，她干脆载着黎孟夏一同前往，一路风驰电掣，向天问宗而去。

黎孟夏站在顾惜玖的剑上，满眼艳羡："原来十阶可以御剑而行，啊啊啊，这样赶路太快了！照这个速度，一个时辰我们就能到达天问宗吧？"

顾惜玖轻笑，没说话。

黎孟夏兴致勃勃："对了，惜玖，你们结婚八年怎么没要个孩子？"

顾惜玖摇头："那阵眼之中有特殊灵力，在那里是无法要孩子的。"

"那现在你们出来了，就可以要了吧？你们二人的孩子一定很逆天。"

顾惜玖笑了，轻拍了一下黎孟夏的肩膀："你真八卦！"

她的心中却也是一动，其实她也很想要个孩子，她和帝拂衣的颜值和智商都这么高，生出来的宝宝肯定也是很逆天的。

只不过从阵眼出来后，她和他就开始收拾这些烂摊子，忙得找不到北，压根没考虑这个问题。

等把这一切都忙得差不多了，她就和他商量一下要宝宝的事情。

她已经有些期待自己的宝宝降临了。

因为假左天师耳目众多，为掩人耳目，顾惜玖和黎孟夏赶到天问宗附近后，就先易了容，化装成天问宗的两名弟子混了进去。

多年没来，顾惜玖再踏入此地心情也颇为复杂。

看来两年前的大火烧得很厉害，天问宗大部分建筑是重新修建的，还有一部分没建，看着无比荒凉。

顾惜玖进来以后敏锐地感觉到了天问宗弟子之间的等级制度比以前严了。

龙司夜毕竟是现代人思维，他虽然创立了天问宗，招收了无数弟子，但天问宗的等级制度一直不严，弟子和弟子之间关系很好。但这次来她发现这些弟子之间等级分明，像顾惜玖和黎孟夏易容的两名弟子是低阶的弟子，是龙司夜大弟子的徒孙，在天问宗算是排行最末的，地位只比新招收的弟子高一点儿。

她们是和同批的师兄弟一起回到天问宗的，结果一直在磕头行礼。

她们见到天问宗的长老要行大礼，见到护法要行大礼，见到高他们一辈的师叔要行大礼，甚至见到某小头目也要行大礼……

跪得顾惜玖几乎要怀疑人生！

所以她接连跪拜了四拨人后，干脆和黎孟夏溜了！

她要是再跪下去膝盖就肿了！

黎孟夏也非常纳闷："龙宗主这是受了什么刺激了？这规矩比皇宫还多。"

顾惜玖没多说，只说了一句："我们先去见见他再说。"

黎孟夏头疼："你也看到了，这里的等级如此森严，龙宗主作为这里的最高领导者，只怕比皇帝还难见。"

顾惜玖也看到了，在这里不要说求见龙司夜，就算是下面的弟子求见护法，也要经过层层通报，然后在外面躬身候着，站得像木头桩子似的，不许溜达、不许说话、不许不耐烦……

如果按照正常程序见龙司夜，估计排到猴年马月还不一定能见到，顾惜玖略一沉吟："我隐身进去，你找个地方藏起来，暂时别暴露。"

黎孟夏不放心："或许我们先想点儿别的法子，你自己进去终究是冒险了些。"

顾惜玖笑道："这有什么冒险的？龙司夜是我的朋友，放心，他不会对我不利的。"她一个瞬移不见了。

雪峰，竹楼，红梅，曲折的古朴栏杆，构成了独特的隐士氛围，竹楼上题着四个大字：天长地久。两旁还悬着对联，上联：天若有情天亦老。下联：月若无恨月长圆。

这副对联正是龙司夜亲笔书写，龙飞凤舞，飘逸清冷，带着寒梅般的傲骨。

顾惜玖自天问宗其他弟子谈话中知道，这个地方就是龙司夜常常居住的地方，最近一段时间龙司夜常住在这里。

这个地方是天问宗的禁地，普通弟子平时压根不允许来这里，就算是龙司夜的嫡传弟子要来这里见他，也要在外面先拉动一种特制的银铃，如果龙司夜想见他们，会有回铃。

如果银铃一直没有回音，那代表龙宗主今日不会见任何人。他们只能灰溜溜地回去。

顾惜玖隐在山石后，看到两个人垂首站在拉动银铃的地方，似在等待回音。

那是一男一女，男子看上去三十岁左右，正是龙司夜的大弟子吉风朗。

那女子倒是熟人，居然是龙司夜的关门弟子古惜惜。

多年未见，古惜惜那张俏脸上多了一些风霜，但精神很好，一双眼睛很有精神。

片刻后，这边悬挂的银铃响起来，这代表他们可以进去拜谒师父了。

吉风朗松了一口气，笑道："小师妹，还是你最有面子！其他师兄弟想见师父最快也得等上小半个时辰……"而这次他们仅仅等了一两分钟。

古惜惜挑唇一笑，没说别的："走吧，别让师父久等。"

二人推开门走了进去。

顾惜玖抱膝坐在一块山石上，瞧着那里，她并不打算和龙司夜的这些弟子见面，毕竟她这次是秘密来的，想请龙司夜也得秘密进行。

那两个人既然进去了，那么证明龙司夜确实在这里，她不至于扑空。

那两个人进去的时间并不长，也就一刻钟左右，顾惜玖看着他们从里面出来，古惜惜微抿着唇，似乎有些不开心，吉风朗低声安慰她："师父不让你过问顾惜玖的事，你少参与便可，没必要和师父抬杠。"

古惜惜微握了握拳："这么多年了，师父还没忘记那个女人。"

吉风朗叹气："师父对顾惜玖的心意全大陆都知道……你又何必自找不痛快？"

古惜惜紧抿着小嘴："那个女人已经失踪这么久了，我怀疑她早就不在世上了，再说她拜高踩低，原本对师父有情有义，但后来看到左天师大人身份比师父高，她又勾搭左天师去了。那个女人就是狐狸精，勾三搭四，这些男人也贱，居然都被她迷得神魂颠倒……我就奇了怪了，那个女人到底哪里好了？值得这些男人飞蛾扑火般向上扑？"

吉风朗皱眉："小师妹，别乱说话！师父的事不是你我能过问的，再说左天师不是早已抛弃她了吗？现在可是派了无数人追杀她。"

古惜惜撇嘴："就是这样我才更担心，那个女人如果没死，她被左天师大人追杀，说不定又到师父这里来寻求庇护，以师父对她的感情，很容易就会被她再次迷惑。”

“好了，好了，别说了。”吉风朗扯了她就走，“师父不想让人议论她的事，你这样肆无忌惮地议论，不要命了！”

“我只是有些不忿而已，你说，我儿时师父赐名给我叫古惜惜，是不是也是她的缘故？”

吉风朗打了个哈哈：“巧合，巧合而已，走了。”

顾惜玖看着那二人消失，轻轻叹了口气，揉了揉眉心，心里也说不上是什么滋味，貌似龙司夜并没有放下，而她注定无法回应他的感情。

那自己还要不要请他出山帮忙？

她正沉吟间，腰间的传音符微微亮了，她接起来，传音符那头传来罗展羽的声音：“小妹，情况不太妙！朝阳国中现在流行一种古怪的病，得病之人全身坚硬如铁，力大无穷，杀伤力极强，就是没有思维意识，逮着什么咬什么，被咬的人也会被传染。”

顾惜玖心中一沉，新型的僵尸病毒？！

不用问，这僵尸病毒肯定是龙梵弄出来的，看来他为了争霸天下已经不择手段。

这僵尸病毒顾惜玖倒是会解，但需要炼制很多六品以上的丹药，她自己忙不过来。

最好是将这世上的六品炼药师都组织起来，才有可能阻止这场浩劫。

在炼药师中最有威望的人自然是龙司夜，他认识的炼药师也多，更何况这世上六品以上炼药师一大半都出自天问宗门下，由他来组织能起到事半功倍的效果，必须请他出马了。

顾惜玖一横心，隐身上前，拉动那个银铃。

龙司夜设置了结界，可以阻挡顾惜玖的瞬移术，她要进去也需要里面之人的首肯。

刚才古惜惜二人拉动银铃时顾惜玖已经记住了频率，三长四短。

片刻后，银铃有了回声，原本罩着青蒙蒙雾气的门再次显露出来。

顾惜玖推门而入。

院内的布置让她足下略顿了顿，珊瑚树、长叶草、玳瑁墙……这里面的布置颇像传说中的龙宫。

更主要的是，这种布置让顾惜玖很眼熟，很像原先她在天聚堂居住时为自己的蜗居绘制的装修风格。

院中一人坐在珊瑚树下，正在悠然地泡茶，一身家居的淡青色衣袍，头发不束，全部披散在肩头，容颜俊秀清冷，看上去颇有一种魏晋时期乌衣子弟的风流闲适。

这人自然是龙司夜，多年未见，他还是那个模样，时光并没有在他的脸上留下丝毫痕迹。

“又回来做什么？”龙司夜并没有抬头，只是淡淡地问了一句，显然他以为来的是古惜惜。

顾惜玖忍不住一笑：“龙教官，见你一面可真难。”

龙司夜正在沏茶的手指一僵，茶水已经满溢出来他也似未觉，缓缓抬头看向顾惜玖。

顾惜玖还是那个低等的弟子容貌，所以龙司夜发呆了片刻，一双墨黑的眸子上下打量顾惜玖两眼：“你……你是？”

顾惜玖再笑道：“我易容你就不认得我啦？”

她在自己身上使了个清洁术，露出了本来的面目。

龙司夜手中的茶壶失手坠地：“惜玖！”

最好的茶已经沏上，最好的点心已经摆上。

顾惜玖和龙司夜分坐在桌子两边，喝茶谈事，龙司夜有一堆问题要问：“惜玖，你这些年到底去了哪里？你可知外面的人已经找你找疯了？你可见着了左天师？”

顾惜玖轻啜了一口茶，阵眼的事是极大的秘密，帝拂衣曾经对她千叮咛万嘱咐，绝对不能对外泄露阵眼的事，所以顾惜玖对这个问题只是含糊地应了一声：“当年我误闯了一处不知名的禁地，失陷在里面，刚刚脱困不久。我出来后也看到了一些事情，找我的人确实不少，有人还在追杀我……至于帝拂衣，这些年我一直和他在一起。”

龙司夜握着茶杯的手指微微一僵，他挑眉问道：“帝拂衣一直和你在一起？没看到他进什么禁地啊，而且他还一直派人追杀你……”

顾惜玖手中的茶杯滴溜溜一转，静静地瞧着他：“龙教官，难道你真的没看出现在的左天师是假的？”

龙司夜一顿，眉峰微微皱起：“假的？”

“当然！他这些年一直和我在一起，被困在一个地方，我们才闯出来没几天，但假左天师却为害天下两年了。你这么聪明难道没看出他的行为和往常有很大不同？”

龙司夜发呆了片刻，叹道：“他确实变了，不过我还以为他是受到了重大刺激，所以才会性情大变……没想到居然是……”

顾惜玖瞧着他：“你先前对他一点儿没起疑？明明他做的那些事令人发指。拂衣压根做不出来那些事！”

龙司夜叹了口气：“惜玖，你其实对帝拂衣的了解还不够多，他在你面前是温柔体贴的，是翩翩君子，对不对？那你可知道百年前他曾经一怒斩杀百人？他曾经为扶持飞星国国君登位而大开杀戒，血流成河，六十年前曾经有一场战役就是他发起的，火烧连营，几千人在那一役中被活活烧死……”

顾惜玖：“……”

龙司夜叹道：“惜玖，帝拂衣这人并非菩萨，他掌控天下，有时候为了长治久安，他也会牺牲一部分人的利益。你学过历史应当知道，这天下大势分久必合，合久必分，所以他这次挑起这么多事，让这三国征战，我还以为他觉得三分天下太久了，想要一统天下。我不想参与也不想干涉，所以选择明哲保身，哪里想到居然是有人冒充。”

顾惜玖正色道：“政治无对错，他要掌控天下确实需要一些铁血手段，但他绝对不会拿人命当儿戏，用怨灵之气来操控人，也不会无缘无故屠城。”

龙司夜挑眉：“怨灵之气？怎么说？”

顾惜玖也瞧着他：“你不会告诉我，你不知道假左天师弄了怨灵墙的事吧？他役使十万工匠为他修建宅院，事后将那些工匠全部用非常手段杀死，将他们炼成怨灵为他守卫院墙。”

龙司夜眉头皱紧：“这个我确实不知，我不愿参与这些政治争斗，道不同不相为谋，他所做之事我虽然不赞同，但他有圣尊撑腰我也不能怎么样，干脆对他的事不闻不问，还以为他像前些年那样用铁血手段让大陆统一，没想到他还做下如此伤天害理之事！早知如此，我会提前干涉的！”

顾惜玖听黎孟夏说过，这两年龙司夜一直避居天问山中，所以他不知道这些事也很正常，她望着龙司夜：“龙教官，那这次你能不能出山帮我们？”

龙司夜一顿：“你们？惜玖，你和他……”

“我们已经成婚了。”顾惜玖也不隐瞒，“假左天师将他的声誉败坏殆尽，这个大陆也被假左天师弄得乌烟瘴气，所以大家必须联合起来，才能及时拨乱反正，还百姓一个太平的天下。”

龙司夜指尖僵了片刻，强笑道：“惜玖，没想到你也有为这天下而奔走的一天，你原先从来不管这些闲事的。”

顾惜玖垂眸轻笑：“人是会变的。”

原先她只求掌中剑能保护身边人，能让自己活得轻松一些、快活一些。

现在她却想和帝拂衣共同守护这片土地、这个天下，能为他分担一些就分担一些。

龙司夜眸中闪过一抹痛楚：“是因为他？”

顾惜玖点头：“也是为我自己。”

“你既然如此喜欢他，八年前又为何逃婚？”

顾惜玖不想和人说她和帝拂衣之间的事，所以她只是含糊地说了一句：“因为一场误会，现在误会已经解开了，自然就在一起了。”

龙司夜瞧了她片刻，半晌叹了口气：“你只要幸福便好。”他的声音里有一抹黯然。

顾惜玖微笑：“龙教官，你也能幸福的，我也希望你能找到自己的幸福。”虽然他的幸福与她无关，但她真的希望他能找到心仪的人，真正幸福。

龙司夜移开眸子，为她斟了一杯茶：“但愿如此。”

二人又说了片刻闲话，外面忽然传来一些声音，龙司夜皱眉，看向顾惜玖：“你不是自己来的？”

顾惜玖想起了黎孟夏，心中一动：“不，我是和黎孟夏门主一起来的，你这里戒备森严，不容易进来，我就让她在外面等着了，难道现在是她要闯进来？”

龙司夜摇了摇头：“那就是个炮仗脾气，让她等倒是难为她了。”他抬手使了个术法，然后远远传声出去，“放她进来吧。”

片刻后，黎孟夏一阵风似的闯进来，看到喝茶的二人她松了一口气：“惜玖，你怎么在这里待这么久？我还以为你遭了暗算呢。”

龙司夜没理她。

黎孟夏很不见外地自己找了个位子坐下：“龙宗主，你这里的守卫可真严，比皇宫大内还难进，见你比见皇帝还难。”

顾惜玖心中一动，也看向龙司夜，龙司夜笑道：“最近是多事之秋，本座也怕外面有心怀叵测的探子混进来，所以这两年的守卫确实严了一些。”

顾惜玖半认真半开玩笑地道：“岂止是守卫森严了，感觉你的弟子之间等级也挺严的，我易容成你们这里最低等的弟子，磕了无数个头。”

黎孟夏附和道：“是啊，是啊，龙宗主你这里原先可不是这样的，你这是受了什么刺激了？”

龙司夜微垂着眸子，淡淡一笑：“人是会变的，或许是我忽然开窍了吧。身为男人还是身份高贵些比较好。”

这句话似乎意有所指，顾惜玖聪明地选择沉默。

黎孟夏不赞同：“龙宗主，瞧你这话说的，好像天下女孩儿皆势利一样。男人的魅力在于人格魅力，不是高贵身份就能解决的。”

龙司夜似乎也发觉自己这话说得有些过了：“对不住，是我浅薄了，以茶代酒，我自罚一杯。”

话说到这里，黎孟夏也就不再穷追不舍了，她笑道：“那我陪你一杯，正好我也渴了。”

三人说了一阵话，龙司夜倒也干脆，既然知道外面那个兴风作浪的是假左天师，他身为天授弟子自然要出山帮忙，这是他义不容辞的事。

顾惜玖很高兴，立即请他召集天下的炼药师，五日后大家在凤来城的天下客栈集合。

龙司夜自然爽快答应，三个人又说了一阵话。

顾惜玖和龙司夜毕竟已经八年未见，现在聊着聊着不知不觉天就暗了下来。

顾惜玖倒没什么，她毕竟已经是灵力十阶，学会了辟谷之术，几天不吃东西也不觉得饿，倒是黎孟夏她的肚子开始咕咕叫，被龙司夜听到，他不由得一笑："你们想吃什么？我去给你们弄。"

顾惜玖看了看黎孟夏，黎孟夏倒是不知道客气为何物："听说天问宗有许多药膳，不如各来一盘？让我们也尝尝鲜。"

龙司夜点头："好。"他正要唤人进来，顾惜玖道："我们这次是秘密来的，还是知道的人越少越好，免得人多口杂传出去，让假左天师有了防备。"

龙司夜点头："你说得是，放心，我亲自去准备。"他站起来就要出去。

顾惜玖拦住他："我们还是出去吃吧，我想吃纬来城凤仙居的饭菜。"

龙司夜在凤仙居里包了一个雅间，三人点了几个好菜。

龙司夜本不喜喝酒，今晚却有些邪性，要了一大坛，还不忘向顾惜玖二人解释："这酒名为杏花红，味道不错，是这里的特酿，二位尝尝。"他为顾惜玖和黎孟夏都斟了一杯。

黎孟夏喜喝酒，对她来说，喝酒像喝水似的畅快。

三个人边喝边谈，自然也商量了下一步的行动，龙司夜喝得很快，等一顿饭吃完，他已经薄醉，而黎孟夏喝得最多，双颊酡红醉眼迷离，酒杯差点儿握不住，顾惜玖毕竟功力高，倒还清醒得很。

黎孟夏想吐，顾惜玖扶着她去了净房。

黎孟夏吐了半晌，顾惜玖又喂了她一粒解酒的丸药，她晃晃头，觉得清醒了不少。她眨着眼睛看着清醒的顾惜玖："你的酒量比我高……我和人喝酒从来没输过！"

顾惜玖拍了拍她的肩："正好，我也是。"

黎孟夏不服："有空咱俩拼一场！"

"等闲了再说。"

黎孟夏再晃晃头："这倒是，现在是多事之秋，实在不宜喝酒误事。奇怪，我这次本来就想意思意思的，怎么会喝这么多？"

顾惜玖看看她："你自制力变差了。"

黎孟夏愣了片刻，摇摇头有些后悔："或许吧，毕竟逃亡了那么久，吃不上喝不上的，现在一旦有酒就有点儿把持不住，一不小心喝多了。如让主上知道，非被拍个满头包不可。”

顾惜玖的解酒药虽然很管用，但仅仅能让她神志清醒，身体里的酒精一时半会儿无法完全消化，所以她走路有些晃。

黎孟夏这个样子自然不方便赶路，顾惜玖决定在客栈休息一晚再走，她把自己的决定对黎孟夏说了，黎孟夏更加懊悔：“主上让你今晚回去的，却因为我耽误了行程。”

顾惜玖倒不放在心上，她看了看腰间的传音符，帝拂衣一直没给她传音，想必他也很忙。

“惜玖，不如你给主上传音，说说这边的情况，也让他放心。”黎孟夏提议道。

顾惜玖点头，开启了传音符，却没想到对方没反应。

他又进禁地了？

顾惜玖和他结婚八年，知道他的性子，他只要进了禁地，传音符就连接不上，这次他要见的人不少，说不定需要进禁地，所以一时连接不上顾惜玖虽然无奈，却也没放在心上。

她扶着黎孟夏回到雅间，见龙司夜趴在桌子上动也不动。

他睡着了？

黎孟夏用手指敲了敲他面前的桌子：“喂，龙宗主，龙宗主，你且醒醒。”

龙司夜动了动，终于抬起头来，他看起来有些蒙，一双墨黑色的眸子看向顾惜玖二人，眸光在顾惜玖身上一凝，蓦然起身，手臂前的酒杯被他失手扫在地上：“惜玖！”他的声音中带了一丝惊讶。

黎孟夏忍不住一笑：“这么吃惊？不会喝醉睡癔症了吧？忘记和谁一起喝酒了？”

龙司夜微微闭了闭眼睛，再睁开时眼睛清明多了，苦笑道：“喝得确实有些多。”

龙司夜的眼睛迅速在包间里转了一圈，他抬手揉了揉眉心：“我真有些喝得糊涂了，竟然一时忘记身在何处，来，来，难得我们重逢，再坐下喝一杯。”

黎孟夏忙摆手：“别了，已经喝得够多了，我刚刚倒了酒，不能再喝了。”

龙司夜的目光落在顾惜玖的脸上，或许是他薄醉的关系，那眸光看上去有些迷离有些深：“惜玖，再陪我喝几杯如何？这么多年没见你，我有很多话想对你说。”

顾惜玖道：“已是凌晨，太晚了，我有些疲惫。”

龙司夜起身，他真喝多了，刚一起身就踉跄了一下，不由得低咒一声，顾惜玖抬手在他面前放了一粒药丸：“你真喝多了，这是解酒药，你先吃一粒。”

龙司夜下意识地低头看了看那药，药丸在他掌心滴溜溜滚动，晶莹圆润，带着淡淡的微光。

他眸光微微一缩："七品丹！"他望向顾惜玖的眼眸中闪过一抹讶异。

黎孟夏笑道："很吃惊？惜玖现在连八品丹都能炼制出来，她可是……"

她后面的话并没有说下去，因为顾惜玖忽然传音给她："他不对劲，少说话。"

黎孟夏愣了一下，没再说话。

龙司夜倒是对黎孟夏咽下去的后半截话很感兴趣："她可是什么？"

黎孟夏揉着眉心："头好疼！这酒后劲真足。"

她向顾惜玖身上一靠："惜玖，我有些晕。"

顾惜玖扶住她，转头对龙司夜道："龙教官，天色不早了，我先扶她到客栈歇着，有话明天再聊吧。"她扶着黎孟夏走了出去。

身后的龙司夜眸光微微闪动，上前和她们并肩而行："这家隔壁就是上好的客栈，我送你们去那里，我也有些晕，到客栈歇一歇。"

龙司夜虽然看上去有些醉，神志倒是挺清醒的，到那家客栈的时候，开口就要三间房。

顾惜玖道："不必三间，我和孟夏一间就可以，也方便照应。"

龙司夜笑得温和，眉目含笑："好。"

两个房间紧挨着，龙司夜进了一间，顾惜玖扶着黎孟夏进了另一间。

黎孟夏刚一进屋就直起身子，她憋了一肚子话想问："惜玖……"

顾惜玖一根手指在唇边一竖，传音给她："隔墙有耳，不要说话。"

黎孟夏眨了眨眼，她身为暗影门的门主自然是极为机灵的，当下便改了口："惜玖，我好困，先睡了啊。"

她像是已经醉得头重脚轻，向其中一张床上一扑，还在上面滚了滚："好乏。"

顾惜玖洗漱了一下，也上了另外一张床。

黎孟夏憋不住了，传音给她："到底怎么回事？"

顾惜玖道："他似乎有些问题，现在的他像是换了个人。"

黎孟夏诧异："我怎么没感觉到？"

顾惜玖没说话，现在的龙司夜看上去虽然和先前差不多，但那也只能瞒瞒对他不算太熟悉的人，落在顾惜玖这种既熟悉他又是行家人的眼里，那就有很多破绽了。

譬如龙司夜握酒杯时，习惯四指握住，只有拇指向上略翘。

刚才的龙司夜握酒杯时却用三根手指握着，尾指略弯如同兰花指。

龙司夜看人的时候眼睛清冷有神，而刚才的龙司夜看人的时候有些勾魂夺魄。

"你什么时候感觉像换了一个人的？"

"就是我扶你出去呕吐回来的时候。"

黎孟夏皱眉："难道那时候里面的人就已经换了？有人假扮他？"她又摇摇头，

“不可能吧？我看他的眉眼身高什么的，明明就是一个人啊。”

黎孟夏观察力强，人的相貌她记得极牢，哪怕是双胞胎也不会认错，如果里面的人换了，她还是能分清的。

顾惜玖观察人自然也极细致，她刚才起疑心的时候，也不动声色地看了一下龙司夜的面貌，眉毛、鼻子、嘴唇都一样。

龙司夜眉尾处有一针眼大的疤痕，鼻子上有一颗暗痣，耳廓上有一道细微的小横痕，左手的小指比右手的小指略长……这些都是极细小的特征，别人压根不会注意，如果有人假扮他，这些极细微的地方不可能都一样。

也就是说，那具身体还是龙司夜，但魂魄被换了。

刚才龙司夜的气质仿佛没变，但凭空多了一丝妖气，这妖气让她有些眼熟。

可是陪她们喝酒的明明是龙司夜，怎么可能中途换了魂魄呢？

难道他的身体里住着两个魂魄？

不对，帝拂衣说过，这个世界夺舍并不容易，两个灵魂也不可能在一具躯壳内共生。

除非是那种自出生就被附体的，那还需要原主同意，后来的魂魄才能和原主共生，譬如容彻。

那到底是怎么回事？是她多疑了吗？

顾惜玖百思不得其解，她又拿出传音符，这传音符一晚上都很安静，不但帝拂衣没联系她，就连其他人也没联系她。

她顿了片刻，试着接通帝拂衣的传音符，像刚才一样，传音符依旧毫无动静。

她想了想，又联系罗展羽，居然也无法接通。

她捏着传音符的手指微紧，这不正常！

她又接连联系了几位常联系的人，结果一个也没接通。

难道自己的传音符出毛病了？

顾惜玖略想了想，将黎孟夏叫起来，然后试着接通她的传音符。

片刻后，两个人坐在床上面面相觑，她们手中的传音符居然无法接通！

“孟夏，你联系其他人试试。”

“好。”

黎孟夏立即试着用传音符联系别人，结果和顾惜玖的传音符一样，无法接通。

难道这客栈能屏蔽传音符的信号？

顾惜玖叮嘱黎孟夏小心后，便瞬移出了客栈，找了一个开阔地，拿出传音符再次试着接通。片刻后传音符亮起，刚刚接通，那头便传来帝拂衣清朗的声音：“去哪里了？为何一直无法接通？”

顾惜玖松了一口气，看来那客栈的建造格局有问题，居然能屏蔽她的传音符信号。她正要和他说这一天的事，心中忽然一动，她的传音符信号被屏蔽如果不是偶然，那极有可能她的传音符信号也能被别人截取，万一有人监听……

她轻笑一声："我来拜访老朋友，大家开心就喝了点儿酒，孟夏喝多了，所以今晚我们无法赶回去了。你自己休息吧。"

帝拂衣顿了顿："你现在在哪里？"

"在纬来城凤仪客栈。"

"等着。"帝拂衣只说了两个字，就把传音符挂断了。

顾惜玖盯着传音符看了片刻，忍不住揉了揉眉心，帝拂衣不会要赶过来吧？！这么远的路。

她回了客栈，黎孟夏还在那里等着，见她进来松了一口气："怎样？"

顾惜玖道："这客栈有问题，出了这片区域传音符就能接通。"

黎孟夏还纳闷："这客栈还能让传音符失灵？这么神奇？"

顾惜玖扯过被子盖上："也不算太神奇，有些地方经过特殊处理是可以屏蔽信号的……"

说到这里她心中一动！

难道是龙司夜从中做了手脚？

她侧耳听了听隔壁的动静，隔壁很静，仔细听能听到悠长安稳的呼吸声。

这客栈有古怪，龙司夜也有点儿古怪，顾惜玖原本打算明天就回去，但这些古怪不解开，她离开得不安心。

她又和黎孟夏密谈了几句，然后瞬移去了龙司夜的屋子。

当然，她进去以后就隐身了，先看了看床上，龙司夜静静地躺在那里，双眸微闭，长睫微垂，呼吸悠长，显然已经睡熟了。

这么看上去他也没什么异常嘛。

顾惜玖轻松了一口气，又瞥了一眼他的脸，心中蓦然一动！

今晚龙司夜喝得不少，虽然也吃了她的解酒药，但醉酒的后遗症应该还在，譬如脸红、呼吸粗重、酒气浓厚，黎孟夏现在还一身的酒味呢！

但现在的龙司夜压根没有醉酒后的那些症状，他像往常那样睡着，顾惜玖略凑近了他，在他身上没有闻到半丝酒味。

他有特殊的解酒药？

如果龙司夜有这种药，肯定会给她和黎孟夏的，不会藏私，而且他的酒解得这么利索，也不应该在这家客栈留宿才是。

现在的他是龙梵？

难道他的身体里真的住着两个灵魂？

龙司夜身体里是否住着两个灵魂，顾惜玖是无法检测的，她顿了片刻，便转身瞬移离开了。

她没看到的是，她刚刚离开不久，身后的龙司夜便缓缓地睁开了眼睛，他望着顾惜玖刚才站着的方向有些出神，半晌他挑唇一笑。

小惜玖，你终于出现了啊！

你可知我找你找得好苦！

八年未见，她的灵力居然达到十阶了，看来那具小身体她用得还是蛮合适的嘛。

他微微闭上眼睛，像是感应什么，片刻后又睁开眼睛。

她明明就在隔壁，他依旧无法感应到她，看来她体内的感应器被她炼化了，小姑娘又创造了一项奇迹！

他笑了笑，唇角笑容柔和，眼中甚至带着一抹宠溺。

小丫头似乎对他已经起疑了，居然隐身过来偷看他。

好在他并没有露馅，她应该也没查出什么。

她到底和龙司夜说了什么？这些年她在什么地方？为何升阶这么快？她已非处子之身，应该是已经和帝拂衣结合，没想到帝拂衣失踪几年是和她双宿双飞去了……现在帝拂衣又在哪里？

好多疑问在他脑海中盘旋，他很想唤醒体内另外一个灵魂来解惑，但又怕让对方察觉对他彻底防备。

看来他必须加快和对方的融合速度了！只有真正合为一体，才能做自己想做的事情，许多事情才能事半功倍。

他垂眸在那里盘算，手指忽然无意识地抖了抖，眉峰紧锁，似是心有苦痛。

他的手抚上了心口，唇角似笑了笑。

阿昔，你很难过？

心爱的女子成为其他男人的妻子你又开始借酒浇愁了？

你可真没出息！

帝拂衣比你强势，比你有魄力，也比你有地位，这样的你自然会落败。

他抬手看着自己的手指，再一笑，低语："阿昔，你这身体很完美，我会帮你将这身体炼到最高点，帮你站在人生巅峰，不要排斥我，你我本为一体啊。"

他的声音低沉，带着一抹奇异的颤音，似乎在催眠安抚某个有些躁动的灵魂。

他开口的时候似乎嗅到了一丝酒气，微皱了皱眉："以后不许喝酒，我讨厌酒气！"

他闭上眼睛手指在胸前掐诀，似乎在净化体内的东西。

第七十一章　他想不顾一切地得到她

顾惜玖在客栈内的角角落落转了一圈，终于在厨房发现了一个古怪的金属小铁片，这铁片镶嵌在柜子一角，和柜子上的铁钉极像，不仔细看压根看不出它的特别。

铁片上有封印，她随手破掉封印，立即感应到上面古怪、强大的灵力。

她拿出自己的传音符，传音符急速闪动，很明显是受这个东西影响。

她仔细看了看小铁片的构造，微眯着眼睛，很高科技的东西，又结合了这个时代的灵力，看来这个东西是龙梵的。

龙司夜身上如果真有第二个灵魂的话，会不会就是龙梵？

虽然说这个时代两个魂魄无法在一具身体内共存，但龙司夜当年毕竟是龙梵的克隆体，两个人魂魄的磁场肯定很接近，何况龙梵这个生物疯子掌握了一些不为人知的知识，或许他能把不可能转变为可能。

她看着手中的小铁片第一反应是将它毁去，正要有所动作又顿住了，她现在毁掉这个只怕会打草惊蛇。

她想了想，决定按兵不动，正要将铁片重新镶嵌进去，忽似察觉到什么，猛然回头，手中铁片啪嗒一声掉在了地上！

龙司夜就站在她身后不远处瞧着她。

二人目光一对，顾惜玖心脏激跳了两下，她用手拍了拍胸口：“龙教官，你知不知道人吓人吓死人啊！你冷不丁出来吓我一跳！”

月光下，龙司夜的眸子也如月光般醉人，他缓步走过来：“惜玖，你在做什么？”

顾惜玖弯腰捡起那个铁片，用掌心托着给他看：“认得这个东西吗？”

龙司夜眸光在铁片上一转，又转回她的脸上，似乎是在默察她的反应：“这是？”

顾惜玖道：“阻碍信号发射的东西！没想到这家客栈居然有这个！幸好被我找出来了，要不然我还以为我的传音符坏了呢！你说这东西是不是当年龙梵留下来的？”

龙司夜将铁片接过来瞧了瞧：“看上去有些年头了。”

顾惜玖道：“是啊，这想必是龙梵当年偷安在这里的，这浑蛋看来对你很不放心啊，早就在监视你，这个东西肯定是防备你的。”

龙司夜：“……”

顾惜玖将那铁片自他掌心拿过来：“这个东西我得回去好好研究研究。”

她随手将那铁片装进自己的衣袋中，转身要走的时候又像想起什么，打量龙司夜一眼：“对了，你的酒醒了？看上去没有一点儿酒气了呢。”

龙司夜微笑道：“我最近常常买醉……不过我也知道这样对身体不好，所以修炼了一种功夫，可以迅速将体内的酒精化去，让自己不至于身体受损。”

顾惜玖点了点头，松了一口气：“怪不得！刚才我不放心，怕你酒后难受要水什么的，还专程去看了你一下，看你睡得很安稳就撤了。”

龙司夜眸光微微闪动：“惜玖，原来你如此关心我。”

顾惜玖拍了拍他的肩：“那当然，你是我最好的朋友嘛，我又在这家客栈发现了一点儿异常，自然不放心你，怕你被魑魅魍魉暗算了。”

她又看了看他的气色，俏脸上神情有些欣慰：“看你气色很不错啊，好啦，时间还早，我要去睡了，你也去歇着吧。”她打了个哈欠，转身就要离开。

“惜玖！”龙司夜身形一闪，直接拦住了她的去路。

顾惜玖挑眉：“嗯？”

龙司夜微笑：“我想和你聊聊龙梵的事。”

顾惜玖诧异：“那浑蛋有什么可聊的？他八年前不是死了吗？还是被岩浆烫死的，死状应该很惨烈。”

龙司夜唇角的笑容几乎要挂不住了，一双眼睛望着她：“或许他没死呢？像他那样的人不容易死的，他说不定化身为其他人就待在你身边。”

顾惜玖微皱着眉头：“你是指？孟夏？不可能吧！孟夏可是女子，他就算复活应该也会再弄个躯壳复活吧？不可能附体在孟夏身上。”

龙司夜轻叹道：“或许他附体在我身上呢？”

顾惜玖挑眉瞧了他片刻，抬手摸了摸他的额头：“龙教官，你酒喝多了，什么奇葩想法都有，你现在可是十阶的灵力，龙梵压根不可能夺你的舍！他如果有这个本事，当年就夺了你的舍冒充你了，毕竟你可是天问宗的宗主，一呼百应，比他给墨罂当走狗强太多了，你说是不是？”

龙司夜：“……”

他望着她不说话，顾惜玖却不想再和他纠缠了，直接拉着他就走：“我瞧你酒虽然醒了，但你这法子或许有后遗症，让你天马行空地乱想，好了，好了，回去睡吧。”

龙司夜垂眸看着她牵着自己的小手，倒也听话，跟着她走了出来。

“或许这法子真有你说的后遗症，对了，惜玖，你这次找我有什么事吗？我居然一时想不起来了。”龙司夜揉了揉眉心。

顾惜玖忍不住叹气：“笨！连这个也想不起来了，赶紧回去睡一觉，睡醒了你就都想起来了。”

龙司夜：“……”

月光下他的眸光微微闪动，隐在袖中的手隐隐发僵，似乎想要做什么却又一时拿不定主意。

他看着顾惜玖的侧脸，月光下她的肌肤如玉般晶莹，长长的睫毛偶尔忽闪一下就有勾魂夺魄的魅力。

这具身体明明是他制造出来的，每寸肌肤他都极熟悉。那时候它躺在那里，他只觉得是一件完美的作品，但现在她的灵魂在里面，让这具身体也似乎散发出难以形容的美丽，这让他心脏激跳，血脉沸腾，很想不顾一切地得到她！

现在她难得落单，就在自己身边……

他的眼眸黯了下去，指尖在袖中暗暗掐诀。

顾惜玖表面不动声色，却也在感应他极细微的反应，她感应到了他肌肉发紧，感应到了他的手指开始掐诀——

看来这浑蛋要发难！

她一只手牵着他，另一只手中凭空多了一柄匕首。

这把匕首是帝拂衣在阵眼之中给她炼制的，原材料很特别，是蕉奶果树的树根，外表看不出什么，但一旦刺中人体，那灵力就会铺天盖地汹涌而至，专门诛杀邪魔。

两个人各怀心思，龙司夜所掐的诀眼看就要成形，空气中一阵微风，一个人凭空出现，衣袖一拂，便将牵着的两个人分开，硬生生插在了中间。龙司夜被他挤得后退一步：“帝拂衣！”

帝拂衣一身紫袍，发如流墨，一双眸子如寒冰流泉，唇角似笑非笑。

他抬手先将顾惜玖扯到自己怀中，再瞥一眼龙司夜：“她是本座的夫人，你休要对她拉拉扯扯的！爪子不想要了吗？”

龙司夜："……"一直是顾惜玖牵着他好不好？！

帝拂衣一到，他自然无法偷袭，所以他淡淡地笑了笑："左天师大人，好久不见！"

帝拂衣瞥了他一眼："确实好久了！"

帝拂衣抬头看了看天色，再看看龙司夜："天已经这么晚了，你半夜不睡觉，跑这里扯着本座夫人聊天是何居心？"

龙司夜："……"

他轻咳了一声："我和她好久不见，所以多谈了一会儿……你来得正好，我们正讨论龙梵的事，或许你可以说说你的意见……"

帝拂衣似笑非笑："那个人渣有什么可谈的？好了，天色不早了，你该滚去休息了，有事明早再谈！"

他揽着顾惜玖就走："惜玖，你现在已经为人妻，无论有什么紧要事也不能半夜和一个大男人拉拉扯扯的，我会不舒服，明白吗？"

他来去如一阵风，揽着顾惜玖直接向客房走去。

顾惜玖没想到他来得如此快，松了一口气，靠在他的怀中，还不忘解释："我和他是朋友，没什么的。"

帝拂衣轻飘飘地说道："我自然知道你们之间没什么，我只是不想让人说闲话而已。好了，我们回房再谈。"

顾惜玖想起还在客房里的黎孟夏："我现在和孟夏一个屋。"

"我来了你得和我一个屋。"帝拂衣揽着她进入另外一间客房，和她的那间客房离得不远。

龙司夜站在原地，看着那两个人的背影走远，手指缓缓握紧，心脏那里蓦然一痛！

他抬手轻轻按住，心里低咒一声："懦夫！"

他转身也回了客房，坐在床上静静地垂眸调息，再次试图读取体内另外一个灵魂的记忆，但那灵魂将自己封得很严实，他依旧无法读取。

这毕竟不是他的身体，而另一个灵魂也很强大，他一时无法将对方完全吞噬，只能用润物细无声的方法慢慢渗透，慢慢影响。

帝拂衣揽着顾惜玖进屋后就设下了结界，在她身上接连使了几个清洁术，这才拉着她在床边坐下。他抬手先为她诊脉，随口问她："到底是怎么回事？现在可以和我具体说说了。"

顾惜玖靠在他的怀中，这个温暖的怀抱让她贪恋，她纳闷地问道："你怎么知道在传音符中不能细说？"

帝拂衣为她诊完脉，拉着她躺在床上，让她枕在自己的手臂上："你的传音符一直联系不上，我就怀疑出问题了。你联系我的时候，我已经在赶来的路上。后来传音符好不容易接通，你含糊其词，我又不傻，自然不会再细问，反正要见你，见面详谈一样。来，说说吧。这一天你有什么收获？为何半夜要和龙司夜在院子里拉拉扯扯的？"

顾惜玖和他说话是没有顾忌的，于是就把这一天的事和他说了，最后道："如无意外，龙教官是被龙梵附体了，而且貌似龙教官自己还不知道，而龙梵只有过了子时以后才能掌控他的身体。我现在比较担心的是我在天问山和龙教官说了不少事，龙梵和他共用一个身体说不定也能接收他的记忆，那样我们的计划就等于提前曝光了。"

帝拂衣沉默片刻道："一般情况下，两个魂魄共用一个身体，记忆不是互通的。他如果真的不知道我们的计划，今夜应该会对黎孟夏下手，会用控心术让黎孟夏说出他想知道的一切。"

顾惜玖猛然坐了起来："那我们还在这里做什么？赶紧去黎孟夏的房间里候着去！孟夏知道一些内幕的，让她泄露出来不好。"

帝拂衣抬手将她按倒："宝贝儿，这么急做什么？刚见我就想走？不想我了？"

帝拂衣的气息温热，他望着她的眼眸满是温柔。

二人已经多日未亲热，他这样的神情顾惜玖自然知道代表什么，心中一暖，抬手抱着他在他额头亲了一下："自然想你，不过现在我们还是做正事要紧，别让孟夏入了他的圈套。"

她将他自身上推开，坐起身来。

帝拂衣躺在那里，他倒是不急："不必急，龙梵这个时候不敢有所动作。"

"嗯？"顾惜玖挑眉看着他。

"龙梵生性多疑，没有十足的把握他一般不会铤而走险，他对我顾忌颇深，你我刚进这屋子不足一刻钟，他就算有所行动，也得等我们都睡了才会去做。"

帝拂衣看了看桌上的沙漏："他如果行动的话，会在半个时辰以后。现在去那里没用。"

顾惜玖微蹙着眉："不怕一万就怕万一，我总感觉他现在大胆了不少，或许他以为你我会亲热，趁这个时间……"

帝拂衣笑道："他怎么知道我们已经好久没亲热了？"

顾惜玖："……"

她不想再和他扯这些耽搁时间，身形一闪："我先过去看看！"她直接瞬移了。

帝拂衣怀中空了，他怔了片刻，苦笑摇头，干脆原地打坐。

顾惜玖直接瞬移到黎孟夏的屋子，然后看到了她预料中的一幕。

龙司夜真的在这里，而黎孟夏明显被他控制了。

黎孟夏呆呆地坐在床上，龙司夜站在床前，正温柔地看着她："黎门主，知道我是谁吗？"

"知道，龙宗主。"

"你和惜玖来找我有何事？"

"惜玖很久没见你了，来叙叙旧顺便请你出山呀。"

"呃，请我出山做什么？"

黎孟夏一双眼睛睁得圆圆的："你傻啊？外面现在这么乱，魑魅魍魉遍地走，你是大夫，能帮忙的地方多了，治病救人是大夫的天职，你不会不想治吧？"

龙司夜："……"

他仔细看了看黎孟夏的瞳孔，确认她的确被自己控制了，于是又缓缓地问道："那你们有什么具体计划？"

黎孟夏瞪着他，看上去比他还茫然："这要什么计划？先把你请出去再说吧，呃，对了，左天师大人身边的四护法似乎被药物控制了，惜玖和左天师大人都束手无策，大概是想请你去看看。"

龙司夜眸光微微闪动："帝拂衣他们这些年都在哪里？为何现在才出来？"

黎孟夏摇头："不知道，他们没说。"

龙司夜："……"

他又接连问了好几个问题，一个比一个接近核心，但黎孟夏像是对这些都失忆了似的，大部分不知道，龙司夜问了半天，关键问题一个也没问出来。

龙司夜瞧着黎孟夏几乎怀疑她没受自己控制，故意来忽悠他的！

但他看黎孟夏那明显蒙圈的眼神以及她瞳孔中旋转的紫点儿又证明她确实被控制了。

看来帝拂衣他们保密工作做得很好，黎孟夏真的什么也不知道，他临走的时候又问了一个关键问题："惜玖对我可有怀疑？她对你说什么没有？"

这个问题对黎孟夏来说似乎有些困难，她顿了顿才道："对你能有什么怀疑？她对龙教官一向比较信任，在路上一直说你好话来着，说你是她过命的朋友。"

龙司夜轻叹了一口气："她可知他并不只是想做她的朋友。"

黎孟夏圆睁着眼睛看着他，明显不明白这句话的意思。

龙司夜微微摇了摇头，衣袖向黎孟夏一挥，黎孟夏重新躺在床上，龙司夜垂眸看了她片刻，再一抬袖，黎孟夏身边的被子平平飞起，盖在她的身上，他的声音比水更柔："睡吧，睡一觉后你将不会记得这些。"

黎孟夏闭着眼睛果然沉沉睡去，龙司夜一转身离开了。

顾惜玖隐在暗处，掌心沁湿，她刚才时刻准备冲出去阻止黎孟夏说出实话，当然也时刻防备龙梵对黎孟夏下杀手，没想到黎孟夏就算被控制了说话也滴水不漏。

顾惜玖轻轻松了一口气，似乎想到了什么，正想瞬移回去，腰间忽然缠上一条手臂，一人将她揽在怀中："看够了？我们回去。"

顾惜玖回到自己的屋子，她看着身后的帝拂衣："你早在黎孟夏身上动了手脚吧？！"

帝拂衣将她放在床上："嗯。"

"你还没见到我就知道龙司夜有问题？"

帝拂衣道："我一来在你所说的房间里先见到了黎孟夏，随手拂去她的一部分记忆，这才出去找到了你。"

"原来你什么都想到了，"顾惜玖往床上一躺，松了一口气，"怪不得你刚才那么沉住气。"

"不，龙梵在这个时刻用控心术控制黎孟夏是我没想到的，惜玖，你推测得对，他确实大胆了不少，幸好我早做了准备，要不然所有的计划就得全部变动。"

帝拂衣也躺在了床上，将她拉到怀中："惜玖，你立了一功。"

"嗯？"

"其实我一直在想龙梵到底藏在哪里，只是一直没有头绪，没想到你来找龙司夜居然歪打正着找到了他。我推算了很多人，也暗中查验了很多人，都不是他，唯独漏了龙司夜。"

顾惜玖瞧着他："说下去。"

帝拂衣轻笑一声："龙梵野心很大，他原先在墨曌手下就不安分，有很多小九九，八年前那一战，墨曌死亡，要恢复需要再等几十年，而龙梵比我预料的早恢复了三四年，他的提前恢复应该和丽王仙子有关。那个丽王仙子手中掌握了一些这个世界没有的秘术，他们二人之间一定是达成了什么协议，丽王帮他附身在龙司夜身上，而他肯定也暗许了丽王一些条件。龙梵恢复后，定是打听到我已经失踪，所以他试探着扔出假货这步棋，让那假货冒充我在这世上倒行逆施，一来看我是不是真失踪了，二来也是败坏我的名声，将左天师的名头彻底搞臭，然后他再用救世主的身份来灭掉假货，赢得这片大陆的人心，最后成为大陆第一人。"

这计划真有点儿惊心动魄，顾惜玖茅塞顿开，轻吐了一口气道："计划得天衣无缝！"

帝拂衣点头："是，很完美。我们如果一直不出来，再过一两年他这计划就彻底成功了，幸好我们出来得还不算迟，还来得及粉碎他的计划。"

"那下一步怎么做？你有计划吗？"顾惜玖眸光闪闪地望着他。

"有！"帝拂衣手指勾上了她的衣带，在她唇上一吻，"现在我们先做正事，那些乱七八糟的事稍后再讨论……"

"喂，吊胃口不道德，你好歹说完。"顾惜玖握住了他的狼爪。

帝拂衣眸如春水，可怜兮兮地望着她："宝贝儿，我吃素好久了，很饿，你不要吊我胃口……"

他说得可怜、温柔，动作却极强势，直接压在她的身上，指尖有白光冒出，于是顾惜玖身上的衣衫就不见了——

一个时辰后，二人窝在一个被窝里像交颈鸳鸯，帝拂衣餍足地揽着她："宝贝儿，你有什么想问的？"

顾惜玖懒洋洋的，连一根手指都懒得动，不过她可没忘记先前的话题："你有什么计划？说来听听。你见到其他天授弟子了吧？他们什么反应？是否被控制了？"

"你猜得不错，他们确实像四使一样被控制了，不过天祭月功力高，他和沐风一样，只被控制了三天。他一直以为我忽然野心大爆发，又拦不住我，干脆在他的宫中对外界不闻不问。千玥冉和花纤言被控制得比较狠，随着假货干了一些丧尽天良的事，你的药很管用，他们中的蛊毒全部解开了。"

帝拂衣说了他这一天的收获，顾惜玖松了一口气："那他们总算知道谁是真正的左天师了吧？"

帝拂衣揉了揉她的发心："我和他们做了上百年的朋友，他们自然知道我……只不过被控制时没办法，我解开他们的控制，他们当时就想去找假货拼命。"

顾惜玖摇头："现在不是找假货拼命的时候，百姓对左天师已经恨之入骨，不是几个人跳出来将假货打死，然后你再出来就能平息众怒的，必须找一个合适的时机，让百姓真正明白是假左天师作恶才好。而且假左天师和那仙子都是十阶以上的灵力，手下门徒众多，千玥冉他们就算去拼命，也不过平白搭上几条命而已。"

帝拂衣在她唇上一吻："聪明！所以现在还是布网的时候，不是收网的时候。"

顾惜玖凝眉："原先我们是在暗处布网，但现在龙梵已经知道我们到了外面，他就算不知道我们的计划，毕竟有了防备，肯定会出幺蛾子。"

帝拂衣微笑："他出不了幺蛾子了。"

"怎么说？"

"龙梵此次做的这个局，是将假货也算计在里面了，有些事他必然不方便对假货说，最多就是提醒假货注意，而且他绝对不会以龙司夜的身份提醒，免得暴露，他得找中间人做事。那假货已经做了两年的人上人，私欲膨胀，一旦得到我复出的消息必定会设法求证，设法除掉我，会派人全大陆捉拿我们。他不能明抓，会扯一个很靠谱的理由来全大陆搜寻，到时候会鸡飞狗跳，他如果找不到我们，就会设法引蛇出洞，会做出天怒人怨的大事，以吸引我主动现身，而我们正好在那时将计就计，打个漂亮的翻身仗！"

顾惜玖也很聪明，但她对政治的事毕竟不太通，此刻帝拂衣为她一分析，她终于明白，看着帝拂衣："你真狡猾！是玩政治的老手！估计他们到时候会被算计得哭都来不及。"

帝拂衣微笑，眼眸中锐利的光芒一闪："敢算计我的人是要付出代价的！"

顾惜玖半支起身子看着他不说话。

帝拂衣和她对视片刻："宝贝儿，怎么了？"

顾惜玖叹道："我发现做你对手的人太悲催了，会被你算计得连渣都不剩，幸好我和你是夫妻，不是对头。"

帝拂衣将她拉在自己怀中："所以还是你聪明，嫁给我是最明智的选择。"

顾惜玖嘁了一声："你娶我也是你做得最正确的事，论算计我虽然不如你，但我毕竟还小嘛，自然比不上你这个活了几千年的老油条，等我活到你这个年龄未必不如你。"

"当然。"帝拂衣在她唇上一吻，"我此生最快意的事就是娶了你，和你结为夫妻。"他话锋一转，"至于老油条……你这是在变相骂我老？"

顾惜玖捏捏他强劲有力的胸膛，又摸了摸他光滑结实如同蕴含了无数力量的腰线："不老，身材保持得不错嘛。"帝拂衣身材极好，属于那种穿衣显瘦，脱衣有肉的类型。

帝拂衣笑了，笑容危险："岂止是身材不错……"他翻身将她压在身下，"其他方面也好得很！"

他的目的很明确，顾惜玖求饶："喂，我不要了……"

"宝贝儿，这火你已经点起来了，得负责灭火。"帝拂衣声音微哑，直接吻下来，堵住了她所有的抗议。

床帐起伏，满室春光。

也不知道过了多久，顾惜玖躺在帝拂衣的怀里，眼睛已经睁不开了，还不忘说一句："你这么勤恳，我会不会怀孕啊？"

她迷迷糊糊中似乎觉得帝拂衣在她唇上吻了一下，似乎应了一句，但她太困了，也没听清就直接见周公了。

帝拂衣垂眸看着她的睡颜，她躺在他的怀里睡得很安宁，一条手臂还半圈着他的腰，这是很依赖的姿势，仿佛只要有他在身边，再大的风雨她都无所谓。

帝拂衣抬手指将她额前的乱发向耳后拨了拨，微微闭上眼睛养了片刻神，手指微动，似乎在掐算什么。

半刻钟后，他起身，摸出传音玉牌联系沐风直接吩咐："那个假货有危险，你们四个去保护一下。"

沐风睡得迷迷糊糊的，但在接到帝拂衣传音时立即神清气爽，多年的跟随生涯让他习惯于直接执行："是！"

"做利索点儿，不要让那假货怀疑你们蛊毒已解。"

"明白！"

"主上，刺杀假货之人要不要抓活的审审？"

"不必，就地格杀。"

"是。"

沐风很纳闷，如果没有帝拂衣的这番话，他看到刺客来刺杀假货，会怀疑是主上动手了！

沐风百思不得其解，但还是叫齐了其他三个兄弟，悄悄在假左天师寝宫附近候着。

片刻后，寝宫内果然传出混乱的打斗声……

沐风四兄弟对望一眼，不由得暗叹一声，主上真是料事如神！

然后他们继续耐心等待……

龙梵坐在客房的床上，手指轻叩床板静心思索。

他的算盘和帝拂衣预料的一样，假左天师是他暗中扶植起来的，他常常改变形貌进入假左天师的梦中指点，让假左天师按照他安排好的步骤走。

他的打算就是让假左天师倒行逆施惹得天怒人怨，然后他彻底掌控龙司夜的身子后，再以天问宗宗主的身份振臂高呼，集合天下被打压得很惨的英雄造反，然后他在公开场合和假左天师决斗，将假左天师诛杀，到那时天问宗宗主龙司夜就是救世的活菩萨，他顺理成章地成为这个世界的主宰。

他的打算很好，甚至也留了很多后手，确保万无一失，他没想到的是帝拂衣和顾惜玖会在这个时候出来。

帝拂衣二人的出现让他有些措手不及，他垂眸思考片刻，唇角忽然露出一抹冷笑。

帝拂衣现在肯定是想设法恢复自己的名誉，他应该会在公开场合用真身和假左天师对峙，百姓看到真假左天师对抗，自然会相信为非作歹的人不是帝拂衣。

可是，如果假左天师现在就死了呢？！

现在帝拂衣的名声已坏，如果假左天师忽然死了，百姓只会觉得他是遭到了天谴，活该如此。到那时就算真左天师出来辟谣，百姓也不会再认可，毁掉的名声也无法再恢复。

与其让帝拂衣借机翻身，倒不如他提前将假货杀死，让帝拂衣再翻不了身，以后只能像过街老鼠似的活着。到那时他再伺机而动，有的是机会翻身！

他轻吸了一口气，心里已经打定了主意，开始安排一些事宜。

他在假左天师身边安排的死士，已经混成假左天师的心腹，他只要吩咐这些人动手就好。

假左天师既然是他培植起来的，他自然知道假左天师的软肋在哪里，想要杀死假左天师也不是太难的事。

一切安排妥当，他重新躺在床上，侧耳听了听帝拂衣他们那屋的动静，他没听到任何声音，帝拂衣大概是怕人打扰他们两口子亲热，设置了结界。

现在的他们是否在翻云覆雨?

龙梵握紧手指，胸中似有气血涌动，他微微闭目将心间翻腾的不平压了下去。

这注定是一个不眠之夜，而假左天师今夜也破天荒有些睡不着。

他原先是一个很厉害的人，只不过亡故的时间太久了，他忘记了自己的过去，天天在世间游荡，却不知道为何会附在这具身体上。后来有人告诉他，这是左天师帝拂衣的壳子，他成了左天师帝拂衣!

这简直就是天上掉下来的大馅饼，把他直接砸蒙了。

然后他的人生就像是开了挂，有人在梦中传授他功夫，告诉他帝拂衣平时的言行举止，他极聪明，学得极快。而且这具身体很强大，本身就拥有九阶的灵力，后来丽王仙子到了他的身边，告诉他很多这个世界没有的修炼秘术，譬如用怨灵之气修炼等等。

丽王仙子又替他控制了帝拂衣身边的四个护法，让他们为他所用，有了四个护法在身边，没有人会认为他是假的。而他也从来不以为自己是假的。

他以为真正的帝拂衣已死，而上苍选择他占了这个壳子，让他成为帝拂衣。

两年的人上人生活，让他私欲极度膨胀，梦中之人时时变换形貌，而且始终隐在一团雾气之中，让他看不清对方的身形，但那人对他确实极好，让他不必太模仿帝拂衣的手段，只依从自己的本性来做事就成，让他活出自我。

于是，他越来越放飞自我，行为越来越出格，彻底执行顺我者昌逆我者亡，以至到了今天……

他一切如意，唯一不太如意的是，梦中之人曾经告诉他，他如果想要获得最强的功夫，要以童子之身修炼，也就是说他不能碰女人。

他觉得这有点儿压抑他的天性，但为了自己越来越强，他强压着男人的本能。

不过梦中之人也说了，他一旦过了十阶，如果不想再快速修炼升阶的话，就可以碰女人。

他两个月前刚刚过了十阶，很想开荤，但丽王仙子不同意，说还不到时候，这让他很恼火，他又不能和对方翻脸，心中未免有些不忿。

而今夜他原本已经歇息，那个多日未曾入梦的神秘人又出现了，这一次神秘人给他带来了好消息，他可以开荤了！而且神秘人还传授给他一套秘术，说只要用这套秘术和女子行房，不但功力不会下降，还能得到很大的提升，说这是绝密的房中双修术。

他自然大喜，醒来后思及梦中之事更觉体热气躁，血气浮动，想要女人的冲动更是在胸间层层涌动。

他还是有自制力的，想等明天晚上找个漂亮、顺眼的女子来做这件事情。

人就是这样，如果一直压抑着不去做，还可以忍着，而一旦有了这个想法，一时无法解决的话就会觉得难熬。他本来想补个觉的，没想到死活睡不着，满脑子都是女子曼妙雪白的胴体……

他正有些难熬，外面有侍女轻轻叩门："主上，奴婢有事禀报。"

这声音娇滴滴的，正是他的贴身侍女孟甜儿。

孟甜儿人美脾气好，平时极为善解人意，侍候得妥妥帖帖，更重要的是，她生来骨子里似乎带着一丝魅惑，一举一动都勾人心魄，假左天师平时对她就有想法，没想到她会自己送上门来！

假左天师大喜，一抬手，门自动打开："进来。"

于是，孟甜儿袅袅婷婷地进来了。

"你有何事禀报？"假左天师将她招到床前，曼声询问。

孟甜儿轻轻咬了咬唇，未语脸上先染了三分红晕："主上，奴婢做了一个怪梦，梦到……梦到主上急召奴婢……奴婢醒来越想越觉得这梦有些蹊跷，故而前来……"

假左天师望着她不说话，孟甜儿被他望得局促不安，轻咳了一声："主上既然无事，那奴婢就告退了。"

"你过来。"假左天师开口。

孟甜儿似有不安，却依言上前几步，俯身跪倒："主上有何吩……"

她这句话并没有说完，就转为一声低呼，因为假左天师衣袖飞卷，直接将她卷上了床。

后面的事简直就是顺理成章，假左天师势在必得，而孟甜儿半推半就。

假左天师终于尝到了女人的滋味，他奋力驰骋，情不自禁用上了神秘人传授给他的双修之术。那滋味果然美妙，让他几乎魂不附体，他突然感觉自己眼前一黑，身子情不自禁地晃了晃，也就在这时候身下的孟甜儿有了动作，放在他背后的手指指甲猛然抓向他的腰椎！

人的后腰那里有一块脊椎，用特殊的方法可以一把抓断，被抓之人直接丧命。

假左天师只觉后腰那里骤然一疼。

他反应奇快，身形猛然一闪，孟甜儿尖利的指甲虽然刺破了他的血肉，却没有抓到他的腰椎。

他怎么也没想到孟甜儿会暗算自己，自然大怒，二话不说上前跟孟甜儿打在一起。

假左天师好不容易想开一次荤，还弄了这么一出，那怒气简直要冲破天际，他这个时候也来不及穿衣服，自然也不想叫人，强忍怒火和孟甜儿打斗，一心想将对方拿下再严加审问。

孟甜儿灵力已达到九阶，是他的左膀右臂，但毕竟还是不如他功夫高。他们打斗了片刻后，孟甜儿就有落败的趋势。

假左天师攻势更急，正琢磨着不超过一刻钟就能将对方彻底拿下时，门外冲进三道身影。

这三道身影身材苗条，也是假左天师最信任的侍女，她们还没等假左天师喝问，立即加入战斗，闷声不响地向他进攻！

假左天师："……"

他眸中现出厉光，怎么也没想到身边人会造反，这明显是有人在给他下套，想要他的命！

他现在已经是十阶灵力，一旦发威还是极厉害的。他觉得以他的功夫，就算这四个人一起上也奈何不了他！

但打斗片刻后他就发觉自己失算了！

他引以为傲的功夫居然退步了不少，原先十成的功力发挥不出六成。

那四位侍女平时明显藏拙了，现在她们全力发挥，疾风骤雨般向他攻击，让他几乎喘不过气来。

混战中他怒喝："你们到底是谁派来的？！"

孟甜儿冷笑一声："你死了就知道了！"

四位侍女平时娇滴滴的看上去全然无害，没想到动起手来狠辣无情，假左天师被她们逼得步步后退，如同暴风雨中在海上漂荡的小船，时时刻刻都有倾覆的危险。

他也害怕了，数次想冲出去，因为四位侍女对这屋里的布置精熟无比，所以她们一进来就破坏了遇险唤人的机关，而他这屋又隔音，把门关上之后，屋里的人就算喊破喉咙，外面的人也只能稍稍听到点儿动静，更何况他这屋子和周围的屋子离得甚远，这三更半夜的压根不会有人经过。

假左天师孤立无援，他左冲右突无论如何也冲不出去，不由得绝望了！

沐风等人一直耐心听着里面的动静，沐风功力最高，听得很真，连里面人的一招一式都能听得清清楚楚。

片刻后，被沐风派出去的沐云回来了，冲着沐风打了个一切搞定的手势。

沐风唇角一勾，这才上前敲门，语带困惑："主上？主上？您是否遇到了危险？”

假左天师大喜，百忙中他拼命发出一招向已经关闭的房门打去，将关门就有禁制的大门打开：“进来！”

于是，沐风、沐电冲进去了！

有了这两大护法的帮忙，假左天师终于能喘口气，他气急败坏地喊道：“抓活的！”

沐风、沐电一起应声，向四名侍女进攻。

假左天师此刻还没来得及穿上衣服，那姿态不是一般狼狈，有沐风和沐电二人接手，他终于有时间套件衣服了。他刚刚抓起一件衣袍，还没来得及套上，外面一阵微风吹进来，一名白衣女子直接闪入：“怎么……啊，你！”

假左天师拎着衣袍，呆了呆，连最重点部位都没遮住，白衣女子脸色一变，一声惊叫后飞速撤出，临出去时还留下一句：“穿上衣袍！”

这白衣女子自然是丽王仙子。

假左天师脸色通红，也顾不得别的，刚刚套上一只袖子，沐云、沐雷又直闯了进来：“主上遇袭了？！”

假左天师：“……”

他觉得这辈子的脸都丢在这里了！

好在沐云和沐雷两个人的眼睛只是扫了他一眼，接着就加入战斗了。

这个时候就可以看出沐风四人的厉害了。

几百年的合作让他们在打斗时相当有默契，那四名侍女明显不是对手。

“抓活的！一定要抓活的！”假左天师怒火三千丈。

“是！”沐风四人齐齐应声。

但孟甜儿四人大概已经意识到无法成功完成任务，对望一眼，也不知道咬破了什么东西，忽然一起倒了下去，脸色以肉眼可见的速度变黑。

假左天师：“……”

他一掠上前，抬手就想掐孟甜儿的下巴，沐风忙拦住他：“主上，她们服毒了！摸不得！”

假左天师其实也是气晕了，听到沐风所言才似醒过神来，垂眸一看，只见四名侍女不但七窍流血，而且尸体迅速消融，转眼的工夫，就融化成四摊散发着恶臭的黄水。

假左天师额头冒出冷汗，恰在这时丽王仙子走了进来，她先扫了假左天师一眼：“你没事吧？”

假左天师唇角一勾：“托仙子洪福，本座有惊无险。”

丽王仙子脸色并不太好，她看了看地上残留的黄水：“为何不留活口？”

假左天师冷冷地道：“本座也想留活口，奈何她们是死士，宁肯自杀也不肯被擒，不过跑得了和尚跑不了庙，仙子会招魂术，可以将她们魂魄召来审问。”

丽王仙子没说话，直接作法，片刻后，她收手，淡淡地道："没用，她们魂飞魄散了。"

假左天师："……"

假左天师在袖中的手紧紧握着，他笑了笑："原来这世上还有能让人魂飞魄散的毒药。"

丽王仙子皱眉："你这话是何意？这种毒药我们自己就有。"

假左天师皮笑肉不笑："应该是丽王仙子有这种毒药，本座可没有。"

丽王仙子勃然大怒："你什么意思？莫非是怀疑我害你不成？！"

假左天师淡淡地道："不敢，本座只是实话实说而已。"

丽王仙子觉得憋了一口气，忍了忍道："你我本为一体，我害你做什么？定是有人想离间我们，你这么聪明难道也会上当？"

假左天师没说话，转身坐在桌前吩咐四使："你们四个调查这四名贱婢的身份来历，把她们的祖宗八代都给本座查清楚！"

"是！主上！"

沐风四人答应一声，转身出去了。

丽王仙子看了看四使的背影，有些狐疑："他们四个怎么会来得如此及时？或许他们四个也有问题。"

假左天师轻笑，唇角有些讥讽："他们四个如果有问题的话，本座这次就彻底栽了！"

丽王仙子皱眉："可他们四个也来得太及时了些！"

假左天师唇角的笑容挂不住了，阴森森地道："仙子的意思是嫌他们来得及时？是不是本座被杀他们四个再来仙子才满意？"

"我不是这个意思！我总觉得这里面有蹊跷。我本已歇息，却听到院子外有怪声，故而出来瞧瞧，被引到这里来的，是不是四人故意引我来的？"

假左天师对这丽王仙子已经起疑，对她的话自然是嗤之以鼻，如不是这个女人暂时不能得罪，他早翻脸了！

这四位侍女都是经丽王仙子把过关、测过谎的，也曾经交给丽王仙子彻底改造过，才会让她们成为他的贴身侍女，而且能让人瞬间死亡并魂飞魄散的毒药只有丽王仙子有。

此刻假左天师也意识到梦中的神秘人对他不怀好意，要不然那人也不会教给他这样一套房中术，不但没提升灵力，反而让他的功夫瞬间降低将近一半。

他一直没看清梦中之人的真面目，但据他所知，能入梦的只有三个人，一个是真正的左天师，一个就是眼前的丽王仙子，另外一个就是传说中的圣尊。

真正的左天师不可能，而圣尊……圣尊似乎也没理由这么做，圣尊是这个大陆的主宰，他没必要培养一个人来破坏这个世界的格局。

唯一剩下的人就只有丽王仙子了。

丽王仙子是上界下来的，或许她就是奉了上界之令想借他的手彻底搞乱这个世界，然后上界之人再趁机接手，他们要卸磨杀驴了！

假左天师也不是省油的灯，他心里的怀疑已经跌宕起伏，表面却不动声色，淡淡地道："这事要细查！本座一定要揪出幕后之人，把他碎尸万段！"

丽王仙子点头："自然是要查的。"她略顿了顿，"你说会不会是那个顾惜玖派的人？最近风闻她已经出关。"

假左天师皱眉："她已经失踪八年，如无意外，她应该早已死了！你不是也替她招过魂，压根什么也没招来。"

"就因为没招来我才怀疑她还活着！她或许已经察觉你是假左天师，气你败坏了左天师的名声，故而……"

假左天师垂眸片刻，忽然道："想要看顾惜玖是不是活着本座倒有一个法子，她只要在这世上就会被这法子逼出来！"

丽王仙子眸中一亮："什么法子？"

龙梵在屋内打坐了一个时辰，也没有等来孟甜儿的捷报。

他有些不放心，试着用特殊的法子联系孟甜儿，结果如同泥牛入海，他手中的血红符咒没有亮起，反而在相连的那一刻自动燃烧起来。出现这种情况只有一种可能，被联系者已经中毒身亡，化为脓水。

他缓缓地坐了下去。

她们失败了，居然失败了！

怎么会失败的？明明应该万无一失啊！

他静坐片刻，开始考虑下一步行动，又过了片刻后，他似乎打定了主意，盘膝坐在床上，右手掐了一个法诀，慢慢入静，想再进入假左天师梦中去探听消息。

但他努力了半晌也没成功，显然假左天师并没有歇息，他自然无法进入对方的梦中。

他低咒一声，正要再做什么，外面雄鸡已经叫了头遍。

他身子一颤，只来得及用手指使了个法诀点在身上，就整个人躺了下去，闭上了眼睛。

也不知道过了多久，躺在床上的龙司夜慢慢睁开眼睛，他游目四顾，在触及屋内的摆设后眸光微微一顿！他随即轻叹一声，坐起身来，揉了揉眉心。

他似察觉到了什么，骤然抬头向屋顶的横梁看过去。

横梁上此刻正坐着一个人，紫袍黑发，狐眼抹额微微闪亮，衬得那人的眸子盈盈如同水波。那人甚是闲适，一腿垂下，一腿屈起，一条手臂支着头，正似笑非笑地望着他。

左天师帝拂衣！

龙司夜僵了片刻："阁下喜欢做梁上君子？你来做什么？"

帝拂衣轻笑："八年未见，特意来瞧瞧你。"

龙司夜哼了一声："不劳你惦记！现在瞧完了，你可以滚了！"

他起身下床，整了整衣衫，情不自禁地打量了一下四周，帝拂衣从梁上一跃而下："老友见面，要不要喝一杯？"

龙司夜看神经病似的看着他："大清早喝酒？"

帝拂衣弹了一下手指："本座所说的喝一杯是指喝茶，阁下想歪了！"

龙司夜："……"

帝拂衣已经拿出了一套茶具，摆上茶碗，开始泡茶。

龙司夜看着他行云流水的动作，忍了忍："你找我到底什么事？"

帝拂衣示意他坐下，劈头问了他一句："惜玖呢？"

龙司夜一怔，眉头微皱："她还没回去？"

帝拂衣推给他一杯茶："你和她什么时候分手的？"

龙司夜又怔了怔，揉了揉眉心："昨夜喝得有点儿多……"

说实话他的记忆有些模糊，他记得带着顾惜玖和黎孟夏在酒楼吃饭，他喝多了，黎孟夏也喝多了，顾惜玖带着黎孟夏出去吐酒，然后……后面的事他就记不清了，模糊记得顾惜玖她们说去住店，自己好像也陪她们来了。

只不过住店的这些事在他的记忆中极为模糊，像是隔着一层厚厚的毛玻璃，只恍惚有点儿印象，而这印象还像是别人强加给他的，让他有种不真实感。

帝拂衣瞧着他："不记得了？"

龙司夜冷冷地道："酒喝得太多，不记得不是很正常？放心，她不会有事的。"他环顾四周，确认这是一间客栈的客房，"她应该也在这店中……"

他站起来想出去找找看。

帝拂衣问道："你昨夜喝醉了是吧？那你身上为何没有酒气？"

龙司夜足下顿住："阁下这话是何意？本座修炼了一种解酒功夫行不行？"

帝拂衣笑了："这功夫好！本座好这杯中物，很想学学你这个功夫，不如传授一下？"

龙司夜淡淡地道："我没义务教给你！"

帝拂衣瞧了他片刻，忽然道："龙司夜，你得了一种病！"

龙司夜用"你才有病"的眼神看着帝拂衣。帝拂衣仔细打量了一下他的气色，缓缓地道："你最近这两年是不是常常晚上明明在某个地方睡着了，但醒来以后发现自己是在另外一个地方？喝酒无论喝得多醉，第二天醒来却没有任何酒意？夜晚睡下后似乎经历了一些事，第二天早晨却记不清了，只恍惚有点儿印象？"

龙司夜脸色微变，帝拂衣所说一点儿不差！

帝拂衣虽然说的症状不差，但龙司夜并不在意。

他觉得自己是压力过大，心理负担过重得了梦游。

他望了帝拂衣一眼，知道瞒不过去，淡淡地说了一句：“那又如何？本座不过有些梦游而已。”

帝拂衣笑了：“这梦游好！不需要本座为你瞧病？你可别后悔！”

龙司夜心神微跳，顿了片刻道：“我有什么好后悔的，就一个梦游……”

帝拂衣悠然道：“如果这梦游会逐渐厉害，最后让你彻底变成另外一个人呢？”

龙司夜一窒：“你这话什么意思？”

帝拂衣轻轻一叹：“庄生晓梦迷蝴蝶，谁真谁假？庄生梦里变成了蝴蝶，他觉得自己白天是庄子晚上是蝴蝶，如果蝴蝶渐渐将他侵蚀，彻底变成蝴蝶呢？他愿意吗？”

帝拂衣这段话比较绕，好在龙司夜听懂了，他沉默了片刻：“你的意思是我这样下去，终有一天会被梦完全控制？”

帝拂衣微笑不说话。

龙司夜心一横，将手腕给他：“你要瞧就瞧吧，也没什么要紧。”

帝拂衣将那杯茶推了过来：“先喝杯茶静静神。”

龙司夜狐疑：“你这茶……”

帝拂衣挑眉看着他：“我如果想害你用得着给你下毒？刚才你熟睡的时候就足可以要了你的小命了！”

龙司夜没说话，只是将那茶端起来抿了一口。

他喝茶的动作很文雅，帝拂衣耐心等他喝完，这才为他诊脉，片刻后撤回手，瞧了瞧他没说话，眸子中似有深思。

龙司夜被他瞧得发毛：“你这么瞧着我做什么？难不成我还得了绝症？”

帝拂衣微微摇了摇头，俊脸上的表情一本正经：“你这病症比绝症还可怕。”

龙司夜：“……”

他轻轻笑了笑：“有多可怕？我要死了？”他原先执着于生，千方百计想活着，千方百计想复活顾惜玖。

然而他多年的执着终究是一场空，现在的他找不到生的意义，对生死之事已经不放在心上。

帝拂衣摇头：“死其实并不可怕，可如果你死了有人用你的身体顶着你的名头做坏事呢？”

龙司夜皱眉：“你的意思我会被夺舍？”他又断然摇头，“不可能！”

帝拂衣笑了：“这世上的事很难说，很多不可能变成了可能。”

龙司夜不耐烦地说道：“你到底想说什么直接说吧！”

帝拂衣道：“你急什么？要不要陪我下一局棋？”

龙司夜："……"他深深觉得左天师的脑回路不像人！他每次和帝拂衣多交谈几句就有想痛扁帝拂衣的欲望。

龙司夜平息了一下莫名要翻腾的怒火，冷冷地道："好！"他倒要看看帝拂衣要搞什么鬼。

帝拂衣并没有搞鬼，下棋的时候聚精会神，运指如飞。

龙司夜开始还以为帝拂衣想借下棋考验他，但下一会儿后没觉得帝拂衣在棋路上捣鬼，也一板一眼下起来。

二人相交多年，虽然互相看对方不顺眼，但毕竟同为天授弟子，在一起合作的机会还是很多的，朋友聚会的时候也下过几局棋，对彼此的下棋路数都很熟。

他们下了一会儿，帝拂衣瞧了龙司夜一眼："八年未见，你的养气功夫更好了，下棋的路数也变了呢。"

龙司夜哼了一声："你倒是数年如一日，下棋路数依旧很诡异，像你这个人一样让人摸不着头脑。"

龙司夜毕竟还惦记着自己的"病"，耐着性子和帝拂衣下完两局棋后，问："你该说正题了吧？"

帝拂衣这两局都赢了，他心情颇好，听到龙司夜的话，站起身来："其实你这病并不难治，我传授你一套打坐功夫，你每天打坐一个时辰，此疾会自然痊愈。"

龙司夜狐疑地看着帝拂衣，帝拂衣也不管他信不信，演示了一遍打坐方法。

这套打坐方法并不难学，甚至称得上简单，龙司夜看一遍就会了，他试着打坐了一会儿，忽然觉得头脑中某个部位猛然蹦了蹦，似乎里面有怪异的虫子被惊到一样，连带着他的心脏也跟着颤了颤。

他猛然睁开眼睛，却发现帝拂衣手指正搭在他的手腕上，沉声道："继续！"

这个时候的帝拂衣极强势，不容人拒绝，龙司夜轻吸了一口气，继续打坐。

他在运行灵力的过程中敏锐地察觉到帝拂衣指尖给他传了灵力，这灵力顺着他的腕脉随着他的意念前行，当再次运行到头脑中那个部位的时候，那个"怪异的虫子"又被惊到了，甚至有暴起的意思。

龙司夜心底一沉之际，帝拂衣的灵力已经压了上来！而龙司夜腹部也有一团热流盘旋而上，迅速冲上他的头部。

灵力在龙司夜脑中纠缠，终于将那就要暴起的"虫子"压制下去，仿佛是封上了重重枷锁，让那"虫子"再作不了怪。

不过这个过程中龙司夜头疼欲裂，如不是帝拂衣的灵力强行压制着他，他几乎要跳起来。

也不知道过了多久，帝拂衣终于撤回了手，龙司夜满头大汗地睁开眼睛，见帝拂衣坐在他对面的椅子上，脸色居然也有点儿苍白，显然帝拂衣也耗力不小。

“我体内到底有什么？”龙司夜忍不住想再感应一下脑中的东西。

“不许感应它！”帝拂衣直接打断了他，“你越感应越容易让它脱困！”

龙司夜轻吸了一口气，看着他：“到底是怎么回事？”

帝拂衣轻飘飘地道：“有人对你下了蛊，让你夜晚的行为不受自己控制，而是直接被蛊控制。现在本座已经帮你将它封印起来了，你只要每天按照我所教的法子就可以将封印加强，让它脱不了困。”

龙司夜：“……”他忍了忍，“没有将它彻底驱除的法子？”

帝拂衣道：“有！但现在不是时候。”

“那什么时候才可以？”

帝拂衣一根手指竖起在唇前，笑得可恶：“天机不可泄露。”

龙司夜：“……”

帝拂衣哈哈一笑，转身离去。

龙司夜几乎想丢一个茶杯出去砸他的后脑壳！

帝拂衣从龙司夜屋里出来，脸上的笑容就不见了。

龙司夜的事远比他想的要复杂，龙梵的魂魄和龙司夜的魂魄已经有相融的迹象，不用特殊的法子拆分不开。而那个特殊的法子帝拂衣一时也用不了。

他很讨厌龙梵，如有可能，他会毫不客气地让对方魂飞魄散。

现在帝拂衣要杀死龙梵不难，但没将龙梵和龙司夜的魂魄正式拆开之前，一旦杀死龙梵势必也会杀死龙司夜。

莫说龙司夜是天授弟子得尽量让他活着，就算他不是天授弟子，那也是顾惜玖最在意的朋友。如果杀死了龙司夜，顾惜玖势必会很伤心。

他不想让顾惜玖伤心，更何况龙司夜如果活下来也是顾惜玖未来的左膀右臂。

龙梵寄宿在龙司夜体内的事也不能让龙司夜知道，因为龙梵的魂魄比龙司夜的魂魄要强大很多，龙司夜如果知道体内的“蛊”是龙梵，势必会心惊，会时时想起他，而每一次想起对方都是一种刺激，会让龙梵提前脱困。

所以帝拂衣只能佯装无事地说龙司夜中蛊了。

他回到自己的屋子，顾惜玖还在床上睡着，青丝铺了一枕，睡得很安宁。

他给自己施了个清洁术后就重新上床，躺在她的身边。

睡梦中的顾惜玖对他已经形成了依赖，他躺下不久，她闭着眼睛躺在了他的怀中。

帝拂衣垂眸看了她半晌，也不知道在想什么，片刻后他在她的唇上轻轻一吻：“宝贝儿，我会给你一个太平的天下，将所有的麻烦都摆平。”

第七十二章　他并不在意，和她并肩作战

顾惜玖第二天醒来时太阳已经升起老高，她坐起身，发现帝拂衣还躺在她的身旁，微合着眼睛睡得很熟。

难得房事过后帝拂衣赖床，顾惜玖觉得稀奇，趴在他身边看他的脸色。

他的脸色微微苍白，眼睫下有淡淡的阴影，这代表他确实累了。

顾惜玖心疼他，她想了想，就想下床去为他弄些滋补的清粥小菜。

她刚刚坐起身，腰上便圈上来一条手臂，帝拂衣的声音懒洋洋的："去哪里？"

顾惜玖回身问他："你饿不饿？要不要吃点儿东西？"

帝拂衣眸如流光，很诚实地回答："饿！"

"我去给你弄好吃的。"顾惜玖拍了拍他的脸颊，"要困你就再眯一会儿，弄好了我叫你。"

她正要下床，帝拂衣扯住她的一只手："宝贝儿，龙梵占据龙司夜壳子夜晚行动的事暂时瞒着，不要告诉龙司夜。"

顾惜玖纳闷："为什么？提醒他让他警醒不好吗？说不定他自己有驱除龙梵的法子。"

帝拂衣摇头："不成。"他将龙司夜的情况说了，顾惜玖怔了怔，她对这灵魂占体一事不太清楚，听帝拂衣如此说点头道："好，听你的，我不对他说，我再去提醒一下黎孟夏，免得她说漏嘴。"

“黎门主被我派出去了，也叮嘱过她了。”

顾惜玖忍不住看了看他：“原来昨夜我睡着以后你又做了这么多事。”

帝拂衣闭着眼睛，是要睡着的姿势：“嗯，昨夜太兴奋了睡不着，顺便就把事情全做完了。”

顾惜玖：“……”

左天师大人，你的精力真旺盛！

顾惜玖借了店家的厨房，亲手做了一桌菜，端到自己的屋子里。

她一切全弄好，再进里屋看看沉睡的帝拂衣，稍稍犹豫了一下，他睡得这么香，她有些不忍心叫醒他了。

她正有些犹豫，门上传来几声轻叩，三长四短，是龙司夜的敲门手法。

顾惜玖打开门，龙司夜飘飘地站在门外：“惜玖，我闻到了饭菜的香味，似乎是你亲手做的？我能不能分一杯羹？”

顾惜玖自然不会拒绝，将他让到了屋子里，和他说了几句话，从交谈中顾惜玖知道龙司夜果然不记得龙梵所做的那些事。

龙司夜走到桌前，看着桌上的那些菜品，眸中的痛楚一划而过，看了看里屋的门：“他不在屋里？”

“他有些累，在里屋歇着，龙教官，你先吃。”

顾惜玖从桌上选了两种送到龙司夜面前。

龙司夜垂眸看了看那两样菜，眉梢一动：“惜玖，难得你还记得我喜欢吃什么。”这两样菜都是他喜欢吃的。

顾惜玖笑道：“朋友的口味我都记得。”

龙司夜眸光黯了下去，是啊，朋友，他今后和她只能是朋友。

“惜玖，你幸福吗？”龙司夜问了一句，不过问完他就后悔了。

顾惜玖眉眼间浅笑盈盈，一看就是陷入幸福中的模样，他问的这句话简直就是废话。

所以他问出这句话后随即又加了一句：“算了，是我多问了，只要你幸福就好。”

顾惜玖认真看着他：“龙教官，你以后也会找到自己的幸福的。”

她胸中似有血气涌动，忍不住又说了一句：“其实黎孟夏……”黎孟夏其实对龙司夜挺有好感的，尤其是昨夜一起喝过酒后，酒醉后的黎孟夏提起龙司夜时双眸闪亮。

龙司夜打断她：“惜玖，你想给我介绍？”

顾惜玖笑了，终于想起他曾经最烦相亲的：“不会，还是一切随缘吧。”

这个话题便不再提。

龙司夜看了看桌上的小菜，忽然认真地看着她："惜玖，你能不能为我再做一次鱼？我喜欢吃你做的鱼羹和糖醋鱼。"

顾惜玖一怔，她倒没说别的，应了一声"好"，就出去了。

龙司夜坐在那里微微闭了闭眼，对这段感情他已经决定放手，当年他就是吃了她做的这两道菜才确定自己的感情归属，现在再吃她做的这两道菜来断情，从哪里开始就从哪里结束，也算有始有终。

惜玖，或许你我真的无缘，只希望你能幸福，永远幸福下去。

"龙宗主使唤我媳妇儿使唤得很顺手嘛。"一道声音传进龙司夜的耳朵。

龙司夜睁开眼睛，看着帝拂衣正坐在他的面前，神清气爽得像是刚刚踏青归来，压根不像才睡醒。

帝拂衣善读人心，他直视着龙司夜的眼睛："怎么，这是要和过去彻底告别，终于想放手了？"

龙司夜轻吸了一口气，语气极认真："以后对她好一些，如果你对她稍稍不好，我还是会来夺她！"

顾惜玖端着两道菜回来的时候，看到两个男人像乌眼鸡似的互相不理睬，在那里各吃各的。

帝拂衣比较霸道，守着四盘子菜还不满足，将龙司夜那两盘的菜也弄了一些到他的盘子里，每个盘子里只给龙司夜留一半。

龙司夜明显不想和他一般见识，守着两个半盘在那里细嚼慢咽。

顾惜玖将鱼羹和糖醋鱼放在龙司夜跟前，龙司夜向帝拂衣示威性地一笑，才将那两盘菜端到自己跟前："惜玖，多谢你专门做了这两道菜。"

帝拂衣立即看向顾惜玖，被他一看，顾惜玖直觉不好，感觉这货要出幺蛾子！

她的直觉很准，因为帝拂衣已经开口："宝贝儿，在你这里还能点餐？"

顾惜玖唇角一勾，道："他作为朋友可以点一次，你如果也想做我的朋友……"

帝拂衣果断地将她拉到身边坐下："宝贝儿，你做这些已经很累了，为夫怎么舍得再让你去做饭？来，来，过来一起吃，你做的这个豆卷不错……吃一块。这个豆皮口味也好，尝尝……"

顾惜玖："……"

龙司夜还是第一次听帝拂衣这么称呼顾惜玖，被雷得不轻！

"帝拂衣，你还能不能再肉麻些？！"

他觉得他要吃不下去了。

帝拂衣轻飘飘地看了他一眼："你觉得肉麻？本座又不是叫你！"

龙司夜："……"

最后，龙司夜这个代表断情的饭并没有吃得太感伤，他气都气饱了！

饭后，龙司夜按照和顾惜玖先前的约定，暗中去探查假左天师的军队。顾惜玖猜测，那些人应该中了新型僵尸毒，才会失去意识，像杀人机器一样疯狂。

龙司夜曾经研究过这个课题，对这个病有些心得，他炼制出克制这种毒的药后，再去组织其他炼药师炼药。

顾惜玖和帝拂衣则离开那个小城，前往天聚堂。

这两年天聚堂一直置身事外，据说曾经受到过好几拨神秘人的攻击，好在被古残墨率人打退。

二人的脚程极快，两个时辰已经赶了两千里路，终于赶到了天聚堂。

顾惜玖在空中望着那一片建筑，心里有些起伏，竟有种游子归乡的感觉。

晏尘、小狐狸、千翎羽、张楚楚……他们都还好吗？

自己失踪了八年，他们一定很着急，一定四处寻找过她的下落。

现在她终于回来了！

她近乡情怯，速度慢了下来。

"怎么了？"帝拂衣也跟着慢下脚步。

"我在想见了他们要说什么话，怎么介绍你。"

帝拂衣双臂一抱："你想怎么介绍我？"

顾惜玖小嘴一抿："我如果说你是我的夫君，他们只怕不信，毕竟我们在外面还没补办那场婚礼。"

帝拂衣顿了片刻微笑道："你是在提醒我要补办婚礼？"

顾惜玖摇头："当然不是，现在是多事之秋，多少大事做不过来，补办婚礼这种事等一切太平了再办也来得及，到时候我要最盛大的婚礼，绝对不能就这么便宜你的。"

"既然如此……那你是打算对外公布我是你未婚夫？"

顾惜玖挑眉笑眯眯地道："也无不可！"

帝拂衣轻轻一叹："好吧，随你。"

顾惜玖原本是和他开玩笑，没想到他真同意了，一时也愣了一下："你真想让我对外称你是未婚夫？"

帝拂衣揉了揉她的头发："我也不想委屈你，待正式成亲后，你我再以夫妻相称吧。"

顾惜玖："……"她一挑眉，应得很干脆："好！"

她直接向那片建筑飞去。

小狐狸、晏尘、千翎羽……我回来了！

事实上，这些人顾惜玖一个也没看见，甚至没看到一个活人。

寒鸦、枯草、冷落庭院，天聚堂变成了一幢幢鬼宅，一个人影也看不见，甚至连只蟋蟀也没蹦出来，整个天聚堂看不到一个活物。

每间屋内并没有打斗痕迹，桌椅板凳都好好的，不像遭了洗劫，倒像是天聚堂里的人匆匆搬走的，而且搬走时秩序井然。

要知道修建天聚堂并不容易，有各种机关暗道以及试验室，很多东西不是朝夕之间就能修建完的，甚至有些地方需要修建数十年才能完成。这里的每一砖每一瓦都汇集了天聚堂师生们的心血。按古残墨的说法，头可断，血可流，天聚堂的老窝不能丢！

但现在他丢了！

天聚堂的战斗力不是一般强悍，帝拂衣甚至说这里是铜墙铁壁，就算这块大陆的所有门派的人集合来攻击也未必能攻下来，到底是什么万不得已的原因让他们抛弃了经营数百年的住所？碰到诡异的事了？他们又搬去了哪里？

无数疑问在二人脑海中盘旋，顾惜玖又四处查看了一圈，也没能找到蛛丝马迹。

顾惜玖看了看帝拂衣，帝拂衣也有点儿出神，脸上神情凝重。

他在她身边时大部分时间是笑吟吟的，脾气极好的样子，像现在这样无形中散发出圣尊强大气场的时候极少。

“他们是不是出意外了？”顾惜玖呢喃。

她微凉的手指被帝拂衣握住：“别怕，他们只是搬走了而已，应该没有人员伤亡，也不是遭遇了灭亡式袭击，设法寻找他们就是。”

他云淡风轻的语气让顾惜玖心安了不少。

只要人没事就好，其他慢慢调查就是。

顾惜玖用传音符联系了黎孟夏，问她暗影门可有天聚堂的消息。

黎孟夏挺不好意思地说没有，她被假左天师像撵兔子似的追了数月，和外界几乎没联系，天聚堂内部的消息她也不清楚。

黎孟夏迅速联系了一个还在暗影门任职的长老，让他去资料室查查看，结果那位长老半个时辰后回话，说只有几次天聚堂遇袭退敌的记录，没有天聚堂全体搬家的记录，而近三个月更是没有天聚堂的消息。

顾惜玖站在那里和帝拂衣分析：“珍宝阁里的所有宝贝都在，被褥日常用品也没有搬动的痕迹，猛看上去倒像这里的人是忽然消失的，不像自动搬走的。但我去药堂看过了，药堂中一些五阶以上的灵药都不见了，所留的药都是普通人常备的，这么看起来似乎这里的人只带走了珍贵药品以及随身的法器，其他则一概没带，是什么原因让他们如此选择？”

帝拂衣微微点头："或许这里出现了恐怖的东西，让他们迫不得已搬家，而且这种东西是未知的，人们甚至不知道到底是什么东西在作怪，所以几乎将所有东西都留下了。"

风吹过，呜呜如同鬼哭。

顾惜玖环顾四周："可我们在这里这么久了，也没见到有恐怖东西出现啊。"

帝拂衣叹气："先在附近打听一下，设法找到他们再说。"

二人飞下山，直接去了离天聚堂最近的小城。

顾惜玖在天聚堂的时候，没少和同修们一起来小城购物游玩，而且小城一直很安宁，极少受战争波及。

但现在这小城已经毁于战火。

原先的店铺房屋都变成了断壁残垣，青石板路上还有已经变黑的血液残渍。

和天聚堂一样，这里也一个人影都没有，只有阴冷的风和路边偶尔蹿过的老鼠。

顾惜玖查看了一下那些血渍和其他痕迹，这里应该毁于一个月前。

不过这里可比天聚堂惨烈多了，四处可见倒地的尸体。顾惜玖不顾脏污，查看了一下那些尸体上的伤痕，心中微沉，这些尸体上并没有常见的刀剑伤，像是被什么东西咬死的。

帝拂衣看到她围着一具尸体转悠，还想抬手将那已经腐烂的尸体翻过来，他拦住她："太腌臜，别动！"

"我想看看他们到底是怎么死的。只有找出他们的死因，才能查出这个小城到底经历了什么。"顾惜玖知道他好洁，冲他挥了挥手，"这事我来做就可以，你先去查别的。"

"不用翻动了，我知道他们的死因。"帝拂衣打断她。

顾惜玖抬眸看着他，帝拂衣一挥手，尸体自动翻了个儿，他衣袖再一挥，尸体露出了后背。

这具尸体已经腐坏不堪，但后背上有一小块肉还是好的，在那一小块肉上有两个圆洞，圆洞不大，像是钉子砸出来的。

他接连翻了好几具尸体，每一具尸体上都在后心位置有这样的圆洞。

顾惜玖查看了一下那个伤口，狐疑道："这是什么尖牙兽咬的？为什么只咬这个地方？"

帝拂衣眸中闪过微光："钉牙兽，这是钉牙兽咬的，它们是毁掉这里的元凶。"

顾惜玖还是第一次听说钉牙兽："它居然能毁掉一座城……难道是八峰跑下来的八阶凶兽？"

帝拂衣摇头："钉牙兽阶别并不算高，是七阶兽，但极凶狠，喜欢吸食人心，被它吸食的人魂魄也会被驱散，连投胎都投不了。它们是戾气化生而出，四千年前曾经在这块大陆肆虐，被我带人彻底灭了，没想到现在还能在这里出现。"

他仔细查看了一下那些尸体上的伤痕："而且这次出现的不止一头，最起码有八头。"

顾惜玖看了看周围的断壁残垣："可如果是钉牙兽咬的，那它们怎么还毁房子呢？"

帝拂衣深思："毁房子应该是人为，如我所料不错，这座小城应该是先毁于战火，但总有些不愿离开家园的百姓在战争过后回城，却被这些钉牙兽咬死。"

此刻小城中渐渐起了雾，明明是夏天，雾气起来时却异常寒冷。

顾惜玖抬头看看头顶的大太阳，这么好的太阳怎么忽然起雾的？

帝拂衣忽然将她向身边一拉："小心！它们来了！"

唰！一道淡白色的影子从雾气中蹿出，快如闪电，直扑顾惜玖！

顾惜玖来不及拔剑，指尖一弹，一缕指风向那淡白色的影子疾射。

她现在的指风不亚于利剑，射在那影子上，那影子登时如雾气般消散。

顾惜玖一愣，这就杀死了？

她甚至还没看清那影子的模样。

她一个念头还没转完，雾气中又接连弹出四五道影子，自四个方向攻击他们。

这次顾惜玖终于看清了它们的模样。

它们体长如蛇，身体呈半透明状，身上有一对翅膀，有些像蛟龙，但脸妖娆似美人烟熏妆，丹凤眼，高鼻梁，嘴唇乌黑，扑出来的时候像是带着笑的，看上去让人心头发冷。

这是钉牙兽？它的钉牙在哪里？

顾惜玖眸中闪过狐疑，她立即拔剑，剑风如潮，激荡而出，将这四五道影子都拍飞了，然后它们化为雾气不见了影子。

顾惜玖微皱着眉，这些东西虽然厉害，速度也够快，但灵力八阶的人拍死它们应该不难吧？

她只出了一招就让它们全部了账了。

"不能这样，要不然它们会越来越多！"帝拂衣指尖掐了法诀，"待会儿和我学！"

他的话音刚落，雾气中又是一阵扭曲，居然有三四十道淡白色的影子蹿出来。

顾惜玖终于明白这东西的厉害了，它会分身！

你如果一剑将它们斩为两段，那这两段就会各自再生成新的个体冲出来。

这东西体形如蛇，长短也如蛇，蹿出来时，如同凌空划过的弧线。

顾惜玖终于看到了它们的尖牙，那尖牙能伸缩，它们将要扑到眼前的时候，张大的嘴里有半尺长的尖牙弹射而出，尖锐如寒光闪闪的铁钉！

帝拂衣终于出手，指尖冒出火光，那火光霎时形成一朵云状，将十多头钉牙兽圈在正中，钉牙兽发出刺耳的尖啸，然后一头接一头地在火光中消失。

顾惜玖知道帝拂衣所掐出来的法诀叫天渡云，用火灵力生成。只有九阶灵力才能发出这个法诀。

帝拂衣曾经教过她，只是她从来没有使用过，据说是专门净化戾气的。

现在她不及细想，立即有样学样地弹出火光。

这种天渡云火光是可以接连弹出的，二人背靠背站着，各自弹出三个，将四面八方奔袭而来的钉牙兽全部圈住。

一刻钟后，所有的钉牙兽都消失无踪了，连那刚起来的雾气也渐渐消散。

顾惜玖二人自然是毫发无伤，她轻轻吐了一口气："原来这东西会再生，它们再生能力这么强悍，肯定不止八头吧？"

帝拂衣摇头："这些其实是一头化出来的，因为这种兽的脸像人脸一样，每一头都不同，但刚才被我们杀的这些都长着同一张脸。"

顾惜玖："……"她总算明白这东西如何难缠了！一头都可以化出这么多头，那么原始的八头……这种东西真的可以毁灭一座城！

怪不得这里一个人都没有，就算偶尔有路过这里的人，只怕也被这些东西咬死了吧？

"拂衣，我们干脆把这里的钉牙兽都清场吧！免得它们再害人。"

帝拂衣点头："好！"他一拉她的衣袖，"走，我带你去找其他几头！"

帝拂衣明显对这东西的习性很熟悉，他带着顾惜玖转了四个方向，果然又遇到了四头钉牙兽。

二人用前法将四头钉牙兽消灭，顾惜玖环顾四周，觉得城中的空气都似乎清新了不少。

她正要说什么，忽听远处隐隐传来呼喝打斗之声。

她眼睛一亮："有人！我听到小狐狸的声音了！"

这座小城的城中心是一座官衙，一大片建筑。

顾惜玖二人赶到的时候，那里的雾气已经浓如蒸锅，雾气中打斗声密如骤雨。

"外狐，别怕，有我在，不会让它们伤到你的。"一道清朗的男声响起。

"我怎么感觉它们越来越多啊？"蓝外狐声音微颤。

"大概是它们的同伴，赶紧出手，打死一头少一头。"先前的男声响起来。

"不对！它们是会分裂的！"晏尘的声音低沉有力，"把它们拍得越零散，数量也会越多！”

“那怎么办？”千翎羽的声音似乎有些抓狂，“不能只等着挨打是不是？”

“用火烧试试。”晏尘明显是这群人里的老大，声音沉稳，一道火光发出，雾气中传出刺耳的尖啸声。

“哇，它们真的怕火！晏尘，真有你的，快！快！大家用火！”张楚楚的大嗓门里有难以压抑的兴奋，“烧它！”

“可……可我不会用火啊……”蓝外狐紧张地说道。

“没事，你跟紧我吧。”先前那道清朗男声又响起来。

“好。”

顾惜玖轻吸一口气，他们都在！

她一拉帝拂衣：“我们进去救他们！”二人身形一闪，疾如流星向浓雾中冲去。

他们刚冲到浓雾边，帝拂衣忽然一拉顾惜玖：“退后！这里有毒雾结界！”

顾惜玖这些年跟着帝拂衣学了很多结界知识，知道这种毒雾结界不能盲目碰，结界里面一般是正常雾气，而结界外的那一层薄薄雾气是有剧毒的。

这种结界极为罕见，顾惜玖只是知道有这种结界，却不知道解法。

好在帝拂衣知道，他还顺势教给她：“这种结界你得运转木灵力。”他为她当场示范，然后向后一退，“来，你来破！”

顾惜玖无语，救兵如救火，里面的情况已经很危急了，这个时候救人是第一位的，他既然会解，亲手解开不就是了？干吗让她这个初学者来破？

“不对，它们虽然怕火，但火烧不死它们！”千翎羽低吼。

“只能将它们逼退几步，不能伤它们分毫，这样下去我们的灵力会很快耗尽的。”张楚楚说道。

“我们支撑不了一刻钟了。”那道清朗的男声里隐隐有一丝惊慌，“这次只怕我们要全部折在这里。”被困的人脸色更白，绝望开始在人群里蔓延。

“不会！我会设法带大家冲出去！大家不要慌，自乱阵脚只会被这些东西乘虚而入。”晏尘的声音依旧沉稳，平复人们的慌乱。

“如果……如果惜玖在这里就好了……”蓝外狐声音带着哭腔，“她在的话一定有法子的。”

“这个时候你就别念叨她了，外狐，如不是知道顾惜玖是个女人，你这么三天两头念叨她我都要吃醋了。”那道清朗的男声里隐带一丝不耐。

“命都快没了，还吃个屁醋！”张楚楚声音更不耐。

“张楚楚，你不说话没人当你是哑巴！”那道清朗男声不爽地回道。

“蓝阅，老娘愿意说，就看你不爽怎么了？”张楚楚爹毛了。

“都闭嘴！”晏尘低喝，声音冷厉。

这里的人还是有些怕他的，终于都闭嘴了。

顾惜玖担心里面的人，破结界时，她的手有些颤抖。

里面的战斗处于白热化状态了。

这群人中蓝外狐的功力最低，那些钉牙兽也会寻找弱者欺负，十头有五头向她身边猛扑。

她极力压住想尖叫的欲望，她是水灵力，和众人发出的火灵力正相反，一旦使出来只会起相反的作用，所以她用剑刺钉牙兽。

偏偏这些钉牙兽不能用剑砍成两段，所以她就用剑背敲，异常辛苦。

激战中，一头钉牙兽突破了她的防线，长牙森森，自她后方扑至，险些咬上她的脖颈。她正应付前面的两头，后面的这头来不及格挡，忍不住低呼一声："蓝阌！"

和她相隔一步远的蓝阌并没有及时伸出援手，他正被一头钉牙兽攻击，分身乏术。

斜侧里的晏尘猛扑过来，将蓝外狐一扯，那头钉牙兽没咬到蓝外狐的脖子，牙齿却擦到了晏尘的手臂。

钉牙兽的长牙比宝剑还要锋利，直接在晏尘的手臂上划出了一个伤口。

被这东西碰到显然是极疼的，晏尘手臂微微一抖，脸色骤然一白，却还坚持着发出一道火光，将钉牙兽逼退！

蓝外狐死里逃生，俏脸煞白，望着晏尘说话有些结巴："多……多谢。"

晏尘面无表情，声音也淡淡的："不必客气。"身形一转，他又重新转回自己的位置。

蓝外狐眸中现出一抹黯然，蓝阌直到此时才转到她身边："你没事吧？"

蓝外狐摇头："没……没事。"

她一双大眼睛情不自禁地盯在晏尘受伤的手臂上，那里鲜血喷涌，迅速染红了晏尘的衣袖，晏尘在手臂上连点数指，也没能止住血流。

很显然，被这东西咬伤后血是止不住的。

晏尘在这里功力最高，现在他受伤了，正是最脆弱的时候，喝他一口血比喝其他人数口血还要大补！

于是这些钉牙兽开始向晏尘急攻，密集如子弹。

其他人也都被钉牙兽围着，一时无法救援。

晏尘脸色越来越白，一个猝不及防，又被一头钉牙兽在小腿上咬了一下，他一个踉跄，险些跌倒。而其他钉牙兽趁机蜂拥而至，无数尖牙如钉板似的在晏尘身周闪闪发亮。

"晏尘！"蓝外狐忽然一声大叫，不顾生死地猛扑过来，直接扑到晏尘身上。她力气居然极大，晏尘又没防备，被她直接扑倒在地，蓝外狐像一条八爪鱼，拼命用身体护住他。

晏尘大惊失色，他一时来不及起身，眼睁睁地看着她身后无数钉牙兽弹出寒光森森的钉牙，向她身上扎下来！

砰！虚空里传出一声气球破裂似的声响。两道身影直冲而入，随之而来的就是一团火烧云般的光芒，将蓝外狐身后扑击的钉牙兽全部圈在火烧云里。

这“火烧云”明显是钉牙兽的克星，被圈进里面的钉牙兽全部灰飞烟灭。

晏尘也趁这个机会抱着蓝外狐迅速一滚，随即一跳而起，将蓝外狐放下，再向后退了一步，目光落在闯入的女子身上，脱口道：“惜玖！”

蓝外狐欢呼一声：“惜玖！”她几乎要扑过去！

“惜玖！”

“惜玖！”

好几道声音接连响起，千翎羽、张楚楚也都开心地叫出声，如不是大家都被钉牙兽困着，定会全围过来！

顾惜玖目光迅速一扫，蓝外狐、晏尘、张楚楚、千翎羽他们都在，还有一位不认识的俊朗少年，想必就是蓝阅。

众人原本士气低落，心底弥漫着绝望，此刻看到顾惜玖却是人人眼睛都放出光来，士气大振！

周围还有上百头钉牙兽在围攻，顾惜玖这个时候自然顾不得多说话，她身形一闪，先扑到晏尘身边，将药瓶抛给他：“先上药止血。”

晏尘接住药瓶，里面是药膏，他将药涂抹在伤口上，顾惜玖的药果然不同于一般的药，几乎是涂抹上不足半分钟那血就止住了。

他舒了一口气，偶一抬头，和小狐狸那一双大眼睛对个正着。

二人视线一对，晏尘立即移开目光，不再看她，去增援张楚楚了。

蓝外狐垂下眸子，手指微微绞紧。

蓝阅将她往身边一拉，脸色很不好看：“你疯了！”

蓝外狐俏脸发白不说话，她的目光转到和顾惜玖并肩战斗的帝拂衣身上，像是一僵：“他……他是左天师……”

帝拂衣此刻虽然一身紫袍，却不是那身标准的左天师装束，也没戴面具，所以大家一开始并没有认出他。

蓝外狐这一叫其他人也是一僵，竟不约而同地后退几步，人人戒备。

张楚楚还忍不住叫了一声：“惜玖，小心！”

这一声无疑是提醒顾惜玖防备身边的左天师。

帝拂衣何等聪明，自然明白她这一声所指，唇角忍不住一勾，他这一生还是第一次像今天这样被人当贼防着。

不过他并不在意，和顾惜玖并肩作战。

二人忽而并肩而飞，忽而贴背而立，手中火光不绝，每一道火光都是一团火烧云，每一团云必然会困住七八头钉牙兽。

二人身法如水银泻地，无孔不入，在钉牙兽中穿梭，身周艳红的火烧云缭绕，如人浮云中，极为好看。

众人刚才被这些钉牙兽杀得不是一般狼狈，此刻见到它们纷纷灰飞烟灭，自然感觉解气，蓝外狐、张楚楚更是忍不住拍手欢呼："好啊！"

半个时辰后，所有的钉牙兽都不见了，雾气也消散了。

众人死里逃生，终于都长长松了一口气。

所有人的目光都落在顾惜玖和帝拂衣身上，大家都是一头雾水，想围上来说话又有所顾忌。

千翎羽顿了顿，决定无视帝拂衣，直接问顾惜玖："惜玖，这些年你去了哪里？大家几乎要将大陆翻个底朝天了。"

"是啊，我们大家都被派出来寻你了，古堂主还派出了堂中所有的探子。"

"惜玖，你的功夫提升得好快！"

"惜玖……"大家纷纷开口，问出了心中的无数疑问，却全部忽略了帝拂衣。

蓝外狐关心好友，大着胆子过去，挽住顾惜玖的手臂："惜玖，你过来，我有话对你说。"

她试图让顾惜玖离帝拂衣远点儿。

顾惜玖自然知道他们忌讳什么，微微一笑，没动地方，拍了拍蓝外狐的小手示意她安静，环视了众人一圈，目光在蓝阅身上一顿："这位是？"

众人对望一眼，神色有些莫测，张楚楚心直口快："他是五年前进入天聚堂的同修，也是外狐的未婚夫。"

顾惜玖心中一沉，刚才她在外面听到里面断断续续的说话声，就明白蓝外狐和晏尘之间不正常，没想到蓝外狐居然有未婚夫了，那晏尘呢？

晏尘曾经那么喜欢她，顾惜玖一直是把他俩当一对的，她还在想这两个人是不是已经成婚了，没想到……

她的视线转向蓝外狐，蓝外狐微微垂着眸子，没说着话。

至于晏尘，就像没听到，侧头和千翎羽说话。

这个时候顾惜玖自然不方便问这些感情问题，她给晏尘传音："这个蓝阅可信吗？"

晏尘微微点了点头，同样传音回来："可信。"他又忍不住多传了一句，"惜玖，你身边的左天师不可信！"

顾惜玖心中就有底了，她微微一笑，环视了一下众人："这些年我误闯了一处禁地，一直被困在那里，直到前几天才出来，而左天师大人也和我同困在那里，这八年我们一直在一起。"

很简单的解释，却让所有人都蒙了。

众人面面相觑，目光都落在帝拂衣身上，眸底满是惊异与不信。

顾惜玖接着道："也就是说，我身边的这位是真的，而在外面作恶多端的那个是假的！"

一石激起千层浪，顾惜玖这句话很有炸弹的效果，众人集体睁大了眼睛。

顾惜玖知道这个消息让人很震惊，她也不着急，静静地等他们慢慢消化。

这条消息如果是别人说出来的，众人可能不信，会以为是这左天师大人又出什么幺蛾子，但既然是顾惜玖说的……众人终于信了。

张楚楚首先炸了："原来那货是假的啊！我说呢，左天师这两年像吃错药似的，做了无数让人发指的事，大家都以为他终于露出了本性，原来他是假的！"

千翎羽也握拳："那个人很可恶啊，居然冒充左天师冒充得这么像，连四位护法也在他身边。"

"惜玖，你不知道，他还派人让古堂主派学生帮助他打仗，古堂主不愿意，他就派了无数归顺他的门派前来骚扰，幸好都被古堂主率众打退，大家都被这假左天师恶心坏了，但又没有法子。"蓝外狐也打开了话匣子。

"那你们为何放弃天聚堂？其他人呢？现在又在哪里？"帝拂衣缓声询问。

众人看向他的目光再次犹疑不定，大家毕竟对他心怀戒惧将近两年，现在就算知道那是假货冒充的，但潜意识里还是充满戒备的。

帝拂衣自然也知道大家的心结，微一挑眉："还不相信本座？"

晏尘顿了顿，将天聚堂这几个月发生的事简略说了一遍。

天聚堂打退几拨人后，古残墨严禁弟子外出，而假左天师大概也明白这是块难啃的骨头，一时也没再有动静，就在大家都松了一口气的时候，天聚堂内忽然发生了极诡异的事。

从某一天开始，大家集体做噩梦！

其实做噩梦倒不可怕，可怕的是天天做噩梦，而且这梦中情景非常恐怖，就算大男人也心惊肉跳，更别提那些女孩子了。

最重要的是，大家做的噩梦是一样的，都是漫天的血海，蹦跳的骷髅，食人的凶兽，然后众人眼睁睁地看着最在乎的亲人、朋友一个个被血海吞噬，他们临死时发出的惨叫让每一个做梦的人都能出一身冷汗。

这种噩梦做一次也就罢了，架不住天天做。天聚堂里的人只要闭上眼睛就是在血海之中狂奔，就是看着亲人、朋友一个个死去。

大家下意识地不想入睡，或者说入睡前拼命做心理建设，念清心咒之类的。但没用，每到凌晨一点众人就会集体入睡，然后被噩梦纠缠，大家几乎要崩溃了。

这梦让人不但睡不好觉，甚至功力也有衰退的迹象!

几天后，功力低微的弟子开始私下议论，然后大家发现居然被同一个问题困扰。于是终于有人发现了不对，开始集体向上反映。

直到那时古残墨才明白做噩梦的人不仅是自己，整个天聚堂的人都在做这个噩梦。

这种情况分外诡异，天聚堂的大佬们打着哈欠分析了几天，谁也不明白到底发生了什么。

有人猜测是妖怪作祟，但大家将天聚堂翻了个底朝天也没发现妖怪在哪里。

那些日子天聚堂人心惶惶，谁也不知道该怎么办好，而恰好天聚堂出外采买的弟子有事耽搁在外歇息时，却是好梦正酣，没再做噩梦。

这个弟子回来一说，大家饱受噩梦困扰，自然是人人想方设法外出。

说来也奇怪，凡是在外面睡的，只要身上没带天聚堂的日常用品，就能睡个好觉，而一旦回到天聚堂，噩梦就自然而然地找上门。

古残墨等人想破脑袋也想不明白，而那时大家已经被噩梦纠缠得个个眼圈发黑，古残墨实在没办法，一声令下，带领大家集体搬走。

因为假左天师一直在找天聚堂的麻烦，所以古残墨等人是带着学生秘密搬出来的，谁也没惊动。落脚的地方则是大山深处的小山村。

那里民风淳朴，交通闭塞，那里的百姓一辈子都没出过大山，甚至不知道左天师是谁，自然也不会跑出去告密。

当然，天聚堂毕竟是数百年的基业，古残墨等人还是万分舍不得那里的，时不时派弟子回来探探。

晏尘他们就是这次被派出来的弟子，本来大家看过之后想来这个小城歇歇脚，没想到这里已成废墟，还碰到诡异的钉牙兽，险些全军覆没。

晏尘把经过简略一说，顾惜玖没想到天聚堂的人居然是因为这个搬走的，她看向帝拂衣，试着猜测："是不是食梦兽在捣鬼？"

帝拂衣正在沉吟，听她如此一说，抬眸，重复一句："食梦兽？"他显然没听说过这个词。

顾惜玖轻咳了一声："这种兽我也是在书中看到的，专门靠食梦而生，有喜食美梦的，也有喜食噩梦的。它们可以操纵方圆数里的人集体做它们想要的梦。"

帝拂衣微皱眉："它是什么样子的？"

顾惜玖摇头："这个……我也不清楚，我只是在书中看到过此类的描述。"她没说她看的是现代玄幻志怪小说。

她再加一句："书中的事其实也不一定对，或许压根没有这种兽。"

帝拂衣沉吟片刻，忽然向千翎羽招了一下手："过来！"

千翎羽满眼防备："做什么？"他不但没过去，还后退了一步。

帝拂衣懒得同他废话，身形一闪，直接到了他面前，手指搭上了千翎羽的肩头。

千翎羽全身寒毛险些竖起来，整个身子都僵了，下意识地就想拍他的手："喂，别动手动脚……"

后面的话他没说出来，因为帝拂衣一根手指已经点上了他的眉心。

千翎羽现在也是近九阶的灵力，平时几百个英雄好汉也未必能近得了他的身，但现在他明明对帝拂衣有防备，对方有动作的时候他居然依旧躲不开，眉心处骤然一凉，他微张着嘴巴惊得脸色都变了，想挣脱但全身发软。

其他人都吓了一跳！

"喂，做什么？"

"放手！"

"……"

众人正想扑过去救千翎羽，帝拂衣手指已经从千翎羽的眉心离开，他吹了一下手指，似乎要将上面的浮尘吹散，而千翎羽瞬间回神，急急地向后跳了数步，惊疑不定地望着帝拂衣："你……你捣什么鬼？"

帝拂衣不理他，目光又转到了蓝阅身上，蓝阅被他看得一抖："你……"

眼前人影晃动，帝拂衣的手指又点在了他的眉心上，像对待千翎羽一样，不过须臾就放开了手。

众人不知道帝拂衣又搞什么鬼，惊疑不定地看着他。

晏尘皱眉道："左天师大人这是？"

"测他们的魂体。"帝拂衣声音淡淡的，"魂体有伤，那噩梦并不是真正的噩梦，而是有东西趁你们睡觉时改变了你们魂体中的知魄，将噩梦硬植入你们的脑中，一旦有诱因驱使，就会让你们做相同的噩梦。"

他说的这一套比较专业，晏尘他们都听得怔住了，全都愣愣地看着他。

帝拂衣转头嘱咐顾惜玖："惜玖，你和他们回去，我再到天聚堂看看。"

顾惜玖道："我和你同去！"

帝拂衣笑道："不放心我？放心，以我的本事，还没有什么能魇住我，你先乖乖和他们回去，和古残墨商讨一下我们计划好的事，我随后就到。"

不待顾惜玖再说话，他一转身就不见了。

帝拂衣一走，众人放开了不少，蓝外狐欢呼一声扑到顾惜玖身上，几乎要抱着她转圈："惜玖，这些年我担心死了！"

顾惜玖拍了拍小狐狸的头，八年未见，这丫头居然没啥变化，还像十五六岁的小丫头，一双圆圆大大的眼睛纯澈如水，让人怜惜得想抱一抱、宠一宠。

“顾姑娘，久仰大名，在下蓝阅。”蓝阅上前见礼，趁机不动声色地将蓝外狐牵回来，“你也是大姑娘了，别动不动就往人身上扑，免得有人说你轻浮不自重。”

蓝外狐似乎有些怕他，破天荒没有反驳。

晏尘俊脸还有些发白，目光在小狐狸和蓝阅身上一掠而过。

千翎羽皱了皱俊眉，淡淡地开口：“蓝阅，小狐狸和惜玖的感情不是你这个后来者能明白的，没有惜玖，也就没有小狐狸的今天！你谁的醋都吃是不是过分了点儿？”

蓝阅顿了顿：“我只是提醒我的未婚妻注意自己的言行，免得被人说三道四，可没吃什么醋。”他将蓝外狐拉到一边问她，“刚才没受伤吧？”

蓝外狐摇头。

晏尘道：“好了，这里危机已解，你们该回去复命了。”

蓝外狐目光忍不住向他看过去，他却没有看她，只是拍了拍千翎羽的肩膀：“你负责把他们安全带回去，任何人少一根头发我都是不依的！”

千翎羽点头，忍不住道：“晏学长，你不跟我们一起回去吗？”

晏尘唇角轻轻一牵：“不必了，我已从天聚堂毕业，还要回家族复命。”他又看了看顾惜玖，“惜玖，以后有机会我们再聚。”他转身欲走。

“等等！”顾惜玖开口，“晏尘，我希望你这次能跟我们一起回去，我有事需要大家通力合作。”

晏尘一愣，看了看她。

顾惜玖微笑：“这次的事很重要！”

晏尘略一沉吟：“好！”

与世隔绝的小山村，猛一听上去似乎是世外桃源，但到了才发现这里很贫穷、很落后，崎岖不平的土道，黄泥和乱石块垒成的茅草屋，还有灰头土脸的村民。

古残墨也没打算在这里长住，所以他入乡随俗，让弟子在这里修建了和村民一样格局的茅草屋，和村民混居，倒也不显山不露水。

这里的村民普遍都很穷，处于温饱线以下，他们信仰的神也不是圣尊，乃是黄大仙。

因为天聚堂的部众有特殊的本事，还有很多会飞的，所以这些村民送给他们一个很特别的称呼——黄大仙一家。

天聚堂的人还是很得这些村民敬重的，因为他们外出的时候常常带回一些精细的东西，米、面、油、盐，甚至还有精致的点心，让这里的村民生活改善了不少。

天聚堂上上下下二百多口人，在这里混得和黄鼠狼一个级别，大家普遍觉得很郁闷，时刻盼着搬回去。

顾惜玖跟晏尘他们赶回来的时候，正看到古残墨站在一棵大树下给聚拢过来的下属训话，他嗓门大，训话时中气十足："大家少安毋躁，帝拂衣那厮如此倒行逆施，早已天怒人怨，他早晚会遭受天谴被天雷轰的！老夫一直试着联系圣尊门下四使，一旦联系上，让他们禀报给圣尊，等圣尊出面时，帝拂衣的末日就到了！"

有人发愁："可这么久了，也没见圣尊出来，是不是圣尊又闭关了？"

"是啊，这都两年了，圣尊一点儿信也没有，我怀疑圣尊被那个什么圣尊夫人给坑了，说不定早已遇害……要不然有人冒充他的夫人助纣为虐，他怎么会不出来惩罚？"

古残墨一窒，其实他也怀疑这一点。

"学生觉得不该等圣尊出面，在此乱世，我们天聚堂也该担起这个重任，这个左天师已经成为千夫所指。我相信我们天聚堂只要振臂一呼，跟随者肯定不少，到那时大家一起杀到京城，将那浑蛋碎尸万段。"有激进分子忍不住出主意。

古残墨微微点了点头："老夫心中有数，绝对不会放任事情如此发展的，一旦到了合适的时机，老夫自会通知大家。"

"该死的左天师！"

"挨千刀的帝拂衣！"

"……"

众人骂得慷慨激昂，几乎要问候左天师的祖宗八代。

顾惜玖远远地就听到这些，心想帝拂衣幸好没来，要不然听到这些骂声只怕会郁闷死！

千翎羽等人忍不住看了看顾惜玖，都有些不好意思："这个……大家对左天师确实有些误会。"

晏尘道："惜玖，我们要不要当众把左天师是假货冒充的事说出来？"

顾惜玖略一沉吟，点头道："要！"

虽然帝拂衣让她这次依旧低调行事，免得泄露行踪，但她不想看着帝拂衣被天聚堂的同修们这么辱骂，她必须为他正名！

他们此刻已经走到村口，她轻咳了一声，正要朗声开口。

忽听空中传来一声轻笑："你们骂本座骂得挺欢快的嘛，就这点儿本事？"

顾惜玖眼睛一亮，帝拂衣，没想到他回来得这么快！

正在大树下的天聚堂弟子人人色变，纷纷抬头向空中看去。

苍穹下，一人当空而立，紫袍潋滟，银色面具下薄唇微勾，额间狐眼抹额熠熠闪光。

正是左天师大人！

众人大惊失色，比看到任何洪水猛兽都害怕！

扯法器的扯法器，拔剑的拔剑，叮叮当当一阵乱响，所有人不待古残墨吩咐，身形闪动间已经列好了对付邪魔的杀阵，人人严阵以待！

帝拂衣停在空中，抱着手臂看他们列阵。

天聚堂这些年居安思危，阵法功夫都没落下，此刻列阵速度飞快，不到半分钟的工夫，大树下的广场上已经列出杀气四溢的一个大阵！

这个大阵可以抵挡十万兵将，当初天聚堂也是用这种大阵杀退其他门派一次次的进攻的。

古残墨微眯着眼睛看着空中的帝拂衣，眸底闪烁着锐利的光芒。

左天师居然是一个人来的！

他这是来找死吗？！还是说他还带了其他人，只是藏起来了？

古残墨的目光迅速在帝拂衣周围一扫，他身后晴空朗朗，连白云也没看到一朵，自然藏不住人。

不管了，难得看到这厮落单，他必须抓住这个机会杀死左天师！

他一挥手，他手下的八位长老和他一起飞起，将帝拂衣围在正中，再次形成一个杀阵，和下面那些弟子的杀阵遥相呼应。

阵列好，古残墨底气也足了！

“帝拂衣，天堂有路你不走，地狱无门你闯进来，这次可是你自己来找死的，老夫要替天行道！”古残墨手里的重剑几乎要指上帝拂衣的鼻尖。

帝拂衣倒是不急不慌，打量了一下古残墨和八位长老：“八年未见，你们的功夫也没见有多少长进啊。”

古残墨他们八年前是九阶灵力，现在还是九阶，只上升了一点点而已，最多原先是九阶三现在长到九阶五了。

古残墨哼了一声。

帝拂衣一挑眉：“老古板，你和本座相交这么多年，真身和假货也分不清吗？你这双眼睛长在骡子身上了？”

古残墨一怔：“什么？！”

帝拂衣悠然道：“这八年本座并未在这块大陆现身，现在外面为非作歹的是个假货！”

“放屁！”古残墨怔了几秒后勃然大怒，“帝拂衣，你休想用花言巧语来糊弄本堂主，你以为本堂主是傻子？你不会又想用这种方法洗白吧？又想唱哪出？”

帝拂衣弹了一下指甲：“本座无论说什么你都不肯信？”

“当然！没人会信你！帝拂衣，这次你就算说得天花乱坠，我们也是半个字都不肯信的！”

帝拂衣微垂着眸子轻轻一叹："没想到本座也会有像过街老鼠一样人人喊打的一天，你们是不是常常骂本座？"

古残墨这个时候已经豁出去了："当然！你不要以为用高压手段封了大家的口就没人敢骂你，这个大陆的百姓人人在心里骂你祖宗八代！至于本堂主，一天骂你八回算轻的！"

"你们骂错了！他这八年一直和我在一起，在外面造孽害得大家流离失所的确实是个假货！"一道清脆的声音自村口的密林中响起，再一眨眼间，一名女子凭空出现在帝拂衣身边。

古残墨等人猛然睁大眼睛。

虽然过去了八年，但顾惜玖变化并不算大，看上去也就十八九岁的模样，古残墨等人自然一眼就认出来了。

"惜玖！"

"惜玖！"

"顾惜玖……"

人群中不知道多少人叫出声来。

顾惜玖向古残墨行了一礼："古堂主，惜玖有礼。"

古残墨："……"

其他人也从密林深处出来了，正是晏尘他们。

第七十三章　内奸是谁

半个时辰后，天聚堂的部众围成一个圈，将帝拂衣和顾惜玖围在正中，所有人都义愤填膺，只不过这冲天的怒气不是针对帝拂衣，而是知道了真相后气的！

一个假货居然搅得这块大陆腥风血雨，坑了大家这么久！

真相太残酷，也太狗血，如不是顾惜玖和帝拂衣一起归来，大家压根不会相信！

有顾惜玖在这里，晏尘他们把今天发生的事情一说，大家终于明白了，然后大家就尴尬了！

他们居然在这里骂了左天师那么久，还被左天师抓了现行！

古残墨一张老脸涨得通红，几乎不敢正视帝拂衣的眼睛，帝拂衣坐在一张高背椅上，托腮看着他："一天骂本座八回。"

古残墨干笑一声："这个……这个其实骂的是假货……也没骂这么多次……"

帝拂衣挑眉："你骂的虽然是假货，但骂的是本座的名字，本座有些不爽。"

古残墨知道帝拂衣一向难缠，现在被帝拂衣抓住理就更难缠了，只得低声下气赔不是，还命人沏了最好的茶亲手捧上来。其他天聚堂弟子自然也纷纷跪下请罪。

无奈帝拂衣只是不理，似笑非笑，身上的气场却极为强大。

古残墨也知道这次把人给得罪狠了，只得把求救的目光转向顾惜玖。

顾惜玖不愧是天聚堂的学生，关键时刻还是替他们说话的，她看向帝拂衣："拂衣，这个不知者不为罪。"

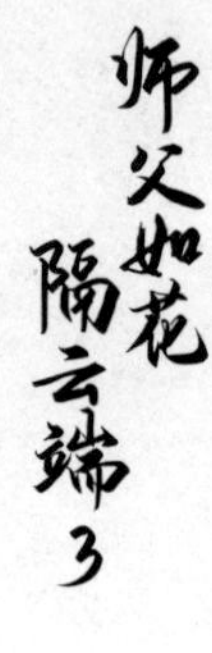

帝拂衣这才直起身子，一扫众人："看在惜玖的面上，就饶你们这一次。"

他这话出口，所有人都长长出了一口气。

大家这个时候还是极为开心的，憋闷了这么多日子的郁气也一扫而空！人人撸胳膊挽袖子想大干一场！

真左天师大人出现，假货现原形的日子就指日可待了。

古残墨一张老脸笑得像朵怒放的菊花，向帝拂衣询问下一步的行动计划。

帝拂衣目光一扫众人，轻轻一笑："急什么？本座自有计较，不过在说这个计划之前，本座得审明白一件事。"

众人一头雾水。

古残墨赔笑："什么事？"

帝拂衣衣袖一垂，再亮出来时，掌心出现一物，那是一块玉石雕刻的玉佩，形状像麒麟，看上去甚是灵动："这个东西是谁的？"

众人面面相觑，古残墨皱眉："这东西天聚堂人人都有啊，是象征身份的腰佩，这腰佩有什么问题吗？"

帝拂衣再扫一眼众人："人人都有？"

古残墨点头："这是两年前制作的，是代表天聚堂学生的新腰牌，原先大家一直佩戴着，这次出来怕泄露身份，大家才把腰佩都收起来了，不过都带在身上的。"

说着他也拿出了一枚腰佩，果然和帝拂衣手中的那个一模一样。

帝拂衣将两块腰佩比对了一下，问他："你们的腰佩所用的灵石是天香玉吧？"

古残墨点头："不错，这天香玉佩戴在身上自带草木清香，还能净化体内浊气，所以老夫要求人人佩戴。"

帝拂衣将手里的腰佩抛给他："那你再看看，本座手里的这块可是天香玉的？"

古残墨还是很识货的，他将那块腰佩凑到阳光下仔细一看，脸色变了："这是天魔玉！"

天魔玉和天香玉是相对的两种玉，从外表上看一模一样，极难分清，其功能却大大相反！

天魔玉也是一种极罕见的玉，据说这玉魔力强大，会破坏佩戴者的魂魄，让人在不知不觉中功力下降，记忆减退，甚至可以让人慢慢变成痴呆。

这种玉能量极大，一块就能影响方圆数里的人。

这样的腰佩虽然大家都有，但大家为了好区分，每个人的腰佩还是有记号的，或者刻了名字中的一个字，或者刻了家族的族徽，或者做了自己认得的花纹。

这玉并不容易刻东西，必须是灵力八阶以上才能刻，而要随意刻画就需要九阶灵力了。

帝拂衣手里的这块在麒麟背上刻着一朵云，云纹流转如意，显然是九阶灵力高手所刻。

“左天师大人，这个您是从哪里得来的？莫非有人模仿我堂的腰佩，想对天聚堂不利？”古残墨脸色不是一般凝重。

帝拂衣让古残墨将腰佩给他。

帝拂衣将腰佩掂了掂：“本座是在天聚堂练气场的一块地砖下发现的，如无意外，这东西就是大家做噩梦的元凶！”

众人：“……”

害得大家流离失所、灰头土脸搬走的元凶居然是它？！

古残墨眉头皱成了川字，立即问身边几个达到九阶灵力的长老和护法，谁曾经在腰佩上刻过云纹。

几位长老和护法一起摇头，谁也没干过这事。但这个东西明显是天聚堂的弟子带进来的，因为最近半年外来者压根没进过天聚堂！

不用问，要么是有人利用了天聚堂弟子，要么就是天聚堂出内奸了！

古残墨目光向众人一扫：“这是谁的？谁的腰佩掉了？”

众人面面相觑，无人应答。

古残墨脸色更不好了：“如果这东西是谁无意中带进天聚堂的，只要说出是谁送的就可以，如果一直不招那就是故意而为，就是混进天聚堂的内奸！一旦被揪出，那后果……本堂主不说你们也明白！本堂主再问一遍，这块腰佩是谁的？！”

大树下二百多号人鸦雀无声，静得连一根针落地都听得见，但是依旧没人站出来。

古残墨的目光在众人脸上一一掠过，每个人脸上的表情都是震惊加茫然。

刑罚堂长老常审理这类案子，一双双眼睛如鹰隼般锐利，任何人脸上稍稍有点儿不自然都能被他们瞧出来，但他们看了半晌，也没看出来，那腰佩上的云纹也没人认得。

这么看起来，不是有人哄骗了天聚堂的人带进来，而是天聚堂确实混进了内奸，这内奸在外面造了天魔玉的腰佩，很容易就带进来了，然后再暗暗藏在练气场的地砖下。

就算有打扫大厅的弟子无意中将这东西翻出来也不会引起警惕，还以为是哪个弟子遗漏的。

内奸是谁？

古残墨立即命令掌管天聚堂出入的弟子查找档案，调取这段时间内天聚堂弟子的出入记录。

但调查结果出来后连古残墨也皱紧了眉头。

那段时间天聚堂的弟子外出的不少，虽然没有一半但最少有三分之一，还有的隔三五天就出去一趟。这部分弟子的名单整理出来后，足足有七八十号人。

这个内奸必然不会结伴外出，就算结伴出去他也需要落单的时候，才能秘密做这种事情。

刑罚堂长老立即又命人在七八十号人里筛选单独外出的，或者结伴外出中途落单的。

一个时辰后，结果出来了，在这期间单独外出和中途落单的有二十二人，这其中包括男女一起外出在外留宿一晚的。

这二十二人包括四位长老，三位导师，其他则是千翎羽他们这类的弟子。

也就是说，这二十二人嫌疑最大，内奸就在其中。

可是要从二十多人里面揪出那个内奸也不是件容易的事，以刑罚堂长老的手段，一个个审查也能审出来，但得五六天才能有结果。

帝拂衣和顾惜玖归来的事外面的人还不知道，现在帝拂衣在这里现身，那个内奸一旦逮到独处的机会，必然会想方设法通知外面的同伙。

如果不想泄密的话，唯一能做的就是把这二十二人全部关在一个地方，等揪出内奸再放出来。

但这些人几乎都是天聚堂的精英，一关数天的话很不人道，也耽误事，再说这里也没有可以关押二十多人的房子。

刑罚堂的长老面面相觑，都有些为难。

古残墨一横心，道："将他们分三批关押，互相监督，等找出内奸再放人！"

他这一声命令说出口，那二十二人的脸色都变了。

有人忍不住反驳："古堂主，这样不公平，我等岂不成陪绑的了？如果一直找不出内奸，那我们难道要一直被关到地老天荒？"

古残墨冷冷地道："这倒未必，最多关到将假左天师弄死！在此之前，就只能委屈大家。"

他正要下令将这些人全部押走，在一旁的顾惜玖忽然开口："古堂主，他们抗议得有理，总不能为了一个内奸让这么多人跟着受委屈，惜玖倒有一个办法可以在一天之内辨别出内奸，而且还不必将大家关押起来。"

她这番话出口，所有人都睁大了眼睛，无数狐疑的目光看向她。

顾惜玖拍了拍自己的天字储物袋，从里面轻轻拽着陆吾的脑袋，陆吾看上去睡眼蒙眬："主人？"

顾惜玖弹了一下它的脑门："出来，听我吩咐。"

陆吾眼睛一亮，立即跳出来，跳到顾惜玖的肩上，九条大尾巴摇来摇去："遵命！"它眸光闪闪，一脸兴奋。

"主人，我呢？我呢？"大蚌也从储物袋中探出头，急急忙忙地刷存在感。

最近顾惜玖一直带着它们四处奔走，偶尔让它们出来放放风，现在大蚌忽然听到有任务，自然沉不住气了。

顾惜玖将它也拎了出来："待会儿你也有任务，等着。"

"好嘞！"大蚌立即变成原样大小，盘在那里虎视眈眈。

古残墨眼睛微微一亮，似乎想到了什么："惜玖，你是想让大蚌用术法逼他们说实话？"

顾惜玖笑道："差不多吧，你也知道，大蚌有这个功能，可以让人说出所有的心里话。"

这句话说出，几乎所有人都后退了一步。

人生在世，哪儿能没点儿秘密？譬如暗恋谁，喜欢谁，譬如看谁不顺眼，在心里骂他祖宗八代。

这些都是不可说的小秘密，如果在大庭广众之下被爆出来，他们还要不要做人了？！

大蚌看看这个，再看看那个，嘁了一声，原来人类有这么多小秘密，哪儿像它，一颗心完全向着主人！它最多偶尔在心里骂几声变态的左天师。

顾惜玖一抬手："大家的顾虑惜玖都明白，所以惜玖并不是单纯用这个法子。"

她又从储物袋中掏出一把亮晶晶的玉石，从里面取出二十二颗，在手里掂了掂道："这是魂石。"

众人一脸蒙圈地看着她，明显第一次听说这种东西。

帝拂衣也挑眉看着她，这石头他认得，是大蚌在阵眼某个山洞中找到的，大蚌喜欢亮晶晶的东西，就一口气运回来一百多颗，冒充它产的珍珠。

大蚌还送给顾惜玖好几十颗，让她替它保管着，他当时也研究过一阵，发现这东西除了颜色好看外，其实没什么用，也就没理会。

他没想到顾惜玖居然拿出来这个，还说是魂石。

那一把石头在她的掌心闪着微光，很漂亮，顾惜玖将所有人的目光都吸引过来后，这才慢条斯理地解释："这魂石有一个特性，如果有人将它在手里握小半个时辰，它会记住对方的魂体之气，再不会认错。天魔玉既然是内奸带进来的，肯定会在天魔玉上留下他的魂体气息。如果两个相同的魂体气息碰到一起，再经过陆吾和大蚌的气息缠绕，六个时辰以后，魂石的颜色会变得和天魔玉一样，那样自然就能找到内奸了。"

顾惜玖一边说一边将手里的魂石分发给二十二个人："来，来，大家用掌心攥着它，在手里盘弄……我教给你们盘弄的法子，大家都要和我学，谁也不许捣鬼，捣鬼者必然是内奸！"

二十二个人接过石头，顾惜玖自己也取了一颗用手盘弄，让众人跟她学。

这盘弄的法子很简单，大家自然一学就会，二十二个人站成一排，由其他人盯着盘弄。

这法子极为新奇，不但天聚堂的人没听说过，就连帝拂衣也没听说过，他干脆抱臂在那里看着。

天聚堂人多，二百多人盯着二十二个人，那自然就像探照灯似的，任何人也捣不了鬼，一点儿小动作也会落入众人眼中。

顾惜玖也不时地在这二十二个人当中巡视，不动声色地查看他们各自的表情。

她看一圈后，在心里不由得暗叹一声内奸心理素质真强大，居然没在这一环节中露出端倪。

盘完后，顾惜玖让每个人将手里的魂石刻上自己的名字。

这魂石质地较软，还是不难刻字的。

众人刻完后再由人按顺序检查一遍收上来。

为了避免收石之人沾上魂石上的气息，顾惜玖还发给收石人一双薄膜手套。

一堆亮晶晶的小石头重新回到顾惜玖的手中，顾惜玖捧着它们走到大蚌和陆吾面前，让它们各自在上面喷一口气。

这俩货自然照做，说来也怪，原本是亮晶晶的半透明的石头，被这俩货喷过气之后，居然变成了奶白色，看上去颇为神奇。

顾惜玖松了一口气，笑道："大功告成！古堂主，你将这二十二块魂石和天魔玉都放在离此十里的一处山洞中，派两名龙属相的弟子看守，六个时辰后我带大家验看成果。"

古残墨满心纳闷，不过他不太放心："惜玖，派两名弟子看守是不是少了点儿？万一有闪失……"

顾惜玖摇头："不必，要想成果好，越少人凑近越好，两名我都嫌多了。放心，不会出意外的。"

他想了想又说道："那要不要把这二十二人关起来？"

顾惜玖摇头："没必要。"

古残墨点头，照做去了。

一个黑黝黝的山洞。

山洞原先是野兽的住所，被天聚堂的人赶跑了，然后帝拂衣亲自在里面用清洁术净化了四五遍，里面再无异味。

山洞中有一个长条大石。

大石上摆着天魔玉和一堆刻着名字的魂石……

天聚堂的两名弟子奉命守在山洞外，防备有人进去捣鬼。

山洞位于一片茂密的丛林中，此时是夏天，正是蚊子肆虐的时候。

距离顾惜玖的测试已经过去了三个时辰，天色已黑，蚊子更猖狂了，两名弟子一直站在洞外，不时被蚊子叮上一口，他们不时拍打近身的蚊子，然后再骂内奸。

大山里的蚊子个头很大，叮一下就是一个大包，两名弟子身上被叮了十几个包后，整个人都不好了！

其中一个弟子出主意，用烟熏蚊子。

这倒是个好办法，另外一个弟子立即找来了专门熏蚊子的艾草，然后点燃，无数白烟冒出，将周围的蚊子熏跑不少，两名弟子站在艾草旁边，终于好多了。

他们没发现，在他们身后不远处，有一道几乎和夜色融为一体的人影藏在大树后，他在大树后静静地观察了片刻，向那两名弟子的方向吹出一缕轻烟……

片刻后那两名弟子纷纷开始揉眼睛，其中一个弟子怒道："小浩，你在哪里找来的艾草？呛死了，我的眼睛要睁不开了！"

"可能是艾草太湿所以烟大熏眼睛……"另一名弟子一边揉眼一边猜测。

两个人被熏得流泪，压根睁不开眼。

就在他们揉眼的那一刻，隐在暗处的黑影如同一道闪电，从两人面前闪过，直接进了山洞。

那道黑影黑巾蒙面，只露出一双眼睛，他闪进洞后直接扑到放置魂石的地方，眼睛狼似的盯在魂石上。

已经过去了三个时辰，所有的魂石都有了变化，每一枚的颜色都不同，而且还在变化中……

这些石头果然会变色！

顾惜玖并没有撒谎！看来用不了多久，他的那块石头就会向天魔玉的颜色转变。

他迅速找到自己的那块石头，看了看上面的名字，指甲上冒出莹莹的淡光，将魂石上的字一点点擦去。然后他重新写了个名字……

他明显是在模仿别人的字，写好后又瞧了瞧，唇角轻扬。

"阁下很开心嘛。"一道声音忽然自他不远处响起，声音清脆，甚至还带着笑，"我也很开心。"此人正是顾惜玖。

那黑影如遭雷击，僵了两秒，他的反应也很快，身形立即向洞外蹿去，但他这一蹿险些撞到一个人身上！

"有本座在这里，你以为你跑得了？"那人声音冷酷，正是帝拂衣的声音。

帝拂衣的衣袖向黑衣蒙面人一拂，那人脸上的黑巾落了下来，露出了本来的面目。

黑暗深处传出古残墨那怒气冲冲的声音："洪天心！居然是你？！"

洪天心面如死灰，瞪着不知道从哪里冒出来的三个人："你……你们……"他试图狡辩，“弟子只是，只是好奇来看看，并非内奸。”

古残墨一掌将他拍了个跟头，怒道：“还在狡辩！老夫看得清清楚楚，你将你的石头改成别人的名字了！刚才如果我们不现身，你只怕会找出替罪羊的石头改成你的名字吧！”

洪天心：“……”

古残墨将两块刻着同一个名字的石头抓在手里，看了看，气不打一处来：“原来你找的倒霉鬼居然是你的好朋友乐丰言！”

洪天心被抓了个现行，就算舌灿莲花也无法再分辩了。

他面如死灰，后退两步，再后退两步，他们三个在这里，就是给他插上翅膀也飞不了！

他心一横，眼一闭，牙一咬！牙没有如他所愿咬合在一起，而是咬在一块不知道从哪儿冒出来的玉石上，险些硌掉他的两颗门牙！

他蓦然睁开眼睛，看到的是刑罚堂长老那张极为冷硬的脸：“想自杀？没门儿！”

刑罚堂长老两指在他后槽牙上猛地一点，一颗雪白的豆粒大小的药丸从他嘴里滚了出来，落在刑罚堂长老的掌心。

刑罚堂长老还顺手点了洪天心的好几处穴道，确定他再出不了幺蛾子，这才将药丸呈给帝拂衣。

帝拂衣在药丸上施了个清洁术，瞥了一眼药丸，那药丸模样很怪，居然是星芒状，是他从来没见过的样子。

顾惜玖走过来，向那药丸瞧了一眼：“药片！”

这种药片和现代带糖皮的小药片相似，是这个年代的人造不出来的。

在这个时代能造出这种药片的只有一个人——龙梵！

这浑蛋还真是阴魂不散！

洪天心自杀失败，全身都在发抖，古残墨也气得发抖。

洪天心是前年由龙司夜介绍，其他天授弟子作保送进天聚堂的，是个天才，一进来就是灵力七阶，人也沉稳干练，很得古残墨欢心，没想到他居然是龙梵派进来的内奸，想坑害天聚堂！

“混账，你是龙梵的人？！”

洪天心这时已经豁出去了，眼睛盯着顾惜玖：“原来这是你设的计！魂石的功能是假的吧？你如此做就是为了引我上钩？”

顾惜玖悠然道：“答对了！”

洪天心握拳，他其实也怀疑过，但顾惜玖做得太像了，让他打消了怀疑。

古残墨是个急性子，找出内奸后他松了一口气，他想立即审出幕后主使以及洪天心这么做的目的，但洪天心的嘴就像蚌壳，无论如何也撬不开。

顾惜玖干脆把大蚌叫出来，让它用蜃蚌幻境让洪天心开口。

大蚌自然十分乐意，它现在使用蜃蚌幻境出神入化，几分钟后洪天心就将所知道的全说了。

他说的和顾惜玖猜测的居然不太一样，洪天心的直属上司并不是龙梵，而是一个神秘人。神秘人用心灵传音术和他联系，而且还是单线联系，只能神秘人联系他，他无法主动联系神秘人。

神秘人就联系了他三次，一次是告诉他天香玉矿的消息，让他禀报给古残墨。天香玉是一种灵玉，功效强大。古残墨很识货，发现这玉矿自然很欢喜，还命人用天香玉造了腰佩。

第二次就是让他出来，神秘人验看了他的腰佩。

第三次则是给了他天魔玉腰佩，神秘人让他把它藏到炼气场地砖下面。

神秘人虽然召见了他两次，但都是让他只闻声音不见人。

至于天魔玉腰佩能做什么、有什么功用洪天心一概不知。

而且神秘人操控他的法子很奇怪，是在他脑海中直接响起的，他如果不照做，就会头疼无比。

洪天心被带下去了，等待他的将是天聚堂的严惩。

既然让众人做噩梦的元凶已经找到，古残墨自然不想让他的学生再待在这个地方。

众人也是归心似箭，当晚便赶回了天聚堂。

大家回到天聚堂后自然好一阵忙碌，各种收拾。

顾惜玖因为没有说明她和帝拂衣的夫妻关系，古板的古残墨立即安排顾惜玖依旧回她原先住的屋子，帝拂衣则被安排在他曾经住过的庭院内，让他们夫妻分居了。

顾惜玖心中暗笑，帝拂衣这家伙自己说不要公开的，那她就如他所愿。

顾惜玖回到这里看到熟悉的一草一木还是很感慨的，有种游子回家的感觉。

她的屋里其实一直很干净，她用了几个清洁术就完全恢复正常了。

顾惜玖正在收拾着，蓝外狐来敲门了，她抱着一个枕头站在外面眼巴巴地看着顾惜玖："惜玖，我今晚可不可以和你睡？"

顾惜玖自然不会拒绝，点头答应了。

小丫头欢呼一声，抱着枕头直接扑上她的床，自顾自地把枕头摆好，还手脚麻利地铺好了被窝。

"惜玖，我们在一头睡好不好？我有很多话想和你说。"

顾惜玖其实也很想她，还给她带了不少礼物，这时候干脆拿出来送给了她。

顾惜玖的礼物自然不是凡品，蓝外狐抱着礼物眼睛都弯成了月牙，欢喜得要转圈的样子。

顾惜玖道："我这次给很多人带了礼物，你跟我一起去发一下？"

“好呀。”小丫头立即起身。

顾惜玖带着她给同修们分发礼物去了。

顾惜玖朋友不少，这一圈下来一个时辰就过去了。

她们不知不觉走到晏尘所住的地方，这里是晏尘的故居，他出师后这里就分给了其他学生。

这次晏尘回来，管招待的执事本来想让他去客房休息，但他想住在曾经的屋子。执事和居住在此地的学生一说，那学生自然满口答应，搬到了别处，将房子让了出来。

顾惜玖转到此处的时候，晏尘刚刚把房子打扫干净。

晏尘听到敲门声，打开门发现是她们，颇为意外，将人让进来。

八年未见，曾经沉稳冷静的少年眉目间少了青涩，多了几分男子汉的成熟和担当。

他沏了茶放在二人手边。

蓝外狐看了看那茶，是她曾经最喜欢的果茶，她抿了抿唇，低声道：“能不能换一种？”

晏尘微微一愣：“你不是最爱喝这个？”

蓝外狐低垂着睫毛声音小而坚决：“曾经很喜欢，但现在不喜欢啦。现在我喜欢喝花茶。”

晏尘指尖微微一僵，随即点头：“好，我给你换。”

他正要给她沏一杯清淡的花茶，蓝外狐又道：“我想喝浓一些的，味道醇厚一些的。”

晏尘皱眉：“晚上喝浓茶对睡眠不好，你……”

“没关系，我这人一向没心没肺，喝再浓的茶也睡得着。蓝阅也喜欢晚上喝浓茶的。我和他一样，是一类人，我们喝浓茶没事。”蓝外狐截断他的劝告。

晏尘紧抿着唇不再说话，给她沏了一杯较浓的茶，也只是较浓而已，和浓茶还不沾边。

屋内一时有些冷场，还是顾惜玖拿出送他的礼物和他聊了几句别的，这才让屋里气氛缓和了一些。

顾惜玖说明了这次来的目的，想让晏尘和天聚堂的人一起联手对付假左天师。

晏尘自然答应，一切听顾惜玖的吩咐，顾惜玖给他一张特制的传音符，方便随时联系。

晏尘和顾惜玖说话的时候一眼也没看蓝外狐，而蓝外狐对这些事是插不上嘴的，就在旁边喝茶听着。

不知不觉茶水已冷，她还喝得有滋有味，晏尘终于看了她一眼，看着不再冒热气的茶杯似乎想说什么终于又忍住了。

他看了看外面的天色，这是送客的意思。

顾惜玖看了看小狐狸，她也不知道在想什么，直愣愣地看着一个方向出神。

顾惜玖叫了她一声，她才醒过神来，放下已冷的茶杯站了起来。

晏尘忽似想起了什么，从怀里拿出两张大红请柬递到两个人面前："惜玖，外狐，半月后是我定亲的好日子，还希望你们二位能赏脸参加。"

蓝外狐明显僵了片刻，伸手将喜帖接过来，手缩回去的时候衣袖不小心碰翻了桌上的冷茶，当啷一声摔在地上。

茶杯破碎，茶水在地板上流淌。

"对不住。"蓝外狐道歉，声音有点儿颤抖。

"你怎么了？"晏尘盯着她的俏脸，"不舒服？"

蓝外狐飞快地摇头："一时失手而已，哪有什么舒服不舒服的。好了，时候不早，我们告辞了。"

她拉着顾惜玖就出去了。

顾惜玖没说话，但能感觉到蓝外狐的小手指尖冰冷，掌心潮湿。

晏尘看着蓝外狐近乎仓皇奔逃的背影，眸中划过一抹微光，他张了张嘴似想说什么，到底忍住了。

大红的喜帖上缠绕着并蒂莲，上面两个名字分外醒目。

"晏尘、冷无霜定亲之喜，恭请好友蓝外狐莅临。"

蓝外狐从回来后就坐在桌前，看着大红喜帖出神。

"小狐狸，你和晏尘是怎么回事？"顾惜玖也在看那张帖子。

蓝外狐平时什么话都对顾惜玖说的，但这次她沉默良久，半晌才勉强笑了笑："我和他没什么呀，我一直当他是哥哥的。"

顾惜玖："……"

顾惜玖不说话了，八年前的小狐狸确实不解风情，对晏尘也确实像亲哥哥一样依赖。

小狐狸对晏尘那种全身心的依赖也不完全像对哥哥一样，或许她自己傻傻分不清，但顾惜玖还是看得很明白的。

不过八年的时光确实能改变许多人，当然许多感情也变淡了，曾经爱得要死的人还能平静分手，所以小狐狸和晏尘会分手也不是奇怪的事。

顾惜玖并不是喜欢八卦的人，既然小狐狸不想说，她也就不再问了。

她奔波了一天，有些疲惫，所以稍稍洗漱了一下就上床睡了。

原先聒噪的小狐狸难得安静下来，只贴着她睡着。

不知道什么时候，顾惜玖被低低的抽泣声惊醒。

她睁开眼睛发现小狐狸正在睡梦中流泪，长长的睫毛都濡湿成一缕一缕的，这孩子像是水做的，每次一哭那就是眼泪汹涌，把整个小脸都打湿了。

"我不是狐狸精！我不是……"蓝外狐抽泣，"我不会害人……"

顾惜玖顿了顿，柔声问她："谁说你是狐狸精了？"

蓝外狐睡梦中只是流泪，片刻后，又低叫了一声："蓝阅，你……"后面的话她说得模糊，压根听不清，只是眉头蹙得更紧。

小狐狸有很重的心事，难道真是她移情别恋蓝阅了？

蓝阅似乎没有晏尘有魅力啊，也没有晏尘对小狐狸那么好。

晏尘对小狐狸是发自真心地宠，而且几乎是宠出了习惯。

蓝阅更多的时候是吃醋，被人觊觎了所有物的吃醋。

"小狐狸，你喜欢蓝阅吗？"顾惜玖忍不住沉声询问。

她用了一种术法，话语可以传进小狐狸的梦中。

小狐狸喃喃："他是……我不可以违背他……"

顾惜玖："……"

"他是什么？"顾惜玖循循善诱。

"他是……是奇才，是他们家族的骄傲，不是我……我这个来历不明的野孩子能配得上的……我不是野孩子，我有爹爹的……我没耽搁他练功……我一直很听话的，为什么……为什么还要骂我是狐狸精？骂我不知廉耻……"

顾惜玖："……"她问的是蓝阅，而小狐狸梦中迷迷糊糊的回答却像是在说晏尘？

小狐狸像是陷入梦魇之中，又在流眼泪："我……我没有不懂事，我不想和他们打架，是……是他们骂我……还骂我娘亲是荡妇……我气不过才……"

顾惜玖一头雾水。

她皱了皱眉头，她不喜欢管闲事，但她也护犊子，她的朋友不允许任何人轻辱！

小狐狸明显是受了极大的委屈，顾惜玖微眯了眯眼睛，到底是谁给她气受了？！

小狐狸再次睡熟了，眼角还残留着泪痕。

她的枕巾都哭湿了，顾惜玖直接使用了清洁术，将她的枕巾弄干。

她又抬手将小狐狸眼角的泪痕抹去。小狐狸似乎感受到顾惜玖指尖的暖意，翻了个身，将她的手抱住，小猫似的把小脸向顾惜玖的手上蹭了蹭，然后就将她的手抱在怀中，紧紧靠在她的手臂上，再不肯松开。

顾惜玖觉得自己每次和这只小狐狸在一起的时候，就有母性的光辉在闪耀。

她随手将小狐狸的头发向耳后别了别，小狐狸喉咙里咕噜了一声，喃喃地说了一句："不要……不要不要我……我很乖的……"

顾惜玖拍了拍小狐狸的小脸："乖，没有人不要你，谁敢负你，我替你揍他！"

小狐狸就算在梦中也是很听话的："嗯。"

顾惜玖迷迷糊糊正要睡过去，身边的小狐狸再次不安分起来，又哭了……

很明显，她又被噩梦缠住了。

曾经活泼的小狐狸八年不见变成了爱哭的泪狐狸，顾惜玖琢磨了片刻，干脆伸出一根手指轻触在她的眉心上。

顾惜玖现在灵力十阶，已经学会了入梦术，她倒要看看缠住小狐狸的梦究竟是什么！到底什么事成了小狐狸挥之不去的梦魇。

小狐狸的梦境虽然是一个片段一个片段的，却很清晰。

顾惜玖的入梦术不单单能进入她的梦中，还能读取她的一部分记忆。

在小狐狸梦中出现得最多的是晏尘……

晏尘练功极为刻苦，在小狐狸的梦中，晏尘几乎每天都在练功，而小狐狸是贪玩的，顾惜玖的失踪对小狐狸的影响很大，她有些患得患失，想让晏尘陪她。

但她每次去找晏尘，晏尘都忙于练功，在练功的间隙看到眼巴巴守在旁边的小狐狸，他通常是把她唤过来一起练功，而晏尘能一坐两天，旁若无人地直接将小狐狸忽视了。

小狐狸陪着他练了几次，但她毕竟还没到那个级别，枯坐两天她有点儿坐不住，不免小幅度地动来动去。

晏尘每次睁开眼看到不求上进的她，就怒其不争，把她训个满头包，训得她蔫头耷脑的。

晏尘严厉的时候像导师，让小狐狸不敢反驳，但心里有些委屈，而这委屈随着挨训次数增多也越积越多。

她总觉得自己有点儿热脸贴冷屁股，而且几乎每次来都会挨他一通训，这让小狐狸非常郁闷，终于有一天她决定硬气一回，强忍着好几天没去找他。

晏尘也似没察觉，她没去找他，他也没什么特别的反应，甚至没来看她一眼。

这让小狐狸更郁闷，她一直憋到中秋节。

往年的中秋节晏尘都会带她出去玩，但这一年小狐狸一直等到月亮升上来，明晃晃地亮在头顶，她也没等来晏尘。

她到底没志气，想了想，还是去看他了。

她还特意换了一身特别漂亮的衣服，曾经被晏尘夸过的，那时晏尘每次看到她穿这一身就会看她很久。

没想到晏尘依旧在练功，她不敢惊扰他，在旁边眼巴巴地等着他收功。

她好不容易等到晏尘收功睁开眼睛，小狐狸以为自己和他已经十多天没见，他看到她会惊喜，没想到他只是愣了一下，就像往常一样招手让她过去陪他练功。

小狐狸忍了忍，提醒他今天是中秋节。

晏尘没反应过来，随口说道："中秋节又如何？来，陪我练功，你最近太偷懒了，这样如何提高……"

他一通道理没说完，小狐狸就爆发了："练功！练功！你练功吧！我去玩了！"她怒气冲冲地自己跑了。

小狐狸自己冲下山跑进城里，那是她过得最无聊的中秋节。

一个人看灯，一个人吃饭，一个人在街上看别人成双成对地闲逛。

晏尘一直没找她，她很失落，坐在河边看着水波中月亮的倒影流泪。

她长得美，大眼睛水汪汪的，洋娃娃一样可爱，自然吸引了一些在河边闲逛的登徒子的注意，有人开始上前撩她，和她说浑话。

小狐狸正心烦，这下找到了出气筒，她的功夫在天聚堂虽然不是最出彩的，但还是很厉害的，在这城里轻易也找不到一个对手，可爱到爆的洋娃娃化身暴力萝莉，三拳两脚将人打得哭爹叫娘，还有几个被她踹进了河里。

其中一位是这城中州官之子，这花花大少吃了这么大亏自然不肯善罢甘休。他见识到了小狐狸的功夫，知道硬拼拼不过，就偷偷带人跟在小狐狸身后，趁小狐狸在酒楼吃饭时，在她的饮食中下了药，将她迷晕带走。

小狐狸到底功力深厚，她没有被完全迷晕，还是有些神志的，一阵清醒一阵迷糊，她身不由已地被人架着，心里知道不好，只苦于叫不出来。

她以为她这次要完了，没想到等她清醒时发现自己在一间破庙中，衣衫不整，而在她面前站着一位蓝衫翩翩的佳公子，一双如波的双目正盯着她的左手臂。

小狐狸左手臂上有一个狐脸似的胎记，胎记不大，铜钱大小。

小狐狸一直嫌弃自己这胎记丑，平时基本都遮着，这次如不是被调戏，也不会露出来。

一个大男人盯着女孩子的手臂瞧，蓝外狐虽然天真烂漫，也知道这样不妥。她立即就怒了，把那人当成登徒子，起来就跟那人打在了一起。

这人的功夫有些怪，是小狐狸从来没见过的。

这激发了小狐狸难得的好胜心，和他打斗得更加激烈。

但这人的功夫明显比小狐狸高很多，小狐狸虽然使出了全部功力，一百招后还是落败，被那人点了穴道定在那里。

那人围着她转了两圈后，忽然问了一句：“你是不是姓蓝？”

小狐狸还是很天真的，愤怒地反问一句：“你怎么知道的？！”

那人和她对视片刻，眸底似有微光流动，又问了她一句：“你的功夫很不错啊，和谁学的？”

“关你屁事！”

那人微皱了皱眉：“女孩子这么粗鲁，以后怎么找婆家？”

小狐狸气不打一处来，再说一句：“关你屁事！”

小狐狸就会骂这一句，这一句还是和千翎羽学的。

那人瞥了她一眼，掉头就走。

于是小狐狸在这破庙里像根木桩子似的站了一夜，直到第二天早晨身上的穴道才被她强行冲开，恢复了自由。

小狐狸很愤怒，她恢复自由后就旋风般寻找那个人，想报仇。

但那个人早跑没影了，小狐狸寻了一天也没找到那人的影子，倒碰到了出来寻找她的晏尘。

晏尘看到她后松了一口气，然后又不客气地训了她几句，因为这一天是上课的日子，小狐狸只顾寻找那个人没回天聚堂，等于逃课了。

小狐狸被人定了一夜，那一夜她又冷又饿又怕，看到晏尘她本来委屈得不得了，被他这一训，那委屈更是铺天盖地而来，她再次爆发，向晏尘发了一通脾气，一阵风似的自己跑回天聚堂。

然后她又惊又怒地发现，那个害她在破庙中站了一夜的蓝衫公子被破格录入天聚堂，成了她的同修，还和她一个班级！

小狐狸终于知道了对方的名字——蓝阅，来自这个大陆最高贵、最神秘的家族——蓝狐族。

蓝狐族一直是传说中的家族，是仙族。蓝狐族的人可以同时保持两种形态，狐狸形态和人的形态，族人可活万年。当修炼到一定的级别，他们可随意变化，天生为仙不为妖。

蓝狐族的人轻易不会在这个大陆走动，就算走动也是隐藏身份以人的形态入世，这个世上的人对这个家族只是听说而已，没有见过。

古残墨年少时曾经和蓝狐族的人打过一次交道，甚至还欠了蓝狐王一个人情，所以认得蓝狐族身上携带的特殊族徽。

蓝阅既然自愿加入天聚堂，古残墨自然不会拒绝，甚至还破格让他跳过流云班，直接进入紫云班，好巧不巧地进了小狐狸的班级。

蓝外狐虽然也姓蓝，但她和蓝狐族一点儿没关系，她是晏尘家族里收养的孤女。

她的母亲曾经是小城中最美的人，后来不知道为何失踪了一段时间，再回来时已是有孕之身。

未婚先孕在那座小城是忌讳，她的母亲在众人的白眼和流言中生下蓝外狐，不久，就去世了。她临死前并没有说蓝外狐的父亲是谁，只说孩子姓蓝，取名蓝外狐。蓝外狐被晏尘父母好心收养，这才和晏尘一起长大。

这个大陆姓蓝的不少，并不是只有蓝狐族，所以大家并没有怀疑蓝外狐的身份，甚至还因为她名字里有一个“狐”字常常嘲笑她，笑她母亲癞蛤蟆想吃天鹅肉，因为姓蓝，就想和蓝狐族扯上关系。

小狐狸性格纯澈，被人这样嘲笑自然很受伤，却又不知道该怎么办才好。

幸好后来晏尘看不过去，那些同玩的小伙伴谁嘲笑她，他就揍谁。

因为他对小狐狸的保护，那些嘲笑小狐狸的声音才渐渐淡了，再没人提起，也没人敢欺负小狐狸。

小狐狸总算过了几年舒心日子，但好景不长，晏尘十三岁时进了天聚堂，离开了家乡，小狐狸没有了保护者，又有被人欺负的苗头。

幸好小狐狸也是天才，晏尘进入天聚堂三年后，小狐狸也有幸加入了天聚堂，这才和晏尘走到了今天。

蓝阅加入天聚堂后，小狐狸很记仇一直不怎么理他。

而蓝阅常常以取笑她为乐，让她恨得牙痒，恨不得暴打他一顿。

但她不是人家对手，盲目动手的话只有自己吃亏，每天看到蓝阅在自己眼前晃来晃去，小狐狸觉得很窝火，常常气得睡不着。

她又因为和晏尘赌气，一连数天不理晏尘，自然也没告诉他。

还是千翎羽看出一点儿端倪，他一问之下，就知道了真相。

千翎羽一直把蓝外狐当成自己人的，知道她吃这么大亏很生气，觉得必须替蓝外狐找回这个场子。两个人联手算计了蓝阅，差点儿把蓝阅套黑麻袋暴揍一顿，但因为事情办得不够严密，被人家提前发觉……

他们不但没揍成蓝阅，反而被蓝阅抓到了小辫子，蓝阅常常以将这件事告诉导师为由，让小狐狸和千翎羽做这做那，差点儿让他俩沦为蓝阅的小跟班。

那些日子蓝外狐满脑子都是要将蓝阅揍得满地找牙的念头，倒把晏尘对她的冷落抛在了一边。

她那时天天和千翎羽窝在一起琢磨坑蓝阅的点子，这让晏尘感到了危机，也让他觉得自己确实冷落了小狐狸，他开始找小狐狸了。

她还是有些生晏尘气的，中秋节爆发后，她没去找过他，就算晏尘来找她，她的态度也很冷淡，不再像先前那样黏他。

她不知道的是，那段时间正是晏尘冲击九阶的关键期，必须全力以赴，不能有外事打扰。

晏尘想给小狐狸一个惊喜，也没提前和她说。

他本来三个月就能冲关成功，但小狐狸的事让他无法再静心修炼，终于在升九阶的过程中走火入魔，如不是古残墨发现得早，及时拼力救治，晏尘只怕会殒命。

晏尘一条小命虽然捡回来了，但他的走火入魔让整个天聚堂人仰马翻，古残墨的胡子都吓白了一半，而晏尘虽然成功升阶，但也留下了后遗症，每个月都会瘫痪两天。

这种后遗症治愈的希望很渺茫，除非圣尊亲自出手相救，要不然这后遗症会跟随他一辈子。

小狐狸知道真相后也十分后悔，不敢再和晏尘赌气了，主动回到晏尘身边。

晏尘升了九阶也就顺利毕业了，晏氏家族有一个可以治疗内伤的泉眼，久泡可以治愈很多病。

晏尘家族的人前来接他回家，想让他泡泉眼试着治疗他的后遗症，但晏尘放心不下蓝外狐，不想走。

最后还是古残墨拍板，给了蓝外狐半年假期，让她陪晏尘回去。

小狐狸在晏子城并没有多少牵挂的人，如果不是晏尘，她并不愿意回去，她还是喜欢天聚堂里的朋友。

临走时她和天聚堂的朋友们告别，大家都依依不舍，小狐狸偶尔一抬头，见蓝阅也站在人群中，正微勾着唇角看着她，然后传声给她："不用搞得跟生离死别似的，过不了半年你就会回来，回来后我会给你一个惊喜。"

小狐狸很讨厌他，只回了他一个字："滚！"

蓝阅笑了笑，没有再说话，仿佛胸有成竹的样子。

晏尘学成归家，受到极隆重的欢迎，几乎全城的百姓都出动了。

小狐狸跟在晏尘身边，也替晏尘高兴，因为对晏尘的歉疚，她一直十分乖巧，尽心尽力地在晏尘身边侍候他，晏尘也不想再冷落她，常常牵着她的手，让她感觉很幸福。

唯一让她有些忐忑的是晏尘父母的态度。

小狐狸没去天聚堂之前，晏父对她还是比较照顾的，对她嘘寒问暖。而晏母对她就比较冷淡，不太和她说话，但该照应还是会照应到。

这次她跟随晏尘回来，敏锐地感觉到晏尘父母对她的态度有所不同。

晏父倒不太明显，只不过看到她的时候常常微皱着眉峰，仿佛对她有所不满。

而晏母常常挑她的毛病，譬如说她坐没坐相，站没站相，譬如说她走路步子过大不淑女。

晏母这人心计深，她当着儿子的面对小狐狸一直和颜悦色，为小狐狸安排的客房也是最好的，被软屋暖，还派了四个大丫鬟贴身侍候她，为她做最好的衣服，送最好的珠宝首饰。当着晏尘的面晏母从来不说小狐狸，在晏尘眼里，晏母对小狐狸就像对亲闺女，让晏尘很欣慰。

但小狐狸只要一落单，必然会被晏母找一堆毛病，训得抬不起头。小狐狸很怕见到晏母，下意识地躲着晏母，但她又能躲到哪里呢？

晏尘因为要练功、要泡泉眼，陪在小狐狸身边的时间有限，每天能抽出一个时辰陪着她就已经很不错了。

小狐狸很怕晏母，晏尘不陪着她的时候，她开始往外跑，尽量不在晏府待着，免得总被训。

但这又成了晏母训她的借口，说她既然是晏尘喜欢的女孩儿，就不该如此不安于室，被外人说闲话，也给晏尘抹黑。

小狐狸在外面的时候，也确实听到了一些关于自己的闲话，说她一个无父无母的孤儿能得晏尘欢心，那是十辈子都修不来的福气，说她麻雀就要飞上枝头做凤凰，说她配不上晏尘，就算做妾也是她高攀了。

晏子城风气比较保守，女孩子基本都是大门不出二门不迈，小狐狸在外面溜达的时候被人看到，又惹来一堆闲话，那些闲话很难听，让小狐狸想打人。

那些风言风语自然也传到了晏母耳朵里，晏母便理所当然地为了儿子的名声着想，不让小狐狸出门。

当然，她不是强行不让小狐狸出门，而是对小狐狸说道："外狐，尘儿可是我们整个家族的骄傲，身上容不得有半分污点，这孩子也一直极为自律，自小不让我们操一点儿心。他喜欢你，我们也不想阻拦你们，但你也要为他着想，你在天聚堂害得他走火入魔险些丢一命，还落下这样的病根，我们也没怎么责怪你，难道你还想再为他抹黑，让外人说他想娶一个不安于室的女子？当年你的母亲就因为不守妇道才会让人如此诟病，外人对你原本就有偏见，你再这么往外跑，那些人会怎么看你？再说晏府这么大，难道还容不下你？"

一番话夹枪带棒，软刀子杀人是不见血的，也让单纯的小狐狸说不出别的。

于是小狐狸就不敢再往外跑了，只能待在晏府，而她只要待在晏府，晏母就会派人将她唤到身边，各种挑刺。

小狐狸在晏府的日子简直是度日如年，晏母是大家闺秀，骂人不带脏字，却极伤人，而且她挑刺总能找到冠冕堂皇的理由，小狐狸自尊心严重受伤，却无法向晏尘告状。

一个月的时间，小狐狸就憔悴了不少，自尊心也被打击得七零八落，碎成八瓣的心几乎要粘不起来。她开始寡言少语，尽量改正自己的"臭毛病"来迎合晏母的要求，越来越像个淑女，她已经谨言慎行了，但每天依旧能被晏母揪出一堆错处来。

她在晏府憋闷到了极点，除了晏尘外，也没有朋友，那些丫鬟仆妇表面对她恭敬有礼，却丝毫也不亲近，甚至偶尔看她的眼神像看一只跑进凤凰窝的麻雀。

小狐狸开始想念在天聚堂的日子，开始想念天聚堂的朋友。

她在天聚堂有不少朋友，但有传音符的不算多，只有张楚楚和千翎羽有。

而他们都很忙，每天练功做任务，忙得脚不沾地，小狐狸也不想太打扰他们，只是隔三五天和他们联系一次。

张楚楚每次都是大嗓门，说话像开机关枪，爆豆似的和小狐狸说这些日子在天聚堂的苦和累，骂导师对他们的变态训练，每次都是活力十足。

小狐狸原先也和张楚楚一起骂过导师，也曾经觉得很苦，但她现在宁肯回去再被导师训练一百遍。

张楚楚的神经比电线还粗，自然没察觉小狐狸有什么不对，还说羡慕小狐狸，可以和心上人朝夕相处，还能天天清闲，不必三更睡五更起。

而千翎羽毕竟是男孩子，又是个少爷脾气，不太懂女孩子细腻的心思，再加上小狐狸报喜不报忧，他也没能听出什么，只是牛气哄哄地告诉她，让她受了委屈告诉他，他是她的娘家人，会为她出头。

他这番话说得小狐狸红了眼圈，心里感觉到热乎，但也仅此而已。

本来和这两人通话能让小狐狸稍稍忘掉不愉快，稍稍得到慰藉，但有一次她和千翎羽在屋里通话被晏母撞进来听到了，晏母立即沉下了脸，冷冷地道："外狐，你毕竟是大姑娘了，将来是要嫁给我儿的，怎么可以和其他男子如此热络？这成何体统？你为了尘儿着想，也该避避嫌的！"

于是晏母将小狐狸的传音符没收了，说代她保管。

从那以后，小狐狸彻底陷入了孤立无援的境地，连唯一的乐趣也被无情地剥夺了。

她日渐消瘦，晏尘终于发现她不对劲了，询问原因，小狐狸不想说他母亲的坏话，免得被人说离间他们母子的感情，又怕晏尘分心，所以没说，只推说水土不服。

在晏尘面前，晏母比他还关心小狐狸的身体，看她消瘦，就急急忙忙派人弄最好的补品给小狐狸补身子，好几次都是她亲自去熬补汤，当着晏尘的面亲自给小狐狸送来，让晏尘十分感动。

他当真以为小狐狸是水土不服，干脆带她出去散心，陪她玩了几天，才让小狐狸又精神了些。

但也因为这样，晏尘练功耽搁了几天，被晏父好一顿训斥！

当然，作为罪魁祸首，小狐狸也被晏母私下训斥了一顿，几乎要指着她的鼻子骂她是害人的狐狸精了。

小狐狸一直以为自己之所以挨训是因为确实做得不够好，一直在努力改正，但后来她才知道，她无论做得多么好，也入不了晏母的眼，因为对方压根瞧不起她！只不过晏母碍于儿子的面子，才让小狐狸留在府上。

小狐狸母亲的"不检点"是原罪，晏母压根无意让小狐狸做晏府的少夫人，她这么挑事不过是想逼小狐狸知难而退，放弃嫁给晏尘的想法，主动离开晏尘。

小狐狸在晏府煎熬了三个月，才彻底明白了这一点，因为冷无霜来了。

冷无霜的家世很好，冷家是百年簪缨望族，而冷无霜是冷家家主的掌上明珠，生得美貌无双，性格也好，优雅娴静，一举一动都带着大家闺秀的气质。

冷家和晏家世代交好，冷家家主和晏家家主还是八拜之交，冷无霜和晏尘还没出世的时候，两家父母就开玩笑似的说，如果两家都生了儿子或者女儿，就义结金兰，结为兄弟或者姐妹。如果一男一女，就结为儿女亲家。

当然，这在当时是玩笑话，说过之后就忘了。

后来冷家举家搬迁，因为路途遥远，两家的关系渐渐淡了，数年也不曾走动一回。

但现在冷家又搬回来了，冷夫人也常常带女儿冷无霜上门做客，冷无霜虽然年龄和小狐狸差不多，但她长袖善舞，为人处世八面玲珑，很得晏母欢心，更难得的是，据说冷无霜是有蓝狐族血统的！

冷无霜的外祖母是蓝狐族的人，曾经是蓝狐王的侍女，蓝狐王欠冷无霜外祖父一个人情，就把身边的侍女许配给他，才有了冷无霜的母亲。

蓝狐族血统高贵、神秘，有一点儿血统就足可以让人羡慕不已，据说这个大陆的普通男人如果娶了有蓝狐族血统的女子，会功力大增。

而且据说凡是拥有蓝狐族血统的人都会暗中被蓝狐族佑护，家道兴旺，整个家族也会越来越好。

当年蓝外狐的母亲未婚生下她，说她姓蓝，还指名为外狐，这让晏尘的父母抱了一点儿希望，希望蓝外狐的父亲是蓝狐族的人，这样蓝外狐就有纯正的蓝狐族血统，所以他们夫妇才收养了蓝外狐。他们冷眼观察了她几年，发现她压根没有一点儿蓝狐族的特征，也就不再想这件事了。

当年他们送蓝外狐进天聚堂，一是蓝外狐有这个天分，二也是想给儿子寻个好属下，觉得以他们对蓝外狐的情分，蓝外狐以后会死保晏尘，是晏尘的左膀右臂，没想到晏尘会爱上蓝外狐，这是他们夫妇始料未及的事。

儿子是百年难遇的奇才，又这么有本事，晏父晏母很欣慰，儿子是他们的骄傲，所以他们觉得儿子就算配个仙子都是绰绰有余的，自然不肯轻易为他许婚。

他们以为儿子这么优秀，会在天聚堂找一个家世好灵力高的奇女子回来，没想到他会和蓝外狐一起回来！晏尘才回来时唯恐父母会反对这门婚事，和父母密谈了一次，明确表示他这一生非蓝外狐不娶，父母如果不接受，他就带蓝外狐离开晏家，自立门户。

因为有这番话，晏父晏母自然不敢明着反对这门婚事，也不敢劝儿子，于是他们就把主意打在了蓝外狐身上……所以才有了这么一出，晏母就是想逼蓝外狐主动离开。

可怜蓝外狐还以为是自己哪里做得不好，千方百计委曲求全，想讨晏母的欢心。

小狐狸的梦是由一个片段一个片段组成的，都是在晏母那里挨骂受气，顾惜玖这个局外人看了都分外火大！

小狐狸天真，顾惜玖可不天真！晏母的算盘她只看了几个片段就猜了个八九不离十！

她看到小狐狸被训得无所适从，回到自己房中还拼命反省的样子，顾惜玖就想进去把这丫头敲醒，又想进去抱抱小狐狸……

后面蓝外狐到底又遭遇了什么？才让她狠心斩断和晏尘的情丝，和蓝阅订了婚？

顾惜玖耐着性子继续往下看。

后面的片段中，冷无霜的出场多了起来。

大概是晏母觉得冷无霜比蓝外狐高贵些，开始中意冷无霜做他们的儿媳妇儿。

不得不说晏母确实是宅斗的一把好手，杀人不见血的招数用得极熟。

她为了刺激蓝外狐，开始频繁请冷无霜来玩，而冷无霜钟情晏尘，自然不会拒绝。

每次冷无霜来，晏母都会让蓝外狐在旁边陪着，晏母对冷无霜和颜悦色，常常对冷无霜的品行、容貌赞不绝口，对小狐狸要么是理也不理，让她在旁边看着，要么就是当着冷无霜的面对小狐狸横挑鼻子竖挑眼，让小狐狸如坐针毡。

冷无霜走后，晏母都会打量小狐狸两眼，那视线如同看一堆扶不上墙的烂泥，这让小狐狸恨不得把身子缩到地底里。

每逢这时晏母都会说几句刺激小狐狸的话。

譬如："你看看无霜，一举一动都是大家闺秀的风范，你看看你……唉！"

"你也和无霜学学，哪怕学来一星半点儿，也不至于是今天这样……唉，终究是上不了台面……"

小狐狸被刺激得不行，咬牙学冷无霜风吹杨柳似的走路，但只走了两步就被晏母嘲笑，害得蓝外狐险些不会走路!

而冷无霜对小狐狸的态度也很微妙，和小狐狸说话的时候，虽然客气，却带着高高在上的优越感，还用巧法支使小狐狸为她端茶倒水。她那些法子让小狐狸当着晏母的面不能拒绝，只能照做。

小狐狸照做以后，总能在冷无霜的眼眸中看到得逞的快意。

这让小狐狸极为不爽，逐渐看冷无霜不顺眼起来。

看在晏尘的面上，小狐狸受晏母的气能忍，但不想受冷无霜的气，对冷无霜常常冷眼相待，这再次惹得晏母不满，晏母对小狐狸又是一顿训斥。

冷无霜也是个极聪明的人，她琴棋书画样样精通，她来晏府时，除了陪晏母外，偶尔碰到晏尘，也会和晏尘说几句话，有时扯着一个由头向晏尘请教一些练功上的问题。

晏尘对她也很客气，因为晏母常常在他面前夸冷无霜善解人意、懂事守礼。

所以晏尘对冷无霜还是很有好感的，冷无霜在他面前从没表露过想嫁给他的意思，像朋友似的和他聊天，这让晏尘解除了心防，把她当成了朋友。

他偶尔也会和她下一局棋，她来请教武学上的问题时，只要不牵扯师门秘术，他也很愿意给她解惑。

不知道是凑巧还是有人故意为之，他和冷无霜的每一次相处都会被蓝外狐看到。

于是小狐狸看到他和冷无霜在树下下棋，看到他和冷无霜在花园中相伴而行，二人有说有笑……

有一次小狐狸甚至看到冷无霜走路时被绊了一下，正扑在晏尘身上，晏尘扶着她在大石上坐下，还关切地问她有没有扭到脚。

这些画面如果是在平时，小狐狸可能不会放在心上，但她对冷无霜已经有意见了，看到这一幕她觉得很扎心，也让她有了危机感……

更让小狐狸沮丧的是，她在晏尘面前试探着学冷无霜走路以及一些动作，让晏尘很吃惊。晏尘看得一脸牙疼样，顺了顺手臂上起来的鸡皮疙瘩："小狐狸，你没发烧吧？你别这样，我看了很不舒服。"

这把小狐狸气得不行，终于反问他一句："冷无霜不就是这样吗？你难道看到她也不舒服？"

晏尘顺口道："笨，她那是浑然天成，你这是东施效颦。"

说者无心听者有意，晏尘最后四个字成功刺破小狐狸已经溃不成军的自信心，她终于爹毛："你看她好是吧？你喜欢她是吧？！那你娶她吧！我们一刀两断！"她赌气跑了，让晏尘觉得莫名其妙。

后来晏尘跟小狐狸道歉两个人重新和好，但冷无霜成了两人不能碰触的话题，不然小狐狸准爹毛！

在晏尘眼里，小狐狸开始慢慢变得不可理喻，常常莫名其妙地冲他发脾气，甚至要求他远离冷无霜，不许他和冷无霜说一句话，要不然她又哭又闹，甚至吵着和他分手，要回天聚堂。

晏尘头大如斗，终于有些不满了。

有一次他在庭院中碰到冷无霜，冷无霜的脚受伤了，问他有没有治疗跌打损伤的药膏，晏尘随手给了她一管，没想到又被蓝外狐看到了。

蓝外狐劈手夺过药膏，一双大眼睛瞪着冷无霜说："我天聚堂的药就算扔了也不给你用！"她将药膏丢进了池塘之中。

这让晏尘很下不来台，他也很生气，脸都气青了。

倒是冷无霜劝解晏尘，说她没什么，让他不要因为她和小狐狸吵架等等，她可以去药房去讨药膏，然后一瘸一拐地走了。

晏尘脸色铁青，冷冷地说了小狐狸一句："你太不可理喻了！"然后他也抬脚离开了，将小狐狸晾在那里。

小狐狸坐在一条石凳上哭成了泪娃娃，她不明白她是如何走到这一步的，不明白她到底做错了什么会被如此对待。

晏尘大概是想给她一个教训，好几天不理她，也不来找她。

而他那时练功也到了关键时刻，他怕自己一时心软去找小狐狸，干脆闭关了，这一闭关就是八天。

八天后，他到底放心不下小狐狸，便去看她，发现她病了，整个人形销骨立，一双眼睛显得更大了。

晏尘懊悔，快步上前去握她的手。

原本爱哭的小狐狸看到晏尘一滴泪都没有，她也不让他握自己的手，只是睁着一双大眼睛看着他问道："晏尘哥哥，你是不要我了吗？"

晏尘不顾一切地将她揽在怀中，去吻她的额头："傻瓜，我这么喜欢你，怎么可能不要你？！"

蓝外狐在他的怀中有些僵，她摇了摇头，似乎有些茫然："可我太累了，无论怎么做都不对，我想回天聚堂，我不要再待在这里。"

晏尘紧紧抱着她，用下巴摩挲她的头："小狐狸，对不起，是我不好，原谅我，你原谅我……"

蓝外狐不说话，她是一个喜欢卖萌的丫头，原先晏尘一抱她就没脾气了，稍稍一哄就笑得像太阳花似的，她还会反抱他，像个树袋熊一样腻在晏尘身上，但这次她一直垂着手，不肯再反抱他一下。

蓝外狐原先是一张小圆脸，抱着肉乎乎的，让晏尘每次抱她就不想撒手。

但现在蓝外狐一张小脸瘦成了巴掌大，身上的骨头硌得慌，晏尘惊觉她竟然瘦成这样。

她的房里摆着各种营养品，她却一口也不想吃，晏尘后悔得不得了，也不练功了，也不泡泉眼了，一直待在小狐狸房间里，千方百计地哄她吃那些营养品。

晏尘陪在她身边七八天，谁劝也劝不走。

晏母大急，晏尘的后遗症刚刚有点儿起色，他再这么折腾，被折腾废了怎么办？

趁晏尘出去的时候，晏母劝小狐狸，对她晓以利害，问她是不是真想让晏尘废了。

小狐狸只是冷笑，对晏母的长篇大论她只说了一句话："这一切都是你造成的！他废不废和我无关！"

这把晏母气得不轻，拂袖而去。

小狐狸虽然说得无情，但她毕竟还爱着晏尘，自然不忍看晏尘废掉，所以她好转以后还是让晏尘去练功了。

她虽然和晏尘重归于好，但病好后的小狐狸性格大变，她不肯再受气！

晏母再教训她的时候，她要么干脆地顶回去，要么摔门而去，直接跑出晏府，把晏母气得心脏病要发作了。

晏母到底是个心机深的人，她开始设计让晏尘听到小狐狸和她吵架的片段。

这些片段都是她在忍气吞声，小狐狸得理不饶人，嚣张跋扈，像仗着晏尘对她的宠爱为所欲为。

晏尘自然对小狐狸不满，开始劝她要尊重自己的父母，但现在的小狐狸满身反骨，像只逮人就扎的刺猬，晏尘一开口她就直接奓毛，说他们一家欺负她，说她要走……

晏尘不想让她走，只能忍着，但心里也窝着火。

终于到了那一天。

那天小狐狸无意中听到府中的两名侍女背后说她的坏话，说她是害人的狐狸精，说她娘曾经是个荡妇，她以后肯定也是个小荡妇，说不定会给他们的少主戴绿帽子……

小狐狸怒了，亲自出手，将那两名侍女胖揍了一顿，揍得那两名侍女哭爹喊娘。

这里的动静引来了冷无霜，冷无霜挺身阻拦，疾言厉色地呵斥小狐狸："你怎能如此嚣张？哪里还有未来少夫人的样子？！野孩子就是野孩子，连点儿家教都没有。"

冷无霜的骂人功夫和晏母有一拼，都是骂人不带脏字又能把人气得吐血。

小狐狸气得眼睛都红了，她不会骂人，但她功夫好，她会打人！

她认真动手的时候，冷无霜压根不是她的对手！

冷无霜为自己的毒舌吃了大亏，小狐狸把她揍得满面桃花开，如不是晏母闻讯急急赶到，小狐狸只怕会直接将冷无霜打死，就算是这样，冷无霜也破相了，双目青紫，鼻血长流，门牙也掉了两颗。

晏母气得直哆嗦，风度全无。

晏母命人将小狐狸拉开后，直接指着鼻子骂她，骂她粗鲁没家教，压根配不上自己那么优秀的儿子，骂小狐狸有娘生没娘养，骂她是野种，和她与人私奔的娘一个德行，说她那从未谋面的爹是叫花子，连晏家的用人都不如，说她就是一只野鸡，却不知死活地妄想当天鹅，害得自己的儿子人不人鬼不鬼……

小狐狸这辈子也没听过这么恶毒的话，她被直接骂蒙了！

她热血上头，骂她，她能忍，但骂她的爹娘她就不能忍了！多日所受的委屈、压下的火气在这一刻终于爆发，她对晏母动手了，凌空一脚将晏母踢飞出去，直接踹入冰冷的湖水之中。

她这彪悍的举动惊呆了所有人，那些侍女、仆从目瞪口呆之余，也顾不得惩罚她，手忙脚乱地下湖捞人，场面不是一般混乱。

小狐狸站在湖边，脑袋还在嗡嗡作响，看着从湖里冒出头来的晏母仰头大笑："是！我身份低贱，配不上你的儿子！可他就是爱我就是喜欢我，你又能如何？！你就算再生气再看不上我也没用！他就是喜欢我，就是不听你的话，我就算把他坑死他也不敢把我怎么样！我就是要嫁给他！还要风风光光地嫁给他！有法去使，没法去死！老巫婆，我就要折腾你儿子，让他为我生、为我死，气死你！"

她一双眼睛血红，笑得异常欢快，嗓音之大，整个花园都听得到。

“蓝外狐，你说什么？！”晏尘终于赶来了，正好听到她后面这几句话。

蓝外狐热血冲头之下，脑袋还是嗡嗡作响，她骤然回头，看到赶到的晏尘，呆了几秒后继续笑道：“晏尘，你来得真是时候！”

晏尘顾不得理她，他的母亲还在湖里泡着呢！

他身形一起，飞到湖面上，捞起了晏母，再一转身上了岸。

他灵力已经高达九阶，稍在晏母身上使了个术法，晏母身上干爽如初。晏母脸色苍白，唇角带血，一双眼睛悲哀地看着儿子：“尘儿，你喜欢的好女子……咯咯……”她一张口就吐了血。

蓝外狐那一脚是含愤踢出来的，自然不轻，虽然没有踢在她的要害部位，但也让她受了内伤。

晏尘脸色铁青，手都在哆嗦，一边为母亲疗伤一边开口：“母亲，对不住，是儿子的错，我让她给您赔礼道歉……蓝外狐，道歉！”

他最后几个字说得声色俱厉。

蓝外狐脸色雪白，却紧抿着小嘴，只说了两个字：“我不！”

晏尘：“……”

晏母微闭着眼睛：“尘儿，都是为娘的错……为娘无法讨好她，为娘累了，也无须她道歉，你带她走吧，好好待她……”

她越这么说，晏尘越羞愧，他跪在母亲面前几乎无地自容：“母亲……是孩儿不孝……”

晏母颤巍巍地抬手拂过晏尘的额发：“尘儿，你是好孩子，你无论怎么做娘亲都不会怪你，想来还是娘亲做得不好，才让她……”

“装！继续装！”蓝外狐在旁边爆发，“白莲花最恶心了！你装可怜……”

后面的话她没能说下去，因为晏尘一挥袖直接封了她的穴道，再一挥袖，蓝外狐就跌入了冰冷的湖水中，伴随着晏尘冰冷的话语：“蓝外狐，我太惯着你了！你给我在这里冷静冷静！”

小狐狸全身穴道被点就这么泡在湖水里，说不出话，眼睁睁地看着晏尘将晏母扶上了一顶软轿，连受伤的冷无霜也被妥帖地安排在一张春凳上，被人抬走了。

那一行人离开了，晏尘自始至终都没看她一眼，倒是轿子上的晏母和春凳上的冷无霜居高临下地瞥了她一眼，眸光中满是得意。

湖岸上很快走得一个人也看不见了，恢复了原有的平静。

小狐狸的穴道虽然被点，但她天生入水不沉，还能露出半个肩膀和脑袋。

湖水冰凉，小狐狸的心也冰凉，她不出声地落泪，泪珠一颗接一颗地往下滚。

她也不知道在那里哭了多久，或者很久或者只有短短的一刻钟，她的面前现出一片天青色的衣袍，袍角几乎拂上了她的脸。

她抬起泪眼向上看，看到的是蓝阅那张倾国倾城的脸，他垂眸看着她，只问了她一句："想不想跟我走？"

小狐狸不说话，只是呆呆地看着他，眸底有一丝戒备。

蓝阅叹气："怕我坑你？"

小狐狸眼眸中戒备更重。

蓝阅缓缓解开外袍、内袍……

小狐狸忙闭上眼睛，心里怒骂他流氓。

"外狐，看我这里。"

小狐狸的眼睛闭得更紧，她唯恐看到什么不该看到的东西。

蓝阅似乎意识到了什么，忍不住笑骂一声："笨！你以为我要你看我的私密？你想得美！看我的腰侧！你就会明白我是什么人。"

小狐狸还是有些好奇的，她睁开眼睛，看到了蓝阅露出的一截劲瘦白皙的腰，在他的腰上也有一个像文身又像胎记的东西，像狐脸，和小狐狸手臂上的图案有异曲同工之妙，只不过他的狐脸看上去更英武，甚至狐狸头上还顶着一个小小的王冠。

小狐狸睁大眼睛。

蓝阅道："现在和我走？我会给你一个解释，说不定还是惊喜……"

小狐狸终于点头，蓝阅衣袖一拂，小狐狸的身子便从水里直接飞起落入他的怀中。

她的身上头发都湿漉漉的，蓝阅也不嫌弃，抱着她转身就走。

"放下她！"一道清越的声音从岸边响起，晏尘赶回来了，看到这一幕他的脸色铁青，怒视着蓝阅。

蓝阅抱着小狐狸飘飘转身，唇角一勾："你来晚了！"他又问怀中的小狐狸，"你是留下还是跟我走？"

小狐狸微微闭了闭眼，将头靠在蓝阅怀中，吐出了三个字："跟你走。"

蓝阅轻飘飘地看了晏尘一眼，微笑道："听到了？"

晏尘脸色苍白，飞身而起："小狐狸，这人心怀叵测，你不能和他走！蓝阅，放下她，要不然休怪我不顾同门之谊，让你血溅当场！"

蓝阅仰头一笑："我的族人岂容你们轻辱？！既然你们不能好好待她，还有什么资格留下她？！"

晏尘一愣："什么你的族人？！"

蓝阅神秘一笑，没再说话，衣袖中的手指忽然弹出一个古怪的法诀，空气中闪过一道波光似的水纹，蓝阅抱着小狐狸直接踏入水纹之中，然后凭空消失……

第七十四章　开启打脸模式

空山新雨后，天气晚来秋。

一处山洞外，点燃着一团篝火。

小狐狸抱着手臂坐在篝火旁，唇白脸青，眼泡红肿，她的穴位已经被解开，所以她问道：“你是我哥哥？”

他也姓蓝，身上也有狐脸标记，怎么看怎么像失散的兄妹。

她虽然说的是疑问句，但心里已经百分之九十确定，要不然她也不会轻易和他走。

蓝阅抬手丢给她一套衣裙：“先进去换身衣服，出来我再和你说。”

小狐狸全身还湿漉漉的，正需要一套衣服，就跑进山洞换衣服去了。

片刻后她出来了，重新坐在篝火旁：“你现在可以说了，你是我失散的哥哥是不是？爹爹让你来找我的？我们的爹爹是蓝狐族的人？”

蓝阅纠正她：“确实是你的爹爹让我来找你，不过很抱歉，我不是你的哥哥，我和你没有一点儿血缘关系。”

蓝外狐大眼睛里闪过失望：“可你也姓蓝，还和我有同样的胎记……”

蓝阅唇角一勾：“看来你太不了解蓝狐族，我们的族人都姓蓝，至于你说的胎记……那其实不是胎记，而是标记，蓝狐族男女定亲的标记。”

蓝外狐的小脸白了：“定……定亲？！”她忽然跳起来，“你又忽悠我！我自小在晏子城长大，在你没来天聚堂之前都不知道你是哪根葱！什么时候和你定亲了？！

而且我这胎记从我有记忆时就有，那时候我又不认得你……”

蓝阅阴森森一笑：“那是因为我们定的娃娃亲，严格来说，是指腹为婚，你还在你娘肚子里的时候，你爹爹就把你指给我了。”

蓝外狐目瞪口呆，后退了两步：“我不信！”

蓝阅瞧着她青白交错的小脸：“你是不是有种如遭雷轰的感觉？”

蓝外狐咬牙瞪着他不说话。

蓝阅摊手：“不要用这眼光看着我，其实我刚知道的时候，也是如遭雷轰，想我如此风流倜傥、俊美潇洒、卓尔不群的天才少年，在蓝狐族不知道有多少女孩儿对我垂青，对我抛过媚眼，怎么也该有一段轰轰烈烈的爱情等着我，我心爱的女孩子必定是绝美的容貌、绝顶聪明、绝顶温柔，怎么可能俗之又俗地被提前定下娃娃亲？！我知道这消息时足足颓废了一个月！”

蓝外狐：“……”

她依旧不信，蓝阅瞧了她一眼：“你知不知道你的爹爹是谁？”

蓝外狐摇头，蓝阅轻轻一笑：“你的爹爹在蓝狐族是大人物，他是蓝狐族的国师。”

蓝外狐一头雾水，蓝阅干脆给她普及了一些蓝狐族的知识。

在蓝狐族最尊贵的人自然是蓝狐王，但权力最大、本事最大的是国师，相当于教皇的角色，可以决定蓝狐王的废立。

蓝狐族男少女多，有条不成文的规矩，蓝狐族非嫡系的女子可以嫁外面的人，但蓝狐族的男子不许和外面的女子有私情。蓝狐族是一夫一妻制，一生只能娶或者嫁一人，一方死则另一方陪葬。蓝国师身份尊贵，按理说他应该娶蓝狐族最尊贵的公主，但他阴错阳差地喜欢上一个人类女子，那女子就是蓝外狐的母亲。

蓝国师在外隐藏身份行走时偶遇蓝外狐的母亲，一见钟情。

蓝国师自然知道这件事会遭到全蓝狐族的反对，但他毕竟有手段，竟然设法改变了心爱女子的血统，让她看上去像蓝狐族的人，将她带入蓝狐族的族地，并顺利成亲。

蓝母有孕的时候，蓝国师提前看出了孩子的性别，为了让自己的孩子有个好归宿，他特意和蓝狐王提起这桩婚事。那时蓝阅八岁，已经崭露头角，显露出过人的天赋，被封为世子，如无意外，他就是未来的蓝狐王。

蓝狐王自然也想和蓝国师攀亲，很中意这门亲事，就应承下来，并替两个孩子提前举行了蓝狐族特有的定亲仪式，于是尚在娘肚子的蓝外狐和娃娃形态的蓝阅定了亲，身上各自有了特殊的标记。

后来不知道怎么回事，蓝母身份暴露，遭到了全蓝狐族的反对，蓝国师的地位也岌岌可危。

后来蓝母就在一个月黑风高之夜逃走了，从此以后音讯全无，没人知道她去了哪里。

蓝国师却莫名失忆，不记得蓝母的事，自然也不会有人向他提起。他依旧是高高在上的蓝国师，辅佐蓝狐王。

直到一年前，蓝国师练功走火入魔，受了重伤，在垂死之际，居然又恢复了记忆，记起了蓝母，于是蓝国师将蓝阅召来府中，将事情的原委告诉了他。蓝国师委托蓝阅寻找自己的妻女，并在蓝阅身上使用了国师秘术，蓝阅只有找到国师的女儿并将她好好带回，娶之为妻，以后才能成为蓝狐王，要不然他这一生都休想登上蓝狐王的位子。

蓝阅在知道这桩婚事时已经如遭雷轰，再被蓝国师用秘术困住，更加气恼，反问蓝国师："已经过去这么多年了，你的女儿说不定已经嫁人，难不成她嫁人了本世子也要把她抢过来成亲？"

蓝国师道："她如果已经嫁人或者有了心上人，你可和她商量解除婚约，只要你们双方都同意，这婚约自动解除，到那时你依旧不受此秘术约束。"

蓝国师说完就死了，留下一个烂摊子等着蓝阅收拾。

蓝阅为了日后的王位，也为了恢复自由之身，憋着一口老血跑出来寻找蓝外狐。

人海茫茫，想要寻找一个当年还在娘肚子里的人自然十分困难。

蓝阅寻找这个传说中的未婚妻大半年，如不是他身上的印记一直在，他都以为他的未婚妻已经不在人世了！

蓝阅侃侃而谈，终于将这一切都解释清楚了，然后望着小狐狸："现在你明白我和你的关系了？有什么想法？"

蓝外狐今天的反应明显慢了好几拍，下意识地问了一句："什么……什么想法？"

蓝阅瞧着她不说话。

蓝外狐反应过来："你寻我其实为退婚吧？很简单，我同意。"

蓝阅一噎，微眯着眼睛看着她："就这一句？"

蓝外狐顿了半晌，抬眼看着他："我爹真是蓝狐族的蓝国师？"

"如假包换。"

"你没认错？我身上除了那胎记外并没有其他蓝狐族的标志，或许只是胎记长得相似而已……"

蓝阅瞧了瞧她："你以为我观察了你这么久是眼瞎？其他人或许看不出，可休想瞒过我的眼睛！你如不信，本世子可以为你解开你身体内的封印。"

他手指掐诀，有蓝光将蓝外狐笼罩，片刻后他收回手："可以了。"

蓝外狐看了看自己，没感觉有什么变化，狐疑地看了看他。

蓝阅叹气："看来你并不知道蓝狐族的标志是什么。"他站起身，轻转了一圈，身周似有蓝光笼罩，待蓝光散去后，他的模样变了。

原本的桃花眼眼尾挑了起来，瞳孔变为竖瞳，妖魅如有流光，鼻子更挺，嘴唇更润，身上的衣袍也转为海蓝色，衣袍上有狐纹蜿蜒，如狐尾摇曳。

明明还是那个人，气场却全变了，变得妖娆，美得让人窒息。

他是普通人时，儒雅风流，谦谦如玉。

现在变成蓝狐族世子的时候，却带着一抹迷惑人心的妖魅之美，仿佛多看他一眼就会被他吸走魂魄。而且他的气场也变得强大了很多，有王者风范。

“蓝狐族的人通变化之术，这是本世子的本貌，是不是很帅？”

蓝外狐点头：“是挺美的。”她看了看自己，“我也会变化之术？”

蓝阅轻笑：“本世子先恢复一下你的本貌吧。其实我也很好奇你的本貌长什么样。”他衣袖轻挥。

片刻后，蓝外狐看着镜子中的自己一时有些愣神。

镜子中她的容貌变化很大，原本大大、圆圆的杏眼也变成了眼尾上挑的狐狸眼，竖瞳，瞳孔是宝蓝色，鼻挺唇红，原本她的身材有些平，胸有些小，现在却是胸挺腰细，曲线妖娆，堪称魔鬼。

身上原本浅白色的衣衫也变为亮蓝色，裙角处隐绣着蓬松的狐尾，那狐尾看上去比蓝阅衣袍上的狐尾更妖娆多姿。她身形微动的时候，裙角轻扬，像是狐尾在迎风摇曳。

蓝阅目光徐徐地将她扫了一遍，重点看了看她的宝蓝色竖瞳，裙角处的狐尾，眸中闪过一抹异样，忍不住一叹：“没想到……”他说到这里顿住了。

小狐狸还有些局促：“没想到什么？”

“没想到你的蓝狐族血统还挺纯正的。”

小狐狸抿了抿唇：“比冷无霜还要纯正？”

蓝阅不屑：“她和你没法比，给你提鞋都不配。她只是有点儿蓝狐族血统，而你是最……很纯正的蓝狐族血统……你毕竟是蓝国师的孩子啊，容貌上也最像他。”

在蓝狐族最尊贵的血统就是蓝国师一脉，甚至比皇族还要尊贵。蓝国师一脉天生法力高，没想到他和人类结合，生出来的孩子血统也如此纯正，更难得的是灵力也极为纯澈，这种血统的孩子极为难得！她如果以本貌回到蓝狐族，估计全蓝狐族的单身男子都要为她疯狂，想娶她为妻！

蓝外狐还不知道自己的血统在蓝阅心里掀起了什么样的波澜，她垂下眸子：“可是他的母亲说我最低贱……”

“那是她眼瞎了！”蓝阅声音柔和。

“她说她的儿子只有血统高贵的人才配得上，我是麻雀钻进了凤凰窝……说我是贱种，给冷无霜做丫鬟也不够格。我被泡在湖里的时候冷无霜还传音给我，让我识相些，这辈子晏尘哥哥只能是她的，因为只有她才配得上他……”

蓝外狐喃喃自语，忽然轻笑出声：“他的母亲如果知道了我的身份一定会后悔，

说不定还会来求我，不会再看不上我……”

蓝阅俊脸微沉：“怎么？你想用你的身份重新打动她，让她接纳你？”

蓝外狐摇头：“不会！”

蓝阅松了一口气：“那你以后要如何做？”

蓝外狐顿了顿：“我想回天聚堂。”

蓝阅笑了，眼睛里却没多少笑意：“你是不是觉得晏尘不是那种人，他会去天聚堂找你？”

蓝外狐垂下眼眸不说话了，青梅竹马的感情不是那么容易割舍的，她恨晏尘的父母，但对晏尘恨不起来，只是很失望，很委屈。

蓝阅继续逼问：“如果他去天聚堂找你，你是不是还会跟他走？”

蓝外狐这次摇头很快：“我不会再离开天聚堂！”她再也不想进晏家的大门了，八抬大轿也不去！

蓝阅微眯着眼睛，她说的是不离开天聚堂，而不是下定决心离开晏尘。

“外狐，你是不是对晏尘还抱着希望？还希望他来找你？”蓝阅问道。

蓝外狐一窒，没说话。

蓝阅再问：“你是不是确定晏尘很快就会去找你？”

蓝外狐仰头：“那又怎样？”她确定晏尘喜欢她，不会就这么抛下她不管的，要怪也是怪他的家人不好，太势利。

蓝阅弹了一下指甲：“可怜的孩子，我打赌他在十天内不会来找你，在他心目中他的父母是第一位的，晏母会拦着他去天聚堂寻你，而他是个孝顺孩子，肯定会听话，等他的父母平息了怒气之后，他说不定才想着挽回你，去天聚堂瞧一瞧，因为他吃定你了，知道你喜欢他，无论怎么对你，哄一哄就没事了。等他哄好了你，还是会带你回晏家的，到时候你依旧要面对晏母，当然，你如果不想让晏母这么对你，你可以亮明你的身份，用身份换取你的爱情……”

这番话未免太伤人，蓝外狐顿了顿：“才不会，他肯定会直接来找我！”

蓝阅摇头：“你还是不了解男人……你敢不敢和我赌？”

“赌？赌什么？”

“我赌他十天内不会去找你，如果他真来找你，算我输，我们的婚约自动取消，我还会送你一份独属于蓝狐族的嫁妆。如果你输了，那就在天聚堂公布你我的婚约吧，你和他一刀两断，再不来往。”蓝阅的眼睛看着蓝外狐的眼睛，“你敢不敢赌？”

蓝外狐窒了好半晌，终于重重地点头：“敢！”

由晏子城到天聚堂以晏尘的脚程，三天便能赶到，如果十天之内他还没来，那证明她在他心目中真的不重要，那她又何必守着这份情不放？

二人赌约成立，蓝外狐也顾不得烤火了，跳了起来：“我们回天聚堂吧！”免得晏尘到了她还没到。

小狐狸毕竟单纯，心思几乎都写在脸上，蓝阅自然知道她想什么，眸色渐深，俊脸微沉，却笑了笑："好，我带你回去。不过你也要答应我一事。我的身份是绝密，你要发誓不泄露给任何人。还有，你的身份暂时也别亮出来，你就看看没有这层身份，晏尘对你是不是真心……"

蓝外狐答应了，不过她还有些纳闷："打这个赌对你有什么好处？"

蓝阅微笑："有好处，无论输赢，你我之间总算有个了断，或相守一生，或一刀两断。"

蓝外狐："……"

她并不担心自己会输，因为她有百分之百的把握晏尘会来找她。

如果通过这一场赌约退掉和蓝阅的婚事，也算是两全其美。

一直旁观这些片段的顾惜玖忍不住叹气，后面的事她不必看也知道了，晏尘没有及时找她，要不然小狐狸和蓝阅也不会公布婚约，也不会走到今天这一步。

睡梦中的蓝外狐眼角沁出了泪珠："为什么……为什么不来找我？我明明及时赶回去了……你却一直不来……"

顾惜玖轻叹了一口气，怪不得小狐狸不肯说这些事情，一来她毕竟是善良的孩子，不肯说对方父母的坏话，二来也是对蓝阅有承诺，说多了，只怕蓝阅的身份就泄露了。

没想到蓝阅是蓝狐族世子。

看梦中的情景，小狐狸血统在蓝狐族也极为高贵，让眼高于顶的蓝阅也动了心。

顾惜玖看了看身边的小狐狸，那孩子把她自己缩成一团，看上去很没安全感。

原先顾惜玖看不出小狐狸对晏尘究竟有多深的感情，但就梦境中的事来看，小狐狸对他用情极深，用情越深，受伤越重，以致那些事成了她摆脱不掉的梦魇。

顾惜玖眸子里闪过一抹冷意，小狐狸是她在意的人，受了这么大的委屈，可不能白受了！这个场子她还得帮小狐狸找回来！

看来她得抽空去一趟晏子城，会会晏母和冷无霜。

顾惜玖打算得很不错，但有一句话叫无巧不成书，还没等她去晏子城，一大早她就接到消息，晏母和冷无霜来天聚堂了！

得到这消息的时候，小狐狸正在梳妆，这孩子倒是会打掉牙向肚里吞，睡梦里委屈成那样，醒了以后又变成了太阳花，乐颠颠地围着顾惜玖转悠。

听到侍从的这一声禀报，小狐狸手中的梳子失手坠地，小脸变得苍白。

顾惜玖眸光微动，没想到她们自己送上门来了！很好！

她一拉蓝外狐的小手："走，我们去见见她们。"

蓝外狐脚下像生了根："我不想见她们……"

顾惜玖只装作不知她的心结："为什么不去？走吧，你毕竟在晏家长大，晏尘的母亲也算是你的长辈，你不去见也不好，更何况你也不欠她们的，走了，走了！”

顾惜玖不由分说，拉着她就走。

小狐狸一向听顾惜玖的话，这时候也拒绝不了，只得跟着去了。

天聚堂轻易不让外客进来，不过晏尘是天聚堂的得意门生，他的母亲来了古残墨还是很给面子的，直接请到了会客厅。

顾惜玖和小狐狸赶到的时候，大厅里已经聚集了不少人，晏尘在天聚堂的朋友和同修都来拜会晏母。

会客厅里欢声笑语，十分热闹。

晏母是个美人，气质温雅如兰，一举一动都是贵妇人风范，看上去很温和，看向小辈的时候，眼神里满是慈爱，谁能想到这样的人会用软刀子杀人？

冷无霜也是美人，穿着一身月白色的衣裙，透着大家闺秀的韵味。

晏尘并不在这里，倒让顾惜玖有点儿意外。

顾惜玖和蓝外狐一进来，天聚堂的那些师兄弟姐妹全站了起来，现在的顾惜玖是他们的骄傲，也是他们的精神领袖，威望甚至比古残墨还要高一些。

这些人见了她自然是热情地打招呼。

当然，小狐狸人缘好，也有很多人和她说话。

晏母和冷无霜也站了起来，晏母的目光落在顾惜玖和小狐狸相牵的手上，笑得满面春风：“你就是顾姑娘？老身常听尘儿说起你，果然乃人中之凤……”得体的场面话说了一堆。

她的目光又转到小狐狸身上，倒是不动声色，面上慈爱的笑容也没变：“外狐，好久不见了，来，让婶娘好好看看你，又长高了不少啊。”

小狐狸掌心冰凉，她似乎不知道该怎么对付这个笑里藏刀的夫人，只是紧抿着唇不说话，紧紧牵着顾惜玖的手，仿佛想找个靠山。

顾惜玖拍了拍她的小手，眸光在晏母身上一转：“晏夫人过奖了。”她再一笑，“其实不瞒夫人，惜玖当年在众人眼里曾经是一无是处的麻雀，被人欺负，说我待在将军府是飞进天鹅群里的丑小鸭……”

晏夫人忙道：“那是他们目光短浅不识人，姑娘才是真正的凤凰。”

冷无霜也巴结顾惜玖：“是啊，顾姑娘如此人才，他们当初那样说实在是眼瞎。”

顾惜玖微笑：“丑小鸭未变天鹅之前，这世上有几个人能认出？把凤凰错认成麻雀的不知有多少人呢，你们说是不是？晏夫人，冷小姐？”

晏夫人和冷无霜对望一眼，她们心里有鬼，总感觉顾惜玖在骂她们，偏偏让她们无法反驳，只能称是。

她们严重怀疑是小狐狸告状了，禁不住又多看了蓝外狐两眼。

晏夫人眸光微微一转，向蓝外狐招手："外狐，过来，这么久未见，婶娘还真有些想你。"

蓝外狐并不喜和人应酬，尤其是和讨厌的人应酬，更不想看对方两面三刀的脸，所以她足下像生了根，依旧不动窝。

晏夫人趁势轻叹："这孩子是记仇了……"

顾惜玖挑眉："哦？外狐一向天真善良，从不和人结怨，她又怎么会对有养育之恩的晏夫人记仇呢？晏夫人别是误会了吧？"

晏夫人叹气："顾姑娘有所不知，两年前外狐和老身有点儿误会，其实也怨老身，是老身督下不严，以致有人说外狐闲话，被她听到，她气不过教训了她们。"

"她教训错了？"

晏夫人摇头："这倒没有，那几个下人说主子闲话，也确实该教训，就是这孩子出手重了些……差点儿要了她们的命，其实下人不对，告诉府中掌事的管家就是，自有管家严惩她们，主子自己动手教训，未免失了体统。外狐毕竟不懂这个，无霜就说了她两句，没想到她气急了连无霜也打了，如不是老身及时赶到，无霜的命就没了……唉，老身气不过，又从来不拿外狐当外人，当自己亲闺女一样疼爱，总怕她行差踏错惹人非议，所以就教训了她两句，没想到这孩子打红眼了，连老身也被踢进了湖里险些淹死……"

她这番话似乎确实是当时的情景再现，却明显在颠倒黑白。

顾惜玖如果不是在小狐狸的记忆中看到真实的一幕，只怕也会觉得是小狐狸不对。

蓝外狐的小脸白了，手指骤然握紧！

顾惜玖不动声色，只是诧异地一挑眉："小狐狸从来不是这个性子啊，夫人别是记错了吧？"

晏夫人摇头："怎么会记错？自那件事后，外狐就离开了我晏家，回了天聚堂，也因为这个和尘儿断了情意，老身每每想起就十分后悔，这孩子无父无母，心思本就敏感，老身当时该好好和她说的……"

顾惜玖道："倒不知那几个下人说了她什么闲话惹得她大怒？冷姑娘当时说了什么？晏夫人来了以后又说了什么？我听听，也好给你们做个和事佬。小狐狸一向听我的话，我待她如同亲妹妹，她做错了我教训她，当然，她如果受气了，我这个做姐姐的也得替她找回公道，不能让她白白受了委屈！"

晏夫人一愣，随即笑道："都是一些气话，这么久了谁还记得？"她又慈爱地对蓝外狐道，"外狐，婶娘当初也是气急了，肯定是把话说重了，这样吧，婶娘向你赔个不是，不要再计较了好吗？"

她这番话说得十分大度，处处显示出长辈不和小辈一般见识的气派，让顾惜玖忍不住为她的手段点了一个赞！

这样的人放宫里去宫斗的话也是一把好手，小狐狸压根就不是她对手，怪不得会吃这么大的亏，还哑巴吃黄连有苦不能言。

蓝外狐俏脸发白，依旧一声不吭。

晏夫人又道："外狐，你在我晏家长大，老身从未拿你当外人，你和尘儿虽然断了姻缘，但依旧是好兄妹，咱们还是一家人，这次尘儿将要和无霜定亲，老身特意带了请柬过来，邀请你和你的师兄妹们去参加他们的定亲宴。对了，婶娘听说你和蓝阅公子已经订婚，蓝阅公子也是人中龙凤，婶娘很替你高兴。老身听说蓝阅公子是蓝狐族的人，巧得很，无霜的外祖母也曾经是蓝狐族的，这么看起来，我们也算是亲上加亲，以后你们两对儿要相亲相爱，互帮互助，才是一段佳话。"

晏夫人不愧是高手中的高手，一番话就将刚才的话题成功绕开，再次彰显了她的大度豁达，如果不是顾惜玖在这里，小狐狸只怕就算心里气得吐血，也无法说出别的。

姜是老的辣，晏尘这老娘还真是不简单！

顾惜玖笑了："晏夫人果然豁达，惜玖佩服。"

蓝外狐手指微僵，她侧头看着顾惜玖，忍不住传音："惜玖，你……你也相信她的话？"

顾惜玖传音给她："小狐狸，有些事该说还是要说的，你不肯说人不是，不代表别人不会倒打一耙！我知道你所以相信你，但不代表别人也会信你的人品，无论你和晏尘以后怎样，当初的事你如果觉得委屈，就该还原真相。"

蓝外狐一顿，似受触动。

顾惜玖再传音给她："待会儿我问你什么你就回答什么，实话实说便可，能做到吗？"

蓝外狐点头："能！"

顾惜玖微一勾唇，很好，那她就开启打脸模式了！

顾惜玖随口一顶高帽戴下来，让晏夫人甚是受用："顾姑娘客气了，老身只希望一家人和和美美的，谁对谁错倒是不放在心上，只希望你们这些小辈能好好相处……"

顾惜玖打断了她的话："晏夫人这么说就不对了，这世上的事总要讲究个是非曲直，如果只是一味和和美美，将所有丑恶都压在和美的表象下，那就像伤疤下的脓，总有一天会腐坏好的肌肤，倒不如将疮疤揭开，把脓刮掉，才能真正好转。夫人和小狐狸之间也是如此，有些事还是需要说开的，要不然受委屈的不是白受了？夫人或许心怀大度，不计较往事，但或许小狐狸心中尚有许多不平呢？现在三位都在这里，那就不如三方对质，全部说开之后，再和美也不迟。"

晏夫人一愣："这……已经是往事……"

冷无霜沉不住气："她有什么不平的？她那时打我尚情有可原，但她可是一脚将夫人踢进湖里，如此大逆不道夫人已经不怪她了，她还想怎么样？"

顾惜玖俏脸微冷："所以才要弄个是非曲直嘛，晏夫人、冷姑娘放心，这里虽然是天聚堂，但也是一个最讲究公平的地方，如果小狐狸确实错了，不要说别人，我第一个惩罚她！小狐狸，你想不想把事情在这里全说明白？"

蓝外狐轻吸了一口气："想！"

顾惜玖微笑着看向晏夫人："夫人敢不敢在这里说个清楚呢？"

晏夫人微皱着眉："老身不愿同小辈争论……"

顾惜玖淡淡地道："放心，大家只是平心静气地说开了而已，无须争论。当然，为防止有人仗着年代久远撒谎，惜玖也要三位都立誓，保证所说之话完全是事实。"

晏夫人眸光闪动，明显不愿意："这……老身是来请诸位喝喜酒的，不是争论那些陈年旧事的。"

顾惜玖勾唇笑了："夫人这样推三阻四，莫非心中有鬼，不敢对质？"

顾惜玖紧逼不放，晏夫人退无可退："这……"她忽然一叹，"看来顾姑娘是为外狐打抱不平来了。算了，当年的事算我的错如何？老身向外狐赔礼道歉，就权当揭过了……"

顾惜玖微笑："夫人还是不敢说？当年的事就这么难以启齿？"

晏夫人："……"

在场的众人原本听晏夫人说起小狐狸的那些往事，还觉得小狐狸仗着晏尘对她的宠爱做事冲动，现在看晏夫人如此，人人都起了疑心。

天聚堂的这些人平时打打闹闹，说不定还互相使个绊子坑对方一下，但如果天聚堂的人在外面受了委屈，他们还是一致对外的！

晏尘有人缘，大家看在晏尘的面子上给足了晏母面子，但如果晏母颠倒黑白欺负小狐狸，他们还是要找回公道的。

心直口快的人已经纷纷开口，都说当年的事应该说开为好。

晏夫人大概没想到这次前来会如此被动，脸上的淡定要挂不住了："这有什么难以启齿的？老身只是不想让人难堪而已……毕竟外狐和尘儿还是好兄妹。对了，尘儿呢？怎么不见他来？"

她极力想转移话题，外面一道声音传了进来："我在这里。"

晏尘大步走了进来，他先和众人打了个招呼，目光直视自己的母亲："母亲，尘儿也想知道当年的事，还望母亲能在这里大家面对面说清楚。"

晏夫人："……"

晏尘的目光又在蓝外狐身上一转，眸中闪过一抹痛楚，强笑道："当年的事，你们全都讳莫如深，问母亲时母亲常常自责，却不肯说当时究竟发生了什么，府里的丫鬟婆子也不肯说，只说小狐狸的不是。至于小狐狸，我见她时，她已经和我决裂，不肯见我，更不屑和我说话……这件事在我心里压了两年，几乎压出了伤，今日既然有机会，倒不如一次说清楚，也能解了儿子的疑惑。”

晏夫人脸色阴晴不定：“尘儿，事情过去这么久了，你和无霜也要定亲了，再扯这些陈年旧事未免不妥，你们这些小辈还是年轻气盛，什么事非要弄出个是非曲直，其实……”

“没有定亲！”晏尘一字一顿地开口。

众人全呆住了。

晏夫人和冷无霜就是扯着发定亲帖子的大旗来的，这怎么又没有定亲了？

顾惜玖抱着手臂微勾着唇角，摸了摸袖子中的喜帖，这可是晏尘亲手发给她的，小狐狸也有一张。

现在晏尘唱的是哪出？

冷无霜俏脸发白，张了张嘴似乎想说什么又没说出来。

晏夫人皱着眉：“尘儿，你和无霜的婚事是你同意的，怎么现在又……”

晏尘道：“母亲在哪里知道孩儿同意这婚事了？孩儿似乎从未和您说过。”

“这……你这次来天聚堂不就是来通知诸位师兄弟吗？”

晏尘声音微冷：“孩儿来这里，从未对家中提起，到底是谁和母亲说起的？”

晏夫人一噎：“尘儿，无论谁和为娘说的，但这事是事实……”

晏尘淡淡地道：“我来天聚堂是因为听说天聚堂出了点儿意外，故而来瞧瞧，何曾说过和冷小姐定亲？母亲到底是听谁说的？”

蓝外狐睁大眼睛，似乎没想到晏尘会否认，她的手指握住了袖中的喜帖似乎想说什么……

顾惜玖一只手搭在蓝外狐的肩上，微微摇了摇头，于是小狐狸不说话了。

晏夫人倒被儿子问得张口结舌，讷讷地道：“有人……有人看到你印了喜帖……为娘怕你做的喜帖不标准，丢了咱晏府的颜面，所以特意印了数百份给你带过来……”

她看了一眼冷无霜，冷无霜从袖中掏出一沓喜帖，递给了晏夫人。

晏夫人又讨好似的递给儿子：“你来看看可还满意？”

顾惜玖瞧了瞧那喜帖，居然是烫金的，上面的字是用金粉印上去的，看上去确实比晏尘送出的那两张高雅精致。

晏尘却不接：“母亲不肯说出报信之人吗？”

晏夫人被他逼得有些羞恼：“尘儿，你这是逼问为娘吗？为娘只问你，你有没有印这方面的喜帖？”

晏尘微闭了闭眼，倒不否认："有，就印了两张而已！"

他其实是在做最后一搏，想看看小狐狸的态度，所以才做了假帖子，本来想今早找顾惜玖二人设法说明，再将帖子毁掉的，没想到他的母亲会趁机前来，想要来个既成事实……

以晏母等人的脚程，赶来这里需要四五天，也就是说，晏母知道此事是在四五天前。

而四五天前，他这两张帖子只有蓝阅无意中看到过。

晏夫人立即抓住这一点："尘儿，那你也太随意了，这里的人都是同修和长辈，你只印了两张怎么够？为娘替你多印了些也没错呀……"

晏夫人避重就轻的功力了得，几句话就把主动权抓了回去，语重心长地道："尘儿，为娘知道你和无霜两情相悦，你们能定亲为娘只有欢喜，也会为你好好操持，你该提前和为娘商量一下的。"

晏尘声音淡淡的："这么多年母亲难道还不知道孩儿的态度？尘儿和冷姑娘并无情意，母亲不必费心了。"

晏夫人的脸沉了下来："尘儿，这就是你的不对了，婚姻大事岂同儿戏？你这样做置无霜的颜面于何地？都知道你和她将要定亲……你却说是一场玩笑，这让她以后如何做人？"

晏尘低垂着眼眸："此事原本不会有人知道，也不会对冷姑娘声名有碍，是母亲自作主张。尘儿也没办法。"

晏母有些急："尘儿，终究是你先印了帖子，才让母亲误会……"

晏尘眸光隐带锐利："母亲，你其实并非误会，而是故意为之吧？孩儿如果真要和冷姑娘定亲，又怎会不通知父母？再说为天聚堂送喜帖这事尘儿理应自己来，何劳母亲带着冷小姐郑重其事地跑一趟？母亲如此做，不过是趁势为之，想要来个既成事实，让尘儿无法再推托不是吗？"

晏尘这番话道出了晏母的真实目的，让她一时无法反驳，顿了顿，叹道："就算为娘自作主张好了，可是这事已经说出来了，无霜也在这里，你再说是一场玩笑，只怕说不过去，倒不如顺势而为，无霜无论家世还是容貌都是上上等，脾气也好，温柔娴静，知书达理，我们两家又是世交……"晏母罗列了一堆冷无霜的好处。

其实这些话晏母在晏尘耳边不知道说过多少遍了，晏尘耳朵都听出茧子来了！

"这就是母亲千方百计逼走小狐狸的理由吧？"晏尘打断她的话，语气隐带悲哀。

晏母："……"这句话简直就是扎在她的软肋上，她顿了顿，还不想承认，"尘儿，你怎能如此说？外狐在咱们家的那些日子别人不知道，难道你还不知道？我给她住最好的屋子，用最好的家具，她病了母亲亲自为她熬汤、煎药、熬制营养品……这

些你都是看在眼里的啊，你现在如此说，岂不诛心？”

“所以儿子想知道真相，还望母亲成全！”晏尘躬身一揖。

晏母一个不防，话题再次绕了回来，她微皱着眉头，正要再将话题扯开，顾惜玖在旁边一笑，说道：“是啊，晏夫人，这事确实欠一个真相，难得当事人现在都在，大家何不面对面说开？还希望晏夫人不要再绕开话题了，除非晏夫人心虚！”

其他人也纷纷插话，都想知道真相。

晏夫人恼羞成怒，猛然站了起来：“你们这是要逼供吗？天聚堂就是这么待客的？！”

“不敢！”外面忽然传来洪钟似的声音，“天聚堂一向讲究公平公正，不会欺负任何人，但天聚堂的人也不会让人随意欺负！所以夫人还是说出真相的好，如果是他们小辈做错了，残墨会亲自率他们向夫人道歉，还会协助夫人说服晏尘，成全他和冷姑娘的婚事，夫人你看如何？”古残墨自外面大步走了进来。

晏夫人的脸色微微发白，她憋了半晌才道：“这……外狐在老身府中长大，这……这是我们的家事……”

“夫人说错了！外狐只是曾经被府中抚养过而已，并非你晏氏族人，她现在是天聚堂的人，天聚堂便不能放任不管！”古残墨正色，他是有名的护犊子，凡是天聚堂的学生在他眼中都是亲儿子、亲闺女，不容别人轻辱。

既然说到了这里，晏夫人再无退路，她心一横，目光落在蓝外狐身上：“外狐，婶娘当年对你确是管得严厉了些，但也是为你好……”

她的话刚说到这里，再次被顾惜玖打断：“晏夫人，这个时候无须打亲情牌，也不必说你是不是为她好，只需说出当年的真相即可。”

晏夫人被噎住了。

顾惜玖又看向蓝外狐，温和地说道：“小狐狸，当年的事你就事无巨细地当众说一遍吧，不许增删，不许说谎，如有一句谎话，我会和你断绝一切关系！”

蓝外狐轻吸了一口气，微微点头：“好！”

可是事情太多，她一时不知道从何处说起，那些事极琐碎。

顾惜玖道：“这样吧，我问，你来答。”

她又瞥了晏夫人一眼：“她如果有说错的地方，夫人可立即指出来。”

晏夫人此刻横下一条心，反正事情过去这么久了，蓝外狐也未必全记得，再说如果说得过了，她咬紧牙关不承认就是了，反正也无法验证。

顾惜玖看破了她的打算，唇角一挑道：“夫人，这次咱只为还原真相，为求公平、公正，你们三位都立个誓吧。”

晏夫人皱眉：“什么誓？”

顾惜玖一字一顿地道：“用你们自己最亲近的人来立誓，晏夫人，您用晏尘终身幸福来立誓。您如撒谎，他将终身得不到幸福，孤苦一生！”

晏夫人脸色变了，怒道：“顾姑娘，尘儿也是你的同修，你怎可如此咒他？！”

“母亲，我不怕咒！母亲只要实话实说，孩儿自然不会受到诅咒。”晏尘再一次开口。

晏夫人：“……”

她只能将希望寄托在蓝外狐记不清了，但蓝外狐被这些事纠缠得夜夜做噩梦，又怎么可能记不清？！

顾惜玖的问话极有技巧性，句句问到了点子上。

小狐狸则据实回答，渐渐地还原出当年的真相……

很多时候晏夫人想巧言反驳，但她不敢拿晏尘的终身幸福来冒险。

晏尘在旁边默不作声地听着，俊脸一点点变白，目光落在蓝外狐身上，眸底痛楚之色渐浓。

他知道小狐狸当年肯定受了委屈，只是没想到是这种委屈，自己的母亲当面一套背后一套，将天真烂漫的小狐狸险些逼上绝路。

当说到最后湖边那些事的时候，小狐狸将那两名说闲话的侍女、冷无霜和晏夫人所说的话，一一复述出来！

众人在旁边听得个个握紧了拳头，望向晏夫人的目光中充满了不可置信和深深的鄙夷！

一个看上去如此文雅高贵的夫人骂得如此难听，简直和大街上的泼妇没区别，怪不得会让小狐狸直接爆发将她踹进河里。

侮辱人家的父母，无论是谁都会和对方拼命啊！

这已经不是教育小辈这么简单了。

这分明是瞧不起人家，欺负人家无父无母，想要逼走人家的节奏嘛！

怪不得小狐狸会跑，会和晏尘决裂……

没有女孩子能受得了这个！

晏夫人的脸火辣辣的，小狐狸的诉说简直就是当众打她的脸！偏偏还都是真实再现，她无法反驳。

只能说自己是求全心切，想让小狐狸成长为标准的贤惠媳妇儿等等。

但在场的人都不是几岁的孩子，又岂是那样好糊弄的？！众人看向她的目光更鄙夷了！

如不是看在晏尘的面上，众人只怕就会动手直接撵人了！

顾惜玖则直接反驳：“晏夫人这话说得倒冠冕堂皇得很，你如真是求全，看不惯小狐狸的一些行为，可以当着晏尘的面说她，她错了自会改正，但夫人在人前装出一副很疼爱她的样子，人后拼命打击小狐狸的自尊心，将她说得一无是处，还频频辱及人家的父母。这是为求全？晏夫人不会是将天聚堂的人都当傻子吧？！”

晏夫人张口结舌，最后一横心，干脆说道：“是，本夫人确实看不上她！她的母亲本就是和人私奔的，声誉极为不好，想必她的父亲也是道德败坏、勾引良家女子的浪荡子。蓝外狐有他们的血统，很难说日后不会重走她父母的老路，败坏了我晏家家风，而尘儿鬼迷心窍，非要娶她，老身无奈，只得出此下策，只是让她知道自己的身份，我晏家不是她这种家世的人能高攀得起的！以她这种身份，配个普通人家还勉强可以，但我晏家可是名门望族，我岂能让晏家未来的家主娶这种人当妻子？”

她顿了顿，接着道：“本来她是在我们家长大的，和尘儿也算青梅竹马，老身看在这个分上，也不是容不得她，嫁给尘儿做个妾侍也就是了，偏偏尘儿非要娶她为妻，还说今生只娶她一人，这日后传出来岂不是一场大笑话？而无霜家世清白，我们两家又是世交，当年他们俩也曾经有过口头婚约，正是尘儿的良配，偏偏尘儿不肯……”

顾惜玖笑了：“晏夫人，你看中冷小姐应该不只是世交兼身世清白这一点，还因为她身上有蓝狐族血统吧？而你当年之所以收养外狐，也不单单是因为看她无父无母可怜吧？而是因为她姓蓝！你那时怀疑她有蓝狐族血统，而蓝狐族的女子血统高贵，成婚后可以助丈夫提升功力，所以你将外狐收养，只不过后来你在外狐身上没有发现蓝狐族血统，这才对她如此嫌弃，我说的对不对？”

晏夫人被她说中关键点，稍稍顿了顿，倒是一直没怎么开口的冷无霜说话了：“晏尘乃人中龙凤，只有拥有蓝狐族血统的女子才配得上，其他人……也确实配不上，就算姓蓝也没用。其实晏伯母手段虽然激进了些，但也是为了晏公子好，蓝姑娘那样的家世很容易让人诟病，晏伯母为人母，自然不想让儿子娶个身家不清白的女孩子，那会成为他一生的污点。”

冷无霜望着蓝外狐，眸光中满是高高在上的优越感。

蓝外狐小脸一变，正要说话，忽听外面传来一声轻笑：“她家世不清白？她的家世可比你高贵得多！”

话音刚落，一位蓝衫公子走了进来。

正是蓝阅。

他望向冷无霜的目光锐利：“我蓝狐族的女子血统确实高贵，但很可惜，你不在此列，你身上也没有半点儿蓝狐族的血统！”

他这番话说完，全场皆静！

冷无霜呆了呆，俏脸涨红，冷笑：“饭可以乱吃，话不可以乱说。你又是谁？居然敢在此胡说八道！”

蓝阅微笑：“小可不才，正是蓝狐族人。”

冷无霜又是一呆，她自然听说过蓝阅的名字，知道他是蓝狐族人，也知道他和蓝外狐定亲了，不过据她所知，蓝狐族的男子一向不与外界女子通婚，而蓝阅却和蓝外狐定了亲，那他在蓝狐族的地位肯定极低，说不定只是大户人家的仆从。

所以她并没有将蓝阅放在眼里，矜持地一笑："这位公子，你虽然是蓝狐族人，但地位一定不高吧？不知道蓝狐族里的一些事也正常。我的外祖母乃蓝狐族王身边的侍女，六十年前由蓝狐族王亲自赐婚给我外祖父，我母亲乃是外祖母的嫡长女，我身上蓝狐族血统纯正……"

蓝阅笑了，手中折扇轻摇："我在蓝狐族的地位高不高暂且不提，但我还是知道蓝狐族一些事的，尤其是王室里的事。你的外祖母确实是王上身边的侍女，但她并不是蓝狐族人，乃是王后在外巡游时捡到的孤女，因看她聪明伶俐，就将她留在身边做了侍女。她的婚事也不是王上指婚，乃是她和你的外祖父提前有了苟且之事。你外祖父在王宫前跪了数天只求娶她，说和她是真心相爱，此生非她不娶。王上看他痴情，这才允诺，不过并未说明你外祖母的身世，既是真爱，何必管对方身世如何？你说是不是？"

众人谁也没想到会有这么一出，所有人的目光都转到了冷无霜身上。

冷无霜像是被踩了尾巴的猫，再维持不住淑女风范，怒道："你胡说！你不过是蓝狐族最低等的人，怎么可能知道蓝狐族王室的事？！你这是信口雌黄！污蔑！"

说到最后她的声音隐隐尖厉，显然她是真急了。

顾惜玖在旁边抱臂看着，觉得好玩，看来事情比她想的还有趣。

蓝阅却笑了："我问你，你外祖母何时过世的？"

冷无霜一窒："是……是四十岁左右……不过她那是遇到了对头，和对头同归于尽。"

"那你可看到她的尸骸？"

冷无霜冷冷地道："我说了是同归于尽，和对头一同化为灰烬，自然没留下尸骸。你问这个做什么？"

蓝阅淡淡地道："蓝狐族人寿命长，拥有不老容颜，就算是千岁也可以保持二十岁时的样貌，而普通妇人四十岁已显老态，她如果继续活下去，必然会暴露她不是蓝狐族人的秘密，所以她活到四十岁不想死也得死，害死她的不是她的对头，而是她的夫君。她的夫君将她诱至山中，趁她不备将她杀死，然后一把火将她烧了，想永久隐藏这个秘密。他家原本是小门小户，因为蓝狐族血统，才受世人尊重，你的母亲也是因为蓝狐族血脉而嫁了好人家……"

这明显是一段秘史，冷无霜是知道这段秘史的，她以为这世上不会有外人知道，没想到会被蓝阅当场揭发。

她急怒之下，自然大声辩白，几乎要和蓝阅拼命，风度全无。

顾惜玖等她叫嚣得差不多了才开口："其实证明你有没有蓝狐族血统很容易，蓝狐族是会变身的，不如冷姑娘当场变一下？岂不是比你在这里说一万句话还管用？”

冷无霜低吸了一口气：“好！那我就变一下，让你们瞧瞧！”

她掐了一连串的法诀，落在自己身上，片刻后，她的模样果然变了一点儿，眼珠有点儿蓝，个头长高了一点儿，原本的鹅蛋脸变成了长脸，有一点点狐相。

她变好后得意地抬眸，原地转了一圈，冷冷地道：“蓝阅，你现在可看到了？！本姑娘会变身！”

原先听到这消息像被雷劈的晏夫人也松了一口气，正色道：“无霜确实是蓝狐族人，现在铁证摆在这里，蓝公子还有何话说？！”

她也豁出去了，扯着晏尘的衣袖：“尘儿，你看无霜，她可是正经八百的蓝狐族人，你日后娶了她，对你的功夫修炼也极有助益，你是咱晏家未来的家主，不许再任性。”

晏尘直接甩掉了晏母的手，声音冷淡：“我对蓝狐族人没兴趣！”

晏母正要再说，一直旁观的古残墨忽然开口：“不对！这不是蓝狐族的变化之术，这是遮颜术！”

冷无霜一僵，她没想到古残墨居然知道遮颜术！

果然蓝阅轻笑一声：“这个小术法在蓝狐族不值一提，不过看来当初你的外祖母就是依靠这个小术法骗了你的外祖父，哄得他死心塌地。蓝狐族的变身术岂是这等低劣？你这小术法也就骗骗外行人而已。”

冷无霜一张俏脸青白交错，她思量着这里的人基本都是外行，还想狡辩，顾惜玖直接开口：“蓝阅，直接变个正宗的给她瞧瞧。”

蓝阅倒不啰唆，手指略一掐诀，便变了一种样貌。

他变出来的样貌正是顾惜玖在小狐狸的记忆中见到的，蓝狐族特有的妖娆仙气是任何人都假冒不了的。

众人见到了真的，假的自然就现了形，就像真品和赝品，就算是没见过的人也能分辨出来一样。

几乎所有人的目光都凝聚在冷无霜身上，只差在眼睛里写上两个大字：赝品！

冷无霜一张俏脸已经失去了血色，她还试图狡辩：“这……你……你父母都是蓝狐族人，自然……自然比我正统些，而我只拥有四分之一的血统……和你不一样也是正常。”

蓝阅的脸色冷了下来，唇角似带着嗜血的笑意：“直到此时你还在狡辩！蓝狐族人岂是能随意冒充的？！你们在自己家里糊弄糊弄人也就罢了，在大庭广众之下你还敢冒充？！你可知冒充蓝狐族人会受到什么惩罚？！是抄家灭族的大罪！一旦传回蓝狐族内，你整个家族都会被蓝狐族的杀手追杀！”

冷无霜身子一抖，微张着小嘴不敢说话了。

蓝阅冷冷地看着她："我再给你一次机会，如还不说实话……"

他语调森冷，气场强大，冷无霜到底不敢拿全族人的性命来冒险，呆了好半晌才勉强道："或许……或许你说的是真的，但我并不知道……"这就等于变相承认她冒充蓝狐族的人了！

这次换晏母脸青了！

顾惜玖笑望着晏母："晏夫人，你怎么说？"

晏母自然是万分失望，但是在这么多人面前，她还不想表现得太势利，勉强道："无霜就算……就算不是蓝狐族血统，但她身家清白，冷家也是名门望族，和晏家也算相配……"

冷无霜也道："我家可是当地望族，我祖父曾经封过侯……"她看了一眼蓝外狐，唇角一勾，"这点是她比不了的！她的母亲和人私奔，她的父亲不知道是何方混混……"

啪！蓝阅抬手就给了她一个耳光："大胆！"

蓝阅出手太快，冷无霜直接被打蒙了，接连后退好几步："你……你打人！"

蓝阅眸光锐利："她可是我族大国师之女！我族的大国师就算是狐王也不能轻辱半句，你敢骂他是混混？！"

这一句话说完，除了已经知情的顾惜玖和蓝外狐外，所有人都怔住了！

晏母最失态，她直接站了起来："什……什么？！"

蓝阅悠然一笑，一字一句地道："蓝外狐是我狐族大国师蓝云卿唯一的女儿，拥有蓝狐族最高贵的血统！不要说冷小姐没有蓝狐族血统，就算你外祖母真是蓝狐族的侍女，那也是下等血统，和她没有任何可比性，不要说你，就算你的外祖母见了她也要跪拜，尊称一声主子！"

冷无霜和晏母像是生生挨了几耳光，脸色可以用灰败来形容。

冷无霜尖声道："我不信！不可能！"

晏母脱口道："不对，家夫曾经测试过蓝外狐，她分明没有蓝狐族血统……拥有蓝狐族血统的孩子在五六岁时就会偶尔变身，蓝外狐一次也没有……你……阁下这是故意混淆视听是不是？她不可能……"

蓝阅轻笑："普通蓝狐族血统的孩子确实会在五六岁时偶尔变身，尤其是发怒着急的时候，看来你们夫妇倒是对蓝狐族有一些了解，但蓝国师那一脉的血统可不是普通蓝狐族可比的，这一脉的孩子只有修炼到灵力九阶以后才能自主变身，而一旦变身成功，这一脉的人会拥有超强的能力，可通天地，窥天机，我族历来的国师都是由这一脉的传人来担任。"

他看了蓝外狐一眼："如无意外，蓝外狐将是我族下一代国师，她的身份无比尊贵，又岂是一个冒牌货能比的？"

众人谁也没想到蓝外狐居然有这么大的来头，蓝狐族大国师之女，比蓝狐皇族还要尊贵……

蓝外狐的那些同修自然极为高兴，纷纷向她道贺。

张楚楚哈哈笑，大掌向蓝外狐肩头一拍："小狐狸，不简单嘛！原来你拥有这么高贵的身份，还真是亮瞎某些势利人的狗眼啊！某些人一心想给儿子攀高枝儿，没想到捡了芝麻丢了西瓜，哈哈，或许她捡起来的连芝麻也不是，就是个小石子儿……"

晏母脸色先是惨白，后是涨红，目光不相信地转到蓝外狐身上，眸底有震惊，有不信，也有挣扎，喃喃道："我不信……"

蓝阅倒是个干脆的人物，笑道："原本她的本貌不该被你这等俗人看到，但为了让你心服口服，我倒是可以帮她恢复本貌让大家瞧瞧，古堂主是认得蓝狐族标志的，不妨验看一下。"

他抬袖往蓝外狐身上一拂，蓝外狐猝不及防，被迫再次变身。

蓝狐族的人原本就极漂亮，有种特别的媚，蓝外狐恢复本貌后，容貌之美几乎可以用惊心动魄来形容，身上的仙气遮都遮不住。

如果说大家先前还对蓝阅所说的话有所怀疑，此刻见了蓝外狐的本貌再无疑虑，蓝外狐确实是蓝狐族人，还是血统最高贵的蓝狐族人！

这样的血统就算是人间的皇帝也配不上，比冷无霜之流不知道高出多少段位！

晏母站在那里失魂落魄，手脚都在发抖，原来她千方百计拆散的居然是儿子最好的姻缘。

她忍不住看向蓝外狐："外狐……"

她脸皮再厚，这个时候也说不出替儿子挽回的话。

蓝外狐微垂着眸子不看她，转头想找顾惜玖说话。

蓝阅抬手将蓝外狐拉到自己身边，悠然笑道："晏夫人可是后悔了？后悔也晚了！外狐现在是我蓝阅的未婚妻，再过些时日我就会将她带回去成婚，到时候晏夫人如果想喝杯喜酒，蓝某倒是可以看在你曾经养过她的分上送你一坛。"

晏母脸色发白，悔得肠子都青了！

但她也极不甘心！毕竟她知道蓝外狐是真心爱自己儿子的，要不然当初也不会受那么大的委屈还能忍着。

所以她轻咳了一声："外狐，你是真心喜欢这位蓝公子吗？其实这两年尘儿对你一直没有忘情……"

她正想长篇大论来打动蓝外狐，不提防晏尘低喝了一声："够了！"

晏母被噎了一下："尘儿……"

晏尘惨然一笑："母亲，这场闹剧该结束了！儿子的事不劳你再操心！"

"可外狐……你一直没忘记她，母亲是一直看在眼里的……"

“母亲多想了，我以后会把外狐当妹子来疼，母亲请回吧！”晏尘拂袖而去，他走得太急，出门时险些撞在门框上，但依旧头也不回地走了。

顾惜玖心中微沉，今日其实最难堪的就是他。

他那样要强的人，却因为自己的母亲走到这一步，他这两年貌似一直在试着挽回小狐狸，甚至用了假定亲帖的法子。

如果小狐狸依旧是那个小狐狸，不是蓝狐族大国师之女，他或许还不会放弃，还会争取。

但现在爆出了小狐狸的身世，以晏尘的骄傲，只怕他就算再不想放弃也得放弃了……

顾惜玖眸光落在蓝阅身上，这家伙一直笑吟吟的，眸光中却全是锐利强势，明显对小狐狸势在必得。

这个人其实很不简单，心计也深，蓝阅今日在人前爆出小狐狸的身世表面上是替小狐狸出气，其实是因为了解晏尘的脾气，知道他经过这一出后，必然不会再争取。

蓝阅其实是通过今天这一出除去一个劲敌！这个蓝阅是个人物，不愧是蓝狐族未来的王。

晏夫人和冷无霜离开了，看在晏尘的面子上，大家没让她们太难堪，只不过无人相送，灰溜溜地走了。

至于晏尘，当时他就离开了天聚堂，他太骄傲，受伤太深，需要找个无人的地方舔舐伤口。

一天后顾惜玖用传音符联系他，好半晌他才接起，声音有些暗哑但很平静：“惜玖，什么事？”

顾惜玖一时也不知道说什么好，酝酿半晌才说了五个字：“晏尘，对不起。”晏尘也是她的朋友，也曾和她肝胆相照，她是为小狐狸出了气，但也伤到了晏尘。

晏尘声音很淡定：“不必道歉，其实我还是很感激你的，让我终于知道了困扰许久的真相……”他顿了顿，“小狐狸，她还好吗？”

“还好。”顾惜玖回答了两个字。

曾经什么心事都写在脸上的小狐狸现在也学会了隐藏情绪，晏尘走后，她就是出神的时候多了些。

但她还是该说就说，该笑就笑，和同修们相处得也很好，原先怎样现在还是怎样。她应该也在努力走出来。

晏尘沉默片刻，像是笑了笑：“那就好，我只希望她能幸福……”

就算这幸福不是他给的，他也希望她能幸福一生。他已经配不上她，只希望她好好的，快活一生。

“好了，惜玖，以后有用得着我的地方，尽管开口。我先忙了啊。”

晏尘掐断了传音符，其时他正坐在一个山旮旯似的小镇上饮酒，酒喝得不少，但不知道是不是酒太劣的缘故，他喝了这么多也没醉，趴在桌子上出了一会儿神，从衣袋中拿出一堆零零碎碎的东西。

酒肆的老板用怪异的眼神看了看这位客人。这位客人长相俊美，衣饰干净贵气，气质也卓尔不群，明明该是住华舍吃美食的贵族，却在这个小草棚似的店里坐了一整天，一直在喝酒，此时还没有走的意思。

看在客人出手阔绰的分上，老板并没有赶人，只是多观察了他一阵。

现在看到他拿出那一堆零碎东西，店老板也伸长脖子瞧了一眼。

那些东西都不是什么贵重之物，有雕工粗糙的玉佩，有不值钱的折扇，甚至还有草编的蚂蚱、花环。

蚂蚱、花环早已干瘪，但保存得极完整，显然这个公子对这些东西一直小心珍藏。

店老板忍不住叹了一口气，这公子身上随便一件东西都比他这一堆东西值钱，但在这公子心目中，只怕这堆小东西是任何金银财宝都换不来的。

晏尘望着这些东西出了片刻神，指尖一点点摩挲玉佩、扇柄……

这些东西都是小狐狸送给他的，他就算闭着眼睛也能说出每件东西的来历和背后隐藏的故事。

当时只道是平常，如今想来却是最快乐、最甜美的一段时光。

不思量，自难忘。

如今也只剩思量了。

原本他还觉得蓝阅配不上他的小狐狸，觉得小狐狸和蓝阅定亲是为了气他，他甚至打定主意，只要小狐狸一天不成婚，他就设法将她挽回，但现在揭开真相，他再没有追回她的勇气……

“小狐狸，原来你我终究是无缘的。”他摩挲着劣质玉佩的狐眼，醉眼迷离中似乎看到了小狐狸的笑颜。

腰间一枚淡碧色的玉佩闪起来。

他瞥了一眼没理会，这玉佩是晏家独有的联络工具，可以闪现不同的颜色，而每种颜色都代表一种意思。

这次玉佩闪出来的颜色是晏家召他回家。

他的唇角浅浅地勾了勾，露出一抹嘲讽，将玉佩摘下来，啪的一声丢在桌子上：“店家，再来三坛酒！”

夜半时分，店家实在熬不住，自己去里屋睡了。

等他醒来出来看时，那位俊美的青年公子已经不在了，桌上只有一大锭足可以将他这小酒肆买下来的金子，还有一枚亮闪闪一看就价值不菲的玉佩……

第七十五章　石破天惊的真相

晏母一心想为儿子娶个满意的媳妇儿，以致使出那些不入流的宅斗手段，没想到最后的结果是鸡飞蛋打，丢了西瓜连芝麻也没捡起来。她不但让儿子错过最好的姻缘，连儿子也失去了。

晏尘失踪了，自那一别后，她在往后很长很长的岁月里再没见到儿子。晏家失去了最优秀的家主，他始终没再回晏家，而晏家的人也无法联系到他。

当然，这是后话。

天聚堂又恢复了往日的平静，一切似乎都没变，却又仿佛什么都变了。

蓝外狐依旧待在天聚堂里学习，她像是忽然开了窍，原本很贪玩的小丫头开始奋发图强，天天忙着练功，为练功几乎废寝忘食，比蓝阅还刻苦。

蓝阅好几次去找她，她都在练功，压根不理他。

她被逼得急了，会说一句："你不是说我是蓝狐族未来的大国师？大国师灵力差怎么可以？我必须修炼！"一句话堵得蓝阅什么词都没了。

小狐狸身份暴露了，又是如此高贵的血统，一旦被外人知道，不知道会有多少高手觊觎，毕竟现在的她就像个绝世大鼎器，谁能赢得她的芳心和她春风一度，就会功力大增，比任何灵丹妙药都管用。

这样的她再待在外面实在太不安全，所以蓝阅想把她带回蓝狐族。

但蓝外狐不想回蓝狐族，她只想待在天聚堂，哪里也不想去！

当然，她也有她的理由，她说她在这里修炼最快，而蓝狐族她人生地不熟，去了以后心不静则无法练功。

小狐狸看似好脾气，其实很倔强，一旦打定主意，那是十头牛也休想拉回来，蓝阅也勉强不了她，除非他把她打晕带回去。

蓝阅无奈，只得陪她留下。

蓝外狐表现得很好，除了不肯和他走以外，其他倒也没表现出什么，只是变得文静了不少，不再那么活泼。

没日没夜刻苦练功的后果是，她走火入魔了，一身功力险些废掉，幸好顾惜玖正好去看她，及时将她救了回来。

人虽然救回来了，但腿瘫痪了好几天。

这把古残墨急得不轻，唯恐她和晏尘一样也会留下后遗症。

小狐狸还是比晏尘幸运，因为有顾惜玖这个神医及时为她治疗，小狐狸就瘫痪了三天，三天后恢复正常。

走火入魔造成的双腿瘫痪并不是双腿失去知觉，痛觉还在，只是神经无法指挥双腿。

双腿疼得钻心，小狐狸一向娇气，顾惜玖唯恐她会受不住疼，会落泪，没想到她居然咬牙忍着，汗出了不少，眼泪一滴没掉。

顾惜玖为她治疗的时候，她煞白着一张小脸，额头上滚着汗珠，还说了一句："原来走火入魔双腿瘫痪这么疼……我以为就是没知觉而已……"

说到这里她顿住了，坐在那里有些出神。

晏尘走火入魔双腿瘫痪的时候，在她面前一直很淡定、从容，还有心情逗她说话，陪她下棋，和她玩，还让她在园子里采花采草为她编花环，编蛐蛐、蚂蚱之类，像哄孩子一样。

他的面上从来不会显露痛楚，害得她还以为他就是双腿不能动，每个月需要躺床上两天而已。

蓝外狐虽然只瘫痪了三天，感觉却像是在鬼门关走了一遭，那痛楚真是生不如死……她虽然没哭，但这三天她额头上的冷汗就没停过！

晏尘只怕也是如此吧？

或者她和他走火入魔的程度不一样，她疼他不疼？

小狐狸忍不住对顾惜玖问了这个问题，顾惜玖看了看她，很平静地为她普及知识："走火入魔的程度虽然千差万别，但由此引起的瘫痪症状是一样的。"

小狐狸还不死心："那如果每个月都瘫痪几天呢？是不是也会疼？"

顾惜玖道："按理说，后遗症发作时会更疼，而且留下后遗症的人，就算平时双腿也和正常人不一样，因为经脉抽搐，每天都会疼好几个时辰。"

蓝外狐俏脸隐隐发白，坐在那里不说话了。

顾惜玖也不再说话，为她治疗完毕，又安慰了她两句，转身想走，小狐狸忽然拉住了顾惜玖："惜玖！"

顾惜玖回头，蓝外狐睁着一双大眼睛问她："惜玖，你会不会治疗这种后遗症？"

顾惜玖故意一挑眉："放心，你没留下后遗症。"

蓝外狐脱口道："可晏尘留下了，一直没治好……"据她所知，晏尘的后遗症压根没治好，只不过发病的时间缩短了而已，原先是瘫痪两天，现在是瘫痪一天半。

顾惜玖问她："你还关心他？"

蓝外狐一僵，低垂着眸子，抿了抿唇道："我现在把他当哥哥……他这伤毕竟是因我而起，一直没好我心难安……"

顾惜玖微笑道："其实这次我初见他时就看出他有这个旧伤，已经配了药送给他了。"

蓝外狐松了一口气："能治好的对吧？"

顾惜玖微微摇了摇头："他耽搁得太久，我只能让他不再瘫痪那么久，但发作时腿还是会疼的，除非……"

蓝外狐蓦然抓住她的袖子："除非什么？"

顾惜玖却不想说了，只是拍了拍蓝外狐的手："小狐狸，有些事错过了就无法再挽回了，不要再想那么多了。我那药虽然不能根除他的后遗症，但也就是腿疼而已，并不会耽搁什么，他甚至在那两天也可以和人打斗，你放心好了。"

蓝外狐："……"

她不甘心地还想争取："可是这疼很难受，如果能让他不再疼……"

顾惜玖没说话，只是看着她。

蓝外狐被她看得低下头。

顾惜玖忍不住叹了口气："小狐狸，蓝阅对你怎么样？"

"很好呀。"

"那你喜不喜欢他？"

蓝外狐窒了片刻才道："还……还行吧。"

顾惜玖挑眉："还行？"

蓝外狐有点儿焦躁，点了点头："他对我挺好的。"

她自从和他公开关系后，这两年他在天聚堂也算照应她，几乎每天都在她跟前点个卯，十天八天就带她出去转转，和她加深感情，像顾惜玖所讲的那种男女约会。

"那比晏尘呢？"

听到这个名字，她不说话了。

顾惜玖看了她半晌，轻叹了一口气：“小狐狸，你好好问问自己的心，到底想和谁在一起吧。两个人一旦在一起就是一辈子，会朝夕相处，会生儿育女。”

蓝外狐打了个寒战，手指握紧了被角，她以后会和蓝阅相处一辈子，还要为对方生儿育女吗？她的心中莫名恐慌起来，甚至有种想逃的冲动！

顾惜玖又道：“婚姻大事不是儿戏，别因为一时赌气搭上自己的一生，尤其你是蓝狐族的人，你的一生会很长很长……”

她转身欲走，蓝外狐脱口道：“可是我和他打赌赌输了，定亲了啊，还能退吗？蓝阅说蓝狐族一旦真正定亲就和成婚一样，是不能退的！”

蓝狐族还有这个规矩？不会是蓝阅忽悠小狐狸吧？

顾惜玖挑眉，拍了拍蓝外狐的肩：“这就要问你自己的心了！小狐狸，你要学会为自己所做的选择负责。放心，你无论怎么选择，我都支持你。”

蓝外狐：“……”

顾惜玖终于走了出来，外面月光如霜，如水银铺地。

她抬头看了看天上的月亮，月逢十五便圆，不知道帝拂衣今日回不回来？

算起来她和帝拂衣也分开八天了，这还是她和他成婚以来第一次分开这么久。不知道他的事办得怎么样了。

帝拂衣临走时给她留了信，说要出去调查一件事，让她安心在天聚堂待着，处理小狐狸的事。

直到现在他也没回来，幸好他隔两天就会和她通一会儿话，要不然她又要担心他了。

她看了看天色，今天十五呢！

他已经两天没联系她了，今夜他就算人不回来，一定会接通传音符和她聊几句吧？

她先回了自己的屋子，因为惦记着帝拂衣会和她通话，她也没打坐，免得打坐一半被打断，对修炼没好处。

她没想到的是，她等了一夜，也没等到帝拂衣和她通话。

在这期间她曾经试着联系帝拂衣，但传音符一直接不通，帝拂衣应该是关闭了传音符。他每次关闭传音符时，都是去大凶之地做事，需要绝对专心，不能有片刻分神。

所以顾惜玖这几天很少主动联系他，就怕打扰正在做事的他。

帝拂衣给她留的信中提到这次天聚堂被放入的那块天魔玉不简单，不像是这个世界之物，也不像龙梵造出来的，幕后或许还有其他黑手，他出外正是调查这件事了。

顾惜玖等了一夜没等来帝拂衣的只言片语，倒是接到了百里策的消息，百里策声音焦急：“惜玖，不好了！飞星国的皇帝以谋反的罪名抓了你全家，现在下了大狱，后日要公开处以凌迟呢！”

顾惜玖：“……”

她第一反应是容伽罗疯了吧？！

其实不单是顾惜玖觉得容伽罗疯了，就连飞星国的百姓也觉得皇帝疯了！

顾谢天虽然在夫妻情分上凉薄了些，但确实是一员不可多得的虎将。这些年他为飞星国的江山南征北战，立下无数的汗马功劳！

他原先虽然不是太子党，但后来也因为女儿力保容伽罗。容伽罗登基后，他对这位新皇也是忠心耿耿，恪守为人臣的本分。

只不过这两年大概是不满容伽罗的穷兵黩武，他以身体有恙为由，解甲归田，将兵权交出去了，做了一名不问世事的员外郎，但在百姓心目中，他还是大英雄。

没想到就是这样一个英雄居然犯了谋反之罪，被抄家，还被判了死刑。

全族凌迟，甚至他嫁出去的两个女儿以及其夫家也不例外。

顾家家族还是不小的，再加上府里的仆从，足有三百多口人。

太阳升起来了，宽阔的大街上已经是人山人海，几乎所有的百姓都出来了。

先是一队官兵在前面开路，后面就是一溜木质囚车。

因为处斩的人实在太多，原本应该关一人的囚车里挤了七八人，大大小小像沙丁鱼罐头似的挤在一起，这些人身上都戴着沉重的枷锁，就连六七岁的童子也不例外。

顾谢天倒是单独在一辆囚车内，他身上戴的枷锁是特制的，不但异常沉重，禁锢手脚的圈口里还布满了钢钉，那钢钉深深地刺入他的手腕和脚腕，让他在囚车中丝毫动弹不得。

无数百姓的目光落在他的身上，看着这位曾经威风凛凛的将军此刻落魄得像叫花子，头发花白，乱披在肩上。他应该还受过其他的刑，曾经威严的脸此刻鼻青脸肿，身上血渍斑斑。

这些囚车在街上缓缓行过的时候，百姓们像是集体失声了，沉默地看着囚车行进，看到囚车中那些囚犯的惨状，百姓们眼里闪过的是不平和愤怒。

没有人相信顾谢天会叛国，但是现在假左天师当政，他暴戾的高压手段，让百姓不敢议论，只是人人在袖中握紧了拳头！

刑场设在一座巨大的广场上，能容纳数千人。

为防有人劫法场，广场被临时封起来，只留了四扇大门，四面是铁墙，大门也厚重无比，一旦发生劫法场事件，大门一关，劫法场的人只能在里面束手被擒，跑都跑不掉。

囚车缓缓驶入广场，百姓也跟着进来了。

广场上有一座巨大的高台，高台上竖着百十根铁柱子，三百多名囚犯被依次从囚车中拖出来，有的被按着跪在高台上，有的则被绑在铁柱子上，等待行刑。

因为人多，又是凌迟，不但刽子手不够，铁柱子也不够，需要分成三批行刑。

第一批人被绑到铁柱上时，其他两批人就要跪在四周观刑。

大概是要给顾谢天一个大教训，他和他的两个女儿被安排在最后一批，他们要看其他亲人被凌迟。

这无疑是巨大的折磨，顾谢天被强迫跪在那里，眼睛血红，眸底满是悲愤和绝望。

第一批被绑在铁柱上的是顾家的一些亲眷，其中包括顾谢天的三名外孙，三个孩子最大的才五岁，最小的只有三岁。小孩子虽然不懂什么是凌迟，但被捆在那里还是极疼的，一直哇哇大哭……哭声凄厉，让在场的每个人心脏都跟着揪起来！

“左天师大人驾到，圣尊夫人驾到。”远处传来悠长的喊声。

人群分开一条路，十名英武少年在前面净水洒街，十名美貌少女随后用红毯铺路，后面还跟着十名童子抛撒鲜花。

最后才是十名仙风道骨的女道姑抬着软轿，软轿上坐着紫袍、银面具的假左天师和白衣飘飘的丽王仙子。

这里的气氛原本极为肃杀，但这群人来了以后，倒是华贵了不少。

百姓看着两顶软轿上闲适的两个人，再看看台上铁柱上绑着的顾谢天一家人，两相对比之下，几乎所有人都捏紧了拳头！

所有的百姓都跪下了，被迫迎接这位煞神的到来。

百姓没人敢吭声，偌大的广场上除了铁柱上孩子的哭声外，再没有其他杂音。

“好吵……”假左天师终于开口，说出的话让在场的人都暗暗打了个寒战，“先把他们的舌头割下来吧。”

“是！”刽子手领命，左手将孩子的下巴钳住，迫使孩子们张嘴，右手抄起旁边寒光闪闪的短匕首，就要割舌。

台下观看的百姓人人色变。

就算顾谢天犯了死罪，需要灭九族，但先割舌头也太残忍了吧？！更何况割的还是孩子的舌头？！

人群骚动。

这个时代的人并不知道凌迟到底是什么刑罚，只知道是死刑……

顾谢天的脸色全变了，他大喝一声：“住手！”

他虽然被制住，但穴位并没有被封，这一嗓子还是很有震撼力的，让正要行刑的刽子手哆嗦了一下，下意识地停住。

假左天师向他瞧过去，笑得轻飘飘的：“顾谢天，你还有何话说？”

“他们还小，此刻啼哭是正常的……你嫌他们吵一刀杀了就是！割舌头算什么！”顾谢天怒而开口。

假左天师笑了：“原来顾将军不懂何为凌迟……”他向旁边的一名监斩官下令，“给大家普及一下这个刑罚的流程吧。”

监斩官点头，上前一步，大声说出了凌迟的具体流程。

当监斩官最后一句话落地，百姓的脸色全白了！

这太残忍了！

原来他们将要看到这么血腥、残忍的刑罚！有些胆子小的开始向后缩，有的干脆想向外挤，不敢也不想看这个场面！

而台上将要被行刑的犯人更是人人色变，身子情不自禁地抖着。

没有人能熬过这种酷刑的！

顾谢天的两个女儿和两个妾侍全吓晕过去了。

假左天师悠然地望着顾谢天：“现在听明白了？割舌只是第一步，后面还会慢慢割的。不要担心割到一半他们就死，在你们今早吃的牢饭里，有吊命补气的药，可以让你们再疼也不会晕、不会死……”

这么残忍的话被他温声说出来，让整个广场瞬间死一般寂静！

顾谢天气冲斗牛，血红着眼睛望着假左天师，他干脆豁出去了：“本将军压根没有通敌卖国！我一生对飞星国忠心耿耿，从未有过二心！是你在捣鬼，这分明就是你公报私仇！帝拂衣，杀人不过头点地，你如此残暴会有报应的！”

假左天师轻笑：“报应？本座就代表天命！天命所归，本座只会让别人有报应！”

他一挥手，命监斩官宣读顾谢天的罪状。

这是必走的程序，监斩官站在台上，展开一页长长的纸开始大声宣读。

所读的内容无非就是说他不念旧恩，通敌卖国，刺杀陛下……

这罪状半文半白，又臭又长，百姓倒也大体听懂了。

几乎每个人都明白顾谢天是被冤枉的，上面宣读的那些罪状不过是莫须有的罪名罢了。

这样的英雄如今落得这个下场，人人都憋了一腔愤懑，如不是迫于这两年假左天师的淫威，大家早爆发了！

监斩官宣读完罪状，便到了真正行刑的时候。

假左天师轻笑：“这种刑罚还是第一次使用，刽子手可能不太熟练，还是先弄十个人试手吧，大家也能看得更清楚明白些。”

监斩官垂首：“请左天师大人指定人选。”

假左天师眸光在那些刑柱上四转，目光如狼，盯在谁身上谁紧张。

“这个，这个，那个……”他指出了十个，这十个人中有老人有孩子。

这些人都是顾家的远房亲戚，一生太平安乐，是普通百姓，哪里经过这种阵仗，被指到时汗如雨下，面无人色，有哭的，有叫的，也有求饶的……

但谕令已下，那些刽子手立即将被点的人重新捆缚。

这些人明显经过专业训练，手脚麻利地将被行刑的人以一种特殊的姿势捆好，剥开衣裳，用清水喷在将要受刑的人身体上……

一套动作做下来，让所有人都握紧了拳，屏住了呼吸！

顾谢天红了眼："要试先在我身上试！"

假左天师瞧了他一眼："急什么？早晚会轮到你的，你是首恶，怎么也得等这些刽子手练完手了，再拿你开刀，放心，需要割你两千三百刀。每一刀都会很均匀，如果没割完你就死了，这些刽子手就算失手，会为你陪葬的。"

那些刽子手握刀的手更紧！

这下百姓一片哗然，愤怒像被强压下的火山，随时都会爆发。

如果愤怒的目光能杀人，此刻假左天师已经被这些目光凌迟了。

假左天师扫了一眼下面的人群，他压根不将这些贱民放在眼里的，他们的愤怒在他眼里更是不值一提。

他一挥手，下令行刑。

那十个人的衣衫被扯裂，刽子手们亮出了薄如纸片的锐利短匕首，眼看就要一刀下去。

顾谢天满心绝望，闭上了眼睛。

轰隆！一声巨响，广场上空临时搭建起来的顶部被一股大力击穿，四分五裂，破了一个大洞，数人从上面飘然而下……

这些人身形如电，还没等众人反应过来，已经快速绕台转了一圈。

所有刽子手只觉眼前一花，还没来得及做什么，手里的刀就都不见了。

数人的身形快得如同残影，让人根本看不清他们的身法。

在假左天师和丽王仙子身边站着的护卫早有准备，呼啦一声围在假左天师二人身边，纷纷断喝："什么人？！"

"左天师在此！"

"……"

台下的百姓也个个睁大了眼睛，屏住了呼吸。

他们希望英雄好汉来劫法场，将顾谢天一家人救走，但又不抱希望。

众人没想到关键时刻真有人来劫法场！

而且这些的人功夫还很高。

那几个人身法骤然一停，飘飘地站在了台上，众人终于看清了他们的容貌。

人群中有人高喊一声："天聚堂的人！是天聚堂的人！"

这一声像一颗炸弹，整个人群都沸腾了。

天聚堂可是这个大陆最高等的学府，里面的人就算是扫地的，在普通人眼里也是神仙，更何况这次来的人还有天聚堂堂主古残墨！

天聚堂平时可是不买他的账，百姓们看到他们，心中顿时升起希望。

无数目光落在古残墨等人身上。

古残墨这次带了十八人，都是天聚堂的精英，护法、长老，几乎全体出动！

顾谢天心神一振，也睁开了眼睛，看向古残墨等人。

他没想到天聚堂的人这次会为他出头……

心中一阵激荡，也说不上是什么滋味。

他已经八年没有女儿的消息了！生死不知，他甚至已经绝望，这个女儿已经成为他心中抹不去的痛……

现在忽然看到天聚堂的人，他不由自主地又想起了女儿，眼眶一热！

他知道顾惜玖八年前在天聚堂混得不错，没想到她的人缘这么好，可以在生死攸关的时刻让古残墨义无反顾地带着人来劫法场。

顾谢天毕竟是久混江湖的人，经验不是一般丰富，古残墨他们来这里虽然让他很感动，但并没有抱多少希望。

现在对方手底下高手如云，九阶灵力的就有数十人，此刻这些人就隐在左天师身边，虎视眈眈地应付可能会出现的局面，何况对方的功夫更是高得不可思议，最少十阶灵力，丽王仙子虽然没出过几次手，但顾谢天知道她的功夫极为恐怖……对方还在广场的人群中埋伏了不少七八阶以上的高手，以备不测。这批人也得有百十人……

古残墨带来的这些人虽然也都是九阶灵力，但毕竟人少，一共才十八个人。

就算他们这次强行出手救人，又怎么可能将三百多口人一起从这重重包围中救走？

虽然古残墨等人这次未必能成功，但这份情他顾谢天领了！

和顾谢天预料的一样，假左天师和丽王仙子看到古残墨等人到来压根一点儿都不惊慌！

假左天师反而笑了："古堂主，好久不见了！"他的声音是一贯的温和，却隐隐透着冰冷。

他微一扬手，身后的数十名侍卫和侍女呈扇形散开，将古残墨等人围在当中。

很显然，他们是有准备的！

古残墨等人这次前来，只怕不但救不了人，还得把自己搭上！

古残墨瞥了一眼那些侍卫，目光落在假左天师身上，冷冷地道："本堂主和阁下从未见过，说什么好久不见！"

这是个假货，古残墨和他确实是第一次见。

假左天师眼睛眯起，眸光锐利如刀：“你这话什么意思？！”

“字面意思。”古残墨话里有玄机。

下面的百姓面面相觑，有不少人知道左天师去过好多次天聚堂，甚至还在那里教过学，八年前两个人甚至还联手破掉了龙梵和墨罂的老巢。

到古残墨这里怎么成了从未见过了？

是古残墨失忆了，还是这件事另有玄机？

无数目光落在台上众人的身上，假左天师心里有鬼，他的眸底闪过一抹阴狠：“古残墨，这些年大陆刀兵四起，民不聊生，本座号令天下，欲扭转乾坤，曾经召你好几次，你都装聋作哑，不来相帮。现在却跑出来救这叛国逆贼，你居心何在？！”

古残墨笑了：“你这猪八戒倒打一耙的本事不小啊。这刀兵，这战乱，不都是你挑起的吗？你视人命为草芥，肆意杀人，炮制怨灵，搞一言堂，任何和你持反对意见的都被你迫害致死。你挟持天子，把持朝政，把整个星月大陆搞得乌烟瘴气，让百姓怨声载道，恨不得食你肉，剥你皮。你如此倒行逆施，本堂主凭什么帮你？”

古残墨声如洪钟，厉声说着假左天师的罪状！一字一句在整个广场上回荡。

这些话在百姓心里转了千遍，却不敢说出来，现在听古残墨大声说出，人人觉得解气，在心里为他疯狂叫好。

就连假左天师带来的那些兵将也在袖中握紧了拳头，眸底闪过激动，只是强压着才能做到面无表情。

假左天师也面无表情地听着，听完他笑了：“燕雀安知鸿鹄之志！成大事者不拘小节，这句话你没听说过吗？这个大陆已经四分五裂太久了，百姓愚昧，只认偏安一隅，只想平安一时。而本座想永消刀兵之祸，唯一的办法就是让大陆的三国统一。本座虽然用了雷霆手段，但最终目的是好的，是为了子孙后代的幸福。百姓不懂本座苦心，胡乱指摘，扰乱民心，自然要用些手段让这些愚民闭嘴。你身为天聚堂堂主难道连这些也看不出来？”

古残墨冷笑：“原来你那些残暴之举都是为了百姓，那本堂主问你，你为了造你的天师府，役使十万工匠修建，修建完成后，那十万工匠去了哪里？”

假左天师一顿：“自然各自回家了。”

“胡说！这十万工匠没有一个人回到家中！因为你把他们残忍杀害了，炼成了怨灵，替你守护院墙！你那院墙看上去云雾缭绕，似乎充满仙气，但那只不过是丽王仙子用特殊手段将怨气遮盖了，将怨气美化为仙气！”

假左天师声音阴森：“你说这话有何凭证？！”

“你府中湖底的累累白骨就是凭证！”古残墨一语道破天机，“你有没有胆子将你府中的湖水抽干，让所有人验看？”

假左天师：“……”

他眸色数变，一时找不到反驳的话，在他身边的丽王仙子冷冷地开口："古残墨，本仙子是圣尊夫人，一向慈悲为怀，只想度世人之劫难，怎会做出将怨气粉饰为仙气的勾当？你这么说，不但侮辱了本仙子，也侮辱了圣尊！"

古残墨瞥了她一眼："阁下口口声声自称圣尊夫人，有何为证？"

丽王仙子淡淡地道："本仙子来自上界，仙格在这里，如没有和圣尊结合，自然不会自称圣尊夫人。本仙子如不是圣尊夫人，已经这么久了，圣尊为何没有出现指认本仙子假冒？这还需什么证明吗？"

古残墨笑了："没否认就是真的？圣尊原本就不理世事，如果这世上有一堆人冒充圣尊夫人，难道他都要出来挨个指证不成？或许他在闭关，或许他压根就没将你放在眼里。圣尊如此人物，他如果成亲，自然会昭告天下，会给他的夫人一个光明正大的身份，会给她一个凭证，会让人贴身保护她，岂能是你这样的，自己蹦出来说是圣尊夫人？你如果真是他的夫人，他又岂容你整天和所谓的左天师住在一起不清不楚？又岂容你这两年作恶多端不加管束？"

这番话说完，众人纷纷点头。

丽王仙子色变，怒道："你这是强词夺理！本仙子如果是假冒的，左天师也不会容我！他可是圣尊身边的人，和圣尊关系密切，本仙子如果是假冒的，就算能瞒过众人，但肯定瞒不过他，他也会指证本仙子。"

假左天师立即道："本座自然可以为她证明，她确实是圣尊夫人，本座亲自向圣尊求证过。"

古残墨双眸一寒，冷笑一声："他自然会为你做证，因为你们本来就是一丘之貉！不但你这圣尊夫人是假冒的，他这个左天师也是假冒的！他压根就不是左天师帝拂衣！"

这番话可真是石破天惊！

下面众人："……"

古残墨这一声很有震撼效果，所有人都怔住了！

假左天师一僵之下冷笑起来："你属疯狗的吗？乱咬人！本座在你嘴里居然也成了假冒的……"

古残墨道："你本来就是假冒的！因为真正的左天师八年前有事去了一处禁地，这八年压根没出来！就因为他没出来，倒给了你这个假货可乘之机，冒充他胡作非为。"

他扫了一眼下面围观的人："大家不妨想一想，八年前的左天师大人是什么性格、什么行为，而这两年的假左天师又是什么做派，他除了皮囊，其他哪里像了？！"

大家情不自禁点头，有大胆的喊了出来："确实不像！现在的他和八年前的左天师压根就不像一个人。”

“对！对，确实如此！”

“难道他真是假冒的？”

“……”

下面的百姓开始议论纷纷，无数狐疑的目光看向台上的假左天师。

假左天师忽然仰头一笑：“古残墨，没想到你还挺会蛊惑人心的。但你忘了一点，本座如果是假的，沐风四护法怎么会分辨不出？本座如果是假的，其他天授弟子怎么会看不出来？其他人或许没和本座接触过，但这些人可是和本座朝夕相处，本座稍有不对，早被他们看出来了！如何会忠心耿耿地留在本座身边？”

他看了看身旁一直静立的四使，心中得意：“难不成他们也是假冒的？你们四个，来，站出来和大家说说，本座可是假冒的？”

沐风垂眸：“是！”

他上前一步，站在了假左天师的左后侧，一字一句开口：“这个左天师就是假冒的！”

伴随着这句话，四道光芒骤然自沐风四人手中亮起，向假左天师直射而去！

这一下出其不意，不但假左天师没想到，连丽王仙子以及他们身边的其他侍卫也没想到！

这一下距离极近，假左天师又丝毫没防备……

两道寒光刺入他的肋下，两道寒光刺入他的肩头，将他几乎钉在那里！

他不愧是个人物，危急之下不顾四道寒光钉体之痛，猛然向前一滚！

这次变故来得太快，所有动作都是在眨眼之间完成的，等众人醒过神来，假左天师双肋外加双肩已经血如泉涌。

四护法发出的寒光明显加了料，假左天师中招后，不但伤口钻心地疼，更感觉全身灵力正随着血流迅速外泄。

他身边的死士直到此时才反应过来，忙拥过来将他护在正中。

假左天师瞪着沐风四人：“你们……”

沐风冷笑：“我们怎么了？你这个冒牌货以为可以用邪术控制我们一辈子？！”

这下不但假左天师色变，连丽王仙子的脸色也变了，她下意识地使用控心术，想作用在沐风四使身上，但她耗费灵力酝酿半晌，那四人压根没反应。

丽王仙子手指握紧！

她确实感应不到沐风四使身上的蛊虫了！

这蛊虫虽然是她的，但她想感应时是非常耗费灵力的，所以她平时不会轻易测试，更何况沐风四使两年来非常听话，始终看不出脱控的反应。

下面的百姓没想到为害两年的左天师竟然是假的，一时全愣住了。

“你们是谋反！”假左天师叫嚣起来，“拿下他们！”

他身边的人还是极多的，九阶灵力者就有数十人，这些人是靠他的药快速升阶的，日后还要靠他的药继续修炼，所以他们不管此时的主子到底是真左天师还是假左天师，死命保护他。

假左天师一声令下，这些人呼啦一声将天聚堂众人连同四使一起围了起来。

不但他们上前，连台下的百姓里也隐藏着假左天师的人，此刻假左天师一声令下，全部冲了出来。

假左天师这边的人实在不少，片刻工夫就里三层外三层地将高台围了起来。

假左天师抬起右手，掌心的军印在闪烁，他一字一顿地道：“外面的三军听令，将这些乱臣贼子全部拿下，生死不论！”

他确实有两把刷子，受了重伤说话还中气十足，声音远远地传了出去。

轰！紧闭的大门被人猛地冲开，有黑盔黑甲黑马的将士闯了进来！

“死亡骑士！”

“他们是死亡骑士！”

原本看热闹的百姓惊呼出声。

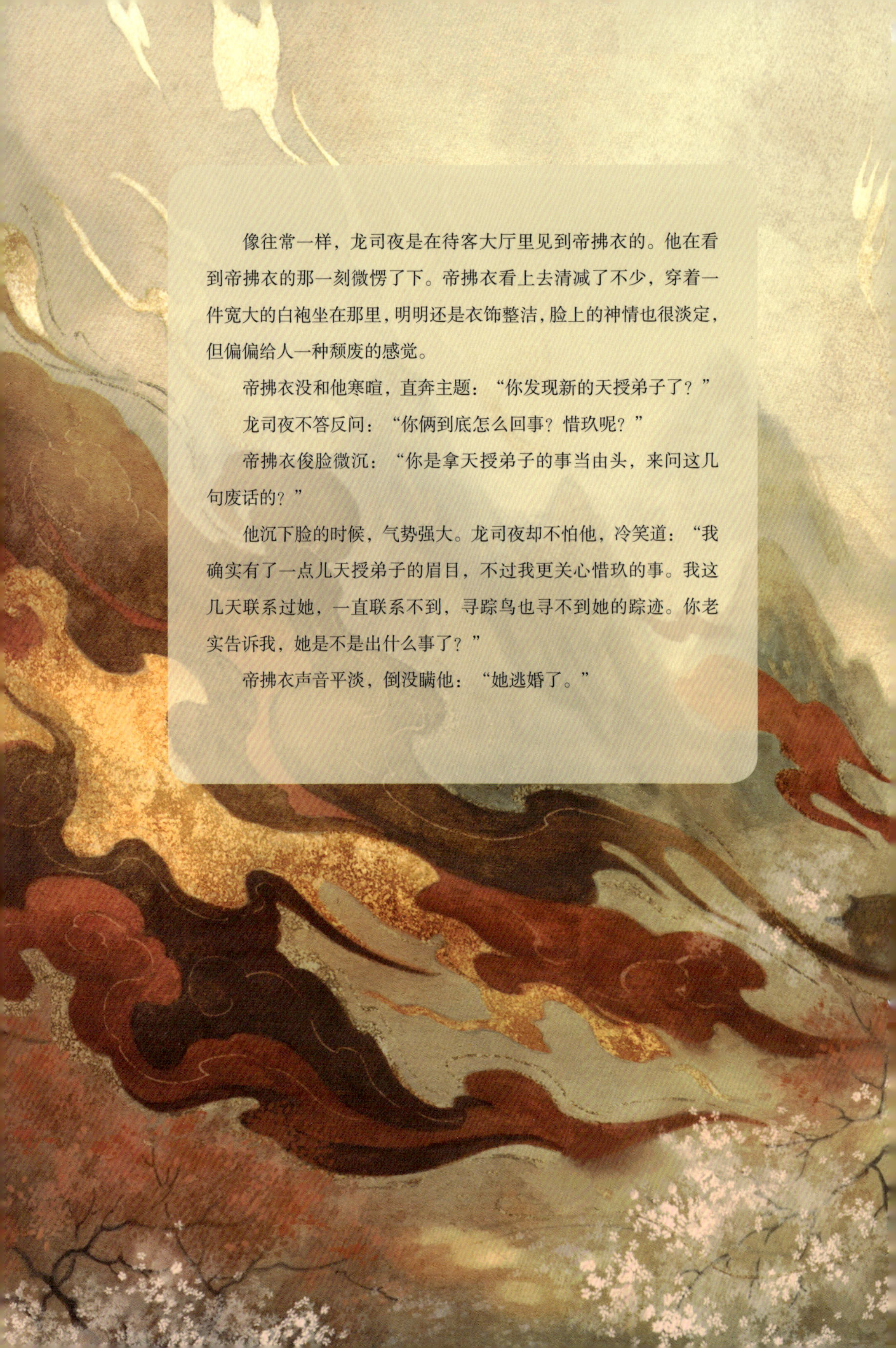

像往常一样，龙司夜是在待客大厅里见到帝拂衣的。他在看到帝拂衣的那一刻微愣了下。帝拂衣看上去清减了不少，穿着一件宽大的白袍坐在那里，明明还是衣饰整洁，脸上的神情也很淡定，但偏偏给人一种颓废的感觉。

帝拂衣没和他寒暄，直奔主题："你发现新的天授弟子了？"

龙司夜不答反问："你俩到底怎么回事？惜玖呢？"

帝拂衣俊脸微沉："你是拿天授弟子的事当由头，来问这几句废话的？"

他沉下脸的时候，气势强大。龙司夜却不怕他，冷笑道："我确实有了一点儿天授弟子的眉目，不过我更关心惜玖的事。我这几天联系过她，一直联系不到，寻踪鸟也寻不到她的踪迹。你老实告诉我，她是不是出什么事了？"

帝拂衣声音平淡，倒没瞒他："她逃婚了。"

师父如花隔云端3

下册

穆丹枫 著

青岛出版社
QINGDAO PUBLISHING HOUSE

第七十六章　死亡骑士

死亡骑士，这是最近两年让整个大陆的人听到就心惊胆战的军队。

他们功夫高强，每一位都是六阶灵力以上，手段狠辣，出现的地方代表的就是杀戮和死亡……

这是一支铁血暗黑的军队，也是假左天师掌控天下的撒手锏，足足有五万人，任何门派碰到他们都是束手无策。

这支军队原本是在前线作战的，谁也没想到他们会在这里出现。

他们就像是从地狱中冒出来的，带着浓重的阴邪血腥之气，将整个广场上的人包围。

阴风阵阵，寒风刺骨，整个广场的温度瞬间下降数十摄氏度！

百姓又在冒汗，这次冒出来的却是冷汗……

这些死亡骑士足足有数千人，明显是训练有素的，一进来就迅速站位，呈“品”字形自四面围住高台，手里都有一张黑金色的弩，弩上已经搭上了漆黑的死亡之箭，箭尖对准了古残墨等人。

箭是有剧毒的，擦上一点儿就能让人瞬间化为血水，连投胎也投不了。

古残墨抬眸盯着假左天师：“原来你早有准备！你故意放出风去，要凌迟顾家三百多口人，就是为了引我们出来是吗？”

这些黑甲骑士进来后，假左天师心绪大定，冷笑了一声：“你们这些乱臣贼子原本就是朝廷心腹之患，要想引出你们自然要用非常手段……”他向后退了一步，让丽王仙子为他包扎伤口，望着古残墨等人冷冷地开口，“你们诬蔑本座，罪该万死，既然来了，那就不要回去了！本座就是左天师！今日本座要替天行道，诛杀你们！”他目光向下面的百姓一扫：“这些人偏听偏信，跟着这些逆贼诬蔑本座，一起杀！”

这道谕令出口，下面大哗！

这次下面的百姓足足有四五千人，百姓惜命，登时大乱，下意识地想要向外奔逃。

砰！砰！数声闷响后，四扇厚重的大门再次关闭。

所有人被困在里面，一个也跑不了。

死亡的阴影笼罩在头顶，百姓绝望了！

谁来救救他们？

混乱中有人大喊：“他是假的！他就是假的，真的左天师大人绝不会如此滥杀无辜……”

“不错！他就是假的！”

“你们这些军士也曾经是百姓，也有妻儿老小，不要为假货卖命了！”

百姓被压了两年的怒气、怨气在这一刻爆发，他们也完全豁出去了，干脆都喊出了心中所想。

假左天师哈哈大笑：“你们说本座是假的？那真的在哪里？你们让他滚出来救你们这些愚蠢的人啊。”

他得意的笑声尚未落地，半空中一道冷漠的声音传了下来：“本座在这里！”

轰一声大响，整个广场上面的顶子直接被掀飞，空中现出一艘宝蓝色的大船，船身耀眼，而大船上的紫衣人更耀眼！

一身繁复的紫袍，墨黑的长发随风飘扬。

狐眼抹额在日光下闪着璀璨的光泽，他这次破天荒地没有戴面具，露出了他的绝世姿容，飘然地站在那里如同临凡的神，气场强大，周身似有仙气缭绕，一出现就几乎夺去所有人的呼吸！

左天师帝拂衣！这才是左天师帝拂衣！

下面正绝望的百姓在看到那艘熟悉的大船时就睁大了眼睛，等再看清船上那道熟悉的紫影后，屏息片刻立即欢呼起来！

真的左天师大人终于现身了！他们有救了！

“左天师大人！”

“他是真的左天师大人！”

“左天师大人真的来救我们了！”

“左天师大人，您老人家终于来了！您要为我们出头啊……”

大船上并不止帝拂衣一人，还有其他人在。

那些人个头高矮不等，有男有女，虽然俊丑不一，但功夫都极不低，每一位看上去都是神完气足的，身上隐隐若有祥光。有懂行的人已经看出，这些人都已经达到九阶的灵力……

这些人对下面的人来说都是生面孔，百姓从来没见过。

什么时候这大陆又增加了这么多九阶灵力的高手？！

无数人心中闪过这个疑问，就连古残墨眸中也现出诧异之色。

顾谢天显然没想到今日这出戏这么跌宕起伏，心中不是不感慨万分的，但他的目光在空中那位左天师身上停留一瞬后，又转到了他身后之人的脸上，心脏像是被什么重重一击！

那个人，那个人是谁？！

那是一位身穿浅白衣衫的青年男子，容颜俊美清秀，年纪不大，但看上去渊渟岳峙的，极为沉稳。

那男子有一双锐利清澈的眼眸，此刻正俯首向下看着。

和顾谢天目光一对，那人倒是不动声色，顾谢天却如受雷击，微张了口，死死盯着那男子。

这大船极为拉风，但也是这大陆人们最熟悉的座驾，当年的左天师大人每次出现，基本都是乘坐此船……

这应该是真的左天师，因为这个冒牌货这几年从来没有乘坐过这船！

看来这艘船只有左天师大人才能开，冒牌货不行。

百姓狂喜，而那假左天师却僵了僵，不动声色地向自己的死士里退了退。

丽王仙子的神色则有些怪，她也盯着左天师帝拂衣，漂亮的眼睛里闪过一抹狂热之色……

船飞临上空，船上的帝拂衣垂眸下望，淡淡开口：“本座闭关八年，没想到会有尔等宵小之辈冒充本座，败坏本座的声誉！”

声音如流荡的风，在整个广场回旋，也让在场的所有人都听得清清楚楚。

他身形一起，飘然而下，衣飘如流风回雪，带舞如凌波微步。

他不是飞下来的，而是凌空一步步走下来的。

足下明明是空气，他却像踩到了实地上，闲庭信步似的顺阶而下。

这样的姿势、这样的功夫，让下面仰望的所有人都屏住了呼吸，睁大了眼睛。

如果说先前左天师这么及时出现，人们对他的身份还有些狐疑，以为他说不定是天聚堂的人冒充的，此刻看到他露出这一手功夫，那就一丝怀疑也没了！

只有灵力十阶以上的人才能施展出这种功夫！而天聚堂最顶尖的高手也没有达到这种级别的人！

他飘然落于高台之上，和他同来的那些人也跟着一跃而下，落在他的身侧。

那艘拉风的大船在那些人跃下来后凭空消失，仿佛从来没有出现过。

广场上的气氛有些诡异，两位左天师相对而立，看身形、体格完全一样。若不是一位戴着面具，一位不戴面具，只怕他们在台上打斗一圈后，就再也没有人能区分出哪个是先来者，哪个是后到者。

这样的场景千年也遇不到一次，百姓看看这个，再看看那个。

“参拜左天师大人！”人群中不知道是谁喊了一嗓子，有人已经跪下了。

这人明显起了带头作用，百姓略一愣神也纷纷跪倒：“参拜左天师大人！”

山呼声震耳欲聋。

这种场景对帝拂衣来说并不陌生，对这里的百姓来说也不陌生。

八年前这大陆的百姓看到左天师大人出现，都会这么欢呼跪迎，而且是心甘情愿的！

帝拂衣目光向台下一扫，微微点了点头：“诸位，受苦了。本座这次回来，势必为诸位讨一个公道，还大家一个太平世界！”

他的声音不高，却让台下的百姓险些痛哭流涕！

他们承受苦难太久了，也委屈太久了，渴望和平、渴望安定更是太久了！

百姓如此，那些御林军以及被迫前来观刑的朝廷命官也是你看我，我看你。

这些人也都是人精，愣了片刻后，大体明白了事情的原委，眸中闪过惊喜之色，纷纷对帝拂衣行礼。

四使这才走过来向他行礼：“主上，您终于来了！”

他们在那假左天师手底下装孙子这么久，终于可以挺起腰板扬眉吐气了。

高台上无形中形成了两个阵营，以帝拂衣为首的一个，以假左天师和丽王仙子为首的一个。

真人一旦出现，假货自然就现了形。

帝拂衣这边聚集了无数高手，而假左天师那边除了他自己培养的那些特殊死士外，其他人则全跑到帝拂衣那个阵营去了！

帝拂衣的目光终于落在假左天师的脸上：“阁下到底是谁？！冒充本座作恶，你可知犯了何罪？”

假左天师面具下的脸不是一般苍白，不过他倒也算是个人物，到了这个时候居然没慌，阴森森一笑：“帝拂衣，没想到你居然还没死，倒选在这个时刻出现了。谁说本座冒充你了？左天师本来就是法师官衔，你能做左天师，本座当然也能！你当左天师这么多年也没能让这大陆统一，已经不配担任这个职位，自然应该换人来做！本座是圣尊大人亲自敕封的左天师，并没有冒充你！”

他这番话简直就是强词夺理，但也不能说他完全说错。

左天师本来就是一个职位，只不过帝拂衣担任这个职位久了，大家一提起左天师，自然而然就想到了他……

不过周围的那些人不这么想！

本来有一些人心里还有疑惑，还有些不相信先前这位左天师是假冒的，但他这一番话出口，无疑是自认了假货的身份！

众人简直是大怒啊！

原来这些年都是假货将他们玩弄于股掌之间，骗得他们团团乱转！

于是，原本那些站在中间位置，不知道该偏向哪头的人全拥到帝拂衣身后去了。

帝拂衣那边的阵营更大了，人更多了！

当然，那些死亡骑士不算在内。他们像是铁铸的，依旧围在四周纹丝不动！虎视眈眈地望着台上的那些人。

丽王仙子轻蹙秀眉，在心里怒骂了一声。

这假货果然是烂泥糊不上墙！

帝拂衣瞥了一眼他那身行头，嘴角轻勾："说得好像有点儿理由，不过你既然不是冒充本座，那为何要做和本座同样的装扮？你还用蛊术控制本座身边的四护法为你卖命，以本座的身份行人神共愤之事，这你做何解释？"

那假左天师哼了一声："本座想穿什么就穿什么，难道这身穿着你穿了别人就不能穿了？！至于你身边的四护法，是他们自愿跟随本座的！本座何时用蛊术控制他们了？"

沐风四使："……"

这也行？！

帝拂衣轻笑道："阁下连真容也不敢露，就只会胡搅蛮缠吗？沐风，说说这两年你们被下蛊的事！"

沐风立即上前一步，朗朗开口，将两年前他们中招一事说了出来。

众人这才明白四护法会死心塌地地待在假货身边的真相，不由得人人握拳。

当然，沐风也说了顾惜玖炼制丹药为他们解蛊毒的事。

其他人还没什么，顾谢天的眼睛直接亮了！

他看向沐风："你是说……惜玖……惜玖出来了？！"

八年来他还是第一次听到女儿的消息，心情自然激荡得厉害，说话也结巴了。

沐风微微点头："我们的蛊毒就是她亲手炼药并亲自帮我们解的，这八年来她一直和左天师大人在一起修炼，左天师大人出来，她自然跟着出来了。"

顾谢天立即又望向帝拂衣："左天师大人，这、这是真的？她还好吗？她现在在哪里？"

帝拂衣目光微动："顾将军放心，她现在平安得很，你和她很快便能相见。"

顾谢天长舒了一口气，虽然被捆着，脸上、身上还挂着臭鸡蛋、烂菜叶什么的，狼狈得不能再狼狈，眼睛却放出光来。

帝拂衣又瞧了他一眼，一抬衣袖，顾谢天身上沉重的枷锁自动化为齑粉。他顿了顿想要站起身来，但双腿到底跪得久了，早已酸麻不堪，晃了晃，又跪在地上，正跪在帝拂衣身边那青衣男子的脚下。

那青衣男子身形微微一僵，眸中闪过一抹暗光，抬袖将顾谢天扶了起来。

“多谢这位公子。”顾谢天道谢。

那青衣男子声音淡漠地道：“不必谢。”

待顾谢天站稳，他立即将手放开，后退一步，明显不想靠近顾谢天一步。

顾谢天却忍不住又盯了他好几眼：“这位公子是？”

那青衣男子压根不理他，转头和身边的同伴说话去了。

顾谢天讨了个没脸，也没好意思再向前凑。

“左天师大人，救救我们。”

“左天师大人，救命！”

“左天师大人，救救我的孩子……”

“左天师大人，我们是冤枉的……”

那些犹自被捆着的顾家人也纷纷叫喊起来。

帝拂衣一抬袖，他身边的人立即行动，先去解那些被捆在铁柱子上等待行刑的人身上的特殊绳索。

旁边的刽子手们自然出手阻拦。

但他们毕竟只是刽子手，功夫再高也高不到哪里去，最高级的也就是灵力七阶而已，如何是帝拂衣身边这些九阶高手的对手？刚刚有人有个阻拦的动作就被人直接拍飞出去！

而假左天师始终没发话，所以其他刽子手一看这样，也不想再阻拦了。

那些顾家人被捆在铁柱上的姿势有些怪异，被一种牛皮筋似的绳子捆得动弹不得丝毫。那些绳子极为结实，已经勒进肉里，无法割断，只能解开。

偏偏那绳结打得很古怪，就连罗展羽也没见过。

罗展羽先去解一个孩子身上的绳索，那孩子只有三岁，一直在哭，已经哭得声音嘶哑，几乎要喘不过气来了。

他好不容易解开那个死结，正要一道道将绳索自孩子身上绕下来。

帝拂衣忽然开口：“停手！”

罗展羽吓了一跳，停手看着他。

其他正在解绳索的人也住了手。

帝拂衣身形一闪，直接落在罗展羽身侧，目光落在那些绳子上，微微一眯眼：

“这绳子有古怪！”

他的手掌落在那绳索上，似乎在感应什么，片刻后他忽然一把扯开了那孩子的裤腰。

罗展羽下意识地一瞧，僵了僵！

那些绳子在孩子的肚脐处交错在一起，而在肚脐上贴着一片墨黑之物，形同膏药，却隐隐透着一股阴邪之气。

“这是？”罗展羽还是一头雾水。

帝拂衣轻轻吐出了两个字：“炸药！”

这孩子的肚脐上贴的不是别的，而是一种特制的炸药！如果不是按照特定的程序来解开绳索的话，这炸药会爆炸，连孩子带解救他的人会一起被炸成碎片，拼都拼不起来！

罗展羽听到帝拂衣的简单解释后，也出了一身冷汗，向假左天师怒目望去：“你好毒辣的计谋！”

假左天师没想到帝拂衣居然能一眼看破这个，目光一闪。

这种所谓的炸药是一位高人指点他造出来的，叫什么定时炸药，说是这个世界没有之物，也不会有人认出。

他没想到帝拂衣在最关键的时候居然认出来了！

假左天师有些遗憾。他原本想趁那些被捆之人爆炸，帝拂衣自顾不暇时逃脱的，没想到……

他再后退一步，忽然哈哈大笑：“帝拂衣，算你知道厉害！不过，就算你自证了身份，也休想逃过本座的天罗地网！你看看你周围是什么！”

帝拂衣瞥了一眼周围，周围除了百姓和他的人外，就是那些暗黑骑士了。

假左天师接着道：“知道他们手里的弩是什么弩吗？亡魂弩！一旦被射中，任你再大的本事也要化为一团烂肉！这不但会射死你的人，还会射飞你的魂魄，让你再投不了胎！”他转了转手指上硕大的戒指，再次冷笑，“他们只听本座的号令，本座只要按下这个，他们就会万箭齐发，到时候你们一个也跑不了！”

顾谢天变了脸色。

别人不知道这些暗黑骑士的厉害，他是知道的，毕竟他曾经也用这支队伍打过仗……

“左天师大人，他们不是人！他们现在没有人的思维，只知道听令和杀戮！他们射出的亡魂箭杀人后还会将人的尸体化为毒气，毒害更多的人！”

顾谢天的这一番话一嚷出来，很多人心里咯噔一跳！

这些暗黑骑士足足有数千人，而帝拂衣带来的人加上天聚堂的人满打满算不过几十位，虽然这几十位都是高手中的高手，但要想一举将这些持长弩的暗黑骑士剿灭，那也是不可能的事。

帝拂衣他们身手厉害，或许能躲过这些亡魂弩，但这台上有文武百官，有被绑着的顾家人，台下有无数无辜的百姓，一旦万箭齐发，这些人可就都要做这弩下亡魂了……

百姓刚刚获得生的希望，没想到转眼又被推进了死地，不由得有些慌乱，无数目光看向台上的左天师。

这位左天师无所不能，或许有办法？

帝拂衣不动声色，瞧了假左天师一眼："你预备得倒是挺周全的。"

假左天师哈哈大笑："那自然！要对付非常之人自然就要布非常手段！帝拂衣，任你再聪明，也逃不开本座的手掌心！"他又一扫下面的百姓，阴森森地道："现在你们谁还跟他？！"

百姓："……"

假左天师仰头一笑："本座再给你们一次机会，只要你们发誓跟随本座，认本座为真正的左天师，本座就会放了你们！"

这条件可谓真正诱惑力十足。

一边是生，一边可能是死……

人都有趋利避害的天性，假左天师说出这番话的时候，心里已经百分之百确定这些愚民会选择发誓跟随他……

他就要用这个手段彻底打帝拂衣的脸！

他没想到的是，他彻底错了！

那些百姓在短暂地讨论后，居然对他大骂！

不知多少人被他害得妻离子散、家破人亡。大家话不敢说，事不敢做，人不人鬼不鬼，过着朝不保夕的日子，早已对他恨之入骨，只是一直很无奈。现在真左天师出现，终于又让他们看到了希望，他们怎么可能轻易放弃？

敢进这个广场看杀人的人基本都是热血汉子，此刻一腔热血上涌，倒豁了出去！

"想让我们跟随你这个冒牌货，不可能！假的就是假的，永远也变不成真的！你给左天师大人提鞋都不配！"

"大家别听他忽悠，这人出尔反尔，压根不拿我们当回事，我们疯了才会选择发誓跟随他！"

"不错、不错！大不了我们今天就死在这里！脑袋掉了碗大的疤！左天师大人，不用顾及我们，我们不怕死！只求您能为我们报仇，救民于水火……"

众人情绪激昂，一声高过一声，一浪高过一浪。

假左天师被骂得脸色青白，看向帝拂衣，忽然哈哈一笑："帝拂衣，没想到你还挺得人心的嘛，你看这些百姓如此为你着想，你是不是也应该为他们的生命负责

一下？”

帝拂衣嘴角浅勾：“怎么负责？”

假左天师一字一顿地道：“你向我磕三个响头，我就放了他们！”他目光如毒蛇，在台下的百姓身上扫过，“他们如此拥护你，你只是为他们向本座磕三个头而已，你不会连这样的牺牲也不想做吧？”

“左天师大人，别听他的！”

“左天师大人，我们不怕死！您不能上他的当！”

“……”

帝拂衣尚未说什么，下面的百姓已经愤怒地嚷了出来，那愤怒的声讨声几乎要将四周的围墙拱破。

帝拂衣缓缓抬袖，百姓自动住口，无数双眼睛看着他。

他看向那假左天师：“你的条件就这些？”

假左天师一顿，以为他已经心动，一边在心里骂对方妇人之仁，一边得意地道：“这是第一个条件，你先完成这个，本座再和你谈其他的。”

帝拂衣淡淡地道：“本座就知道你还有其他幺蛾子，像你这样的人既然逮了这么多百姓做你的撒手锏，怎么可能就这么轻易放过本座？你这么做不过是借此羞辱本座，本座不要说向你磕三个响头，就算自废了武功再向你磕头，你也不会放过这些无辜百姓！不要说这些百姓，只怕这些朝廷命官这次也休想活着离开这里，因为这些人都知道了你是假货的真相，你会将他们所有人灭口！”

帝拂衣这一番话可以说直接揭破了假左天师的龌龊心思，百姓在下面都是暗暗点头，对此极为认同。

本来还有一些朝廷命官心里抱着残余的一点儿希望，此刻帝拂衣如此一说，他们如醍醐灌顶，也终于明白过来。

这个人能将十万工匠一起灭口，又怎么会在意这场中几千人的性命？

如果说他们还能有一线生还的希望，那就是在帝拂衣身上！只有让他放开手脚，这个局面才有可能逆转。

就算他们出不去，全部死在这里，只要帝拂衣还活着，他带的这些人能活着，这假左天师日后就没好果子吃，早晚会被帝拂衣弄死！这个世界才有希望！

虽然人的本性就是贪生怕死，但一旦真被逼到极点，也能慷慨赴死，只要死得值得！

百姓此刻就是全部豁出去了，大声为帝拂衣叫好，纷纷表达自己不惧死的意思……

沐风等人的目光落在帝拂衣身上，他们不得不在心里佩服他其实很有政治家的手腕，很有上位者的风范。

假左天师脸色铁青，阴森森一笑："帝拂衣，没想到你还有这等蛊惑人心的本事！很好！那就让这些愚蠢的贱民为你陪葬吧！"

他抚上了手指上的戒指，拇指按在了上面的一个凸起上——

所有人下意识地屏住了呼吸，帝拂衣却含笑望着他，没有阻拦也没有服软的意思。

假左天师心一横，手指将那凸起直接按了下去！

这是一种操控术，一旦他按下这个，这些暗黑战士就会行动起来，除了他这边的人外，在场的所有人都在亡魂弩的射程之内，这个广场会变成一个血海炼狱……

片刻后，没动静。

又过了片刻后，依旧没动静。

百姓："……"

假左天师又变了脸色，不相信地接连按了好几次戒指上的凸起，那些暗黑战士依旧没动静，站在四周如同铁铸的人。

怎么会这样？！

这一招明明是百试百灵的！

帝拂衣飘然地在那里站着，微微一笑，没说话，只是抬手做了个手势。

那些暗黑战士终于动了！

亡魂弩掉转了方向，箭尖对着的是假左天师那帮人！

假左天师："……"

百姓："……"

假左天师身边那些忠心的卫士也傻了！

丽王仙子脸色大变。她本来一直坐在那里稳如泰山，此刻也禁不住失控地站起来！

帝拂衣弹了一下手指，望着假左天师："你现在还有什么说的？"

假左天师犹自不相信眼前这一幕："你……怎么会？！"

百姓怔了片刻后，终于知道发生了什么，忍不住欢呼起来！

原来左天师大人也是早有准备的！

他们没想到六亲不认的暗黑战士也能被左天师大人全部收服，关键时刻反水！

这频繁的反转大戏让百姓的小心脏几乎停摆，但这个时候所有人还是都松了一口长气的。

左天师就是左天师，关键时刻就是靠得住！

每一个人几乎都是热泪盈眶，人群中不知道是谁喊了一嗓子："左天师大人威武！"

一呼百应，那个人开了个头，其他人也山呼起来："左天师大人威武！"

欢呼声惊天动地。

假左天师面如死灰。他没想到自己预备得如此周全的一场计谋居然全在对方的掌控之中，此刻几乎算是大势已去！

他眸中光芒转了转，忽然向身后的人打了个手势。

他身后还是有数十忠心之士的，这些人身形一闪，蓦然向着铁柱上的那些犯人扑过去！

那些犯人身上都有定时炸弹，他们只要将犯人身上的绳索死命一扯就能让这些犯人爆炸。一百多号人一起爆炸的话，足以将这广场夷为平地，所有的人都会在这里陪葬！

假左天师在那些死士扑出的同时，足下一顿，他所踩的地面骤然断裂，他的身子向下落去！

这也是他早安排好的，是他最后的撒手锏。

他这一招出其不意，即使是他贴身的那些死士也没想到他会留这么一招后手。眼看他的身子就要跌入裂开的那个地洞，却不料眼前人影一闪，一条银白的软索直接缠在了他的腰上。

他刚刚下落的身子骤然被拉起，踉跄了几步落在了地上，与此同时，他身上的几处大穴一麻，整个人落地时站立不住，直接跌了个狗吃屎，连面具也跌掉了。

他狼狈地抬脸，正看到帝拂衣衣袖中的银白长索缩了回去。

很显然，在这电光石火间，是帝拂衣将他扯了回来，让他没逃成。

而他那些扑向囚犯的死士也没能得逞，都被帝拂衣带来的那些人阻住了！此刻正打斗在一起。

帝拂衣冷笑道："戏没唱完就想走？哪有这么容易？！"

假左天师："……"

假左天师这次带来的人实在不少，有侍卫还有兵将也有死士。

那些死士是死保他的，而其他侍卫、兵将什么的，则完全以为他是左天师，又贪图荣华富贵，所以一切听命行事，此刻在这种情况下也有些蒙了，不知道该向着哪边好。

也有下意识地听这假左天师的指挥，想要上前围攻帝拂衣的人，被古残墨一嗓子给喝醒："你们是白痴吗？！他压根没顾你们的死活，想要将这里的人一起炸死，独自逃走！这样的人你们还想替他卖命？！"

于是，那些侍卫、兵将什么的，立即后退了！

所以此刻正拼命死战的是那些死士，这些死士灵力虽然高，但都是药物催出来的，实战经验也不那么丰富，和天聚堂以及帝拂衣从禁地带出来的这些人压根没法比，一旦真正对上，立即就能看出他们的弱项。

一炷香的工夫后，这些死士就被一一擒住，捆在那里。

至此，假左天师的计谋被彻底粉碎，真正大势已去，再翻不出什么浪花。

帝拂衣上前一步，正要对这假货做什么，哇的一声，尚被捆住的孩子又哭了起来。

那孩子毕竟只有三岁，那绳索捆得他疼痛难忍，本来他已经晕过去，此刻刚刚苏醒，一醒来就又开始哭。

那是顾谢天的外甥，顾谢天忍不住看向帝拂衣："左天师大人可有解这些绳索的法子？"

帝拂衣微微点头，也没说话，身形一转，翩然如飞，直接掠到那孩子身侧去解那绳索。

他的动作快如闪电，那特制的绳索在他手中一圈一圈地被解开，压根没有触动定时炸弹，手法不是一般熟练。

众人简直对他佩服得五体投地！

无数目光聚集在他的手上，看他解绳索也无比赏心悦目。

当绳索完全解开的那一刻，那孩子平安地从柱子上跌下来，被候在那里的母亲接在怀中。

人群再次发出欢呼声。

大家的注意力都在帝拂衣身上，忽听有人啊地惨叫一声，叫声凄厉，瞬间吸引了人们的注意力。

人们顺着声音一瞧，都怔了怔！

那位丽王仙子手里持着一柄雪亮的长剑，刺入那假左天师的左胸之中！

众人："……"

帝拂衣微眯起了眼睛。

那假左天师则难以置信地瞪着丽王仙子："你……你……"

"我什么？你居然是假的左天师！本王被你骗得好苦！"丽王仙子疾言厉色，眼眸中满是恨意，也不待假左天师再辩解，长剑顺势一绞。

假左天师张大了嘴，一声也没再能号出来，身子软瘫了下去。

帝拂衣挑眉道："你这是窝里斗？"

丽王仙子素手上还沾染着假左天师身上的血渍，她轻叹了一口气："左天师，本夫人只是被这厮哄骗了而已，和他并非一路。"

"嗯？"帝拂衣缓缓走近她，"可本座听说他做的很多缺德事都是你传授的，譬如用蛊术控制四使、控制其他天授弟子，再譬如弄怨灵墙……"他扫了一眼地上被捆成粽子的死士，"连这些人修炼的邪术也是你传授的！"

丽王仙子正色道："左天师此言差矣，本仙子可是上界派下来的仙子，又是圣尊

夫人，只有为这世界谋福利之事，绝不会做此种损阴丧德之事。一切都是这假冒之人捣的鬼，本仙子被他利用了，心中也十分后悔……"

"胡说！"沐风站了出来，"控制我们的术法明明是你亲自使出来的！"

"不错！我们一直是受你控制，亲自看到是你做的！"沐雷也站了出来。

丽王仙子抿紧了唇，随即叹了口气："本仙子确实会一种仙法，但不是控制人的，是能提升你们的灵力的。哪里想到那冒牌货自己研制出来一种蛊，和本仙子的仙法组合在一起，成了控制你们的一种手段，本仙子事前也不知道，一直以为你们是心甘情愿地待在他身边。他做的那些事并没有完全和我说，我并不知道……"她仗着已经将那假货杀死，干脆将责任全部推到那假货身上，"当然，本仙子看他做有些事确实过头了些，有违天道，曾经劝说过几句。但他说做大事者不拘小节，只要最终是为了百姓好，稍稍牺牲几条性命也是不可避免的事。本仙子虽然对他这套理论不能苟同，但也阻不住他。圣尊大人闭关前派我出来辅佐他，说左天师大人是天定之主，让我万事听他的。所以本仙子对他做的事也从不多问，只传授给他一些仙法，哪里想到他居然是假冒的……"

这丽王仙子倒也有口才，这个时候干脆将责任推了个一干二净，连圣尊也被她拖下了水。

她还是很有心计的，平时虽然常和假左天师同出同进，但作恶的事一向是借假左天师之手下命令，她几乎不发一言，所以百姓眼中的她就是左天师身边的摆设，是左天师尊重的人物，大家也确实没看到她做什么。

百姓到底不明真相，再加上人们一向崇拜圣尊，对她自然也就高看了三分。

她这一番话说出来，百姓面面相觑，倒是没人反驳。

帝拂衣却笑了，笑容浅淡，目光极为锐利："你做的那些事本座自会彻底调查，是你做的你跑不了，不是你做的也赖不到你身上。这些暂时不说，你说你是圣尊夫人？你可知冒充圣尊夫人会受什么惩罚？"

丽王仙子呼吸一窒道："本仙子本就是圣尊夫人，如假包换，何来冒充之说？！"

"你这圣尊夫人谁封的？有何为证？"帝拂衣干脆抱起了手臂。

"这……自然是圣尊承认的，我们是夫妻，还用得着有人为证？你如果真要有个证人的话，圣尊可为我做证！"丽王仙子高昂起头说道。

帝拂衣见过脸皮厚的人，就是没见过这么厚的！

他正要再说什么，空中忽然传来冰玉互击似的声音："本尊何时有你这么一号夫人？"

声音带着寒烟山水般的缥缈之气，这正是圣尊的声音。

众人："……"

无数目光顺着声音向天空望去，在空中飘然站着几个人。

为首之人一身宽大的雪白法袍，发如雪，人如玉，周身有祥光环绕，气场极为强大，一出现就仿佛夺了天地之光，让他身周所有人都成了背景。

他身周站的其实也是极有身份的人物：天祭月、千玥冉、花纤言、龙司夜。

百姓的嘴全部变为“O”形。

所有的人都觉得自己今天真是赚到了！

五大天授弟子全到了！更重要的是，一向神秘莫测的圣尊居然也到了！

百姓几乎不敢相信自己的眼睛！

还是古残墨在愣了愣后，眸现喜色，直接飞上去行礼：“圣尊！”

其他人在愣了一瞬后，也欢呼着跪在了地上：“圣尊！”

“圣尊来了！”

“天，真是圣尊到了！”

沐风四人面面相觑了一下，然后目光就落在帝拂衣身上。

帝拂衣也怔了一下，盯着圣尊，没有说话也没动窝儿。

圣尊下来得很快，直接落在高台之上，足下纤尘不起。

他身上自带气场，让人想要顶礼膜拜那种气场。

于是连高台上的那些人也全拜了下去，齐刷刷跪倒一大片。

唯有左天师帝拂衣似乎怔了，还站在原地，很有鹤立鸡群的味道。

圣尊飘然落在他身畔，一只手搭上了他的肩膀，声音如冰玉，说出的话却隐隐透着一点儿暖意：“辛苦你了。”

左天师将他的手拂掉，声音透着一点儿凉意：“应该的。”

众人对望一眼，敏锐地感觉到圣尊和左天师之间的关系似乎不太简单。

圣尊对左天师这种不怎么给他面子的举动倒不怎么放在心上，上前一步和左天师并肩而立。

左天师瞧了他一眼，向后退了一步，和他拉开一点儿距离，微笑着道：“圣尊大人，此女一直口口声声自称您的夫人，您自己审问吧。”

他身形一起，直接去解那些被捆着的顾氏族人去了，那些人身上还有炸弹，只有他会拆。

圣尊的目光追随了他片刻，然后收了回来，终于落在丽王仙子身上：“你是何处的丽王，冒充本尊的夫人是何用意？”

丽王仙子一张俏脸阵红阵白，圣尊的目光冰凉得毫无温度，却又极有压迫力，她忍不住后退了两步：“本仙子、本仙子、本仙子来自上界……”说到这里她又觉得气壮，终于抬起头来，“上界之皇派本仙子下来帮助这星月大陆的百姓获得最安定的生活，本仙子自称您的夫人也、也不完全是冒充，上界之皇曾经明白地下了谕令，命本仙子可以和星月大陆最强者结合，共治天下。本仙子虽然未经您的同意自称圣尊夫人，但也是为了这个大陆的百姓好，方便行事而已。再说您早晚会娶我的，所以早说一会儿和晚说一会儿也没什么两样……”

众人：“……”

上界之皇是什么鬼？对方居然直接指派圣尊大人的婚事？

正在为顾氏族人解绳索的帝拂衣也顿了顿，回头看了圣尊一眼。

圣尊倒是不动声色，只是目光更冷：“娶你？”

他一抬手，周围忽然一阵扭曲，居然直接幻化出一面水镜，竖立在丽王仙子面前，映出了丽王仙子的全貌。

丽王仙子今天的打扮还是很美的，又因为刚才的打斗没有波及她，所以她现在也不狼狈。她下意识地向镜中瞧了一眼，看不出自己哪里有什么不妥，忍不住对镜理了一下妆容，抬头向着圣尊盈盈一笑：“圣尊这是……”

圣尊的声音不咸不淡的：“麻烦你自己在镜子里照一照，你全身上下有哪一点是配得上本尊的？”

丽王仙子：“……”

众人噗的一声喷了。

连帝拂衣也忍不住勾了勾嘴角。

丽王仙子俏脸涨红：“圣尊，您虽然是这个大陆最尊贵的神，但也必须听上界之皇的谕令，我们的婚事是他指定的……”

她唯恐圣尊不相信，向身边的金甲巨人打了个手势，那金甲巨人小心地从墟鼎之中捧出一物，那物金光闪闪，瑞气千条。模样像是一道圣旨，又比圣旨高了几个档次。

丽王仙子将那东西展开，空中直接展示出几行字：“丽王仙子可与星月大陆最强者结合，共治天下，任何人不得违背，若有违背者必遭皇之惩罚！”

那几行字力道十足，威严十足。

丽王仙子此刻仿佛大国前来番邦小国和亲的公主，神情带着一种浓浓的优越感，瞧着圣尊说道：“我现在在上界也领着一个王位，来这里也是奉命行事，圣尊能娶到我理应感到荣幸……”

她后面的话并没有说下去，因为圣尊向她挥了一下衣袖，七彩光芒如彩线射出，直接将她捆了起来。

丽王仙子啊地惊叫一声，等她回过味来，人已经躺在地上。

地上并不干净，有刚才战斗时洒下的血。她倒下时姿势有些不雅，狗啃地一样，脸破皮了，裙子上也沾上了血污，头发滚散开来，狼狈得不能再狼狈。

她的金甲巨人仆从大概没想到圣尊动手如此之快，一时也没来得及阻拦，待丽王仙子倒下时他才反应过来，怒吼了一声："大胆！居然敢捆上界仙子……"

他像一座金塔手里抡着金刚杵直接扑了过来。

他的功夫极不错，那金刚杵挥舞出漫天的光影，向着圣尊直压下来！

狂风四起，那巨大的压力席卷了整个广场。

圣尊挑眉，正要动手，花纤言、千玥冉、天祭月一起冲了过来："圣尊，让我们上！"

几人直接将那金甲巨人截住，双方动起手来。

花纤言、千玥冉是把这丽王主仆二人恨透了的，因为先前他们也被丽王的蛊虫给控制了！

他们那时虽然无法操控自己的身子，但心里是明白的，倍感屈辱，恨不得将这主仆二人锉骨扬灰！

现在他们终于有报仇的机会了，自然是冲到了前面，三个人一起战那金甲巨人。

这四人都是绝顶高手，一打斗起来，几乎将整个广场拆成碎片。广场周围本来是有围墙的，但在这一番打斗之下，那些围墙全部化为齑粉消失……

幸好他们打斗时，帝拂衣已经将顾家被捆缚在铁柱上的人全部解下。帝拂衣和圣尊带来的人不少，这些人立即掩护着百姓撤到安全区外，在外圈观战。

圣尊大概是怕伤到无辜百姓，干脆在四周设了一个结界，将打斗圈内的人全部罩在这结界中，任他们在里面打得风生水起，也伤不到外圈那些无辜百姓分毫。

帝拂衣也让顾家人退下，远远倚着一根柱子看着，在心里揣摩那金甲巨人的路数。

难得看到一个所谓的上界高手，他自然要看个清楚明白，以后说不定还用得着。

上界，呵呵，上界了不起吗？！

惹毛了他，他照样杀上去将上界的人杀个屁滚尿流！

他正静心观战，身边微风一拂，圣尊落在了他的身边。帝拂衣瞥了他一眼，向旁边斜走了两步，没理他。

圣尊轻咳了一声："你瞧这金甲巨人功夫咋样？"

帝拂衣头也不回，仿佛没听见。

于是圣尊又向他跟前靠了靠："生气了？"

帝拂衣声音淡漠地道："不敢。"

他说完又向旁边走两步，和圣尊拉开一点儿距离。

圣尊："……"

圣尊一侧头，见顾谢天、龙司夜以及禁地带出来的那些高手居然没有观战，好几双眼睛向他们这个方向望过来，有的吃惊、有的若有所思、有的仿佛恍然大悟……

尤其是顾谢天，一双眼睛睁得比牛眼还大！他看看帝拂衣，再看看圣尊，仿佛明

白了什么，目光极为复杂。

不过圣尊还是读懂了那些人眼中的情绪——一对断袖！

无数人心中同时生出这样一个念头，怪不得圣尊对左天师大人另眼相看、信任无比，怪不得左天师大人看似风流却一直打着光棍从不成婚，原来他和圣尊是这种关系。

顾谢天在袖中握了握拳，心中开始为女儿发愁。

左天师和圣尊是一对，自己的女儿咋办？

话说自己的女儿到底跑到哪里去了？为何一直没现身？

他憋不住，终于蹭过去，先向圣尊施了个礼，然后问帝拂衣："左天师大人，小女到底在何方？你既无意于她，还望让她出来，还她一个清白……"

帝拂衣顿了顿，瞥了圣尊一眼，圣尊含笑望着他并未插话，明显是让他自己解决。

帝拂衣笑了："放心，她现在平安得很，本座和她虽然已无婚约，但还是朋友，等这里的事解决了，本座自然会还令爱一个清白。"

顾谢天这才放心，向他行了一礼："多谢！"

帝拂衣道："不必客气，顾将军还是带家族的人回去吧，这么多人受惊受伤总要安抚一下。"

顾谢天点头，忽然觉得这位左天师对顾家人还是蛮照应的，对他说话也客气了不少，这让他有些欣慰。

原来左天师大人是个断袖！幸好自己的女儿那次逃婚了，没真嫁给左天师，要不然女儿岂不是像守活寡？自己的女儿还得和圣尊争风吃醋。

那就太恐怖了！幸好这桩婚事没成！

不过，女儿也老大不小了，等以后父女相见了，他要好好劝劝她，然后再给她找一个像样的婆家，让她风风光光地嫁过去，也算了了他的一桩心事。

顾谢天临走的时候，似乎感觉到有一双眼睛看着他。他下意识地回头，正和那名眉清目秀的青衣少年的视线撞个正着。

那青衣少年迅速移开视线，和同伴说话去了。

顾谢天带着顾家人离开了，临走的时候回头看了罗展羽好几眼，心里有了盘算。等见了女儿后，他一定让她请这位罗展羽公子回家坐坐……

罗展羽却再没看他。

对这位父亲，罗展羽心中始终有着抹不去的恨意，不想认对方。

罗展羽抬手揉了揉太阳穴，目光转到正在打斗的几个人身上。

他也是武学大行家，看了片刻后，心中微沉。

这金甲巨人的功夫太高了，只怕千玥冉他们不是这人的对手！

不但他看出这一点，其他围观的高手也看出来了。

古残墨皱紧了浓眉，现在交战双方，一方只是上界什么王的仆从，他们这方却是这世界的三位顶级高手，三位高手尚无法打败一个上界的仆从，那上界的那些顶级高手的功夫得有多恐怖？！

如果他们也和这丽王仙子一样下界来，在这个世界兴风作浪的话，只怕能制住他们的人不多……

这实在是个大隐患！

他琢磨了片刻，忍不住向刚才圣尊他们所站的地方看去。

一看之下，他愣了愣。

圣尊和帝拂衣都不见了！

咦，惜玖呢？！

不会是圣尊瞧破了帝拂衣是惜玖所扮，将她带走了吧？！圣尊会不会治她的罪？

要知道假扮左天师可是足以砍头的重罪！

他又向战场中看了看，心中又是一跳！

那金甲巨人也不知道使用了什么邪术，功夫居然又提高了一级，泰山压顶一般将花纤言、千玥冉、天祭月三人逼得连连后退，频遇险招！

战场上生死只在须臾之间，古残墨双掌一错，正要加入战场，天空中忽然有人影一闪，一位黑衣女子自空中飘然而落，直接落入战场之中，冷喝了一声："把他交给我！"

古残墨眼睛一亮。

顾惜玖以本貌出来了！

顾惜玖这次没用任何易容之术，就是她的本貌。

她现在容貌极美，气场全开时，身上隐带祥光，极为强大。

她的出现自然在百姓中引起轰动，无数双眼睛盯着她，人群中忽然有人叫出了声："顾惜玖，顾姑娘！她是顾惜玖顾姑娘！"

一石激起千层浪，人群霎时沸腾了！

八年前顾惜玖就风光过，她的事不知道被多少人津津乐道，成为百姓口中的谈资，虽然评价有褒有贬，但她也算是一个传奇。

八年前她逃婚失踪，一直没再出现过，大家都以为她已经遭遇了什么不测，却没想到在这种关键时刻她会出现在这里！而且她的功夫明显提升了！

八年前的顾惜玖还像一名普通人间女子，而八年后的她身上仙气隐隐，一出现就镇住了在场无数人。大家只觉得她身上所带的气场压根不比那个丽王仙子弱，甚至更强！

被捆在那里动弹不得的丽王仙子目光也落在顾惜玖身上，眸底闪过的是掩藏不住的妒恨之色！

顾惜玖是用瞬移术直接进入战场的，一掌将那金甲巨人轰退半步，将正好遇险的花纤言救下，衣袖一挥，直接将花纤言送到了圈外……

她动作干脆利落，几乎让人目不暇接，人群中已经有人开始为她叫好。

片刻后，连天祭月和千玥冉也退下了，场中只剩下顾惜玖和那金甲巨人。

金甲巨人形如金色高塔，身材娇小的顾惜玖站在他面前，很像大象跟前站着的梅花鹿，仿佛他只要伸出一只爪子就能将她的脖子拧断。

顾惜玖懒得和这金甲巨人废话，加入战场后，直接开打！

金甲巨人开始还不怎么将她放在心上，毕竟八年前他和顾惜玖交过手，知道她的功夫如何，除了瞬移术让人惊艳些，其他功夫平平。他如果认真对付的话，大概不到五十回合就能送她归西！

但真正交手几个回合后，他终于知道什么叫士别三日当刮目相看了！

这姑娘太不好惹了！比刚才那三位天授弟子加起来还要强大！

围观的众人只看到天空中一道娇小的影子围着那金甲巨人盘旋，无数幻影如烟花绽放，打得那金甲巨人连连后退……

“好啊！”人群中有人叫了出来。

一人叫万人应。

“顾姑娘加油！”

“顾姑娘打死这个大块头！”

“顾姑娘太棒了！”

叫好声如山呼海啸，响彻云天。

顾谢天原本已快回到府中，在家门口听到了远处那震天的呼喊声，浑身一震，女儿终于出现了？！

他再也忍不住，随口叮嘱身边的随从几句，又跑了回去。

远远看到女儿和那金甲巨人恶斗的身影，他定住身子，睁大眼睛看着，唯恐错过一点儿细节。

他仅看了片刻，眼睛就放光了！

他没想到八年未见，女儿的功夫上升得如此之快！

顾谢天本来也是功夫高的，但现在看到这场打斗才觉得自己和其他人的生死搏击像是儿童过家家，压根不够看！

现在天上这场打斗才是真正的高手过招，一招一式都是真才实学，丝毫掺不了假！

因为二人已经升到空中打斗，所以半个城的百姓都看到了，不知道多少人驻足观看，打铁的忘记了举锤，卖东西的忘记了收钱，在城市街道上跑闹的孩童忘记了追赶伙伴……众人都在抬头向上看，看这千古难见的一战！

也就在这一天，很多人知道顾惜玖回来了！

而且她是以这种方式回来的，简直是王者归来！

谁也没想到那样的废材丑女有朝一日会走到这一天，会有如此大放光彩的一刻！

这场大战后来被史学家写入史书，成为后人激励后辈的教材。当然，这是后话。

顾惜玖自然没想到她和这金甲巨人的这一战会有这么大的影响力，她其实有些恼火。

她在天聚堂接到顾家满门将要被屠的消息时就知道这假左天师要放大招，这是引诱她出去的一个局，但同时也是一个千载难逢的好机会，为帝拂衣彻底洗清污点的好机会，所以她在得到这消息的那一刻，一边安排人手，一边和帝拂衣联系。

她几乎是隔半个时辰就联系一次，但一次也没联系成功过！帝拂衣那边压根没什么动静。

顾惜玖没办法，想了想，才假扮成左天师的模样带着天聚堂的精英赶了过来。

幸好她事前早做了安排，龙司夜所带的那批人已经暗中为那些暗黑骑士解了毒，让他们暂时先装作被控的样子进场，关键时刻反水成功。

她几乎盘算到了每一步，也成功了，终于为左天师帝拂衣洗刷了身上的冤屈，为他正了名。

她毕竟牵挂帝拂衣，所以在现身前又不死心地联系了帝拂衣一次，依旧没成功，还以为他出了什么大意外，还为他担心了好久。

她没想到他会在这时候出现，还是以圣尊的身份带着几位天授弟子一同出现的。

看他这么拉风地出场，顾惜玖先是喜，后是怒——这浑蛋既然能一口气带来这么多人，那证明没有一直待在禁地，那为什么一直不接她的“电话”？！

所以在这种情况下顾惜玖不想理他很正常，她也是有脾气的！

刚才她在那里观战，不想理某人，某人给她传了好几次音她都没理会，后来某人干脆站在她身边，和她行为暧昧，让她忍不住头疼。

她刚才还是一身帝拂衣的装扮，这家伙用圣尊的身份和“他”不清不楚的，不怕别人说左天师和圣尊是一对啊？！

所以她想要离他远一点儿，再远一点儿，省得被别人说闲话，却没想到帝拂衣居然趁人不备扯了她就走，直接将她带到一个封闭的结界中。

那结界中白雾茫茫，周遭一个人也瞧不见，天地之间只有他和她。

她当时记挂着下面的局势，怕几位天授弟子不是金甲巨人的对手，怕那什么丽王仙子跑掉……

所以她进入那结界后只是发愣片刻，立即开始寻找结界出口，不防帝拂衣抬手就拉住了她，不由分说地就是一个深吻。

顾惜玖心里还恼火着，自然直接将他推开，似笑非笑地指着自己的脸问他："圣尊大人这是有断袖之癖？"

帝拂衣抬手为她卸了妆，微笑着道："还是用你自己的容貌顺眼些。"帝拂衣抬手又为她理着头发，"惜玖，你扮我很像啊，我如果不是知道你是假的，也会被你糊弄过去。"

顾惜玖拍掉他的手，挑眉问他："你不是应该跟我解释一下吗？"

"解释什么？"帝拂衣似乎不明白。

顾惜玖气结："你失踪了十几天，传音符也不接……"

帝拂衣顿了顿，拿出了身上的传音符："来，你再联系我一下试试。"

顾惜玖似乎也想到了什么，拿出和他联系的传音符试了试，果然依旧是无法接通。

帝拂衣轻叹："我前些日子确实进了禁地一段时间，昨日才出来，出来就联系你，联系不到，后来我联系了古残墨，知道你来这里了，随后带人赶来……"

居然是传音符出毛病了！

顾惜玖也是无语，不过心中的火消了一大半。

她不由得看了看自己手里的传音符，测试了一下，没毛病啊。

她又拿过他的传音符看了看，终于发现纰漏，传音符右上角有一个淡白点，那淡白点微不足道，一擦拭就擦掉了，然后顾惜玖再连接，这次连接上了。

帝拂衣摸了摸鼻子："这东西这么精细？只是沾了一点儿污渍就……"

顾惜玖横了他一眼："那是因为这污渍正好沾在传感点上，你有洁癖居然没看到这污渍……"

帝拂衣抬臂将她搂在怀中："那是因为我归心似箭，一刻也没闲着。"

好吧，算他有理。

顾惜玖是个大度的姑娘，不追究了。

她还挂念着下面的情况，这个时候自然顾不得和他叙旧，和他说了两句话就要下去。

帝拂衣道："你担忧得不错，他们三个确实不是那大块头的对手，现在估计也快落败了，你下去出手正好……"

他说完这句话后就解开了结界，于是顾惜玖直接从天而降落入战场之中。

她在落下的那一刻也看到帝拂衣落了下来。他已经换成了帝拂衣的打扮，落下来后就在下面悠然观战，没事人一样。

谁也没想到此刻的左天师已经是真正的左天师。

至于圣尊——

圣尊原本就是神出鬼没的，倏忽来又倏忽去，谁也不会意外。

就连沐风四位护法也有些愣神，看看顾惜玖，再看看帝拂衣，试探着过来："主上？是您？"

帝拂衣倚着一根柱子站着，凉凉地瞥他们一眼："这次你们没中蛊改脑子进水了？自己的主子不是应该一眼就能认出来？"

沐风四人不敢回话，不过终于确定这是自家主子了。

这么毒舌地怼他们的，除了他们的主子没别人。

天空中顾惜玖大展神威，和那大块头打得天地失色。

下面无数人仰着头，看得如醉如痴。

古残墨靠近帝拂衣身边，看了看他再看看天上打斗的顾惜玖，语重心长地慨叹："对了，惜玖，左天师今早联系我了，我忙着做事，就把这事忘了。你看你化为他的模样为他洗清污点，他也为你穿起女装化为你的模样和人大战，你们二人倒是很为对方着想，相信这一战后，你的名声将名扬四海……"

帝拂衣瞥了他一眼："本座联系你让你向惜玖报我平安，你居然忘了？"

古残墨道："我这不是忙嘛，千头万绪的事需要我安排……哎，等等，你是……帝拂衣？！"

帝拂衣只回了他一个字："蠢！"

古残墨握拳，左天师帝拂衣和他说话一向不客气，一点儿都不可爱！不像惜玖扮帝拂衣的时候，对他还是比较客气尊重的，让他尝到一种和左天师帝拂衣平起平坐的感觉。

古残墨抬头看了看天上的顾惜玖："那真是她？！她的功夫已经这么高了？！"

帝拂衣没回答他的这两句废话。

古残墨惊完又喜道："惜玖居然这么强了！哈哈哈，那可是我天聚堂的光荣！小惜玖真给力！"他又撞了帝拂衣一膀子："哎，我说，我觉得或许用不了多久，小惜玖就能超过你！惊不惊喜，意不意外？"

帝拂衣弹了一下自己的肩头，离他远了一步："本座和她在一起八年，她的功夫本座最清楚，不惊喜不意外。倒是你，堂堂天聚堂堂主被一个小姑娘赶超了，本座觉得，你这天聚堂堂主之位或许该让贤了。"

两人在这里斗了一会儿嘴，古残墨像想起了什么："对了，圣尊呢？他老人家是你搬来的？"

"他老人家已经离开。"帝拂衣声音淡淡地道。

"什么时候离开的？我居然没看到！"古残墨遗憾地说。

"怎么？他离开还需要向你报备？"帝拂衣似笑非笑地问。

古残墨摇头："不敢，话说他老人家虽然出现时间短，倒是揭破了这丽王仙子的牛皮，要不然她如果咬死了自己是圣尊夫人，大家还真不敢对她动手。"

帝拂衣轻笑了一声："笨！圣尊大人又岂能看中这么个货色？"

古残墨看了一眼那丽王仙子，那仙子还被圣尊的七彩绳索捆着，那是真正的五花大绑，让她不能动弹分毫，此刻被天聚堂的众长老看守着，狼狈得不能再狼狈。

"圣尊走了，也没吩咐怎么处置这女人……"古残墨皱眉。

"冒充圣尊夫人应处什么刑罚？"帝拂衣侧头问身边的沐风使。

沐风使顿了顿，左天师大人总喜欢给他们出难题，这世上冒充圣尊夫人的，这位丽王仙子还是独一份儿，刑罚书上可没这个！

沐风还是有急智的，知道左天师大人对这丽王仙子已经彻底厌烦，恨不得让对方消失，所以——

"回主上，应处雷霆轰顶之刑。"沐风找出一个新刑罚。

雷霆轰顶不但会杀死人的肉体，还会轰散其魂魄，让人彻底消失。

帝拂衣满意，拍了一下沐风的肩膀："很好，这人本座就交给你们四个了。对了，本座对什么上界有点儿兴趣，先从她嘴里掏点儿料出来再处罚。"

"是！"沐风四使一起答应，一个个摩拳擦掌。

他们四个没少在这仙子手底下吃亏，早就想找回这个场子了，现在终于找到机会。

丽王仙子耳朵倒是很长，居然听到了这边的对话，忽然叫了起来："帝拂衣，你不能如此对本仙子！本仙子来自上界，你如果真对本仙子不利，上界之皇势必不会轻饶你！"

帝拂衣轻笑："上界之皇？什么东西？"

丽王仙子道："大胆！敢对上界之皇不敬！他代表的是天！而我们上界就算下来一个小兵也能毁掉你们整座城！你若敢杀我，被我上界之皇得知，必会降下大惩罚，让你生不如死！"

帝拂衣向她走近了两步，笑吟吟地道："能让本座生不如死的人大概还没生出来，其实本座倒很想知道这生不如死是啥滋味。本座对你说的上界之皇很感兴趣，很想会一会他。只是他一直缩在上界不肯下来，让本座有些遗憾，既然杀了你就能把他招下来，本座倒很想试一试了……"

丽王仙子："……"

帝拂衣又道："来，你先说说这上界之皇是圆是扁、是男是女、是老是少……"

丽王仙子俏脸发青，终于闭嘴，不叫嚣了。

帝拂衣挑眉道："怎么不说了？"

丽王仙子将嘴巴闭得比蚌壳还紧。

帝拂衣摇了摇头，踢了沐风一脚："快去审她，审完送她上路。"

沐风也忍不住在心里摇了摇头，知道自家主子一向喜欢寻找刺激的事来做，这丽王仙子不拿什么上界之皇要挟还好些，说不定还能落个全尸，但她这么说明显犯了圣尊的大忌。

圣尊只怕会琢磨着去上界找这上界之主的麻烦。

话说这上界到底在什么地方？该怎么去？这些正是沐风他们要审的……

沐风四使直接提着那位丽王仙子走了。

那位丽王仙子自然是各种叫嚣，奈何她手下现在只剩那位金甲巨人，而那金甲巨人已经被顾惜玖缠住，现在压根脱不开身下来救她……

“啊——”天空中传来一声凄厉的长号，帝拂衣抬头，正看到那金甲巨人完全被顾惜玖的剑山笼罩，等那漫天的剑光消失，已经没了那金甲巨人的影子，只有无数血雨洒下。

“好啊！”下面的人看得热血沸腾，欢呼起来。

天空中，顾惜玖凌空站在那里，虽是一身黑衣，却给人一种光芒万丈的感觉。在这一刻不知道多少画师为她挥毫作画，为她画像留影。

丽王仙子在被押解的途中看到了这一幕，脸色大变！

“你敢杀上界之仙，你会有报应的！”她一字一顿地厉喝，凄厉的声音仿佛魔咒，直冲上天。

沐风顺手点了她的穴道，成功制止了她的叫嚣，沐雷笑吟吟地道：“你还是担心你自己吧！你的报应立即就要来了！”

说完他扯着她走了。

顾惜玖有些气喘，不和这金甲巨人交手不知道厉害，一交手才明白压力究竟有多大。这货一招一式都像是压下来一座山！时刻能将人压扁的那种，她只有游斗才能略略削掉那种压迫感。

好在她及时调整战术，终于赢了这一场，此刻只觉手臂都酸疼得不像是自己的。她一抬眸见帝拂衣已经飞了上来，他双掌如挽花，无数光芒在他的掌心里闪烁。

顾惜玖心中一动，帝拂衣用的是招魂术！

果然，片刻之后，帝拂衣的掌心里便多了一抹淡金色的魂魄，这魂魄正是那金甲巨人的。它在帝拂衣的掌心里极力挣扎，似乎想要逃走，奈何帝拂衣的掌心有绝大吸力，它逃不开。

它尖啸道：“你做什么？！”

帝拂衣像是度世的佛陀：“超度你！”

他的掌心冒出红艳艳的火光，那淡金的小人在火光中号叫、威胁，说弑神会受极大的天罚，让他收手。

奈何帝拂衣不为所动，掌心里的红莲业火更炽烈，直到那淡金小人完全消失他才罢手。

顾惜玖看了他一眼，倒没想到他会如此赶尽杀绝，毕竟这金甲巨人只是忠人之事的仆从而已。

帝拂衣脸色有些苍白，显然炼化这魂魄颇费他的灵力。他向下看了一眼，下面都是欢呼雀跃的人。

帝拂衣微笑着道："惜玖，恭喜你！"

他相信自今天起，顾惜玖的名字将要响彻天下，不会比任何人差。

顾惜玖抬眸看着他，总感觉他像是离自己远了几分。

她向他所在的方向走了几步，帝拂衣道："走，我们下去！"

他说完率先飞了下去。

顾惜玖："……"

他这是不想在人前和她秀恩爱？

害羞？他知道害羞为何物吗？

还是他太像偶像了，需要隐婚？

当然，这念头只是在顾惜玖的脑海中一晃而过，她也跟着飞了下去。

还有很多很多的事等着她去做，现在自然不是两个人秀恩爱的时候。

她落下来后，自然被人们围住，纷纷向她道喜。顾惜玖和天聚堂的人会合，古残墨挽着顾惜玖的手大笑："惜玖，这次你可是立了大功，咱得好好为你庆贺庆贺！"

古残墨太开心了，仿佛今天在这里大出风头的人是他，红光满面的。

顾惜玖和同修说了几句话，无意中转眼看了一圈，围着她的人密密麻麻，人头攒动，唯独没有帝拂衣的身影……

第七十七章　失踪的哥哥

接下来的几天顾惜玖很忙，被顾谢天不由分说地请回了将军府，自然有一番庆祝。

在庆祝的酒席上，顾谢天终于问到了她和帝拂衣的关系。

帝拂衣明显在隐瞒他和她的关系，这几天只在传音符上联系过她，也没登门来将军府拜访。顾惜玖不知道他又玩什么花样，所以顾谢天问起的时候她也没提，只说自己和他在一个禁地里待了八年，是好友。

顾谢天也就不再问了，只问了她这八年在禁地里的一些情况，譬如受没受苦之类的。

那阵眼之地是这大陆的绝密，顾惜玖自然不能说，只说了在那里认识的一些朋友……

顾谢天明显对罗展羽感兴趣，问了几句他的身世。

顾惜玖自然不会实话实说，只隐隐透了一件事给他，就是罗展羽被困禁地的大体时间……

于是，顾谢天一整天都心不在焉的，后来干脆说要大摆筵席，请顾惜玖的这些同修以及同人来聚一聚。

顾惜玖知道他的目标是罗展羽，也不点破，只说试试。

结果顾惜玖请来了她天聚堂的同修以及被困禁地的同人，甚至连古残墨都来了，唯独罗展羽没来……

顾谢天不是一般失落，到最后干脆和顾惜玖挑明了说：“惜玖，你说罗公子会不会是你那失踪的哥哥天诺？为父觉得像是他……”

顾惜玖挑眉：“是吗？可他姓罗不姓顾啊。”

顾谢天眸现苦涩之色：“当年他应是恨了我，所以不屑于再姓顾，改姓他母亲的姓。可他无论姓什么，总归是你的哥哥、我的儿子……”

顾惜玖只是笑了笑，没说话。

顾谢天坐在那里，比八年前苍老了不少，这时陷入沉思，又说了几句为当年所做之事后悔的话，翻来覆去地说了好几遍。

顾惜玖拍了拍他的肩膀，笑道：“过去的就过去了，顾将军如此感慨想念他，应是因为现在膝下无子而已。顾将军现在身边还有美妾，可以再生几个嘛，说不定还能再生几个弟弟妹妹出来。孩子多了也就能忘掉曾经疼爱的那个了。”

顾谢天：“……”

他身边确实还留了两名妾室，但他现在只把她们当成两个女儿的娘亲，另外购置了别院养着，这么多年没再去她们那里。

当然，他也没再娶其他妾室，怎么再生育儿女？

他苦笑道：“惜玖，为父知道错了，你就不必再在为父的伤口上撒盐了。为父这一生不会再娶妻，也不会再和其他女子有牵扯，只希望百年之后能在奈何桥上见一见你的母亲，向她赎罪，求她原谅……”

顾惜玖目光微闪，摇了摇头。她对这种今生无缘，来生再续的说法不感冒。

来生太缥缈，她想把握的只有今生。

今生喜欢一个人了，那自然就要千方百计地争取在一起。碰到困难设法克服就是，来生说不定喝了孟婆汤谁也不认得谁了！谁还记得今生未了的遗憾？

她才不想让今生留遗憾呢！

不过顾谢天和罗星蓝的事顾惜玖并不想插手管。

罗星蓝已经再嫁，虽然她的第二任丈夫死了，但也不代表她愿意再回到第一任丈夫身边，所以顾惜玖没把罗星蓝还活着的事说出来。

她只是笑了笑：“毕竟这么多年过去了，或许母亲并没有在奈何桥上等你，她开始了她的新生，身边也有其他男子相陪相伴了，父亲又何必执着？”

顾谢天脸色微变，顿了半晌，叹息了一声：“或许你说的是真的，可我还是想干干净净地去见她，这一生不会再亲近其他女子了。”

顾惜玖忍不住叹息。

他早知今日，何必当初？

顾惜玖回府的第二天就去了皇宫，见了容伽罗。

容伽罗先前确实被那假左天师用药物给控制住了，成了假左天师的傀儡。

帝拂衣带着龙司夜来过皇宫，将他身上的傀儡之毒给解了，这才让他恢复如初。

容伽罗原本功力就不高，又被控制了这么久，现在虽然恢复了，但顾惜玖去见他的时候，发现他的脸色还是苍白得厉害，一副大病初愈的样子，看上去不是一般憔悴。顾惜玖为他诊了一下脉，发现他脉息虚弱，是久病成虚的症状，而且看这症状像是有些年头了。

她有些纳闷，假左天师作怪也就是这两年的事，而容伽罗这病症像是五六年以上了！

她又问询了一些问题，容伽罗一一回答，倒没有什么不妥之处。

顾惜玖摇了摇头，容伽罗其实够倒霉的，明明是个天才，原先是被他弟弟陷害下毒，功力下降，好不容易当上了皇帝，又被这假左天师给控制了。

他身体虚成这样也是情有可原的。

顾惜玖和他聊了一会儿，发现他的记忆力也大不如前，明明是三十多岁的人，这症状倒有些像到了花甲之年，快老年痴呆了！说话的时候他也常常犯困，甚至有时候前言不搭后语。害得顾惜玖几乎以为他这壳子里换了一个魂！

她套问了他半晌，发现他对她的事倒是都记得，这些事也没有第三个人知道，所以这位容伽罗还是那位容伽罗，没被别人调包。

顾惜玖也就放心了，临走的时候给他留了一些药，都是能迅速调理他的身体的珍贵丹药，他只要按时吃了她的这些药，相信过不了半年他就能恢复到原先的水平。

顾惜玖离开的时候，容伽罗亲自将她送出宫，这是任何人都没有过的殊荣。

容伽罗凝视着她的背影远去，久久不愿移开目光。

他身边的太监躬身道："陛下，龙体要紧，还是回宫吧。"

容伽罗瞥了那太监一眼，这是他随身的大太监，在他面前一直表现得很赤胆忠心，但在他被控制的那两年里，他曾经不止一次地看到这太监和假左天师府里的人来往。

容伽罗微微一笑，将他唤近身边："很担心朕的身体？"

那太监一脸忠诚地道："陛下的身体是最重要的……"

他后面的话没有说下去，因为容伽罗一只手按在了他的肩上……

于是其他随行太监看到了这样一幕：孔武有力、灵力高强的庞总管被陛下一寸寸按进了坚硬的土里，挣扎不得分毫！直至没顶！

众人："……"

顾惜玖出了皇宫，正预备去罗展羽那里转转，身边微风一拂，帝拂衣直接出现在

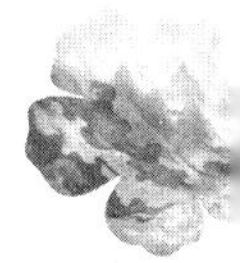

她身边，手搭上她的肩膀："惜玖！"

哟，他又舍得出现了？

顾惜玖回头打量了他一眼，似笑非笑地道："左天师大人，好久不见哪。"

帝拂衣："……"

顾惜玖扭头就走。

这个人最近太神出鬼没了！

前期因为传音符坏掉十几天联系不上也就罢了，后期他又直接玩消失是什么路数？

从那场大战后他直接就没了影子，顾惜玖觉得他大概去审问那丽王仙子了，所以一直等他的回音，但他又是一连数天不联系她。他不来见她就算了，连传音也没给她。

虽然她有事可以联系他，但是——

顾惜玖总有种他对她已经冷淡的感觉，虽然并不算太明显，但热恋中的男女总是敏锐的，她有这种直觉。为了验证这点，她这次特意没主动联系他，想看看他是否能够主动一些。结果让她失望。

现在看他忽然又没事人一样冒出来，她心中莫名火大，不想和他说话，所以转身走了。

帝拂衣站在原地，看着她渐渐远去的身影，并没有追过去。

顾惜玖倒没想到他压根不追自己。她转身走时只是正常地走，并没有用任何轻功之类的，他只要稍稍纵身就能追上她。

她走出一段距离后，忍不住回头一望，长街之上并没有他伫立的身影。

顾惜玖："……"

她揉了揉眉心，心里颇不是滋味。是自己太任性了吗？还是太敏感了？

她摇了摇头，不愿去想这个问题，直接去找罗展羽了。

罗展羽住在一家驿馆之中，顾惜玖来时他正练功，待他收功后顾惜玖劈头就问："你真的不想认他？"

罗展羽摇头："不认！"

顾惜玖不说话了，坐在那里出神。

罗展羽看了看她，似乎看出了什么："惜玖，你似乎气不顺？"

他总感觉她像压着什么火气的样子。

顾惜玖没说话，罗展羽像想起了什么："对了，惜玖，帝拂衣曾经说出来以后要为你补一个盛大的婚礼，他又向将军府提亲了吗？"

顾惜玖有些烦躁，那个人不要说提亲，连面也没露过呢！

罗展羽还是敏锐的，又道："他不会还没提亲吧？！"他本来是坐着的，此时猛然站了起来，“帝拂衣到底怎么想的？这都七八天了，就算筹办婚礼需要一些时日，但提亲不需要另外准备吧？几句话的事，我相信顾谢天巴不得这门婚事赶紧成呢，不会不应的。”

顾惜玖不想让人说帝拂衣的不是，摇了摇头：“这几天各种事情等着他处理，千头万绪的，他一时没时间也很正常。反正我和他已经成婚了，现在就是补办一个婚礼而已，不急。”

罗展羽皱眉：“提亲并不需要多少时间啊……他能有多忙？”他忽然似想到了什么，“对了，他是不是暗中已经在筹备了，只是没对你说，想事后给你个大惊喜？”

顾惜玖心中一动，眼睛微微一亮，这可以有！以帝拂衣的性格，这倒真有可能！要不然他没道理不提亲嘛！

一定是这样！

她的心里本来缠绕着一点儿阴郁情绪，现在终于烟消云散，秀眉舒展开来。

她敲了敲自己的太阳穴，觉得自己果然任性了。

想通了自己的感情问题，顾惜玖也就不纠结了，又问罗展羽：“对了，这次孟素言也来了，她不是和她的未婚夫团聚去了？是没见到还是见到以后叙了一下旧就被你召来了？”

罗展羽呼吸一窒，微微摇头：“她的未婚夫已经娶妻，孩子都快能打酱油了。”

顾惜玖：“……”

她曾经不止一次听孟素言说过，她和未婚夫订下白首之约后，她的未婚夫曾经亲口许诺，说今生只娶她一个人。她被投入暗黑森林前曾经和未婚夫见了一面，她的未婚夫拉着她的手告诉她，她这一去无论生死他都会等她，一直等她。

就因为知道他会等她，所以孟素言这么多年就抱着一个信念，一定要出去！因为她舍不得未婚夫孤苦一生。

事实上她的未婚夫压根没等她！

她被困数年，出去找到他时，他已经做了城主的乘龙快婿，身边有了娇妻，还有了两个孩子，最大的孩子已经六岁。

算算时间，她的未婚夫在她被困的第二年就成婚了。

顾惜玖知道孟素言是个极要强的姑娘，未婚夫已经成婚，孟素言自然不会再去纠缠了，所以直接赶到这里来也是正常的。

多年的坚持终究是一场空，这位姑娘受到如此重的打击还能状若无事，在这一次的战斗中她出力不小，顾惜玖还是蛮佩服她的。

月色如霜，染上屋脊。

顾惜玖在屋脊上看到了坐在那里看月亮的孟素言。

这姑娘一身青衣，腰板挺得笔直，像一根挺立的竹子。

她身边有酒葫芦，她喝了不少，但神志还是清醒的。

看到顾惜玖上来，她扔给顾惜玖一个酒葫芦："陪我喝一杯？"

顾惜玖也不客气，接过她的酒葫芦喝了几口，和她并肩坐着看月亮。

"惜玖，你说男人是不是都信不得的？"孟素言喃喃地开口。

顾惜玖知道她是憋太久了，需要倾诉，也就没反驳她，只是和她碰了一下酒葫芦，喝了一口酒。

孟素言眼眸微微迷离："他曾经那么爱我，一天来找我三次都不嫌多，恨不得天天和我腻在一起，他和我说了那么多、那么多的誓言，结果都不作数……"她喝了一口酒，笑了笑，"你知道我这次回去见到的是怎样的他吗？他在家里供了我的牌位，还让一双儿女隔三岔五地来祭拜我……"孟素言摇了摇头，"我回到城里稍一打听就知道他已经成婚了，过得春风得意的。我很失望，本来不想去见他的，但又觉得不去见一面对不起自己这十多年的等待。我原本打算暗中瞧他一眼就走的，结果在他的府邸中见到了我的牌位……他正在我的牌位前絮絮叨叨，让我保佑他的一双儿女日后有出息……"

顾惜玖："……"

孟素言接着道："我觉得自己的感情像一场笑话，正想离开时，他家的偏殿却失火了。他的小儿子就在偏殿中，哭得比山还响，那火太大，无人敢进去救……我不忍看到一个小孩子活活被烧死，就冲进去把孩子救出来了，也因此暴露了身形。他倒是记得我，一下子叫出了我的名字……"孟素言又喝了一口酒，"我不想再和他纠缠，把孩子救出来后想立即离开，他却死死揪住我的衣袖不放，一直说他有话对我说……"

"你听他说了？"顾惜玖问。

孟素言怔了怔，点头："是，我听他说了……可是还不如不听！"

顾惜玖挑眉，等着她继续说下去。

孟素言苦笑："你知道他对我说什么吗？他说娶这位城主千金是不得已，说他最爱的还是我，我能活着回来他很欢喜，他要给我个交代，还会娶我……不过他暂时不能娶我为妻，让我暂时委屈一下做妾，他会补偿我，日后设法将我提升为他的平妻，和那位城主千金平起平坐……"

顾惜玖揉了揉眉心，这个世界的男人妻妾成群的思想是根深蒂固的。

孟素言看着天上的月亮，嘴角微勾："如果我没在禁地待这么多年，一直待在他身边，或许不觉得他这思想有什么，但这次听他这么说，我不觉得感动只觉得恶心！我不同意他这提议，他很恼怒，说他的夫人对他有知遇之恩，问我是不是想让他休妻让他做个不义之人？"

顾惜玖："……"

孟素言再笑道："他说我不能如此自私，说他这是为我争取到的最大让步。我说了，不用他让步，我也没想嫁给他，他说我这是气话，是逼他做不义的事，还说他和我有那一纸婚约在，既然我还活着，就应该嫁给他，既然爱他就不应该让他为难，陷他于不义……"

顾惜玖再次揉了揉眉心："然后呢？"

孟素言叹了口气："然后罗兄就冲出来了，将他胖揍了一顿……"

顾惜玖点了点头。如果她在现场，估计也会冲出去揍人，罗展羽没做错。

孟素言又道："他看到罗兄还像是恍然大悟的样子，说原来我已经变心，有了其他男人，还带了奸夫故意气他。他说他很失望，没想到我是如此水性杨花的女人，是他看错我了，说他对我一片情深可昭日月，却没想到我违背了当日的誓言，给他戴了绿帽子……"

顾惜玖忍不住叹了口气："素言，你怎么会喜欢这么一个人渣？"

孟素言摇头："他曾经是城里最有名的才子、神童，长得也挺风流倜傥的……我也觉得自己挺傻的。"

顾惜玖拍了拍她的肩膀："你那时还小嘛，喜欢一个人渣也不奇怪，好在你没真嫁给他，现在抽身还来得及。这世间的渣男虽然挺多的，但还是有很多好男人嘛，譬如我哥哥……"

孟素言微垂下眸子，摇了摇头："罗兄是好男人，可是我……惜玖，我不想再谈感情的事了。"

顾惜玖表示理解，孟素言毕竟爱了一个男人十几年，虽然最后知道不值得，但这段感情不是说放下就完全能放下的，还需要时间慢慢淡化。

孟素言还是很洒脱的，这场倾诉让她心中的郁闷减轻不少。她暂时放下自己的烦心事，问顾惜玖："惜玖，你和左天师大人什么时候完婚？我还等着在这里喝你的一杯喜酒呢。"

顾惜玖打了个哈哈："现在外头还有这么多事，他很忙。我和他只是补个婚礼而已，不急。放心，等定了日子我会通知大家的。"

她和孟素言又喝了一阵酒，微醺后，才告辞离去。

她喝得有点儿多，想瞬移回将军府，结果移过了头，直接瞬移到了护城河边，险些一头扎进河水里去。

她在河边站定，往两边看了看，忽然觉得这地方有些眼熟，想了想，想起来了，她才穿越来不久时，曾经在这护城河边遭遇神秘人的戏弄……

嗯，那个时候，这浑蛋给她使了不少绊子！

当时她气得不得了，现在想想却觉得有些好笑。

往事如云烟，她想得有些入神，等醒过神来的时候，天上的月亮已经偏西，夜深了。

不知道他现在在做什么，在哪里呢?

她忽然很想见他!

她一时热血上头，干脆拿出传音符，试着联系他。

传音符一闪一闪的，半晌没有人接。

她抬头看了看月亮，这个时间他是不是休息了?

算了，今天太晚了，明天她再联系他也一样。

她正要关闭传音符，那边的人却接通了："惜玖?"

顾惜玖心中如波浪般浮荡了一下，一句话没经大脑就脱口而出："你啥时候来将军府提亲呀?"

那边静了片刻，帝拂衣的声音四平八稳地传来："惜玖，现在这么多事亟待处理……等忙过这一阵再说吧。"

顾惜玖顿了顿，道："其实提亲不麻烦的，你来一趟说明情况就行，稍稍弄个仪式，证明我们成亲了就可以。"

搞得她现在完全成了隐婚，除了禁地的那些人，外面的人没有一个知道她已经是他的妻子。

帝拂衣笑了，声音温和地说："惜玖，你这么晚联系我就想说这个?"

"是啊，我告诉你啊，顾将军可是不知道我们已经成婚了，他还想张罗着给我办几场相亲宴呢，他说他认识很多青年才俊……"顾惜玖吓唬他道。

帝拂衣倒是没将此话放在心上："哪个青年才俊有本座好?你自然是看不在眼里的。惜玖，我对你很放心。"

顾惜玖："……"

她不死心，又和他聊了几句，但帝拂衣总有办法将话题绕开。

顾惜玖毕竟喝了酒，此刻酒意又完全上来，干脆问出来："你这么推三阻四的，是不是不想让外面的这些人知道我是你的妻子呀?"

帝拂衣停顿了片刻，叹道："你想多了。惜玖，你喝酒了?"

顾惜玖嗯了一声，很老实地回答："是啊，你要不要来和我喝一杯?"

"孩子话！好了，喝多了酒你就赶紧睡觉，很晚了，不要熬夜，对你的身体不好。"

传音符被帝拂衣直接掐断了，顾惜玖坐在河岸上，看着手里不再闪烁的传音符皱眉愣了片刻。她总感觉帝拂衣对自己的态度不太对，他仿佛是在应付她。

他难道感觉不到她已经生他的气了，连哄哄的意思都没有?

酒盖了脸，顾惜玖现在做事还是很冲动的，干脆又拨通他的传音符。那头的人刚刚接起，她劈头就问："你在哪里？我去找你啊。"

"不必，今天太晚了。"帝拂衣直接拒绝。

顾惜玖热血上头："可我真的想见你啊，要不你来见我？我现在在护城河边……你不来的话我跳河了啊。"

帝拂衣的声音有些无奈："好了，别闹了，明日我去找你。现在你赶紧睡。"

于是，传音符又被挂断了。

顾惜玖简直气不打一处来，这家伙居然不怕她跳河。

她又挠了挠头发，貌似他真不怕她跳河，因为她的水性比他都好，她肯定不会被淹死。

好吧，她用这招威胁不到他。

顾惜玖在河边又坐着吹了一会儿冷风，干脆瞬移去了他的左天师府。

这几日帝拂衣都是在他的府邸休息办事的，顾惜玖虽然没联系他，但她身边的线人多，稍微一打听就能知道他的行踪。

曾经冷清的左天师府已经修葺一新，重新焕发生机，府内侍从还是有不少的，人气很足。

顾惜玖在府里转了一圈，没找到帝拂衣的影子，倒是碰到了沐风。

沐风看到忽然出现的顾惜玖有些吃惊，但还是很热情的，将她请进了会客厅。

顾惜玖问帝拂衣的行踪，沐风摇头，说左天师大人行踪一向成谜，今日晚间就出去了，走时并没有向他们四个说明去处，不过估计今晚不会回来。

顾惜玖扑了个空，有些失望，又和沐风东拉西扯地聊了几句，套问了半天，从沐风的口风中明白帝拂衣确实没有暗中筹备什么婚礼。

顾惜玖不禁失望，帝拂衣真要暗中筹备婚礼的话，不可能瞒过四使，现在他们也不知道，那证明帝拂衣暂时确实没有这个打算了。

她的失望几乎是挂在脸上的，既然在这里逮不到帝拂衣，又没得到她想要的信息，她便起身告辞。

沐风是个心细的人，自然看出顾惜玖是喝了酒来的，而且还喝了不少。唯恐她出什么意外，他便劝她在这里住下，又张罗着让人去熬醒酒汤。

顾惜玖心中有火，摇头道："不必，我还是回将军府。"

她一转身就瞬移走了。

她心中有些闷，酒意让她头脑不太清醒，她再一次瞬移出现偏差后，干脆坐在一个地方醒酒，用灵力将酒逼到指尖处，化为汗水一滴滴落下。

将酒全排出去后，她感觉自己的头脑清醒了不少，在大石上又吹了一阵冷风，这才回将军府。

回到自己的闺房内居然发现顾谢天在，她愣了愣，顾谢天倒松了一口气："玖儿，你去哪里了？吓为父一跳。”

他被八年前顾惜玖的失踪搞出阴影来了，总有些患得患失。

顾惜玖难得和颜悦色地和顾谢天聊了一阵。

大概是这个女儿难得温和地和他说话，顾谢天有些激动局促起来，频频搓着大掌：“惜玖，你刚才是去见左天师了吗？你和他到底……”

他总感觉女儿和左天师关系怪怪的，但又说不上哪里怪。

顾惜玖顿了顿，半开玩笑半认真地道：“父亲，如果我说我和他已经成婚了，你觉得……”

啪！顾谢天手里捧着的茶杯掉到地上：“什么？你和他已经成婚了？在哪里成婚的？证婚人是谁？不可能啊，如果你成婚了的话，我们这里的连理册上理应有你们的名字呀。”

顾惜玖倒有些诧异：“连理册？什么东西？”

顾谢天道：“就是官府里的男女成婚文书啊，男女只要成了亲，都会自动在户部档案里形成连理册的。”

顾惜玖没想到还有这么一说，一时有些愣神。

“父亲，你说会自动形成那个连理册，而不是什么书记官记录的？”

顾谢天摇头：“不必，我们户部有一道连理墙，原是圣尊所设，我国子民一旦成婚，就会在墙上显示出男女成婚的信息，然后自动形成一个小册子，户部的人将小册子收集装订放好。”

顾惜玖还不死心：“那有没有可能那墙上已经显示了，也形成小册子了，结果户部的人一时马虎，给弄丢了呢？”

顾谢天再次摇头：“不会，你在飞星国已经家喻户晓，连陛下也关心你的婚事，就算户部的人偶有疏漏，也不会漏掉你的。再说你这样的身份，就算不成婚，在户部也是单独成册的，你的册子上一直显示的是未婚……”

顾惜玖：“……”

顾谢天有些紧张：“惜玖，你不会和他未婚就在一起了吧？！你要知道，在这个大陆，娶为妻奔为妾，他左天师虽然身份高贵，但咱的身份也不低，你可不能给他当妾。啊，不对，就算你做了妾，在册子上也会显示的，会注明一个‘妾’字……”

她和帝拂衣在禁地确实成亲了，但貌似不被认定？

难道禁地自成什么系统，不但能禁止一切信号联络，连在里面成的亲也不被认定？

帝拂衣知道此事吗？

无数个疑问在顾惜玖心中翻滚。

算了，不管到底是什么原因，她都必须把此事和帝拂衣说明，还得补个婚礼，免得让人以为自己是倒贴给这位左天师的。

“父亲，你放心吧，我和他就算在一起，也会举办婚礼的。你女儿这么优秀，怎么可能给人家当妾？你说是不是？”

顾谢天这才放心，在顾惜玖的肩上拍了拍：“小玖，你这么说我就放心了，其实为父是怕八年前你逃了他的婚，让他丢了那么大的人，他会报复你，糊弄你年少不懂那连理册的事，让你没名没分地和他在一起，让你吃大亏。惜玖，咱顾家人别的没有，但傲骨总还是有的，八年前你虽然对不起他，但这次也算帮了他的大忙，你和他的账也算是扯平了，你不必委屈自己。”

“嗯呢，知道了。放心，我心里有数。”

顾谢天欣慰地道：“小玖，你是为父的骄傲，你的婚事一旦确定，为父会为你大大地操办一次，让你风光大嫁。”

顾惜玖应了一声，总算将他送走了。

她看了看更漏，已经是三更时分了，这么晚了她自然不想再联系帝拂衣。反正他说明日会来见她，到时候她要和他好好谈谈这件事，她不想在这件事上和他生出什么隔阂。

她拉过被子躺了下来，因为心里有事，以为自己要辗转反侧一阵，却没想到躺下没多久就睡着了。

一座彩虹桥，数朵白云飘，无数楼宇在云中半隐半现，金光闪闪，瑞气千条。

云中时有繁花星星点点地冒出，瞬间开放又瞬间凋落，无数花瓣在足下飘荡，有仙鹤盘旋，彩凤轻鸣。

顾惜玖站在那彩虹桥上环顾四周，一刹那有些茫然。这是哪里？

这里有些像画上画的瑶池仙宫。她上天了？成仙了？

在那些楼宇之间隐隐有人走动，白云浮荡中也有仙风道骨的人飘过，那些人的穿着打扮顾惜玖觉得有些眼熟，思索片刻后终于想起，貌似那个丽王仙子的打扮就是这种风格。

尤其是她看到那些时不时飘过的仙女姐姐，和那丽王仙子更是大同小异。

她蹙起了眉头，这是上界？她不会飘到丽王仙子的老窝来了吧？！

一个念头刚刚转到这里，足下的彩虹桥忽然塌陷，她猝不及防间整个人落在一个巨大的广场之上。那广场上竖着四根高可接天的蟠龙柱，蟠龙柱上有金色链子，顾惜玖眼睛一花之际，人已经被绑在了那蟠龙柱上！

她吃了一惊，立即运转灵力挣扎。

她现在功力已经极高，就算是玄铁链也是一挣就断。但这金色锁链不知道是什么材料做出来的，她挣扎半晌没有挣断，反而让那锁链在身上越勒越紧，勒得她几乎喘不上气。

她不盲目挣扎了，立即用缩骨之术，结果那锁链能随着她的身形随意变大变小，那金色锁链依旧将她紧紧地束缚着。

她又接连用了好几种术法解锁链，都是徒劳无功，渐渐额头有些冒汗。她正琢磨着要不要再试个法子，忽似察觉到了什么，骤然抬头，目光锁定不远处的一个地方。

那个地方站着一道淡金色的影子，那影子不像是真人，像是5D成像的，有一种虚无缥缈感，顾惜玖甚至看不清对方的面容如何，也辨不出男女。

明明是一道虚无的影子，但顾惜玖依旧感觉到对方那灼人的目光，正紧紧锁在她的身上，似乎有些研判的味道。

顾惜玖不挣扎了，仰头和那影子对视："你是谁？"

那影子又盯了她片刻，终于开口："顾惜玖？你好大的胆子！你可知罪？"

那声音也飘飘忽忽的，让人辨不出男女。

顾惜玖抬眸看着对方："什么罪？"

"弑仙！"

顾惜玖似乎明白了："你是说那丽王仙子主仆？"

"不错！看来你也知道他们的身份，那你还敢杀害他们？"

顾惜玖勾唇："他们在下界胡作非为，协助一个邪魔外道滥杀无辜，这样的仙和邪魔外道有什么区别？我杀他们是替天行道！"

那影子的声音冷了下来："他们无论做了什么恶事，都自有仙使来惩戒，你算什么东西？不过一个区区地仙而已，你有什么资格来替天行道？！顾惜玖，丽王主仆无论如何是我上界的人，生来比你们这些下界的人高贵，她就算把你们下界的人全部杀光，你们也不能动她一根指头！"

顾惜玖："……"

原来上界的人自我感觉这么好！

顾惜玖挑眉："你是上界的皇？"

那影子冷笑道："惩罚你这样的小地仙，哪里用得着陛下出马？本座是上界的刑罚仙王！"

顾惜玖看看自己身上的金锁链："阁下想怎么惩罚我？"

那影子道："念在你并不是首恶，只是胁从的分儿上，罚你承受金雷一道！以儆效尤！"

说话的工夫，那影子手中有金光闪烁，直接形成了一个大光球，那光球越来越大，越来越亮，表面似有闪电炸裂！

顾惜玖心中一沉，这就是天雷劫？

自己会不会被这一道天雷劈成渣渣？

那影子手里的金球眨眼间已经大如车轮，闪耀如同小太阳，直飞上天，在空中盘旋一圈，猛然俯冲下来，向着顾惜玖当头罩下！

狂风乍起，灼热的气息扑面，那感觉像是太阳当头砸下来，尚没到近前顾惜玖就感觉自己要被烤焦了。

她闭上了眼睛，预备咬牙硬接这一击！

“顾惜玖！”

她耳中忽然传来一声熟悉的大喝声，她浑身一震，与此同时那金光也劈到了，她身上猛然一热一疼，但随之向下一沉。

眼前一切如浮云般散去，她猛然睁开眼睛，发现自己依旧在闺房内，哪里有什么上界和刑罚仙王？

她惊魂未定，刚刚那是梦境，还是自己真的灵魂出窍被抓到什么上界去了？

她闭目感应了一下身上，倒没感觉到什么不妥之处。

如果自己真被那什么金雷劈中的话，应该会有很痛楚的感觉吧？

难道那真的只是一场梦？

或许是那金甲巨人临死前那一声诅咒似的大喝声给她留下了阴影，让她做了这样一场怪梦？

她还不放心，又打坐了片刻，让灵力在身体内运行了一周天，依旧没觉出什么不妥的地方，这才真正松了一口气。

果然是一场子虚乌有的梦啊，刚才在金光劈下来的时候，她居然还听到帝拂衣叫了她一声，那一声如同佛音轰鸣，让她整个人都晃了晃，直接被吓醒了……

她环顾了一下四周，屋内就她自己，并没有帝拂衣的影子，显然他并没有来。

她向外看了看天色，外面依旧很黑，再看看沙漏，是五更时分。时候还早，她却不想再睡了，干脆又打了半天坐。

这一场入定尤其长，等她睁开眼时，外面早已天光大亮，太阳都升起老高。

身边的传音符闪烁个不停，顾惜玖心中一跳，这是她和帝拂衣之间的专用传音符，他终于主动联系她了？

“惜玖，今天由你去主持超度怨灵墙里的怨灵吧，那些怨灵今日再不超度，就误了时辰了，这样它们将再无投胎时机，只能等着天罚劈得它们魂飞魄散。”帝拂衣一开口就是一连串吩咐，并无半句寒暄。

顾惜玖顿了顿，问道：“你呢？”

这超度怨灵的事不是应该他做吗？

“我还有其他事，一时脱不开身。乖，这个超度大会你去主持，我让四位天授弟子帮你。法器什么的都已经准备好，你只需依照程序做就可以。”

顾惜玖蹙眉，帝拂衣确实教过她超度怨灵之法，如果只是超度十只八只怨灵，她自然没问题，但那怨灵墙内可是封禁着十万怨灵！她要想超度它们，必须先将它们放

出来……以她的功力超度它们只怕极为勉强。

她将自己的顾虑说了出来，帝拂衣微笑：“放心，我教给你一个超度法阵，你启用大阵超度就可以，虽然会耗费不少灵力，但不会有危险……”

他不待顾惜玖说话，就在传音符中将那大阵的摆法要领快速说了一遍。

顾惜玖毕竟和他做了八年的夫妻，很多专业术语自然一听就懂，她又聪明，听一遍就学会了。

帝拂衣不放心，说完之后又让她复述了一遍，确定无误才松了一口气：“惜玖，去预备吧，我等你的好消息。”

顾惜玖忍了忍，没忍住：“你不是说今天来见我？不来了吗？”

“乖，我今天实在没时间，明日吧，明日我们再相见。”帝拂衣声音柔和，却无比强势。

“你到底有什么事？在哪里？”顾惜玖总感觉他有事瞒着自己。

帝拂衣没说话。

顾惜玖等了半晌没等到他的回音，抿了抿唇：“不会又是什么天机不可泄露吧？”

“聪明！”帝拂衣夸赞了她一句，“好了，时间不早了，你赶紧去准备，别误了时辰。”

说完这句话，帝拂衣就把传音符掐断了。

顾惜玖垂眸看着手里的传音符，心中莫名火大。

天机！天机！她恨这个词！

凡是他不想说的一律是天机！

她心头冒火，没想到掌心也冒出了火。

等她发觉时那传音符已经被烧成了一堆细灰。

顾惜玖：“……”

好吧，看来老天也不想让她和他联系太紧密了，直接把现在唯一的联系纽带给断了。

这种传音符虽然是她造出来的，但要造这东西很需要时间，最少要三天她才能造出新的，帝拂衣总不能忍着三天不联系她吧？他联系不到她自然会来找……

她一下跳起身，开始梳洗。

夕阳染金，红霞铺云。

在那假左天师的府邸的北方，建起了一座高台。

高台高约三丈，上面按照八卦设置了九根立柱，每一根立柱下都站有八名道童，各穿法衣，排成圈站定。

在高台四角则站着四位天授弟子，龙司夜、花纤言、千玥冉、天祭月。

他们也各自穿着法袍，风一吹，衣袍飘飞，仿佛要乘风而去。

而在高台下，则分站着八队雄赳赳气昂昂的武士，每一个都异常彪悍，阳气十足。百人为一队，每一队都穿着一种服色的铠甲，八队人八种服色，将高台围在正中间。

这场超度大会因为要动用的人员不少，几乎惊动全京城的百姓，大家纷纷自发赶来。

当然，高台四周是有军队把守维持秩序的，百姓就站在圈外远远地望着高台之上的人。

虽然距离有些远，但大家还是看清了主持此超度大会的人。

顾惜玖那一身白色法袍如雪，看上去分外显眼，黑发白衣，面貌秀美，站在那上面自有一种气场。

她的态度明明很淡定从容，但给人的感觉仿佛她来自九天之上，让人想要膜拜……

顾谢天自然也来了，离高台还不远，正在维持秩序的军队里面。他时不时望望高台上的女儿，眸中闪现的是无比骄傲和自豪的神色。

那个假左天师虽然已经伏法，但他的那些余孽还有不少，虽然这几天左天师以雷霆手段将那些人全部处死了，但难保没有其他漏网之鱼，也要防备他们今天前来捣乱。

所以今天几乎所有军队全部出动了，在这里维持秩序。

顾谢天是今天的安保大头目，不但调集军队在附近维持秩序，在百姓堆里也有他派遣的不少暗探，见到可疑人就死盯着不放。

有兵士跑过来向他密报，说左后方的一家楼宇屋顶上发现有可疑的人，请他去瞧瞧。

“大帅，那名红衣女子很可疑，她一直站在那屋顶的阴影里，盯着台上，但又一直隐着身形，怕被人瞧见似的。”那兵士向顾谢天禀报。

顾谢天顺着那兵士手指指的方向一瞧，脑袋里忽然轰地响了一声！

那红衣女子此刻确实站在阴影里，而且还用了什么术法半隐了身形，不细看他压根瞧不见她！

因为对方半隐身，顾谢天看不到她的面容，但他还是一眼就认出那是罗星蓝！那身材、那气质、那体态，简直就是罗星蓝的翻版！

他感觉心脏险些跳出来，猛然向前几步，想看得更清楚些。

但那女子似乎察觉到了什么，向他这里望过来，二人的视线在空中碰撞，顾谢天的呼吸也险些窒住，那女子却只是瞥了他一眼，身形一起，化为一道残影消失。

“阿蓝！”顾谢天脱口叫出，身形一起，向着她消失的方向掠去。

顾谢天并没有追上那女子，因为那女子的动作太快了！眨眼间就消失得无影无踪，他追都不知道该朝哪个方向追去……

顾谢天站在那里，这是那女子刚才站立的位置，隐隐还有她身上的味道，如空谷幽兰。他脑子里轰然作响，这个味道也是她身上独有的。

刚刚那人是她吗？应该是吧？这么像！这么像！

顾谢天心中如有海潮在涌动，站在那里一时有些愣神。

一阵欢呼声如雷滚动，惊回了他的神志，他抬起头，就见高台上的顾惜玖已经有了动作！

她动作潇洒帅气，无数法咒在她的手心生成，法咒光环一层套着一层，祥光闪烁，七彩斑斓。

天祭月等人原先是陪着帝拂衣做过类似法事的，所以熟悉流程和操作，此刻看到顾惜玖这一套动作做下来居然和帝拂衣没有多大差别，不由得惊讶不已。

法咒成，整个高台形成一道旋风，旋风向着假左天师府飞去……

片刻后，那个方向传来阵阵厉啸和墙体倒塌之声。

又过了片刻，那道旋风裹挟着无数黑雾盘旋而来，黑雾中阴风阵阵、鬼影幢幢，似乎有无数人在里面哭号哀叫，声音极为骇人。

整个广场的气温也随着这股旋风的回旋降了下来，百姓下意识地向后躲去。

不过还好，黑雾中的影子虽然在里面左冲右突的，但始终冲不破外面闪着白光的旋风屏障，那些影子再凶也威胁不到外面的百姓。

旋风黑雾直接吹到高台上，四大天授弟子一起发功，顾惜玖在高台中央飞起，秀美的手掌平托，那庞大如山的旋风黑雾就团成一颗巨大无比的球悬在她的头顶上空……

高台上空黑云如山，却遮不住顾惜玖那一袭白衣，她飘然站在那里，不动如山，给人以信心！

她的本事只怕已经能和左天师大人相媲美了吧？

说不定她比左天师大人做得还要好！

这两年因为假左天师作孽让帝拂衣背锅，百姓对“左天师”恨之入骨。

虽然这几天百姓已经得知事情的真相，但毕竟恨了两年的人，百姓在心里对他还是有一些忌惮，不再像八年前对帝拂衣那样狂热地崇拜。

在百姓的潜意识里，其实他们也盼着能有一个绝对信得过的人顶替左天师的位置……

而顾惜玖正好符合百姓的这种期望！更重要的是她是真正的飞星国人，是他们的自己人！

所以当顾惜玖运用术法对黑雾中的那些怨灵一拨拨超度的时候，百姓格外热情，叫好声、欢呼声一浪接着一浪。

那声音甚至比左天师作法的时候还要大、还要响！

当最后一拨怨灵被超度成功，在空中散去的时候，整个广场响起如雷的掌声，欢叫顾惜玖的名字的声音此起彼伏。

“顾惜玖”这三个字仿佛有魔力，让无数人为之疯狂！

顾惜玖站在台上，垂眸看着下面，黑压压的都是人头，可以用人山人海来形容了。

她轻轻吸了一口气，知道自己此刻是万众瞩目的。

主持这一场超度让她很累，不是一般累，灵力也消耗得很厉害，后期的时候她几乎要支撑不住……

好歹她咬牙坚持下来了，算是顺利完成这个任务。

可是帝拂衣为什么不来？

虽然这活儿很耗灵力，但也正是收复人心的时候，他的名声被那个假货败得彻底，他不是更应该抓住这个机会赢回百姓的好感吗？

他到底有什么十万火急的事要忙？

超度大会圆满完成，百姓犹自在下面欢呼讨论，久久不愿散去。

顾惜玖正要下台，花纤言走过来，美丽的脸上似带着一丝笑：“顾姑娘，恭喜！恭喜！照这样的趋势，顾姑娘超越左天师只怕指日可待！顾姑娘不是天授弟子胜过天授弟子，当真是可喜可贺。”

顾惜玖瞧了她一眼，明白她是替帝拂衣抱不平，所以话语里带着明显的嘲讽之意。

看在她刚才很配合的分儿上顾惜玖不想和她计较，所以只是点了点头，就想离开。

不料花纤言一把扯住了她的手：“顾姑娘，来，让我们亲近亲近。”

她的原意不过是用掌力握疼顾惜玖的手指，她没想到刚刚握住顾惜玖的手，身体内的灵力就急速地被对方吸去！

她脸色大变：“你、你使的什么妖法？！”

花纤言下意识地挣扎，但越挣扎灵力就泄得越快！她立即慌了！

顾惜玖也蒙了片刻，花纤言想握疼她的手她是明白的，所以只是运功抵抗了一下，没想到会吸人家的灵力！

花纤言的灵力越雄厚，她挣扎得越厉害，顾惜玖吸的灵力也就越多！对方的灵力如泉水般自顾惜玖的手心涌入，然后——消失无踪！

顾惜玖也就一愣神的工夫，花纤言已经被吸得脸色发白、双腿发软……

“放手！你放手……”花纤言本来想大声叫的，但眼前阵阵发黑，她压根叫不出来，好不容易说出几个字也如同猫叫。

等顾惜玖反应过来放开花纤言的手时，花纤言已经站立不住，扑通一声跪倒在顾惜玖面前。

其他人压根不知道发生了什么，只看到花纤言亲热地和顾惜玖握完手就下跪行大礼，一时也有些愣神。

静了静后，人群里有人高呼：“好！顾姑娘文成武德，连天授弟子阴阳宗花宗主也对她佩服得五体投地！顾姑娘最强！”

这人带头一呼，自然带动了其他人的情绪，众人纷纷又喝起彩来。

花纤言俏脸铁青，顾惜玖也微抿着薄唇有口难言。

龙司夜等人走过来，看了看一跪一站的两个人。

千玥冉明显一头雾水，问：“怎么了？”

天祭月似乎看出了什么：“花宗主，出了什么事？”

“她吸我的灵力！”花纤言终于说出话来，声音虽然不大，但让一票人震惊了！

在修炼者眼里，吸别人的灵力是一种邪术，是修炼者深恶痛绝的一项邪功！

千玥冉满脸难以置信地道：“不可能吧？！顾姑娘修炼的明明是正宗的功夫……”

天祭月也满脸肃色：“花宗主，话不能乱说！顾姑娘是天聚堂弟子，也是左天师大人最信任的人，不可能修炼那种邪功的！”

龙司夜也正色道：“本座和惜玖接触这么长时间，从来没听说她会吸人灵力，花宗主搞错了吧？”

“怎么会错？我的灵力几乎被她吸走一半！怪不得她这几年功力增长得这么快，原来是靠吸收别人的灵力来据为己有！”灵力大减的花纤言又气又怒，几乎歇斯底里地道。

只可惜她的声音小得如同猫叫，要不然这几嗓子只怕全场的人都听得见！

但在场的几位天授弟子还是听到了的，数双眼睛一起看向顾惜玖。

顾惜玖自己也不知道这是怎么回事，但吸人家的灵力她还是明白的，也无法否认。她轻吸了一口气，正想说话，天空中忽然有微风一起，一个人飘然落地：“怎么了？”

顾惜玖心中一跳，帝拂衣终于赶来了！

其他人自然向帝拂衣行礼，花纤言也眼睛一亮：“拂衣，你终于来了！这位顾姑娘吸我的灵力，你可得为我做主……”

帝拂衣并没有看顾惜玖，而是直接问花纤言：“她吸你的灵力？有何为证？”

花纤言呼吸一窒：“我、我刚才和她握手，就在须臾之间灵力比现在少了一半还多！就这么须臾之间！”

帝拂衣的目光终于落在顾惜玖身上。

他的目光并无多少温度，顾惜玖感觉心中莫名一寒，本来想开口说什么，但被他的目光一扫，想说的话居然说不出来。

帝拂衣并没有说话，而是直接握住了顾惜玖的手。

顾惜玖心中一跳，明明和他已经成婚八年，和他有过无数次的亲密行为，可是此刻他握住她的手的时候，她的心脏居然不受控制地激跳起来。

“我不是……”顾惜玖正想说“我不是故意的”，帝拂衣的灵力已经探了进来，让她无法开口。

片刻后他松开她的手，目光再次落在花纤言身上：“她的身上并没有一丝你的灵力！”

花纤言怔了，所有吸人灵力的邪功都是会把吸来的灵力据为已有的，而且无论多强的功夫，吸了别人的灵力是不会立即消化的，最少要在身体内停留小半天。

而花纤言和顾惜玖握手还不足半刻钟，顾惜玖如果真的吸了花纤言的灵力，体内不可能没有对方的灵力。

在场的人都是武学行家，自然也懂这个道理。

花纤言傻了片刻，说道：“不可能！她刚刚明明吸了我的……”

帝拂衣淡淡地道：“你确定你的灵力减少不是因为刚才超度时用力过度？进行这样一场法事，无论是谁都会消耗不少灵力的。”

龙司夜他们闻言点头，他们确实也耗费了很多灵力，就算没有一半也有三分之一。

“怎么可能？我不信！”花纤言无意识地摇头。

帝拂衣目光微冷：“怎么？你连本座也不信了？”

“我、我不是……我只是……”

帝拂衣淡淡地道：“千玥冉，你过来测一下她，让花宗主释疑！”

千玥冉果然过来，伸手测了下顾惜玖的脉门，片刻后冲着花纤言摇了摇头：“她的体内确实没有你的灵力，纤言，你大概是太累了，产生了幻觉。”

花纤言张口结舌。

千玥冉和她关系很不错，他是绝对不会骗她的。

帝拂衣目光锐利地说道：“花宗主，看在这次超度大会你立了大功的分儿上，本座就不追究你诬赖她之罪了。下次再犯，绝不轻饶！”

花纤言傻了，一句话也说不出来，只能眼睁睁地看着帝拂衣直接拉着顾惜玖离开了。

当然，帝拂衣临走的时候也丢下了四瓶丹药，四位天授弟子一人一瓶，都是补充灵力的顶级八阶药，据说是圣尊对他们这次超度怨灵的赏赐。

第七十八章　他到底在隐瞒什么?

护城河边，顾惜玖坐在一颗大石上，帝拂衣则站在她身边，看着河水不知道在想什么。

顾惜玖也没想到他会把自己拉到这里来：“为什么来这里？”

帝拂衣瞧了她一眼：“你昨天不是想和我在这里聚聚？”他像是开玩笑又像是认真地说，“昨夜跳没跳河？没想到你也学会了这一套，一哭二闹三跳河……”

顾惜玖想踢他：“你是想骂我泼妇？”

帝拂衣叹气：“我是觉得，你现在接地气不少。对了，刚才是怎么回事？”

顾惜玖顿了顿，还是把实话说了出来，末了说道：“我也不知道为什么会发生这种事，原先从来没发生过。”

帝拂衣默不作声地听她说完，忽然抓住了她的一只手用力一握！

顾惜玖一疼之下下意识地运功抵挡，然后帝拂衣的灵力就直接冲进了她的掌心！和她与花纤言握手时一样，被吸进来的灵力尚没行过她的手肘关节，就直接消失无踪了！

那吸力太强劲，就算帝拂衣有心理准备，稍一察觉不妙就及时撒手，那灵力也像是河流入海似的被吸掉了不少。

同样，顾惜玖身上并没有吸到对方的半分灵力。

这其实就是一种损人不利己的功夫。

顾惜玖紧抿着唇，帝拂衣也微蹙起了眉，问她最近有什么反常的地方。

顾惜玖想了想，终于想起那个梦，于是就把那梦的内容说了，最后她猜测道："是不是那梦的原因？这是对我弑仙的惩罚？"

帝拂衣却仿佛不以为然："一个梦而已，当不得真的。如果弑仙要被惩罚，那我才是主犯，他们最应该惩罚的是我，而不是你。"

顾惜玖上下打量他几眼，忽然一把扯住他，不由分说地将他按倒在青石上！

帝拂衣微眯起眼睛看着她，倒是不挣扎，似笑非笑地问："你这是？"

顾惜玖抿紧了唇，抬手就扯开他的衣服。

河风凉，青石冷，被扯开衣服的帝拂衣终于抬手握住了她细瘦的手腕："宝贝儿，你想在这里要我？"

顾惜玖倒是不脸红，反手握住了他的手，声音恶狠狠的："是呀！"

帝拂衣干脆敞开了怀："可以，来吧！"

说完他微闭上眼睛，一副任人鱼肉的架势。

顾惜玖："……"

她自然不是真的想在这里将他"就地正法"，瞥了他一眼："想得美！"

然后她开始细致地检查他的身上。

他身上没有任何伤痕，没有外伤，排除；脉搏跳得稳健，也没有内伤，排除；肌肤泛着健康的光泽，中毒的可能也可以排除！

顾惜玖仔细地为他检查了一圈，发现他的身体没有任何不妥，终于放下心来，抬手将他的衣襟扣起，认真地看着他："你最近到底有什么事瞒着我？拂衣，我们已经是八年的夫妻，我希望除了确实是天机的事外，我们能做到坦诚相待。我不想被蒙在鼓里……"

帝拂衣目光微微闪动："你为什么要这样说？"

顾惜玖很干脆地道："最近你对我很冷淡！还有，对我们的婚事你也是模棱两可地在应付。你知不知道我们的婚事在飞星国的姻缘册上没有显示？我还是未婚……"

帝拂衣叹气："惜玖，你想多了！那假货留下的烂摊子不是一时半刻能收拾好的，我最近也是忙得脚不沾地。我们毕竟已经成婚，现在就缺个仪式而已，你又何必着急？仪式我不想糊弄过去，要办就要风风光光地大办一次，但现在确实没时间……"

顾惜玖："可是……可是……"

帝拂衣拍了拍她的肩膀："好了，别胡思乱想了，你也累了，先回去休息休息。婚事等我们都有空的时候再说。"他刚说到这里，腰间的玉牌就亮了起来。他看了一眼，问顾惜玖："我还有事，我送你回去？"

顾惜玖扯住他的袖子："有什么事？需要我帮忙吗？"

“不必，你今天已经够累，首要的任务就是休息！好了，走，我送你回去。”

他拉了她的手就走。

顾惜玖足下不动地方：“你有事先去忙吧，我想再在这里吹吹风。”

帝拂衣倒是不勉强她：“那好吧，别吹太久，早些回去歇着。”

一转身，他直接没影子了。

河岸上又恢复了曾经的冷清，顾惜玖站在河岸上，只觉得心里莫名有点儿空。

出于女人的直觉，她总感觉帝拂衣对她冷淡了些，是她太敏感了，还是确实如此？

难道这就是传说中的七年之痒？

她站在那里吹了一会儿风，忽然又一笑释然。自己最近这么患得患失的，可不像是自己了！

现在要做的事还有很多，她又何必纠结这些儿女私情？

她在河岸上伸了个懒腰，好了，回家睡觉！

顾惜玖转身，忽然又顿住，龙司夜就站在不远处，正瞧着她。

二人视线一对，顾惜玖笑了，直接走过去道：“龙教官，你什么时候来的？这么神出鬼没的，吓我一跳！”

龙司夜上前一步：“惜玖，你可感觉有什么不妥？”

顾惜玖摇头：“没什么不妥之处啊。”

话音未落，龙司夜就直接握住了她的手，微一用力，灵力霎时外泄！

顾惜玖吓了一跳。她现在好歹有经验了，立即将他甩掉：“你干吗？”

“花纤言所说的是真的，对不对？”龙司夜劈头就问。

顾惜玖后退一步，挑眉问道：“你是来替她兴师问罪的？”

龙司夜摇头：“惜玖，我并不关心她，只在乎你！到底是怎么回事？你真的修炼什么邪功了？但你这邪功也太损人不利己了吧？对你没什么好处，还容易招来祸端，让人把你当成邪魔外道来打。”

顾惜玖揉了揉眉，便把事情简略地说了一遍。

龙司夜对她的梦很感兴趣，问了很多她梦中的细节问题。

问完后他沉吟片刻，下了结论：“惜玖，你的这个吸人灵力的功法并不是福，而是一种惩罚！弑仙的惩罚！”

顾惜玖看着他，等他说下去。

龙司夜继续说：“我很久以前就听说过这种故事，说上界的一只兔子成精思凡，直接跑到我们下界为祸一方，被一位修士给杀死，结果这修士就做了个梦。他的梦和你的大同小异，也是被金雷劈，他醒了之后就发现自己可以吸人功力……你知道他最后是什么结果吗？”

"什么结果？"

"他开始是和人交手时才会吸人灵力，但后来发展到只要和人有肌肤上的接触就会吸人灵力！他不能拥抱妻子，不能拥抱孩子，被所有正道中人当成邪魔来追杀！最后他的妻儿也和他划清界限，他不堪忍受这种压力，最终自尽了……"

顾惜玖："……"

她看了看自己的双手，自己以后会变成那样的怪物？

一旦和人有肌肤接触就吸人灵力，那她和帝拂衣以后怎么相处？

心像是被什么慢慢拧紧，她潜意识中不愿意相信这个事实："这只是你听说的故事……你也知道的，传说毕竟是传说，传说还是有很大的水分的，黑的能被传成白的，没的能传出有的。或许他是修炼了什么邪功，无法向大家交代，所以编出这样的故事……"

龙司夜看了她片刻，半晌叹息道："惜玖，你平时不是这么喜欢逃避现实的人，无论碰到什么困难都喜欢直接面对。"

顾惜玖："……"

龙司夜又拍了拍她的肩："放心，就算你也受到这样的天罚，也不是没有解决之道的。当年我听说这种事后，心中十分不服，不忿我们只能这么眼睁睁地受上界的惩罚，所以后来我又收治了一名类似的病患，发现他在梦中被雷劈后，身体发生了一些变化，其实就像受过一种特殊的核辐射一样，身体基因发生了异变……"

龙司夜说了一些关于这方面的问题的专业术语，这些术语对其他人来说如同天书，但对同样懂行的顾惜玖来说，就比较好懂了。

龙司夜研究治疗那名病患数年，终于发现，这种惩罚其实不会祸及魂魄，只让当事人的身体组织发生异变。基因发生异变是无法用医疗手段治愈的，只有一种解决之道——换体！

龙司夜那时正好研究克隆术，也想寻求试验品，所以就为那人克隆了一具身体。那人在克隆体中复活后，那种变态的惩罚就消失了。

只不过因为当时的克隆体是龙司夜的试验品，有些缺憾，不但功力不如原先那具，而且无法再修炼灵力，所以那人用克隆体又活了四十年，最终寿终正寝了。

龙司夜把这经过简单一说，顾惜玖心中一动！

她现在这具身体就是克隆体，如果这具克隆体受到天罚得到诅咒，那她可以换回原身体啊！她那原身体还在鲛人族放着呢！

知道解决方法后，顾惜玖原本有些沉重的心轻松了不少。

龙司夜的意思是他可以为她再制作一具克隆体，顾惜玖摇头，谢绝了他的好意，说自己有办法。

龙司夜轻叹了一口气，倒也没勉强她，直接将她送回了将军府。临告别的时候，

龙司夜很认真地说了一句：“惜玖，无论你遇到什么困难，你都要记住，我会一直在你身边！”

顾惜玖心中一暖，重重地点头：“好，我记得！”

龙司夜这才告辞离去。

顾惜玖望着他的背影，眼中闪过一抹深思之色。

龙梵还被封印在龙司夜身上，直到现在也没有醒转的意思。

她记得听帝拂衣说过，龙梵的魂体比龙司夜要强大得多，如果没有外力的干涉，龙梵会彻底将龙司夜“吃掉、融掉”，会拥有龙司夜的记忆，但主要的性格是龙梵的。

而龙梵虽然被封印了，但因为他太过强大，还需要帝拂衣每隔一个月就将那封印重新加强一次。现在差不多过去一个月了，不知道帝拂衣有没有替龙司夜重新加强？

她回到闺房内，本来想直接联系帝拂衣询问龙司夜的封印的事，找传音符的时候才想起那符已经被烧掉了，还需要重新造一个。

帝拂衣一时是联系不上了，她略思索了一下，干脆直接联系了黎孟夏，请她帮忙调查一个曾经被龙司夜救过的人。

黎孟夏毕竟是暗影堂的堂主，暗影堂的暗影们是专门调查信息的特工，顾惜玖不过睡了一觉，第二天就得到了那个人的全部资料。

资料极为详尽，连那个人身上长着几颗痦子也调查清楚了。

四十年前确实有这么一个人，曾经得过一种怪病，肌肤碰到谁谁死，他碰触到的人灵力会在瞬间被吸干，然后死掉。后来那人求医求到龙司夜那里，龙司夜历时三年，为他医治好了这种怪病，不过他病好之后功力大幅下降，碌碌一生。

这和龙司夜对顾惜玖讲的那个人不谋而合，证明龙司夜确实没有撒谎。

知道了这事，顾惜玖心里就有底了。

她静下心来开始重新制造传音符，两天后，终于又研制出来新的了。

她制造成功后第一件事就是联系帝拂衣，这家伙这两天简直就像失踪了一样，音信全无，压根没在她面前露过面，让她怪不爽的。

所以传音符接通以后她劈头就问：“左天师大人，现在在哪里忙呢？不知道可否拨冗和我聊几句？”

那边的帝拂衣沉默片刻道：“抬头看。”

嗯？

顾惜玖果断抬头，顺着打开的窗子望过去，正见帝拂衣站在她的院子里的一棵大树树巅上，笑吟吟地望着她，向她张开了怀抱。

顾惜玖心中一动，身形一起，人已经穿窗而出，落在帝拂衣面前，不过并没有扑入他的怀中。

她将双手在胸前一抱，视线徐徐扫了他一圈："左天师大人这是要讨抱抱？"

帝拂衣向前走了一步："来，让我好好看看你。"

顾惜玖侧头看着他，一脸的满不在乎："有什么好看的？我还不是老样子？你都看了八年了，都快审美疲劳了……"

帝拂衣一抬衣袖，直接握住了她的手臂，微一用力，将她拥入怀中，唇在她的额头上落下一吻："这么多怪话？想我想得生怨了？"

顾惜玖身子微微一僵，俏脸虽然还是绷着的，心却像是海浪般起伏！

她死鸭子嘴硬地道："左天师大人多想了！我才不会想你！我忙得很，你若不来，我都快忘记你长什么样子了！"

已经多日没有扑过这个怀抱，现在重新在他怀里，顾惜玖不是不想念的。但心里总有个小疙瘩，让她不想回抱他，所以她的两只手臂始终很有骨气地待在她的身体两侧，没有抱他的腰。

她在其他人面前是强势而很自我的女子，甚至已经有百姓将她当成神来崇拜，但是在他面前，她不自觉地就像个孩子，会耍小脾气、会扑怀、会哭……

帝拂衣用指尖在她的鼻尖上点了一下："笨，你把传音符给烧没了，这两天我想联系你也联系不到，这不是刚忙完个段落，我就来看你了？"

他这样一解释，顾惜玖心里好受一些了，嘁了一声："还不是怨你……"

"嗯，怨我。"帝拂衣倒是肯承认错误，下巴在她的头顶摩挲，"不生气了，嗯？"

顾惜玖倒没真生他的气，毕竟他的身份摆在那里，这一阵忙碌是正常的。

顾惜玖终于给他面子似的用一条手臂回抱了一下他："你倒是难得亲自登门，这次是想看一看我就走？"

帝拂衣笑了，一条手臂圈住她的腰："走，带你出去玩儿！"

这两年那个假左天师将这大陆糟蹋得不轻，弄得民不聊生。

帝拂衣重新回归后，百废待兴，民众需要安抚，官员需要调度，战争留下的后患需要抚平……有的事需要他亲自去做，有的事也需要他来过问。

他不愧是这个大陆的主宰，拨乱反正是一把好手，不过十几天的工夫，这大陆已经恢复不少生机，许多曾经流离失所的百姓重新回归家园，耕地打鱼，纺织狩猎，生活慢慢回归正常。

顾惜玖走在大街上的时候，已经能感受到这种变化，大部分百姓虽然还是面如菜色，精神上却振奋很多，走路虎虎生风，做事风风火火。

顾惜玖这几天可算是出足了风头，大街上的百姓几乎人人都认识她。

她刚出门不久，就被认出来了，就像明星被粉丝包围一样寸步难行，有热情洋溢地向她打招呼的，有向她问好的……

而帝拂衣穿着一身家常青袍待在她的身边，收敛了身上的锋芒，也将容貌半掩起来，所以百姓压根没认出他，还以为他是顾惜玖的朋友，直接将他忽略。

顾惜玖并不擅长应付这种场面，应付几句后，就直接扯着帝拂衣消失了。

一炷香的工夫后，在一个颇为僻静的胡同里，顾惜玖责问身边的帝拂衣："你早知道会引来围观是吧，怎么不提醒我啊？"

帝拂衣手臂一抱，笑吟吟地道："这种被人崇拜的感觉如何？"

顾惜玖："……"

刚开始自然有一种很大的成就感，但如果一直这样，她倒感觉有些束手束脚的，不能随意做自己想做的事情。

顾惜玖隐隐明白了帝拂衣会弄出这么多身份逍遥走江湖的主因。

她叹了口气："我也想换个身份痛快地玩了！"

帝拂衣拉着她就走："那还等什么？走！我们去换身份游玩！"

一家成衣店的仓库内，各种衣衫琳琅满目，帝拂衣和顾惜玖就站在仓库内，帝拂衣一摆衣袖道："这里的衣衫是最全的，三教九流都有。你想换什么身份？我也换一身给你做陪衬。"

顾惜玖没想到他会相中普通成衣店的衣服，更没想到他会带她来偷！

二人像做贼似的从后门溜进来的！

顾惜玖觉得有些好笑，不过也有些新奇，想了一想，挑选了一身衣服。那是普通商户女子的衣衫，她又易了下容，看上去依旧是位美女，但已经不是那种让人一眼看到就移不开目光的那种美人。

帝拂衣立即也换了一身衣服，商贾公子打扮，手里握扇，腰上悬玉，气质上一举一动都带着有些俗气的风流倜傥。

顾惜玖看着他这副模样，忍不住冲他竖大拇指："高！"

这家伙装龙像龙，装虎像虎，若不是她现在知道是他，只怕走到大街上碰到他，被他撞个跟头也无法认出他！

帝拂衣直接牵着她的手："走吧，我们去逛！"

顾惜玖还是很有底线的，临走的时候，扔了几锭雪花大银在货架上，来弥补这店家的损失。

二人在街上闲逛着。

顾惜玖其实也很久没这么在街上逛过了，此刻逛着有一种舒心安逸之感。

尤其是他陪在她身边，那舒心的感觉就扩大了一倍。

帝拂衣今天很有耐心，陪着她走过一条条街道，逛过很多家商铺，碰到合适的、喜欢的物件，就给她买两件。他居然也会讨价还价，人家卖一百两的东西，他能忽悠着十两银子就买了来，十足的精明商人模样，让那小贩几乎要赔一脸血。

看着那小贩无比肉疼的模样，顾惜玖叹为观止："这你都会？！你这人生阅历还真不是一般丰富！"

帝拂衣将买来的那个金丝银线荷包在手里掂了掂："这东西成本也就是八两三钱银子，本座给他十两已经让他赚了。"

顾惜玖："……"

这他都知道？！

"你以前做过小商贩？你怎么知道人家的成本价的？！"

帝拂衣揽着她继续走："宝贝儿，本座在遇见你之前的生活其实挺无聊的，为了给自己找点儿乐子，除了青楼里的龟奴之外，其他行当本座全都干过！"

顾惜玖："……"

这人这是多闲啊？怪不得她穿越过来后，他像狗皮膏药似的紧追着她不放，敢情是找到新乐子了！

帝拂衣今天一直牵着她的手逛，顾惜玖开始还唯恐吸了他的灵力，一直暗中戒备。但他握着她的手这么久，也没什么异常，她终于松了一口气。

他的手掌很温暖，牵着她的手时那暖意时刻都能从他的掌心透过来，仿佛顺着血脉直达她的心底。

我所想过的最浪漫的事，就是牵着你的手陪你慢慢变老。

虽然她和他都不会变老，但这样相携、相偎依的感觉也是她无限贪恋的。

她要求不高，只求在闲暇时能和他这么相携相伴即可。

屈指算来，她和他其实已经有将近一个月没有这么相聚过了，顾惜玖很满足。

她半倚在他怀中，手里吃着一串这里特产的糖葫芦。这种糖葫芦和现今社会的不同，冰凉微酸，有些苹果的味道，是顾惜玖喜欢的一种食物。

帝拂衣其实并不喜这种食物，但当顾惜玖恶作剧似的塞进他嘴里一颗糖葫芦的时候，他虽然无奈，但也很老实地吃掉了。吃完了他还点评："这东西凉了点儿，甜了些。"

他点评的时间，顾惜玖又塞了一颗糖葫芦进他嘴里："乖，吃多了你就感觉不到它的甜了。"

知道他不喜吃甜的东西，顾惜玖故意在那小贩的糖盘里又蘸了一圈糖回来，所以塞进帝拂衣嘴里的这颗糖葫芦是裹糖最多的。

若在以往，帝拂衣早把这东西当暗器吐出去了，但今天他大概也感觉这些日子冷落了她，无论她怎么淘气他都甘之如饴，于是把那颗甜到发腻的糖葫芦吃掉了。

顾惜玖看他眼也不眨地吃下去，倒有些纳闷："咦，你的口味变了？喜欢吃甜的东西了？"

自己舔了一口剩下的糖葫芦，还是甜到发齁嘛，她这爱吃甜食的人都有些受不了。

帝拂衣微笑着道："这样的甜可不是时时能吃到的，娘子，你就算喂我一颗毒药我也能笑着吞下去。"

顾惜玖侧头看着他："你今天怎么这么好脾气啊？"

"哄你。"帝拂衣轻笑，"再不哄哄你，你只怕就要追杀我了。"

他倒是明白得很，知趣得很。

顾惜玖满意地道："我不会追杀你，只会休掉你！"

帝拂衣哈哈大笑："是吗？你想怎么休掉我？给我一纸休书？"

顾惜玖得意扬扬地道："我会贴你一身休书！"

两个人说说笑笑，一路逛一路吃，这么吃的后果是，顾惜玖有些吃撑了。

她抱着他的手臂，几乎贴在他身上："我不想走了。"

她觉得有些懒洋洋的，想睡觉。

帝拂衣抬头看了看天，夜幕已垂下，月亮已经升上天空，挂在那里又圆又大。月明则星暗，白云如轻纱，在圆月身上环绕。

顾惜玖也跟着抬头看了看天，然后感觉很满足。

月到十五便团圆，她和他也团圆了。

她喜欢这个夜晚！

帝拂衣揽着她的腰，对她道："我带你去一个地方。"

"哪里？"

帝拂衣的手指轻抚上她的唇："闭上眼睛。"

顾惜玖不知道他要卖什么关子，于是闭上了眼睛。

帝拂衣揽住了她的腰。

一阵风声呼呼掠过，约莫过了一盏茶的工夫，帝拂衣终于开口："来，睁开眼睛。"

顾惜玖睁开眼睛一看，微微愣住。

眼前是一片蔚蓝的海洋，一望无际的海水，海浪翻卷，海风略带咸湿之意，吹在身上有些凉。

月光洒在海面上，随着海浪起起伏伏，如流光碎金。

顾惜玖心中微动，这个景致有些眼熟，若干年前的某个月圆之夜，他曾经带她来过类似的地方。

果然，帝拂衣问她："想不想去那个水晶宫瞧瞧？"

想到那美轮美奂的水晶宫，顾惜玖心中生出暖意，点头道：“想！”

帝拂衣牵着她的手靠近海面：“今日你来开启这海底通道，让我也尝尝被心爱之人保护的滋味。”

顾惜玖横了他一眼：“你今天又想扮演柔弱帝？”

帝拂衣顺势将头靠在她的肩上：“嗯，我现在很柔弱，需要你保护。娘子，这开疆扩土的重任就交给你了。”

顾惜玖无语，如果让这星月大陆的百姓看到他们的左天师大人如此卖萌，不知道会惊掉多少眼珠子。

顾惜玖现在功力已经足够，帝拂衣就站在这里说了怎么开启这通道，他说得很详尽，顾惜玖本就聪明，练习一遍就学会了。

半个时辰后，顾惜玖载着帝拂衣坐着气泡似的灵力凝成的结界，飘飘荡荡地直下海底，远远看到了那座水晶宫。

在看到那水晶宫的刹那，顾惜玖松了一口长气。这一趟她下来得真不容易！

沿途好几次她因为操作不熟练险些出状况，偏偏帝拂衣这人说不帮忙就不帮忙，在路上无论看到她多么手忙脚乱他都像大爷似的抄着手坐着，一心求保护，让顾惜玖很想将他踹出去！

好在她反应快、智商高、操作好，遇到几次险情，都成功解决了。

这种搏命似的实践是最能锻炼人的，等看到那水晶宫的时候，顾惜玖对这套术法已经使得很顺了。

顾惜玖对这里也算是故地重游了，看到了门口的大石。她当年在大石上雕刻的字居然还在，一点儿也没被腐蚀掉，如同新刻上的。

“顾惜玖”“帝拂衣”这两个名字中间穿着一颗心，像是爱神之箭。

顾惜玖兴致勃勃，摸了摸那两个名字，问帝拂衣：“你说这两个名字在这里会不会存在千年万年啊？或者千秋万代，一直存在？”

帝拂衣也围着那石头转了一圈：“或许吧，这里有特殊的术法保护，所有的东西会一直存在的。”

二人携手逛进去，顾惜玖发现里面还增添了不少新物件：造型古朴别致的石头、画着花鸟的描金屏风、玲珑玉榻……甚至有一间布置得极为华丽的新房！

顾惜玖看到那新房就愣住了，那新房简直像按照她梦中所想布置的，富丽堂皇中透着古雅情趣。

震撼！顾惜玖看到这新房唯一的感觉就是心跳加快和震撼！

她在原地站了片刻，侧头问帝拂衣：“你这些日子消失不见就是在预备这个？”

他想给她一个莫大的惊喜？

帝拂衣揽住她的腰：“喜欢吗？”

顾惜玖点头："喜欢！"

帝拂衣笑了笑，拉着她入内："这里是我们真正的私人领地，只有你我。"

这里确实只有她和他，任何人都休想闯进来。在这里，他们可休憩、可脆弱、可放松、可恩爱……

这应该是他给她的惊喜吧？

看来他身上的浪漫细胞并没有随着结婚时间的流逝而消失，他还蛮有情调的！

不过——

她侧头问帝拂衣："你是为将来我们正式成婚预备的这个地方？你打算什么时候去将军府求亲呀？"

帝拂衣顿了顿，抬手敲了一下她的额头："矜持些！这种事都是男方催着女方定，哪有女方这么催着男方的？"

顾惜玖嘁了一声，如果他能主动些，她何至于这么猴急地催他？

不过，他既然妥帖地在这里预备了这么一间豪华的婚房，那何时求婚、何时办婚礼他心里肯定有谱了，自己犯不着这么牛皮糖一样黏着他催，搞得她像是嫁不出去似的！

二人毕竟已经有将近一个月没在一起，此刻新房有了，大床有了，那大床还是淡粉色的水晶床，幽幽地闪着光亮，似乎在召唤着主人在这里歇息。

逛了这么一整天，刚才又用术法开启海底通道，顾惜玖其实很疲惫，很想躺上床去歇息一下。

不过她看了看身边的人那似笑非笑的眸子、微勾起来的嘴角、紧箍着她的腰的微烫手臂，无不在诉说着一件事——他想要她！

其实她也想要他，不过想起他这些日子对自己的冷淡，顾惜玖觉得不能让他这么容易得逞，要不然他还以为她是召之即来挥之即去呢！

"对了，那个广场你重新布置了没？我去瞧瞧。"顾惜玖果断地拨开他的手臂，瞬移跑了。

帝拂衣："……"

顾惜玖是直接瞬移到那个广场上的，一来到这里就被震撼到了。

璀璨星空！满天的星光。

整个广场上空就像是个高倍望远镜，她几乎能看到每颗星的运行轨迹，甚至再看那些星星时也不再是寒冷的亮色，而是真正的星球的颜色，有蓝色、白色、黄色、青色……

顾惜玖站在广场上，感觉像是站在星空之中，无数星星在她身周运行，各有各的轨迹。

她的目光被天幕中央的两颗大星吸引了去。

那两颗大星不同于其他星的单一颜色，居然是七彩的，并列地悬在那里，七彩光芒自它们周围闪出，几乎照亮了整个天空。

两颗大星周围各自环绕着一些小星星，仿佛是相对的两个太阳系。

好漂亮！

顾惜玖仰头看着那两颗星，舍不得移开目光。

身边微风一拂，帝拂衣落在她的身边，也抬头看了看那两颗大星，再看看她那比星光更璀璨的眸子，不动声色地问："在看什么？"

顾惜玖干脆拉着他在身边坐下，指着天幕中央那两颗大星："那两颗星好漂亮！"

帝拂衣笑道："是啊，很漂亮。嗯，看到这两颗星你有什么想法？"

想法？

顾惜玖干脆躺在躺椅上，一晃一晃地摇着："能有什么想法啊？它们并列在一起，照耀了整个天空，感觉很和谐嘛。"

帝拂衣陪她躺下："我记得有一句话——天无二日，民无二主。天空中有两颗亮星……它们会不会打起来？"

顾惜玖嘁了一声："这你就不懂了吧？什么天无二日？这其实是骗人的！实话对你说，其实天上很多很多的星星比太阳亮、比太阳热，甚至有很多比太阳大的星星。这么算起来，其实天上不止一个'太阳'，有很多很多'太阳'。只不过这些恒星里面太阳离我们最近而已。天空之大，无边无际，不要说这么两颗亮星，就算再来上几百颗那也无所谓的，它们各有各的轨道，不会撞上的……"顾惜玖随口给他普及着星空知识，像想起了什么，"对了，我记得我听你说过，这天上的星对应了地上的人，当中的大星星应该代表你吧？呀，我记得八年前这七彩大星只有一颗的，什么时候又冒出一颗来？"她仔细看了看那两颗大星，忽然福至心灵，"对了，另外一颗大星不会就是代表我吧？！现在它们并列着悬在那里，倒是很有夫妻相的。"

帝拂衣："……"他目光微微闪动，一只手搭上了她的肩膀，"聪明！另外一颗或许就是你……"

顾惜玖眉眼弯弯地道："必须是我啊！也只有我才配留在你身边和你共存，看这星象图，我们可以共同俯瞰这天下，我可以真正帮你了，而不是一直做你羽翼下的小鸟……"

帝拂衣敲了她一下："你倒是敢说！一点儿也不懂客气为何物。"

"实话实说而已。"顾惜玖微勾起嘴角，笑得得意。

她其实一直渴望和他并肩看天下，而不是被他保护，那样她会没自信，而他也会累的。

现在她的灵力已经达到十阶，能帮他做很多很多事情，他守护这个天下很累也很寂寞。她在他身边，总能替他分担一些事情……

她挨近了他，两个人窝在一张躺椅上，双手不知道何时握在一起，十指相扣。

顾惜玖不知不觉睡着了，窝在他的怀中，还说梦话：“我能替你分担事情了啊，你再不是一个人……开不开心？”

帝拂衣并没有睡着，一直抱着她，看着她的睡颜，目光不曾离开须臾。

听到她这句梦话，他微微闭上眼睛，手臂拥紧了她，回答她的梦话：“开心……惜玖，我很开心……”他在她的额头上落下一吻，“真的开心……所以，我也希望你以后能开心……”

他说到后来，声音微哑。

他的目光又落在天际那两颗璀璨的大星上，一颗是刚刚升起的，光芒会越来越璀璨；一颗已经燃烧万年……

他抬手看着自己的指尖，久久出神。

“拂衣……”顾惜玖在睡梦中下意识地寻找他的手，帝拂衣握住了她的手。

她像是抓住了倚靠，紧紧握着他的手。

而帝拂衣的身子却僵了一下，他能察觉到自己的灵力在迅速流泻。

幸好他早有准备，立即抽出了自己的手，指尖连掐法诀，作用在她的身上。当七彩光围绕着她转过几圈后，她终于又睡得安宁了。

帝拂衣再一次轻轻握住了她的小手，和她十指交握，闭上了眼睛。

他明白，她这具身子也算是走到尽头了，是时候让她回归本体了，只是他舍不得……

顾惜玖醒来的时候，发现自己是在那新房之中的大床上。而帝拂衣就躺在她身边，微合着眼睛，睡得正香。

她干脆翻身趴在那里，看着他的睡颜，心里是满满的暖意。

这八年来她和他在禁地不知道有多少这样相拥着醒来的早晨，习惯了也不觉得有什么，但这次分开将近一个月，再经历这样的场景，她觉得很温暖，甚至感觉来之不易。

原先他起来得一向比她早，她醒来这么安静地看他的睡颜的时候并不算多。

她和他的手还互握在一起，十指扣得紧紧的，让她觉得安心。

看来龙司夜说得也不准，她和帝拂衣待在一起已经一天一夜了，还一次也没吸过帝拂衣的灵力。这应该不是天罚的关系，或许是她练功练得有点儿走火入魔，才会无意中练出这损人不利己的“吸星大法”……

这样看了他一会儿，看他还没有醒来的意思，她就想坐起来打个坐试试，内视一下自己，看看是不是哪里的经脉搭错了。

她刚刚坐起，腰上就缠上一条手臂："怎么不多睡会儿？"

顾惜玖回头，视线正对上帝拂衣的眼睛。他眸色清明，哪里有半分睡意？

"看来你早醒了啊，那怎么不睁眼？"顾惜玖戳了戳他的胸膛。

帝拂衣一手握住她作怪的手，笑吟吟地道："你正欣赏为夫的美色，我自然让你欣赏个够，不好打扰了你的雅兴。"

他半躺在那里，身上也是一套宽松的内袍，衣襟此刻是半敞着的，露出了一片胸膛，其他地方则是半隐半现的。

他这个姿势很随意也很让人浮想联翩，顾惜玖笑得很流氓，抬手一把扯开他的袍子，让他的春光泄得更多些："想让我欣赏你的美色就有诚意些，这样犹抱琵琶半遮面的，一点儿也不爽快……"

其实顾惜玖也就是过过嘴瘾，所以也只是把他的衣袍扯开一边，连最起码的春景也没显露出来。

帝拂衣却是个干脆的人，眼睛微微一眯，忽然抬手在身上一指，于是整件衣袍都褪了下来，春光乍现，高清无码。

顾惜玖的心脏猛地扑腾一跳，虽然对他的身体已经无比熟悉，但毕竟小别了这么久，现在再看到她倒真有些心猿意马——

帝拂衣躺在那里，大大方方地让她欣赏。顾惜玖琢磨了一下，觉得就这样"开红"似乎太便宜他，所以轻咳了一声，揉了揉鼻子："也就这样嘛……好了，朕恩准你穿上衣服说话。"

她翻身就想下床，被帝拂衣一把摁住："宝贝儿，来而不往非礼也，你欣赏了我的，总得让我也欣赏一下你的……"

帝拂衣脱她的衣服简直飞快，说完这句话，顾惜玖也玉体横陈了。

顾惜玖脸一红，他的目光如火般落在她的身上，让她莫名地紧张起来，偏偏他还没其他动作，只这么看着她。

结婚八年，她虽然已经和他亲热了无数次，但这样裸裎相见，互相欣赏身体还是第一次。

他的目光火热得如有形有质，在他这样的目光注视下，顾惜玖有些躺不住，翻身想要坐起来，偏偏还被他按着起不了身。

二人大眼对小眼片刻，帝拂衣一直没有什么动作。

顾惜玖紧张之下，一句话没经大脑就脱口而出："你是不是身体出了什么毛病不行了？"

帝拂衣笑了，笑容绝对危险，话语像是从齿缝里挤出来的，翻身将她压住："宝贝儿，我会让你亲自验看我行不行！"

顾惜玖为她这句话付出了惨重代价，帝拂衣让她体会了一把何为一夜风流！

她一整天都是和他在床上度过的，就没下来过！

小别胜新婚，帝拂衣今夜特别放得开，也格外凶猛，花样层出不穷。

原先顾惜玖和他亲密的时候，因为是双修的关系，虽然累但身体并不疲软，绝大多数时候早晨起床精神奕奕的。

但这次她很累，当帝拂衣终于放过她的时候，她累得连一根小指都懒得动，直接就想睡过去。

“宝贝儿，我行不行？”

她迷迷糊糊中听到帝拂衣的询问。

“嗯，行，太行了……”

“起来再战……”

“不要！”

“乖，再起来……”

“不要……”

“我不想让你忘了我……来，我再给你加强加强印象……”

“滚！”

帝拂衣又和她说了很多话，她一句也没听到，还嫌他聒噪，皱着小眉头将他推开，咕哝了一句：“别吵、别吵……”

她睡着了，睡得很香，雷打也不会醒。

什么特工的警惕性，什么有点儿风吹草动就能直接跳起来，此刻都是浮云。

帝拂衣为她清理身子时，将她抱来抱去的，她都没醒，甚至连梦话也没说。

帝拂衣为她清理完了以后，也在她身侧躺了下来，抬起手臂将她抱在怀中，她乖乖地在他的臂弯中躺着，像只温驯的猫咪。

帝拂衣一直没睡，就这么揽着她，仿佛想要揽到地老天荒去。

时间不会停驻，岁月依旧流转，也不知道过了多久，帝拂衣再次感觉到灵力的流泻。

他知道，到时候了，无法再拖延下去了。

他放开她起身，穿好衣袍，俯身看了她片刻，眸底现出痛楚之色，微微闭上眼睛，再睁开时已经恢复淡定，眸底一片清明。

他手中现出一具琴，琴尾焦黑，模样并不起眼，却隐隐泛着一抹七彩光芒，给这琴添了几分神秘感。

他轻舒手指拨下第一个音符，琴音开始跳跃，如一片缥缈的云，无定所，无方向，曲不成曲，调不成调。

琴音逐渐连成一片，跳跃的音符居然在空中形成薄纱似的彩带，那彩带向顾惜玖身上缠去，逐渐将她笼罩。

片刻后，一道泛着七彩的影子从顾惜玖的头顶飘飘荡荡地飞了出来。

那影子眉目淡然，依旧睡着，身上隐隐有七彩光芒闪烁，这是她修炼出来的魂魄，已经有了实质，在他的掌心上方悬着，睡得像个孩子。

随着她的魂魄被提出，躺在床上的那具身体像是被抽干了所有生机，迅速灰败下去。

帝拂衣只是瞧了一眼，然后挥了一下衣袖，那身体就开始虚化，最终消于无形。

"宝贝儿，你该回家了。"帝拂衣在那魂魄的眉心处虚虚吻了一下，然后将它笼在袖中，身形一闪直接消失无踪。

顾惜玖觉得自己像是做了一个很长很长的梦，而这梦始终是伴随着琴声的，仿佛有人为这段梦伴奏。

梦中有金戈铁马，有温柔缱绻，有贪恋，也有厌恶，有欢喜也有悲伤。

这个梦仿佛是她一生的珍藏，是她的宝贝，随着琴声飘荡，琴音数转，逐渐无声。

而她的梦似乎也开始随着琴声变得缥缈，她心中一惊，下意识地追逐，甚至用上了术法……

她好不容易将梦境留住的时候，脑中骤然一疼，一段感觉不属于她的记忆强行挤入她的梦中。

也不知道过了多久，她终于自梦中醒来，缓缓睁开眼睛的刹那，整个人都蒙了蒙！

她躺在一口精致的水晶棺中，棺中有一些她从未见过的宝贝将她整个人环绕起来，如同一圈花环。

这架势怎么看怎么瘆得慌，很有某高人死后，人们向遗体告别的场景。

更让她无语的是，她的棺材上方，有两张脸正俯望着她。

那两张脸属于一男一女，都极俊美，而且对顾惜玖来说，也是熟面孔——鲛皇蓝摇光和他的妹妹蓝静怡！

顾惜玖的视线和他们交会，顾惜玖不动声色，蓝摇光和蓝静怡都是面露喜色，似是开心又似是不信，一起开口："姐！"

顾惜玖："……"

"姐！你终于醒了！"蓝摇光眼圈泛红，"我们等了你五千年！"

"姐姐……"蓝静怡耸了耸小鼻子，满脸的不信表情，"你真是我静珂姐姐？！"

"她当然是！"蓝摇光声音坚决地道，"凰兄终于找全了她的魂魄，这身体也能

承载她的魂魄归来，现在她醒了，自然就是静珂姐了。”

蓝摇光向着躺在那里明显有些蒙的顾惜玖伸出手，热烈地望着她：“姐，你还认得我吧？我是摇光！你最疼爱的小弟！”他又一指蓝静怡，“她是静怡小妹，你走时她还小，还是小娃娃，但你那时也很疼她的……”

顾惜玖：“……”

这是什么状况？谁能告诉她到底发生了什么？！

她没理比较聒噪的蓝摇光，静了静神，忽似想到什么，抬起了手，五指细瘦，纤纤如玉。

她的目光骤然落在手腕上，那上面有一枚隐隐泛着彩光的镯子——姻缘镯！

是那枚一直套在她的原身上，她无论怎么取也取不下来的姻缘镯！

镯身微凉，贴着她的肌肤，像是提醒着它的存在。

“拿镜子来。”她终于开口，声音微带冷意，如寒风中摇响的玉铃，尚带着一丝丝稚嫩感。

蓝摇光愣了愣，忙掏出一面镜子递给她，解释道：“姐，你的原身早已朽坏啦，你现在这身体是凰兄为你找来的，各方面的条件都极适合你，虽然相貌不似你的旧貌，但这身体也很好，现在已经是灵力十阶了……”

顾惜玖没理他，目光落在镜子上，镜中出现的是位双十年华的妙龄少女，眉目如画，嘴角淡挑，一双眼睛如水中的黑宝石，盈盈泛着波光；额头上的胎记已经没有了，却在眉间多了一枚鲜红如珊瑚豆子的朱砂痣，更衬得她肌肤如玉。

这个容貌顾惜玖很熟悉也感觉很亲切！

这是她一直念念不忘的原身！也是将军府那位六小姐的原身。

她居然回来了！

她是怎么回来的?

顾惜玖下意识地感应了一下身上，灵力在体内活泼地流转。

这具原身在她被迫丢弃前不足十七岁，现在看上去倒是长大了一点儿，像是双十年华。

那时这具身体的灵力是刚刚过九阶，现在却是十阶了！没想到这具身体一直在棺材里躺着居然也能自动升级，和她的魂体的灵力是一个级别。

“姐姐？姐姐？”蓝摇光在她面前晃了晃手指，颇为担忧地看着她。

他亲眼看着帝拂衣将他姐姐的魂魄碎片融入棺中，现在能感应到顾惜玖身上有一丝他姐姐蓝静珂的气息。更重要的是，帝拂衣告诉他，这具身体再醒来时就是他的姐姐蓝静珂了。

帝拂衣不会骗他，所以他坚信这点。

顾惜玖醒来时的模样蓝摇光自然看得清楚，但一个人已经“昏睡”五千多年了，乍一醒来有些蒙是很正常的。

帝拂衣说过，她醒来后说不定脾气大变，不记得他们什么的，这些情况都是有可能发生的。

因为有这个思想准备，所以顾惜玖醒来后无论有什么不正常的行为，蓝摇光都不会觉得太意外。不过，他还是希望姐姐能记得他……

他伸着手指在顾惜玖面前晃来晃去地刷着存在感。

顾惜玖毕竟是杀手出身，又经历过无数磨难，早已磨炼得心中就算再觉得惊涛骇浪，面上也能做到波澜不惊。

她拨开蓝摇光的手，缓缓坐起身，环顾着四周。

这是一间水晶大殿，大殿中排列着无数水晶柱，这些水晶柱好巧不巧地正好是七个颜色，在殿顶一颗硕大的蜃珠的映照下光芒闪烁，美轮美奂。

她自然认得这是一种法阵，水晶地面上甚至有形成法阵的古咒语。

对这咒语顾惜玖也不陌生，是帝拂衣的手笔。

“姐姐，这可是咱蓝峰大陆灵力最充足的地方，比人间的任何地方都强，凰兄八年前又把这里好好地加持过，让此地所有的灵力都能被你这具身体吸收，所以你才能醒来得这么快。对了，你还记得凰兄吗？”蓝摇光在旁边喋喋不休地道。

顾惜玖轻吸了一口气，她怎么会不记得？

凰兄、凰荼、帝拂衣、圣尊、左天师，他们原本就是一个人啊！

“记得……”顾惜玖终于再次开口，目光扫了周围一圈，“是他把我送到这里来的吗？他人呢？”

“他还有事，已经离开了。”蓝摇光回答，唯恐她会多想，忙又加了一句，“姐姐，你放心，他心里一直有你的，这次你能复生他可是占绝大功劳。这身体是他找来的，你的魂魄也是他给你聚起来的，这法阵是他设立的。快六千年了，他一直为你的复生奔走……”

顾惜玖轻吸了一口气，说实话，她有些蒙！

她确定自己是顾惜玖，因为她拥有顾惜玖的全部记忆。

可是她不确定自己是不是蓝静珂，因为她同样拥有蓝静珂的一点儿散碎记忆……

那些记忆很鲜明，仿佛是她本来已经忘记却又不小心被人挖出来的前世，在那段记忆中她是一位女鲛皇。

那些记忆其实也很散碎，东一鳞西一爪，像是被人勉强拼凑在一起的，顾惜玖如果不是提前听说过这段故事，几乎都不能将其串起来。

那些记忆碎片中的场景一幕一幕地闪过，顾惜玖下意识地串联了一下，和帝拂衣给她讲的那位女鲛皇的故事几乎没有两样。

那故事其实有点儿悲壮，如果是亲历者心中甚至会难受万分。

尤其是女鲛皇将死托孤的时候，对应的是漫天的大雪和鲜血。

顾惜玖觉得，这个时候的女鲛皇应该是极遗憾的。

但顾惜玖在脑中闪过这段记忆的时候，居然像是看一场3D电影，在看别人的故事，她始终在戏外，当然也体会不到女鲛皇死时的心情。

她这身体内难不成有两个灵魂？像龙司夜一样，他的体内封印着一个龙梵，而她的身体内是不是也沉睡着蓝静珂？也或者她原本就是蓝静珂的转世？

她明明和帝拂衣在水晶宫中翻云覆雨，怎么一觉醒来回到原身里了？貌似她还被当成了复生的蓝静珂。

帝拂衣到底在玩什么？

顾惜玖沉默片刻，又问："凰兄……什么时候离开的？"

"半个时辰前。"蓝摇光倒是有问必答，"姐姐，他现在很忙，外面的星月大陆乱成一锅粥，他还有一堆事要做，估计他忙完会来看你……"

顾惜玖微微闭了下眼睛，抬手揉了揉眉心。她觉得她需要静一静，把这一团乱麻似的疑问理一理。

"你到底是谁？"一直没怎么说话的蓝静怡忽然尖声开口，一双眼睛紧盯着顾惜玖，表情谨慎而又戒备。

顾惜玖没理她。

说实话，她自己也搞不清自己现在是谁。

她对蓝静怡没好感，就算拥有了一点儿蓝静珂的记忆同样没好感，所以摆了摆手："你俩都出去，让我静一静。"

"你是顾惜玖对不对？！"蓝静怡并不肯放过她，一双眼睛像是淬了毒。

顾惜玖抬眸看向她，忽然笑了笑："蓝静怡，当年我离开时，你只有这么一点儿大……"她抬手比量了一下身高，接着道，"没想到我一醒来你都这么大了。想当年我屋里一个珍贵的花瓶还是你打碎的，你却诬赖在摇光身上，被我查明后，打了你一顿屁股，让你乖了不少……"

她比量的正是当年蓝静怡的身高，说的也是当年的事。

这在顾惜玖的那些关于蓝静珂的散碎记忆里就有。

蓝静怡怔住了，微张着口。

蓝摇光却眼睛一亮，哈哈一笑道："静怡，她明明就是我们的姐姐，她还记得你小时候的样子呢，那位顾惜玖可不知道你当年……"

蓝静怡俏脸上神色阴晴不定："可是……"

蓝摇光打断了她的话，说道："好了、好了，小妹，你不是一直想让姐姐醒来吗？现在姐姐已经复生了，你又在这里怀疑这怀疑那的。对了，你不是说等姐姐醒了，你就做最好的糕点给姐姐吃？你快去做吧！让姐姐尝尝你的手艺。"

他不由分说地就把她打发走了。

蓝摇光又来拉顾惜玖的手："姐姐，你当年的屋子还给你保留着呢，里面的东西一点儿也没动。走、走，我们去那里。这里可不是说话的地方。"

顾惜玖原本下意识地想要避开他的手，却又似想到了什么，目光微微一闪，也就任由他拉着她走了："摇光，你使劲握一下我的手试试。"

"啊？"蓝摇光没明白。

顾惜玖道："我想看看自己的灵力运转情况，你用力握一下试试，不用怕，尽管用力。"

蓝摇光依言用力握了一下顾惜玖的手。

他的功力比花纤言要高很多，顾惜玖需要运转灵力相抗才能不被他真正握疼。

片刻后，顾惜玖抽回手，眼眸明亮。

她没有吸蓝摇光的灵力！

看来换体以后她的"吸星大法"失灵了，那天罚没有了，她不会变成怪物了！

简洁大方的家具、朴实无华的床铺，整个房间的布置不像女子的闺房，倒有些像将军的卧室。

这里就是当年蓝静珂的寝宫，简单大气，有种男儿的犀利风格。

顾惜玖在屋里转了一圈，确定这不是她喜欢的风格，甚至可以说和她的喜好差了十万八千里。

她轻轻吐了一口气，打发走了一直在她耳边喋喋不休地说话的蓝摇光，在一把椅子上坐了下来。

这鲛人宫十分能保留东西，将近六千年的东西还能保留得如此完整，也算是一大奇迹。

她现在已经十分确定自己是顾惜玖，最多就是带了点儿蓝静珂的记忆。

这种事情对她来说并不陌生，毕竟她还带着原主将军府小姐顾惜玖的记忆，现在等于多带了一个人的记忆，也没什么。

她真正在意的是，帝拂衣的目的！

她自蓝摇光的喋喋不休的话语中知道，帝拂衣是两个时辰前来到鲛人宫的，来了第一件事就说他可以让蓝静珂复生，然后就在蓝摇光的护持下作法。

作法完毕后，他又守了这身体半个时辰，确定一切数据正常，她会按时苏醒后，嘱咐蓝氏兄妹两句就离开了。

他叮嘱蓝摇光的事有两项，一是等蓝静珂醒后，要传音给他，向他报告这件喜事；二就是蓝摇光把鲛皇之位再传回给蓝静珂。

蓝摇光是个不怎么着调的鲛皇，喜游玩不喜被束缚，当这个鲛皇实在是不得已，心里巴不得把鲛皇的位置让出去，这样他也能恢复自由身，所以他对帝拂衣的这两个条件答应得很爽快。

刚才蓝摇光已经对顾惜玖说了这件事：“姐，你醒来就太好了！这鲛皇还是你来做吧，我也能轻松轻松。”

顾惜玖稍一愣神的工夫，他已经兴高采烈地拍板定案：“姐姐不说话就是答应了，哈哈，我这就去安排你重新登基的事宜！咱鲛人百姓其实一直念着你的好，一直盼着你回来，如果他们知道你醒了不知道多高兴……”

然后他就跑了。

一觉睡醒成了鲛皇，顾惜玖觉得自己这一觉睡得有些清奇。

她在屋里坐了半晌，默默把这件事的前因后果挨个想了一遍，依旧不能理解帝拂衣这么做的目的。

难道他给她留下这具身体就是为了这一天，让她有个很好的退路?

这个鲛人宫是很好的保存身体之地，还能让这身体的功力增长，这件事看起来像是帝拂衣忽悠蓝氏兄妹让他们代为保管这具身体而为，可是……她怎么还拥有了蓝静珂的记忆?

帝拂衣不是说蓝静珂已经彻底魂飞魄散，压根一丝魂魄也没有吗?

但她听蓝摇光所说，帝拂衣将蓝静珂的魂魄碎片灌入了这身体内，这魂魄碎片是咋回事?

她揉了揉眉心，事到如今不想怀疑帝拂衣任何事，所以想要亲自去找他询问，看看这家伙到底搞什么玄虚!

她是个想到什么就去做的人，深吸了一口气，立即起身，一个瞬移直接没影子了。

蓝摇光回来的时候，发现自己好不容易苏醒的姐姐不见了。

他大惊，立即派人寻找。

第七十九章　她曾经在这里为他高歌一曲

顾惜玖原先来这蓝峰大陆的时候，需要鲛人亲自开一种船送出来，因为这里是深海，她的功力不够深。但现在她已经到灵力十阶，又学会了开启海路的法子，所以要想出去不是件很艰难的事。

一个时辰后，她已经重新踏到大陆之上。

因为顾惜玖原先所带的那些传音符等重要事物都收纳在储物袋中，这储物袋就放在苍穹玉的空间内，而苍穹玉此刻就盘在她现在的手腕上。

这家伙已经苏醒，和顾惜玖兴奋地聊了小半天了！

它哑巴了八年，终于再次能够和顾惜玖心灵对话。

它先是试探着叫了一声“主人”，得到顾惜玖的回应后，这家伙就进入话痨模式，疯了似的在顾惜玖的脑海中刷屏。

顾惜玖看着手腕上一闪一闪的苍穹玉，还是很欣慰的。

不过苍穹玉被帝拂衣封印灵识的时候多，它也不知道顾惜玖是怎么回到这原身体的，甚至不知道帝拂衣带她去水晶宫的事。很显然帝拂衣带顾惜玖游玩的时候，趁机关闭了苍穹玉的灵识。

顾惜玖和它聊了半晌也没聊出什么有用的信息，有些失望。不过能再和它无障碍地交流，她还是很开心的。

她一面听苍穹玉诉说这八年来无法交流的怨念，一面找出传音符先联系上了

沐风。

巧的是，沐风正陪在帝拂衣身边办事，接到她的传音后，愣了愣："顾姑娘？"

"沐风，你家主人在哪里？"

"在、在属下身边，等等，他亲自和您说。"

顾惜玖松了一口气，她还以为凭自己最近不太好的运气，会很难找到他，要费一番周折，没想到一下子就碰到他了。

那边接传音符的显然换了人："顾惜玖？"

那声音透着疏离的冷意。

顾惜玖没想到他是这种语气，僵了一下后，劈头就问："帝拂衣，你搞什么鬼？"

那边的人顿了半晌，似乎有些意外："你、你记得我？"

顾惜玖："……"

她觉得真稀罕！她怎么可能不记得他？她就算忘记全天下的人也不会忘记他呀！他干吗抽风问这个？

她像是想起了什么："喂，你不会以为我换了个身体就失忆了吧？我上次换体失忆是因为龙梵捣鬼，可不是换个身体就会失忆……"

那边的人好半晌没动静。

顾惜玖有些纳闷："喂，你在听吗？"

那边的人终于开口，像是有些隐忍："你在哪里？"

"在月光林，你带我第一次去鲛人族的湖边……"顾惜玖说了自己的地址。

"在那里等着，本座这就过去。"

传音符断了，顾惜玖坐在一截枯木上，望着传音符愣神。

帝拂衣很久很久没在她面前自称本座了。

这次怎么了？

他究竟想搞什么？

一向聪明的顾惜玖此刻也一头雾水了。

月光湖边的月光林，美得如同图画。

她曾经在这里为帝拂衣高歌一曲，引了鲛人来接……

顾惜玖记忆力强，这一切的一切在她脑海中鲜明得如同昨天发生的事，让她再想起来的时候还是忍不住弯了嘴角。

"主人，能再和你聊天真好，我还以为这辈子我要一直憋着做哑巴。"苍穹玉感慨道。

顾惜玖摸了摸它："我也想你的唠叨呢。"

苍穹玉沉默片刻后奓毛："怎么是唠叨？老太太才唠叨，本玉讲的每一句话都是天机！都是别人万金也买不来的消息，你居然说我唠叨……”

顾惜玖拍了拍它，开玩笑道：“好了、好了，那你以后别叫苍穹玉了，叫天机玉吧。都说天机不可泄露，你说你这是泄露多少天机了？小心来个天雷把你劈成玉渣渣。”

苍穹玉：“……”

顾惜玖和苍穹玉聊着。

苍穹玉发现，今天的主人话也格外多，她问了许多问题，只要不是事关真正的天机，苍穹玉都会一一作答，很多东西是秘闻。

她在和它聊天的时候，视线常常扫向月光林外，明显在等一个人出现。

她在这里足足等了一个时辰，感觉已经和苍穹玉聊得口干舌燥的时候，帝拂衣终于姗姗来迟。

“你怎么才来？害我在这里快等成望夫石了！”这是顾惜玖看到他后说出的第一句话。不待帝拂衣开口，她又连珠炮似的问出了好几个疑问：“你到底是怎么回事？我明明和你在水晶宫，怎么忽然回到原身上了？是不是我那身体确实有天罚会常常吸人的灵力，连你也无法治疗，那身体无法再使用，所以你让我回归本体，这样就能逃掉天罚的事？你怎么不等我醒来就走？你就不怕我在复生的过程中出现意外？话说，我好像真出了点儿意外，我莫名有了蓝静珂的记忆……说来好笑，蓝摇光还想把鲛皇之位让给我……”

她说话快，几乎没有别人插口的余地。

帝拂衣看着她不说话，直到她把那一连串问题问完，才开口：“顾惜玖，怎么醒的是你？”

他语速不快，是他平时说话的口气，优雅无比，一字字很清晰。

顾惜玖难得呆住了：“什么？”

帝拂衣盯了她隐隐有些苍白的脸一眼：“醒来的不该是你……”他微微蹙眉，像是有些困惑，“醒来的该是她——到底哪里出了问题？”

他向她走了几步，掌心有七彩光芒凝聚。

他高大的身影对她来说第一次有了压迫感，顾惜玖情不自禁地想要后退，却生生忍住，深吸一口气，微仰着头直视他：“帝拂衣，你什么意思？”

帝拂衣站在那里看着她，月光洒在他的衣襟上，斑斑驳驳，也让他的一张俊脸仿佛半明半暗：“这次醒来的明明该是蓝静珂——鲛族之皇，而不是你。”

顾惜玖如坠冰窟，只觉全身都在发寒，终于向后退了一步，脸色雪白，眼珠却墨黑：“你、你在开什么玩笑？！这是我的身体——我的原身，醒来的怎么可能是蓝静珂？！”

他是吃错药了，还是让什么东西给附体了，怎么会说出这么荒谬的话？

她似乎想到了什么，视线在帝拂衣身上迅速转了一圈，俏脸发冷："你不是帝拂衣！你是冒充者吧？！"

这个帝拂衣一定是别人冒充的！一定是！

但是，她的这个推测很快被帝拂衣推翻。

他没说话，而是直接发出了招数，衣袖一扬，一道七彩光芒闪出，直飞向不远处的月光树！

轰隆一声巨响，坚硬无比——就算用斧头砍也砍不出一道白痕的月光树直接碎成了尘，漫天的尘土四散，星星点点地落在顾惜玖的衣襟上。

顾惜玖站在原地，整个身体发僵。

她认得这招数，是帝拂衣的杀手绝招，也是圣尊才能发出来的，其他任何冒充者都无法发出来。

他是帝拂衣，如假包换！

帝拂衣缓缓回身看向她，声音淡漠："现在你还怀疑本座是假的吗？"

顾惜玖："……"

她手足发冷，怔怔地看着他，不想相信这些，可是……

"帝拂衣……"她听到自己开了口，声音有些空洞，甚至有些发飘，"你不要和我开这种玩笑，这并不好笑……"

帝拂衣望着她的眼中终于闪过一抹柔和的神色，他轻轻叹了一口气，向她走了一步："惜玖，本座并不想伤你，毕竟你我待在一起这么久。可是——这具身体真的不属于你，你听话，把这身体再让出来，让她复生。本座为她筹谋这么多年，不想半途而废。"

他的气息就飘荡在她的身周，原先她每次嗅到这气息只觉得温暖，现在却觉得冷，从头到脚地发冷！

她握紧了手指，几乎怀疑这是一个无法醒来的噩梦！

一个人怎么可能前一刻还与她柔情蜜意、抵死缠绵，后一刻就这么翻脸不认人？

他一步步走近，身上气场强大，那无形的压力让人几乎透不过气来。

顾惜玖双拳紧握，一步未退，抬头看着他："你要杀了我？"

帝拂衣微微一顿，薄唇微抿："惜玖，我不会杀你……不过你必须让出这具身体！"

"怎么让？"

"回那具克隆体吧！那才是你应该待的位置。本座会将你的魂魄提出来让你回归那里，你听话，本座会补偿你。"帝拂衣的手指搭上了她的肩头，指尖冒出了七彩光芒。

顾惜玖终于动了，肩膀一矮，滑如游鱼般挣脱了他的掌控，直接瞬移了出去！

她现在是十阶的灵力，瞬移之术又使得出神入化，这一下瞬移足以瞬移到百里路外！暂时逃开他的掌控……

远处的湖泊闪着粼粼波光，月光树如梦幻丛林。

帝拂衣站在树下，像是压根没动地方，一身深紫衣袍在月光下柔滑如缎。

顾惜玖怔住了！

她居然没瞬移出去，像是碰到了鬼打墙，努力了半天只是在原地打了个转！

帝拂衣一双黑眼睛正望着她，那眸底映出了她苍白的小脸。

很明显，他在这里设置了结界，防备她逃跑的结界！

看来他来时就把有可能会发生的一切事情都计算好了，而她只能进套。

“如果我不愿意呢？！我宁死也不愿意呢？！这身体原本就是我的，凭什么让我让给别人？帝拂衣，让我让可以，你杀了我！”逃不掉只能面对，看着他一步步走过来，顾惜玖心中迟来的悲愤终于爆发，她一字一顿地开口，“我宁愿死！”

她这是第一次尖声怒喝，声音像是要被扯裂。

“顾惜玖，这身体并不是你的，你也是个外来者！”

顾惜玖被噎了一下：“可是，是我一步步将这身体修炼出来的！是我让原主摆脱了废材的身份，修炼到了灵力八阶，我替原主报了仇，原主已经默许给我……”她死死地盯着帝拂衣，“你曾经对我说过，这身体不是为她预备的，难道你那时是在骗我？”

帝拂衣目光微微闪动，没说话，手指却在袖中缓缓握起……

“帝拂衣，这身体我八年前曾经让给你过，可是你那时又为什么追着我去暗黑森林？你已经得到你想要的东西，为什么又去找我？还冒那么大的风险……为什么？既然你一心要复活的是她，想必是极爱她的，那为什么又在禁地和我成亲，八年来和我恩爱有加……为什么？”

她骤遇打击空白一片的头脑终于开始运转，迟来的悲愤情绪一点儿一点儿地从四肢百骸中涌出，汇聚在她的胸腔之中，迅速满溢，让她原本苍白的脸色开始涨红。

手足是冷的，心脏那里却燃烧出一片足以将血全部点燃的大火，让她的眸子灼亮逼人：“帝拂衣，你告诉我，你这么做到底是为什么？！”

帝拂衣微垂下眼眸：“对不住。”

他只说了这三个字，便骤然上前，衣袖中飞出一条七彩色的云索。这显然是件法宝，顾惜玖急忙躲闪，却避不开这法宝的缠身之术。

几乎是眨眼间，她就被那云索捆了个结实，像根木头桩子似的戳在帝拂衣面前。

她不但动不了也不能再说话，只能眼睁睁地看着他走上前，一拂衣袖间，她已经落入他的怀中。

冷香充斥鼻端，心坠阿鼻地狱。

顾惜玖的一颗心彻底沉了下去。

“顾惜玖……”他开口，“你睡一觉吧。睡醒一觉就没事了……”

他莹白的手掌按上了她的额头，有光芒开始透出。

她明显害怕了，眸底终于现出恐惧之色，眼圈发了红，虽然没能说出话，眼角却沁出了泪，那泪珠沾在他的手掌边沿，让他的手掌微微一僵。

“别怕……”他开口，声音暗哑，掌心的白光终于自她的额头灌入。

顾惜玖在昏睡过去的那一刹那，心中只泛起一个念头——这世上还有什么是可信的？

蓝摇光找落跑的姐姐要找疯了！

他几乎动用了整个鲛族皇宫的亲卫队，却没有一个人知道顾惜玖去了哪里。

“哥，她只怕压根不是咱们的静珂姐姐，而是顾惜玖！我看她的眼神根本不像……”蓝静怡忍不住说出了自己的观点。

“不会的，凰兄从不会骗我们，他说醒来的是我们的静珂姐姐，那她就是静珂姐姐！她毕竟昏睡了数千年，可能对现在的鲛宫不习惯，也或许她去寻找旧日朋友了……”

“才没有！我们不是都去她曾经的那些好友家找了吗？她压根没去找他们！哥，你醒醒吧，我们鲛人一旦死亡就是真正魂飞魄散，还从来没听说有人能复生的。或许这是凰哥哥怕我们太伤心，许给我们的最美丽的谎言，让我们有个念想……”

蓝摇光忽然暴怒：“静怡，你其实不希望姐姐复生对不对？！你小时候姐姐虽然疼你，但你还小，只怕压根不记得她，对她没感情！可是她那时真的疼你、爱你，常常抱你，让我都因为这个吃醋……你怎么能这么没良心？！”

蓝静怡俏脸涨得通红：“哥！你瞎说什么？我、我怎么不希望姐姐复生了？我只是在陈述一个事实……”

“你喜欢凰兄对不对？你怕静珂姐姐醒来以后和凰兄双宿双飞，让你再没机会……”蓝摇光气怒之下，把原先在心中盘旋的疑问全说出来了，“你别当我傻！你心中那些小九九瞒不过我！”

蓝静怡几乎跳起来：“才不是……”

兄妹俩正吵得不可开交，外面的侍卫来报：“凰圣尊驾到，他怀中还抱着一个人，像、像是陛下画像上的人……”

兄妹俩一起冲了出去。

他们一出来看到的正是疾步行来的帝拂衣，他怀中抱着的少女正是他们苦寻不见的“蓝静珂”。

“凰兄，这是……”蓝摇光忙迎上去。

帝拂衣竖起一根手指，很简短地说了一句："什么也别问，速备镇魂阵！"

蓝摇光一头雾水，不过也不敢多问，连忙去设置阵法了。

蓝静怡欲言又止，跟在帝拂衣身后，直到帝拂衣将怀中的少女重新放进那口水晶棺，她才鼓足勇气问："凰哥哥，她、她真是我们的静珂姐姐？"

帝拂衣面无表情，并没有回答她的问题。

"凰哥哥？静怡总感觉她不像静珂姐姐，会不会、会不会搞错了？"

帝拂衣蓦然一抬袖，一波彩光飞了出来，于是，蓝静怡被捆成了粽子，再动不了分毫，也说不出半句话。

帝拂衣再一挥袖，蓝静怡就直接贴墙站着了，像一幅静止的画。

蓝静怡："……"

她心里慌慌的，只能看着帝拂衣在水晶棺前忙碌，此时蓝摇光已经开启那些水晶柱法阵，七色水晶光芒照射在水晶棺中，而帝拂衣所做的事就是将这些水晶光芒挽起、搅散，再混合在一起，形成一个七彩光幢，将棺内的少女完全笼罩住。

蓝摇光曾经做过同样的事，但由帝拂衣做出来比蓝摇光要顺畅流利得多，效果自然也更好。

蓝摇光有一肚子疑问，但看到面无表情地频繁作法的帝拂衣，一句也不敢问，只能先憋着。

看到帝拂衣忙过一个段落，蓝摇光终于逮着机会询问："凰兄，是不是出什么纰漏了？她没事吧？什么时候能醒来？"

帝拂衣额头隐隐有汗，脸色也有些苍白，他正望着睡着的顾惜玖出神。蓝摇光接连问了两遍他才似听到，摆了摆手，吐出两个字："出去！"

蓝摇光的脸皮还是比较厚的，他不屈不挠地道："凰兄，小弟说句实话，这次家姐醒来时脾气、性格有些怪，一点儿也不像她曾经的样子。当然，她有一些家姐的记忆，小弟总感觉哪里有些古怪……"

帝拂衣扫了他一眼："你怀疑什么？"

蓝摇光挠了挠头皮："小弟也知道姐姐一睡这么多年，凰兄你也说过，姐姐的魂魄早已残破不全，是您用其他魂魄修补的，尤其顾姑娘还是家姐的知魂投胎的，现在虽然归位，但肯定带了顾姑娘的影子，所以她的性格瞧着有点儿像顾姑娘也不奇怪，但家姐曾经是灵力十阶的鲛皇，小弟总觉得她即便重生，主要性格也不会改变，但她……"

"你错了！无论什么人投胎以后都不会是一成不变的性格，这和生长环境以及父母的性子有关，有的人就算不投胎，如果遭遇大变性格也会大变。令姐的死本来是魂飞魄散之局，但因为她灵力高，魂魄能保持相对完整，所以她的知魂才能单独投胎成人。而知魂是一个人的三主魂之一，主管人的性情。顾惜玖这世经历许多变故，早已有自己独特的性格。而令姐的其他魂魄是勉强拼凑出来的，所以她复生后，她的性格会和顾惜玖极为相似，甚至有可能带有顾惜玖的回忆，这些都有可能。”

蓝摇光窒了窒：“你是说她醒来会是顾姑娘的性格吗？”

“八成会如此。”

一直贴在墙上的蓝静怡呆了呆，皱紧了眉头。她讨厌顾惜玖，却没想到顾惜玖是自己亲姐的知魂投胎的……怪不得帝拂衣会爱上顾惜玖，还想和她成亲，因为顾惜玖原本就是姐姐的一魂转世的嘛！帝拂衣原本就爱她的姐姐，又是姐姐的未婚夫，他喜欢顾惜玖也是天经地义的事。那姐姐复生后，帝拂衣是不是就更理所应当地要娶姐姐了？

蓝静怡心里更不是滋味起来。

“凰兄，您为家姐复生筹谋数千年，对家姐的深情足以感天动地，小弟十分佩服。待家姐醒来，小弟定为你们预备一场盛世婚礼，让你们有情人终成眷属。”蓝摇光又是感动又是兴奋，心中已经开始筹划那场婚礼。

“再说吧。”帝拂衣看上去倒是平淡得很。

蓝摇光倒没想到他是这种态度，怔了怔，似想到了什么：“凰兄，顾姑娘既然是家姐的一缕知魂，现在知魂回归，家姐复生，那顾姑娘是不是已经……已经死了？”

帝拂衣指尖一僵，没有说话。

蓝摇光眸中出现歉意之色：“为了家姐的复生牺牲了顾姑娘……唉，顾姑娘也是凰兄心头所爱，牺牲了她凰兄心中定不好过……”

“谁也没有现在的她重要！”帝拂衣打断了他的话，目光落在水晶棺中的少女的脸上。

蓝摇光摸了摸鼻子，好吧，圣尊为了他的姐姐是任何人都能牺牲的。

他咳了一声道：“凰兄，你也不必过于自责，顾姑娘虽然过世了，但家姐复生，像你说的，她复生后性格会极像顾姑娘，也等于顾姑娘复生了，你再补偿她也一样……”

“出去！”帝拂衣开口，又瞥了屋角的蓝静怡一眼，“带着令妹一起。”

蓝摇光不敢再说别的，果然带着蓝静怡出去了。他知道，圣尊也需要静一静。

棺中少女静静地躺在那里，眉目淡然，睡得很香，仿佛忘记了所有愁苦。

帝拂衣坐在她的身边，凝神看着她，久久不动。

八年来她常常这个模样睡在他身边，睡得很没防备，心中对他是满满的信赖。

这个女孩子平时看上去性子冷淡，但真正喜欢一个人的时候那就是全身心地付出，火一样热情。

她爱他如命，真的可以为他拼掉她自己的命，他有点儿风吹草动她就紧张得不得了，他相信如果有一天他真的出了意外，她绝对会为他殉情……

情不知所起，一往而深。

他抬手握住了她的一只手，像八年来一贯做的那样，和她十指相扣，指尖轻轻碰触她的脉门，眸中闪过一抹痛楚之色……

怎么会失败呢？

八年前他明明在她这具原身上施展了能遗忘他的法诀，她只要在这具身体里苏醒就会彻底忘记和他相关的一切，而她这具身子尚是处子，也是未嫁之身，就算没有他陪在她的身边，她也能快乐肆意、长长久久地活下去。

让他意外的是，她在这具身体里醒来居然还记得他，一丝一毫也没忘记！她还记得和他相关的一切，而且一醒来第一件事就是找他。

他的术法失败了！

这是从来没有过的事，却真实地发生了！

他轻抚着她的小脸，她一向是个变数啊！

他不想伤她，却是伤她最深的那个！

等她再一次醒来，如果还是没有忘记他，只怕就会恨他入骨……

既然他一直想要复生的是蓝静珂，爱的是蓝静珂，那为什么还要拼命招惹她顾惜玖，还要和她顾惜玖成亲？

八年的恩爱都是假的吗？

这个问题在顾惜玖心中缠缠绕绕，直接缠绕成梦魇，让她在梦中也不安稳。

昏昏沉沉中她能感应到帝拂衣又带她回到鲛族，在去鲛族的海路上，他一边开启那种术法气泡，一边抱着她，抱得那样紧、那样紧，仿佛她是他最不能丢失的宝贝……

她知道帝拂衣在她身上施展了术法，想让她彻底晕过去，她却不想晕！哪怕前面是深不见底的深渊，她也想睁着眼睛面对！

她就像某些植物人，看上去没什么反应，动也不动，像是沉睡的样子，其实神志始终保持着一丝清醒，能听到外面的声音。

帝拂衣带她入了鲛宫，把她放入水晶棺，围着她作法……

她能感应到有一道道光芒钻入她的脑海，想要消除她脑子里的某些事情……似乎是想将和顾惜玖有关的一切都抹去！

她的神识下意识地设置屏障，将射入她的脑海的光芒分化瓦解，不让它动自己的记忆……

没有人知道，当初龙梵为她换体顺便清洗掉她的记忆给她心里留了多大的阴影！那时恢复后她就在心里立誓，这一生再也不让任何人清洗自己的记忆，再也不允许同样的事发生！

因为这个，她悄悄研制出一种术法，可以作用在魂魄内，只要她魂魄不灭，那她的记忆就不会再消失，没有任何人能再清洗她的记忆！

帝拂衣停止作法，那冲入她的脑海的白光终于消失，她也在暗中松了一口气。

她困得要命，可是做杀手的本能让她不想将自己彻底交给周公，她一直强撑着不让自己睡去。

然后，她听到了帝拂衣和蓝摇光的对话，也终于明白了一切！

原来自己是那个什么蓝静珂的知魂，原来他接近她、戏弄她、对她温柔、和她成亲，都是因为蓝静珂……

怪不得她放弃原身逃进暗黑森林，他会不顾一切地追进去。

原来他要的不单是她的原身，还有她的魂魄！

怪不得他一直逼她练功，甚至和她成亲双修，原来他需要她这个知魂足够强大，这样才能承载这个身体，才能彻底复活蓝静珂。

原来他对她顾惜玖从头至尾都是利用，他所做的一切都是为了让蓝静珂复生。

什么不能说的天机，什么苦衷，什么他只把蓝静珂当朋友，什么只爱她顾惜玖一个……一切都是骗人的！都是为了他这个最终目的服务的！

呵呵，顾惜玖，原来你在他眼里不过是一缕小知魂而已……

心脏那里像是被人插进了刀，在缓缓地搅动，很疼！真的很疼。

也不知道过了多久，她终于自昏睡状态中醒来，缓缓睁开眼，映入她的眼帘的是帝拂衣那张倾国倾城的脸。

原先看到这张脸她觉得心安，现在看到心里却涌起恨意。

他还握着她的手，和她十指相扣，扣得那样紧！

“醒了？”他问。

她猛然抽出了自己的手，眉尖微蹙：“你是谁？”

帝拂衣脸色发白，嘴角却扯出一个笑来：“不认得我了？我是凰茶。”

顾惜玖侧头看了看他，眸底闪过一抹戒备之色：“凰茶又是谁？我不认得你！”

帝拂衣垂眸看了看自己空了的手掌，又看了看她：“你真不认得我了？”

顾惜玖缓缓地坐起身，声音冷淡：“我为什么要认得你？”她又一扫四周，“这是哪里？我为什么会在这里？”

帝拂衣仔细地盯着她的眼睛。

都说眼睛是心灵的窗户，他透过眼睛能看到她的情绪，但她睫毛半垂，遮了目光，让人看不清她的神色，自然也看不清她的情绪。

她真的忘记他了，还是……

他忽然一把扣住她的手腕，想要探查她的脉门……

顾惜玖一抬手避开了他的触碰，语气冰冷地道："你做什么？"

殿内的动静明显惊动了外面一直等候的蓝摇光，他直冲进来，看到已经坐起身的顾惜玖，大喜，叫道："姐姐！你终于醒了！"

顾惜玖的视线落在蓝摇光身上："姐姐？你是？"

蓝摇光呆了呆，忙自我介绍："姐姐，我是摇光，蓝摇光，你的小弟。"

顾惜玖蹙眉："蓝摇光？我的小弟？"她又上下打量蓝摇光一眼，"阁下是不是认错人了？"

蓝摇光："……"他足足傻了半分钟，才忍不住问，"你、你知不知道你自己是谁？"

顾惜玖答得干脆："如何不知？我是顾惜玖，而阁下姓蓝，怎么会是我的小弟？再说我从来没有过小弟，只有一个哥哥。"

蓝摇光："……"

天，圣尊说会洗去关于顾惜玖的记忆，却没想到没洗掉顾惜玖的，倒把关于蓝静珂的记忆全部洗掉了！

他求救似的看向帝拂衣，传音过去："凰兄，她、她现在只记得自己是顾惜玖了，这可怎么办？！"

这一次他姐姐醒来还不如上一次呢！

上一次最起码她有两个人的记忆，还认他这个弟弟，但现在她完全变成顾惜玖了！那她还是不是他的姐姐？

帝拂衣脸色依旧苍白，却紧抿着薄唇，望着顾惜玖，似乎想从她的表情动作中看出点儿什么。

顾惜玖却不再看他们任何人，垂眸看了看身下的水晶棺，眉尖一挑道："我又没死，怎么会在棺材里？晦气！"

身形一闪，她直接闪到了棺外，顺势一挥衣袖，白光闪过，哗啦一声碎响，那凝聚鲛族无限灵力的水晶棺直接碎成了渣！

这水晶棺就是他作法洗她的记忆的法器，她必须毁掉它！免得又被他抓进去……

蓝摇光大惊，这并不是普通的水晶棺，而是八年前帝拂衣亲手打造，是一件汇集了帝拂衣的无数灵力的法器，这件法器连接的是鲛族的灵力源。要不然顾惜玖的原体放进这棺材里，不但会腐坏，灵力也不能增长得这么快！

这件法器并不容易制作，蓝摇光清楚地记得圣尊造这个东西就造了整整半年，亲手打造，耗费了无数灵力。他记得那时圣尊每锻造一次脸色就白一回，有时甚至会出一头汗，让他看到也替圣尊累得慌！

可以说，没有这水晶棺，就没有现在的顾惜玖。

现在，这么一件绝无仅有的法器居然被顾惜玖这么轻易地给毁了！

蓝摇光感觉眼前都黑了黑！

当年帝拂衣造好这件法器时明确吩咐过他，就算蓝峰大陆天崩地裂，整个毁掉，也要保住这件法器，绝不允许损坏分毫！要不然帝拂衣会要他的脑袋，会让整个鲛人族陪葬。

所以这八年来蓝摇光看护这件法器比看护自己的眼珠子还要尽心，舍不得弹上一指甲。

现在却……

蓝摇光还是有急智的，反应过来后第一感觉就是圣尊会雷霆大怒，身形一闪，直接挡在顾惜玖身前，下意识地将她挡在自己身后，向着帝拂衣深施一礼："凰兄，她不知道这水晶棺这么贵重，不知者无罪，你别惩罚她……"

帝拂衣的目光在地上的水晶碎片上转了一圈，最后转到顾惜玖的脸上，他倒是没急没恼，只淡淡地说了一句："这水晶棺原本就是为她复生锻造的，毁掉就毁掉吧。"

顾惜玖微垂了眸子，手指在袖内握得发白。

蓝摇光倒是呆了一下，在松了一口气之余，心里不禁慨叹这心上人的待遇就是不一样。

当年蓝静怡无意中用脚撞了这水晶棺一下，就被帝拂衣直接给丢出了这大殿，像木头人似的被罚站了一整天。

现在顾惜玖彻底将这水晶棺毁了，他居然就这么轻描淡写地放过她了，看来这位圣尊果然爱他姐姐到极点，不忍苛责分毫。

可是，水晶棺被毁掉了，就无法再作法，他姐姐的记忆咋办？她这记忆跑偏了啊！

蓝摇光开始发愁。

帝拂衣向顾惜玖走近一步，微笑着道："静珂，你只要能复活便好，无论你做什么我都不会怪你。"

静珂！他叫这个名字叫得真是好生亲热！

顾惜玖嘴角勾起一抹笑来，她侧头看了他一眼："我不认得你……你为什么对我这么好？"

帝拂衣的目光在她的手腕上盯了一眼："因为你是我的未婚妻，我们曾经定过亲的。你瞧，你手腕上还有我们定亲以后才会出现的姻缘镯。"他撩起自己的衣袖，露出了手腕上的镯子，"它们是一对儿，只有天定姻缘才会出现这个。"

顾惜玖的目光也落在自己的手腕上的镯子上。

这镯子曾经是她最珍视、最喜欢的东西，才戴上的时候没事也会看它三五遍，当初她极力争取回到原身有很大一部分原因在于这枚镯子，因为它只能戴在原身上，她摘不下来。

她没想到她视若珍宝的东西，居然是他和另一个女子相爱的凭证！

原来他那时希望定亲的对象就是蓝静珂……

怪不得当初他说什么也不肯帮她换回身体，在他心里大概只有蓝静珂有资格戴这枚镯子，而她顾惜玖不过是蓝静珂短暂的替代品……

胸中气血在翻滚涌动，直冲上来，喉咙腥甜，手足却一阵阵发冷，她用尽全力维持着自己最后的理智。

冷静！冷静！

她转了转腕间的镯子，弹了一指甲："原来这东西代表天定姻缘……"她再一笑道，"可我从不信命！我命由我不由天。"

她的掌心里忽然现出一柄锐利的剑，她用尽了平生最大的力气，一剑向着手腕上的镯子砍下去！

蓝摇光惊呼："不要！"

这一剑下去，别说她手上的镯子，就是她的手都会直接被砍掉！

当的一声大响，那镯子发出一阵奇异的嗡鸣声，让旁边的蓝摇光向外连跳三四步，他感觉自己的耳朵要聋了！

顾惜玖显然没想到这镯子会发出这种怪声，耳朵里也一阵轰鸣，眼前黑了黑。

等那阵眩晕感过去，她低头看了看手腕上的镯子。

那镯子完好无损！比金刚钻还结实！

她没想到它会结实成这样，微微愣了愣。

"既然是天定姻缘的信物岂能随意损坏？"帝拂衣在旁边开口，"不要白费力气了。"他上前一步握住她的手腕，"静珂，你就算没有所有的记忆也不要这么任性，我们订这个婚不容易……"

顾惜玖直接甩脱了他的手，如同甩开一只烦人的苍蝇。帝拂衣的手指在空中顿了片刻，他才慢慢地将其收回。

他眼神一黯，淡淡地道："你不必乱打主意，除非我们正式退婚，或者我死，要不然这镯子无法摘除。哪怕你将你这手腕切断，它也会重新套在你的另一只手上。除非你能任由自己变成双臂残疾……"

"那我们退亲吧！"顾惜玖几乎是不假思索地道。

蓝摇光吓了一跳，忍不住插嘴："姐姐，这婚不能退啊！凰兄为复活你吃尽苦头，他是真心为你……你不要冲动，你们是天造地设的一对，当年你们定亲不知道让多少人羡慕，你们那时并肩共闯天下，无论走到哪里都被人称呼为神仙眷侣……"

天造地设的一对、神仙眷侣……顾惜玖手指尖都在发抖！

帝拂衣，你在利用我的时候，可曾有一点儿心软？

她胸中似有烈焰在燃烧，面上却能保持着不动声色，甚至笑了笑："是吗？我和他曾经这么恩爱吗？"

蓝摇光刚想点头，却在瞥见她苍白的面色的那一刻顿住了，一时不知道该点头还是摇头。

"但此一时彼一时，我没有关于你们的记忆，更不想让自己的终身和陌生人捆在一起！所以这婚还是退的好。"她的声音淡漠下来。

她的目光落在帝拂衣的脸上，眸中是一片化不开的墨黑颜色："我想阁下也不想以后和不爱自己的女子成婚吧？何不退了这门亲事，让我们彼此解脱？"

她其实不想和他在此处纠缠了！她只是一直强压着情绪，让自己看上去正常，只有她自己知道，她的头脑一阵阵发蒙。再这样纠缠下去，她怕自己会控制不住……

帝拂衣面色苍白，眸中闪过几抹令人难懂的情绪，一拂衣袖，一道彩光直接缠向顾惜玖。

他的动作十分快速，若在以往，顾惜玖压根躲不开他这彩光。

但今日他大概也心绪不稳，这一道彩光使出来居然有些偏，顾惜玖对他又有防备，迅速躲开……

结果，那彩光没碰触到顾惜玖，倒把蓝摇光罩了个正着。

于是蓝摇光眼前一黑，身子一软，晃了晃，咕咚一声跌在地上，居然就此睡了过去。

帝拂衣："……"

顾惜玖看了看地上的蓝摇光，明白自己如果不躲开，就是现在蓝摇光这个样子，不由得再后退一步，冷笑道："你什么意思？"

他想把她弄晕再洗一次记忆，让他心心念念的蓝静珂回来？

帝拂衣暗吸一口气，道："你现在不够冷静，等你冷静下来我们再谈这桩婚事……过几日我再来找你。"

他说完一转身，直接没影子了。

他走得匆忙，转身的刹那险些撞到身后的柱子上。

当然他也忘记给蓝摇光解开术法了，可怜的蓝摇光躺在地上昏睡着没人理。

大厅中只有顾惜玖还是清醒着的。

顾惜玖站在大厅中央，看着眼前的一片狼藉，双腿一阵阵发软，手指情不自禁地打战。她环顾四周，满心凄惘茫然。

她下意识地又拼命捋那枚镯子，捋得手腕生疼，疼得她额头冒汗，整个手腕都肿了。

她也不知道折腾了多久，蓝摇光倒醒了过来，一睁眼看到顾惜玖满头大汗地在那里折腾那镯子，吓了一跳，忙扑过去："姐，你做什么？！"他抓住了顾惜玖的手，

"这东西摘不下来的，你别这样……"

顾惜玖一把甩开他："我不是你姐！"

蓝静珂、蓝静珂，人人都把她当成蓝静珂，那她顾惜玖在哪里？

在这些人眼里，她顾惜玖就不是个独立个体，就活该被牺牲吗？！

顾惜玖生平第一次有了一种想要毁灭这里的一切的冲动！

蓝摇光向后退了几步，一时有些手足无措。他环顾了一下四周，没找到帝拂衣的影子，心中叫苦。

那个人就这么跑了，丢下这么个烂摊子让他怎么收拾？

他也很想跑啊！

可是他不忍心撇下姐姐一个人在此，姐姐好不容易才回来。

他想了想，试探着道："姐，你如果心里不痛快，就多砸点儿东西吧，这殿里的东西随便你砸……"

当人气到极点的时候，砸东西确实能泄愤，蓝摇光曾经就这么干过，很有经验。

顾惜玖闭了闭眼睛，忽然觉得很无力。

她就算把这一屋子的东西砸烂又如何？她付出的感情能收回来吗？她能让时光倒流重来吗？

"出去！让我自己静一会儿。"

蓝摇光顿了顿，到底还是出去了。

当然，他怕"姐姐"再无声无息地跑掉，暗中派人在鲛宫的各个出口盯着。

让她发泄发泄吧，不然憋在心里说不定会憋出毛病来。

顾惜玖静静地站在屋中，过了好半天才终于动了动，身形一闪，瞬间不见了踪影。

蓝峰大陆一处无人的角落。

顾惜玖抱膝缩在那里，定定地看着头顶的海水。不知过了多久她才回过神来，脸上已经满是湿意。

她全身如同婴儿般缓缓蜷缩起来，将脸埋入手心中。

作为特工她一贯能忍，忍耐已经刻进她的血液中，即使在这无人之地，她一开始也哭得十分克制，像是一只受伤的绝望小兽，低低呜咽，一遍遍地舔舐自己的伤口。

渐渐地她满脸都是泪，眼泪如同断了线的珠子从手缝间渗出，打湿了衣裙。她仰起头来想要把眼泪逼回去，眼泪却顺着眼角流下来，怎么擦也擦不尽，心中的委屈与痛苦再也压抑不住，她终于痛哭失声。

她知道，在这样不起眼的一天，在这无人的角落里，她的心死了。

帝拂衣静静地站在那里，脸色苍白得厉害。看着远处缩成一团的身影，他想要上前，却只能生生地忍住，只能看着她从抽泣到大哭，哭得仿若一个孩子。

她哭了多久，他就看了多久。

她离开了，他却依旧站在那里，看着手腕上的镯子，仿佛入定一般。

不知过了多久，他终于动了动，缓缓放开了被攥得快出褶子的衣袖。

顾惜玖并没有离开蓝峰大陆，随便找了个偏殿，蒙头便睡。

那偏殿是个很冷清的所在，类似冷宫，数年也未必能有一个人来，她睡在这里倒是无人打扰。

那偏殿只有一张冰凉的贝壳床，上面连床被子也没有，表面甚至蒙了一层灰。

这个时候她是顾不得这些的，直接就睡在了上面。

蓝峰大陆气候偏冷，这偏殿尤其冷，也就是三四摄氏度的气温。

她的身体的本能还是在的，睡着睡着大概是觉得冷了，她将身子缩成一团，紧紧抱着自己。

伤心太过，她感觉头都是沉的，在睡梦中也不安稳。

意识昏昏沉沉之际，她听到一声叹息，那声音虚无缥缈得宛若一场梦，带着化不开的忧伤。

一直火辣辣的手腕忽然感觉有些清凉，那清凉感逐渐在手腕上化开，体内似乎也涌入了另一股灵力，顺着她的四肢百骸游走一遍。她的血脉原本有些逆流，但这灵力如同清风过境，涤荡全身，将逆流的血脉重新安抚住，甚至连寒冷她也感觉不到了。

恍恍惚惚中她似被人抱在怀中，那怀抱很温暖，像儿时母亲的怀抱，可以为孩子撑起整片天空……

也不知道过了多久，顾惜玖再次醒来的时候，发现自己还是在那偏殿之中，身上裹着一层被子，外面的天光透过窗棂照射进来。

又是新的一天，新的早晨，她定定地看着外面的天光很久，然后目光落在身上的被子上，微眯起了眼睛。

谁给她盖的被子？

她恍惚记起刚才梦中的景象，浑身一僵。是他来过了？还是她做梦？

她垂眸看了看手腕，昨天因为她一直死命地捋那镯子，手腕红肿得厉害，现在手腕倒是消肿了，依旧白生生的，玉藕一般。

外面传来窸窣的轻响，接着门被推开，蓝摇光那张俊脸探了进来："姐，你终于醒啦！你睡了足足两天！"

顾惜玖："……"

她看了看身上的被子："这被子是你给我盖的？"

蓝摇光咳了一声："我怕姐姐你在这里会被冻坏，又不敢把你挪到其他地方去，所以就拿了一床被子过来……"他又看了看她的眼睛，小心翼翼地问，"姐，你没事了吧？"顾惜玖定定地看着他，把蓝摇光看得有些发毛，"姐？"

"你这么确定我是你姐姐？"顾惜玖哑声问。

"当然！绝对不会错的！你身上有我姐姐的气息，而且你其实认出过我们，只是、只是出了一场小意外，又让你把我们忘了。"

顾惜玖微垂着眸子，也不知道在想些什么。

她身上自有一种生人勿近的冰寒气质，尤其是这次清醒之后，那气息更浓。

"姐？"蓝摇光又叫了她一声。

顾惜玖轻吸一口气，抬起头来："蓝摇光，我再说一次，我不是你姐，最起码在我的意识中我不是你姐。或许我前世是蓝静珂，但这世不是，而我只认这世！"

蓝摇光浅浅地吸了一口气，微笑着看着她："可蓝静珂是鲛皇，你只要答应做她，你就是鲛皇！我立即就能把鲛皇之位让给你。你可能不知道这鲛皇有多尊贵……鲛皇在整个海族中是最尊贵的存在，和蛟龙族平分秋色，统率半个海族，比陆地上任何一个皇帝都有权势。你如果做了鲛皇，那就是一人之下，万万人之上。"

顾惜玖有蓝静珂的记忆，自然知道这个。

"我不稀罕！"顾惜玖声音冷淡地道。蓝摇光张了张口，还想再劝，顾惜玖却已经打断他："你的凰兄呢？"

是时候了断和他的一切了！

"他还有事，已经离开了。"

"你能不能联系到他？我有事找他。"

"这……"

"你们有特殊的联系方法对不对？麻烦你联系一下他吧。"顾惜玖站起身。

帝拂衣既然在鲛族有这么大的势力，又曾经将那么大的事交给蓝摇光，两人之间肯定有随时联系的工具。

蓝摇光叹了口气，知道什么事也瞒不过顾惜玖，认命地拿出一面玉牌，很快联系上帝拂衣……

沐风颇为担忧地看了看自己的主子，最近主子似乎有些不对劲。

主子常常出神，一棵树都能看半天，看树倒没什么要紧的，古人不还经常对着树木格物致知吗？他可以只当主子是想什么高深的问题而已，可是主子现在居然发展到了在战场上还走神……

沐风看着站在四个猛兽的尸体旁边久久出神的帝拂衣，深深地叹了一口气，这不，主子又走神了。

帝拂衣出神的时候并不算多，尤其是在人前，偶尔出一次神还是在琢磨怎么整人。

但这几天他出神的概率明显增加了，而且刚刚正和四头凶兽搏斗的时候他不知道想到了什么，居然中途停手，险些被其中一头凶兽的犄角挑飞！

若不是沐风拼命护主，只怕主子这次会受重伤。

沐风终于忍不住，向前走了一步："主子，您的伤……"

帝拂衣却仿佛没听见一般，依旧站在那里，手臂上的伤口的血浸染了外袍他都没有察觉到，只是陷入了沉思中。

沐风暗叹一口气，只得陪着帝拂衣在风中伫立。

不知过了多久，帝拂衣腰间的玉牌忽然一闪一闪地亮起来，沐风知道，这是海族鲛皇又联系主子了。

而海族鲛皇联系主子基本也没其他事，都是代顾惜玖问主子何时能去海族一趟，把婚事给退了。

沐风第一次听到这消息的时候，还是极惊诧的，还以为是顾惜玖和帝拂衣闹小别扭，开个无伤大雅的玩笑。但很快他便意识到顾惜玖是认真的，她是真的想和他的主子退婚！

她隔一两天就会委托蓝摇光来问一次，而帝拂衣的回答千篇一律：他正忙，没空去退亲，等忙过这阵再说。

沐风觉得自己的主子挺怪的，明知道蓝摇光联系他是为了什么，但每次都会及时接起，默不作声地听完那边的要求后，再说那套词，然后把玉牌挂断，再然后又会出半天神。

而且主子还是看着手腕上的镯子出神，常常紧盯着那镯子瞧，像上面忽然生出一朵花来。

沐风也跟着瞧过好几眼，也没瞧出个一二三来。

那镯子除了色彩常常变化，其他也没什么异常之处。

沐风很不理解，但也不敢多问，自家主子做事一向不按常理出牌，谁知道主子到底在打什么主意？

这次主子又是很及时地接了通话，蓝摇光先是长长叹了一口气，无奈的声音从玉牌里面飘了出来："凰兄啊，家姐托我问你，什么时候来海族把婚退了？"

主子果然又是那套万年不变的说辞，之后按照惯例蓝摇光先寒暄几句，然后像是完成例行任务般挂断传音符。但是这次蓝摇光寒暄完后没有挂断传音符，而是又长长地叹了一口气："凰兄啊，其实还有一件事，我憋了好多天了，一直在犹豫该不该告诉你……"

半晌无人应答，难道对方挂断传音符了？

蓝摇光看了看手上正亮着的传音符，试探地问道："凰兄，凰兄你还在吗？"

其实蓝摇光后面啰里啰唆的那堆废话帝拂衣一个字都没有听进去——帝拂衣又出神了。

此刻听见蓝摇光聒噪的声音，帝拂衣终于回过神来，皱眉道："什么事？说。"

他声音依旧有些心不在焉。

"凰兄，你大概也听说过一件事，我们鲛人的皇族也和人间的帝王一样，可以多纳妃嫔，像小弟身边就有好几个妃嫔……"蓝摇光把话题扯出了八千丈远。

帝拂衣不耐地道："你又想纳妾？随便，本座说过，你鲛族的传统本座不会干涉。"

"不是……不是小弟想要纳妃……"蓝摇光否认，讷讷着又说了几句闲话。

帝拂衣知道蓝摇光说话一向啰唆，但像今天这样啰唆还是第一次，更加不耐了："说重点，本座没兴趣听你扯废话！"

蓝摇光轻吸了一口气，有些难以启齿，咳了一声道："凰兄，你也知道，家姐不肯认那个身份，也不想做鲛皇，但三天前她终于松口了，答应可以试试……当然，她不是试着承认曾经的身份，而是试着接手这个鲛皇之位，小弟当时很开心……"

帝拂衣觉得蓝摇光今天说话绕来绕去的，也不知道想要表达什么。

若在以往，帝拂衣早打断他的啰唆话，或者挂断联系的玉牌，不听他废话了。

现在帝拂衣却听着，听到蓝摇光再次顿住，还催问了一句："然后呢？"

"然后家姐就提了个条件，这个条件虽然不违背鲛族皇家传统，但、但小弟有些为难，特来向你讨个主意。"

"什么条件？"帝拂衣心中忽然生出不太好的感觉。

果然，那边的蓝摇光鼓了半天勇气，终于将顾惜玖的条件说了出来："她要纳侧王夫……"

铛的一声响，帝拂衣手中的玉牌跌落在地上。

"喂，凰兄？你在听吗？凰兄？"

帝拂衣一拂袖，那玉牌从地上飞起，落在他的掌心里，他的声音像是从地狱里吹出来的："她要纳什么侧王夫？！"

"鲛族的传统，无论男女，鲛皇可以娶三妻四妾。家姐要做女鲛皇，按例可以纳三房侧王夫，现在她已经有了两个人选……"蓝摇光的声音越来越小，似乎隔着传音玉牌，他已经感应到帝拂衣这边的阵阵寒风。

因为玉牌并没有静音，沐风也听了全程，微张着口，看着主人瞬间铁青的脸连大气也不敢喘了！

天哪，他听到了什么？

顾惜玖要纳侧王夫？那他的主人怎么办？正王夫？

蓝峰大陆虽然在海底，但因为特殊的术法和海水的折射，还是能看到天上的月亮和星星的。

又是满月节，空中那轮月亮又大又圆，像大号的金盘。

在蓝峰大陆，满月节也叫情人节，在这一天，那些彼此情投意合的情侣会出来约会，即使是那些单身的未婚男女，也会出来到处走走，想方设法地制造机会多结识一些朋友，互相对歌或者跳舞，这样说不定就能找到另一半双宿双飞。

顾惜玖也在约会，和她约会的是一位鲛族少年，约会的地点是一处长满柔软碧草的小山坡。

山坡上有一簇簇不知名的树，树叶是柔软的长条状，翠绿晶莹，如同少女飘逸的发。

在这些树间，还夹杂着几株珊瑚树，鲜红的、翠绿的、银白的，姿态各异，形状万千，点缀其中，让这里的景致美得十分梦幻。

这个地方是有名的约会胜地，就算不是满月节，这个地方也总有几对小鸳鸯……

至于满月节时，这里的情侣更是一对对，几乎隔十多步就有一对。

但今夜，在这里约会的情侣只有一对。

原因无他，这里被清场了！

这倒不是被什么武力清场的，而是那鲛族少年用钱和威信将其他人砸跑了……

那鲛族少年名唤蓝斐，是这大陆有名的歌者，被无数鲛人奉为歌唱偶像来崇拜，相当于现代的实力派加偶像派天王巨星，拥有一大票粉丝。

顾惜玖曾经和他赛过歌，两人也算有过一面之缘。

顾惜玖和蓝斐这次见面其实很有戏剧性，也或者说很有缘分。

她在街上闲逛，正碰到蓝斐从一个什么场所出来，引起了粉丝的围堵尖叫，场面比明星出场还火爆。

说也奇怪，蓝斐身边围着那么多少男少女，他偏偏一眼看到了站在街角抱臂看热闹的顾惜玖，然后他就拨开围在身边的狂热的红男绿女，直接冲过来了。

那冲来的架势像是要向顾惜玖讨债，顾惜玖不禁吃了一惊。

“顾惜玖！”他老远就喊出了她的名字，眼睛里闪着“众里寻他千百度，蓦然回首，那人却在灯火阑珊处”的惊喜。

他喊的那一嗓子整条街的人都能听见，顾惜玖就是出来散心的，不想成为众人注目的焦点，所以和蓝斐聊了两句，就分手了。

蓝斐好不容易才找到她，自然不想这么偶遇一场就算。他通过各方打听，终于知道顾惜玖现在的居处以及她的身份。

他是个行动派，第二天蓝摇光就接到了蓝斐的求亲文书……

蓝斐的求亲文书写得情真意切，说他八年前就对顾惜玖念念不忘，已经寻了她八年，如今天可怜见，终于让他和她重逢，可见是上天念他情痴，成全他的心意。

蓝摇光接到这文书时被雷得不轻！

蓝斐如果是向蓝静怡求亲，蓝摇光会乐见其成，痛快地答应。

但顾惜玖——

在蓝摇光的意识中，自己的姐姐是名花有主的人，是圣尊板上钉钉的夫人。所以他当即拒绝，说顾惜玖已经定亲，有准未婚夫，将媒人打发了回去。

但蓝斐锲而不舍，静了两天后又送来了文书，说自愿为未来女鲛皇的侧王夫，不会和她的正王夫争宠，只求留在她身边。

蓝摇光深深觉得蓝斐的脑袋被门夹了，也或者对方被什么冲昏了头脑，正想再次拒绝，顺便将媒人打出去，没想到顾惜玖回来看到了那两封文书。

她看着那文书出神半晌，随即便笑了，直接回复那媒人，说可以先和蓝斐相处看看，如果双方性格合适，她可以考虑纳他为侧王夫的事。

于是就有了今天这一场约会。

第八十章　月圆之夜，却非团圆之节

为了能和女神好好约会，蓝斐将这个地方清场了，方圆十里内不会看到第二对小鸳鸯……

一块鲛丝绸布铺在地上，如月光在草地上轻覆，上面摆的有鲛族特有的鲜美小吃，还有这海中特酿的果酒。

琥珀美酒月光杯，两个人相对而坐，顾惜玖素手握着酒杯，品着酒，时不时吃几口小吃，风扬起了她身上的烟色衣裙和长发，她看上去倒十分惬意。

蓝斐的目光禁不住在她身上流连。

八年前的顾惜玖身量不足，面目间尚带稚气，但嗓音好、气质佳，整个人像春天略带寒意的风，冷漠中透着丝丝暖意，活力很足。

现在的顾惜玖身段苗条、眉目清秀，烟色长裙衬得她肤色更白，气度更佳，她看上去也慵懒了许多，仿佛对什么也不放在心上，什么美好的东西对她来说都像是过往烟云。

她坐在那里就像是画家笔下的淡墨山水图，让人几乎移不开目光。

二人这一场约会算是很和谐，她全程嘴角勾着淡笑，酒也喝了将近一壶。

她话不多，但又不会让人感觉冷场，能勾起人说话的欲望。

蓝斐是位阳光帅气的美少年，所在的地方仿佛阳光都灿烂几分。

他和顾惜玖讲他这八年来的生活，讲他寻不到知己的落寞，讲他这些年对她的相思……

顾惜玖坐在那里懒洋洋地听着，时不时地和他碰一下酒杯。她其实对蓝斐的感情不是很理解。

她和蓝斐不过就见了一面而已，还是一场对抗赛，就能让他心心念念地惦记她八年？

这就是所谓的一见钟情？

顾惜玖微勾嘴角，心心相印、同甘共苦、共历过生死劫，曾经以为感天动地的爱情都是骗人的，一见钟情这种事又有多少可信度？

她现在不相信爱情，也不想谈爱情。

再喝一口酒，顾惜玖笑着打断蓝斐的深情表白：“我不想和任何人谈情，我们谈点儿实际的事吧，你真想做我的侧王夫？有什么条件？”

蓝斐呆了呆，俊脸涨红：“你、你问这个是亵渎我的感情，我只是喜欢你，什么条件都没有……”

顾惜玖将手中的酒杯晃了晃，懒懒地道：“什么条件也没有？你没打算让我喜欢你？”

蓝斐又呆了呆：“当然想让你喜欢我啊，我相信假以时日，你会爱上我的。”

顾惜玖笑了：“我不会喜欢任何人，所以你这唯一的条件我达不到。”

蓝斐怔怔地看着她，似乎没想到顾惜玖会说得如此决绝，憋了半晌才道：“你、你既然不喜欢我，为何会同意同我见面，还说能考虑纳我为侧王夫的事？”

顾惜玖手里拿着一根簪子轻敲着酒杯，淡淡地道：“我确实想纳两房侧王夫，也只是想纳而已，和感情无关。侧王夫应有的权利我都能给你们。”

蓝斐结识了无数女子，什么脾气性格的都有，但像顾惜玖这样直接务实的人还是第一位。

她明明是个风华正茂的小姑娘，但言行间有一种看破世情的沧桑感。

她到底经历过什么？

他瞧了瞧她，半认真半开玩笑地说：“如果我要求行使我作为丈夫的权利呢？”

顾惜玖喝了一口酒，一脸无所谓地说：“等你成为我的侧王夫后自然可以。”

蓝斐：“……”他忍不住苦笑，“倒没想到你是如此务实的姑娘。”

顾惜玖笑：“其实我一直很务实的，只不过你不知道而已。这就是一见钟情的坏处，你只看到我的一点儿皮相，却并不知道我到底是什么样的人。说不定我只有这皮相可取，其他一无是处……”

蓝斐忍不住叹气：“惜玖，不要妄自菲薄，你要相信你是最好的！”

顾惜玖仰头笑：“我当然是最好的！这世上我是独一无二的！”

每个人都是独一无二的，因为这世上只有一个你。

顾惜玖一向自信，但最近她有一种无力感和挫败感。

她摇了摇酒杯："好了，不说这些了，我们喝酒！"

蓝斐也觉得这不是个好话题，笑了笑："好，我们喝酒！"

他对顾惜玖的兴趣更浓了！

二人推杯换盏，蓝斐还即兴为顾惜玖唱了一首歌，然后请顾惜玖也唱一首。

他指着天上的月亮说："惜玖，月圆之夜，团圆之节，如此良辰美景理应歌舞助兴……"

顾惜玖抬头看着天空中的月亮，原先她喜欢月圆之夜，因为这种夜晚承载着她很多美好的回忆。

但现在她讨厌月圆之夜，曾经的美好时光现在想来都是穿肠毒药！

她笑了笑，仰首举杯："来，为如此美景喝一杯！"

蓝斐很有韧性，还在等她唱歌。

顾惜玖喝酒喝得有点儿多，没怎么推辞，站起来唱了。

不但唱了她还随歌起舞："明月几时有，把酒问青天，不知天上宫阙，今夕是何年？我欲乘风归去，又恐琼楼玉宇，高处不盛寒……"

歌声空灵缥缈，在月色下回旋飘荡，烟色衣裙如风飞扬，如同一片在云端飘舞的浮萍。

蓝斐也有些醉，一双眸子猫似的盯着顾惜玖，只觉心醉。

只要能陪在心心念念的人身边，他不在乎名分，也不在乎她未来还会纳几位王夫，只求能在她心里留一席之地就好。

风轻扬，草丛中有柔软的花瓣随风飘舞，围着顾惜玖打转，沾在她的衣襟和头发上。

她唱舞随心，他看得如痴如醉。

谁也没看到不远处的树上站着一个人，一身雪白衣袍仿佛融了月色，他一直站在那里，也不知道站了多久，看了多久。

好几次他似乎都想出去，却又忍住。他的脸色比月色更苍白，眼眸比夜色更黯淡。

顾惜玖喝醉了！

这次喝酒她没用任何术法将酒逼出来，再加上心情不好，喝酒又喝得急，眼前一阵天旋地转，干脆就倚着一棵大树坐下，一边随意地和蓝斐说着话，一边打瞌睡。

"惜玖，你喝醉了，走，我送你回去。"蓝斐抬手想扶她起来。

顾惜玖随手将他推开："我醉欲眠君且去，不去再饮三百杯！"

这两句诗她也不知道在哪本小说中见过，此刻随口说了出来。

蓝斐："……"

顾惜玖这几天其实很累，常常整夜整夜睡不着，此刻一喝醉，她倒睡着了，睡得还挺香。

蓝斐又叫了她好几声，她都没什么反应。

她倚在大树下，羽睫如扇垂落在下眼脸上，留下一圈淡淡的阴影。

脸蛋淡粉，唇嫣红，睡着的她少了醒着时的强势，有了几分羸弱和无助的样子，让人很想抱一抱。

蓝斐喉头微动，凑近了她，唇小心地向她的唇上印去。

狂风骤起，蓝斐只觉眼前一花，尚未等他反应过来，身子已经如同风车般直接滚了出去，砰的一声撞在了一棵树上！

这一下撞击简直像是火星撞了地球，那棵大树咔一声直接断裂，轰然倒下。

蓝斐的功夫在鲛人国也是数一数二的，平时几百人一起上也未必近得了他的身，但这一次的袭击来得太快太猛，他连反应的时间都没有！

等他好不容易挣扎起来，眼前的金星和黑雾散去，他看到在顾惜玖身边站着一位白衣男子，银色鬼脸面具有些狰狞，一身白色衣袍猎猎飞舞，似乎要裂体而去。

那男子有一双如夜空般深沉的眼睛，那眼睛里似有寒星要裂开燃烧。

这草地上原本有些寒凉，此刻却热浪滚滚，地上绿油油的草像是要被烤干了似的蜷曲起来。

蓝斐出了一头汗，三分之一是疼的，三分之一是热的，还有三分之一是吓的！

眼前这个人他也算是熟悉——圣尊，鲛人国最神秘的国师，也是鲛人国的实际掌权者。

此刻这人如同俯视众生的神，身上气场全开！那磅礴的威压汹涌而来，蓝斐只觉一股寒意顺着脊背爬遍全身，他全身发僵，如受重压，双腿一软，直接又跪了下去！

他本来想要怒喝出声，但被对方的威势一压，连话也说不出来了。

有那么一瞬间，他几乎以为对方要杀了他，还是死无全尸的那种，冷汗瞬间顺着额角滚了下来！

幸好那巨大的响声让睡在那里的顾惜玖动了动，帝拂衣身上那种庞大的威压似乎也让她不舒服，眉毛紧蹙。

不过是极细微的动静，却让处于盛怒中的圣尊理智回笼，他回眸看了她一眼，见她睫毛颤动了两下，睁开了惺忪的醉眼。

只不过她尚没看清眼前之人，帝拂衣一拂衣袖，顾惜玖又重新睡了过去。

她倚的那大树比较细，她动这么一下身子就歪了歪，欲向下躺倒，而在她的身下有一些碎木头渣子，她如果躺倒肯定会被扎到。

她的身子将倒未倒之际，已经落到一个人的怀里。

那怀中气息浅淡，原本睡得死死的顾惜玖却隐隐皱起了眉头，似乎不想闻到这个

味道，身子又动了一下，睡梦中也在抗拒挣扎。

她这种醉酒以后的挣扎对帝拂衣来说不过是毛毛雨，他垂眸看了她一眼，似乎没想到自己使了昏睡术她也有醒来的意思。

帝拂衣眼眸微微一黯，她才穿越来时，就是这种状态，常年没有安全感的生活让她时刻保持着清醒。

而自从和他成婚后，或许是找到了倚靠，她在他身边睡得像毫无防备的孩子。

他没想到才短短这么几天，她又恢复了那种没有安全感的警醒状态。

这其实是个好习惯，这样的她不容易被人暗算。

可是谁能想到她恢复到这种状态背后付出的代价是什么？

苦难总能让人在一夕之间长大。

心脏那里像是被人狠狠地攥住，帝拂衣眼眸幽暗，抱着她的手臂紧了紧，衣袖在她面上轻拂，声音柔和地道："别怕，睡。"

他显然又用上了术法，顾惜玖抗拒了一下，最终没抵抗住那汹涌的睡意，终于熟睡过去，这次是雷打也不醒了！

或许是他怀中抱了人的缘故，圣尊身上的威压消了不少。

他轻飘飘地看了蓝斐一眼，冷冷地开口："以后你再接近她三尺之内，本尊让你直接化身气泡！"

蓝斐呆了呆，终于能说出话来："您、您这是何意？我和她并没有触犯哪条法规吧？"他似乎想到了什么，"难道因为圣尊是她的正牌王夫？其实小可并不打算和圣尊抢正王夫的位置，小可宁愿为侧室……"后面的话他没再说下去，因为圣尊一袖子飞过来，他嗓子一疼，像是被火烧灼一般，脸色一变，"你……"

刚一出声他就吓了一大跳！

他一向引以为傲的嗓音居然沙哑得不像话，像是生生吞了一斤火烫的铁沙子！

"这是本尊对你小惩大诫，你会哑一年，再多废话一句，本尊让你哑一生！"

圣尊声音冰冷，让蓝斐生生打了个寒战，一张俊脸阵青阵白，却一句话也不敢说了。

帝拂衣不再看他，身形一闪，抱着人直接消失。

蓝斐全身发软，坐在那里久久起不来身。

半晌，他苦苦一笑，有圣尊这个正牌王夫在，只怕未来女鲛皇的纳侧夫一事很难实现……

顾惜玖已经多年没尝到真正醉酒的滋味了。

在睡梦中她也感觉到胃难受，想哭、想吐。

梦中的她跋涉在一片泥水之中，不会瞬移、不会轻功，脚下的都是泥泞小路，一步一沉那种。她走得分外艰难，向前看，一片灰雾；向后看，一片昏暗。

她看不到来时路，看不透未来方向，偏偏胃里还翻江倒海似的闹，心里也莫名委屈，委屈得想要落泪。

她很想蹲在路边吐一吐、哭一哭，但总感觉四周的灰雾中隐藏着无限杀机，她只要稍一松懈，就会有什么东西跳出来要她的命。

于是，她强忍住了，再难受也忍着。

为了迷惑灰雾中那暗藏的杀手，她甚至微勾起嘴角大声唱：

爱情不过是一种普通的玩意儿，一点儿也不稀奇。
男人不过是一件消遣的东西，有什么了不起。
什么叫情，什么叫意，还不是大家自己骗自己。
什么叫痴，什么叫迷，简直是男的女的在做戏。
是男人我都喜欢，不管穷富和高低。
是男人我都抛弃，不怕你再有魔力。
…………

她唱的是《卡门》，声嘶力竭，如同喊麦……

蓝摇光心里有些悲催，前几天顾惜玖三天两头地让他催着帝拂衣回来解除婚约，奈何圣尊他老人家老神在在，就是不肯回来，甚至懒得直接和顾惜玖对话。

然后他这姐姐就出了新幺蛾子，开始张罗纳侧夫事宜，甚至很快找到两名人选，一位就是蓝斐，另一位则是位眉清目秀的平民。她甚至开始和这两位约会，明显不是在开玩笑！

所以他思虑再三，还是和圣尊联系了。

这次圣尊来得简直飞快，他挂断传音玉牌没有半个时辰，圣尊就到了。

再然后圣尊就直接寻人去了。

因为蓝摇光唯恐顾惜玖会出意外，一直派暗卫跟着她，时刻报告她的行踪，所以蓝摇光知道顾惜玖和蓝斐到底在什么地方约会——离鲛宫并不算远，也就五十多里的路程。

以圣尊的脚程，他须臾就能赶过去找到人。

蓝摇光却没想到圣尊这一去时间却有些长，足足有两个时辰！蓝摇光心里七上八下的，几乎以为他派的暗探报错信息地点了！

正当他急得团团乱转的时候，圣尊终于抱着人回来了。

于是蓝摇光听到了顾惜玖嘹亮的歌声……

那首歌说不上多好听，歌词却让人哭笑不得。

蓝摇光听得一脸无奈，正要上前看看，帝拂衣已经抱着她风一般进了寝宫。

那骤然关闭的寝宫门险些拍中蓝摇光的鼻子！

蓝摇光后退两步向两边看了看，看到自家的侍卫们一脸被雷劈到的表情，显然都听到顾惜玖那魔音穿脑般的歌声了。

不过大家也都像蓝摇光一样纳闷，这样的歌词对圣尊来说明显有些大逆不道，圣尊为什么不出手制止？他明明用一个小术法就能让怀中的人闭嘴。

梦中的顾惜玖肆无忌惮，嗓子都要唱哑了，似乎这样就能吐出郁积在心中多日的块垒，能让自己舒服一点儿。

迷迷糊糊中她觉得嗓子有些干，咳了一声正要继续唱，一杯水突兀地出现在她的面前，有个声音似乎跋山涉水地飘来："喝口水再唱……"

她却骤然闭紧了嘴，戒备地四处张望。

她听到了那个人的声音！

那个人不会这么好心地给她水的，那个人不想让她活，嫌弃她占用了他的心上人的身子……

这水是不是有毒？她喝了这杯水是不是就会丢失自己，成为另外一个人？

她骤然出手打翻了那杯水！

啪的一声响，她听到了杯子碎裂的声响，可是再转眼去看时，那杯子却不见了。

她松了一口气，继续歌唱。

寝宫是蓝摇光专门为顾惜玖准备的，寝宫内部的布置曾经是蓝静珂喜欢的风格，但后来换成了顾惜玖喜欢的那种风格。

很显然，顾惜玖无论什么时候都不想丢失自己。她似乎在通过各种渠道证明她是顾惜玖而不是蓝静珂……

帝拂衣瞧了一眼这寝宫的布置就明白了她的想法，抱着顾惜玖进来后就把她放在床上，然后坐在她身边听她唱歌。

她唱得声嘶力竭，醉酒的人唱的歌自然有跑调的时候，其实大部分时候这歌声有些刺耳。

幸好帝拂衣进来后就在这殿中设置了结界，隔绝了屋内的一切声音，她这歌声只有他一个人听到。

他听得入迷，如痴如醉，仿佛这是世上最好听的天籁。

这么号的结果是她的嗓子有些哑，他为她端过来一杯水，水中放了糖，还是她曾经最喜欢的桂花糖。

或许生活中她吃了太多苦，所以她喜欢吃甜的东西，喜欢喝甜水，像个孩子一样。

水杯凑到她的唇边，他柔声哄着她，哄她喝水，想让她润润喉咙。

她先是戒备地躲，再接着就直接把水打翻了！

水杯跌在地上摔得粉碎，水则泼了帝拂衣一身，泼湿了的他半幅衣襟。

他发呆了片刻，手指掐了个诀，想使个清洁术弄干身上的衣袍，但这诀掐了一半又停住，任由那湿透的衣襟贴在肌肤上，沁凉入骨。

她似乎陷入梦魇之中，一直大声歌唱，声音越来越哑。

她似乎也有些怕，身子紧张得发僵。

帝拂衣微皱起眉，再次为她调配了一杯解酒汤，喂到她的唇边。

她依旧不张嘴，依旧打翻了它。

她就算在梦魇之中也不会相信人，不再相信他。

帝拂衣在原地站了片刻，似想通了什么，再次调配出醒酒汤，递到她唇边时特意遮蔽了自己身上的味道。

她果然不再那么抗拒了，不过依旧不肯张嘴。

帝拂衣叹了一口气，改变了嗓音，再说话时像是小狐狸蓝外狐的声音："惜玖，这是醒酒汤，来，喝掉它。"

顾惜玖先是愣怔了片刻，眼珠在眼皮下骨碌碌地转动，似乎在梦魇中寻找说话之人……

她缓缓抬起手，似乎想要抓住什么，却又抗拒。

帝拂衣抬手将她的那只手握住，她浑身一僵，然后习惯性地和他十指交握。

这手势对两个人来说，是最熟悉的姿势，几乎是习惯成自然，交握住手的那一刻他心头溺水似的一窒，一瞬间有些恍惚。

两人的手指习惯性地交缠，拇指亲密地相对，如同交颈而卧的鸳鸯。

她说他的心思太深，只有这样握着他的手的时候才能读懂他的心思，才能明了他对她的眷恋，才能让她有安全感。

于是二人就习惯性地这样握着手走过八年。

八年的时光对他漫长的生命来说不过须臾，却是他活得最精彩、最自我的八年，仿佛他这一生的热情都在这八年中释放。

现在他又这样握着她，是否能让梦中的她不再惊、不再怕？是否能将她从噩梦的泥沼中拉出来？

他没想到的是，这样双手交握了不过数秒，她就像被火烫了一般将手抽了回去！

她抽得快，似乎只要晚抽片刻，她就会被对方杀个体无完肤。

他垂眸看着空了的手掌片刻，目光又回到她的俏脸上。

她依旧紧闭着眼睛，眼珠在眼皮下频繁地转动，像是极力想要自己清醒过来却又做不到，嘴角抿得紧紧的，似乎正害怕什么，却又强撑着让自己坚强。

她这是陷入梦魇之中了。

如果只是在梦中歌唱，她倒是能消掉胸中的块垒，但是陷入梦魇，对她的身体是有害的。

他抬手消掉加在她身上的昏睡之术，想让她醒过来。

但她这次入梦太深，他接连呼唤了她几次，她都没有醒来的意思，反而像蚌壳似的身子越缩越紧。

他皱起眉头，这种情景不是第一次出现了，上一次出现后，她陷入噩梦之中险些出不来！

只是普通的一次醉酒，她怎会如此？

帝拂衣不顾她的挣扎，干脆将她拉着坐起来，也不给她灌醒酒汤了，直接强行将她按在自己面前，用灵力消解她体内的酒精。

这种方法虽然极耗灵力，但也是最管用、最快的，只要她配合两三分钟，他就可以彻底帮她消除醉意。

但顾惜玖像是被吓慌了，在他的掌下拼命挣扎反抗。

她这样激烈的反应把帝拂衣吓了一跳，他忙松了手。她又躺下去，倒是不再唱了，只是僵着身子，掌心中却变幻出利剑，护卫在胸前，像个刺猬似的满身戒备。

帝拂衣：“……”

他似乎忽然想到了什么，手指紧紧一握！

是他疏忽了！

她的魂魄刚进入这身体不久，尚未完全融合，再加上他在她这具原身上使用过术法，她要想和这具身体完全契合为一体就需要戒酒，要不然容易被酒控制，陷入噩梦之中出不来。

帝拂衣微闭上眼睛，使了术法，干脆进入她的梦中——

于是在梦中跋涉，在泥水中被无数恶灵围困的顾惜玖突然看到了熟悉的人——蓝外狐。

蓝外狐看上去一身狼狈，从泥水中冲了出来：“惜玖……”

顾惜玖刚刚杀了几个围攻她的没有脸的杀手，骤然看到蓝外狐愣了愣，在蓝外狐身后还跟着几名极厉害的杀手，招招致命，蓝外狐躲得狼狈，似乎随时会被杀。

若在以往，顾惜玖见到蓝外狐遇险，会想也不想地冲过去救对方，此刻她却站在那里蹙眉看着，并没有上前帮忙的意思。

难道她连蓝外狐也不信了？

帝拂衣心头闪过这个疑问。

他知道顾惜玖已经不信他，所以变幻成蓝外狐来设法带她出去，却没想到……

这是顾惜玖的梦，在这里她的意念是最强大的，她意念中害怕的杀手自然也是最厉害的，帝拂衣又只能使用蓝外狐的招数，应付起来自然分外艰难。更要命的是，他身下的泥地忽然变成了吞人的泥潭，他的身子开始迅速向下沉没。

如果顾惜玖在梦中被人杀死，她未必会死，最多就是损伤修为而已。而强行进入她的梦中的帝拂衣如果死在里面，就真的会死，再无挽回余地！

“惜玖，救我！”帝拂衣的双腿已经沉入一半，想拔也拔不出来，他向她伸出手道，“救我……”

顾惜玖垂眸看着他伸过来的手，忽然开口：“你不是小狐狸！你是谁？！”

帝拂衣：“……”

他到底在哪里露出破绽了？

他迅速扫了一圈周围，那些杀手倒是不见影子了，但他的危机压根没解除。

他可怜巴巴地看着她：“惜玖，我是小狐狸啊，你先救我出去……”

顾惜玖轻勾嘴角：“不！你不是！”

她转身就走，头也没回。

帝拂衣的身体下陷得更快，转眼过了腰际：“惜玖，你不救我我会死的……惜玖！”

顾惜玖嘴角的冷笑更甚。

他还想骗她？人在原地跌倒一次就够了，再跌一次的那是傻瓜！

她这一次陷入梦魇和上一次毕竟还是不同的，上一次她不知道自己在做梦，而这一次她被困了一会儿就明白了。

她明白自己在做梦，可是在她的潜意识中宁愿被困在这泥沼似的梦里，去和那些层出不穷的厉害杀手厮杀，也暂时不想清醒地去面对那个世界。

这一次的梦魇中，那些袭击她的人虽然厉害，但都是看不清面目的，也可以说是受她的潜意识操控的。

唯有“蓝外狐”是个例外。

很显然，“蓝外狐”是她梦中的外来者。

真正的蓝外狐没有这个能力进入她的梦中，而当今天下，能从容地进入她梦中，还通变幻之术的没有别人，只有一个帝拂衣！

他又进入她梦中做什么？

他是要救她，还是又想骗她？

或者他想趁她陷入梦魇时，再次将她顾惜玖的记忆封印，让蓝静珂回来？

想起他接连使的两种手段，顾惜玖冷笑，这是他的第三种手段？

那他还真是无孔不入！

帝拂衣，你如此算计我，良心真的不会疼吗？！

心中的悲愤几乎要燃烧起来，而随着她的情绪激烈浮动，帝拂衣也下陷得更快，转眼已经淹到了脖颈……

他几乎透不过气来，望着她愈走愈远的孤独背影，心一横，只得喊出声：“顾惜玖，救我……”

这一次他用了自己的本音，换颜术也不灵了，在泥沼中现出了本来面目。

那孤独背影终于停住，她缓缓回身，隔着时浓时淡的雾气，目光投射在他的脸上，冷冷地开口：“终于肯露出本来面目了？帝拂衣，你这次又唱的什么大戏？”她冷笑道，“你休想再骗我！”

“惜玖，放我出去，不然我会死在这里……”帝拂衣也说了实话。

顾惜玖挑眉看着他：“你也会死？”她再一笑，干脆抱膝坐在那里看着他，“对了，我记得你说过，在这梦中我是主宰，你如果死在这里面的话就是真死了……看来你是冒着极大的风险进来的，想趁我陷入梦魇的时候再次封印我？为了她你就这么拼？你这么确定封印了我，她就会醒过来？”

帝拂衣微抿着薄唇，只是静静地看着她。

他的沉默在她眼里就是默认，她缓缓握起手掌，指甲掐入掌心，仿佛不知道疼痛，深吸了一口气，像是压下了什么，再次站起身来：“那我凭什么救你？！帝拂衣，你真当我是什么圣母投胎的吗？！”

她再不想理他，站起身来一个瞬移没了影子。

而帝拂衣在她身后渐渐被泥水淹没，终至没顶……

不要信他，她再不要信他！

他是来杀她、想让他的心上人复活的，她凭什么让他得逞？

她要让他尝尝被淹没的滋味！他就算死在这里也是咎由自取！敢于算计她顾惜玖的人都不会有好下场！

心中有快意在释放，她站在泥水里忍不住仰头大笑，笑声激越，震得四周的灰色雾气疯了似的旋转，她笑得肆意，也笑出了泪。

她在原地站了片刻，在快意释放之后随之滋生的是巨大的恐慌感，那恐慌一阵又一阵地涌上来，随着时间的流逝而堆积。

他如果真的死在她的梦里……

她的脑袋轰然一响，手足瞬间发软，她深吸一口气，忽然瞬移回去！

她的方向感极强，几乎眨眼之间已经回到帝拂衣曾经站立的地方，那里依旧是那个泥潭，而帝拂衣已经不见影踪……

她不假思索地飞掠过去，手掌猛然下探，去泥沼中掏他，探下去后却没有摸到他，只探了一把泥水。

她两手空空，变了脸色。

他难道已经脱离她的梦逃出去了？

还是说他已经沉入地底了？

她脑子里轰然作响，整个人几乎要站立不住。

她确实恨他，但是也做不到看着他死的地步，也可以说不敢想象他会死。

她极力镇定了一下，再长吸一口气，厉声喝道：“我的梦我做主！他如果陷落，就给我浮上来！”

片刻后，泥沼中翻起了波浪，然后帝拂衣冒出了头……

他紧闭着眼睛，也不知道是死是活。

顾惜玖几乎不假思索地将他提了出来！

他一身泥水，几乎看不清本来面目，躺在她的脚下动也不动。

她蹲下身，一个清洁术打在他身上，先清洁了他面部的泥污，露出了他俊美的仪容。他的脸色苍白得厉害，但谢天谢地，他还是有呼吸的，脉搏虽然微弱，但好在还在跳动。

顾惜玖几乎瘫软在地，也不知道是松了一口气还是觉得悲哀，缓了一下神道：“帝拂衣，看在我不杀你的分儿上，能不能退了这门婚事？”

帝拂衣的睫毛颤动了两下，他终于睁开眼，看了她片刻，只说了一个字：“好！”

顾惜玖没想到他会答应得如此痛快，愣了愣，狐疑地看着他。

帝拂衣深吸一口气，站起身来，淡淡地道：“顾惜玖，这身体是你的，我希望你能好好爱惜它，毕竟它是如此来之不易。好了，我们出去吧！逃避解决不了任何问题。”

当顾惜玖睁开眼的那一刻，正好看到自己和帝拂衣的手指还紧紧交握在一起，而二人的手腕上的那一对姻缘镯像琉璃般开始碎裂，化为闪烁的光点，在空中飘荡、淡化，最终消失。

她迅速抽回自己的手，在松一口气之余心脏那里也像是缺失了一大块，很痛也很空！

她记得她曾经听帝拂衣说过，这姻缘镯代表的是她和他的缘分。

姻缘镯断裂的条件有二，一是双方有人死亡，二就是在双方自愿的基础上解除婚约，缘分彻底被斩断……

她以为她会戴这镯子一辈子，会爱护它一辈子，却没想到她并没有拥有它多久，不是她的终究是留不住的。

帝拂衣睁开眼的时间比她晚一些，他睁开眼的刹那，看到的正好是姻缘镯消失时产生的流光。

他定定地看了手腕片刻，终于直起身，看了她一眼，轻吸一口气道：“这婚已经退了，你也自由了，惜玖，保重。”

他说完转身就走。

顾惜玖感觉心脏沉得厉害，在他身后沉声问了一句：“帝拂衣，你早就知道我的记忆没被消除对不对？”

帝拂衣足下一顿，并没有回头：“不错。”

“所以你想要杀了我，然后让蓝静珂复生？”

这是扎在她心上最深的刺。

帝拂衣缓缓回身，看了她片刻，终于叹了一口气：“本座已尽力，她依旧没有复生，看来是命数使然，本座也无可奈何，这躯壳注定归你……”

顾惜玖：“……”

他黯然的语气让她再次握紧手指，心上又似被插了一刀……

帝拂衣的视线落在她苍白的小脸上，他继续道：“顾惜玖，就算你我没缘分，你也别拿自己的婚姻开玩笑，那样被糟蹋的只能是你自己。你也说过，只在乎曾经拥有，不在乎天长地久，我们毕竟也有过快活的八年时光不是吗？让我们好聚好散吧。从今以后我不会再管你的任何事，你也不要再惦记我……”

顾惜玖将手指握得发白，嘴角却勾起一抹淡淡的嘲讽笑容：“好！”

帝拂衣顿了顿，转身离去。

顾惜玖站在原地，好久好久没动地方，心头在这一刹那有些空白。

她知道他和她从此山高水远是路人，再不会有任何交集，他走他的阳关道，她过她的独木桥，他做他的圣尊，而她也有她自己的事业要闯……

原来这就是她和他之间的缘分，缘来则聚，缘去则散。

她的视线落在自己光秃秃的左腕上，那里曾经是姻缘镯缠绕的地方，现在已经空了。

苍穹玉再不必吃它的醋。

帝拂衣曾经说过，只有两个人都同意退亲或者一方死亡时这镯子才会消失。

他在她的梦中终于答应退亲的那一刻，这镯子也就开始破碎消失了，再无法挽回。

顾惜玖在屋里坐了一天，没有人知道她这一天到底想了些什么，又想通了什么。

蓝摇光一直忐忑地等着。他已经看到帝拂衣头也不回地离开，本来想到顾惜玖屋里看看，但那房门关得紧紧的，他也不敢上前去敲门。

第二天，门终于从两边打开，顾惜玖走了出来。

蓝摇光不动声色地打量了一下她，她穿着一套烟青衣裙，发髻整齐好看，一双眼睛下虽然有点儿黑眼圈，但看上去水灵灵的，炯炯有神，并没有任何不妥之处。

他松了一口气，走上前去搭话："姐姐，你酒醒了？"

他明显是在搭讪，顾惜玖点了点头，嗯了一声。

蓝摇光的目光在顾惜玖的手腕上转了一圈，然后整个人愣了愣。

他毕竟活了数千岁，也是见多识广的人物，知道她原先戴在手腕上的镯子是姻缘镯，和帝拂衣手腕上的那个镯子是一对儿。他还以为圣尊会和姐姐牵手一生，没想到……

怪不得圣尊离开得那样决绝，他在后面喊了好几声"圣尊"也没回头，直接就出海去了。

看来姐姐的纳侧王夫行为彻底踩到了圣尊的底线……

蓝摇光的脑海中闪过无数个猜测，不过他还是向顾惜玖禀报了最重要的事情："姐，今天下午蓝斐来找过你，他不放心你……"

顾惜玖摆了摆手："和他说，我不想要侧王夫了，让他以后不必来了。"

蓝摇光："……"

他还想说什么，顾惜玖又问："摇光，你可知道蓝晶晶？"

蓝摇光愣了愣，随口道："知道啊，她以前常和姐姐一起游玩的，算是姐姐最好的朋友，姐姐当初故去后她很伤心……"

顾惜玖心中一动，蓝晶晶就是帝拂衣给她讲的蓝静珂的爱侣。

顾惜玖虽然有很多蓝静珂的记忆，但都是一个片段一个片段的，像是用什么术法凝聚出来的，并不能连成片。而这些散碎记忆中并没有多少有关蓝晶晶的故事，最多有两三个影像。

所以顾惜玖的脑海中只有蓝晶晶的模糊影子，顾惜玖知道对方长什么样子，却记不起蓝静珂和蓝晶晶之间的那些暧昧情愫。

"蓝晶晶现在还好吗？她在什么地方？我想去拜访一下。"顾惜玖说出了自己的目的。

蓝摇光摇头道："姐，你见不到她了，她已经死了。"

顾惜玖："怎么死的？"

"她奉父母之命嫁给了鲛族的一位将军，那将军对她很不好，三天两头打她，连她怀孕快足月也不放过她，终于把她打小产了，流血过多而亡。"

顾惜玖："那个将军呢？"

"已被处死，凰兄亲自下的令。"

"这是什么时候的事？"

"五千多年前吧，具体时间我也记不清了，好像姐姐你刚过世不久蓝晶晶就嫁人了。"

顾惜玖心头微沉，如果蓝晶晶真是蓝静珂的秘密爱侣，对方会这么快就嫁人？这也太无情了吧？！

顾惜玖沉吟片刻，又接连问了蓝摇光几个关于蓝晶晶的问题，但那时蓝摇光确实还小，他只是对蓝晶晶有点儿印象，知道对方是蓝静珂的朋友，其他的就真的不知道了。

“姐姐，你突然问蓝晶晶的事，是不是想起了什么？”蓝摇光满怀希望地看着她，像是想起了什么，“姐姐在鲛族还有一些旧友在的，姐姐要不要见见他们？你当年的好友可不止蓝晶晶一个，还有好几个呢！姐姐和他们的关系都很铁，临死时还将他们一并托付给凰兄照应……他们现在都生活得不错，还有两位已经是鲛族的将军。姐姐若想见他们，我能立即将他们召来。”

顾惜玖沉默片刻，终于点头：“好！”

蓝摇光的效率很快，一个时辰后，他就召来蓝静珂当年的五位朋友，有男有女，女多男少。

顾惜玖套人的话还是很有水平的，不逊于那些专业的刑侦人员。

她和那些人聊了小半天，想从侧面了解一下蓝晶晶和蓝静珂之间的事，但聊了很久，也没聊出什么有用的信息。在他们眼里，蓝晶晶和蓝静珂走得并不算近。

总而言之，这些人没有一个知道蓝静珂和蓝晶晶曾经有一段暧昧情愫。

他们对当年蓝静珂和凰尊之间的故事倒是知道不少。

这二人确实是未婚夫妻，曾经并肩战斗，凰荼为蓝静珂争得帝位。在鲛族人眼里，他们就是一对璧人，最后蓝静珂为凰荼圣尊的千秋霸业而亡，而圣尊也是尽心尽力地辅佐蓝静珂的弟弟蓝摇光为帝，至今未娶。

送走了那些人，顾惜玖在心中苦笑。

顾惜玖，你到底是想知道什么，或者想证明什么？

你是不是觉得如果蓝静珂真和蓝晶晶是一对儿，那么帝拂衣对蓝静珂深情一片就是假的，就是做戏给你看的？现在他这么无情地对你只是因为有什么迫不得已的苦衷？

事实证明，自己很傻很天真！

原来在自己的内心深处，她还在忍不住为他找理由开脱。

好在她和帝拂衣之间的关系已经掰扯利索，也断得干干净净，以后的日子她一个人走就是了。

这世上没有谁是真的离不开谁，时间是所有伤痛最好的良药，她日后会走出这段感情的。

又不是没情殇过，她有经验！

三年忘不掉那就五年，五年忘不掉那就十年，她有的是时间来耗，会走出来的，一定会！

顾惜玖并没有再待在鲛族，而是回到陆地上，回了将军府。

顾惜玖回将军府时并没有见到顾谢天，据官家回报，顾谢天现在去了樊野城，已经十多天了，没有回来。

她又联系了罗展羽，罗展羽并没有在京城，而是去了其他城市，因为顾谢天对他滋扰得太厉害，让他烦不胜烦，干脆逃了。

罗展羽听到顾惜玖的声音很开心，第一件事就是问她和帝拂衣什么时候办酒。

顾惜玖深深觉得自己这个哥哥踩人痛脚的本事还真是一等一的，她沉默片刻还是简略地说了实话："我和他已经分了，不会再有婚礼。"

一向冷静睿智的罗展羽在那边像是被踩了尾巴的猫，声音蓦然拔高："什么？！怎么回事？！他对你始乱终弃？！"

他的尖啸险些震聋顾惜玖的耳朵，她忙把传音符挪远一点儿："你别叫，事情不是你想的那样。算了，你别问了，我不想再谈这件事。"

那头罗展羽也干脆："你现在在哪里？"

"将军府啊，我能去哪里？对了，顾将军没在家，他好像知道了娘亲尚在人世的消息，直接追到樊野城去了，好几天没回来。"

罗展羽嗤笑了一声："他确实知道了，也知道咱娘已经嫁人了，先是颓废了好几天，然后就抖擞起精神去追人了，说他不在乎她嫁过人，也不在乎她已经有了别人的孩子，只想让她回来……对了，老头还觉得他自己长相太老了，用药物染了头发，还拼命修炼功夫，想把灵力升到八阶去，让自己能年轻些。"

顾惜玖："……"

老头这是要夕阳红啊，这么大岁数了还像年轻人那样疯狂。

罗展羽居然十万火急地赶来了，将近千里的路程他只用了一个多时辰。

顾惜玖看到他的时候还吓了一跳，上下打量了他一下，见他满面风霜烟尘色，头发被风吹得像张飞似的，心中一暖："你这么急匆匆地赶来做什么？"

罗展羽见了顾惜玖也吓一跳，围着她转了一圈："惜玖，我怎么觉得你变嫩不少啊？你又练什么功夫了？"他又拉着她坐下，"来，告诉兄长，你和帝拂衣到底是怎么回事？怎么好端端的忽然取消婚约了？"

顾惜玖苦笑："你十万火急地赶来就是为了问这个？"

罗展羽仔细看了看她的脸色，顾惜玖虽然看上去精神奕奕的，却瞒不过罗展羽这位医者的眼睛。自家的妹子虽然变嫩了不少，但看上去也憔悴了很多。

"你已经两天没正经吃饭了吧？走，我先带你去吃饭，我们边吃边说。"罗展羽不由分说地拉了她就走。

二人去了一家药膳馆，罗展羽亲自下厨为顾惜玖做了几道药膳，都是对她的身体极有利的，色香味俱佳，端上来放在顾惜玖跟前："来，尝尝哥哥的手艺。"

顾惜玖每样尝了几口，向他竖起大拇指："强！你这厨艺可以媲美高级大厨了。什么时候练的？"

罗展羽在她对面坐下，自顾自地每样吃了一箸，摇了摇头叹道："你的口味偏清淡，而这些菜都偏咸，应该并不算合你的口味，你真的尝不出来？"

顾惜玖目光微闪。她现在看上去虽然淡定如常，但心如火烧，无论什么东西吃到嘴里都没什么味道，自然尝不出好坏。

她又夹了一箸菜，慢慢吃了，笑道："哥哥，你多想了，没有什么东西是一成不变的，譬如我的口味。原先我确实喜欢吃清淡些的东西，但现在喜欢吃咸的了，所以你做的这些菜正合我的口味。"

罗展羽心中一疼，握着杯子的手一紧："惜玖，在我面前你不必强撑着坚强。你如果想哭那就哭出来，我给你个肩膀让你靠一靠。"

顾惜玖眼睛微热，却笑了："我哪有这么脆弱？不过就是失恋而已，我习惯了。"

她刚刚说完这句话，忽听隔壁雅间传来砰的一声，像是酒杯坠了地。

兄妹俩对望一眼，这种喝酒时隔壁房间掉落杯子的事很常见，倒是不必大惊小怪的。

罗展羽侧耳听了听，隔壁似乎有些人声，像是有六七人在喝酒的样子。

他松了一口气，道："玖儿，具体是怎么回事？你和我说说吧，我的妹子绝对不能让人欺负了去！"

顾惜玖并不想让自己化身祥林嫂，四处说自己的不幸，所以只是转了转酒杯："没什么，就是忽然发现性格不合，然后就分了。"

罗展羽显然不相信她这个万金油的分手理由，接连问了几次，无奈顾惜玖不想说的事情，他无论怎么套问都套问不出来。

罗展羽急了："玖儿，你再不说，我就亲自去天师府责问！此事我必须讨一个说法！"

顾惜玖觉得累："你想要讨要什么说法？"

"你、你们在外面虽然没有成亲，但在禁地你可是嫁给他了！他怎么能说分就分不要你？！"

"你的意思是说，我被他睡了八年不能白睡？"顾惜玖勾唇笑道。

罗展羽没想到她会说得如此直接，窒了窒，颇为不赞同："玖儿！"

顾惜玖摆了摆手："哥，我知道你是为我好，但我和他的事情不想让别人掺和进来。还有我已经换了身体，现在这个身子是全新的，尚是处子，而且这次是我逼着他退亲的。他如果不退的话，我就要纳侧王夫了。”

罗展羽直接目瞪口呆了，半晌才讷讷地道：“玖儿，我实在不明白，你那么爱他，为了他好几次险些搭上自己的命，他稍有点儿不妥你就紧张得要命，怎么会逼着他退亲？这不像你，到底发生了什么？还有，换体是怎么回事？”他上下打量了她一下，“我瞧着你现在就是嫩了些，但功力还是极强的，和原先没什么区别……”

他蒙了，一头雾水。

顾惜玖揉了揉眉心，这事要解释起来得解释一大堆，譬如克隆体，譬如天罚，譬如帝拂衣的圣尊身份，譬如蓝静珂和帝拂衣的恩怨纠葛。

这么一大堆事情要解释起来得说一个时辰，她现在心累，不想解释这么多。

所以顾惜玖笑了笑：“好了，这件事到此为止，我不想再讨论。喏，我记得你会做一种桂花糕，我馋那种糕了，不如你看在我失恋的分儿上，安慰安慰我，给我做一次？”

她把话说到这里了，罗展羽也不方便再问，转身去做糕了。

顾惜玖看着他的背影在楼梯口消失，嘴角的笑容渐渐淡去。

她开始慢慢吃桌上的东西。

失个恋而已，天塌不了，她会走出来的！人活这一辈子，又不是只有爱情，还有很多值得去做的事情。

相信过不了多久，她又会是那个意气风发的姑娘。

她振奋起精神，开始向那些美食进军……

明明是白天，这里却星光耀眼。

帝拂衣坐在观星台上，这次他没有像往常那样观星，而是观看大厅内桌子上摆放的一个大水晶球，水晶球上似有祥光环绕，出现的是一帧帧画面，有药膳堂，有顾惜玖和罗展羽……

他坐在那里如同一具化石动也不动，脸色苍白到近乎透明，视线没离开过那水晶球须臾。

其实水晶球上显示的只有画面，没有声音，但他从他们的口型还是看得出他们交谈了什么。

他站在原地片刻，等水晶球上的画面消失后，才走出来。

沐风迎上前来：“主上。”

帝拂衣点了点头：“蓝狐一族可有什么异动？”

沐风道：“蓝狐族王蓝阅将蓝外狐带回了蓝狐一族，现在他们全族上下正预备婚礼呢。”

帝拂衣点了点头，接连问了几桩事情，沐风一一答了。

整体来说，这大陆上的战乱基本已经结束，一切都在向好的方面发展，或许用不了三五年，这片大陆又会恢复得像从前那样欣欣向荣。

当然，假左天师造的孽太厉害，原本三国鼎立的局面被打破，现在只剩飞星国和朝阳国。

众所周知，三足鼎立最稳固，飞星国和朝阳国又打了数年仗，彼此仇视，两国吞并了皓月国，现在各自虎视眈眈，想要吞并对方。边关之上的局势甚为微妙，小规模的战争仍时有发生。

照这样下去，两国彻底火并是迟早的事，而一旦两国真正交战，百姓必然又会流离失所，苦不堪言。

要想让这大陆长治久安，三国鼎立是最好的办法。那样互相牵制、互相制衡，能让这大陆相对和谐稳定。

所以帝拂衣打算重建一个皓月国。

他要想重建皓月国，就要重新扶持一个皇族，沐风四人的任务就是在皓月国遗族中寻找合适的继承者。

这继承者得有人脉、有号召力、有威望，能最快得到皓月国百姓的拥戴。

沐风向帝拂衣禀报了皓月国那些遗民家族各自的情况，分析得头头是道。

总体来说，那些遗族的继承者成器的极少，适合做皇帝的更是凤毛麟角，各有各的毛病，不是性格不合适，就是威望不够，或者人脉不广……

帝拂衣默不作声地听着，半晌忽然说了一句："千翎羽呢？"

沐风一怔，终于想起这个人，略一思索，眼睛一亮："这八年来这小子倒是沉稳了不少，而千家族本来就是皓月国的名门望族，极得百姓认同，千翎羽作为千家的嫡子，又出自天聚堂，人脉、本事、威望倒都有了。不过这小子早该毕业，但一直以天聚堂为家，并没打算回千家，也没有称王称霸的雄心壮志……"

帝拂衣淡淡地道："他只是欠缺一个刺激而已。"

沐风一时没明白："请主上明示。"

"他为何要留在天聚堂不肯走？"

沐风怔了怔，看了主子一眼，有些不敢回答。

"不必吞吞吐吐的，说实话！"

沐风把心一横道："他对顾姑娘其实还没死心，留在那里也是为了她偶尔的回归……"

帝拂衣似笑非笑地看了沐风一眼："你倒是了解他。"

沐风干笑了两声："那小子尚不知道主上和顾姑娘已经成亲，要不然会死心……"他琢磨了一下，"要不，由属下对他说明顾姑娘已经是主上的人，让他彻底死心？"

帝拂衣摇了摇头："本座与顾惜玖已经和离，从今以后她和本座再没有任何关系。她日后无论嫁给谁都和本座无关。"

沐风一脸"你开玩笑的吧"的表情看着帝拂衣。

帝拂衣拍了拍他的肩膀："她现在已经换回原身，原身还是冰清玉洁的……"他顿了顿，道，"本座和她的事就这么过去吧，从今以后不要再对任何人提起。"

沐风吸了一口气，再吸一口气："主上，属下实在不懂您了！"

帝拂衣目视远方，半晌突兀地笑了笑："本座不需要任何人懂，只做应该做的。你也不必懂，照做就是。"

沐风难得地沉默半晌，随后道："主上，您和她的事我们几个可以不提，就当没发生过，但和你们一起从禁地出来的几位，可是都知道你们已经成婚……"

帝拂衣淡淡地道："放心，本座已经更改过他们的记忆，他们不会再记得。"

沐风："……"

他实在是不懂了！圣尊这是要把他从顾惜玖的生命中完全抹去？

"为什么？"沐风忍不住还是问了出来。

"有缘则聚，缘尽则散，我和她的缘分已经走到尽头，既然要断自然要断个干净。不是吗？"帝拂衣转身就走。

沐风在那里呆愣了几秒，心中忽然有火冒出来："这一定不是她的意思对吧？！"

帝拂衣顿住脚步，略停片刻，淡淡地开口："是本座的原因，你就当本座喜新厌旧好了。"

他说完转身不见了影子。

沐风："……"

喜新厌旧？这倒像是圣尊会出现的毛病。

毕竟这尊大神活得太久，曾经很喜欢的东西忽然不喜欢了，从而转移了目标，这种事在圣尊身上也不是没发生过。

不过那"新"是谁？

沐风握拳！

他们四个对顾惜玖的感情还是很深的，一是单纯欣赏她，二也是这次假左天师之乱，是她炼制丹药救了他们，对他们有再造之恩。

这么好的姑娘圣尊居然说扔就扔了？！

他一句喜新厌旧就把一切斩断了？！

圣尊果然心够狠！渣！

如果不是因为圣尊是他们的主子，沐风就要上前捶人替顾惜玖讨回公道了！

算了，他还是去天聚堂看看那个千翎羽，顺便把主上和顾惜玖已经分手的事透露给对方，那小子肯定又会充满十二分的斗志！

千翎羽自沐风口中得知这一消息的时候，整个人都傻了片刻，先是询问原因，沐风自己都不清楚，自然不会告诉他。

于是千翎羽立即想联系顾惜玖问问看，沐风制止了他，说人家姑娘正有些伤心，他何苦去问？这不是在她心上撒盐吗？

千翎羽想想也对，就没敢问，琢磨片刻，开始整理行囊，直接飞也似的去飞星国了。

当千翎羽出现在顾惜玖的闺房外的时候，顾惜玖还是吃了一惊的。

她在天聚堂待了这么久，自然知道那里的学生的作息规律严苛得很，平时连逛街的时间都没有，这小子怎么忽然跑到她这里来了？

千翎羽不敢直接问，和顾惜玖寒暄了数句，什么顾将军好吗？你的姐妹们好吗？住的屋子还习惯吗？……这类的话挨个说了一遍，就差说“今天天气哈哈哈了”。

顾惜玖很干脆地问他：“你小子有话直说，和我拐这么多弯子说话不累吗？”

于是，千翎羽就问了：“惜玖，你和左天师大人……”

顾惜玖明白了，忍不住叹气，看来她和帝拂衣分手的事已经传到千翎羽的耳朵里了。是谁这么大嘴巴？

其实她和帝拂衣这次从禁地出来后一起出现的时候不多，京城里的百姓甚至不知道她和他到底是什么关系。

而她因为等着帝拂衣给她一个惊喜，也始终没对外宣布过他们的事。

现在想来，幸好她没宣布，要不然现在她就是一个笑话。

“我们分了。”顾惜玖回答得轻描淡写。

千翎羽眼睛一亮，但随即又觉得“亮”得不合时宜，忙又敛了神色，仔细地打量了一下顾惜玖，忽然发现一个问题：“惜玖，你看上去变嫩了不少啊！”

顾惜玖摸了摸脸，无奈地道：“你可以当我没有感情债一身轻，返老还童了。”

千翎羽：“……”

他又看了看顾惜玖的脸色，发现她除了变嫩一些，倒是看不出那种失恋少女失魂落魄、生无可恋的憔悴样，先放了一半心。

他并不擅长安慰人，所以搓了半天手，终于想到一个主意，想要拉着顾惜玖出去逛街看戏什么的，一是陪她散心开解她，二也是想多陪她一阵培养感情……

他没想到刚提出这个提议就被顾惜玖否决了，她现在没空上街，得去皇宫一趟。

皇宫内最近不太平静，有些怨灵作祟，皇帝容伽罗派人来请顾惜玖去作法……

现在的顾惜玖在飞星国的地位已经隐隐能与左天师帝拂衣相媲美，飞星国的百姓碰到什么难以解决的事都喜欢找她，皇宫里更是如此。

而顾惜玖也想让自己忙碌一些，再忙碌一些，最好忙得脚不沾地，这样就没时间去考虑那些乱七八糟的事。

所以她这一阵总是有求必应，忙成了陀螺，压根没空陪千翎羽闲逛。

千翎羽自然不想被丢下，立即自告奋勇地跟着去。

第八十一章　故人未曾入梦来

大概是因为上次假左天师造孽太多，皇宫中的人也深受其害，枉死了很多太监、宫女、侍卫什么的，不知道怎么的，形成了怨灵成团的情况，这超度的重任就压在了顾惜玖身上。

好在顾惜玖对这事很拿手，无论多厉害的怨灵碰到她，都只有被超度的份儿。

这次也一样，顾惜玖作法很快收服了在后宫内闹事的六个怨灵。千翎羽在旁边看了全程，很是叹为观止。

现在的顾惜玖施法时手法娴熟，灵力深厚，让那些大凶的怨灵几乎没有还手余地，再心不甘情不愿，也只能被超度……

顾惜玖做完法事，容伽罗请顾惜玖二人留宴。

宴毕，顾惜玖二人告辞出来。

星光漫天，月亮一弯，街道店铺门前灯笼摇曳，夜色静谧安详。

如此良辰美景，千翎羽和顾惜玖并肩走在路上，感觉平淡中透着温馨。

顾惜玖这一路并没怎么说话，似在思索。

千翎羽忍不住侧头看了她几眼，现在的顾惜玖压根不像是刚刚失恋的女孩子。

她冷静睿智，处事有条不紊，谈吐如常，若不是知道内情，千翎羽几乎以为她和帝拂衣分手是假的。

这个女孩子简直冷静得可怕！

千翎羽在佩服之余又有些心疼，同时心中有些不是滋味。

他是见过顾惜玖和帝拂衣怎么相处的，开心起来的时候像个孩子，偶尔他还能看到顾惜玖对着帝拂衣撒娇，跟他发小脾气……像个小女人，但在其他人面前，她就冷静犀利，也给人极大的安全感，仿佛有她在身边，就能解决掉一切棘手的问题。

或许她的另一面只肯让帝拂衣见到吧？

现在的她就像是戴上了面具，无人能窥视其内心。

两个人干走有些没意思，千翎羽正想找个话题聊聊，顾惜玖却先开口了："翎羽，你觉得这皇帝怎么样？"

千翎羽一怔，心中警铃一响，立即道："能怎么样？长相挺帅的，但我也不差……"

"我没说他的长相，你觉得他是什么脾气？"

千翎羽心中警铃再次响起："脾气、脾气还行吧……看上去挺温和，笑起来像狗尾巴花似的。"

顾惜玖："……"

这是什么烂比喻？！

"你也觉得他温和？你在他身上有没有发现一种乌衣子弟的倜傥风范？"

千翎羽心中的警铃开始大响，他哼了一声："这有什么？风流洒脱谁做不出来？小爷倜傥起来也不比他差！"

说这句话的时候，他还忍不住撩了一下头发，轻弹了一下衣襟。

顾惜玖终于瞧了他一眼："你今天吃错药了，总拿自己和人家比什么？"

千翎羽："……"

顾惜玖又似沉思片刻，总感觉现在的容伽罗和原先比有所变化，原先的容伽罗是位冷面帅哥，就算对着最喜欢的顾惜玖，也不是常笑的，更不善言辞。

但现在的容伽罗比原先健谈不少，身上似也多了一种味道，优雅如诗，倜傥如酒，又有身为皇者的霸气风范，一笑倾人城。

顾惜玖和容伽罗毕竟分别八年了，所以也搞不清他是不是因为岁月的沉淀、人情的历练，才会变得如此。

顾惜玖又想起刚才超度的几个怨灵，一身红得似血，怨气简直能冲天！

若不是她有最高端的超度之法，只怕会被这些怨气影响，心中负能量爆棚。

就算是这样，她超度怨灵之后，气血也浮动得厉害。心中原本强压住的负能量在怨气的挑动下想要找个渠道爆发，有一瞬间她甚至想要大开杀戒！

幸好她功力高，及时发觉状态不对，暗中调息净化，才将侵入她身体内的怨气清理干净，心情也恢复平静。

以她现在的功夫，轻易不会被怨气侵体，今天忽然这样，是因为她最近心绪太不稳，还是这怨灵比较特别？

“你有没有觉得今天的怨灵特别强大？”顾惜玖又开口。

千翎羽怔了一下，点头道：“确实很强大！一个顶普通的十个！”

“这怨灵倒像是有人故意弄出来的，应该还是那假货的‘功劳’吧？毕竟那怨灵墙中的怨灵也和这几个差不多，当然，这几个看上去更惨……看来这假货虽然已经伏法了，但流毒一时也清不干净啊。惜玖，你还有的忙，我留下来帮你吧！”千翎羽趁机自告奋勇地道。

顾惜玖摇头：“不必，你在天聚堂的课业需要完成，总在这里耽搁也不行，小心古老头拿戒尺打你！”

“惜玖，其实我在天聚堂能毕业了，古老头说我去年就可以毕业离开。”

顾惜玖挑眉道：“那你还留在那里是想深造？”

千翎羽顿了顿，鼓足勇气说：“不，我在等你！”

顾惜玖足下一顿。

星光下，千翎羽的眼眸如星子般闪亮：“你虽然失踪了八年，但你毕竟还没从天聚堂毕业，只要出现就会来天聚堂见我们，我怕我毕业离开了，你来时我不能及时见到。”

顾惜玖微抿了下薄唇：“千翎羽……”

千翎羽摆了摆手，不想听她说什么拒绝的话：“惜玖，我喜欢你，这天聚堂的人都知道。如果你和帝拂衣没分手，我会诚心地送上我的祝福，不会给你增加负担，我会做你最好的朋友……”他顿了顿，不待顾惜玖说话，继续补充，“放心，我知道你现在不想接受任何男子的心意，需要时间平复，我也不会逼你。但我可以等！等到你能重新接纳感情的那一天。”

他说得信誓旦旦，信心满满。

顾惜玖：“……”

心中不是不感动，但顾惜玖也清楚地知道，千翎羽不是她的“菜”。无论他等她多少年，她都不会爱上他。她可以把他当成好朋友，唯独不能当成爱人。

“千翎羽，你不必等我。”顾惜玖缓缓地开口，“我不会再喜欢任何人。好了，你回天聚堂吧，免得受罚。”

她一个瞬移，直接没影子了。

千翎羽：“……”

他站在那里，看着空空的长街，懊恼地拍了一下脑袋！

这个时候他不该说这些的！

他把一切都搞砸了！

他想起了沐风的话，沐风说像顾惜玖这样优秀的女子，必须是有身份、有地位、

冷静睿智的人才配待在她身边。

千翎羽明白，顾惜玖身边的那些桃花不少，帝拂衣、容伽罗、龙司夜、龙梵，甚至有那个最大的魔头墨曌。

这些人都是身份极尊贵的，或为一方霸主，或为皇帝，最差的也是宗主级别的。

而他仅仅是世家千家的嫡长子，日后最大的出息就是做千家的族长，和前面那几位一比差得不是一星半点儿。

好男儿志在四方，好男儿要霸气刚强！这是沐风说的，看来他也应该干一番自己的事业了！

沐风还说，圣尊有意再建立皓月国，正在物色未来的国君人选，让他不妨争取争取，闯出一片自己的天地。

千翎羽称王称霸的雄心终于燃了起来！

万籁俱寂，夜已三更，顾惜玖坐在床上。

她已经打坐一个半时辰，依旧无法静下心来，胸口那里像是被什么东西给掏空了，空落落的没个安稳处。

她最近有些怕夜晚，白天忙碌起来可以什么都不想，但夜晚来临时自己独处，那些想要忘记的往事就会在脑海中盘旋。

她睡不着时就会用清心咒打坐练功，一般打坐练上一个时辰就能让心绪安稳下来，从而能睡上两三个时辰。

但今夜大概是受那些怨灵的怨气影响，她体内的气血翻腾得格外厉害，练功这么久依旧无法静心，刚睁眼就吐出一口血来，心口那里突突乱跳。

她叹了口气起身，干脆到院子里转了几圈。夜风凄寒，她坐在一张石凳上吹了半个时辰的冷风。

既然睡不着，她就开始琢磨皇宫里的那些怨灵。最近城里的怨灵似乎多了一些，算上昨晚刚刚超度的那四个，这么十天的时间，她已经超度了三拨共二十多个了。

而且这些怨灵一拨比一拨狠，一拨比一拨厉，这真是那假左天师留下的遗毒？还是暗中有人在搞什么新动作？

她又联系了一下黎孟夏，黎孟夏倒是时时刻刻活力充沛，向她报告了这些天的成果，又抓到假货余孽若干。

二人聊了一阵，黎孟夏始终没问顾惜玖和帝拂衣的事。

她作为暗影堂的堂主，消息是最灵通的，想必早已知道了。

今日的黎孟夏十分有耐性，原先她总是三言两语就说清楚她那边的事情，和顾惜玖聊闲篇的时候也是快人快语。

但今天的她开始时还是她原有的风格，和顾惜玖聊了几分钟后像是变了一个人，还是那个声音，在静夜之中听来仿佛带着空谷的回响。她甚至对顾惜玖唱了一首刚学到的歌，这歌舒缓如小夜曲，由她娓娓唱来仿佛催眠曲。

顾惜玖原本一点儿睡意也没有，和她聊着聊着倒聊困了，回到屋内打着哈欠上了床，在被窝里依旧和黎孟夏聊，再然后她就迷迷糊糊地睡着了。

传音符里黎孟夏又说了两句，没得到她的回应，不确定地问了一句："惜玖，你睡着了？"

顾惜玖睡得沉，自然不会回答。

传音符在她手中微微闪动，有柔和的光芒散发出来，将她整个人笼罩其中，像是有一只无形的手在轻拍她，哄她入睡。

黎孟夏坐在自己的床上，颇为惊魂未定地拍了拍自己的胸，然后眼神充满怨念地看向窗外……

她原本已经睡了，忽然被顾惜玖的传音符惊醒，于是爬起来和顾惜玖报告近些日子的任务完成情况，顺便聊聊近况，正聊得开心，窗口一暗，一人闪身而入，直接抢走了她手中的传音符……

黎孟夏虽然是男儿性格，但好歹也是个云英未嫁的小姑娘，深夜被人闯了闺房自然吓了一跳，险些一掌拍过去！幸好她及时看清了来人——左天师帝拂衣！

她的顶头上司。

她想要呵斥的话卡在了喉咙里，瞧着自己的上司，她正要开口，帝拂衣却竖起一根手指做了个噤声的手势，于是黎孟夏便不敢作声了。

然后她就眼睁睁地看着他转身跳离她的闺房，也不知道去了何处。

黎孟夏一向知道自家的主子做事神鬼莫测，但像今天这样让人摸不着头脑的情况还是破天荒第一次。

她在床上待了片刻，偶尔一低头，不由得惊叫一声。她还穿着睡衣呢！

这睡衣很有现代风，轻、透、薄、飘，穿在身上舒服还性感，尤其是像她现在这样，胸前衣襟的扣子敞开了两颗，雪白的胸露出了小半个，就更性感得不得了。

她临睡时还照了照镜子，在镜子前转了半圈，觉得自己原来也可以这样有女人味，还美滋滋的，现在她坐在床上却只想哭。

她好不容易性感一回，却被左天师大人看去了。

如果是别的优秀男人这么看了她，她铁定扯住对方的衣领子让他负责，趁机把自己嫁出去，但对方是左天师大人……

她不敢也不能啊！

她有些怨念，躺在被窝里琢磨，左天师大人抢她的传音符做什么？

黎孟夏在被窝里正琢磨来琢磨去，屋内光线一暗，帝拂衣再次凭空出现在她的床前。

黎孟夏下意识地想要起身，忽然想起自己的睡衣，连忙向被子里缩了缩，涨红了脸道：“主上……”

帝拂衣随手将传音符丢到黎孟夏的手边，黎孟夏刚刚拿起来，帝拂衣轻拂衣袖，一道七彩光芒将她罩住。

片刻后，屋内再不见帝拂衣的身影，而黎孟夏依旧躺在被窝里，手里握着传音符有些发蒙。

她刚才正做什么来着？对，她正和惜玖聊天，然后聊着聊着就有些犯困，把传音符挂断了。

她总感觉自己似乎丢了一点儿记忆，却想不起自己丢了啥记忆了。

顾惜玖数天来第一次睡得如此香甜，沉沉的，连梦也没做一个。第二天她神清气爽地起床，感觉精神分外足。

她照了照镜子，发现自己的黑眼圈也不见了，肤色比昨天好看不少。

再感应一下身上，那焦躁翻腾的气血也已经平息，现在她感觉顺畅舒服得很，像是刚做了一场按摩。

她吐了一口气，掏出传音符看了看，嘴角露出一抹笑容。

没想到黎孟夏的声音在夜晚之中听来有催眠作用，尤其是她那歌，虽然像往常那样有些跑调，但像潮水一样起起伏伏，仿佛顺着自己的耳朵传进身体，在体内顺着血液流动，驱散身体里的焦躁，抚平奔涌失控的情绪。

昨夜黎孟夏唱的那歌顾惜玖已经记下来了，预备等再睡不着时就让府内的歌姬唱给自己听。

她府内养有歌姬，那歌姬有一把好嗓子，领悟力也强，很快就学会了那首歌。

那歌声接近梵音，确实有让人心情愉悦以及安宁的效果，顾惜玖坐在一张摇椅上，听她唱了一遍。

说实话，这歌姬唱得比黎孟夏唱得好听，但顾惜玖总感觉少了那么一点儿味道，于是叮嘱那歌姬多练习几遍。

她正和那歌姬讲解这歌应该掌握的要点，外面有人来报圣旨到。

这是一道封赏的圣旨。

她被封为护国大天师了，陛下还为她修建了天师府。

前来宣读圣旨的宦官笑容满面地请她去天师府看看，说这天师府是陛下早就在秘密修建的，只为了给她一个惊喜。

顾惜玖微皱起了眉头。

“天师”两个字在百姓心中几乎已经是神圣的代名词，现在容伽罗忽然封她为护

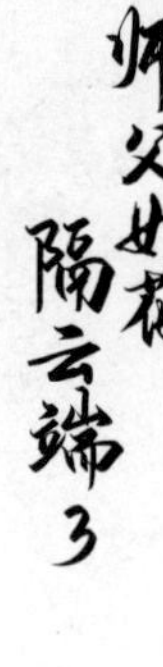

国大天师，听这称号似乎已经凌驾于左右天师之上。

百姓能接受吗?

左右天师听到这消息又会是什么反应?

容伽罗这么做虽然把她推到了高位上，但她也容易成为众矢之的。

顾惜玖明显多虑了。

她被封为护国大天师，车驾在街上缓缓经过的时候，人山人海一样的百姓站在街道两边不停欢呼，烈火烹油般热闹。

人人都是真正笑逐颜开，在街道边载歌载舞地庆祝。

看那模样，人们还是十分认同她登上这个位置的。

顾惜玖在那豪华的座驾中垂眸下望，看到的是百姓欢腾的笑脸，是崇拜和欢欣的情绪。

人群中不知道谁带头，高喊了一声：“大家快拜一拜护国大天师大人，日后她就是我们百姓的守护神，她会护佑我飞星国子民的！”

“不错、不错，是她平叛了假左天师之祸，是她超度了无数亡灵，是她给了我们重新过上好日子的希望，她做这护国大天师当之无愧！”

…………

一人呼则百人应，一人带头向着顾惜玖的车驾跪下，其他人也呼啦啦地跪倒一大片。

这种场面和当初帝拂衣出场时颇为相像，顾惜玖在车上一刹那有些恍惚，有一种替代了他的感觉。

她望着下面诚心下拜的百姓，胸中热血沸腾，第一次兴起了想要守护百姓的心。

她抬头往上看，天高云淡，清风徐吹，仿佛将她心中的那些阴郁也吹散了。

她的那些朋友听到消息后，也纷纷前来祝贺。

一连三天，顾惜玖的新建大天师府前所未有地热闹，宾客盈门，车马满街。

顾谢天自然也赶回来了。他是常在官场上打滚的将军，应付这些宾客自然游刃有余，不会让大天师府失了面子。

罗星蓝居然也带着两个儿子出现，虽然依旧对顾谢天不理不睬，但还是担起了内管家的角色，替顾惜玖打理内务，所有的事情都被安排得井井有条。

至于罗展羽，也在顾惜玖的府邸中住了三天，和禁地中出来的其他人一起，在顾惜玖身边充当护法这类的角色。

顾惜玖作为主人，反而不那么忙，只负责接见一下前来道贺的贺客就行了，如果是不想见的人，她也可以推掉，让顾谢天等人招待。

或许容伽罗有意提拔顾惜玖，为她修建的大天师府比左右天师的府邸都要大、都要壮观。飞檐斗拱，殿宇连绵连霄汉，小桥流水，亭台轩榭具匠心。

顾惜玖在府内漫步，观赏着四周的景致。

不能不说容伽罗是真的用心了，将她的这个府邸造得堪比红楼梦中的大观园，移步换景，每一处都能入画，既华贵大气又透着古雅韵致。

旁边的宦官大太监不失时机地含笑对她说：“大天师，这里可是陛下亲自设计的，可还满意？”

顾惜玖点头：“满意！替我多谢陛下。”

那小太监自然含笑应了。

这府邸内也有一个人工湖，湖边垂柳依依，湖岸用五色小石子铺路，湖的尽头是一片竹林，风吹得竹叶沙沙作响。

顾惜玖漫步在湖边，看着周围的景致，忽然觉得这风格似乎有些眼熟，仿佛在哪里见过。

她琢磨了片刻，心中忽然一动，侧头问身边的容伽罗的大太监：“这座宅邸原先是不是八殿下的宅邸？”

那大太监赔笑道：“大天师果然目光如炬，这里曾经确实是容王府，八年前八殿下犯了谋逆之罪，这府邸就充公了。不过这府邸确实是个风水宝地，陛下收回此处后，一直舍不得赐人，两年前那个假左天师想要此处做他的私宅，陛下也没答应。一年前这府邸走水，府内建筑尽数被烧毁，陛下心疼得不得了。假左天师被灭后，陛下便命人重修了此地，还扩大了规模，专门为大天师修建成天师府……”

顾惜玖点头，怪不得她觉得这湖眼熟，原来真是故人的居处。

当年在湖边漫步的情景仿佛还历历在目，而容彻这个人也像是水中花、镜中影，再也回不来了。

顾惜玖心中正有些感慨，有人疾跑着来报：“左右天师前来向大天师贺喜！”

顾惜玖手指微微一握，帝拂衣来了？

左右天师来道贺，顾惜玖这个新任天师还是需要迎出门的。

帝拂衣依旧坐着他那艘拉风的蓝色大船，船头船尾有四大护法，前面有侍女撒花铺路，排场与顾惜玖和他初见时一样。

而天祭月就比较低调，是骑着他的大鹏鸟来的，颇为诡异的是他的大鹏鸟身后拉着一辆很典雅的车。

天祭月随身只有两位童子，还是负责驾驶那辆典雅车的。

这两路人马一起落下地来，顾惜玖嘴角含笑，看着飞身飘然而下的两位天师，俏脸上让人看不出情绪。

自那次彻底分手后，她已经有将近半个月没见到帝拂衣，这次算是分手后两人的第一次见面。

帝拂衣依旧是那一身招牌紫袍，面上戴着面具。这面具戴得严实，所有人都只能看到他那一双如星光的眼睛。

顾惜玖和他的目光对上，他眼眸微弯，开口道："顾姑娘，恭喜升任护国大天师！"

顾惜玖也微勾起了嘴角，不卑不亢地说了两个字："多谢。"

天祭月也向顾惜玖拱手道："惜玖，我来晚了，恭喜、恭喜！"

顾惜玖俏脸上的笑容真诚多了："多谢、多谢。"她上下打量了他几眼，"你终于出关啦！看上去气色不错。"

天祭月这次并没有戴面具，眉目偏淡偏冷，微笑的时候仿佛漫天有冷梅开放："惜玖，你的气色也不错。"他向后一指刚刚落地的典雅白玉车，"你荣升大天师，我特送此车祝贺。"

那车通体用一块雪白的温润白玉雕刻而成，车厢素雅，雕刻了云纹，云上有一行白鹭斜飞。车厢顶则悬有几枚粉水晶铃铛，点缀得车厢既素雅又干净，华贵中又透着神秘气息。

顾惜玖的那头风召睁圆了一双眼睛，欢鸣一声就奔了过去！

这头风召现在已经是八阶兽，也是通体雪白，银光环绕，奔到那车前，谁用一个术法将那车自动套在了它身上。这车像是专门为它配出来的。

银车银兽，相得益彰，围观的众人齐声喝彩。

天祭月微笑着道："惜玖，你进去瞧瞧，看看可还满意？"

顾惜玖自然不会拒绝，说了几句感谢的话就进去了。

车厢内更是精致，并不奢华，却极实用。

人在里面能躺能坐，能打坐练功，也能看书写字。车厢并不算太大，但设施齐全，无论足下铺的松软毯子还是锦墩小榻，都独具匠心，以舒服为主。顾惜玖坐在这车里的时候，甚至有一种回到卧房的错觉，一直有些浮躁的心也能静下来。

最近送礼的人不少，送珍贵礼物的也有很多，但送这么贴心的礼物的，天祭月是头一份。这个礼物比起其他礼物来未必有多珍贵，却是顾惜玖最喜欢的，简直就是送到她的心里去了！

她喜欢这辆车！

她从车厢里跳出来再次向天祭月道谢，表达了对这车的喜欢。

天祭月松了一口气："你喜欢就好。"

天祭月不但是天师，还是一位制造奇巧玩意儿的行家，看来他这些日子闭关就是造这东西了。

顾惜玖心中很是感动。

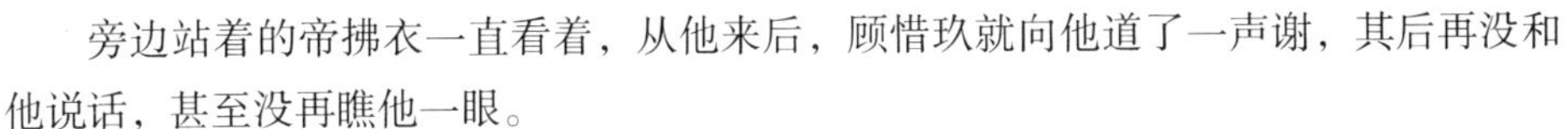

旁边站着的帝拂衣一直看着，从他来后，顾惜玖就向他道了一声谢，其后再没和他说话，甚至没再瞧他一眼。

这个女孩子奔放时是真奔放，全身心地投入，但一旦收回她的感情，也能做到彻底收回，把他当成路人甲。

帝拂衣微垂眼眸，遮住了眸底那一闪而过的黯然之色，抬手轻咳了一声：“顾姑娘，本座也有礼物相送。”

他弹了一下手指，旁边沐风不怎么情愿地上前，递上一个紫檀木盒子，打开盒子，盒子里躺着一株朱红色的灵芝。这灵芝应该有五百年了，倒是上品的药材。

这礼物中规中矩，像他这个身份送出来的，但也不出彩，和天祭月的礼物一比，简直就是一个天上一个地下。

围观的百姓看着也有些失望，还以为一向特立独行的左天师大人能送出什么奇巧东西，这么看起来也很平常啊。

还有些人心里有些替顾惜玖不平。

毕竟前些日子是顾惜玖替左天师大人摆平了那假货，还救了左天师身边的四位护法，超度了那怨灵墙中的数万怨灵……为洗刷左天师身上的耻辱立下了汗马功劳，可以说对左天师有大恩，像这种时候左天师怎么也得好好表示一下才对……

某位丞相过寿诞时他还送过一棵千年人参呢！

看来这位左天师大人还在不爽顾姑娘当年的逃婚行为……

人们在心里各种猜测，无数目光落在顾惜玖身上，想看看她会是什么态度。

顾惜玖俏脸上的笑容没变：“多谢左天师大人。”

她挥了挥手，旁边的罗展羽过来，将那盒子接过去。

这浑蛋是故意来羞辱妹妹的？！

罗展羽大声道：“这灵芝品相虽然不太好，但和其他药草混合一下，应该能炼制一些小复原丹，封赏仆从们。多谢左天师的大礼！”

小复原丹是这大陆上最普通的丹药，就算很普通的士兵手里也有几瓶。

罗展羽不想让妹妹吃这个哑巴亏，所以当众说了出来。

围观的众人又嘘了一声，心里的不满更重。

顾惜玖自然知道这是哥哥为自己打抱不平，可是这么当众说出来，她的面子也不好看。

曾经相濡以沫的爱人变得连路人也不如，原来他狠绝起来是这个模样——

他这是恨她夺了他心爱之人的身体，无法让他的心爱之人真正复活，所以才想要报复她吗？

心脏那里像是勒进了一条丝线，那丝线将她的心脏密密地缠绕箍起，那是一种窒息似的痛，有化不开的悲哀情绪在胸口那里蔓延开来，侵入她的四肢百骸，让她喉咙口莫名发紧。

她极力保持着面上的平静，并没有再说话。

她全部的力气都用在压制那莫名地要冲上眼眶的热气上，免得让自己红了眼圈……

如果是别人如此对她，她十有八九会一笑了之，压根不在乎。

但是他——

该死，她还是做不到云淡风轻，做不到不受伤，还是很没出息地在乎他！

他轻微的伤害动作就能在她百孔千疮的心上再添伤痕。

心虽然在滴血，她的俏脸上却始终保持着笑容不变，笑容如花，像是在风雨中缓缓绽放的红缨，饱满靓丽。

没有人看出她的异常，连沐风也没看出来。

不过经此一事后，左天师在百姓的心目中又下降了一个层次，大家觉得他也不过如此，一点儿也不大气……

伸手不打笑脸人，顾惜玖还是请他们进府一坐。

于是，两位天师大人就进府了。

细心的人发现，进府的时候顾惜玖对这两位天师在态度上还是有差别的，对天祭月送的那辆车，顾惜玖是亲自牵着风召进府的，不肯假他人之手。

而对帝拂衣的那枝灵芝，她扔给罗展羽后再没有看过。而罗展羽也绝，随手将灵芝塞给了旁边的小厮："喏，送你了。"

那小厮看上去也不稀罕这个，接在手里后只是随意抱着。

罗展羽的动静不小，走在前面的几个人自然听得到，帝拂衣足下稍稍一顿，而顾惜玖只顾侧头和天祭月说话，仿佛没听到什么，压根也没理会。

百姓原本替顾惜玖憋屈，看到这一幕觉得这一口气终于出来了。

辱人者人恒辱之！

他们的护国大天师这是在不动声色地反击！漂亮！

帝拂衣也仅仅是脚步一顿，随即恢复正常，已经开始浏览府内景致："大天师府邸不错，带我们游览游览？"

顾惜玖尚未说话，旁边的罗展羽皮笑肉不笑地开口："这还真对不住，我们家大天师还有许多事务要忙，没空陪左天师大人……"他转头唤了一名小厮过来："归全，你带左天师大人转转吧。"

"好嘞，左天师大人，这边请。"

帝拂衣的目光在顾惜玖面上一转，顾惜玖微笑着道："左天师大人，归全是这府邸的地理通，一草一木都能讲出典故，由他陪在左天师身边再妥帖不过。"她不想再理会帝拂衣，干脆问身边的天祭月："我瞧着那车内有很多机关，一时有几处不懂，不如你来教一教我？"

天祭月再看帝拂衣一眼，帝拂衣在两人身上扫了一眼，没说话，转身让归全带路，去赏景了。

那辆白玉车厢内的机关果然不少，也很复杂，天祭月耐心地为顾惜玖讲解示范，顾惜玖认真听着。

天祭月示范一遍让她操作："来，你来试一下。"

"好！"顾惜玖上前挨个操作，这东西对顾惜玖来说并不算难。

但她今天有些不在状态，在操作第二个机关的时候，不慎被机关上弹出来的刀锋割中手腕。

这显然不是一般的刀锋，锋利得不像话，顾惜玖的手腕动脉险些被割断，鲜血唰的一下流了出来！

天祭月吓了一跳，一把握住她的手："我看看。"

顾惜玖倒是反应迅速，立即夺回自己的手，点了自己手腕上的穴道，然后又迅疾无比地上了药，笑了笑："一时马虎，不过不妨事。"

天祭月看了她一眼，见她眼睫微弯，嫣红的小嘴微勾，若无其事，但俏脸隐隐发白，应该是被割疼了。

她如果皱眉呼疼天祭月倒不会感觉到什么，但她的故作坚强让他的心跟着疼了……

"疼就叫出来，我不会笑你。"天祭月叹气，"你没必要忍着。"

这女孩子太能忍了！而且她的小手一直是冰凉的，也不知道是失血过多还是心里不静导致手足发凉。

顾惜玖的睫毛扑扇扑扇的，她不但没叫反而笑了笑："没事，小伤而已，不算疼。"

她甩了甩手腕，轻吸了一口气，继续操作试验。

天祭月在旁边唯恐她再被割到，一直紧张地瞧着。

好在顾惜玖这次操作得极为认真，很快就掌握了要领，再没被割到……

顾惜玖一边操作一边和天祭月聊天，向他请教车内各种机关的设置原理及要领。

天祭月有问必答，只要有关这车中的机关，无论顾惜玖问什么，他都能像背书似的背出来。

等顾惜玖完全掌握车内机关的要领以后，已经把能问的问题都问了一遍。

她也终于确定，这车是天祭月亲手造出来的，而不是某人假借天祭月的手送她的。

她心中苦笑，自己这是盼望什么，或者是想求证什么呢？

理智告诉她应该死心，可是潜意识中她总是想再求证什么，虽然每次求证都是失望告终……

当失望的次数多了，她也就不在乎了。

帝拂衣今天似乎十分有兴致，在那位归全的引路下，将整个大天师府转悠了一遍，角角落落都没有落下，走累的时候会随手变出个锦墩来坐下歇一歇，和归全聊天。

罗展羽暗中吩咐过归全，让他时刻注意左天师的行踪，防备对方捣鬼，所以归全一直十二分戒备，一双眼睛睁得溜圆。

帝拂衣问他话的时候，他唯恐自己说错话，每说一句话都要琢磨一下。

帝拂衣用扇柄在手心里有一下没一下地敲着，接连问了归全几个问题后，忽然好心地问他："你的眼睛睁这么大，不累吗？"

归全："……"

帝拂衣用扇柄在他的头顶敲了一下："困就歇一歇，不要强撑。"

于是归全果然睡着了，就睡在一块山石上。

归全也不知道自己睡了多久，或许时间很长，或许时间很短，只是须臾间。

等他睁开眼时发现帝拂衣坐在不远处的湖边，正伸着钓竿钓鱼，风扬起帝拂衣身上深紫的衣袍，像是飞舞的蝶。

归全揉了揉眼睛，有些发蒙，下意识地看了看天上的太阳，觉得时间不长，他就是打了个盹而已。

"醒了？"帝拂衣身后像长了眼睛，"贵府这里的鱼不错，本座钓几条回去炖了吃。"

归全："……"

左天师这是觉得送了一棵灵芝不合算，还想要再回点儿本？

归全看了看他身边的鱼桶，里面已经有两条鱼在游弋。说话的工夫，帝拂衣又钓上一条来，这次钓上来的是一条一尺多长的胖头鲤鱼。

帝拂衣将鱼放入鱼桶，收起钓竿站起了身。

归全有些纳闷："不钓了吗？"

他其实还是希望左天师在这里多钓钓鱼的，这样对方就不会四处乱走，自己也不会跟得这么累。

帝拂衣轻笑了一声："可以了。"

他拨弄了一下那胖头鲤鱼，那鲤鱼居然张嘴想要咬他，被他直接弹了个栗暴给弹蒙了，在水里半沉半浮。

归全微张着嘴，看看那鱼，那鱼居然满嘴利齿，钢针似的。这谁要被它咬上一口，非撕掉一块肉不可！

这哪里是鲤鱼？分明是杀人鱼啊！

这湖里怎么会有这种鱼的？

"这、这是什么鱼？这种鱼多不多？"归全忍不住问。

帝拂衣头也不回地道："你可以跳下去瞧一瞧。"

归全："……"

没想到这湖水中居然有这种恶鱼，他得报告给上面知道，采取措施，免得有人被误伤。

帝拂衣瞧了一眼在身边亦步亦趋的他："你不必如此跟着本座，本座又不偷你府中的东西。"

归全赔笑："左天师大人说笑了，小的是给你领路来着。"

他却瞧了一眼左天师手中的鱼桶，心中哼了一声。

没偷我府中的东西？你钓了我府中的鱼！

"这鱼肉美而鲜，可煲汤。这六腮鲈鱼清蒸最好……"帝拂衣信口讲解着鱼经。

归全盯着那满嘴尖牙的鱼："这条鱼呢？"

"这鱼为怨灵鱼，以血肉为食，被它咬中会奇痛无比，人若被它咬死，容易产生怨灵……"

归全打了个寒战："这鱼能吃吗？"

帝拂衣淡淡地道："你以为本座捉它是为了放生的？"

归全被噎得不说话了，又盯了那鱼几眼，食肉鱼滋味都极鲜美，这鱼或许也极好吃，等闲了他们几个也钓几条尝尝。

两人正走着，忽听旁边山石后有两名侍女正在聊天。

"那白玉车真漂亮，没想到右天师大人这次会这么大的手笔。"

"是啊，我还从来没见过这么漂亮的车。"

"那车可不止漂亮，还是一辆机关车呢！里面机关无数，不太好操作，我们大天师那么聪明，刚才操作时还被割伤了手腕，流了很多血……"

砰！帝拂衣手中的鱼桶掉在了地上，水花四溅，把正说悄悄话的两名侍女给吓了一跳。

归全也吓了一跳，三双眼睛齐齐向帝拂衣望过来。

"手滑了。"帝拂衣稍一挥袖，鱼桶重新竖立起来，桶里自动充满了水，有两条鱼像认家似的自动跳进了鱼桶里，只有那条胖头鲤鱼不甘心，趁机挣扎着向湖边的方向蹦跳。

这鱼一不小心被一块大青石拦住去路。它向后一退，忽然张大嘴向那青石咬去。

眨眼的工夫一块大青石居然被它像咬豆腐似的咬成碎渣，这鱼继续向前蹦。

归全三人原本被帝拂衣变戏法似的手法看呆，紧接着又被这鱼的“凶猛”惊呆。

帝拂衣吩咐归全：“杀了它！”

杀鱼？这他在行！归全当即捋了袖子上前，三两步赶上，正要下手去抓，帝拂衣的声音适时传来：“它身上鳞如刀，触之如刀割。”

归全吓得连忙缩回手，改用腰中剑去切！

砰的一声响，溅起无数火光，他的剑没有切掉鱼头，反而被崩断，险些割中自己的手。

归全一呆，帝拂衣道：“杀它须用火。”

归全不假思索，忙又自身上掏出火折子，点燃了以后去烧那鱼。

火确实是那鱼的克星，那鱼被火一烤立即发出刺耳的尖啸声，伸直了身子，眼睛鼓了鼓，再不动了。

归全松了一口气，那鱼原本是淡金色，被火一烤居然变成了鲜红色。

归全抹了一把额头上的汗，看向帝拂衣，似乎在问怎么处置这条死鱼。

“此鱼大补，可补气血，鱼死正常烹饪即可。”帝拂衣开口。

其中一位侍女眼睛一亮：“我们主人刚刚失了血，不如把这鱼捡了给主人煲汤喝，也好补一补。”

另一位侍女点头：“好！”

她们遂低头去捡那鱼。

平地一阵风过，那条死鱼居然直接在原地消失，两个侍女吓了一跳，抬头一瞧，发现那死鱼已经飞到帝拂衣手边。

帝拂衣声音冷淡地道：“此鱼已脏，想给贵主人补身子，另钓吧！”

他一挥衣袖，那鱼就不见了，也不知道是被他毁掉还是收起来了，做完这一切他转身离去。

归全：“……”

这位左天师大人真龟毛！

另钓就另钓！反正他已经看到此鱼的钓法，难不倒他！他一定给主人钓一条更大的、更鲜美的鱼。

右天师天祭月并没有在顾惜玖的府中留饭，他教会顾惜玖此车的用法后，就告辞离去。

顾惜玖将他送出府门，目送他远去，一时有些出神，不知道在想些什么。

忽然她似有感应，回身看去，见帝拂衣飘然行来，身后小跑似的跟着归全。

顾惜玖向后稍一让，帝拂衣已经来到她身边不远处。

归全气喘吁吁地跑上前：“大天师大人，左天师大人没有留饭的打算，他吩咐小的向您请辞。”

顾惜玖向帝拂衣瞧去，帝拂衣的目光也落在她的脸上，二人的目光在空中相遇。

他面上戴着面具，顾惜玖并不能看清他的神色，而他的眸色又太深，深得让人猜不透他的情绪。

她也懒得猜了，所以只是微微点了点头：“左天师大人贵人事忙，不留饭是正常的。左天师大人好走，不送。”

她抬袖做了一个请的手势，转身进府了。

帝拂衣将视线自她身上硬生生地收回，也转身出了府门，身后只有一个归全相送，看上去特别冷清。

沐风四人还停留在府门外的大船上，刚才左天师进府时，他们四个原本想要跟随，被帝拂衣暗暗下了命令留下，一直在外面等着。

帝拂衣如此冷清地出来，沐风他们见了暗暗摇头。

狠心把人家抛弃还跑来送礼，送的礼还是拿不出手的，全世界大概只有圣尊能干出这事！

沐风刚才把礼物送上前的时候，都感觉脸上火辣辣的。

看到圣尊吃瘪，沐风心里居然不厚道地有点儿痛快。

当然，这痛快他不敢表现在脸上，看到圣尊抬头望来的时候，他连忙站起来，躬身等圣尊上船。

圣尊大概心情不好，抬头淡淡地吩咐了一声：“下飘纱。”

沐风：“……”

飘纱通常情况下是有重大活动，圣尊需要在人前装样子时，才会抛下此物，那时圣尊会一步步踩着飘荡的五色纱悠闲地走上来。通常情况下，那姿态会很潇洒，很吸引人，也很能显示出圣尊那如同凌波微步的功夫。

但现在，沐风私以为圣尊在这种比较丢人的时刻该低调一下，直接飞身而上的。

四使不敢怠慢，各自一扬袖，有五色飘纱自船上飘荡而下，直接伸展到了圣尊的足下，然后圣尊他老人家才一摆衣袖，足踩五色飘纱飞身而上。

快到船舷的时候，帝拂衣身形微微一晃，连带着四使的心脏也跟着抖了抖。

有那么一刹那，沐风感觉圣尊像是一脚踩空要跌下去了！

他下意识地正要伸手去扶主子，帝拂衣身形一闪，已经进了船，沐风扶了个空。

沐风将手伸到半空片刻，又缩了回来，看了看已经坐在船上的帝拂衣，有些纳闷——刚才是他眼花了吗？

他有些不放心，上前一步：“主上……”

帝拂衣若无其事，只吩咐了一句：“开船！”

“主上，要去哪里？”

“左天师府。”帝拂衣说出这四个字就开始打坐了，再不说一句话。

顾惜玖坐在厅中的椅上，归全正站在下面向她一五一十地禀报帝拂衣这次进府的全部行踪。

然后顾惜玖发现，他把她府邸的角角落落转遍了，确实像是闲逛。如果非要说特别，就是他对湖比较感兴趣，从里面钓了三条鱼。

当然，鱼的特性归全也对顾惜玖讲了，顾惜玖心中微动！

这个地方原本是八皇子容彻的居处，而容彻正是墨曌的化身，墨曌是天魔，魔要维持魔性需要怨灵的怨力。

容彻在这府中数年从未露出魔性，也没传出什么不好的传闻，想必和这湖有关……

顾惜玖下令抽干那湖！

整个大天师府都忙碌起来，罗展羽亲自带着一干仆从在湖边忙碌。顾惜玖原本也想要跟着忙，被罗展羽直接劝了回去，说她刚刚受了伤，不能动水，还是好好歇息为好。

今夜又是个难眠的夜晚。

她的手腕其实一直疼得厉害，她以为最多也就疼个把时辰，却没想到已经疼了三个时辰，还没有消减的趋势。

白天一直热闹着她忙这忙那，不时转移注意力还能忍一忍，但入夜以后房间内只剩她的时候，那疼就更加明显了。

她躺在床上翻来覆去睡不着，这样辗转了将近一个时辰，再躺不住，干脆直接去看那白玉车了。

她钻进车厢，想再研究研究里面的阵法构造，没想到她在车厢里研究了不足半个时辰，耳中听着车厢顶上的玉铃被风吹得叮咚作响，如同催眠曲，她的困意就上来了。

她干脆直接在车厢内的锦榻上躺下，迷迷糊糊地就睡了过去。

大概是手腕太疼，她就算睡着也不安稳，眉峰微微蹙着，偶尔嘴里轻哼一声，鬓角处沁出汗珠。

在她睡着后不久，车厢顶部有一块隔板缓缓滑开，露出了一面玉牌，那玉牌散发出柔光，缓缓地笼罩在她的身上。而在柔光中一个人如同虚影，出现在她的身边。

那人一身紫袍，正是帝拂衣。他握住了她纤瘦的手腕，虽然已经很小心地避开了她的伤口，她还是轻吟一声，眉尖蹙紧，额头上也沁出了汗。

“疼……”她呢喃了一个字。

他抬手为她轻轻拭去额头上的汗，轻语道：“待会儿就不疼了，乖……”

他声音柔和，如同催眠。

白天她虽然和他划清界限，对他冷淡如冰，但八年来她习惯在他身边寻求保护、寻找温暖，这习惯让她在睡梦中忘了背叛，想要依靠他，尤其是疼痛的时候。

所以她下意识地向他这个方向靠了一下，小脸依靠在他的腿上，又呢喃了一句："拂衣，我疼、我疼……"

心如溺水般窒住，帝拂衣抬手想要抱她，却又忍住，轻叹了一口气。他用指尖挑开了她手腕上包扎的纱布，一道隆起的红痕横亘在她雪白的手腕上，很是触目惊心。

他微蹙起眉，她的伤口处理得太随意了，只是抹了那种促进伤口痊愈的药膏就算完了，压根没有挤出里面的毒血，怪不得她疼成这样。

她这是故意自虐，还是心神不宁压根就没注意这伤?

帝拂衣瞧着她手腕上的伤出了片刻神，她这种情况如果按普通的治疗方式治，就是把她的伤口重新割开，挤出里面的毒血，然后再包扎，才能彻底痊愈。

但如果他重新割开她的伤口，势必会惊醒她，而且也会让她再受一遍苦楚。

他微闭上眼睛，抬手虚虚按在她的伤口上，七彩光芒自他的掌心里发出，将她的伤口笼罩。

有淡淡的紫色血液顺着她的伤口慢慢沁出来，沿着帝拂衣的七彩光芒爬上来，钻入他的掌心之中……

片刻后，顾惜玖手腕上那条隆起的疤痕慢慢平了下去。

而帝拂衣的手倒胀大了一些，等他收功以后，他的整个手掌都是红肿的，他自己瞧了一眼，也不在意，又垂眸看了看顾惜玖。她的小脸刚才一直是苍白的，此刻脸颊恢复了一丝红晕，紧蹙的眉尖也舒展开来。

忽然，她翻了个身，一条手臂下意识地去搂什么，却搂了个空。

帝拂衣的眸底闪过痛楚之色。

八年同卧同行，她晚上习惯睡在他的怀中，手臂喜欢揽在他的腰上，树懒抱树一样密不可分。

现在她和他虽然彻底分开了，但她的习惯一时还改不过来，在睡梦中还想要揽他的腰。

他僵坐在那里不动地方，看着她的手臂揽了个空后她微蹙起了眉尖，不甘心地又来揽。帝拂衣抄起一个靠枕塞到她的怀中。于是她把靠枕抱得紧紧的，脸也贴在靠枕上，也不知道梦到了什么，眼睫毛濡湿起来，一滴泪沁出了眼角。

帝拂衣猝然移开目光，一转身在玉牌所散发出来的微光中消失。

再根深蒂固的习惯也能慢慢在失去中改变，她早晚要习惯一个人。

左天师府内。

观星台上端坐如同佛陀的帝拂衣身子忽然一颤，慢慢地睁开了眼睛。

他抬起手臂，看了看肿胀的手掌，默默运功，将吸来的毒缓缓逼出体外，深紫色的血珠一滴滴落下，他白玉似的额头上也沁出汗珠，显然逼毒也是极疼的。

片刻后，逼出来的血珠转为鲜红色，他这才收功，站了起来。

他抬头观望了足足一个时辰的星空，新星更亮，旧星更暗淡，而在天幕东南一角，有暗红色的星渐渐显露光芒。

帝拂衣盯了那暗红星很久，手指不时掐算着什么，微皱起了眉。

天魔星重新亮起，代表天魔将复生。

按帝拂衣原先的推算，墨璺应该在三十年以后复生，但那假左天师倒行逆施弄出泼天的怨灵，整个大陆怨气冲天，这怨气促使墨璺恢复得更快，居然让墨璺提前了这么多时间复生。

不过他提前复生也好，帝拂衣也能趁机插手彻底将他除去！

他又抬眼看了看那暗红的星，看样子对方在半年之内做不了什么。而他必须在这半年之内彻底恢复，以迎接更大的风雨。

他从观星台出来，面具自动又覆在他的脸上，他一脚踢醒正在门口打盹的沐风："准备一下，我们回碧梧宫。"

沐风有些蒙："什么、什么时候？"

"现在。"

沐风："……"他揉了揉眼睛，让自己精神抖擞了一些，"属下这就召唤其他三使！"

"你随本尊回去，沐雷继续盯着皇宫内的动静，沐云去蓝狐族盯着，沐电镇守左天师府，有异常立即禀报。"

"是！"沐风大着胆子又多问了一句，"主上，顾姑娘那里要不要也派人照应一下？"

帝拂衣转身便走："不必。"

沐风在身后撇了一下嘴。

原先圣尊无论去哪里，总要派一路人暗中保护顾惜玖，从没忘记过，这次却彻底放了手。

顾惜玖又睡了个好觉，醒来的时候外面的太阳已经升起很高。她坐起身，发现自己是抱着一个抱枕睡的。那抱枕是长条状，抱在怀中很是舒服。

她看着那抱枕愣了下。她记得这抱枕是在一个箱子内的，她什么时候把它抱出来的？

难道她睡着时抱东西成习惯，所以梦游翻找了箱子？

她下意识地在车厢内检查了一圈，没发现有外人进来的踪迹。她摇了摇头，看来是她记错或者梦游了。

她看着那抱枕出了片刻神，自然明白自己这是把抱枕当成了谁。

半晌后，她的手掌忽然按在抱枕上，于是一直被她当成睡眠依靠的抱枕化为飞灰消失。

她必须改掉自己这个睡觉抱人的习惯，哪怕找替代品也不行！

毁掉那个抱枕后，她忽似想起了什么，抬起手腕看了看。她睡觉前手腕还疼得钻心，现在居然一点儿也不疼了！

她拨开手腕上的纱布，发现那刀口现在只剩一点儿淡红的细线，不仔细看几乎看不出来。

她愣了下，吐了一口气。

看来这车厢内的刀锋之毒并不算烈，只是让她多疼了半夜而已，抹了此药后痊愈的速度倒是正常。

她活动了一下手腕，确认再无任何不妥之处，就将纱布随手丢掉，走出了车厢，继续做自己的事情去了。

那湖并不算太大，两天后，那湖已见底，顾惜玖和一干人站在湖岸上，看着已经干涸的湖底，都震惊不已。

湖中那种“怨灵鱼”足足有数百条！这些鱼在淤泥里不甘心地蹦跶着，而在淤泥中则有无数白骨，也不知道到底有多少具。

不用问，这湖就是容彻当年制造怨灵的地方。他把人弄进湖，让怨灵鱼啃食，形成怨灵为他所用。

这湖底的累累白骨就是最好的证明！

顾惜玖的手心也沁出了冷汗。当年她和容彻相交，来拜访他的时候，曾经和他并肩在此湖边溜达聊天，甚至在这湖中洗过手……

原来她当初离死神居然如此近！

顾惜玖命人将那些“怨灵鱼”弄上来，一把火全部烧了个干净。然后她将湖中尸骨都捡了上来，拼凑齐了择地安葬。

岁月如梭，时光流转，时间转眼就过去了五个月。

这五个月的时间内，还是发生了一些事的，譬如皓月国终于重新立国，被立为国君的正是千翎羽。千家势大，再加上千翎羽在天聚堂的势力以及他和顾惜玖的关系，皓月国的百姓以及其他贵族对他做国君还是比较服气的。

这几个月顾惜玖从来没有再见到帝拂衣，这个人就像失踪了一样，没有一个人知道他的行踪。

而顾惜玖的声誉更高，已经完全压过左天师的名头，顾惜玖所到之处，一片欢呼之声。人们碰到难题的时候，第一个想起来的不再是帝拂衣，而是顾惜玖……

因为帝拂衣时常失踪一年半载的，所以他这么久不出现，也没有人认为有什么不妥，如果没有人刻意提起，甚至不会有人再想起他。

五个月的时间说长不长，说短不短，顾惜玖每天都很忙碌，也像是终于走出那段感情的阴影，常常和这个朋友聚聚，和那个朋友见见面，有时候甚至和朋友易容去郊外遛蚌踏青……

她也不再整夜整夜地睡不着，而是睡得很好，大部分时候能一觉到天亮。当然，她休息必须在那辆白玉车中，在其他地方还是经常失眠。

这个世上没有过不去的坎，也没有时间淡化不了的东西，罗展羽看到顾惜玖的变化还是很欣慰的。

又到新年，今年的新年分外热闹。

尝过动乱之苦的百姓格外珍惜现在的和平，第一个和平年自然要热热闹闹地过。

顾惜玖的大天师府自然也十分热闹，四处张灯结彩，几乎人人喜笑颜开。

顾谢天一整天笑得脸上褶子都散开了。

打点府中的一切，这几个月他过得是最顺心的，虽然追妻路依旧漫漫，但好在罗星蓝现在对他已经不那么横眉冷对，偶尔还能和他说上一两句话，虽然只是讨论儿女的事情，也足够他欣慰了。

而儿子虽然也没有认他，但毕竟他们常常见面。顾谢天又常常做小伏低地上赶着和罗展羽说话，为他张罗这张罗那的，罗展羽也不好意思一直对这个爹冷着脸，所以偶尔会和顾谢天交谈几句。

总之，一切都在向好的方面发展。

除夕那一天的中午，容伽罗大宴群臣，所有的有头有脸的人请了个遍。

皇帝宴请，自然个个给面子，除了帝拂衣这位左天师外，所有人都到了，甚至连龙司夜也来了，人不是一般齐全。

衣香鬓影，觥筹交错，顾惜玖坐在席中，看着满大厅的人，忽然有一种寂寞如雪、格格不入的感觉。这满大厅的人她都认识，可是她潜意识中最想看到的那个人不在这里。

为什么大家都来了，他却没来？

可恶！

她坐在酒席上，嘴角含笑，喝着别人敬来的酒，也敬别人酒。听到旁边有人讲笑话，她也会跟着笑。

她又喝了一杯酒，环顾大殿里的花团锦簇，忽然有些害怕！

这就是她以后的日子缩影？

殿里明明热火朝天，她却感觉到一股难言的冷。

冠盖满京华，斯人独憔悴，那是一种繁华中的落寞，泛着骨子里透出来的凉。

帝拂衣，没有你我依旧过得很好，只是不知你过得好不好？

你又在哪里逍遥呢？

你千方百计地想要复活蓝静珂，但她一直没有复活，你一定很失望吧？你就这么放弃了吗？还是说你在等待什么时机？

帝拂衣，你在哪里？

明明我过得很好，权势、地位、人脉、朋友……都在我身边，无数人羡慕我，无数人崇拜我，可是为何我还是不能开心，午夜梦回的时候还是想要落泪？

帝拂衣，我想让你看到我现在的样子！

帝拂衣，我想你。

你回来，我把这身体还给你！我不想欠你……

她一口又一口地喝着酒，对敬的酒几乎是来者不拒，喝了一杯又一杯。她喝得快，不知不觉就有些醉了。

“惜玖，你不能再喝了！”

旁边伸过来一只手，握住了她持杯的手腕。

她侧眸看过去，对上的是龙司夜那关切的脸。

“再喝你就醉了。”龙司夜不赞同地拿走了她手中的酒杯。

也拟疏狂图一醉，对酒当歌，强乐还无味……

顾惜玖其实很想放纵一下喝醉的，但也知道自己的酒品实在是恐怖！

如果她在这里耍起酒疯来那就大大不妙了！

于是她趁机以不胜酒力的理由向容伽罗告辞。她现在是护国大天师，身份尊贵，想走自然不会有人阻拦。

容伽罗和群臣纷纷起身相送，她尚未走出大殿，外面忽然传来一声禀报：“左天师大人门下沐电护法到！”

顾惜玖足下一顿，门外的沐电大踏步走了进来。

沐电是代替左天师帝拂衣向大家贺新年的，还带来了礼物，在场的有头有脸的人都有份儿。

除了容伽罗这个皇帝是一柄玉如意加一柄玄铁剑外，其余人都是一样的东西——一套玉质茶具。

左天师出手没有便宜东西，那茶具都是羊脂玉的，温润玲珑，十分精致。

礼品都是按名单发放的，绝不会发错，顾惜玖也分到了一套小茶具，和别人的并无二致。

沐电将礼物奉给她的时候，有些欲言又止，也有些不好意思。

在他心中自家主人就算和顾惜玖分手了，也是曾经的恋人，最起码送礼该送有诚意一些的，而不是随大众。

沐电恨不得自己另外购买一些东西假借左天师的名义添补上。

但圣尊的谕令他不敢违背。

顾惜玖倒没说什么，看了看别人的壶，再看看自己的，笑了笑："替我谢谢你家主人，有心了。"

她随手将那玉壶揣进衣袖之中，大踏步走了出去。

外面朔风如刀，割在脸上，隐隐地疼。

今天是大年三十，绝大多数人在家中忙着过年，所以大街上行人不多。

风一吹，顾惜玖感觉酒意也上来了，眼前有些发花，醉眼迷离中，帝拂衣的身影不住晃悠。

顾惜玖觉得心里燥得慌，不想坐车，便让车夫驾车先行离开。她想在风雪中走一走，散一散酒气燥气。

车夫领命去了。

顾惜玖独自走在大街上，衣袂飘飘。

修行到她这个级别，已经不惧任何寒冷，所以她身上只穿着一套玉白色的薄裙，肩上原本披着一件披风，她嫌热，便脱了下来，随手扔进了储物空间里。

她拎出了那把玉壶，在掌心里转了个圈儿，勾起了嘴角。

他送这玉壶的意思是，她在他心目中现在已经和普通同僚一个级别？

还不错，上次他送礼物把她当成了路人甲，这次送礼物好歹把她的地位提了提，她可以和他的同僚相媲美了！她是不是该感到高兴？

帝拂衣，谢谢你瞧得起！

顾惜玖将玉壶向空中一抛，落下来时旁边却伸过来一只手，将它接在手里。

顾惜玖侧头一瞧，身边的人一身白衣比天上飘落的雪还白，正是龙司夜。

"不想要它？"龙司夜问她。

顾惜玖一把将玉壶抢过来，笑得像弥勒佛："干吗不要？这东西可是值不少钱的！我府中正闹财政危机，拿它换钱也不错。"转头看到街边有一家典当行，她掉头就向楼里走去："咱把这东西拍卖掉换酒喝！"

龙司夜跟在了她身后。

年三十典当行是不营业的，大门紧闭，好在里面还有掌柜的在，顾惜玖强行拍开门，把那玉壶向柜台上一蹾："老板，看这玉壶值多少钱？我当了！"

那掌柜原本满心不高兴，但看到这玉壶眼睛却亮了，将这玉壶翻来覆去看了半晌，开了一个价：“一千两！”

顾惜玖倒是不挑：“当了！”

那掌柜忙开了当票，给了顾惜玖一千两银子的银票。

顾惜玖揣起银票潇洒地一拍龙司夜的肩：“走，我请你喝酒去！”

龙司夜将自己得到的玉壶也拿出来，和顾惜玖那个并排放在一起：“我这个也当了！”

那掌柜瞧了瞧龙司夜的那个玉壶，那个玉壶猛瞧上去和顾惜玖的像一个模子里刻出来的，玉质看着也差不多。

他稍琢磨了一下：“也是一千两。”

龙司夜微笑，也自他手里接过一千两银票。

两个人并肩离开了。

那掌柜开心得眼睛都眯成了一条缝。顾惜玖这把玉壶看上去像是羊脂玉，其实是一种极罕见的晶玉所造，再普通的酒只要倒入这里面也会变为绝品佳酿，舒筋活血，更有凝神涤虑的作用，心情烦躁时喝一杯这壶里的酒，就能很快静下心来。这种玉指甲盖大小的一块就价值连城，更别提整个玉雕成的壶了！

那掌柜早些年走南闯北，有幸见过这种晶玉，所以认得。

而龙司夜那把玉壶看上去虽然和顾惜玖的这把一样，但材质确实是真正的羊脂玉，也值不少钱，不过和顾惜玖的这把压根没有可比性。

店掌柜之所以不点破，就是怕这两个人有所察觉。

等顾惜玖二人走后，他又翻来覆去地将那玉壶看了半晌，笑得像个傻瓜。

发财了！发财了！这壶最少值千万两银子！还是有市无价的！

他唯恐顾惜玖酒醒过来会后悔，连当铺也不想要了，揣了酒壶就想直接跑。

一抬头，他忽见门口站着一个人，那人逆着光，手里撑着一把青竹伞，一身白衣，连头发也似是银白色的，整个人如同雪雕。他面上明明没有戴任何面具，却让人看不清面目，这人也不知道何时来的，倒把这掌柜吓了一大跳！

掌柜一边下意识地把玉壶往衣袖中藏，一边询问：“客官也是来……”

后面的话他噎在了喉咙里，因为来人只是微微一抬袖，他手中的玉壶就飞到了那人的衣袖之中。

掌柜吓一大跳，急忙要扑过去，但那人的动作十分快速，他脚下刚刚一动，一张纸就飞过来，正正贴在了他的脑门上，于是他就像被定住似的不能动了。

也不知道过了多久，他终于恢复自由，腿太酸麻，刚恢复自由就跌倒在地，额头上那张纸也飘然落地。他下意识地拿起来一瞧，是一张一千两的银票。

顾惜玖说是请龙司夜喝酒，但大年三十哪里有酒楼开门营业？

她和龙司夜从街这头走到街那头，也没找到营业的酒楼。

顾惜玖站在街角，望着一座酒楼出神，也不知道在琢磨什么。

龙司夜一直陪在她身边，陪着她转来转去。他看着她失魂落魄地站在那里出神，眸中闪过痛楚之色，给她出主意："不如你请我去你的府邸喝酒？"

顾惜玖摇头："府中太乱了……"

她府里人多，今天又是年三十，大家铁定都在家里，她只要一回去就会被包围，连发呆的地方都没有。

龙司夜又琢磨片刻，说道："那去我的天问宗？"

"太远了！"顾惜玖又摇头。

龙司夜叹气："以你现在的功力，也就一个时辰的事。我那里有绝品佳酿，让你喝个够！"

顾惜玖动心了，略一琢磨，终于点头："好！"

她开启了缩地之术，手一扯龙司夜，二人的身影霎时在原地消失。

长街寂寥，风雪弥漫，雪中现出一个人的身影，全身上下只有手里的伞是青色的，其他一片雪白。

他衣袖微垂，望着顾惜玖和龙司夜消失的地方怔怔出神。

半晌，他轻咳一声，转身离去。

第八十二章　恍若隔世

天问山濯尘亭中，一张竹编的小桌、两把竹编的椅子。

小桌上已经摆上了几样菜，菜品不多但极精致，是龙司夜亲自下厨炒出来的。

酒自然是天问山最好的酒，口味也是她最喜欢的青梅味。

顾惜玖和龙司夜相对而坐，把酒清谈。

若干年前，他是教官，她是杀手，他们曾经这么相对而坐，那时她想嫁给他，而他也在琢磨怎么顺利地娶她。

只是阴错阳差之下，两人之间的缘分再也回不去了。

现在两人再次相对而坐，龙司夜有一种恍若隔世的感觉。

“惜玖，我们重新开始好不好？”龙司夜一句话脱口而出。

他本来完全没抱希望，但现在惜玖和帝拂衣的缘分已经完全断了，那是不是代表他和她还有希望？

他已经错失了一次机会，不想再错失第二次。

顾惜玖握着酒杯的手一顿，随即她仰头喝了一杯酒。

她记得听人说过，想要从失恋中快速走出来，最好的法子是开始另一段恋情。而龙司夜曾经是她的教官，是曾经心仪的人，如果和他再续前缘，她能否从这相思泥潭里走出来？

喝酒喝得脑筋有点儿迷糊，她心里也像是浸了水，窒痛得难受。

顾惜玖，你没出息！

他如此待你你还忘不了他，还奢望看到他！你这是犯贱吗？！

你再这么想着他真的可以去死一死了！

可是，她真的好想再见他一面啊！想得发疯！

她以为在皇宫的宴席上能见他一面，可是他没来……

相思如春草，渐行渐远还生。

龙司夜体内原本封印着龙梵，但在五个月前帝拂衣找到龙司夜，发现他体内已经没有了龙梵的魂魄的踪迹。也不知道龙梵是逃逸去了他处，还是被龙司夜的魂魄给彻底融了吃了……

帝拂衣也为龙梵招过魂，没有招来一星半点儿。

发生这种情况只有两个可能，一是它确实已经不在这个世界上了，二是他重新投了胎，不会再附在其他人身上。

这两种可能无论哪一种对龙司夜来说都是好事，对这个世界来说也是好事，所以帝拂衣和龙司夜都不再追究了。

这件事龙司夜和顾惜玖说过，顾惜玖那时候已经和帝拂衣决裂，她没想到帝拂衣还会救龙司夜，心中还有些诧异。

她后来一想龙司夜本来就是天授弟子，帝拂衣身为圣尊一直对天授弟子卫护有加，为龙司夜治疗自然不是看在她顾惜玖的面子上。

无论帝拂衣为了谁，能够彻底除去龙梵这个大隐患，顾惜玖还是很欣慰的，也替龙司夜感到开心。

“惜玖，为我歌舞一曲怎么样？”龙司夜不想气氛如此沉闷，提议道。他兴致勃勃地拿出一架古琴：“我可以为你伴奏。”

顾惜玖倒也不推托：“好！”

琴声悠悠响起，顾惜玖放声高歌：

> 那年长街春意正浓，策马同游，烟雨如梦。
> 檐下躲雨，望进一双深邃眼瞳。
> …………
> 一时心头悸动，似你温柔剑锋，过处翩若惊鸿。
> 是否情字写来都空洞，一笔一画斟酌着奉送。
> …………

龙司夜抚琴的手顿了顿，她唱的是《我的一个道姑朋友》，或许这歌格外符合她

的心境，她唱得很用心：

可我只能假笑扮从容，侧耳听那些情深意重。

不去看你熟悉脸孔，只默默饮酒，多无动于衷。

山门外，雪拂过白衣，又在指尖消融。负长剑，试问江湖偌大，该何去何从？

今生至此，像个笑话一样，自己都嘲讽。

一厢情愿，有始无终。若你早与他人两心同，何苦惹我错付了情衷。

…………

悠悠琴声，袅袅歌声，在小亭里飘荡。

顾惜玖嘴角含笑，手握着一根筷子敲击着酒杯唱着。

明明是一首很悲凉的歌，由她唱来却唱出了铁马金戈的味道。这首唱完，她似乎起了唱歌的兴致，一首一首地唱起来。

她唱了一首又一首，龙司夜就为她伴奏了一曲又一曲。

他这几年琴技明显大有长进，一曲弹来虽然不能引来百鸟齐舞，但也能让听者沉醉。

或许太累，也或许是酒意上来，她终于停止了歌唱，和龙司夜说了几句话后，就直接趴在桌子上睡着了。

龙司夜坐在旁边看着她，看她的小脸深埋在双臂内，看不清她的面容，但能看出她的身影透着难言的孤寂。

“惜玖，要睡我带你去屋里睡，这里凉。”龙司夜上前想要抱起她，却被她身上的护体结界弹开。

很显然，现在的她排斥任何人的靠近。

龙司夜低叹了一口气，打消了抱她进殿去休息的念头。

顾惜玖做了个梦，梦中她像游魂似的四处游荡。

梦中天已黑，家家户户燃起了灯火，噼里啪啦地放着鞭炮，顽童在街上手持烟火追逐，无数人聚集在皇宫城门前，容伽罗身着盛装率领文武百官站在城门楼上和百姓同乐、致辞。

无数烟火升空，在空中炸开，照得人们的笑脸忽暗忽明。

很多家庭拖老携幼地在这里聚集，丈夫牵着妻子的手，妻子牵着孩子的手，一家几口同游，每张笑脸上都写着惬意和满足之意。

顾惜玖感觉自己就在这热闹的人群中飘荡，没有人看到她，但她能感应到别人的欢乐。

曾几何时，她和他也在除夕夜携手同游，她那时的幸福似乎要满溢出来，只望年年有今日，岁岁有今朝，却没想到幸福如同泡沫，消散得如此之快！

不知不觉她就去了左天师府。

左天师府却有些冷清，没有过年的气氛。

侍从们大部分被放回家过年了，府邸中只有几人当值，还基本是顾惜玖熟悉的老面孔。

她自他们面前飘过去他们也没察觉。

自这些侍女口中，她听到了他在听涛阁待客。

听涛阁是顾惜玖待在左天师府时最喜欢去的一个地方，是半山中的一处楼宇，三面环山，一面环水。环山的那三面种植了松柏，风一吹，树木摇曳，如大海波涛起伏，景致美极了。

帝拂衣轻易不会在这里待客，倒是时常拉着她在这里小酌。现在他在这里招待的会是谁？

她心头忽然一片火热，她要见他！

梦中的她还是随心所欲的，直接去了那里。

时隔五个月她终于又看到了他，然后如遭五雷轰顶！

他的头发怎么白了？

他身着一身家居淡蓝衣袍，眉如远山月，目似天边星，面目依旧清俊得不像话，是她熟悉的样子，唯有头发不再是墨似的黑，而是雪似的白！

与此同时，她也看到了被他招待的客人，是鲛族的蓝氏兄妹蓝摇光和蓝静怡。

这些日子蓝摇光虽然时常来看望顾惜玖，但蓝静怡从来没有来过，这也是五个月来顾惜玖第一次见她。

小姑娘望着正在烹茶的帝拂衣一脸心疼："凰哥哥，你的头发怎么白成这样了？"

帝拂衣正在烹茶的手一顿，然而他没有说话，依旧泡着茶。

蓝摇光撞了妹妹一下，示意她不要戳人的伤疤。蓝静怡却撇了撇小嘴，只当未觉，一双明眸依旧瞧着帝拂衣："凰哥哥，你是因为姐姐没有复生太失望才愁白头发的吧？我听说过这种典故的，相爱的两个人活生生地分开，人太绝望的时候是会愁白头发的……"

蓝摇光皱眉，终于开口阻拦她："静怡，别胡说，姐姐已经复生了，她只是不肯承认而已……"

"才不是！她压根不是姐姐！复活的是顾惜玖，她只是姐姐的一缕小知魂而已！可恶！按道理说，人的三魂中神魂才是主魂，是主这人的主要性格的，而知魂只是辅助魂，不应该有自己的意识，却没想到这小知魂不但有自己的意识，还强占了本该属于姐姐的身体，害得姐姐回不来……"她的声音变得有些哽咽，"我想姐姐了，好想

曾经的那个姐姐回来……”

蓝摇光打断她的话道：“小妹，你不要这样说，惜玖是姐姐的知魂投胎的，也是姐姐的一部分，你不能不认她！”

“可是我想要神魂为主的姐姐！那才是我的亲姐姐！现在这个像是假冒的，是鸠占鹊巢！”

蓝摇光皱眉道：“姐姐当年身死，本来就是魂飞魄散之局，是凰兄作法强留下她的一魄，这才能留存住她的那些记忆，其他则散成了碎片。那知魂能够再投胎重生已经是意外中的意外，不可能神魂还能保持完整，只怕早就散成尘埃了，你让凰兄去哪里给你寻找神魂为主的姐姐？”

蓝静怡不服气地道：“那知魂既然能够重新投胎，焉知姐姐的神魂不会也聚拢成功？说不定姐姐也已经投胎了！”

蓝摇光摇头道：“哪有这种好事？”

一直沉默的帝拂衣忽然开口：“静怡说得没错，知魂确实不能算是她，本座会设法寻找她的神魂，让真正的她回来……”

蓝摇光呆了呆，蓝静怡眼睛一亮：“凰哥哥，你这么说的意思是也不承认现在的顾惜玖是静珂姐姐对吧？”

帝拂衣语气平静地道：“她自然不能算是静珂，是本座弄错了。”

蓝静怡长出一口气：“静怡就知道凰哥哥也想让真正的姐姐回来，太好了！”她像是想起了什么，“可是身体怎么办？那个身体已经被那个小知魂占了，就算凑齐姐姐的神魂姐姐也无法重生啊。”

帝拂衣抬头目视远方片刻，淡淡地道：“不妨事，现在身体不是难事，天问宗的宗主龙司夜可以制造克隆体。等静珂的神魂有眉目了，本座会让龙司夜再造一具同样的身体，让静珂彻底复生。”

蓝静怡目光闪动，一脸感动地道：“我就知道凰哥哥真正想念的是我静珂姐姐，为了让她复生，你筹谋数千年……唉，你苦心筹谋这么多年，盼望这么多年，到最后却被顾惜玖捡了个便宜，一定极为伤心，所以才会相思白头……”

帝拂衣抬手喝了一口茶，没说话。

蓝静怡又像想起了什么：“对了，如果以后真正的静珂姐姐复生，那顾惜玖这个冒牌货怎么办？”

帝拂衣淡淡地道：“不必管她，本座日后只当她是陌生人，不会再把她当成静珂来疼宠。”

蓝静怡撇了撇小嘴：“只是太便宜她了……算了，只要凰哥哥不再喜欢她就好，要不然我真正的静珂姐姐醒来会伤心的。”

帝拂衣举杯：“放心，本座心里只有静珂，其他都是浮云。”

“可她是姐姐的知魂投胎的啊，如果她一直活着，那姐姐真正回来后岂不是魂魄不全？”

帝拂衣淡淡地道：“知魂既然能单独投胎，神魂自然也能。放心，为防再次发生意外，本座会为静珂重新配个知魂，绝对不会夺了静珂的意识。”

蓝静怡笑逐颜开地说：“静怡知道姐夫对姐姐痴心，那样就万无一失了……”她站起身来，看了一圈阁楼外的松柏，“这里名为听涛阁，这松柏就像海洋，姐夫其实一直心向海洋的，听涛、听涛，听大海的波涛，我听人说姐姐活着时也喜欢听海涛的声音……”

阁内的三个人在那里喝茶谈笑，坐在那里像一幅水墨画。

顾惜玖隐在暗处，听了一切也看了一切，全身一阵阵发冷。

他苦等蓝静珂数千年，到最后复活的却是她顾惜玖，而不是他心心念念的蓝静珂，所以他的头发全白了……

他真是痴情！这份痴情简直能感天动地了！

原来他对她的好，都是因为她是蓝静珂的知魂，他把她当成蓝静珂的一部分了。

现在他终于明白她不是蓝静珂，所以就把她当成陌生人了。没了蓝静珂这个身份，她在他心目中其实什么都不是。

心脏里面像是灌进了水，又酸又胀，她只觉双腿发软，忽然趔趄了一下，然后像是在万丈高楼上一脚踩空，醒了！

她猛然身子一抖，睁开了眼睛。

什么听涛阁，什么帝拂衣，什么蓝氏兄妹都如浮云般散去，四周是雪白的毛毡，有竹藤椅、有古木桌、有龙司夜，还有袅袅琴声。

她抬头再看了看外面，天色早已黑透，年三十的夜晚既没星也没月，一片黑沉。

而她躺在一张软榻上，身上盖着锦被，倒不觉得冷。

顾惜玖再看了看墙角的沙漏，已经是四更天了，接近天亮的时候。

这大年三十的夜晚眼看就要过去了！

她听到的袅袅琴声是龙司夜弹出来的，琴声悠扬，如同催眠曲，能让人心神平静。

她记得她入睡时夕阳半落，这一觉居然睡到现在了，好长的一个梦！

好在无论什么样的噩梦都有醒来的时候，而她也终于醒过来了，心像溺水似的疼，人却异常清醒。

“醒了？渴不渴？喝一杯水吧？”龙司夜终于止住琴声，端一杯水过来递给了她，手指和她的手指无意间一碰，龙司夜皱眉道，“你的手怎么这么凉？”

他说着就要为她摸脉，顾惜玖轻笑一声，避开了他：“我是寒凉体质，手脚最容易凉，没事的。”

龙司夜看了看她的脸，发现除了苍白些，倒没有其他不妥之处，也就放下心来，开玩笑似的问她："做什么梦了？你刚才说了很多梦话。"

"我说什么梦话了？"

"听不清，不过说了好几句。"

顾惜玖揉了揉眉心："原来我还有说梦话的习惯。算了，梦就是梦，好梦、坏梦总有醒来的时候……"她又看了看他，"你一直在为我抚琴？"

龙司夜微笑着道："今天弹琴的兴致浓了一些，今夜又是大年三十，我弹琴权当守岁了，没吵到你吧？"

顾惜玖伸了个懒腰坐起来："自然没有，你的琴声很催眠……"

"听上去不像是夸奖的话，不过能让你美美地睡一大觉我也很有成就感……"

二人说说笑笑了一阵，顾惜玖又环顾了一下四周。龙司夜很细心，原本这就是普通的亭子，现在他为了让她在这里安睡，特意将亭子用毛毡围起来了，怪不得她在这亭子里也睡得很暖和。

没想到她的年三十晚上是在这里过的，不过也算是有意义。

她已经没有睡意了，干脆起身让龙司夜去歇着。

龙司夜哪里肯走："我几夜不睡是常事，再说今晚本来就该守夜，你若嫌闷，你我手谈一局怎么样？"他摆上了棋盘，一指对面，"请！"

长夜漫漫，守岁无聊，能用下棋来打发时间也很不错，于是顾惜玖和他下了一局。

龙司夜发现她今夜下棋压根不在状态，东落一子，西落一子，很是杂乱无章。棋局如战局，同样，在棋局上也能看出一个人微妙的心态。

龙司夜看出，现在的顾惜玖有些心乱如麻……

二人连着下了几盘，顾惜玖一败涂地，被龙司夜弹了好几次脑门。

顾惜玖揉着微红的额头抬头向外看了看："天终于亮了！"

龙司夜目光沉静地望着她："是啊，无论多黑的夜总有亮的那一刻。"

顾惜玖扑哧一笑："说得好有禅机的样子，你什么时候学会参禅了？"

二人说说笑笑一阵，顾惜玖忽然抬头问龙司夜："我让你做的克隆体怎么样了？"

龙司夜愣了愣，道："已经接近完成了……"

他上下打量了一下顾惜玖，自然早就看出顾惜玖现在的身体是她的原体，这个身体看上去很健康，没有任何不妥之处。

五个月前顾惜玖找到龙司夜，请他为她再造一具克隆体。

龙司夜当时很纳闷，问她有什么用，她没说明，只是含混说了一下，日后说不定能用到，现在能预备就先预备着。

龙司夜一向不会拒绝她，所以就为她造了。

顾惜玖站起身来："带我去看看。"

顾惜玖站在水晶棺前，望着棺内的"美人儿"。

不得不说，这具身体比龙司夜之前造的那个强多了，这具身体的原始灵力是八阶，也算是一个很逆天的存在了。

顾惜玖瞧着棺内的"自己"，嘴角露出一抹苦笑。她原本就是克隆体而生出来的灵魂，或许克隆体才是她真正的归宿。

她问龙司夜："如果我想进入这具克隆体内重生，容易成功吗？"

龙司夜吓了一跳，二话不说就捞过她的手腕为她号脉，半晌松开手道："你这具身体很好啊，一点儿毛病也没有。你怎么又想换身体？"

顾惜玖微垂下眸子。她也不知道自己为何有这个疯狂的想法，想要做活雷锋，再将这个身体让出来，让给帝拂衣的心上人蓝静珂。

他不是一直希望蓝静珂复生吗？他不是一直对她占了蓝静珂的身体有怨气吗？那她把身体让出来！

她还他这具原身，回归克隆体，从今以后她就再也不欠他了，和他再不会有一丝一毫的牵扯！

或许换了身体后，她就能彻底走出这段噬心之恋，做一个全新的自己！

她不想和龙司夜解释这些心路历程，只是认真地看着他："到底能不能换啊？"

龙司夜头疼，叹了口气："换自然是能换的，不过你现在可是十阶的灵力，而这身体的灵力不过八阶，你如果换了，功力会下降得很厉害……"

"没事，我可以再努力修炼。"

龙司夜摇头："这不是努力修炼就能轻易达到的……"

顾惜玖年纪轻轻灵力就能升到十阶，除了她本身极高的天分外，还有很多不可复制的外在因素。她如果再换为克隆体，不要说灵力升为十阶，就算升九阶那也需要二三十年时间，至于升十阶，那就要看天意了，或许需要数百年，或许终生也无法再达到这个成就。

"惜玖，其实还是原身好，若非万不得已，就不要换。你现在拥有十阶灵力能够长生不老，永葆青春。而换体之后你就算将灵力修炼到九阶，最多也就能活千年……"龙司夜苦口婆心地道。

长生不老？

顾惜玖轻挑嘴角，对长生不老不感兴趣！千年的寿命她都嫌长！

"龙教官，我不在乎长生不老，只想要完全属于自己的身体。如果能换，我想在近期内换过来。"

龙司夜又劝了一阵，几乎将所有的不利因素说了一个遍，无奈顾惜玖心意已决。

最后龙司夜没办法，同意了为她换体的事。不过因为顾惜玖的魂魄特殊，这么频繁换体容易伤到她的魂魄，为保险起见，换体时需要用一种药果加持，这药果颇为罕见，生长在火山之上，数年才能结一果，每次结果期就是短短几天，而且这药果被采下来后，要在一个月之内使用才有效，必须用鲜果。

令人比较欣慰的是，一个月后就是这种果子的结果期，到时候龙司夜会亲自去采摘药果，回来后为顾惜玖换体。

二人敲定好了换体日期，顾惜玖就回了自己的大天师府。

她一夜未归急坏了家人，顾谢天等人正张罗着四处寻找她，看到她回来都松了一口长气。

顾谢天道："玖儿，你去哪里了？大家都在找你。昨晚我还跑了左天师府一趟，结果左天师也不在，他的仆从说他压根就没回去……"

他压根没回去？昨夜在梦中她明明看到他在左天师府的听涛阁待客……

别人的梦或许就是梦，她的梦却常常不是梦，而是离魂去了那里，所见的一切都是真实场景。

左天师府的人之所以说他没回去，应该是他不想再让顾谢天去纠缠他，毕竟他的一言一行都代表着他视她为陌生人。

"父亲，我和他已经没有任何关系，以后我有什么风吹草动的，你不要再去左天师府了。"顾惜玖正色道。

她以后就算是死了也不会再去左天师府，自然不想自己的家人再跑到那里讨个没趣。

顾谢天见她说得郑重其事，自然不敢反对，点头应了。他还惦记顾惜玖一夜未归的事，顾惜玖随口说了一句："我去天问宗喝酒了，喝得有点儿多，就住了一晚。"

其实顾谢天一直担心女儿的婚事，听顾惜玖这样一说，心中一动。

天问宗宗主和女儿也挺搭的，郎才女貌。

他探了探女儿的口风，发现女儿对龙司夜压根没意思，而且就这个问题也不想多谈，也就作罢。

女人嘛，再有本事还是该找个好婆家，夫唱妇随一辈子才叫圆满。这是顾谢天一贯的思维方式，现在的他把为女儿找个好人家视为第一要务。

这世间好男儿不少，他得为女儿找个绝对优秀的人……

于是顾谢天暗中开始张罗着给女儿说婆家的事。

他一放出风去，前来说媒的人自然趋之若鹜，无数青年才俊派了媒人来求亲。

顾谢天在这些人里挑选了半天，挑了几个颇为顺眼的人，请他们来府中玩。

当然，这些事都是暗中瞒着顾惜玖进行的，免得她反感。

于是顾惜玖忽然发现，过年这几天来她府中的青年才俊忽然多了起来。

他们都是打着给顾谢天顾大人拜年的旗号来的，但顾谢天总是以各种理由让顾惜玖代替他接待这些人。

顾惜玖现在也想给自己找点儿事做，所以没反对，只要有时间就帮着招待一下客人。

不过她招待过三四位客人以后终于意识到不对劲了！

她没时间招待人的时候，这些青年才俊来了片刻后就会离开，但一经她招待，这些青年才俊就不想走了，扯着各种理由和她说话，请她带着逛园子，一个个望着她的眼睛含情脉脉得让顾惜玖全身汗毛直竖。

顾惜玖迟钝了几天后，终于明白了顾谢天的意图，顿时感觉哭笑不得。

她找顾谢天谈了一次，很干脆地表明自己很反感这些事，他再弄什么青年才俊来，她会派人把这些人轰出去！

她这样的威胁果然很管用，顾谢天消停了，顾惜玖终于清静了好几天。

顾谢天自然不会死心，但也觉得那些“青年才俊”配不上自己的女儿。

他琢磨来琢磨去，忽然想到了一个人——逍遥侯龙默言！

龙默言为京城四公子之一，当年的名气是和容伽罗、容彻齐名的！

这人为人处世低调，长相俊美，直到现在尚未娶妻，听说他数年前心仪一名女子，可惜只和那女子见过一面，后来那女子再没现过行踪，龙默言找了这么多年也没找到对方。

于是顾谢天辗转邀请龙默言来府中做客，只说有要事相商。

龙默言欣然前来，顾谢天在花园的赏梅阁设宴招待，刚刚喝了几盅酒，顾惜玖就来了。

这几天梅花开得好，顾惜玖每天这个时候会在梅林里转一圈，玩赏梅花，没想到会碰到顾谢天宴客……

顾惜玖还是记得龙默言的，当年在玄冰原她化身重笙和这位逍遥侯见过一面，相处得还算和谐。

数年未见，龙默言居然依旧极为年轻，看上去如二十多岁的人，挺拔俊秀，有豪门公子的矜贵气质，甚至带着一种说不出的仙气。

赏梅亭是修建在梅林中的，亭外梅花掩映成趣，极有意境，而龙默言坐在亭中，气度从容，可堪入画。

顾惜玖对这位龙默言世子还是颇有好感的，所以留下说了几句话。这正合顾谢天的心意，他代为两个人介绍了几句后，就扯个理由遁了，留下顾惜玖和龙默言在赏梅亭说话。

到了这个时候顾惜玖自然明白这又是顾谢天安排的一场相亲会，有些无奈，也不想再应酬，正要扯个理由离开，龙默言忽然叹了口气开口："大天师大人，恕在下冒昧问一句，您是不是正被逼着相亲？"

顾惜玖没想到他会挑明了说，抬眸望着他："不错。"

"你很反感这个？"

"当然。"

"小可也是，家父天天催逼，但小可已有心上人，不找到她绝不会娶妻，无奈被家父家母催逼得烦不胜烦……"龙默言侃侃而谈。

顾惜玖心中微动："所以？"

"小可有个建议，大天师大人看看是否可行。"

"说。"

"我们都很反感被逼相亲，倒不如暂时假凤虚凰一下，三五天见一次面，以朋友的身份相处，能绝了他们的念头，你我也都能得个清静。"

这个主意倒不是不可以，毕竟在现代也有很多年轻人被父母催婚催得紧了，找个人冒充一下应付过去。

顾惜玖正被顾谢天的套路弄得不胜其烦，琢磨了一下，点头应了。

二人意见达成一致，便熟络了许多，顾惜玖随口道："你既然有心上人，为何不娶了为妻？"

龙默言叹气："我找不到她……"

顾惜玖挑眉，龙默言继续道："不瞒大天师，我和她仅有一面之缘，后来怎么找也找不到她……"

一见钟情？

顾惜玖起了点儿兴趣："她叫什么名字？或许我能帮你一把。"

现在暗影堂几乎是她的下属堂口，消息最为灵通，龙默言只要说出人名来，以暗影堂之能，应该能找到这个人。

龙默言倒不隐瞒："她叫重笙，我和她在玄冰原相逢……"

顾惜玖："……"

没想到她当年的化身居然收到了这么一朵大桃花！

还是一见钟情的大桃花！

重笙、重笙，原本就是虚妄。

顾惜玖叹息了一声："你这是一见钟情？其实既然你数年找不到她，或许她压根就不是什么真人，而是谁的化名，你又何必如此执着？"

龙默言苦笑了一声："我又何尝不知这点？可我就是忘不了她……无论如何，我总得先找到她再说。"

"那如果她已经死了呢？"

"不要咒她！我相信她依旧活在这世间。"

顾惜玖："……"

她没打算承认那个身份，要不然又会有一个大麻烦缠上身。

她略琢磨了一下，决定日后再扮一下已经成婚的重笙，让这位世子爷死心，总不好让那虚无的化身耽搁这人一辈子。

因为要演戏，顾惜玖和龙默言又见了两次面，吃了两次饭。

二人以朋友的身份相处，龙默言倒是位很体贴的好游伴，在一起游玩的时候，他把顾惜玖照顾得很好，压根没把她当成高高在上的大天师。

这天是正月十四，顾惜玖乘车去城外赏梅散心，没想到在路上又碰到了龙默言，龙默言也是去赏梅的，于是二人同行。

龙默言骑着白马，倒和顾惜玖的白玉车很配。两个人一个在车内，一个在车外，龙默言时不时隔着车帘和她说几句话，这样说说笑笑的，也不算寂寞。

大蚌伏在车厢的一角，张开壳听了半晌，然后很肯定地和顾惜玖说："主人，这人不错啊，以后能成仙的。"

顾惜玖没想到大蚌有相面的本事："你怎么知道？"

"他身上隐隐有仙气，证明根骨很清奇，根据我吃过的这么多人来看，除了左天师外，这个人的根骨是最好的。"

顾惜玖讶异，据她所知，现在的龙默言的灵力还不足八阶，这个世界上不知道多少人超过了他，怎么他就能和帝拂衣相媲美了？

她掀开车帘又不动声色地看了看龙默言，总感觉现在的龙默言和原先相比，像是佛像开了光似的，身上带着一种难以言喻的仙气。

那梅林是天然形成的，生长在山坳中，漫山遍野一大片。

原本它们的花期是十二月初，那时已经开过一次，却没想到临近十五，这片梅林的梅花又盛放了，远远望去如同红云。

这等盛事之下，百姓自然纷纷呼朋唤友而来，所以顾惜玖二人沿途也碰到不少人。

百姓自然认得顾惜玖的车驾，沿途不时有上前请安问好者……

大蚌掀开车帘向外望了望："主人，很多人跟着咱们。"

顾惜玖也看到了，那些百姓向她请过安后，就远远地跟在她的车驾后面，大概是想沾沾大天师的车驾的祥瑞之气。

百姓一贯喜欢如此，顾惜玖也不放在心上，向前看了看，远远地看到了一片艳红的景色，梅林要到了！

"咦！左天师大人！左天师大人的船！"外面有人低喊起来。

顾惜玖在车内微微一僵，随即又恢复正常。她的车帘是掀开的，她随意地向外看了看，见侧道上果然行来一艘蓝色的船，正是帝拂衣的座驾。

他这船一向是在天上飞来飞去的，倒是难得看到它在陆地上行驶，顾惜玖多看了几眼。

船行驶的速度很快，眨眼间船就来到顾惜玖的车驾行进的主干道上。

好巧不巧的是，船正好挡住了顾惜玖的车驾的去路。

时隔将近半年，顾惜玖终于真正看到了帝拂衣。

帝拂衣就坐在船中，一身紫袍，面上戴着面具，一头银发在雪光下分外惹眼。

他坐在那里气势极强大，如同俯视人间的神祇。

百姓纷纷上前行礼，龙默言愣了愣后，也下马上前行礼。

顾惜玖现在的身份和帝拂衣对等，她不必下车行礼，于是就老神在在、不动声色地坐着，视线在他的银发上停了停，随即移开。

帝拂衣这次的船上只有沐风和另外一个黑袍少年。

帝拂衣让那些人起身后，目光终于落在顾惜玖的脸上，他眼睫微弯，像是笑了笑："顾天师，好巧！没想到能在此处碰到。"

顾天师……

顾惜玖嘴角微勾，他对她的称呼倒是一次比一次生疏。

"是呀，好巧。"顾惜玖微笑着，笑容倾城，随即加了一句，"左天师大人能否让路？您挡了我们的路。"

帝拂衣的目光在她和龙默言身上扫了扫："你们二位这是要去哪里？"

顾惜玖道："我们要去哪里似乎和左天师大人不相干。"

帝拂衣被噎了一下，淡淡地道："确实不相干，本座只是随意一问而已。"

说完这话，他的船就向旁边一让，让顾惜玖的车驾过去。

顾惜玖也没犹豫，车驾直直地从他的船旁过去。龙默言自然跟了过去，继续随行。

远远地传来龙默言和顾惜玖的对话。

"惜玖，前面就是梅林了，雪中赏梅也是一种乐趣。"

"这倒是，待会儿下车好好欣赏欣赏。"

…………

雪白的车驾远去，帝拂衣的蓝色大船停在原地久久未动。

沐风颇为同情地看了看自家的主子，顾姑娘或许真正走出来了，倒是自家主子越来越让人难以捉摸。

他船上的黑衣少年冷得不行，频繁地打着寒战。

他想催着左天师大人赶快进京，但又不敢开口。

帝拂衣坐在船上不言不动，如同冰雕，那强大的气势让黑衣少年一句废话也不敢说。

沐风瞧了那黑衣少年一眼，暗暗摇了摇头，在他的肩头拍了拍："冷吗？"

那黑衣少年打着哆嗦老实承认："冷！"

"你好歹也是六阶的灵力，又自称天授弟子，想必很有本事，怎么连这点儿寒冷也抵抗不住？"

黑衣少年："……"

他平时确实抗冻，大雪天穿单衣也不怕冷。但不知道为何，从登上左天师大人的船后，他就一直觉得很冷，是一种透入骨髓的冷。他拼命强忍着熬时间，只等着快些到京城，快些进驿馆，他好暖和暖和。

他觉得自己挺苦的，大年二十九中午一时嘴欠，和小伙伴们吹牛，说自己可能是天授弟子。然后左天师大人年三十晚上就上门了！而他的噩梦也从那一天开始，直到今天也没结束……

"沐风，你以圣尊使者的身份去通知顾惜玖，让她明日准备测试天授弟子事宜。"帝拂衣忽然传音给沐风。

沐风愣了愣："这事不是一直是主上主持吗？她大概不会……"

"把这心法给她，让她照做，到时候你们四个再为她做护法即可。多提点她一些。"帝拂衣轻飘飘地弹出一张纸来。

沐风只能接着，眼睛看着自己的主人，忍不住传音过去："主上，您这是想把左天师所做的一切事情都传给她吗？"

"本尊厌了。"帝拂衣轻飘飘地说了四个字作为解释，"快去！"

"是！"沐风不敢再啰唆，转身跳下船追人去了。

大船上就只剩下了那黑衣少年和左天师大人。

黑衣少年忽然感觉压力山大！

"下去！"帝拂衣忽然开口。

"啊？"黑衣少年发蒙地抬眼。

"下去，自己去京城驿馆，不要动逃走的念头，要不然本座会让你后悔被生出来！"帝拂衣的声音冷得像北风吹过。

"好，是！"黑衣少年逃也似的跳下了船。

大船一阵风似的开走，眨眼间就不见了踪迹。

虽然被赶下了船，但黑衣少年还是松了一口气。

天知道他多么怕和这位左天师待在一起！

他在地上活动了一下差点儿冻僵的胳膊腿儿，只觉得天也蓝了，雪也温柔了。

他再情不自禁地眺望了顾惜玖消失的方向一眼，心里闪过无数感叹号。

原来那女子就是传闻中的护国大天师，没想到这么年轻、这么漂亮！

他应该还能看到她吧？如果他能和她说说话，那就不枉此生了……

黑衣少年遐想着。

艳如火的梅林内，顾惜玖挑眉看着落在梅花树顶上的沐风——现在的赏善使，不明白他忽然这样一身行头地出现在这里的用意。

沐风也很头疼。

圣尊让他传的是圣尊谕令，他自然就要穿起赏善使的行头。

他这身行头唬唬别人还可以，但顾惜玖是知道他的身份的，所以沐风站在树尖上看上去气势凛然，内心却是大写的尴尬。

“奉圣尊谕令，着护国大天师顾惜玖主持明日的天授弟子测试，不得有误。谕此。”沐风快速传完圣尊谕令，指尖一弹，一个薄薄的小册子就飞到了顾惜玖的手里，“顾天师有不懂之处，可看此册。时间紧急，还望顾天师速速回去预备。”

帝拂衣这又是唱的什么大戏？！

顾惜玖万分不明白：“敢问赏善使，这检测天授弟子之事不是左天师大人的差事吗？怎能由惜玖越俎代庖？”

“此事乃圣尊安排，顾天师照做就是。”在顾惜玖那双明亮的眼睛的盯视下，沐风几乎要维持不住高冷范了，说完这句话就转身遁了。

顾惜玖无语，低头看了看手中的小册子。小册子上密密麻麻的都是字，字是很漂亮凌厉的工笔正楷，是帝拂衣的笔迹。

他这人到底要搞什么？明明这是他的任务，干吗又塞给她？抓不花钱的壮丁吗？

顾惜玖心中冒起火来！

检测天授弟子程序繁杂，她就算从现在开始去预备，时间也很紧张，要想做好，就不能再在这里优哉游哉地游赏梅林了。

她凭什么听他的？！

龙默言一直站在她身边，见她脸色不善，站在那里一言不发，便问了一句：“惜玖，既然你还有事，那我们回去吧？”

顾惜玖轻吸了一口气，随手将那小册子塞进衣袖内，淡淡地道：“没事。”她大步流星地向前走去，“大过节的，不谈那些乱七八糟的事，我们继续玩。”

梅林花开得浓艳，行人过处，花瓣飘落如雨，落在雪地上，红白相间，分外妖艳。

这片梅林里的梅花似乎格外红，艳如血，直逼人眼。

顾惜玖在梅林中溜达着，嗅着浓郁的梅香，一点点平息着心头的愤懑。

龙默言倒是极为善解人意的，绝口不提刚才的事，和顾惜玖扯些闲话。他幽默风趣，妙语如珠，知识也极为渊博，旁征博引的，倒是不闷。

顾惜玖随手接了一片梅花，看了一眼，那片梅花在她的掌心里轻颤，脉络中竟然有丝丝缕缕的鲜红颜色透出来，像是鲜血一般。

她不禁怔了怔。在她的印象中，梅花不应该有这么红的汁液……

顾惜玖正要再仔细看看，不远处微风一拂，沐风再次在离她不远处的一丛梅花上现身。

这次他换了沐风的装束，落在顾惜玖面前的时候吓了她一跳，她倒退了一步："你这是？"

沐风轻咳了一声，从腰间拿出一面玉牌递了过来："顾姑娘，我家主上让属下送来这个，说以后方便您和他联系。"

顾惜玖对这玉牌并不陌生，帝拂衣的专用传音用具，其他四位天授弟子都分了一面。

和沐风四使的玉牌有本质的区别，沐风四使的玉牌可以传音、传视频，而四位天授弟子的玉牌只能传音。

沐风递过来的玉牌正是和天授弟子们一样的那种。

顾惜玖顿了顿，还是将玉牌接了过来，随手放在衣袖中。

沐风松了一口气，这才离开。

顾惜玖正要再转转，腰间的传音符忽然一闪一闪地亮了起来。

她接起传音符，符内传出龙司夜的声音："惜玖，般若果提前熟了，我已经采摘回来，你何时来天问宗？这次的般若果有些特别，需要在三日内使用，你……"

般若果正是换体所需要的果子，按龙司夜当时的估算，是一个月后成熟，没想到成熟时间提前了半个月。

或许老天也想让她赶紧把身体换过来还帝拂衣，让她和他彻底了断。

顾惜玖轻吸了一口气："你等着，我这就去。"

龙司夜没想到她会这么急，顿了顿道："你再想想也不要紧，你可以过了元宵节再来。"

"不必想了。"顾惜玖打断他的话道，"我这就过去。"

早死晚死都是死，顾惜玖也想早些解脱。

她抬头看了看天，夕阳已经半沉，彩霞铺满天。

她挂断传音符，和龙默言作别，也没回将军府，直接召来风召赶往天问山。

龙司夜说过，子夜时分换体是最保险的，如无意外，明天的自己将会是全新的自己！

她这次并没有使用缩地成寸之术，一来是时间来得及，二来也是想适应适应八阶灵力以后的生活。

缩地成寸是十阶灵力才能使出来的技能，她一旦换体就不能使用了。

风召在空中御风而行，顾惜玖坐在车厢内撩起车帘浏览外面的景色。

大蚌和陆吾尚不知道她的想法，陆吾化身孩童靠在车厢壁上打瞌睡，大蚌也把身子缩成盘子大，在顾惜玖脚下张着壳和她聊天。

“主人，你最近跑天问宗挺勤的，现在是不是喜欢龙司夜了？”大蚌很八卦。

顾惜玖敲了它的壳一下：“别乱说，我和他是朋友。”

有些缘分错过了就是错过了，再也无法回去，爱情也不是非此即彼。

“大蚌，以后如果我的灵力掉阶了，你还认不认我为主人？”顾惜玖随口问。

大蚌诧异地道：“主人，灵力一旦修炼上去是不会掉阶的，只会耗尽，但只要好好修炼修炼，灵力很快又可以补满。”

“我是说假如。”

大蚌挺执着：“主人，你无论怎样都是大蚌的主人！就算是灵力废材也是！”

顾惜玖觉得欣慰。她就知道大蚌这家伙虽然是个吃货，但不会背叛她。

她又看向陆吾，陆吾很小大人似的说了一句：“你永远是我的主人，不抛弃不放弃！”

顾惜玖心中微暖，忍不住抬手拍了拍陆吾，陆吾砰的一声现出了原身，摇了摇九条尾巴，向后退了一步：“主人，不要再摸我了。”

左天师给它戴的镯子依旧变态地管用，只要它和主人有身体上的接触，它就立即被打回原形，灵验得很。

顾惜玖失笑，眼见着陆吾又变成孩儿身继续打瞌睡，也不去打扰它了。

她垂眸看了看手腕上的苍穹玉。她换体唯一对不起的就是小苍，一旦换体成功，它就无法和她交流了。

苍穹玉大概鉴于之前的换体事件让它太憋闷，觉得它堂堂苍穹玉不能受限于这个，最近也不知道从哪个犄角旮旯搜出一门心法，它只要练会这门心法，以后无论顾惜玖换体几次它都能无障碍地和她交流。这门心法超级难练，上个月它告诉过顾惜玖，它要闭关半年苦练这门心法。

现在的苍穹玉就是沉睡着的，雷打也不会醒。

或许等它醒来，已经学会了那门心法，可以无障碍地和她的新身体交流。

她又向外看了看，夜幕已经降临，暗夜中雪花飞舞，无星也无月。

明天或许是个晴天吧？

左天师府。

帝拂衣今夜有些心神不宁，打坐也坐不下去。

在观星台转了一圈，观了一会儿星图，他也没发现有什么异常的地方。

眼看夜已深，他却依旧毫无睡意。

帝拂衣披衣出来，外面风雪交加，狂风夹杂着雪花拍了他一脸。

他在左天师府里信步走了一圈，感觉心还是难静下来，便回到了寝宫内。

他拿出一面玉牌，在上面连连作法，片刻后，玉牌现出盈盈水波似的画面，画面正是那辆白玉车中的景象。

白玉车厢内冷冷清清的，并没有人。

帝拂衣微微蹙眉，转头看了看屋角的沙漏，已经是亥时，这个时间她一般回白玉车中休息了，今天怎么没有？

难道她是在书房学习测试天授弟子的小册子，忘记时辰了？

也不对，顾惜玖最近这几个月就算看书也喜欢窝在这白玉车厢内，因为这里面绝对安静，不会有人打扰。

那这么晚了，她是去了哪里？

帝拂衣开启这个颇耗费灵力，所以这些日子以来他也不是每天都会查看她的睡眠质量，一般隔个两三天才会看一次。如果看她睡眠不宁，他会再使术借镜光魂穿过去施法让她安睡。

魂穿过去更耗灵力，所以他轻易不使。

查看了半晌没看出别的端倪，他想了想，又拿出另外一面玉牌，这玉牌可以和刚送给顾惜玖的那一面玉牌联系通话。

他一横心，点开了那玉牌，玉牌一闪一闪的，却久久无人接听。

帝拂衣又接连点了几次玉牌，那边一直处于无人接听的状态。

他蹙眉片刻，干脆召来了沐风。

沐风刚刚歇下，被唤来也不敢有半分怨言，行礼道：“主上有何吩咐？”

“那玉牌可给顾惜玖了？”

“给了呀。”

“那她可收好了？”

“这……”

她应该收好了吧？左天师的玉牌可是珍贵无比的，得到这玉牌的人恨不得把它当祖宗供起来。

不过，对象是顾惜玖就很难说了！

沐风忽然也有些不确定起来。

顾姑娘不会干脆将那玉牌摔了吧？！

帝拂衣看沐风的表情就知道他在想什么，轻吸了一口气，再问：“你给她时谁在她身边？”

“龙默言……”

帝拂衣吩咐：“你去龙默言府上看看，套问一下他看看情况。”

沐风答应一声忙去了。

帝拂衣又静了片刻，干脆施了个术法，直接去了护国大天师府，想看看她到底在做什么。

他在大天师府转了一大圈，也没发现顾惜玖的影踪，自侍女的口中知道，她今夜压根没回来。

那她会去哪里？

沐风那边终于传来消息：“主上，龙默言说顾姑娘当时将玉牌收好了，不过她随后收到了天问宗宗主的传音，聊了几句后，她就告辞急急走了，好像有急事的样子。”

帝拂衣皱眉问道：“龙默言可听到龙司夜有什么急事？”

“龙默言说顾姑娘接听传音符的时候，他避嫌让开了几步，只隐隐听到什么般若果提前熟了……”

般若果？

帝拂衣脸色一变！他是杰出的医者，自然知道般若果的功用，可以收束灵魂，调和魂魄和身体的融合度。

龙司夜和顾惜玖采摘了般若果到底要做什么？！

不会是……

帝拂衣的手脚刹那间凉了！

他立即又掏出专用玉牌联系龙司夜，结果龙司夜那边也是无人接听。

这种玉牌几位天授弟子都是随身携带的，几乎片刻不离身，方便有急事随时联系。

除非龙司夜想要静心做什么大研究，不得有丝毫分神时，他才会将玉牌放置在一边，待研究完再将玉牌戴上。

这个时间，龙司夜在做什么大研究？！

帝拂衣深深吸了一口气，抬头看了看天空，还差一刻钟就到子时了！

此地离天问宗足足三千里，他现在就算插上翅膀，也不可能在一刻钟之内赶到天问宗！

他站在一户人家的屋脊上手脚几乎发僵，足下一滑，险些从屋顶上跌下去！

此刻帝拂衣压根来不及回左天师府，直接落在一座废弃的小院中，席地而坐，拿出一面雕花玉牌，再次作法，待里面现出盈盈水波，出现白玉车厢的内部轮廓后，他作法离魂进入了玉牌……

第八十三章　他站在云端，她渺小如尘

换体所需要的步骤其实很繁杂，一步步流程走下来也需要将近一个半时辰。

龙司夜在为她走这个流程前，再次劝她要考虑考虑，无奈顾惜玖心意已决，龙司夜只得开启这个流程。

在流程开启前，顾惜玖也曾拿出和帝拂衣联系的那个玉牌，想和他说几句告别的话，让他明日的天授弟子检测去找别人，因为她一旦换体成功，就无法开启那种检测柱了。

但握着那玉牌定定地看了片刻后，她又放弃了。

算了，还是等她完成换体，将那身体托人送回去，两人之间的联系也就结束了。

她连这护国大天师也不要做了，以后会离开飞星国去往其他地方，自由自在地逍遥天下。

她将那玉牌放入帝拂衣曾经赠送给她的储物袋内，凡是他赠送的东西她都放了进去，一枚铜钱也没留下。

她预备等换体成功后，将这储物袋放入原身的怀中，然后给帝拂衣送回去。

顾惜玖按照龙司夜所说的步骤有条不紊地做着准备，全程没有丝毫犹豫之色。

因为换体需要绝对安静，不能被任何外事打扰，所以龙司夜所选的换体之地是他的实验室。

外面设置了重重禁制，里面又有无数道门隔绝。就算是龙司夜的弟子来，一时半

刻也进不来。

最后，顾惜玖躺在专用的寒玉床上，在她身边不远处就是那具冰棺，冰棺内她的克隆体已经完全解冻，此刻躺在里面，面目如生。

寒玉床冰寒入骨，丝丝缕缕的寒气顺着她背部的穴位慢慢沁入，似乎能在瞬间将人的血脉冻住。她微闭上眼睛，手心里握着那枚般若果，等着离魂的那一刻。

她感觉很冷，但这是必要的步骤之一，要想保持住肌体不被损伤，就需要这种速冻方式。

此时将近午夜子时，正是一天中阴气最重的时候，他们这个时候做换体之术是最恰当不过的了。

顾惜玖躺上去以后，竭力收束本体的灵力，不让它与寒气抗衡。

这个过程很痛苦，她指尖有些颤抖，面上却没有难受之色。

如果能用身体的这点儿痛来换取日后的安宁和自由自在，她愿意！

龙司夜站在不远处作法，顾惜玖身下的寒玉床寒气越来越重，渐渐地突破她的护体灵力，透入她的血脉之中，她的头脑终于有些眩晕。

轰一声山崩地裂般的巨响传来，让整个静室抖了抖！

这抖动像剧烈的地震，静室内的那些器皿全部稀里哗啦地激跳起来，摔了一地。

顾惜玖身下的寒玉床也猛然抖了抖，惊醒了就要陷入沉睡的她，她睁开了眼睛。

怎么了？地震？

她看向龙司夜，龙司夜也一脸茫然。

不过这茫然只持续了片刻，因为这巨响震裂了封闭的密室大门，外面的嘈杂人声立即传了进来，其中一个声音尤其响亮：“圣尊……圣尊驾到……”

而随着这一声惊喊，一道白影如电般直扑进来！

龙司夜骤然抬头，捏着的一枚法咒纸符失手坠地！

圣尊、圣尊来做什么？！

他这个念头尚没转完，那道白影似乎携带了狂风骤雨般的力量，甚至没给屋内二人反应的时间，一道如山的掌影自那白影周身喷薄而出，拍在了水晶棺上，又是轰隆一声巨响传来！

与此同时一道白光也自那白影身上发出，直接卷住了尚躺在寒玉床上来不及起身的顾惜玖，一扯一带，顾惜玖腾云驾雾般飞了起来，直接撞入那白影的怀里。

等龙司夜反应过来后，他的静室已经成为飓风扫过的现场，一片狼藉。

水晶棺已碎成渣，而水晶棺内的克隆体也直接消失。

至于顾惜玖，她因为被寒玉床中的寒气冻僵了一部分血脉，反应比平时迟钝了不是一星半点儿，连带着头脑也跟着迟钝。等她完全反应过来的时候，已经落入一个人的怀中，那人一只手直接按在了她的后背上！

有暖洋洋的气流自后背透入，汇入四肢百骸之中，迅速化解了她体内的寒毒，让她就要凝滞的血脉重新活络起来。

那人一身白，衣袍是白的，兜帽也是白的，甚至连面上的面具都是雪白的，整个人如同冰雕。但顾惜玖落入他怀中的时候，感觉到了热意，像是跌进了一个火炉里。

圣尊，现在的他是以圣尊的身份出现的。

鼻中有浓郁的似药似花的气息，这气息对顾惜玖来说似熟悉又似陌生。

熟悉是因为这是他的味道，陌生则是里面又多了一些其他气息，这气息让她心里像是被沸油泼过，整个心脏都蜷曲起来。

“放开我……”她叫道，下意识地挣扎起来。

因为功力悬殊的关系，他每次制住她，她挣扎的时候都很难挣脱，这次却容易得很，几乎她这三个字刚出口，整个人也自他怀中跌了出来。

幸好她反应灵敏，在跌个狗吃屎之前一个漂亮的翻转动作，稳稳地站立在了地上。

她一颗心怦怦乱跳，怎么也没想到他会这么雷霆之怒地出现：“你……”

后面的话她还没来得及说出来，手中的般若果就忽然飞了出去，尚未飞到圣尊身前，那般若果就直接消失了。

龙司夜：“……”

顾惜玖：“……”

龙司夜直到此刻才想起行礼，上前一步，一揖到底：“圣尊大人……”

飓风扑面，龙司夜尚未行完礼，整个人就飞了出去！

砰一声钝响，他结结实实地撞在了一根柱子上！

这研究室原本就被震得摇摇欲坠，龙司夜这一撞就成了压死骆驼的最后一根稻草，整个静室坍塌下来。

顾惜玖脸色大变，想也不想地直接朝着龙司夜扑过去，想趁倒塌之前将倒地的龙司夜扯出来。

但她身形刚一动，就被人扯住，再然后自倒塌的碎石房梁中飞出，落在了地上。

龙司夜的这座试验楼宇不小，有半个足球场大，倒塌之下极为惊人，似乎整个天问山都跟着震动。

这自然也惊动了天问宗的其他弟子，无数人向这边赶来，但在看清站在那里的雪色人影后，都惊愣在原地。

圣尊！

无数人认出了他，也有人叫出声，然后所有的人都拜了下去。

圣尊居然来天问山了！

圣尊站在那里，身上磅礴的气势排山倒海般向四周扩散，那压迫之势如山岳，让在场的所有人双腿发软。

没有人会怀疑他的身份，因为这个世上没有任何人能有他这种气势。

神之威，惊天地。

顾惜玖自然感应到他那磅礴的气势，心脏像是被什么紧紧攥起，缩成一团，对方身上的气势直压下来，压得她双腿跟着发软，扑通一声跪倒在地。

她从认识他以来，第一次直面他的神之威势，努力想要起身说话，但被他身上的磅礴气势压得压根动不了。

龙司夜毕竟也是灵力极高的人，身上的护体灵力关键时刻不是吃素的，楼宇的坍塌虽然惊人，却不至于要他的命。片刻后，他自一片废墟中冲天而起，随即落在地上。

他脸色雪白，惊疑不定地看着悬在半空俯视苍生的圣尊，一时弄不清自己到底哪里做错了，惹得圣尊大发雷霆。

在圣尊的神之威势全开的情况下，龙司夜也是站不住的，他跪倒道："圣、圣尊……"

圣尊俯视着他："龙司夜，你可知罪？"

龙司夜："还请圣尊明示。"

"本尊早就说过，克隆之物乃违背天地伦常所生，不应出现在这世间，本尊八年前告诫过你，不可再弄克隆体，你把本尊的话当耳旁风了？"

龙司夜出了一身冷汗！

八年前圣尊确实给他下过谕令，让他绝不可再弄克隆体，免得坏了天地纲常。只不过时日已久，他一时忘了……

他当即俯首认罪："是司夜的错，请圣尊责罚。"

圣尊之令乃铁律，任何人不得违背，违背就要受罚，这是龙司夜数十年来一直就知道的规矩。

圣尊目光冰寒，缓缓抬起衣袖，掌心七彩光芒闪烁，尚未成型，其凌厉的煞气已经夺了天地之威！

很显然，他要出杀招了！

顾惜玖脸色大变，猛然膝行一步道："是我让他为我弄的克隆体，是我求他的！你若要惩罚，那就放了他，罚我！"

因为帝拂衣来得太突然，一来就这么雷霆大怒，顾惜玖被寒玉床冰冻过的脑袋思维也是慢半拍的，这一连串变故让她脑海中先是说不出地混乱，此刻才算是清醒过来，心里也说不清是什么滋味。

她初时的潜意识中，还以为他是不舍、不忍，不想让她的功力降低，所以才毁了克隆体，在关键时候将她从寒玉床上提下来，却原来只是因为龙司夜违背了他曾经下过的谕令……

龙司夜会弄克隆体全是因为她，她自然不能让龙司夜因为这个受罚。

“顾惜玖，你算什么？有什么资格和本尊谈条件？”圣尊的手指所捏法诀不变，声音冰寒入骨。

顾惜玖脸色雪白。

是啊，她算什么？她难道还以为在他面前是与众不同的？

握在袖中的手指开始微微发抖，她轻吸了一口气，道：“圣尊，此事全因惜玖一人而起，惜玖愿意承担一切责任……他完全是因为我才这样做，他是无辜的！”

她的声音尚有些嘶哑，那是寒气入侵过的后遗症。她极力挺直身子看着他，那一双眼睛黑得如化不开的墨。

圣尊面具下的双眸比她的眼睛更幽暗，他的声音自面具后发出，仿佛也裹挟了夜空中飘落的雪花，寒得能凝成冰：“顾惜玖，你真以为本尊不会罚你？”

顾惜玖抬眸看着他，在这一刻，清楚地感应到他和她之间云泥般的差距！

他高高地站在那里，如神一般尊贵。

她被迫跪在碎石中，如渺小的尘埃。

她曾经站在他身边，以为能和他对等，努力让自己配得上他，但原来一切都是幻象……

他只因为她是蓝静珂的知魂而对她特别对待，一旦没了那个身份，那么她在他眼里也是芸芸众生中的一员。

他站在那里，直接拉开了和她之间的距离，那仿佛是天与地的距离，不可逾越！

她压住层层涌动在心底的悲哀情绪，嘴角轻扬：“惜玖从来没这么以为过！”

他已经视她为陌路人，怎么可能会对她网开一面？

就算是被帝拂衣强大的神威压着，她也极力挺直腰，直视着他道：“我还是那句话，要罚他先罚我！我愿意代替他承受他的所有刑罚！”

圣尊俯视着她，声音轻飘飘的，冷冷地道：“违抗此谕令，需罚入离火境三日！你确定要代替他受罚？”

离火境是一种秘境，里面火焰熊熊，普通人进去会直接被炼化，如果高品阶的男修士进去，或许只是被炼掉半条命，而女子……女子压根不适合进入，就算是已经修炼到十阶的顾惜玖，一旦进入那里面，只怕也会直接被炼个魂飞魄散，连个囫囵骨头也无法留下。

“不可以！”龙司夜也变了脸色，“惜玖，离火境不适合女子进入，你会在里面魂飞魄散的！”

顾惜玖：“……”

魂飞魄散吗？她不怕的！现在的她压根不惧死，甚至有些渴望死……

她一横心，正要应下，圣尊接着开口：“这只是针对他的惩罚，至于你，害他犯忌，也是要受罚的！”他掌心出现了一根火红的鞭子，“按律当罚你受火神鞭三十鞭！”

火神鞭的滋味龙司夜是尝过的，一旦被它抽中人体就像是被火灼烧过似的，疼得钻心。

更要命的是，这伤极难痊愈，当年他被罚了十鞭就将养了足足一年，每日被鞭伤折磨得生不如死……

顾惜玖就算功力高些，可真被抽三十鞭，她整个人只怕也会被抽烂！

这刑罚甚至比入离火境还重！她现在娇怯怯的身子如何承受得住？！

龙司夜身子一僵，猛然上前两步：“圣尊，您这条谕令是对司夜下的，是司夜违背了此令，而惜玖原先压根不知道有此谕令。她只是想换个身体，把原身还给左天师，据说左天师要她的原身有其他功用，她不想再欠他……这才出此下策让司夜为她换体，并无任何恶意。所谓不知者无罪，司夜自己领罚就可以。司夜情愿代领这鞭刑，只请圣尊放过她……”

圣尊垂眸看着龙司夜：“你这是和本尊讨价还价？”

龙司夜：“……”

“谁给你的胆子？！”

龙司夜的额角淌下冷汗。

这数十年来圣尊一向说一不二，压根不给别人反驳的余地。他传下的谕令比军令更严苛，只需遵守不必问为什么。他的惩罚只要出口那就是铁令，谁敢讨价还价？！

偶尔有不长眼的人讨价还价，只会被惩罚得更狠！

他坐上这个高位，已经不需要平易近人，所有的人对他的谕令只有两个字——服从！

整个山坳里都静了下来，所有的人大气也不敢喘。

只有圣尊的声音凉凉地响起：“龙司夜，你身为天授弟子却喜感情用事，被情爱蒙蔽双眼，置大局于不顾，还有何资格做天授弟子？既然如此，她的鞭刑可饶，但你这天授弟子也不要做了吧！”

话音刚落，他掌心一道七彩光波已经罩下来，直接将龙司夜罩在当中……

“不要！”顾惜玖脸色大变，身形一闪，扑了过去，双掌直击那七彩光波！

她大急之下，双掌之中隐隐有风雷之声涌动，掌心里居然也射出一道彩色光波，撞在帝拂衣所发的七彩光波上，震得那七彩光波晃了晃！

不过她的力量到底不如帝拂衣，她所发出的彩色光波虽然强大，但还是没有撼动帝拂衣所发出的光波，倒让光波笼罩下的龙司夜发出一声喑哑的惨叫……

“你可以再发一掌试试！”圣尊声音冰冷地道，“本尊敢保证他在里面会死得很惨！”

顾惜玖：“……”

她倒退几步，脸色煞白，第一次感觉自己是如此渺小，如此无能为力！

是她连累了龙司夜，可是她什么也做不了……

她膝行至他的脚下，向他磕头：“圣尊，求你饶过他，惜玖愿意领罚，我愿意领罚！”

她磕头磕得急，帝拂衣一拂衣袖，让她再磕不下去：“晚了！”

顾惜玖：“……”

晚了？

也就这么片刻的工夫，环绕着龙司夜的七彩光芒散去，龙司夜脸色雪白地跪在地上，也不知道哪里受了伤，只看到他满头冷汗滚滚而落。

顾惜玖眼睛发直，顿了顿，又扑跪倒在龙司夜身边，颤抖着手指去摸龙司夜的脉门。

龙司夜明显在忍受强大的痛楚，汗透重衫，却还怕顾惜玖会担心，手臂微抬了抬，不想让她碰触到自己：“没事，我……没事……”

“我……我看看……”顾惜玖声音暗哑得厉害，像是在强自压抑着什么，“求求你……让我看看……”她虽然在极力控制着自己，但身子依旧微颤，脸色雪白，一双乌黑眸子睁得大大的，直直地看着龙司夜，“你……让我看看……”

龙司夜一僵，终于不再避开她了。

顾惜玖手指抚上了他的脉门，手指冰凉如冰棒，表情却极认真，像是真正的大夫。

龙司夜体内的血脉如同疯了似的奔腾，全身的痛如同剔骨，让他恨不得躺倒滚几圈。但他怕顾惜玖担心，一直强忍着，一边拼命忍痛，一边强笑：“没、没事……就是稍稍疼了些，待会儿、待会儿就没事了。”

顾惜玖望着他，似乎想说什么，但尚未出口，就红了眼圈。

她干脆闭嘴，灵力自他的手腕间透入，钻入他的血脉之中，帮着他平复暴走的血脉……

她拿出了最大的力气，毫不吝啬自己的灵力快速消耗，仿佛这样就能稍稍化解她心中奔涌的愧疚感……

还不错，一盏茶的时间过后，他的血脉终于恢复正常，身上的疼痛也大大减轻。龙司夜额角冒冷汗的速度终于减缓，苍白的脸色也开始恢复正常。

顾惜玖终于缩回了手：“你现在……感觉怎么样？”

龙司夜感应了一下身上，他的灵力貌似掉阶了！原本是眼看着就要冲到十阶，现在他连九阶也不到。

他其实是松了一口气的，他还以为他的灵力会全部被废掉……

“没事，我没事。”他忙开口，灵力掉了一阶虽然可惜，但他还能再练回来的，比他想象的要好很多。

顾惜玖又仔细看了看他的脸色，喃喃地道：“你的灵力退步了……”

“退了一点儿，不妨事。”

顾惜玖微微闭了闭眼睛，再睁开时还笑了笑：“怎么会不妨事呢？八阶升九阶很难的……”说到这里她哽住，顿了顿，嘴唇轻颤，嘴角依旧轻扬着，“是我连累了你，我真该死，真任性，以后不会了——”

话没说完，她喷出一口血来，身子晃了晃，眼前一黑，直接歪倒……

“惜玖！”

模糊中她听到了龙司夜的一声惊喊，身子似落入一个人的怀中，接着她就什么也不知道了。

顾惜玖大病了三天——高烧了三天，亦是昏迷了三天。

昏迷中她隐隐感觉有人紧紧握住了她的手，有人絮絮地和她说话，告诉她要撑住，告诉她要坚强……

她怎么才能撑住呢？

她很累——

其实她一直很坚强，像小强似的只要不死就奋斗不息。

但现在，她累了。

她一直觉得自己所做的一切都是有意义的，都是正确的，可以快意恩仇，现在却是怎么做怎么错。

在这一场爱情里，她伤了情、伤了身、伤了心，还连累得朋友万劫不复……

她错了！大错特错！

她没有那么强大的实力，还妄想快意恩仇……

昏迷中她噩梦连连，冷汗涔涔，不时说着胡话，常说的几句就是“对不起”“以后不会了”。

她昏昏沉沉中有人握住她的手，握得力道很紧，然后有人低声在向她说“对不起”，有人告诉她错的不是她，是别人……

她的神志忽远忽近的，那些在她身边的低语也忽远忽近的，甚至不像是一个人在和她说话，她也听不清对方在说什么。

有人逼着她张口喝药，有人在她耳边低声唱歌，有琴声一直在低回婉转，仿佛妈妈的手在她身上轻拍，安抚着她。

也不知道过了多久，顾惜玖一直飘浮在混沌状态中的神志终于渐渐归位。

她缓缓地睁开眼睛，入目的是玲珑的轩窗，轩窗外一枝梅花映在窗纸上，窗户半敞着，夕阳的余晖映射进来，投下浅浅的暖光。

屋角的银铫子里咕嘟咕嘟熬着药，满室的药香。

一个人背对她站着，正用一柄木勺搅动银铫子里的药汁。

那个人穿着一身淡青色的衣袍，长身玉立，身姿之美可入画。

似乎听到了床榻上的动静，那人回过身来，黑眼睛里是掩不住的欣慰之色：“惜玖，你终于醒了！”

“龙教官，对……”

那人正是龙司夜，顾惜玖后面的话尚未说出来，他就做了个噤声的手势，笑道：“不要再说‘对不起’了！这两天我听这三个字耳朵要听出茧子来了……”说话的工夫，那药已经熬好了，他将药汁倒出来，满满的一碗，给她端过来，“来，把药喝了。”

那碗滚烫的药汁在过他的手时就已经被他调好温度，不凉不热适合入口，他右手端着药碗，左手里还有两颗枫糖：“这药有些苦，喝完再吃两颗糖压一压。”

顾惜玖并没有说别的，将药碗接过来，一口气喝了下去。

药汁确实很苦，堪比黄连，她却似没有尝出来，连眉头也没皱一下。

喝完药后，她也没要那两颗糖吃。

龙司夜目光闪动，她一向怕吃苦的东西，病了或者受伤了她可以吃药丸、药片，就是不喝中药，哪怕中药是最对症的她也不肯喝。万不得已必须喝中药的时候，她也要连吃好几颗糖来压那苦味。

因为这一点她当年常常被龙昔笑话，说她这点最不像杀手。

她当时理直气壮地回他：“杀手也是人，也是肉体凡胎，也有小缺点……”

现在她终于克服这“小缺点”了。

顾惜玖已经看出这里仍然是天问宗，她躺的这个地方应该是天问宗的客房。

她喝完药后，手指就搭上了龙司夜的腕脉。

龙司夜知道她是不放心自己，所以也没躲避，任她为他号脉，也对她解释：“放心，我没事。”

“他没罚你进离火境？”顾惜玖劈头就问出了这个在昏迷中也惦记的问题。

龙司夜功力大减，再进离火境受罚的话，只怕受不了里面的高温……

她在噩梦中也梦到他在那离火境内被烧成炭了！

龙司夜摇了摇头：“没有。他似乎有急事，当时就离开了。”

圣尊当时离开得很急，临走时说“离火境之罚暂时记下，以后再说”，说完就像鬼一样直接原地消失了。

顾惜玖松了一口气，看来自己昏迷这几天一直是龙司夜在照应她。

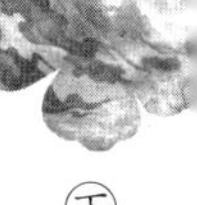

自己连累了他，还被他这样无微不至地照应着。

顾惜玖手指互相绞紧，心中不知道是什么滋味，愧悔和感激兼而有之……

是自己一时激愤了，没有真正的实力，还妄图与那个人抗衡，自己还真是傻，非同一般地傻！以后她不会这样了，再也不会了！

不过她不太明白帝拂衣这次为什么要发这么大的火，既然他还想为他的心上人找个真正的壳子复活，她又诚心出让了，如果她换体成功，他也不用再费心为蓝静珂找合适的壳子了，这是一举两得的事，他怒什么？

如果在以前发生这种事，顾惜玖会以为帝拂衣是舍不得她的功力降低，对她还有说不清道不明的情愫，还留有香火情，但发生这么多事后，她再不敢这么想了，也不想这么想！

那个人做事一步三算，或许自己做的事正好触动了他的什么关键步骤，打乱了他的什么计划，这才让他大发雷霆。

帝拂衣、帝拂衣……

原来她想到这个名字涌起的是沁入心肺地暖，现在却觉得刺骨地冷！

屋内一时有些静，龙司夜又不动声色地为她号了一下脉，她的脉象虽然尚有些虚弱，但平稳多了。

她三天前吐血一来是因为心中憋着火激愤过头，二来是因为换体换了一半留下的后遗症。经过这三天的休养，她已经基本恢复。

她的身体是基本恢复了，但心呢？

她心上所受的伤害远比身体受的伤严重，在昏迷的那几天，她除了说了一堆让人听不清楚的胡话外，似乎还萌生了死志，没有生的欲望似的。

龙司夜唯恐她不想活下去，又亲手为她熬了鱼羹送过来："惜玖，来，吃点儿东西。"

顾惜玖倒是痛快，一点儿也没拒绝："好。"

她端过去低头吃起来，吃得一点儿也不勉强，一碗鱼羹很快吃完。

龙司夜松了一口气，看来她没想寻死……这就好！

他暗中悄悄地看了看她的侧脸，总感觉她哪里不一样了。

很快，龙司夜就发现了顾惜玖更多的不一样之处。

她这次来找他的时候，虽然也在笑，但明眼人一眼就能看出她在强颜欢笑，对那段情想放下却又放不下，被困在里面出不来。

而大病过这一场后，她就像是凤凰涅槃重生了，开始正常作息，正常练功，正常和他讨论各种心法，甚至开始开炉炼药，还炼制出了八品丹！要知道一个人炼丹时最忌讳心有杂念，一旦心有杂念，炼制出来的丹药要么是废丹，要么是极低品的丹。

她能炼制出八品丹，证明她终于能做到心无旁骛，走出了那个感情的沼泽。

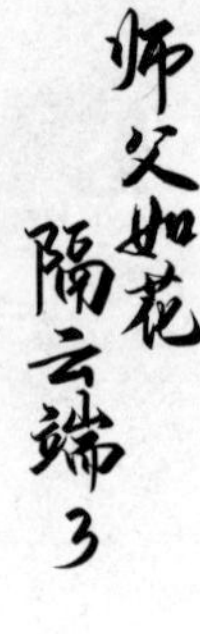

她的眼神明亮了，声音爽朗了，她做事更加风风火火、麻利干脆。她像是原本负重的蜗牛终于扔掉了赖以生存却制约着自己的壳，焕发出新的生机。

她这样的变化让龙司夜很欣慰，真正松了一口气。

这样的惜玖才是他熟悉的那个女孩儿！

顾惜玖醒来后，又在天问宗待了两天，第三天便回了护国大天师府。

好在这些日子顾惜玖常常失踪，顾谢天对她这几天的失踪倒是没怎么好奇，来看望她一番，看她好端端的也就放心了。

顾惜玖只不过回来第一天，顾谢天就隐隐感觉女儿变了。

大天师府政务繁杂，再加上她那些朋友也时常联系她，她回来的当天就开始处理那些事，处理得又快又好，和朋友聊天时也有说有笑，不再动不动就出神发呆。

顾惜玖回来的第二天晚上，她正在屋内打坐练功时，忽似察觉到什么，睁开了眼睛。

她的闺房里多了一个人。

来人白衣白发，面戴银白面具，只露出一双星光似的眼睛——正是帝拂衣。

不，是圣尊凰茶，他这身打扮是圣尊凰茶的。

顾惜玖睁眼和他对视片刻，起身下地，躬身行礼："圣尊驾临，有何吩咐？"

她态度不卑不亢，客气疏离，礼数周全，让人挑不出毛病。

凰茶瞧了她片刻，似乎想在她脸上找出点儿端倪来，但顾惜玖一直平稳如水，在他的目光的洗礼下，半点儿波澜也无。

"顾惜玖，你现在是护国大天师，理应担起一份职责，明日有场天授弟子测试，你来主持。"

顾惜玖抬眸："圣尊大人这是把我当天授弟子对待？"

"不，你比天授弟子更高端一些。"凰茶开口。

"所以你要把左天师的职责交给我？你就不怕我夺了你的权？"

"不怕，只要你有这个本事。"凰茶并不在意。

顾惜玖笑了笑："我能说不吗？"

凰茶盯着她道："你可以说不，你在我这里还是有点儿不同的。"

顾惜玖嘴角的笑纹愈深："多谢！我可以为你做这件事，但也有条件。"

"敢和本尊谈条件的你是第一人，你不怕本尊惩罚你？"

"不怕，圣尊也说了，我在你这里有点儿不同，不是吗？"

"聪明！你终于懂得抓住机会。你想提什么条件？说吧。"

"取消龙司夜的离火境之罚，我为圣尊把测试任务完成得好好的。"顾惜玖开出了自己的条件。

凰茶目光微闪："若本尊不答应呢？"

顾惜玖八风不动地道："我依旧会接圣尊所交的任务，但这种测试我毕竟是第一次做，不保证一定不出错，我只能保证量力而为。"

"你这是在威胁本尊？"

"不，我说的是实话。圣尊若答应惜玖的条件，对圣尊的任务惜玖会拼命完成。"

凰茶看了她片刻，说道："本尊可以答应你将他的离火境之刑减为一天，但你必须圆满完成任务，若出差池，龙司夜之刑增一倍！"

他将刑罚由三天减为一天，虽然没有达到顾惜玖想要的效果，但也算不错了。

凰茶转身的时候，顾惜玖问了一句："圣尊大人最近将本是左天师所做的事情转交给我，这是不想要左天师这个身份了吗？"

凰茶顿了顿，淡淡地道："对那个身份，本尊已经厌了。"

说罢他转身离去。

屋内又恢复了曾经的平静，顾惜玖垂眸坐了片刻，轻轻笑了一声。

他对那个身份已经厌了……所以就毫不留恋地把那身份丢掉吗？

是啊，帝拂衣原本只是他的化身而已，他活了这么多年，化身无数，厌了烦了，丢掉的何止是"帝拂衣"一个？

当然，帝拂衣所经历的那些人、那些事，也会随同这个身份一起被丢弃，他毫不留恋。

神果然是神啊，无情无心，比佛还要无牵无挂。

她摇了摇头，不再想这些，拿出那个讲怎么测试天授弟子的小册子，仔细研读起来。

为了她的朋友，为了她想要卫护的那些人，她会成功！

正月二十，天气晴，微风，宜祭祀，宜动土。

启天台时隔数年，再一次开启……

而这一次，顾惜玖以护国大天师的身份来测试天授弟子，在数十万百姓的围观下，将此任务完成得极圆满，赢得一片欢呼赞扬声。

在测试过程中，圣尊驾到，观看了全程，没找到半分纰漏之处。

一场测试会就这么过去了。

临走的时候，顾惜玖礼数周全地向着圣尊施了一礼告辞，然后跳下台去，从始至终没有多看他一眼。

台下无数朋友等着她，瞬间将她簇拥在正中，有恭喜她的，有欢叫的，说说笑笑，热热闹闹，渐渐远去。

圣尊站在台上，垂眸看着她的背影在众人的簇拥下渐渐远去。

他明白，从今以后，她的喜怒哀乐和他再无关系，她的世界里也不会再有他，是他亲手将她从自己身边生生地推开了……

他转身离去，再没回头。

“主上，属下不明白，您这是要将左天师的职责全部塞给顾姑娘？”左天师府邸，看到帝拂衣从观星室出来，沐风再也忍不住，上前询问。

帝拂衣微微点了点头：“有何不可？”

“那以后您不要这个身份了吗？”

“本尊厌了。”

沐风失落不已。他们四个是跟随圣尊最久的，已经五六百年，自然知道他的脾气。

圣尊什么都好，就是无论做什么都有生厌的时候。

他化身无数人游戏人间，但每次都会有一位主要化身，譬如近百年来是帝拂衣，而一百多年前是一位权倾天下招来无数骂名的摄政王，他们几个初次被他收服跟随他的时候，他则是一位不问世事的高人。

每一个化身他做得久了都会厌倦，然后会设法让那化身消失，用其他身份代替，这样一代代传承下来。

不过原先圣尊厌倦某化身的时候，会重新换个身份慢慢将之取代，也就是说最主要的职责不会交给别人，他化身成别人依旧是他。

这次他却将左天师的所有权力交给了顾惜玖……

圣尊这又是唱的哪一出？

“主上，您厌倦了抛弃旧身份这事，我们几个都理解，但将这权力移交给顾姑娘……”

帝拂衣坐在一张小桌前慢慢喝茶，看着月移花影，语气不怎么在意：“本尊说了，本尊对那些事也厌倦了，难得她是这方面的人才，把这些事交给她，本尊也就能放心休息了。你不是也说，她足够聪明，可以应付这一切？”

沐风：“……”

原来圣尊对权力也厌倦了，按顾姑娘现代的说法，圣尊这是要退居二线养老了？

沐风总感觉不太对劲，却又说不出哪里不对劲。

他的目光忽然转到圣尊的头发上，那发如雪般白——

圣尊偶尔确实是银发的样子，他修炼时也会是银发，但平时是以黑发示人的，银发的一面就他们四个见过。现在圣尊却喜欢顶着这一头银发晃来晃去，还出现在大庭广众面前……

“主上，您的头发……”

圣尊端起一杯茶喝了一口："本尊的头发怎么了？"

"它一直白着……"

"本尊银发的样子不是更帅些？"圣尊再喝一口茶，回答得很欠揍。

沐风："……"

好吧，看来圣尊的口味又变了，不过圣尊一头银发的样子确实也够帅的。

而且圣尊这次在碧梧宫里修炼了数月再出来时，头发虽然变白了，但功力确实更高了，和全盛期没区别！

圣尊继续喝茶，沐风向他报告着各种事情。

主仆说了片刻话，圣尊起身看了看周围，这个左天师府他住了数十年，现在也该是它关门的时候了。

"沐风，这几天把天师府中的那些人遣散吧，没必要再留。"

沐风："是！"

圣尊转身离开了，沐风环顾四周，忽然觉得心里有些不好受。

圣尊每次抛弃一个身份的时候，会将这个身份拥有的所有东西抛弃，譬如府邸、仆从、朋友等。

现在终于轮到他抛弃这个左天师府了……

顾惜玖测试完天授弟子后的第二天，就接到了一个消息，说左天师大人向皇帝陛下递交了请辞书，辞去了左天师的职位，陛下和文武百官苦留不住。

接到这条消息的时候，顾惜玖正和一干朋友喝酒，她端着酒杯愣了片刻神，倒没什么表示。

因为左天师对顾惜玖的背叛，顾惜玖的那些朋友还是很替顾惜玖抱不平的，听到这条消息后，大家都拍手称快，说左天师帝拂衣肯定是妒忌她现在太强，掩盖了他的锋芒，所以才这么做。

很多人在笑，在谈论这事，感到欣慰，都觉得他被替换是这老天对负心人的惩罚……

顾惜玖在出了片刻神后，喝了一杯酒，淡淡地道："或许他根本就不在意这些……"

看来他是真的决心抛弃帝拂衣这个身份了。

凡是属于帝拂衣的一切他都不再要，权力、地位，甚至……感情。

抛弃了左天师这个身份，他以后又会是谁？

他应该还会扮演一个人吧？

只是这个人和她再无关系——

她记得沐风曾经说过，圣尊每次抛弃一个身份后会再换一个身份，但再换的新身份除了他们四使，其他老朋友不会再认识结交。

这次看来也一样。

这样——也好！

让她和他就这样相忘于江湖，各自安好吧。

抬手饮尽已经冷掉的酒，顾惜玖正要说什么，腰间的传音符忽然亮了起来。

她拿起传音符走到一个僻静处接听，刚听了两句话就脸色大变。

联系她的是晏尘，一向冷静的晏尘声音很急促："惜玖，小狐狸在不在你那里？"

顾惜玖微怔了怔，问道："她不是去蓝狐族了吗？正在预备婚礼……"

"她逃婚了！"

顾惜玖："……"

前些日子小狐狸和她通话，告诉她正在预备和蓝阅的婚礼。

一向欢快的小狐狸当时不像是报喜，倒像是报丧，声音微颤。

顾惜玖没想到她和蓝阅会发展得这么快，所以问了她一句："你爱他吗？"

小狐狸沉默了很久，才回答了一句："我喜欢他……"

在那种情况下，顾惜玖也不好多说什么，只让她对待婚姻慎重些，别做让自己后悔终生的事。当然，最后顾惜玖也祝福她要幸福。

当时小狐狸告诉她的婚期是这个月二十六，顾惜玖还盘算着过几天动身参加小狐狸的婚礼，却没想到小狐狸居然逃婚了！

顾惜玖很意外，和晏尘聊了几句，终于知道了事情的大概始末。

小狐狸是大前天跑路的，跑路前没告诉任何人，只给蓝阅留下一封信，信的内容晏尘无从得知，蓝阅也没提。

蓝阅是蓝狐族的王，却在大婚前几天新娘子跑路了，这让蓝阅很愤怒，开始还封锁了消息，只派出大批的蓝狐族暗探寻找蓝外狐的下落，想悄悄把人抓回去再说。

没想到他们四处搜寻了两天，也没找到蓝外狐的半片衣角。蓝外狐确实逃出了蓝狐族，但她的踪迹在某条大路上忽然就没了，像是有高手协助她逃走……

蓝阅找了两天没找到人，自然就想到了晏尘，觉得是晏尘在背后捣的鬼，气恼之下直接联系了晏尘，向他逼问蓝外狐的下落。

晏尘得知此消息又是焦急又是欣慰，立即也开始寻找。

他毕竟了解小狐狸，她没有其他家人，人又胆小乖巧，一旦跑路最先联系的应该就是顾惜玖或者其他朋友，最大的可能是跑回天聚堂去。

但他联系了天聚堂的朋友，那里的人压根不知道这事。

他又联系其他小狐狸认识的人，大家也都没看到她。

所以他又联系顾惜玖，结果顾惜玖压根不知道小狐狸逃婚了……

晏尘的声音直接变了！

小狐狸和顾惜玖的性子不一样。

如果是顾惜玖逃婚，她不会依靠任何人，会找个任何人都找不到的无人的地方好好生活下去，就算一年找不到她也很正常。

但小狐狸不一样，她天真单纯，人又胆小怕事，以她的性子，她不可能单独找个地方猫起来，更没有让那些暗探也找不到她的本事。

她忽然失踪，十有八九是出了意外……

晏尘能想到这些，顾惜玖自然也想到了，所以才会变了脸色。

她先联系了暗影堂的黎孟夏，让对方协助找人。

黎孟夏自然不会拒绝，亲自出马去找。

顾惜玖又设法联系到了蓝阅，向他询问了蓝外狐失踪前后的事。她问得很详细，没漏过任何一条可能有用的线索……

一个时辰后，顾惜玖骑着风召落在蓝外狐失踪的那条山间小路上。蓝阅和晏尘都在，两个人如同热锅上的蚂蚁，正在那山间小路上来回搜寻，一草一木也不放过，但还没找到什么线索。

顾惜玖的到来让这二人如获至宝，一起迎了上来。

顾惜玖这个时候是来不及责怪这两个人的，让蓝阅将侍候小狐狸的侍女和守门的最高长官都带过来，说要细问。

一番极有技巧的盘问再加上大蚌读取那些人的记忆，顾惜玖终于了解了小狐狸失踪的真相。

侍候她的一名侍女有鬼，以帮助小狐狸逃走为由，将小狐狸带出来，然后将她劫持了！

而这侍女是巫无颜附体进行控制的……

顾惜玖将推论一说，蓝阅和晏尘都惊住了。

蓝阅脱口而出道：“怎么会？没有人能随便附体他人啊，谁有这个本事？”

“巫无颜。”顾惜玖吐出了三个字。

晏尘脸色微变：“你是说当初冒充你的那个女子？”

顾惜玖微微点了点头：“如无意外，帮助小狐狸逃出去的人就是她！”

晏尘的脸色都白了。

巫无颜当年是墨曌的人，曾经附体在顾惜玖的原体上，想要伺机暗算帝拂衣，被帝拂衣识破，将计就计破了墨曌的计划……

当年的事晏尘也是知道大体经过的，所以此刻听说拐走小狐狸的人是她，一颗心沉了下去！

那个女子不是一般狡猾，也能忍常人所不能忍，又对墨璺一片忠心，小狐狸落在她的手里……

顾惜玖轻吸了一口气，帝拂衣曾经说过，墨璺想要重生需要四五十年的时间，现在才过去九年多，按道理说墨璺不应该重生。

但是墨璺是集怨气而生的天魔，如果这世界不乱，正常运行，他确实需要恢复四五十年才能重生，但她和帝拂衣在禁地被困了八年，八年来这大陆又乱成了一锅粥，死了无数无辜百姓，以致人间怨气冲天……

而这怨气也正是天魔恢复的高级营养，说不定因为这个天魔就提前复生了呢？！

如果是巫无颜自己捣鬼还好说，可如果是墨璺在背后指使……

众人又在此地细查了一遍，顾惜玖推断出带走蓝外狐之人用的是土遁术。

晏尘虽然心乱如麻，但还是根据已知线索提出了自己的疑点："巫无颜应该还有其他人接应！她负责把人骗出来，然后小狐狸被接应之人带走，而巫无颜继续操纵着那侍女的身体回到了蓝狐族，继而神不知鬼不觉地离开了。"

顾惜玖点头道："她是九阶灵力，只能自己使用遁地术，无法带人离开。带人离开的人灵力最少要达到九阶半以上。那接应之人是个绝世高手！"

这是一个十分周密的套，无论是巫无颜还是那个接应之人，都是有备而来，在一个月前就开始布网……

小狐狸身上有什么东西值得他们这么大费周章？

顾惜玖的目光落在蓝阅身上："小狐狸在血统上还有什么特殊的地方？"

蓝阅怔了怔："这……"

"这个时候我希望你不要瞒我任何事情！我必须知道全部真相！"

蓝阅吸了一口气，看了晏尘一眼，沉吟了一下，终于将实情和盘托出："小狐狸是国师之女，国师的血统又比普通蓝狐女纯正，和她双修的人不但可以改善资质，还可以立即提升灵力……"

晏尘变了脸色，手指在袖中发抖，盯着蓝阅："这就是你逼她和你成亲的真实理由？"

蓝阅咳了一声："我也喜欢她……"

蓝阅会娶她最主要还是因为她的血统，喜欢只是附加的因素……

晏尘闭了闭眼睛。他不该就这么轻易放手的！

他的小狐狸值得最好的男人用最好的感情来疼宠。现在的她不知道到底落在什么人手里，有没有受罪？有没有害怕？有没有哭？

"蓝外狐的血还有一个功用……"顾惜玖的脑海中忽然响起这样一句话。

顾惜玖的目光立即落在苍穹玉身上，这货终于醒了！

"什么功用？"

“她的心头血有净化一切事物的作用，这个净化不是净化魔气，而是祛除一切不良因素。你也知道魔教中人练功冲什么关口的时候容易走火入魔，而蓝外狐的心头血恰好能平息这个，喝了她的心头血的人无论冲多么难的关口都能冲过去，绝不会走火入魔……”

顾惜玖骤然握紧手指！

如果小狐狸的血只是对双修有功用，那小狐狸最起码暂时没有生命危险，如果那抓她之人是为了她的心头血……

此事必须快速解决，一分钟也耽搁不得了！

现在所有的矛头都指向了巫无颜，而顾惜玖对巫无颜的事所知极少。

这事必须问帝拂衣！

如无必要，顾惜玖是最不想再和帝拂衣联系的，但牵扯到小狐狸的安危……

她一横心，拿出玉牌，轻吸了一口气，开始联系帝拂衣。

玉牌闪闪烁烁，片刻后，终于被人接通，那边传来很冷淡、很官方的两个字：“有事？”

顾惜玖顿了顿，直接询问：“当初你怎么处置的巫无颜？”

“她逃走了，本座没找到她。”帝拂衣倒是有问必答。

“她怎么逃的？”

“当初本座去救你，将她交给属下看顾，等本座回来后，她已经抛下你那原身逃走了。本座曾经为她招过魂，没招到，她应该是再次附体了。怎么了？怎么忽然问她？”

“小狐狸失踪了！我怀疑是巫无颜所为。”顾惜玖说出了自己的推断。

那边的人沉默片刻，又问：“你现在在哪里？”

顾惜玖蹙眉，不想和帝拂衣解释太多，也不想聊那些不相关的事：“巫无颜的灵力是几阶，她会不会遁地术？”

“她离开时灵力是八阶，不会遁地术。”

顾惜玖轻吸了一口气，看来自己推算得没错，有接应巫无颜的人……

难道那人真是墨曌？

顾惜玖心中如同火烧，她看了看眼巴巴地看着自己的晏尘。

事不关己，关己则乱，一向沉静如山的晏尘脸色苍白得厉害，手指也在微微发抖。

此刻的他头脑一片空白，已经没了主意，把所有的希望都押在顾惜玖身上。

“惜玖，我们该怎么找？你说我做！”他恨不得立即行动，只苦于不知道该向哪个方向寻找。

蓝阅也蹙眉道：“她已经失踪三天了，说不定早已被迫……”

三天的时间足够那掳她的人强迫她双修了！现在就算他们把她找回来，只怕她也非完璧之身。

“无论她怎么样，现在最重要的是把她找回来！我只想她活着，其他的一概不重要！”晏尘打断了他的话。

蓝阅冷冷地道：“她是本王未来的王后，她的一切事情对本王都很重要。”

尤其是贞操!

晏尘脸色苍白，却不再说话。

“她现在还活着。”顾惜玖的掌心里的玉牌中忽然传出帝拂衣的声音。

晏尘眼睛一亮，脱口而出道：“你怎么知道？”

帝拂衣没回答他的问话，直接道：“报具体方位，本座过去。”

晏尘自然快速地报了方位。

帝拂衣来得极快，不到半个时辰就赶到了。

他赶到的时候顾惜玖正带着陆吾和大蚌在附近查看情况。

她又寻找到一点儿不一样的线索，陆吾嗅到了鲛人的气息……那气息和小狐狸的气息掺杂在一起。

这鲛人是恰巧从此处路过，还是和小狐狸的失踪一事有关?

帝拂衣这次是自己来的，而且他出现得极为突然，骤然出现在大蚌身边。

大蚌正悄悄逮了一只野兔子预备打一下牙祭，猛然看到身着紫衣的帝拂衣，吓了一跳，险些被野兔子噎住！它忙梗着脖子拼命咽下野兔子：“左天师大人！”

帝拂衣瞥了它一眼，淡淡地道：“本座现在已经不是左天师。”

大蚌：“呃——”

帝拂衣看向另外三人：“谁能给本座解释一下具体是怎么回事？”

顾惜玖正和陆吾蹲在一丛灌木处看什么痕迹，暂时没理他。

而晏尘不善言辞，所以蓝阅自告奋勇，把刚才的事从头至尾说了一遍，旁枝末节都说全了，一点儿也没落下。

帝拂衣看向顾惜玖，恰好顾惜玖看完了痕迹也站起来看向他。

二人目光一对，顾惜玖神色不变，淡然如常，帝拂衣目光微微一黯，问她：“你怎么看？”

顾惜玖现在倒是有什么说什么：“我刚才又查看了一下，那处灌木丛有几处断折，像是有人在这里拉扯打斗过。陆吾在那处灌木丛中闻到的是小狐狸和鲛人的气息。若无意外，小狐狸应该是被鲛人用遁地术带走了。”

晏尘没想到这里面还牵扯到鲛人，愣了愣：“鲛人轻易不上岸，怎么会来抓小狐狸？”

他围着那灌木丛看了一圈，那灌木丛看上去完好无损，他没看到什么断折，忍不

住看向顾惜玖，有些怀疑她是不是眼花了。

帝拂衣上前看了一眼，手指一弹，一道水波似的光芒闪过，那处刚刚还完好无损的灌木丛像被揭去了什么伪装，看上去七零八落的。

很明显，这里曾经被人用术法伪装过。

这里的打斗痕迹很明显，甚至有几滴暗褐色的血渍。

陆吾跑过来嗅了嗅那些血渍，肯定地道："这里的血渍是蓝外狐的！咦，这一滴是鲛人的。看来鲛人也受了一点儿伤，但蓝外狐受伤较重。"

顾惜玖蹙眉，蓝外狐是灵力八阶的功力，尚不足九阶，胆子又小，如果无人指点着打斗，十成的功力发挥不出七成来。

以她这样的功夫还能让那鲛人也受一点儿伤，看来那鲛人的功力不算太高，应该不会超过九阶……

没有九阶灵力的话，那人怎么用遁地术带人跑的？

"水遁之术。"帝拂衣开口道。

在场的三个人一起看向他。

帝拂衣道："鲛人擅长水遁术，此处地下只要有水脉，对方就能带人逃走。"

晏尘和蓝阅面面相觑，这里的地下肯定有水脉，但他们都没学过水遁术，也无法追对方啊。

顾惜玖顿了顿，她倒是会水遁之术，毕竟她脑子里有蓝静珂的记忆……但地下水脉纷繁复杂，支流众多，她就算追到地下也无法寻找到鲛人和小狐狸的气息。

或许她可以请蓝摇光帮一下忙？毕竟鲛人的事他最懂，顺便也让他查一查有什么鲛人高手最近上过岸……

蓝摇光之前强塞给了她一个传音法螺，说是有事方便联系。

顾惜玖正要掏出那个传音法螺，帝拂衣忽然拉住她的手："你和我一起水遁去找！"

帝拂衣是行动派，顾惜玖甚至没反应过来，就觉得眼前猛然一暗，等她眼前能看清东西时，耳边已经传来哗哗的水响，眼前有一条大的地下暗流。

顾惜玖下意识地开启了水遁之术，然后抽出了自己的手。

现在找小狐狸要紧，所以顾惜玖没在意他的自作主张："怎么找？"

帝拂衣自身上拿出一个法螺，呜呜一吹，周围水波翻涌，水纹向着东方漫延去。

"那个方向！"帝拂衣收起法螺，向她伸出了手，"我带你？"

"谢了，不必。"

她的水遁之术还是很不错的，她说完这话身影在水中如同幻影，眨眼间就消失不见。

帝拂衣看了看自己空着的手，静了几秒，随即摇了摇头，立即也向那个方向遁去。

这样向前遁了七八里，遥遥看到顾惜玖在前面等着，他赶过去，前面出现了四五条岔道……

怪不得她肯停下等他了。

她静静地等在那里，看到他过来，稍稍向边上靠了靠，等他再指路。

现在的她待他真的如同普通朋友，甚至连普通朋友也算不上，只能算是勉强认识的陌生人，态度很冷淡也很有礼。

这是他要的，也是他自找的。

他笑了笑，再次拿出那法螺，这次给她解释了一下："这法螺用水之灵力吹响的时候，可以感应到附近水脉中有没有鲛人经过。来，你来试一次。"

他将法螺递了过去。

顾惜玖没接："你来感应就可以了。"

帝拂衣淡淡地道："这次要找的是你的朋友，本座只是帮你！"

顾惜玖："……"

她默不作声地将那法螺接过来，先不动声色地在上面使了个清洁术，然后才试着用水之灵力一吹，结果没反应。

她看向帝拂衣，地下水系中压根没光线，但以二人的功夫，就算在暗夜之中也能视物，所以帝拂衣还是能看到她那双如同水洗过的眸子黑白分明，又圆又大。

她肌肤洁白，唇色淡粉，在幽蓝的水中静静立着，比这世上最美的鲛女还要美。

帝拂衣猝然移开视线，教她在水中吹响这法螺的法门。他教得很仔细，她也听得很仔细。

他教她的时候，因为要教很多细致的窍门，二人的身体自然挨得很近，帝拂衣甚至能嗅到她身上极淡的女儿香。

顾惜玖自然也嗅到了他身上那种熟悉的冷香，心脏处传来熟悉的闷痛感和委屈情绪。

她微蹙起眉，关闭了自己的嗅觉，免得让自己再次心乱。

她很快就学会了吹响这个法螺的法门，于是后面的路程就由她来探路感应鲛人的气息了……

她忽然想到一个问题："对了，小狐狸并不会水遁之术，真到了这水下会憋死的，那鲛人是怎么带走她的？"

帝拂衣瞧了她一眼："这问题你翻一下有关鲛人的记忆就能找到答案。"

顾惜玖微微握了握手指。她脑中确实有蓝静珂的一些记忆，但她潜意识中很排斥去运用这些记忆，所以蓝静珂的记忆被她压在了脑海最深处，不让它泛起一点儿水花来。

若不是为了找小狐狸，她连水遁术也不想使用的！

他总让她想蓝静珂的记忆，这是嫌她的心还不够疼，还是想把她变成蓝静珂？

心中的反感情绪再次涌上来，她俏脸微冷地道："那不是我的记忆！我也不想翻，你不回答就算了，当我没问！"

说完她转身快速向前遁去。

帝拂衣："……"

现在的她其实还是很敏感的，是他一时没想到这些，以至于又戳到了她的痛处。

他轻叹了口气，赶紧跟上。

追上她的时候，他随口解释道："鲛人可以用气泡裹上人带走，气泡中的空气可以供人呼吸小半个时辰。"

顾惜玖终于明白了，那鲛人如果不想让小狐狸死的话，肯定要隔一段时间上去呼吸一次，换一次气泡。

说话的工夫，两人已经走过七八个岔路口，足足走了百十里路，再吹响法螺时，水纹显示垂直向上。

不用问，那鲛人带着人上去了！

二人随即离开地下水脉，回到地面上。

外面竟然是一片花海，漫山遍野都是星星点点的不知名小花。

他们出水的地方是一个大湖，

此刻已经天黑，一弯月亮悬在天空，清浅的月光洒在湖面上，波光粼粼，景致之美如同画卷。

月上柳梢头，人约黄昏后。

很美的意境，二人认识这么久，在一起这么久，不知道见过多少次这种情景。

当时顾惜玖心里满满都是幸福，恨不得和他年年有今日，岁岁有今朝。现在再看到这种画面，她却觉得刺心——

她轻吸了一口气，压下心头莫名的烦躁情绪，开始在周围寻找小狐狸的踪迹。

这里的痕迹明显没人处理过，很好找。她很快找到了被那二人压倒的一大片花花草草。

根据草木断折的旧痕，顾惜玖推断这是两天前留下来的，而且小狐狸当时是清醒的，但受制于人，挟持她的鲛人明显也不轻松，在这里坐着休息了一段时间。

帝拂衣站在不远处看她在那里有条不紊地忙忙碌碌，自始至终她没看他一眼。

他也没说话，自顾自地找了一块干净的青石坐下。

顾惜玖查看完毕，一转头，看到他坐在不远处，面前摆着个果盘，果盘里有四种水果，有两种是她曾经喜欢吃的。

那时候他带她出去游玩或者做事的时候，常备水果，而且是她最喜欢的几样水果，为她补充体力。

帝拂衣和她目光一对，抬手扔给她一个黄金梨："吃个梨补充一下体力。"

用水遁术可是极为耗费体力的事。

"多谢。"顾惜玖一拂衣袖，那梨又飞了回去，她自己从储物袋中拿出一个苹果坐在旁边的一块石头上啃。

帝拂衣看了看手中的梨，再看看她，似笑非笑地道："顾天师，我们现在只是一起做事的同伴，我给你这个没其他意思，你犯不着这么划清界限吧？"

顾惜玖头也不抬地说："无所谓划界限不划界限的，我只是不喜欢吃梨。"

"你曾经很喜欢吃。"

"你也说了，是曾经，人的口味是会变的。"说话的工夫，一个苹果已经被顾惜玖啃了一半，那苹果酸多甜少，甚至有点儿苦涩，但她最近确实挺喜欢这个味道的。

一个人吃惯了太甜的东西会吃不得苦的，而人生又怎么会只有甜呢？

她其实不矮，但坐在那里吃东西的时候，无端给人一种娇小萧瑟的感觉，仿佛是被抛在荒野中努力学着独立生存的小兽，既坚强又脆弱，让人心疼。

帝拂衣硬生生地把视线从她身上移开，问了一句："有什么发现？"

"这里有两个人的脚印，小狐狸和那鲛人的。小狐狸的脚印我认得，而那鲛人的脚印并不大，也不深，理应是个女子，身高一米六三，体重……"她准确地说出了那鲛人的身高体重，然后把视线落在帝拂衣身上，"你知道她是谁对吧？"

帝拂衣没否认："知道。如无意外，应该是蓝静怡，她已经失踪五天了。"

猜出来是一回事，听他亲口承认又是另外一回事，顾惜玖暗吸了一口气："你跟着我来，其实是想寻找蓝静怡的吧？"

帝拂衣看了她片刻，不置可否："有什么区别吗？无论我的目的是什么，这次我们毕竟是殊途同归。"

是啊，她寻找小狐狸，而他寻找蓝静怡。

怪不得他这么痛快地帮她找人，原来也不过是恰好顺道而已。

顾惜玖告诉自己不必生气，但胸口那里频繁涌动的酸涩感让她喉咙发堵，那个啃了一半的苹果也再咽不下去。

她把半个苹果一丢，站起身来，在原地扫视了一圈，找准了水脉，再次水遁离去。

帝拂衣站起身来，一抬衣袖，将她啃剩的半个苹果卷到自己手里看了看。那苹果在地上滚了那么一下，已经脏了，果肉上沾了草屑和泥土。

帝拂衣用手指弹去草屑和泥土，吃了一口苹果，又酸又涩，是她平时最不喜欢吃的味道。

现在她忽然喜欢吃这个了，是因为符合她的心境吗？

他随手将半个苹果放在自己的储物袋中，然后水遁跟上顾惜玖。

顾惜玖这次水遁得很快，帝拂衣在后面追了足足一刻钟才追上她。

她已经很平静，看到他追过来，皱了皱眉，淡淡地道：“或许我们分头追更快些。”

她不想再和他同行了！

“她们走的是同一条水路，我们没必要分头追。”帝拂衣还是很有理由的。

他刚刚说完这句话，那寻踪法螺就被顾惜玖丢到他怀中：“既然你也是寻人的，那就不能说是帮我。这个力该你出！”

都是寻找自己的人，凭什么让她一个人忙碌？

帝拂衣没想到她会和自己计较这个，顿了顿，又将那法螺丢给她，再拿出一个新的：“我这里还有，我们每人吹响一次吧，这样公平。”

顾惜玖：“……”

他和自己算得可真清楚，一分一毫的亏也不吃！

算了，她也不想占他的便宜，那就这样吧。

二人又向前行，果然每逢岔路口，二人分别吹响法螺看水纹，谁也没占谁的便宜。

当然，因为顾惜玖毕竟是第一次掌握这个技能，偶尔还会出点儿纰漏，找错路。

好在帝拂衣在这方面的直觉灵敏得恐怖，顾惜玖这里稍一出错他就能看出来，及时指正，二人倒是没走冤枉路。

二人这一路除了极为必要地交谈，其他闲话一句也没聊。

第八十四章　蛛网血梅阵

就这样，二人不知道在地底行了多少里路，也时常出水脉到地表透口气，顺便查看痕迹，从痕迹上看，二人没追错。

大概是在阴冷的地下水脉中行进的时间长了，顾惜玖感觉肚子隐隐作痛，先是轻微地疼，接着就演变为绞痛，很像是传说中的痛经，而且是最厉害的那种，像有一把刀子在里面缓缓地搅动，疼得她额头冒冷汗。

她毕竟是大夫，就算原先没尝到过这种滋味，也明白是怎么回事，在心里低咒了一声！

或许是她换体后心情大起大落的关系，她的“大姨妈”这半年一直没来，让她几乎怀疑自己灵力太高，终于成功地把“大姨妈”练消失了。

但现在肚子一阵阵地疼，让她明白她的“大姨妈”终于要来造访了！

这“大姨妈”来得真不是时候！

她默默地在后面调息，将灵力向肚腹处运转，压制那种疼。

帝拂衣在前面走得飞快，她也急着救小狐狸，所以也要赶紧前行。

这样一来她并不能静心调息为自己治疗，只能勉强忍着，但越忍越疼。

若在以往，她会让他带着她前行，顺便还要他为她治疗。

在一起八年的那段时间，她在路上稍稍有些不舒服，就让他抱着她或者挽着她，有时也让他背着。

那个时候她前所未有地娇气，把他当成自己的靠山或最强大的羽翼。

现在他压根不是她的靠山，她能靠的只有自己，就算折了翼，她也要咬牙撑着。

虽然已经疼得双腿发软，眼前发黑，但她依旧没吭一声，心里暗暗盘算着等再前行个几十里，就能到地面上换气查看痕迹，到那时她再好好为自己治疗。

她盘算时有些走神，没看到前面疾行的帝拂衣忽然停住了，她一时不防，直接撞到了他身上！

这一撞她更是头晕眼花，后退了几步，尚未等眼前撞出来的星星、小鸟散去，手臂便被人握住了："你怎么了？"

"没事，好端端的你停下来干什么？"她皱眉，想把手臂自他的掌握中扯回来。

但帝拂衣明显不放开她："你的脸色不对！你到底怎么了？"

他抬手就想握她的手腕，想测一下她的脉。

顾惜玖左挣右挣挣不脱，莫名火大地道："放开！帝拂衣，我们男女授受不亲！"

她这一挣，肚子疼得更厉害，脸色更苍白，冷汗也冒得更多。一阵剧痛袭来，她几乎要弯下腰去，也忘记再用水遁术，险些被水呛到。

帝拂衣没再说话，直接一个用力将她揽在怀中，然后向上冲去……

等那阵疼缓过来的时候，顾惜玖已经落在地面上。

皑皑白雪，妖娆红梅，他们落在一片梅园之中。

正是倒春寒的时候，外面春雪飘舞，一片片如轻絮般飘在空中，落在梅花枝头。红的梅更红，白的雪更白，一团团一簇簇，在夜色中格外好看。

顾惜玖这个时候是顾不得欣赏什么雪中红梅图的，已经疼得眼前发黑。

"来月事了？"帝拂衣的手依旧扣着她的脉门。

"不必你管！"

他的手掌很暖，但握着她的手腕的时候她只觉得烦躁，尤其是在肚子疼的情况下更烦躁。

她拼命一挣，终于挣开他的手，向后踉跄了两步，见旁边有一块青石，也顾不得看上面有没有雪，忙坐了上去。

她尚未坐稳，便被帝拂衣硬提起来："那上面凉！你这种情况不能受凉！"

他挥手设下一个结界，又在结界内放置了一张柔软的毛毯，将她按坐在毛毯上，不知道从哪里摸出一粒火红的药丸，凑近她的嘴边："吃下去！"

顾惜玖现在对他给的药有一种本能的抗拒，头一偏，避开了他的手掌："我、我自己有药。"

她强撑着从储物袋中掏出一瓶药，倒出一粒粉红的药丸吞了下去。

这药丸有发暖的作用，而她正是因为来"大姨妈"时受了寒，在地下水脉中被阴邪的寒气侵入体内，才会疼成这样。

她想要打坐，但因为疼得太厉害，几乎要坐不住，手指掐诀的时候也在发抖。

两只手掌蓦然被帝拂衣握住：“你坐好，我来为你治疗。”顾惜玖还想挣扎，帝拂衣接着开口道，“我说了，我们现在是同伴，你病了我不能不管，并没有其他意思。你听话，我很快就能把你医好。”

顾惜玖疼得额头冒冷汗，一双眼睛却黑白分明。她强吸了一口气，稳定了一下情绪：“多谢，你自己也可以寻人，不必管我。”

他可以顺着水路继续找下去，干吗要死拖着她？

帝拂衣没再和她废话，抬手点了她的穴道，让她安稳些，然后扯过她的双手，和她面对面坐着，双手相接，灵力自他的掌心中涌出，顺着她的掌心涌入，再顺着她的血脉游走，渐入她的小腹。

她的小腹寒凉如冰，内脏已经疼得痉挛，他的灵力极暖，入她的肚腹之后迅速催化药力。

不过是盏茶工夫，她的肚腹处那痉挛似的疼痛渐渐消退。

再片刻后，帝拂衣松开她的手，解开她的穴道，随口问她：“现在感觉如何？”

“好多了，多谢。”

顾惜玖轻吐了一口气，站起身来，因为忍疼忍太久了，现在虽然不疼了，但身上还是有些发软的。她略活动了一下，让经脉更顺畅些。

帝拂衣看了看她犹自发白的脸色：“疼很久了？怎么不早说？”

顾惜玖微微摇了摇头：“没必要。”

帝拂衣：“没必要？难道你疼晕了才有必要？！”

顾惜玖抬眸看着他，似笑非笑地道：“你这是关心我？”

帝拂衣没有看她，声音却淡漠得很：“你不必多想，我说了，我们现在是同伴，为同一件事而联手合作，最好都能保持最佳状态，这样遇到危险的时候才不至于拖累对方。你疼成这样，却强忍着不说，关键时候你晕了岂不是累赘？”

顾惜玖垂眸片刻，这才轻笑一声：“我还真没多想，你不必急着撇清，我也不会赖上你。放心，我也只把你当成同伴，到时候你救你的人，我救我的人，我不会拖累你，更不会成为你的累赘。”

她是脑子进水了才问出那句欠虐的话！

事到如今，无论他做什么她都不会多想了，免得给自己找不痛快。

她看了看四周，隐隐觉得这里的景致有些眼熟，但没多想，略活动了一下，又想接着水遁到地下。

帝拂衣抬手将她拉住：“不必水遁了！地下水阴寒，不适合你现在的体质。”

顾惜玖挑眉道：“那我们分头行动？你在水下寻迹，找到以后给我消息？”

她的提议确实是个很好的方法，帝拂衣看了看四周，心中微动！

这片梅林的梅花异常鲜红，在夜色中隐隐透着阴邪气息。

他摘了一瓣梅花凑近鼻端一闻，梅花清香中隐带一丝血腥气。

当然，这血腥气极淡，他若不细闻绝对闻不出来。

“或许对方的老巢就在附近。”帝拂衣缓缓地开口道，“小心些！”

顾惜玖心中一动，这是她先前来过的那片梅林，离飞星国的都城也就百十里路。当时她也觉得这梅花红得有些妖异，只是还没来得及细查，就接到了龙司夜的消息……

这片梅林极大，有数百亩，里面道路纵横，小路交错。

因为最近梅花开得好，每天跑来看梅花的行人络绎不绝，所以梅林中的脚印很杂乱。他们想根据足迹来找人的话，无疑是极为困难的。

“你先在这里等着，我下去看看。”帝拂衣一转身就遁入下面的水脉之中，片刻后他上来说道，“这里是她们此行的终点，下面的水脉之中再无她们的气息。”

顾惜玖从一棵梅树上跳下来：“这里的梅树有阴邪之气，有古怪！或许她们就在这附近。”

白天这里倒看不出有什么异常之处，就是梅花比其他地方红了点儿，但现在是晚上，顾惜玖敏锐地感应到了梅树上丝丝缕缕的阴邪之气。

她折了一枝梅花，断折处有嫣红的一缕汁液沁出，血腥气更浓了。

顾惜玖心中一沉！

这个地方的梅树不会是用鲜血浇灌出来的吧？！

墨曌是不是就藏身在这里？

蓝静怡劫持小狐狸来这里，是被迫的还是自愿和对方合作？

现在的小狐狸还活着吗？

最后一点是让顾惜玖最揪心的。

“她们都还活着。”帝拂衣似乎明白她担心什么，直接开口打消她的疑虑。

顾惜玖松了一口气：“蓝静怡是对方的帮凶，她自然不会有事，我只担心小狐狸。如果能把她平安救出来那还罢了，如果小狐狸有什么意外，我不会饶了蓝静怡！”

说到最后一句话的时候，她眸中闪过冷意。

“蓝静怡是静珂的亲妹，静珂在世时最疼她，本座答应过静珂要照应他们兄妹一世。”帝拂衣冷冷地开口，“顾惜玖，你最好打消对她不利的念头！”

顾惜玖脸色苍白，嘴角却带着浅浅的笑意：“没有人可以算计了我的朋友后还能全身而退的！如果我非要对她不利呢？”

帝拂衣转身道：“那本座也会对你所有的朋友不利！”

他不再管她，直接去林中察看蛛丝马迹了。

顾惜玖站在原地，手指微抖。

他如果威胁说也会对她不利，或许她能豁出去，倒要看看他能对她做什么。杀了她？囚禁她？或者把她关禁闭？她都不在乎！

但如果他是对她的朋友不利……

她又能如何？

她的任性已经连累了龙司夜一次，害得他功力大失，连天授弟子也做不成。难道她还要再连累他们一次？

所以她不能报复蓝静怡，就算小狐狸因此死了，她也不能找蓝静怡报仇。

是愤怒还是悲哀，抑或是无助，顾惜玖自己也说不清。

胸中气血再次涌动，她深吸一口气，将要冲上喉头的酸涩之意压了下去。

她正要也在梅林中察看一番，腰间的传音符亮了起来，是晏尘。他也很焦急，正等着她的消息。

顾惜玖这一路行来，每次去地面上透气时，都会联系一下晏尘，说一下方位，所以晏尘是在后面一直跟过来的。

既然确定这梅林有大古怪，顾惜玖也联系了她的那些朋友，让他们前来附近接应。

她全部安排完毕，一抬头见帝拂衣站在不远处，似乎在等她。

她没再看他，转身想到其他地方察看察看。

“此处风险极大，你和我一路。”帝拂衣走了过来。

“不必了！分头找吧，还快些。”顾惜玖扭头就走。

帝拂衣一把扯住她的衣袖：“不要任性……”

刺啦一声响，顾惜玖的衣袖直接一断为二，她后退一步，冷笑了一声：“帝拂衣，你什么时候变得这么婆婆妈妈的了？！梅林这么大，我们还是分头找更快些！”

“你在生气？我并不是偏向蓝静怡，这一路我观察了痕迹，她也是被控制的，劫持蓝外狐并非她的本意。她……”

“呵呵！明白！放心，我不会对她不利的！”顾惜玖轻笑一声打断他的话，不想再和他多说，直接瞬移走了。

破阵她也是好手，没必要一定和他联合。

她飞上半空，在半空俯视更能看清楚下面的情况。

她的目光落在那些蛛网似的林间小路上，这些小路有人踩出来的，也有打扫出来的，尤其是外围，基本都是人为打扫出来的。

她心中忽然一动，隐隐觉得那些路组合在一起时像是什么阵形，有些像蛛网。而在蛛网中心，有一棵分外妖娆的红梅树，这红梅树有些怪，那些枝干的走向有些像鲜红的大蜘蛛，而且上面的梅花也比其他梅树上的花更鲜亮。

当然，这棵树隐在众多梅花树当中，每棵梅花枝干都不相同，所以这棵树并不显眼。

如果不是顾惜玖心细，就算有什么阵法高手来了，看到这一切，也看不出什么来。

或许机关就在这棵树上！

她正要有所动作，腰间传音符再次亮起，是晏尘，向她询问方位。

顾惜玖报了方位，片刻后晏尘和蓝阅就赶到了。

顾惜玖没想到蓝阅也会风尘仆仆地赶过来，瞧了他一眼。

蓝阅却是个人精，读懂了顾惜玖这一眼的意思，叹气："她是我的未婚妻，无论如何我都还是要救她出来的。"

这"未婚妻"三个字明显很扎晏尘的耳朵，不过他这个时候没心思和蓝阅争高下。

他已经打定主意，这次把小狐狸救出来后，无论她失身与否，都不会让她再离开他，他就算用绑的也要把她绑在自己身边！

小狐狸是他的！

他不会再相让，不会再退缩。

她和他父母不和，那他就带着她浪迹天涯，再不回家。

至于她和蓝阅的婚事，他会设法为她退掉，哪怕豁出这条命去！

顾惜玖向他们说了自己的发现，晏尘心急，看了看那大树，立即就要跳过去，被顾惜玖一把拉住："等等！"

蓝阅也叹气："晏兄，你也太不淡定了，这树如果是阵眼的话，肯定是个大机关，你这么冒冒失失地闯过去岂不是送死？！"

晏尘轻吸了一口气，也知道自己冒失了，只是他太心急……

他看向蓝阅："你有什么法子？"

蓝阅正折了一枝梅花细嗅，只吐出一个字："等！"

"等？等什么？"

"如果这里是囚禁之地，里面必然有人员出入的，等里面的人出来，我们敲晕一个混进去就是。"蓝阅说出了他的法子。

他这个法子确实是比较保守安全的，但现在正是深夜，这个时间段里面就算有人也不会出来采购什么的。

更何况里面如果东西齐全，说不定十天半个月也不会有人出来，难道他们要在这里蹲守十天半个月？

救人如救火，他们岂能这么等下去？

晏尘怒瞪了他一眼："我们等得，小狐狸等不得！"

蓝阅叹气："她已经被抓两天，如果别人真要对她做什么也早已做成功了，我们早一天晚一天的，其实没多大区别。"

其实他对小狐狸能完璧归来已经不抱太大希望，救人只是尽人事听天命。

晏尘不再理他，看向顾惜玖："惜玖，你有没有法子？"

顾惜玖看向身边的大蚌："把你壳里藏的野兔子拿出来扔下去。"

这大蚌喜欢藏储备粮，生怕被抛到什么地方忍饥挨饿似的，路过的地方，它基本是逮着什么吃什么，吃不了的就放在壳里养着……

现在它的壳里就养着三只兔子、两只野鸡，甚至有一头小野猪！

大蚌有些舍不得，虽然从壳里拎出一只肥美的兔子，但还是和顾惜玖商量道："主人，我把它扔下去后，还能不能再捡回来？"

顾惜玖点头："若无危险，自然可以捡。"

大蚌放心了！

它能捡回来就行，这兔子蹦不出它的手掌心的！

它将那兔子递给顾惜玖，顾惜玖飞到那棵树附近，将那兔子向着那大树丢过去。

啪——兔子正跌落在大树树冠之下。

这兔子被摔得头昏脑涨，一跳而起，正要逃走，却像被什么东西拴住了四肢，在地上扑腾了两下，再然后大家就看到了令人难以置信的一幕。

那兔子四周有无数细丝似的根须冒出来，顺着兔子的四肢攀上来，扎入兔子的身体。

那兔子就像被吸干了血肉似的，迅速干瘪下去。

晏尘："……"

蓝阅睁大眼："乖乖！这树是吃活物的！"

不过是眨眼的工夫，那只兔子就连皮带骨消失无踪，像是从来没出现过。

晏尘出了一身冷汗，没想到这树居然如此厉害！

大蚌心疼，它的兔子！它的储备粮！

它还没来得及哀悼一下自己的兔子，顾惜玖又向它伸出了手："把山鸡也拿出一只来。"

大蚌："……"

它是真肉疼！

顾惜玖拍了拍它的壳："听话，以后我烤只全羊赔你。"

大蚌的眼睛立即亮了！它立即拎出一只山鸡，狗腿地递过去："主人，给您，一只够不够？不够我这里还有一只。"

顾惜玖直接把山鸡扔到了树冠上。

那山鸡似乎也意识到了危险，爪子一碰触树冠，立即振翅欲飞起。

但明显已经来不及，树冠上的红梅花瓣竟然无声地飞舞起来，直接包裹住那山鸡，那山鸡只来得及叫半声，就没了动静。片刻后，飞舞着纠结在一起的花瓣散开，重新落回树上，而那山鸡没了踪影——看来这梅花花瓣也是吃血食的！

“这是蛛网血梅阵！”

身后一个声音响起，吓了蓝阅一跳，他忙回头，见帝拂衣不知道何时站在了他们身后，眼睛也看着那株梅花树。

“什么是蛛网血梅阵？”蓝阅很好学。

“看到林中那些小路没有？它们其实不是路，而是阵法的气脉。血梅吸食了活物后，会把养料通过这些气脉输送给周围的梅花树，滋养它们。因为是由血食供养，所以这里的梅花特别艳丽。而这些梅花树吸收日月精华，再通过根系传回这血梅上，让这血梅成长得更茁壮。”

“怪不得这里的梅花开得这么艳，不过弄这么大的阵仗就为了支撑这血梅成长？莫非它长成以后能做什么？”

帝拂衣摇头：“这里是一个机关阵，平时阵法是关闭的，所以人来人往无妨，外人也看不出什么来。一旦有人要破阵，这株血梅就会率先发动，整个梅林就会变得像一张蛛网，梅树都会活过来，和这株血梅一样，抓人、吃人。这片林子这么大，一旦人被困在里面，很难逃出去。”

没想到这世间居然有如此阴毒的阵法！

蓝阅表示长见识了！

他看向晏尘：“幸好你刚才没乱闯，要不然我们都要在这里做花肥了！”他再看看那株血梅，“这片梅林在这里可是存在好久了，以前也没听说过它作怪。”

帝拂衣淡淡地道：“白天这血梅和普通梅树看着没什么不同，而且它是后期移植过来的，又在梅林最深处，它吸食血食是在半夜，白天就算活物从树下路过也是无事的，自然不会被人发觉。”

原来如此！蓝阅明白了。

“那我们应该怎么破这个阵？”

帝拂衣看向顾惜玖：“她这不是已经在用法子破阵了吗？”

蓝阅和晏尘看向顾惜玖，而顾惜玖正在游说大蚌把壳里所有的预备粮拿出来。

大蚌很舍不得，但又无法违逆主人，只好含泪将储备粮一只只掏出来递过去。

而顾惜玖将这些储备粮都扔向了那株血梅。无一例外，储备粮都被那血梅给吞了。

大蚌握拳。

这浑蛋树比它还能吃！

蓝阅不太明白，顾惜玖分明就是在喂树，哪里是在破阵了？

"此阵是上古魔阵，本座也不是不能破，但若用常规的破阵之法，势必会惊动幕后之人。等我们闯进去的时候，幕后之人说不定早已带着蓝外狐她们跑得无影无踪了。"帝拂衣解释。

晏尘看向顾惜玖："所以她这是非常规法子？她喂饱了血梅，它就自动打开阵门？"

他刚说到这里，下面的梅林里忽然传来一阵细微的震动，那棵血梅打摆子似的晃了晃，接着它的脚下居然无声无息地裂开了一个大洞。

蓝阅睁大了眼睛，不是吧？！这也行？！

这树吃饱了真开门啊！

不过，这样的猜测在脑海中没转三秒，他就知道自己猜错了。

因为自那大洞中钻出两个人来。

这两人向四处看了看，其中一人道："怎么回事？今晚这树不是一般兴奋，从哪里跑来这么多血食？"

另外一人摇了摇头："察看察看吧，免得打扰了主人做事。"

这两人迅速在梅林中穿行察看起来……

顾惜玖他们都停留在半空中，身周有帝拂衣设置的结界，那两个人是看不到他们几个的。

晏尘敬佩地看向顾惜玖，还是她办法多！

那两个人很快就在附近转了一圈，还真让他们在梅林中搜到了一只猪獾、一头野狼。

两人回来时顺手将猎物喂给了那树，其中一人笑道："今晚的猎物倒真不少，比往常要多呢。"

另外一人道："其实也不奇怪，主人说这梅林会散发一种特殊的气味，吸引那些猎物前来，或许今晚那气息格外浓。"

两个人说着话，顺着那大洞内的台阶，进入洞内。

当然，他们在进洞的时候也不忘再将"门"关闭，让外面恢复原状。

台阶很多也很深，两边的洞壁上有千年不灭的烛光在摇摇晃晃。

那两人正走着，其中一人莫名打了个寒噤，对同伴道："奇怪，我总感觉有人跟着我们……"

他的同伴立即望向四周，没看到什么，松了一口气："别自己吓自己！这个地方谁能跟进来？我们开门、关门可是极小心的，不要说人，就算一只苍蝇也跟不进来！你别疑神疑鬼的！"

那人挠了挠头皮："我也觉得不应该有人跟进来……"他一边说一边大步向前走

着，走了一会儿，发现同伴落后，回身等对方赶上来的时候抱怨道，“你怎么突然走这么慢？吓我一跳！快走吧，今晚是主人的大日子，不能出任何意外，我们今夜可得把门看紧……”

“主人要开荤吧？”他的同伴语调幽幽地说。

“是啊。唉，那么漂亮的两个妞，就要成为主人练功的血食了，怪可惜的，先交给兄弟们玩玩也好呀。”

“这倒是。对了，主人开荤可是不容人打扰的事，主人那里都有谁守着？要不要过去给他们提个醒，让他们别弄出动静惊扰到主人？”他的同伴提议。

那人笑起来：“主人那里有一大堆高手守着呢！哪一个不比你我高很多？而且大家都心里有数，肯定不会惊扰主人的，用不着你一个守大门的提醒。”

他的同伴叹气：“其实我真想看看怎么开荤……捞不到好处，过过眼瘾也好。”

那人拍了同伴的肩膀一下：“看什么看，主人可是在血池那里呢。那个地方凶得很，不是你我能靠近的，你我还是老老实实地看门吧。等主人以后成了势，做了这天下的主人，你我就是开国功臣，肯定会有大赏赐，到时候想看什么美人没有？没必要肖想那两个妞。”

他的同伴瞥了他一眼：“你说得是。”

那人笑：“那当然，好歹我比你年长几岁，看事明白。”他抬起手臂就去搂同伴的肩膀，“以后你跟着我混，我教你……”

后面的话他没能说下去，他的手臂尚未搂住同伴的肩膀，腰间就骤然一麻一疼！

他骇然睁大眸子瞪着自己的同伴，微张了嘴似想喊出什么，却一个字也吐不出了！身子软倒下去，再无气息。

暗处一人现身，俯身就要剥那死人的外袍。

“等等。”那“同伴”一抬衣袖，死人身上的衣袍就自动离体，一道细微的光波闪过，这外袍就彻底干净了，那“同伴”这才将衣服递了过去。

那暗处现身之人正是顾惜玖，而迅速暗算了人冒充“同伴”的自然是帝拂衣。

顾惜玖没说话，将那套衣服接过来穿上了，又迅速易容了一下，再用灵力调整了一下自己的五官和身高，片刻后，她就和那死掉的看门人没什么区别了。

蓝外狐双眸无神地看着脚下的一切。

她的脚下是汹涌的血池，血海中有无数骷髅头在跳跃。而她的身体被四条细细的银色链子锁住，悬空停留在血池上空。

银链并不是锁在她的手足上，而是直接洞穿了她的琵琶骨和脚踝骨，把她吊在了那里。

这显然是极疼的，她小脸煞白，额头上汗珠密布，一滴滴地汇集到下巴上，再从下巴上滴落。

她死死地咬着唇，不让自己叫出来。

她好疼，也好怕！

可是没有人来救她——

若不是心中还有牵挂，蓝外狐几乎想要咬舌自尽求个解脱。

可是她还没有见到晏尘。她快一年没见过他了，好想见他……

她想他，分别得越久就越想，尤其是接近婚期的时候想得更厉害，还怕得厉害，所以她终于下定决心逃了。

她却没想到朝夕相处、对她赤胆忠心的侍女居然是坑她的，害得她逃离狼窝又掉进虎口，落到现在这步田地。

“晏尘哥哥……”她低喃，“你不要我了吗？”

“他当然不要你了！”角落处传来一个女人的声音，语气带着幸灾乐祸的味道，“你这样弱鸡似的女孩子没有哪个男人是真喜欢你的。你如果不是血统好，你以为蓝狐族的王会娶你为妻？至于什么晏尘，一听就是尘土一样的俗人，你放着高高在上的蓝狐族王后不做，偏偏想要私奔找尘土般的男人……”

“你住嘴！”蓝外狐恨恨地看向声音传来之处，“你不许侮辱我的晏尘哥哥！他是这世上最棒的男人，才不是什么尘土……你这个助纣为虐的臭泥鳅才是尘土！”

在那个方向的血池边上，漂浮着一个圆润的半透明血球，球内也困着一位少女。

那少女有一头海藻般的长发，裹着衣衫的上半身和正常少女无异，下半身却是一条青色的鱼尾。这少女身上倒是没有锁链等物，但她蜷曲在那血球中也出不来。

她是鲛人。

蓝外狐看着这个鲛人就一肚子火，恨不得跳下去砍她几刀！

蓝外狐当初被那个侍女带出蓝狐族后，接应她们的就是这个鲛人。

当时蓝外狐敏锐地意识到不对，想要掉头跑路，但这鲛人直着眼睛扑过来就擒拿她，再加上那侍女帮忙，蓝外狐到底寡不敌众落入那鲛人手里。

这一路蓝外狐求过对方，骂过对方，但这鲛人都是充耳不闻，死鱼似的拖着她一路赶到了这里。这里的人二话不说就用铁链穿了她的琵琶骨将她悬在这里，也不知道要做什么。

不过这鲛人也没讨到好，来到这里后，就被困在那血球之中，再出不来。

被困进这血球后，这鲛人才又像活了似的，和她一样又惊又怕。

明明两个人是差不多的境地，这鲛人少女却非要在她面前刷存在感，一直对她冷嘲热讽的，让蓝外狐分外恼怒。

“蓝外狐，你不要想什么尘土哥哥了，他不会来救你的。就算他来也救不了你，这里的主人极为厉害，不是愚蠢的人类能匹敌的，他来也是送死。你还是别盼着他来，乖乖地等死吧。”

蓝外狐怒了：“你不也是被困在这里了？！你不也是在这里乖乖地等死？”

二人你一言我一语地吵着架，说的都是些没营养的话。

小狐狸是气不过，而那鲛人少女是为了掩饰自己对未来的害怕，借攻击蓝外狐来打发时间，为自己增强信心，口口声声地说“凰哥哥会来救我”……

“你凰哥哥到底是谁？”一个声音突兀地加了进来。

鲛人少女顺口道：“是我姐夫，也是这个大陆的圣尊……”

说完她才发觉不对，抬眼向外看去。

墙上裂开了一道门，一位蓝衫公子飘然而入。这蓝衫公子明明是偏冷的相貌，举止间却带着一种风流不羁的感觉，此刻他轻勾起嘴角看着大殿内的两个人，显得有些邪气。

蓝外狐被困在这里这么久，还是第一次看到外人，戒备地看着他：“你是谁？”

那鲛人少女却脸色微变：“你、你是？”

这鲛人少女自然是蓝静怡，曾经跟着自家的哥哥偷偷进过皇宫，看到过飞星国的新皇帝，眼前这位公子的容貌居然很像那位皇帝！

那蓝衫公子轻轻一叹：“你觉得我是谁？”

“你、你是皇家的人？！哪位皇子？”

那蓝衫公子仰头笑了笑，用洞箫轻轻敲着掌心：“你为何不猜测朕是皇帝？”

蓝静怡：“……”

那蓝衫公子瞧着她变得苍白的俏脸，眸现趣味之色：“很意外？”

蓝静怡轻吸了一口气：“你、你既然是皇帝陛下，那……是不是来救我们的？你受谁之托？”

蓝衫公子叹气：“还真是天真的孩子，朕辛辛苦苦地把你们抓来，又岂能再受人所托救你们出去？你以为朕很闲吗？”

在幕后操纵这一切的居然是飞星国的皇帝！

蓝静怡变了脸色：“你、你抓我们来做什么？你趁早放了我，要不然我凰哥哥绝对不会轻饶你！他不但会让你做不成皇帝，连命也保不住！”

那蓝衫公子笑了：“原来圣尊居然是你的凰哥哥，这倒有些意思了。”他缓缓走到那血球边，瞧着球内的蓝静怡，用洞箫敲了敲血球，“听说用鲛人皮制出来的鼓，敲击可以声震千里。不知道是不是真的？”

蓝静怡：“……”

那蓝衫公子上下打量了一下她：“你这美人鱼皮相不错，把你的皮剥下来做鼓有点儿暴殄天物，或许剥下来做成衣服也不错，可以绣上漂亮的云纹，既美又护身。”

蓝静怡白了脸色：“你……这笑话、这笑话并不好笑，我凰哥哥……”

"你又想拿你凰哥哥唬人？其实你不提他本座说不定还能给你一个痛快，但你既然提起了他，让本座有些不舒服，说不得要好好炮制炮制你了。"

那蓝衫公子轻轻一弹手中的洞箫，唰的一声洞箫内弹出一柄薄如蝉翼的短刀，直接刺破了那个血球。

蓝静怡尖叫一声，从血球里滚了出来，眼看就要跌进血池中的血水里，蓝衫公子掌心银线一闪，缠住了蓝静怡的细腰，然后将她甩到了岸边。

蓝静怡惊魂未定，一片衣角沾上了血池里的血，那血居然像硫酸似的，眨眼间将她的衣角腐蚀成碎片。

血池中的骷髅们开始尖啸，跳跃得更疯狂。

蓝静怡落地后想要爬起来，但那位蓝衫公子一只脚踏了上来，好巧不巧地踩在她的酥胸上，让她再起不了身。

蓝静怡又痛又羞，尖叫道："你……下流！你放开我！"

"这就下流了？"那蓝衫公子做出来的动作虽然很猥琐，那张俊脸上却一派光风霁月，"本座还有更下流的招数，你猜猜会是什么？"

他一边说一边用洞箫上的尖刀轻轻挑起了她的衣襟。

她的外衫破裂，露出了里面银色的兜肚，那兜肚上绣的不是普通的鸳鸯荷花之类的图案，而是一个人。那人黑发白衣，面上有面具，隐隐正是圣尊的形容。

蓝衫公子打量了一下她的兜肚上的人像，笑了："你这是绣的你凰哥哥？把自己的姐夫像绣在兜肚上，小美人鱼，你这目的可不单纯啊！看来你是真喜欢他……不知道你这份心意他是否知道？不过也不要紧，你既然这么喜欢他，待本座剥下你的皮后，可以制成一个皮偶，穿上你这个兜肚送给他。"

他笑容温和，声调也温柔，说出来的话却阴冷得可怕。

蓝静怡一张俏脸青白交错："你……你不能如此对我，我可是鲛人国的公主，你如果杀了我，不但凰哥哥不会饶你，我们鲛人族也不会饶你，势必倾举国之兵来报仇……你就为了一张鲛人皮，这样做得不偿失，你、你放了我，我日后会报答你……"

"报答本座？你怎么报答？"那蓝衫公子又用短刀挑了挑她兜肚上的带子，"莫非——你想以身相许？"

冰凉的刀刃碰触到了蓝静怡的肌肤，让她全身都起了鸡皮疙瘩，她吓得眼前发黑："我、我……你看在我为你效劳过的分儿上，放、放过我……"

"呃？你为本座效劳什么了？"

"我为你带回了蓝外狐……"

"那确实是你的小功劳，不过你如果不是中了本座的蛊，又怎么会如此听话？"

"……"

刺啦一声响，蓝静怡的兜肚宣告破裂，自她胸前滑落，于是她嫩滑的身子彻底暴露在蓝衫公子眼前。

蓝静怡慌了，下意识地想要蜷缩起来，但那蓝衫公子袖中三道寒芒一闪，叮叮数声响过后，蓝静怡发出了刺耳的尖叫声！

四枚寒光闪闪的长钉正好钉在了蓝静怡的双手手腕和鱼尾上，将她活生生地钉在了地上！

鲜血如小溪般顺着长钉钉入的地方冒出，有一种血腥的美感。

长钉入体，疼痛彻骨，一粒粒的汗珠自她的肌肤和鳞片间渗出，落在地上。

叮叮咚咚一阵响，汗珠凝结成了珍珠，颗颗晶莹剔透，在地上乱滚。

“鲛人汗出为珍珠，原来这句话并不假。”蓝衫公子笑了，看了看疼得双唇都在颤抖的蓝静怡，“只是你为何还不流泪？鲛人泪才是本座想要的东西。”

蓝静怡疼得想死的心都有了，只是鲛人最难流的就是眼泪，她自然也不例外。

蓝衫公子看了她片刻，叹气道：“看来还是不够……”

他手指一动，薄刃一挑，蓝静怡又发出一声惨叫，一大片鳞被蓝衫公子给揭了下来！

揭鳞之疼胜于削骨，蓝静怡疼得整个身子都抖动起来，不但汗出得多，也终于疼出了泪，形成一颗扁圆的鲛人泪。

那蓝衫公子手指一抬，那鲛人泪就落入了他的掌心，他瞧了瞧，摇头：“太小了。”他又将目光转回蓝静怡身上，幽幽叹了口气：“你可真小气，连哭也不肯流大颗眼泪。本座只能辣手摧花一些了。”

他手中薄刃接连闪动了几下，数枚鳞片再次被剥下来。

蓝静怡疼得叫也叫不出来了！

她像条离了水的鱼似的弹了弹，眼泪终于大颗大颗地滚了下来，泪中带血，形成的鲛人泪一半红一半透明，如同好看的猫儿眼，在地上乱滚。

蓝外狐在上面看得全身发冷！

这个蓝衫公子明明翩翩如玉，行事手段却残忍如恶魔，刷新了蓝外狐对人之恶的认识的下限。

蓝衫公子足足捡了一大捧鲛人泪，这才意犹未尽地收手，目光又转到了被悬吊着的蓝外狐身上。

蓝外狐全身的汗毛全竖起来了！

蓝衫公子一伸手，蓝外狐身上的四道细链无声地滑动起来，居然将蓝外狐直接牵引到血池岸边。

蓝外狐眼睁睁地看着自己向岸边滑去，离那位蓝衫公子越来越近、越来越近——

如同人类血管的细管遍布各处，细管也是绯红色的，里面有鲜红的血液在流动，发出汩汩的声响。

道路太纷繁，若没有熟悉的人领路，就算有人误闯到这里来也很容易迷路。

顾惜玖怎么也没想到那片美丽的梅林下面居然藏着这样一个“怪物”，她就算是见多识广，此刻也觉得全身有些发冷。

脚下的道路也不是普通的土石，而是一块块骨头排列出来的，名副其实的白骨路。

帝拂衣一直跟在她身边，也不动声色地扫了一圈周围，眉尖微蹙，这个地方的布局像是一个极大的法阵，但以他的本事，他也看不出这是什么法阵，甚至不知道该朝哪个方向走。

而顾惜玖像是认路的，除了刚开始进来时有些发蒙外，后期她就像这里的常客似的，大步流星地向前行去。

“这里的布局你见过？”他忍不住问她。

顾惜玖头也不回，不过倒也解释了：“这里应该是龙梵所建，是他和墨曌的老巢之一。”

“我知道这里必然是他们的老巢，但这里的道路的走向我还是第一次见，你怎么知道此处哪里是阵眼？”

她的声音更淡漠：“这里仿照的是蟒蛇的血流图，而它的阵眼必然是它的七寸之处。那幕后之人既然想要采集小狐狸的血练功，必然会在阵眼处进行。”

帝拂衣：“……”

如果是人的血流图，他一眼就能看出来，但蟒蛇……

“你什么时候研究过蟒蛇的血流图？”帝拂衣好奇地问。

顾惜玖没回答，如非必要的问题，她懒得说。

她在现代学医的时候，常解剖一些动物，其中就有蟒蛇……

大概是秘密基地的关系，墨曌、龙梵的人又被帝拂衣带人血洗清除过，所以这里的人并不多。

二人走了这一路，没碰到几个人。

这里人虽然少，但个个都是高手，顾惜玖暗中观察过，这些人功夫最低的也到灵力八阶了，大部分是九阶以上的高手。

很快，两人快要接近核心位置了，而就在这时，出了意外！

因为这一路两人也没遇到机关之类的东西，所以未免大意了。

帝拂衣不知道一脚踩中了什么，原本正常的地面忽然无声地裂开了一个大口子！

帝拂衣没防备，直接落了下去！

走在前面的顾惜玖听到身后的动静不对，连忙回头时，身后已经不见了帝拂衣的

影子，而原地出现了两丈宽的深缝。

顾惜玖呆了几秒，急扑过去，顺着缝隙向下一看，这缝隙竟然深不可测，缝隙深处隐隐有细密的红光闪烁。

她倒是看到了帝拂衣，他并没有落到底，身体贴在七八十丈深的洞壁上。

因为洞里光线暗，顾惜玖也看不清他到底怎么样，不过以他的功夫，如果只是落个悬崖掉个陷阱什么的，他应该立即就能跳上来吧？那他迟迟不上来是因为什么？

顾惜玖来不及思索，几乎是尚未想应该怎么办，人已经瞬移下去，唰的一声直接瞬移到了他的身边，然后——和他挤在一处。

顾惜玖下来以后才知道是怎么回事。

这个机关很诡异，在上面看着有好几丈宽，但真落下来以后顾惜玖才发现这缝隙极窄，窄得只容得下两个人……

她明明是想落在他身边的，却没想到跳下来后，仿佛有什么东西把她一挤，竟然直接把她挤进了他的怀中。

帝拂衣原本是面朝洞壁，听到动静勉强转过身来，于是正好接住了落下来的顾惜玖。

这个缝隙很怪，居然是极有弹性的。

帝拂衣一个人跌下来时，两边洞壁把他挤压在那里一时动弹不得。

而顾惜玖跌下来后，这缝隙就勉强能容纳两个人，两个人像沙丁鱼罐头似的挤在一起，中间连张纸也插不进去。

顾惜玖："……"

这是二人自分手这么久以来，第一次抱在一起，还抱得这么紧！

鼻端萦绕的是他身上特有的气息，他的怀抱像从前那样温暖，顾惜玖像溺水似的心一抖，有莫名的酸涩感直冲了上来。她抿着小嘴挤了挤，想要挤出他的怀抱。而随着她的挣扎，那洞壁也像活了似的，再次靠拢过来，顾惜玖就算贴在他的怀中也被挤得有些上不来气。

她的胸紧压在他的胸膛上，两人的姿势亲密得非同一般。

二人当初好得蜜里调油时也没挤成这样，帝拂衣自然感应到了她身体的柔软，数年的恩爱画面在他的脑海中闪过，身体的渴念原本是强制沉睡着的，现在却有觉醒的迹象。

二人毕竟做过八年夫妻，彼此熟悉得不能再熟悉，对方稍有风吹草动就能感觉出来。

顾惜玖和他贴这么近，自然感应到了他的身体的变化。

她心中微跳，眼眶微热，血流有加速的迹象，但随即又想到了他的背叛……

于是，所有的柔软情绪像是被寒风吹散，她开始拼命向外挤。

“别动！”帝拂衣一条手臂圈在她的腰上，“这是机关，你挤不开的。”

他默运玄功，用手臂强行支撑到她身后的洞壁上，勉强为她撑开一点儿缝隙，让她得以顺畅呼吸。

“你会开这机关吗？”顾惜玖问。

黑暗中她肌肤雪白，红唇饱满嫣红，一双眼睛闪闪发亮。

帝拂衣强压住想要吻下去的念头，低声道：“别急，等我试试。”

他的手掌在她背后一寸寸地移动，摸索着洞壁上的机关。

虽然只是手背碰触到了她的背，但顾惜玖还是感应到了他的手掌的热度，而两人紧紧贴合的身子也让她分外不自在。

帝拂衣摸索了片刻，忽觉怀中的她呼吸微急，俏脸涨红。

他略一愣神，终于似想到了什么，手掌一僵！

顾惜玖后背的脊梁上有敏感点，当初二人亲热的时候，帝拂衣常常揉捏她的这个地方，让她失态让她魂不附体地只想攀附他……

“对不住。”帝拂衣低声开口，手掌努力离开了她的那个位置。

顾惜玖面无表情，并没有说什么，但涨红的小脸又渐渐变得苍白……

帝拂衣并没有找到开启这里的机关，顾惜玖暗吸了一口气问：“你会急速缩骨术对吧？我瞧这里的机关挤压时有几秒的延迟时间，你先急速缩骨，就会暂时出现缝隙，我再立即使用瞬移术……”

这倒是个可行的法子！

帝拂衣倒也痛快：“好！”

一个“好”字刚刚出口，他的身体就立即缩小了！他的身子一小，这个位置自然卡不住他，他的身子在缩小的刹那向下跌落，顾惜玖反应快，一把捞住他，然后迅速瞬移。

当二人踏上地面时，顾惜玖终于松了一口气。她无意中一低头，看到的是缩小版的帝拂衣。

帝拂衣刚才为了弄出更大的空隙，直接缩成了两三岁的孩子模样，此刻站在地上，尚未来得及恢复原样。

顾惜玖和他相处这么久，还是第一次看到他的这个形态。

他小身子不足一米，大大的眼睛、长长的睫毛、高挺的鼻梁、微嘟的小嘴，瓷娃娃一样，简直要将人萌化了！

漂亮的娃娃是最具杀伤力的，可以说是老少通吃。

顾惜玖自然不例外，原本已经不想再看他，此刻却忍不住看了好几眼。

如果那八年她生出宝宝来，或许就是他这个模样。

她其实很想要自己的宝宝，只可惜——

她硬生生地将目光从他身上挪开，转身就走："走吧！"

她向前走了片刻，发现他没跟上来，有些纳闷，唯恐他又跌进什么机关里去，再次回头，结果发现他还是站在原地，正在努力一寸寸地长高……

两个人目光一对，他难得地呆愣了一下，白玉般的小脸上泛起了红晕，有些不好意思的模样。

于是他笑了笑，两颊上各现出一个酒窝儿，然后更加努力地长高。

顾惜玖看怔了！

帝拂衣内心却有些痛苦，任何一个男人都希望自己的女人看到的是自己顶天立地的一面，而不是儿时穿开裆裤的糗样，更何况是帝拂衣这种一直高高在上的神？

在她的目光下，他生平第一次想要土遁……

当然，这念头只是在他的脑海中闪了一下，随即他又淡定下来。

他把生长的速度又加快了一些，于是顾惜玖眼睁睁地看着他由一个小豆丁长成小正太，再长成漂亮少年，最后恢复成他的本貌，成为白衣飘飘帅绝寰宇的青年。

当然，他几乎是在恢复本貌的刹那，脸上就覆上了面具，一副圣尊的装扮，不再是帝拂衣的。

这一段时间并不算长，也就五六分钟而已。

短短几分钟，顾惜玖似乎看过了他长长的人生。

原来他也有这么萌的时候，也是由一个孩子成长起来的。

两个人在一起的时候，顾惜玖也问过他小时候的事，但帝拂衣说，从他有记忆以来就是青少年模样。他自一片荒野中醒来，无父无母，有一身诡异的功夫，然后在乱世中征战天下，成为这世界的第一人……

顾惜玖忍不住又看了他两眼，帝拂衣倒是明白她疑惑什么，解释道："如无意外，蓝静怡应该向那幕后之人说了我圣尊的身份，待会儿她见了我之后，估计会唤出我的本名，我倒不如直接用圣尊的身份去救她。"

原来他是为了蓝静怡，倒是挺爱屋及乌的……

她没有说话，转身就走。

两人拐过几个弯，前方出现了一座心脏形的建筑，一胀一缩的，像一颗硕大的心在搏动。

那建筑也是诸多"血管"的汇集地，在这里的血管比蛛网还多。

而在建筑四周，每隔三四米就站着一位高手，正虎视眈眈地看向每个出口和入口。

此刻那怪异建筑的两扇大门紧闭着，两人也看不见里面有什么。

守卫共有十人，都是九阶以上的灵力，看眼神和体态，都是反应极灵敏的，也极谨慎。

他们隐隐站成一个阵形，这个阵形击首则尾应，击尾则首回，所以顾惜玖他们搞偷袭各个击破的方法行不通。

顾惜玖想了想，下意识地想要使用瞬移的法子直接进去，被帝拂衣一把拉住："不成！这房子外围有防止人瞬移进入的结界！"

顾惜玖抽回自己的手，顿了顿，决心用声东击西的法子试试。

她瞬移到离此地不远的建筑放了一把火。

她没想到的是，这火刚放出来，着火地上方就喷出水来，如同大雨一般将火浇灭。

这破地方还真是先进！

她正要重新找个地方放火，帝拂衣无声无息地在她身后出现，手指一弹，一溜火光直接引燃了一栋建筑。上方继续喷水，但这次的水没浇熄这火。

顾惜玖看了他一眼，帝拂衣就说了四个字："三昧真火！"

这里一起火，自然惊动了四周的那些护卫，护卫们纷纷跑了过来。

趁着混乱，顾惜玖又瞬移回那心脏似的建筑附近，结果发现那十名高手依旧守在那里，不但没有要去救火的意思，反而离那建筑更近了，人人严阵以待！

看来那幕后之人事前交代过，让他们无论如何都不能离开这里。

顾惜玖心如火烧，帝拂衣也转了回来，看了看她再看看那十个人，冷静地开口："没办法，硬闯吧！"

他正要有所动作，顾惜玖道："我们分头行动！"

帝拂衣挑眉看着她，顾惜玖接着道："我们一旦动手，势必会惊动里面的人，说不定那人会立即对小狐狸她们不利，我们就白忙了！不如这样，你先冲出去吸引他们的全部注意力，我趁机瞬移到那房子门口，用冷曦术破开它的防瞬移结界再进去，先阻止里面的人动手，你解决掉他们再进去……"

顾惜玖这法子自然是最好的，帝拂衣却顿了顿，否定了她的提议："还是一起解决外面这些人，再进去也不迟。"

顾惜玖皱眉，有些不明白地道："你是怕我先进去会对蓝静怡不利？"

帝拂衣："……"

他没说话，只是瞧着她。

顾惜玖就当他默认了，突兀地笑了笑："放心，我这次绝对不会对她不利！你若不信，我向你立个誓，如违誓言，就让我……"

后面的誓言她尚未说出口，就被帝拂衣直接封住了口，他声音冷淡地道："你不必立誓，我信你！"

说罢他转身冲了出去！

顾惜玖的法子无疑是最快捷的，片刻后，帝拂衣和那十个人打成一团，有两人已经毙于他的掌下。

而顾惜玖已经站在那古怪建筑的门口，抬手破开了笼罩在四周的结界。

随着结界被破开，里面传出凄厉的惨呼声。

顾惜玖几乎不假思索地在破开结界的同时瞬移进去，于是看到了里面的场景！

地上躺着一个血肉模糊的美人鱼，那杀猪般的惨叫声正是这美人鱼发出来的。

而蓝外狐被细索牵引住四肢，半吊在空中，脸色煞白，胸口插着一根粗大的尖针，有血珠自尖针的另一头冒出来，顺着尖针滴落……

在蓝外狐面前站着一位蓝衫公子，手里端着一个酒盅，酒盅半满，鲜红的液体在酒盅内摇晃，正是小狐狸的心头血！

蓝外狐原本以为自己必死无疑，满脸绝望，骤然看到闯入的顾惜玖，眼睛一亮，小嘴微张："惜玖……"

然后她的眼泪哗哗地滴落。

而那蓝衫公子听到动静，也转过身来，看到闯入的顾惜玖，叹了口气："惜玖，你来得好快！你不该蹚这浑水的。"

顾惜玖握紧手指，看着眼前的人。

这个人是容伽罗的形貌，可是气质——

"你是墨罂！"

那蓝衫公子笑了，柔声道："惜玖，你果然对我很熟悉，本座换了个皮囊还是被你一眼认出。"

顾惜玖向他走近："容伽罗在哪里？"

蓝衫公子挺胸道："就在这里啊，惜玖，这皮囊就是他的。你看不出来吗？"

顾惜玖抿了抿唇："你是幻化成了他，还是占了他的壳子？"

她骤然发难，手中光芒一闪，直击他手中的酒盅！

她功力高，出手太出其不意，蓝衫公子一时没躲开，手中的酒盅直接化为碎片，鲜血溅了一地。

蓝衫公子眸中有光芒一闪，他直接向悬挂在半空的蓝外狐扑过去，很明显是想拿蓝外狐做人质。

顾惜玖早有防备，立即瞬移到蓝外狐身边，掌心灵力一吐，白光如潮，直袭蓝衫公子的胸口！

蓝衫公子——墨罂立即后退，退到血池旁边，笑了笑："惜玖，我对你一直手下留情，你真想置我于死地？你瞧，我连你的朋友都舍不得弄死，只是取了她的一点儿血而已。"

顾惜玖迅速扫了一眼蓝外狐，她胸口的那根针看着凶险，其实并不致命，只要好好治疗，连后遗症也不会留下。

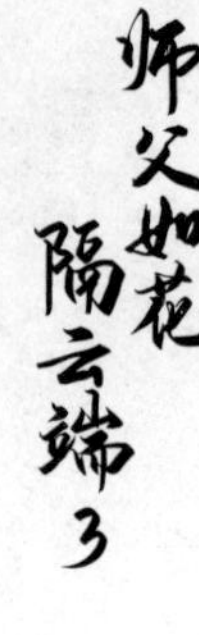

有这个大恶人在这里，顾惜玖半点儿也不能分神，自然不能先去解开蓝外狐身上的细索……

顾惜玖手指一弹，将一颗药丸弹到蓝外狐的嘴里："吞下去！"

蓝外狐很听话，立即将药吞了。

顾惜玖这药自然是神药，不但能吊住蓝外狐的这一条命，还有止血效果。

"救、救我……"那血肉模糊的美人鱼也发出呢喃。

顾惜玖没理她，已经认出这美人鱼就是蓝静怡，没趁机给她一剑已经是看在帝拂衣的面子上了，怎么会出手相救？

在她向小狐狸弹药丸的间隙，墨璎攻上，一展袍袖，五彩光芒绽放如网，向着顾惜玖罩过去："小惜玖，这次你也留下吧！"

那五彩光芒极强，顾惜玖不敢怠慢，手指迅速掐诀，向外一拍，掌心一热，拍出来的居然是七色光芒！

砰的一声大响，两道光芒相撞，顾惜玖胸口气血一阵翻涌，而墨璎接连向后退了好几步，眸现震惊之色："居然是你！"

"什么？"顾惜玖不管不顾地又是一掌拍了过去！

也几乎在这时，大门方向传来轰隆一声巨响，显然被人攻破了——

墨璎脸色一变，身子忽然借着顾惜玖的掌力向后方飞去，扑通一声跌进了血池之中，连个水花也没冒，直接就消失了。

顾惜玖："……"

他这就逃了？！

顾惜玖向前一冲，就要跳进血池看看。

"不要！"蓝外狐大叫，"池中血有毒！"

顾惜玖硬生生地刹住脚步，也几乎在同时，一位白衣人闪入，正是帝拂衣。

他居然在三分钟之内搞定了那十个人，闯进来了！

他的白衣上难得地沾染了血渍，银发也有些凌乱，他迅速在屋内扫视了一圈，目光在顾惜玖身上一停。

顾惜玖吸了一口气，迅速把主要内容说了一遍："墨璎占了容伽罗的壳子，跳进血池跑了！"

帝拂衣一抬手向血池中投掷了一物，那物入池即化，眨眼消失。

这血有剧毒，腐蚀性也极强，那墨璎就这么跳下去，是慌不择路，还是他有特殊护体趁机从血池中逃走？

"凰哥哥，救、救我……"蓝静怡已经奄奄一息，向着帝拂衣的方向伸出了手。

她还半裸着，看上去既血腥又香艳。

帝拂衣只扫了她一眼就把目光移开，挥手扔出一件衣袍直接将她包了起来。

“此处不宜久留，速速离开！”

他再一抬衣袖先弹出一道水波在蓝静怡身周一罩，又给她喂了一粒丹药，随即便将她笼在一道结界球内，在他身边颤颤巍巍地悬着。

处置完这些，他又看了一眼顾惜玖，顾惜玖已经开始破解蓝外狐身上的四道细链。她也是破机关术的行家，要想解开这些细链倒也不算难。

唯一让她有些为难的是，因为细链子是穿在蓝外狐的琵琶骨上的，要想救她下来必须将那细链子从她的肩头上抽出来。

小狐狸怕疼，拉扯这个对她不亚于酷刑。

顾惜玖看着蓝外狐疼得煞白的小脸有些不忍心……

“不要有妇人之仁！”帝拂衣开口，“要想救她必须抽出锁链！”

顾惜玖顿了顿，像想起了什么，从身上的储物袋中找麻醉类的药物……

也巧了，她这次的储物袋中恰巧没带这类药物，她一粒也没找到，忍不住看向帝拂衣：“你有没有镇疼丸？”

帝拂衣微皱着眉，正要开口，他身边悬着的蓝静怡哭着开口：“好疼！凰哥哥，我好疼……”

帝拂衣没说话，直接向那球内弹了一粒蓝色的药丸。

蓝静怡哆嗦着将其吞了下去。

顾惜玖认得，那正是帝拂衣亲自研制出来的镇疼丸，比现代医学中的麻醉药还管用。

小狐狸如果能得一颗这个，自己再抽这细链小狐狸就不会那么疼了。

她看着他，等着他也分给她一颗，没想到帝拂衣瞧了她一眼，淡淡地道：“就剩那一颗了。”

顾惜玖：“……”

她看向蓝静怡，蓝静怡吞了那颗药丸后，明显好多了，此刻睁着一双眼睛也望着她，那眸底有浅浅的得意之色。

顾惜玖猝然移开视线，不想再看蓝静怡。

偏偏蓝静怡得了便宜还卖乖：“凰哥哥，我好多了，你的药真管用……”

帝拂衣嘱咐她：“速速凝神，用本座教给你的昔神诀修炼……”

“呃，好！”蓝静怡在他面前乖巧如小女孩儿，再看顾惜玖一眼，立即开始修炼。

顾惜玖嘴唇发白，这个时候也不能再犹豫，直接去解蓝外狐身上的细链。

顾惜玖尽量轻手轻脚，但蓝外狐依旧疼得脸色煞白，冷汗直冒。

不过她十分懂事，细白的贝齿咬着唇，尽量不让自己出声，唇都咬破了，鲜血直流。

事不关己，关己则乱，因为事关小狐狸，顾惜玖就算明知道该怎么做，还是有些手软。

“快些，做大事者最忌心慈手软，我们还需快些出去……”帝拂衣催促道。

顾惜玖心头火上来，抢白了他一句：“你已经救到你想救的人了，可以先走了！”

帝拂衣顿了顿，忽然抬手，一道光波自他掌心里发出，直接将蓝外狐身上的细链笼罩住。

唰的一声，蓝外狐发出一声惨叫，她肩头的两根细链被血淋淋地抽了出来！她的身体直接跌落下来。

顾惜玖吓了一跳，飞身将她接住。小狐狸已经疼晕了过去，双肩鲜血如潮涌。

顾惜玖飞速点了她肩头上的穴道，止住血。

帝拂衣抬手弹过来一个白玉净瓶：“给她用这个。”

这是他这里最好的金疮药，对止血、治疗创伤有奇效。

顾惜玖抬掌给他拍了回去：“不必！”

帝拂衣只能接着：“顾惜玖，有时要以大局为重，不要意气用事……”

顾惜玖冷笑道：“放心，我不会拿我朋友的安危来意气用事！”

帝拂衣瞧着她发白的俏脸，蹙眉道：“她这伤必须用最好的金疮药治疗，要不然她就算没有性命之危，这一身功力也会被废掉……”

“凰哥哥，人家不领情……就算了……在她心里，她这朋友的安危不及她的面子重要的。”蓝静怡在静坐中开口，显然她还一直听着外面的动静，并没有专心练功。

不过她后面的话并没有继续说下去，因为顾惜玖已经迅速拿出自己随身携带的金疮药给蓝外狐敷上。

她这金疮药十分神效，敷上片刻那奔涌的血就停了下来，居然比帝拂衣刚才扔过去的金疮药效果还要好！

蓝静怡：“……”

她没看成笑话，不免有些愤懑，目光落在顾惜玖手里的金疮药上：“这也是凰哥哥的吧……”

只有她的凰哥哥才有这种本事制造出这种神药。

顾惜玖凉凉地看了帝拂衣一眼：“你可以问问你的凰哥哥，这药是不是他的？！”

这药是她最近才研制成功的，和帝拂衣压根没关系！

蓝静怡还想说话，帝拂衣冷冷地开口：“你很闲的话，本座不介意把你扔在这里！”

蓝静怡脸色一变，忙道：“不、不要，静怡、静怡知道错了。凰哥哥，看在我也是天授弟子的分儿上，不要丢下我……”

帝拂衣瞥了她一眼，没说话。

天授弟子？

顾惜玖干脆问了出来：“她是天授弟子？什么时候的事？”

顾惜玖毕竟也是天授弟子的测试者，有权知道内幕。

帝拂衣淡淡地道：“不久前。”

蓝静怡看了看帝拂衣，再看看顾惜玖，忍不住插嘴：“两个月前啦。两个月前我受了伤，险些又血流不止，是凰哥哥说我如果有了天授弟子的血统就能治疗此恶疾，所以他作法让我成为木灵力的天授弟子，再不受恶疾困扰……”

顾惜玖藏在衣袖内的手指尖陷进了掌心里。

两个月前，正是龙司夜被废的那段时间，看来龙司夜被废不久，蓝静怡就接替他的位置了。看来帝拂衣是早有此想法，为了蓝静怡也算是颇费心机了……

亏她还一直琢磨着怎么恢复龙司夜的天授弟子身份，既然能被废掉，那应该也有恢复的法子。

所以她最近把苍穹玉骚扰得不轻，也翻遍了能找到的所有典籍……

现在看来是她太理想化了！

心头的悲凉之意层层翻涌，她的脸色苍白得厉害。

她不再说话，迅速为蓝外狐包扎伤口，因为一直强压着心头的愤怒，她的手指有些发抖。

“出去以后再为她们好好治疗，此地不宜久留，我们赶紧出去。”帝拂衣抬手握住了她的一片衣角，“用瞬移术吧。”

唰的一声，顾惜玖的衣角断裂，她冷冷地丢下了一句：“各走各的！”

随即抱着蓝外狐一个瞬移，直接没了影子。

帝拂衣：“……”

第八十五章　她会去哪里？

蓝阅刚才听从顾惜玖的吩咐，一直待在外面接应，看到顾惜玖抱着蓝外狐瞬移出来，松了一口气，忙迎上来："她怎么样？"

"受了一些伤，不过好歹无碍。"顾惜玖轻吐了一口气，目光一扫，"晏尘呢？"

蓝阅叹气："他沉不住气，你们进去后不久，他就重新把那门打开，也摸进去了……"

顾惜玖："……"

蓝外狐的小脸更白了。

晏尘！她想见晏尘……

此刻在外面等待的不但有蓝阅，还有罗展羽和黎孟夏，甚至龙司夜也在。

蓝阅想把蓝外狐接过去："惜玖，我来抱她吧。"

蓝外狐看到蓝阅伸手，身子下意识地向顾惜玖怀中一缩，避开了他的双手。

蓝阅："……"

蓝外狐不敢看蓝阅失望的神色。经历了一场生死劫，她才明白她一直喜欢的就是晏尘，只想嫁给他！

蓝阅对她不错，可是她对他无感，最多把他当朋友……

她不想再掩饰自己的情绪，自然也不想让蓝阅抱她。

顾惜玖自然知道蓝外狐的心思，道："她的伤还急需治疗，不能耽搁。龙教官，你来为她治疗吧。"她转手将蓝外狐交给了黎孟夏："孟夏，麻烦你抱着她和龙宗主离开这里。"

黎孟夏自然不会拒绝："好！"

黎孟夏将蓝外狐接了过来，这次蓝外狐不再躲避了，乖乖地让黎孟夏抱着。

龙司夜问顾惜玖："你没事吧？脸色苍白得很……"

"我没事，龙教官，外狐的伤就交给你了，务必将她医好。"

龙司夜没说话，忽然抬手握住了顾惜玖的脉门，确认她没问题也没受伤后，这才松开手："你放心，她的伤包在我身上。"

顾惜玖松了一口气，有龙司夜的这句话，那蓝外狐绝对不会出什么问题。

蓝阅正想说什么，脚下的大地忽然抖动起来，像是突如其来的一场大地震。

"你们暂时离开这里，我去找找晏尘。"顾惜玖一转身，重新进入那地宫里面……

龙司夜微垂下眸子，深知她重情重义的脾气，没有试图阻拦她去找人。

倒是罗展羽脸色一变，想要跟进去，被龙司夜的一句话阻住："你不必去，以惜玖现在的功夫无论遇到什么危险她都能够自保，你不明状况地进去，反而会拖累她。"

罗展羽想想也对，只得罢手。

龙司夜叹了口气。他还是相信顾惜玖能平安出来的，再说以他现在的功力，一时也帮不上她什么，他还不如将她在意的人彻底治好，让她出来以后也能开心一下。

所以他和黎孟夏带着蓝外狐提前离开了。

蓝阅居然没有跟着离开，站在一株梅树下，望着梅花出神。

罗展羽在他的肩头上拍了拍："怎么不跟着去看看？"

蓝阅摸了摸鼻子，叹了口气："她现在大概最不想看到的人就是我，本王第一次被人这么嫌弃……"

罗展羽是知道蓝阅、蓝外狐以及晏尘之间的故事的，所以颇为同情地道："落花有意流水无情，其实不是你的你无须强求。你何必为了一己之私，拆散一对有情人？当放手时须放手。"

蓝阅轻飘飘地看了他一眼："你能将自己的未婚妻拱手让人？她如果不跑，现在已经是我的媳妇儿了！"

"关键是她跑了！这证明她的心完全不在你身上，你好歹也是蓝狐一族的王，这样勉强一个女孩子有什么意思？你又不是有什么隐疾，找不到媳妇儿……"

蓝阅哼了一声："你才有隐疾！想要嫁给本王的女子不知道有多少！"

他其实只是有些不甘心而已。

他向后退了一步，正要说什么，脚下的大地猛然一阵抖动！

那抖动突如其来，像是发生了九级大地震！几个人毫无防备，被这刹那的震动震得东倒西歪。幸好大家都是高手，一见不好，立即升空而起！

大地在轰鸣、扭曲，地裂开启，整片梅林塌陷下去，尘土飞扬起半天高，那巨大的塌陷轰鸣声让人失聪。下面像是世界末日的场景。

罗展羽变了脸色！

惜玖还在下面的地宫里！

当下他就要向下冲，被蓝阅一把扯住："不能下去！你会被活埋的！"

"我要去救我妹子！"罗展羽急了，拼力想要挣脱蓝阅的掌握。

"她已经是十阶灵力，就算被埋在下面也能瞬移出来，你去只会白搭上一条命！刚才晏尘是这样，你也是这样！你们人类都这么没脑子吗？一点儿也不淡定……难道你还想让她出来之后，发现你不在，再跑进去找你？"

罗展羽被蓝阅骂得涨红了脸，正有些不知所措，那半天高的尘土中一道白光裹挟着两个人影忽然直飞上来。

因为尘土太厚重，众人一时没看清那两人是谁。

"惜玖！"罗展羽不管不顾地冲了过去，冲到附近才发现那不是顾惜玖和晏尘，而是帝拂衣和蓝静怡。

这二人看上去并不算狼狈，帝拂衣身上的衣袍也没凌乱多少，至于蓝静怡，悬浮在他身后的结界中，正打坐练功……

罗展羽呆了刹那，冲口问道："圣尊，看到惜玖了吗？"

帝拂衣蹙眉："她不是早带着蓝外狐出来了？你们没看到她？"

她的瞬移术是最快的，他都追不上她。

"她确实带着蓝外狐出来了，但晏尘刚才不放心，你们进去不久后他也跟着进去了，一直没出来。惜玖不放心，把蓝外狐交给龙宗主后，进去找晏尘了，直到现在也没出来……"

帝拂衣脸色微变。他刚从那地狱般的地宫里出来，自然知道里面的危险性。

所有的"血管"全部爆裂，那些"血管"中的血都是能腐蚀一切的毒液，他冲出来时，亲眼看到地宫里那些来不及逃走的侍卫被遍地喷发的毒血射中，直接化为飞灰……

那些"血管"爆裂时是全方位、全覆盖、无死角的，人压根没有地方躲藏。

帝拂衣如果不是及时开启了护体法阵急冲出来，只怕也会遇到危险……

顾惜玖会瞬移术，就算找不到晏尘，一旦遇到危险也会直接瞬移出来吧？她应该不会拿她自己的命开玩笑……

不知道为何，帝拂衣有些心慌，轻吸了一口气，拿出和她联系的玉牌，开启，等她那边接起。

但玉牌闪了几下后就没动静了，直接恢复成本来模样。

帝拂衣见状，握着玉牌的手指尖有些发白。

出现这种情况只有两种可能，一是对方将进入什么危险场地，怕有传音会分神，将传音牌关闭，就像把手机关机；二就是那玉牌遭到什么破坏，彻底失灵。

她会是哪一种？

他记得和她一起进去时，她身上的玉牌还是开着的。

他强压住心乱的情绪，看向罗展羽："你试着用传音符联系她！"

罗展羽眼睛都红了："刚才已经联系了，联系不上！"

也就是说，她身上的传音符也全部关闭了，或者全部被损坏了，无论是这两种中的哪一种情况，都是极要命的。

蓝阅忽然叫道："咦，我联系到晏尘了！"

罗展羽和帝拂衣眼睛一亮，一起看向他，帝拂衣干脆一抬手就将蓝阅的传音符抢了过来："晏尘，顾惜玖呢？"

那边的晏尘顿了顿，问道："她没去找你们？她把我救出来后就直接走了，我以为她会去找你们。"

原来晏尘刚闯进去不久就遇险，险些中机关跌入血海之中，危急关头顾惜玖用传音符联系到了他，然后瞬移到他面前，将他救下。

晏尘知道蓝外狐已经脱离危险，自然不想再在里面多待，正要随顾惜玖一同出来，就赶上了天塌地陷的情况……

顾惜玖反应快，一把扯上晏尘瞬移。因为心急，顾惜玖带着晏尘瞬移的距离有些远，直接飞到五十里路以外了。然后她就让晏尘自己去龙司夜处看望蓝外狐，她还有其他急事，直接瞬移消失了。

晏尘挂念小狐狸，直接联系了龙司夜，打听到龙司夜现在的落脚点，正向那里赶去，在途中接到了蓝阅的传音，才知道顾惜玖并没有去和蓝阅他们会合……

那她会去哪里？

她会不会直接去找墨曌了？！

帝拂衣从蓝静怡嘴里知道，幕后之人是"容伽罗"，却自称"本座"，而顾惜玖称对方为"墨曌"，如无意外，容伽罗应该是彻底被墨曌附体了！

下面的血池地宫是墨曌弄出来的，帝拂衣深知他的功夫，一个活了数千年的天魔，就算功力没有全部恢复，也不是顾惜玖这种只有几十年功力的女孩子可以对付的。

而从墨曌最后说的那句"居然是你"可知，他已经知道了顾惜玖的终极身份，极有可能会把所有的矛头对准她，彻底将她扼杀！她如果单独和墨曌对上极危险，可以说没有丝毫胜算……

帝拂衣有生以来第一次心慌得厉害，手指在袖中发抖。

被他包裹在身后的结界内的蓝静怡自然感知到了他的情绪，睁开眼睛道："凰哥哥，你别急，她有瞬移功夫，打不过也会跑啊，刚才她就跑得挺快的，我们都追不上。她也真是的，跑出来也不知会大家一声，现在不知道藏到什么犄角旮旯去了，故意让人担心……"

话没说完，她忽然发出一声尖叫！

原来裹着她的结界忽然破裂，她身不由己地直跌下去！

下面就是正在坍塌的地宫，而地宫里是遍地喷发的毒血，她如果跌入里面，哪里会有命在？

眼看她就要跌进里面，一道细索又将她扯了上去，然后她直接落在了尚有些呆怔的蓝阅怀中。

蓝阅被这天降的美人鱼砸得有些蒙，险些没抱住，下意识地一捞，扯住了对方的衣领子，想将对方扯上来。

但蓝静怡原本的衣衫已经被破坏成碎布，她身上只裹了一件帝拂衣给她遮羞的外袍，外袍宽大，蓝阅这样一扯，无意中扯开了她的衣襟，然后她尖叫一声后，身子从外袍中滑脱，又向下跌落！

蓝阅倒是手疾眼快，忙又去捞人，触手滑腻，低头一瞧，满脸无奈！他抓住的是对方的鱼尾巴，蓝静怡整个倒吊在空中。

倒吊着就罢了，关键是她还没穿衣服……

蓝静怡又羞又怒，忍不住挣扎起来："放开我！你个登徒子放开我！"

君子非礼勿视，当然更非礼勿摸，蓝阅眼睛一闭，松开了手。

于是蓝静怡又跌下去！

蓝静怡吓得魂儿险些飞了，手忙脚乱中终于凝出鲛丝，飞卷到蓝阅腰上，然后她猛力一扯，身子直飞上去，撞入蓝阅的怀中。

蓝阅身子直立如松，双臂展开如鹤，避嫌的架势十足："姑娘，请矜持些，不要对本王投怀送抱。"

蓝静怡刚才这样动作下来，身上好不容易愈合的伤口再次裂开了，鲜血淋漓的，疼得她险些晕过去。

不过她死死地扯着蓝阅的腰带，唯恐再跌下去，颤声道："救我……"

为了保命，她这时候也顾不得丢人不丢人了，死死地揪着蓝阅不松手，再四下一望，帝拂衣已经不见踪影了！

很显然，他去找顾惜玖了——

蓝静怡又悲又气，又怕又惊，整张小脸都是煞白的。

蓝阅倒是没把她拍下去，毕竟刚才帝拂衣临消失前留了一句话：“为她疗伤，别让她死。”

蓝阅还是不敢不听这位左天师的话的，所以只能选择救她。

不过一个赤条条的美人鱼姑娘悬挂在他的腰带上毕竟不雅，蓝阅觉得自己这张脸皮还挺值钱，不想在这里丢了。

所以他抬手甩了一套衣裙在她身上：“姑娘，裸奔不雅，麻烦你还是穿上衣服吧。还有，本王心粗，不懂怜香惜玉，所以你的小性子不要对着本王耍，要不然本王不开心的话，说不定把你踹下去……”

蓝静怡：“……”

顾惜玖失踪了。

帝拂衣调动了所有的资源、所有的人力来寻找她，都没有结果。

他自然也去了皇宫，那里的宫人并不知道发生了什么事情，只知道他们的陛下外出微服私访了，不知道什么时候回来。

帝拂衣翻遍了皇宫的所有地方，都没有见到顾惜玖和墨璺的踪影。

不过他也有个小发现，在皇帝的寝宫里藏着一条密道，顺着这密道下去，一直走一直走，就能走到那个梅林下的血之秘宫里。

帝拂衣顺着密道走过去的时候，那座秘宫已经完全坍塌，看不出本来模样，稍微还能进人的地方，也被毒血泡满。

沐风四使其实还是很纳闷的，这些日子圣尊对顾姑娘几乎是不管不问，就算两个人偶有交集也是为了这天下太平，相敬如“冰”。

他们还以为圣尊对顾姑娘彻底放下了，只把她当成普通的下属，没想到如今她失踪，圣尊也像丢了魂似的，上天入地地寻找对方。

三天，圣尊这三天不眠不休，一直在找人……

可是谁也不知道顾惜玖去了何方，他们踏遍了能找寻的所有地方，都看不到她的半分身影。

帝拂衣进了观星台，看着天上繁星闪烁，目光投在那颗新兴的王星上，然后变了脸色。

那颗一直明亮的新王星忽然变暗淡了，和那颗猩红的魔星纠缠在一起，随时摇摇欲坠……

而那颗魔星也暗淡了不少，要坠不坠的样子。

她真的去找墨璺了！不知道她用了什么法子，居然选择和墨璺同归于尽……

顾惜玖，你不能做傻事！

顾惜玖，你的命远比他的命重要得多，不要放弃……

帝拂衣身形一起，向着某个方向急掠而去！

这次那两颗星已经显示出了他们所在的位置。

“小惜玖，你对我可真有执念，这么紧追不放的，是喜欢上本座了吗？”

大陆最北处，有冰海，冰海之中有冰原。

冰原深处是一片死地，渺无人烟，只有耐寒的类似企鹅、北极熊的凶兽偶尔路过。

雪花大如席，冰峰、冰川、冰山、冰河遍地都是。

而此刻冰原深处一条深不见底的冰缝内，传出这样的声音，这声音透着淡淡的妖娆，隐隐还有些戏谑。

“墨塍，我确实对你有执念，执念想要你死！”一道清脆的声音响起，带着刺骨的冷意。

“唉，那可真让人伤心！”那男声叹息一声，幽幽地吟了两句诗，“我本将心向明月，奈何明月照沟渠。”

冰缝深处有一个巨大的冰洞，冰洞内有冰河奔涌，而在冰河两侧则遍地都是尖锐的冰塔，蓝光闪烁，寒气逼人。

顾惜玖站在一处冰塔上，而墨塍站在对岸的冰塔上，二人之间隔着一条汹涌的冰河。

墨塍微眯着眼睛看着顾惜玖，吟出那两句诗的时候，眸底还应景地闪过一抹黯然的神色，一副公子失意的派头。

顾惜玖微抿了抿薄唇，显然对他的深情款款不感冒。

墨塍吟完诗，再叹息了一声：“其实说真的，我还真有些奇怪，你是怎么一路追逐我的？明明我沿途抹去了所有的痕迹，连帝拂衣也未必能找到我，你是怎么做到的？”

既然那血之秘宫已经暴露，墨塍自然要彻底将它毁掉，然后再趁机用地遁术逃脱。

他已经得到了他想要的两件东西——鲛人泪和蓝狐心头血，只要将这两样东西吃掉并好好运化，再修炼上三天三夜，就能彻底恢复。所以他并不恋战，一切等恢复了再说。

他没想到的是，无论他逃到哪里，顾惜玖都能在半个时辰之内冒出来，打断他的修炼……

他一开始不是没想过干脆将顾惜玖擒住，再行逃走之计。

奈何顾惜玖比鱼还滑溜，他一起身追，她立即用瞬移术消失；他一打坐修炼，她就出现偷袭他……让他几乎要抓狂！

到后来他没奈何只能一直逃，一追一逃间，二人就进了这荒凉而无人烟的冰原，在这冰缝中再次不期而遇。

顾惜玖和他较上劲了，一副不死不休的架势。

而墨曌已经吞了蓝狐血超过三天，再不修炼运化的话，药效一过，压根不会再有作用。

墨曌很烦躁，终于起了杀心——

他也会观星，只是观星术不如帝拂衣精湛，只能看个大略。

他知道旧王星终究会陨落，而在这期间天地会降生一颗新王星，天魔星如果在新王星没真正成长起来之前将其杀死，那么天魔星将会取而代之，成为这世界的新主宰，这大陆的格局就会彻底改写。

他对此早有觊觎之心，也一直在等，等待新王星的出现。新王星开始是很弱小的，容易被杀死。而新王星往往出现在旧王星将要陨落的六十年内。

他一直观星，但在他眼里，那颗旧王星一直耀眼得很，丝毫没有要陨落的样子。

所以他以为新王星一时不会出现，最起码六十年内不会出现，因此一直很低调，隐藏得很深，免得引起圣尊的怀疑。

他没想到的是，新王星会出现得如此之快！

等他在容伽罗身上复生再观星时，那颗新王星已经十分耀眼了，迅速强大起来了！

更要命的是，他发现了新王星，却无法判断那新王星究竟是谁。他甚至无法判断对方的方位，自然没法子弄死对方。

直到看到顾惜玖发招，那耀眼的七彩光芒是骗不了人的，她就是他遍寻不见的新王星！

在逃亡的路上他其实一直在考虑该怎么做。

他原本想干脆将新王星娶了，然后折断她所有的羽翼，让她只做他的后宫里的女人，看他称霸天下，陪他笑看风云。

但现在他被她追得紧了，喜欢之心就淡了。好女人以后还会有，而这天下只有一个，为了他的皇图霸业，他只能先牺牲她……

他微眯着眼睛看着对面衣袂飘飘的顾惜玖，手指在袖内缓缓握起！

顾惜玖一直盯着他，将他的一举一动都看在眼里，自然明白他对自己已经起了杀心。

她微勾起了嘴角。

终于到决战之时了，她期待这一刻很久了！

此刻她心情颇好，所以也有心回答墨曌的疑问："我其实对你早已有些怀疑，故而在你身上做了一点儿手脚。除非你不要这具躯壳，要不然不必再动逃走的念头，无论你逃到哪里我都能找到你的！”

墨璎：“……”他叹了口气，“我明明伪装得很好，自问没有破绽，连帝拂衣也没看出来，你到底从哪里看出来的？”

顾惜玖微抿了抿淡红的唇，只说了一句：“容伽罗曾经是我的朋友！”

她对朋友一向了解极深，对容伽罗亦然。

一个人的性格可能因为身份、地位的改变而改变，但主要品性变化还是不大的。

容伽罗冷情冷面，其实性子有些内向害羞，而最近几个月容伽罗平时虽然也是冷情冷面的，但偶尔眼神有些邪魅，让顾惜玖对他起了疑心……

她在去皇宫超度那些怨灵而和容伽罗有所交集时，暗中在他身上动了一点儿手脚。

墨璎悠悠一叹，说道：“我也始终把你当朋友，你想想，从你我结识以来，我一直对你很好，从未做真正对你不利之事。当年你落难时也是本座在帮你，我也不忍真的伤害你的朋友，要不然那只小狐狸哪里会有命在？惜玖，做人要讲良心，我对你这么好，你却对我不依不饶，毁了我的好几处地宫，几次害我受重伤……现在还要对我赶尽杀绝，你摸着良心想一想，你可对得起我？”

他的口才很好，声音温柔，如涓涓流水，似要流入人的心房之中。

他说这番话的时候，那一双黑眼睛里似隐了温柔的波光，皎皎如月光，仿佛要将人笼罩在他的缱绻温柔里。

顾惜玖不语，依旧面无表情地盯着他。

墨璎再接再厉，向她走了两步：“惜玖，这次放过我好不好？”

顾惜玖微抿了抿小嘴：“真正的容伽罗呢？他在哪里？”

墨璎叹气：“我不就是容伽罗？”

“你不是！充其量你是容彻！八殿下，想当年容伽罗对你很不错的，你忍心对他下此毒手？”

墨璎声音柔和地道：“惜玖，他确实是对我很好的人，所以我并没有对他下毒手。你不知道，他在你面前其实很自卑，因为常常拖累你，他想要变得更强大些，想要和你并肩作战，想要为你遮风挡雨……但是他天资有限，以他本身的资质，灵力是冲不到九阶的，他也无法变得比你强……他很失落、很失意……”

“所以你就趁机诱惑他，让他和你建立了什么血契，让你占了他的身子？！”

墨璎笑了：“也不能说是诱惑，是他自愿的。我答应他保留他的神志，把我全部的本事都转移到他的身体内。他对我好，我自然不会真的坑害他，所以现在的我就是他，他就是我……”

顾惜玖勾唇道：“你保留的不是他的神志，而是记忆吧？！你吞吃了他的魂魄？”

墨璎摸了摸鼻子：“只能说是我和他现在融为一体，‘吞吃’这个词有些难听。”

顾惜玖眸中闪过悲哀之色，已经大体明白了墨璺会附体在容伽罗身上的主因。

看来容伽罗是再也回不来了，他已经彻彻底底地变为墨璺！

顾惜玖原本还有所顾忌，现在却什么顾忌也没了！

她的目光落在了墨璺身上："我还有一事不明。"

"说吧，对你我向来是不忍拒绝的。"

"在那血之秘宫中，你忽然说了一句'居然是你'，是什么意思？"

墨璺笑了，问她："惜玖，你会不会看星象？"

顾惜玖蹙眉，这和星象有什么关系？

她反问："会看怎么样？不会看又怎么样？"

墨璺微笑着看着她，似乎想从她的表情中看出点儿什么。

她虽然掩饰得很好，但从她问的话看来，她应该不知道她自己的真实身份。

有趣！

一般情况下，旧王星是会护佑新王星的，但也只是一种责任和义务，在适当的时候卫护一下，等新王星成长起来教给对方一些本事，尤其是管理这个世界的本事。

因为新王星是自己的接替者，旧王星绝不会将新王星放在手心里呵护，更不会为了她数次逆天而行。

但他看星象图，旧王星显然为她做了不少事，已经严重超出了普通旧王星关怀新王星的程度。按道理说，旧王星也该把观星术传给新王星了，但貌似旧王星没有传，她还什么也不知道。

很明显，旧王星不想让她知道新旧星将要交替的真相，却将她呵护得不是一般好。

出现这种情况只有一个可能，旧王星和新王星是生死相恋的恋人，旧王星不想让新王星太伤心，所以不告诉对方自己将要陨落的真相……

而和顾惜玖这个新王星有纠缠的是帝拂衣，帝拂衣呵护顾惜玖很正常，但圣尊不应该如此呵护她，除非——除非圣尊就是帝拂衣！或者帝拂衣就是圣尊的化身……

墨璺望着顾惜玖又问了一句："帝拂衣就是圣尊对不对？"

"你胡说什么？！"

这浑蛋到底根据什么推断出来这点的？！

墨璺垂下眸子，很遗憾地叹息了一声："早知道是他，当初在熔岩地宫本座就该彻底把他弄死的！"

顾惜玖冷笑道："就凭你？！"

在她心目中，帝拂衣始终是最强大的，任何人都比不过。

墨璺望着顾惜玖的眸子里闪过一抹怜悯之色，她如果知道了真相会怎么样？会不会崩溃？

不，帝拂衣还活着，还是不能提前让她知道真相。

等帝拂衣陨落后，自己再在她面前揭开血淋淋的真相，她那时的表情一定很有趣！

墨曌不想再弄死顾惜玖了，最起码暂时不会。他还等着看她知道真相那一刻的表情……

他和顾惜玖说着话，在这冰缝之中走来走去，像是无聊地随意走着，实际上他已经开始布阵。他要将这里完全封死！让她再跑不了，他要将她活捉——

顾惜玖一直戒备地瞧着他，他走来走去的，她也跟着转悠。

她似乎有些烦躁，时常会踢岸上的冰塔一脚。

冰塔虽然异常坚固，但也禁不住她这一脚，常常会被一脚踢飞，甚至偶尔会有几个砸向墨曌。

她也在布阵……

两个人各怀心思，各自布局，然后又说了一些话。

墨曌心计深，说话滴水不漏。

顾惜玖也淡淡地应对，不再让他套去半点儿信息。

墨曌围着河滩转悠了小半个时辰后终于停住了脚步，看向对面的顾惜玖。

顾惜玖也抬头看他，两个人目光一对，墨曌笑了，这笑容看着温暖，却给人一种邪魅的感觉："惜玖，你既然这么喜欢跟着我，那就不要再跑了，好吗？"

顾惜玖挑眉看着他，没说话。

墨曌干脆身形一起，落到她那一边的河岸上。

反正他已经在整个冰缝中布了结界，顾惜玖的瞬移术在这里面会彻底失灵，她再不能用瞬移术逃走了！

顾惜玖微眯起眼睛，也笑了："这次你也别跑了，谁跑谁是孙子！我们就在这里彻底做个了断吧！"

墨曌似乎没料到她会说粗话，微微愣了愣，随即又大笑道："好！谁跑谁是孙子！惜玖，我会让你尝到我的厉害的！"

他已经打定主意，这次只要拿下她就要强行要她，让她成为他的女人。就算他得不到她的心，能得到她的身也是好的。

他挥了挥手掌，一柄血红的剑迅速在他的掌心里成形。

剑锋如火，偏偏冷得如冰，刚一出现，便似带了厉鬼的呼啸之声，万年不冻的冰河原本正哗哗流淌，但此剑一出，冰河瞬间凝固，阴寒的冷意似乎能割裂人的衣袍。

顾惜玖衣袖一垂，掌心中也现出了一条闪烁着七彩光芒的软索，软索如鞭，略一抖动，便笔直一条，软索上光彩闪动，如染霞光。

冰缝中原本是淡蓝色的冰，被这七彩软索一映衬，居然霞光万道，光怪陆离起来。

"你这玩意儿挺花哨，帝拂衣传给你的？"

顾惜玖微勾嘴角："是挺花哨的，但也是要你的命的！"

软索如匹练，向着墨曌飞去。

墨曌哈哈大笑："很好，我倒要看看这软绵绵的东西怎么要本座的命！"

两人斗在了一起。

他这血剑是一件上古魔兵，剑中禁锢着无数极凶的怨灵，随着血剑的挥动，怨灵之气化为剑气，遇神杀神，遇仙弑仙。原本这血剑是他打算用来对付圣尊的，现在却用在了顾惜玖身上。

血剑剑芒和软索碰了个正着，墨曌满以为能让那阴寒之气顺着那软索传到顾惜玖身上，将她冻得手脚不灵，没想到那软索却猛然亮了亮，七彩光芒闪烁，瞬间将那鲜红的怨气压制净化……

墨曌大吃一惊，血剑回撤，血剑中的怨灵已经被那软索的七彩光芒净化了两三只……

"你！"他惊疑不定地看着顾惜玖，"你这是什么功夫？！"

"要你的命的功夫！"

七彩幻影光芒大放，在软索上似暴起无数梵文，花瓣似的在空中乱坠，坠落到哪里，哪里就像是春风拂过，玄冰化开，冰河重开……

墨曌眯起了眼睛！

现在顾惜玖使出来的功夫不但极为诡异，是他从未见过的，而且威力奇大，似乎和圣尊亲自出手比起来也不差……

按道理说，她的灵力达不到这种程度，她是怎么使出这功夫来的？

一个时辰过去，又一个时辰过去……冰河开了又冻，冻了又开，岸边的冰塔时时被双方的战斗之力波及，转眼化为齑粉，整个场景如同冰之修罗场。

地貌虽然被改变了，但二人所设的结界并没有破。

顾惜玖在这里面确实使不出瞬移术，而墨曌在这里也无法再逃走。

他其实早就想逃走了！

顾惜玖此刻的功夫不但怪，而且狠，完全是两败俱伤的不要命打法！

她身周罩了一层七彩光芒，他的血剑砍在上面，除了让她震一下吐口血之外，并不能伤及她的要害，让她失去打斗能力。

在打斗中只要能伤到他，她压根不顾劈到胸口或者脑门上的剑风，软索携带的七彩光芒时不时地抽打在墨曌身上，让他身上增添了不少伤痕。

如果只是伤痕也就罢了，偏偏那伤痕上似乎也有咒术，将他身上的魔气抽散，刺骨地疼，比往常正常受伤疼十倍也不止。

她明显是想和他同归于尽，墨曌却不想死在这里，所以他在打斗中曾经试了好几种法子逃走，奈何都被一道道七彩屏障给挡了回来。

打到后来，他心中有些慌，大叫了一声：“顾惜玖，你在这里使了什么妖法？”

顾惜玖也有些受伤，嘴角有血沁出，黑白分明的大眼睛里此刻满是讥诮之色：“让你再出不去的法子！墨毉，除非你杀了我，否则你永远也出不去！”

墨毉：“……”他接连试验了几种法子都无法逃脱后，眸中也闪过凶戾之色，“好，那本座就杀了你！”

他收起想要逃走的念头，疾风暴雨般向顾惜玖狂攻——

二人都是全副精力用在了这拼死一搏上，谁也没听到结界外似乎传来一些声响，甚至有人的厉喝之声。

显然，有人赶了来，想要破开顾惜玖设置出来的结界，但明显是徒劳，那结界固若金汤……

帝拂衣生平第一次要急疯了！

心里一阵阵地发慌，他在路上已经把速度提到最快，却还是嫌慢！

太远了！那两个人所在的地方太远了！

那两个人不过失踪了三天的时间，居然已经到了数万里之遥的冰川所在之地。

因为太心急，他沿途脚步不稳撞到树上过、撞到山峰上过……

当然，他在赶来的路上，还时不时地用玉牌联系她，但都得不到她的半点儿回音。

看来她打定主意要和墨毉拼到底了，不想联系任何人……

她甚至一个帮手也没叫！

顾惜玖，她这是故意寻死吗？

顾惜玖，不要做傻事——

他终于赶到了那片荒凉的冰原，终于找到了星象上显示的地方。

远远地，他看到了有七彩光芒在空中如极光般绚烂地绽放，看到了红光夹杂着五彩光芒和七彩光芒交锋。

随着这些夺目的光彩，轰隆隆的响声惊天动地，大地一阵阵抖动。

很多冰层出现了裂缝，很多冰山开始坍塌……

这是一场旷古决战，这场决战幸好发生在没有什么人的冰原上，如果发生在人烟稠密的区域，只怕这一场决战就要毁灭一座城市了。

帝拂衣在看到那绚烂的七彩光芒的时候，脸色变得苍白。

他是深知顾惜玖的功夫的，知道以她的灵力确实能发出七彩光芒，但是不可能发出这么绚烂、这么厉害的七彩光芒！

除非她的功力忽然提升了数倍，才有可能达到这种效果。

任何功力都无法这么迅速地提升，除非她用上了什么禁术，譬如天魔解体大法……

不行！他要阻止她！

他猛冲过去，快冲到附近的时候却被一道看不到的屏障弹了回来。

此处有结界！

帝拂衣是破结界的绝顶高手，心急之下，尚未看清是什么结界，就开始动手破解，所用的还是百试百灵的强力破拆之术。

一道白光闪着符文砸在那结界上！

这种破拆之术是万能破结界之术，相当于万能钥匙，可以打开所有的结界……

他没想到的是，他这法子使出来之后，那结界只是微微晃了晃，压根没有破裂的意思。

他再看向里面正在打斗的顾惜玖，身子忽然晃了晃，像是突然遭遇重击，一口鲜血喷了出来。

墨曌趁机一剑向她当头劈下，她一个盘旋才躲过去。

顾惜玖设的这结界很大，帝拂衣在结界外看里面的两个人，只看到兔起鹘落的两道人影裹挟着无数彩光剑影，并不能看清面容，因为离得太远了……

不过她吐血他倒是看到了。

心中一震，他抬手轻触在结界上，感应到了熟悉的气息，不用问，这结界是顾惜玖设的。

不过，她设的这结界他从来没有见过，甚至没有听说过。

这结界灵气极重，上面隐隐似有灵魂的气息，仿佛是用魂力来支撑着的。

他变了脸色！

如果这结界是用魂力来支撑的，那么他破除结界的时候就等于向她攻击！

她什么时候学会了用魂力设置结界？他可从来没教过她！

他想要破开这种结界只有两个法子，要么让设结界之人自动撤去，要么是设界之人死去……

帝拂衣的手抖了起来，他试着用了一下土遁术，结果压根遁不到里面去。

很显然，这种结界把所有进入通道都堵死了！

“惜玖，把结界打开！让我进去！”他高喝了一声。

他现在灵力高，穿透力极强，不要说隔着几里远，就算隔着百十里路，也能让人听得真真切切。

声音如空谷回音般在四周回响，但是结界中相斗的两个人像是压根没听到。

他不死心，接连高喝了几嗓子，甚至使用了各种穿透术法，结果里面的人根本没反应，依旧打得如火如荼。

难道这结界是隔音的？

可是他能听到里面相斗的声音！

或许这结界只隔绝外面的声音，免得被人打扰？

他越想越觉得有这种可能，一向泰山崩于前也能面不改色的左天师大人，第一次慌得腿都在发抖，在那里团团乱转。

他接连使用了几种较柔和的破除结界之术，却都不管用，反而又让里面的顾惜玖趔趄了两三次，最凶险的一次她因为趔趄被墨罂一剑砍中了手臂！鲜血奔涌出来，把她的整个左前臂都染红了。

帝拂衣不敢动了，心慌不已，手脚全凉了！

他一向精于算计的大脑此刻一团乱，在原地转了几圈后，他终于想起一事，忙联系龙司夜。

还不错，龙司夜很快接起："帝天师，可找到惜玖了？"

帝拂衣没闲心和他寒暄，极快地问："惜玖是否学过什么奇术？可以用魂力设置结界的……"

他迅速说了眼前这结界的特征，只盼龙司夜能够知道。

龙司夜的声音变了："她在哪儿？她是不是追墨罂去了？她要和墨罂拼命？！"

帝拂衣这个时候自然不会隐瞒此事，立即说了地点和情况，又问："你到底认不认得此结界？怎么破？"

龙司夜的声音几乎要嘶哑了："帝拂衣，你要逼死她了！她在和墨罂同归于尽！"

帝拂衣深吸了一口气："我正在设法救她！你告诉我法子，我破开这结界去救她，她现在还好端端的……"

龙司夜的声音像是在惨笑："救她？只怕你救不了她了！那是圣灵结界，魂诛术，不死不休的！"

"什么、什么意思？"帝拂衣的声音也抖了。

龙司夜的声音似哭似笑："那是她在我们那个时代和一位大驱魔师学的，那位驱魔师是女娲后人，惜玖曾经和她学过一些功夫，其中就有这圣灵结界和魂诛术！这两种是相辅相成，也可以说是连贯性的术法。此术是用灵魂做引发出来的，一旦使出来，功力会瞬间提高十倍，施法者也会和需要诛杀的大魔头不死不休，或者她死或者对方死，在此之前，旁人压根插不进手，也无法进入结界！你千万不要攻击她设立的结界，要不然就等于在攻击她！等于你和墨罂联手杀她！"

帝拂衣全身发冷，像是一脚跌入冰窟里，再爬不上来，耳朵里嗡嗡作响。

原来，她真的抱了必死的决心，真的不想活了？

她明明已经走出来了，明明看到他如同看见陌生人，甚至把他当成了普通朋友，和他联手做一些事情，已经开始努力变强……

原来她也是装的？！

那边的龙司夜也绝望了，声音似在哭："帝拂衣，她那么喜欢你，为了你不顾一切！她是个孤儿，自小缺爱，所以从不信人，却独独信了你！她的灵力没升到九阶之前我曾经和她聊过，她那时信誓旦旦地说要努力修炼，因为她想要和你长长久久地在一起，不想看你再孤单……你们从什么禁地出来，她来探望我，和我谈得最多的还是你，她那时还很开心，说灵力终于修炼到十阶了，可以和你并肩闯天下了，说她想为你分忧……她那时的模样像是在最幸福的天堂里，满心都是对未来的憧憬。知道我最后为什么甘心放弃吗？就是因为这个！她已经完全掉进了你的温柔乡里，眼里心里压根容不得别人，哪怕你死了，她也只会跟着你去，也不会再多看我一眼！”

帝拂衣把玉牌握得死紧，听着对方骂他。

“帝拂衣，她如此待你，你怎么忍心负她？！你亲手将她送上天堂，却又转眼把她踢入地狱！你知道她这些日子过得怎么样吗？你知道她有什么苦都埋在心里，却整夜整夜睡不着吗？你把她打击得自信都没了！她虽然没和我具体说你和她到底发生了什么事情，但她在那次换体时，半梦半醒间说过很多心里话，觉得自己是一个笑话，前生是克隆人，没有自己的身体，今生连魂魄都不是自己的；她说她活得很累，说她或许不应该来这个世上；她说她感觉自己很贱，明明你已经不要她，可她还是忘不了你，心一直在疼；她说她不要做一个替身；她说你其实想要她死，因为她不死，你心爱的女人就活不了……”

龙司夜的话字字句句如刀，让帝拂衣的脸色惨白得毫无血色。

他整个身子都在发抖，双手扑在结界上，巨大的无力感让他几乎要站立不住。

他望着结界内的顾惜玖，她的动作已经开始变缓，明显快要油尽灯枯了。

而墨曌也没讨到好，身上有着数不清的伤，不过他尚能支撑。

这样下去不行！

她会死在墨曌手里的！

而墨曌已经恨透了她，一旦让他得手，他不但会杀死顾惜玖的身体，只怕也不会放过她的魂魄，会把她弄得魂飞魄散！那样就什么都完了！

他为她筹谋数年，牺牲了那么多，绝不接受这个结果！

帝拂衣的掌心里缓缓亮起了七彩光芒。

他会一种用神力做媒破除结界的法子，破坏力极强，没有什么结界是破不开的。只不过这种法子耗费神力太严重，他一直没试过。

现在他却顾不得这些了！

他破除她的结界或许会要了她的命，但能保住她的魂，只要魂在，他就有复活她的法子……

帝拂衣这一掌正要拍下，结界中的墨曌大笑了一声：“顾惜玖，你败了！你……”

他得意的话尚未来得及说完，蓦然像是被一剑封了喉，他活生生噎住！

帝拂衣霍然抬头，看到了让他几乎魂飞魄散的一幕。

墨曌掌心里的宝剑刺入了顾惜玖的胸膛！

而顾惜玖掌心的软索则直贯入墨曌的口内，又自他的后脑穿出，七彩光芒大放，带着净化一切的力量，将墨曌的整个身子笼罩住……

顾惜玖喘息着冷冷地说了一句："败的是你！"

墨曌怒凸了眼睛，瞪着顾惜玖，喉咙里咯咯作响，似乎想说什么，终究是一句话也说不出来了，身子无骨头似的瘫软下去。

他死了！

顾惜玖向前踉跄了几步，身子也软软地倒了下去……

几乎在同时，那结界终于宣告破裂，帝拂衣直接扑进来，抱起了倒地的顾惜玖："惜玖！"

没事的，她没事的！她杀死了墨曌，只是胸口中了一剑，他能救活她的！她不会有事的！

他颤抖着手指握住了插入她胸口的宝剑，宝剑上的全部怨灵已经被顾惜玖净化，所以现在的它只是一柄神兵利刃。

在帝拂衣的灵力运转下，那柄血红的宝剑居然直接消失了。

帝拂衣医术高明，只看一眼就知道这一剑虽然凶险，但并没有刺破她的心房，只是刺破了脾脏，以他的本事能迅速为她接续断掉的血脉，让她活得好好的。

"别怕，我会救你。惜玖，我会救你……"他死死地抱着她，手掌按在她的胸口上，声音异常喑哑，却又无比坚定，"惜玖，你跟着我的灵力走，我会为你疗伤……"

他在冲进来的那一刻是庆幸的！

因为结界中的两个人终于决出了胜负，墨曌死亡，而顾惜玖活了下来。

她又创造了一项奇迹——

她只要活下来那就什么都不重要了，所以帝拂衣冲进来的第一反应是为她疗伤。

他的手脚冰凉得厉害，所以在抱起她的那一刻他没发现她的身子其实已经很凉，直到他将手按在她的胸口上，感受不到那熟悉有力的心脏跳动，才意识到不对劲！

她的身子很软、很凉，他将她抱在怀中时，像是抱了一具尸体……

而她胸口那么大的伤口，流出的血也并不多，仅湿透胸前的一片衣襟而已。

怎么会这样？！

帝拂衣颤抖着手指去探她的脉搏和鼻息，脉搏几乎摸不到了，半晌不跳一下，鼻息也探不到。

油尽灯枯！她是真正油尽灯枯了！

顾惜玖无力地躺在他的怀中，他将她抱在怀中的时候她还稍稍僵了僵，似乎下意识地想要挣脱他，但帝拂衣抱她抱得极紧，她略挣扎一下没有挣脱也就任他抱着了，但双臂一直垂在身体两侧，没有回抱他的意思。

辗辗转转，她终于又回到他的怀抱之中。没有人明白，当初失去这个怀抱她是多么疼，又是辗转反侧了多久才让自己不再贪恋他的温暖……

现在她重入这个怀抱，心却疼得更厉害，不但疼还酸胀。

她的睫毛颤动了两下，视线终于落在他的脸上。

他脸上还有面具，只露出一双眼睛，他的眼睛好看得要命，她原先躺在他怀中的时候最喜欢盯着他的眼睛瞧。

那时他望着她的目光常常带着戏谑。每次她和他目光相对，她的心脏就不争气地狂跳。

现在她又躺在他的怀中，看着他的眼睛，心脏总算不再狂跳了。

她眼前一阵阵发黑，眼睛并不能看得太清楚，只隐约觉得他一贯爱笑的眼眸中此刻有蒙蒙的水汽……

他在为她难过吗？

他哭了？

他似乎在说话，面上的面具在微微颤动。

他是可怜她吧，也稍稍为她难过？

可她不想要他的怜悯。她要的东西他不再给她，他给她的东西都是她不想要的。

她感觉耳朵里嗡嗡作响，并不能听到他说什么。

帝拂衣惊恐地发现她的目光渐渐涣散，而且她也是听不到他说话的！她的身上甚至有丝丝缕缕的光芒散出……

这是她要魂飞魄散的征兆！

他全身都在发抖，那是一种将要失去她却无法挽回的恐惧。

“惜玖！顾惜玖！你别放弃！惜玖，不要死，你听我说，我没有负你，我一直喜欢的是你……

“惜玖，你听话，乖，听话，你用灵心术收拢住心神，我知道你可以的！等你好了，我会好好给你解释……

“惜玖！”

他一边说话，一边拼命地向她体内输送灵力，想让她几乎僵死的血脉重新流动起来。

当然，在这期间他也用上了术法，拼命收拢她将要涣散的魂魄。

他扯掉了面具，让她能看清自己的唇形。他知道她懂唇语的，一定知道他在说什么。

她笑了，嘴角向上弯起。

然后帝拂衣发现她的视线落在他的头发上。

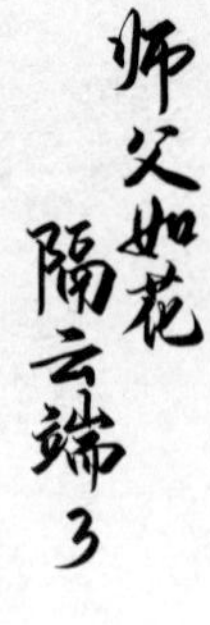

她的视线是模糊的，但蒙眬中，她能看到一片刺目的白……

她勉力抬起手，指尖轻触他的银发，唇微动，喃喃说了几句话，声音很低，很模糊，但帝拂衣听清了。

“我……不喜欢你白发……的样子，看你头发白了……我很难过……”

他抱紧她：“我会让它变黑的！惜玖，我让白发变黑发，你坚持住好不好？”

他强压住心头巨大的恐惧，颤抖着声音趁机和她谈条件。

她的手指还在摩挲他的头发，眼前已经一片黑，她感觉有水滴滴落在她的脸上，有些热，却早已暖不了她已经冰冷的肌肤。

“帝拂衣——”她的声音轻轻的，“你是在为我哭吗？我死了……你应该开心啊……这具身体……我已经尽量保持它的……完整了……你别怕，还能用……我魂飞魄散后……那知魂……你可以召回来，只不过……它如果还带着、带着顾惜玖、顾惜玖的记忆，你就把它彻底……抹去……再用。顾惜玖……不想、不想再来这个世上了……也不想……做任何人的替身。我把、把蓝静珂……还给你……”

她已经看不清任何东西，也听不见任何声音，目光涣散地看着天空，眼前却一片漆黑。

她常年在黑暗中打滚，但极不喜欢黑暗，现在却任由浓重的黑暗一点点地将他吞噬……

这无涯的一生啊，如今终于走到了尽头。

她曾经为了长生不老拼命修炼，没想到当终于成功时却是一场空。

她选择和墨盟同归于尽，为朋友报仇，为世界除害，当然也证明了她的能力。

在她的潜意识中她其实很想在帝拂衣面前证明，她其实不比蓝静珂差，他为什么不能试着只喜欢她顾惜玖呢？

只可惜这句话她到最后也没说出口，祈求来的爱情不是爱情。

他既然自始至终喜欢的是蓝静珂，那么她就将蓝静珂还给他，成全他，也成全自己……

帝拂衣，我从未后悔爱上你，不过如果生命重来一次，我只希望我的生命中从来没有你。

她的手自他的发上垂落下去，眼睛缓缓闭上，一滴泪顺着眼角缓缓滑落。

帝拂衣跪坐在那里，所有的解释她都听不见，所有的术法在她身上都是徒劳的，他只能眼睁睁地看着她呼吸停止，眼睛合上，有泛着七彩光芒的魂魄碎片自她身上溢出来，飘向空中……

他脸色雪白，使出了全部的法力，去收拢那些魂魄碎片。

顾惜玖，你不能死！这不是你的结果！这不应该是你的结果！

你还没听到我的解释，你还不知道我爱的一直是你，从来没有过别人！

惜玖，给我一次机会！

帝拂衣会收拢魂魄，任何人死在他面前，他只要想，都能将其魂魄全部收拢回来！哪怕那人是当着他的面魂飞魄散（鲛人除外）。

但是，他收拢不了顾惜玖的魂魄碎片，那些泛着七彩光芒的碎片如同握不住的沙，自他的掌边飘起，混入飞舞的雪花之中，随风散入空中……

大雪飞扬，狂风呼啸，这渺无人烟的雪原上一如往常般冰寒。

帝拂衣抱着她的尸身在风雪天里坐了三天三夜，直到龙司夜在四使的带领下找来……

一向斯文有涵养的龙司夜想要爆粗骂娘的心都有了！

他那日骂完帝拂衣后，没有听到对方回只言片语，再后来对方干脆就关闭了那传音玉牌。

龙司夜不死心，一边向这个方向赶，一边继续联系帝拂衣，奈何玉牌闪闪烁烁数百次，对方就是不接！

龙司夜几乎要暴走！

他现在功力没那么深厚，骑坐骑前来速度也无法像从前那样提到最快——否则会把他整个人吹裂了。

沿途他碰到了寻找主人的四使，于是一并赶来。

龙司夜心里已经预感到情况不妙，但还是抱着一丝希望。

万一，顾惜玖在结界中赢了呢？赢了的话，或许她就不会死吧？或许帝拂衣带着她去疗伤了，或许……

抱着这一丝希望，他顶风冒雪地奔到这里，结果看到的是几乎已经化为冰雕的帝拂衣和顾惜玖。

帝拂衣盘坐在雪里，满头、满脸、满身的雪，几乎要和周围的冰山融为一体。

他紧紧抱在怀中的就是顾惜玖。

帝拂衣将怀中的人保护得很好，一片雪花也没落到她身上，她的小脸是雪白的，唇也是苍白的，睫毛乌黑，宛如睡着，一动不动地躺在他的怀中。

龙司夜脑袋里轰的一声！他自然是这方面的行家，一眼就看出顾惜玖已经死了。

帝拂衣的额头一直抵着她的额头，仿佛他是在和她说悄悄话。

他小心翼翼地环抱着她，用自己的身体遮挡了所有的冰雪，仿佛这样就能护她周全，仿佛只有这样她还会醒过来。

他知道她喜欢让他抱，但从两个人决裂后，他再没真正抱过她，再没有让她栖息在他的臂弯里。

现在他可以肆无忌惮地抱她了，只可惜她再无所觉。

龙司夜的眼睛变得血红！

他在看清一切后，脑袋里就轰的一声像是炸了，热血直冲头顶。他直接扑过去，向着帝拂衣一掌劈下："混账！你到底害死她了！这下你开心了吧！"

四使其实也被这一幕弄呆了。

他们也没想到龙司夜敢向自家主人下手，吓了一跳，要拦已经来不及！

他们下意识地闭上了眼，等着龙司夜被拍飞——

龙司夜向帝拂衣动手，就算帝拂衣不还手，护身的结界也能把龙司夜震飞出去！

砰！龙司夜这一掌居然结结实实地拍在了帝拂衣的后背上！

帝拂衣身子微微晃了晃，嘴角溢出了血。

他身周居然没有任何护身结界！

四使傻了！

沐风先反应过来，一跃上前扯住了还想再动手的龙司夜，而沐云、沐电、沐雷则齐齐跪在帝拂衣面前："主上！"

帝拂衣面容雪白，如同冰雕，睫毛上也是冰雪，坐在那里不言不动，也像是死了，毫无生机。

沐风四使哪里见过这样的圣尊？

他们被吓到了！

沐云向前膝行几步："主上，咱回吧？"

沐电、沐雷也附和："主上，这个地方不适合久待，咱们先回去，回去再说……"

沐风心疼得像被猫抓似的，不过他还抱着一点儿希望："主上，您会聚魂术啊，再把她聚拢复活就是……"

龙司夜哈哈狂笑："复活？哈哈！怎么复活？看她这模样像是魂飞魄散了啊！帝拂衣，你明明会聚魂术的！你明明能将她救活的！可你任由她魂飞魄散了！现在你再做出这鬼样子给谁看啊？你恶心不恶心？！"

还是第一次有人当着圣尊的面这么骂他，沐风又怒又急，本来想点龙司夜的哑穴让他闭嘴，但看到帝拂衣的面容时，心中一动，强忍着没出手。

帝拂衣自他们来后就维持着一个动作一个表情，像是跌入他自己的世界中被圈禁起来了，整个人傻了一样没什么反应。

龙司夜的怒骂倒让他的睫毛眨动了一下。

龙司夜这时候也豁出去了："帝拂衣，惜玖说她不死你就无法复活你的心上人，因为这事你都急白了头发。我虽然不知道她这种想法是怎么来的，但这既然是她在梦魇中说出来的，那证明你确实给了她这种感觉，肯定有这回事！现在她等于成全了你啊！哈哈，她够傻吧？你就不必再做这副恶心的样子给她看了！我瞧这具身体还完整得很，虽然也受过伤，但只要好好治疗一下还能用，你就用她复活你的心上人吧，别辜负她的一片心意！"

帝拂衣终于缓缓抬眸，开口：“没有其他心上人……”他的嗓音沙哑得厉害，眼眸比这茫茫的大地更空洞，“都是骗她的……她只是她，不是其他任何人……”

龙司夜将拳头握得更紧，死死地盯着帝拂衣：“那你为何要骗她？！你故意这么做想看她伤心？”

帝拂衣垂眸看着怀中的顾惜玖，喃喃道：“是啊，我故意骗她的，故意让她伤心，是我的错……”

龙司夜：“……”他咬牙切齿，忍不住一掌轰了过去，“帝拂衣，我知道你性子变态，却没想到你会如此变态！”

这一掌掌风如山，带着漫天的冰雪劈头盖脸地向帝拂衣砸了过去！

沐云怒了！

刚才龙司夜打了圣尊一掌也就罢了，现在居然还动手！圣尊岂是凡人能够冒犯的？！

他一抬手掌，也打出了一道光波，向着龙司夜轰过去，想逼龙司夜撤掌自救。

沐云现在的功力已经是十阶，略一出手就不是龙司夜能承受的，这一道光波如果轰实，龙司夜会直接被拍飞出去。

一道白影一闪，挡在沐云和龙司夜之间。

沐云这惊天一掌没拍在龙司夜身上，倒拍在了那道白影身上！

与此同时，龙司夜那一掌也拍在了那白影身上。

砰砰两声响，那白影微微晃了晃——

沐云变了脸色：“主上！”

他声音发颤，几乎变了声调。

那用身躯挡住他这含怒一掌的人正是帝拂衣！

帝拂衣腹背受敌，脸色雪一样白，嘴角流下鲜血，他怀中的顾惜玖却好端端的，连衣角也没毁掉半丝。

沐云正要扑上去，帝拂衣已经转身离去，声音在寒风中飘散：“他是惜玖卫护的人，不得对他有半分无礼……”

龙司夜站在原地，也呆住了。

为什么？他看帝拂衣伤心的模样不像是假的，可是帝拂衣为什么要这么做？找虐吗？

他热血上头，看着帝拂衣的身影越行越远，怒喝道：“帝拂衣，她为什么要认识你？！她如果不认识你就好了！你招惹了她，又莫名其妙地甩了她，就是为了让她死吗？她有多倒霉才会碰到你？！如果重来一次，她肯定不想再认识你！”

帝拂衣的身影略踉跄了一下，但他并没有回头，一路去了。

漫天的大雪淹没了他孤寂的背影，众人再也瞧不见。

第八十六章　两处茫茫皆不见

“上穷碧落下黄泉，两处茫茫皆不见。”

漫天的星光闪烁，无数大颗小颗的星星缀满天空，显得十分璀璨。

天空中原本有两颗最亮的大星星，现在一颗已经消失，而另外一颗也摇摇欲坠……

花园里，各种奇花异草肆意开放，在这花草中，有两个摇摇椅，此刻那两个摇摇椅靠在一起，也让摇摇椅上躺着的两个人并肩躺在了一起。

一人紫衣黑发，一人黑发青衣。

一男一女，一生一死，正是帝拂衣和顾惜玖。

帝拂衣半揽着顾惜玖，和她十指相扣。

这是他们恩爱时常有的姿势，而他已经很久没这么做了。

那一场决裂，她伤心得辗转不能眠，要适应没有他的日子。

他也同样心如刀绞不能歇，强行克制想要抱她的念头。

现在，他终于可以毫无顾忌地抱着她，和她并肩看星空了。

他知道她其实也在渴望这个，只可惜她活着时他没能满足她的愿望，现在他和她的手掌扣得再紧她也不会知道。

“惜玖，我教你星象学好不好？我其实早就想教你了，只是不敢教，所以一直拖到现在……”帝拂衣声音轻柔，顾惜玖的脑袋枕在他的肩窝里，两个人的姿势极为亲密，“惜玖，看到那颗大星了吗？那是王星，也代表这个世界的至尊。嗯，这颗我曾经指给你看过，那时我是在上面施了术法的，让它看上去很明亮、很璀璨……其实它快要陨落了……惜玖，你还记不记得当时这天空中还有一颗很亮的星？那时它的光芒快要赶上主王星了，你说希望那是自己，其实它就是你，你是新王星……惜玖，天无二日，民无二主，这是这个世界的设定，谁也更改不了。”帝拂衣仰望着天空，声音低回，“所以新王星崛起之时，便是旧王星陨落那一刻。我在二十年前就明白了天机，知道自己百年后会陨落，而新王星将会诞生。我需要将新王星培养起来，将身上的担子卸下来，然后无牵无挂地羽化……

“我在这个世界已经活了上万年，早已看透生死，所以羽化对我来说并没什么，也没放在心上。唯一有点儿遗憾的是，我看到那么多生死相恋的故事，自己却从来没有真正喜欢一个人。我其实也很想尝尝情爱的滋味、失控的滋味……

“可是这世上女子千万，却从来没有一个女子走进过我的心里。我也不想将就……后来我一直在等待新王星降世，将军府的顾惜玖小姐降世时有异兆，有七彩光芒闪现，我那时怀疑她是新王星，所以就去看了一眼，发现她资质平平，只是相貌不差，身上也无七彩光芒再现。我多方测了几次，得出的是一样的结论，她只是个普通孩子……我也看出她会在十二岁时有一次生死大劫，闯过去的可能微乎其微……”

帝拂衣一边说着，一边又在顾惜玖身上加了一件衣袍盖着。

“我那时虽然觉得她不会是新王星，但还抱着一丝希望。正好那时她的母亲要护她周全，求我和她的女儿定亲……我那时对婚约并不看重，觉得可有可无而已，又觉得她闯不过十二岁大关，所以就应了她的母亲，和襁褓中的她指了婚，并封印了她的容貌，让她的额头生出斑……那婚约生成的条件很苛刻，我不认为她能达到……可我没想到的是，她果然没闯过十二岁时的那一劫，撞死后被你附体成功……

“或许这也是天注定吧，你还记得你我初见的情形吗？我化身玉像修炼，你一进来就剥了我的衣袍，还摸了我……

“我那时很生气也觉得很好笑，我还是第一次被人这么轻薄，所以想要把你找出来，想要报复你……

“惜玖，你那时滑溜得像条小泥鳅，各种脱身计策层出不穷，引起了我很重的好奇心……我第一次对人这么好奇。所以我那时紧缠着你不放，给你使过几次绊子，想看看你到底怎么脱身。而你的每一次行动都让我对你刮目相看。或许我就是在那时对你动心的吧？后来你自称天授弟子，我于公于私都必须测试你。其实在没测试前我就知道你不是……但这测试的程序我不能不走，也不想让你真有意外，所以我在测试台上放水，测出你虽然不是天授弟子，却是圣尊门徒……”

帝拂衣仰望天上的星星，思绪似乎回到了那个时候。

“惜玖，我那时就喜欢你了，还想着等你闯出暗黑森林后，就娶你，和你双宿双飞。我那时算着我还有将近百年的寿命，而你只是普通人，资质也不算太好，能活百八十年就很不错了，我喜欢你，可以陪伴你到老，等你老去我也会陨落，我们有一世相伴的缘分，像人间的普通夫妻一样……

“可是，惜玖，我没想到你居然就是新王星，你的寿命会和我一样漫长……我如果和你成了婚，我和你相伴的百年对你来说不过是沧海一粟，你会亲眼看到我逝去，你会很伤心……而你以后漫长的生命中说不定会有新的良人出现，和你双宿双飞……”

帝拂衣握住了她的手，低叹了一声。

“惜玖，我那时是自私的，因为你是我生命中唯一喜欢的女人，我也想做你生命中唯一的男人……我不想我逝去后，还有另外一个男人闯进你的生命，与其那样，不如放手……

“所以，惜玖，我那时想要放弃你，也这么做了。我只想以圣尊的身份护你周全，让你成长……可是，惜玖，我失败了。我想收回这段感情却压根收不回来，忍不住总想要见你，看到你和龙司夜在一起就醋意横生……而龙司夜是天授弟子，按照这个世界的规则，达到九阶的四位天授弟子会随着旧王星的陨落而陨落，也就是说，龙司夜他们几个会随同我一起羽化。所以我那时阻止龙司夜喜欢你，甚至想，你与其喜欢龙司夜不如喜欢我……

“惜玖，我那时很矛盾，理智让我放弃你，情感上又找各种理由想要和你在一起，你那时一定觉得我很神经、很无聊……”

帝拂衣顿了顿，凝望着怀中顾惜玖的容颜，低低叹了口气。

“惜玖，我承认我是自私的。我好不容易爱上一个人，不想就这么放手……恰好你那时说‘不在乎天长地久，只在乎曾经拥有’，你这句话让我放下了顾虑，我想要自私地抓住当下，开始放开手脚追你……

“而你也终于意识到喜欢我，想要和我在一起，我趁机让你答应重新和我定亲，让你成为我的未婚妻。我没想到在你我订婚的时候，会有姻缘镯出现，代表你我是天定的姻缘。天定姻缘是受祝福的，我那时很开心，觉得我喜欢你果然喜欢对了，连老天也想让我和你在一起。我原本对生死不放在心上，但和你相处越久，我越想一直活下去，和你相依相伴……

“我甚至想，我以后不做这圣尊也无所谓，让你做就是，我以夫君的身份待在你身边就好。我以为姻缘镯的出现能改变我会陨落的命运，我也一直在努力……可是，不成！我找不到任何法子……”

帝拂衣的声音低沉下去，他那时何止找不到延寿的法子？

或许是他和她原本不该相爱，也或许她是新王星需要多经历一些磨难，她身边麻烦不断，而他又因为关心则乱，做不到正常地袖手旁观。

为了救她他接连使用过很多次禁术，以致他的寿命越来越短。原本他还能活百年，但多次使用禁术后元气大伤，到顾惜玖被墨曌抓去被迫换体，他九死一生地带着她从墨曌的火焰宫里逃出来时，他的寿限已不足三十年了。

他和她那时已经极相爱，他不忍放手，也不想放手，于是开始布置身后事。

他知道三十年后自己一旦逝去她会极度伤心，会痛苦很久很久，而不想让她伤心的唯一法子就是让她到那时忘记自己，重新开始新的人生。

那时顾惜玖恰好换了个克隆体，这克隆体资质还极不错，不但可以修炼还能用三十多年……

所以帝拂衣拼着耗费灵力的代价在她的原身上施了一个术法，这个术法可以让顾惜玖在这具身体复生后，忘记关于帝拂衣的一切，她会是一个全新的顾惜玖。

而蓝静珂的事和帝拂衣所讲的是一样的，蓝静珂只是他曾经的朋友，他和她也从未相爱过。蓝静珂死了就是真正魂飞魄散，再找不回来。

帝拂衣在顾惜玖的原身上植入蓝静珂的记忆，一来是因为只有鲛人族那里才能让她的原身一直活着，并自动升级，他必须找个像样的理由让蓝氏兄妹尽心尽力地照应这原身；二来也是因为惜玖是新圣尊，早晚要收服鲛人族，她如果拥有一点儿蓝静珂的记忆，以蓝静珂的身份继任鲛皇，等于兵不血刃地收服了鲛族，也有了坚强的后盾！

帝拂衣的安排是，在他陨落时顾惜玖会追随他，而她一死就会自动回归到原身上，那时她的原身会和她的魂魄等级一样，她会是全新的一个人，会彻底忘了他，他在她心里只是路人甲……她愿意做鲛皇就做鲛皇，不愿意做鲛皇就上岸继续拼斗，直到登上圣尊的位子，成为这个世界的最强者。

帝拂衣算无遗策，把一切盘算得很好，但没想到的是，人算不如天算。

顾惜玖逃婚进了禁地，而他为了追她也九死一生地进了禁地……

他和她在禁地以夫妻身份相守八年，再出来时外面已经天下大乱！

因为他的一时头脑发热，只想追随在她身边，在禁地里被困八年，以至于让那假左天师为祸苍生，导致生灵涂炭。

再加上她和他联手平叛乱，杀死了上界的仙家，受到了天罚……这样加加减减下来，帝拂衣出来后的寿命还剩一年。

他原本想和她好好地相守这一年，等他大限将到时，就让她回归本体。

万万没想到她的克隆体也会受到天罚，变成专吸人灵力的怪物，而且愈演愈烈，她的灵魂再待在那具克隆体内也会受损伤，说不定有走火入魔的风险……

唯一的法子就是让她回归本体，所以帝拂衣和她在水晶宫中相守一天后，将她送回了本体内。

他以为她回归本体后，就不会再记得他，他和她就不会再有交集，他最多在暗中保护她，为她扫清一切障碍，彻底将墨壂除去。

他以为等她和他再见面时，她只会当他是陌路人，却没想到顾惜玖会在她自己的灵魂上做特殊印记，无论如何也不会失忆。她确实在原体上复活成功了，但她压根没失忆，还是记得他！这打乱了他的一切计划！

她手腕上有姻缘镯，他一旦陨落，那姻缘镯就会断掉，她就会知道。如果不弄掉她手腕上的姻缘镯，他无论如何也瞒不过她。

所以他被迫临时更改计划，这才扯了蓝静珂的由头来让她伤心……

他知道她是位刚烈的姑娘，不屑做别人的替身，她一旦认为他爱的是别人，势必会和他退亲。

他的目的达到了，顾惜玖果然和他退了亲，终于让那姻缘镯提前从她的手腕上消失。

以顾惜玖的性格，她遭遇背叛虽然也会痛苦，但应该会很快走出来，若干年后她会更光彩夺目，说不定还会重新爱上其他优秀男子，将她和帝拂衣的这一段感情扔进记忆长河里，再不会提起。

他用背叛的方式和她决裂，让她恨他，不再关注他，甚至不想听到他的消息。

那样他陨落的时候，她就不会知道。他会安排四使在他陨落后，隔十年八年就打着他的幌子在人前晃一圈，造成他还在世的假象，顾惜玖因为恨他，势必不会过多关注他的事。

这样下去，她永远不会知道他已经不在人世，就算以后她功力达到极高的成就，能够推算出他的死亡，那最少也要等到将近千年后了。

水晶宫中的天空永远是深蓝色的。

帝拂衣抱着顾惜玖在水晶宫中走过了一座座宫殿、一条条水晶铺就的长街。

这里是只属于她和他的地方，处处留有曾经两人携手的痕迹。

他抱着她一路前行，最后带着她来到一间布置喜庆的房间内。

最美的喜房，她曾经最喜欢的地方，他和她在这里度过了最快乐的一天，也是他和她最后无间隙的一天。

“惜玖……”帝拂衣轻轻地将她放在床上，和她并肩躺在一起，“惜玖，你曾经无数次暗示我该向你提亲，想要风光地嫁给我，而我真该死，一直装糊涂。你那些日子一定很失落吧？我欠你一场盛大的婚礼……只是不知道我还有没有这个资格再向你求婚？”

他握住她的手，而她依旧毫无反应地躺在那里，合着眼睛仿佛熟睡，但他明白，她无论如何都不肯再回来了。

他拿出了一枚戒指，那戒指璀璨生辉，如星光闪耀：“惜玖，还记得这戒指吗？你那时逃婚将这戒指留给了我，我一直保存着，和你决裂以后，我想你的时候就常拿出来看看……”他说到这里声音哽住，顿了顿，才又强牵着嘴角笑了笑，将那枚戒指慢慢地套在她的手指上，左右端详了一下，“惜玖，你戴这枚戒指真好看……”

烛影摇晃，将二人的身影映在了帐子上，仿佛今日才是他们的新婚夜，才是恩爱的最初时光。

他将她揽在怀中，微微闭上了眼睛。

“既知今日，何必当初？唉！”一行金字在帝拂衣的脑海中刷屏。

是苍穹玉，它还一直待在顾惜玖的手腕上，原先它一直像修炼功夫似的沉睡着，最近倒是醒过来了。

帝拂衣一直能和它交流，这几天它也时常在他脑海中阴阳怪气地说一些怪话，戳帝拂衣的心尖。

若在以往，帝拂衣早封了它的灵识，让它继续沉睡不要叽歪了。

但这几天，无论它说些什么怪话他都默默地听着，不反驳，不接口，心持续疼着，仿佛是借此来惩罚自己。

“圣尊大人，你那些话我都听到了，其实你也是为她好……她如果知道你的这些苦衷，肯定会原谅你，会很欢喜……因为她直到死的那一刻，最在意的还是你不爱她，你把她当替身。她最后那样做，其实是想成全你，因为她不想看到你因此白头。她口口声声说恨你，其实还是放不下你，还是想成全你……”

帝拂衣微微闭上了眼睛。

如果她自私一些，多恨他一些，就不会是现在这个结果。她还是爱惨了他啊——

心上像是被人勒进一条丝线，慢慢勒紧，再勒紧，心脏再次痛到抽搐，他握紧了她的小手。

她的小手是冰凉的，他曾经无数次地试着想把它暖过来，却都徒劳无功。

“喂，圣尊大人，你不会一直在这里待着不出去了吧？外面现在可是混乱得很，你得出去主持大局……”

帝拂衣没睁眼，外面就算天崩地裂又如何？她不在了，那世界是好是坏对他来说就没有丝毫意义。

他的寿限还有五个月，这五个月他会一直陪在她身边，再不和她分离，不让任何人、任何事来打扰他们，直到他羽化陨落。

苍穹玉似乎读懂了他的心思，有些急起来：“圣尊大人，你不能如此！新圣尊没有了，而你再羽化而去的话，这个世界就会彻底崩塌，所有的人都得陪葬……”

苍穹玉干脆跳起来，在空中转了转，凭空多了一段画面。

画面中四海倾覆，火山爆发，天降陨石，尘埃布满天空，遮蔽了所有的阳光。白天变黑夜，且再无黎明，大水漫过所有土地，奔逃中的人们要么被火山熔岩吞没，要么被陨石砸死，要么被大水淹死……整个一世界末日的景象。

镜头中时不时闪过千翎羽、百里策、罗展羽、顾谢天、罗星蓝、沐风四使和帝拂衣身边的那些侍从的身影，他们同样没有逃过这场天灾。

很多画面定格在他们被吞噬前绝望的那一刻，苍穹玉还给他们一个面部大特写，让帝拂衣看得更清楚。

“圣尊大人，您也不在乎这些人了？”

帝拂衣的脸色更苍白了，锐利的目光转到苍穹玉身上。

苍穹玉被他看得一抖，向后缩了缩：“圣尊大人，您这么看我做什么？”

“本座没想到你居然知道得这么多。”

“我、我是苍穹玉嘛，这世上的事鲜少有我不知道的。”

“你能看到未来？”

“可以预测到一部分。”

帝拂衣声音微凉地道：“那惜玖的今天你也提前预测到了？”

苍穹玉吓了一跳：“没、没有！她的行为完全超出我的预料……我也没想到会如此，其实吧，她不会死的……”

帝拂衣浑身一震，视线盯在它身上：“说下去！”

“她是未来的圣尊、这个世界的新主宰，按说她无论如何都不会死……”

帝拂衣的眼神黯淡下来。

是啊，按道理说，圣尊是不会死的，除非大限已至……

“圣尊大人，其实我也很纳闷，未来的新圣尊没成长起来前是能被天魔杀死的，这个我知道。但她一旦将灵力升到十阶，就会受天道护佑，在大限没来临前，是不会死亡的。这次却奇怪了，她居然真的死了……”苍穹玉忍不住围着顾惜玖的身体转了两圈，还在她的手腕上趴了一会儿，“居然真的死了！我一直没感应到她的魂魄……”

帝拂衣垂眸看着怀中的顾惜玖。

是啊，他也不相信她是真的死了，曾经不止一次招过她的魂，但连一丝魂片也没招来……

出现这种情况只有三种可能：一、她压根没死；二、她已经重新投胎；三、她是羽化了……

但他亲眼看到她在自己怀中魂飞魄散，她不可能没死，而她重新投胎的话是需要时间的，最快也要半年。

他则是在她刚死之时就招过好几次魂，都不行。

至于第三种可能，顾惜玖尚未成神，更没到大限之期，不可能羽化……

三种可能都被推翻，帝拂衣无论如何也推测不出她现在到底是什么状况。

因为受到的刺激太大，帝拂衣这几天过得浑浑噩噩，精密的大脑也懒于运转，只想让这天地跟着她陪葬。

现在被苍穹玉这么一点，他心中的疑惑也越来越深。

目光落在苍穹玉身上，他似有所思。

苍穹玉被他盯得发毛，又谨慎地向后缩了缩。

“当年你为什么要主动找上惜玖？”帝拂衣忽然询问。

苍穹玉僵了一下：“那个……我和她投缘……”

帝拂衣忽然一把握住它：“本座要听实话！”

他手劲不小，苍穹玉像是被掐住脖子的鸭子，尖叫道：“放手！放手！不得对神玉无礼！要不然你还会再受天罚！”

帝拂衣目光一闪，敏锐地抓住了关键点：“再受天罚？你和天道有什么关系？”

苍穹玉：“……”它向后缩了缩，“不、不知道。什么天道？”

帝拂衣盯着它不说话，只是眼神越来越冷。

苍穹玉慌了，唯恐他一个不爽把它当成石头给捏碎了：“我……事关天机，我不能说！”

帝拂衣：“……”

没想到还有他也不知道的天机。

帝拂衣并没有放过它：“你在找上她的那一刻就知道她是未来新圣尊？”

苍穹玉：“……”

“你从未向她透露过天机？”

苍穹玉这次答得很快：“当然没有！要不然会遭受天罚的！这点圣尊大人您比我更明白。”

帝拂衣微微闭了闭眼睛。他一向我行我素，不太在意天罚，原先也不是没泄露过天机，也遭受过天罚，都被他混过去了。

但这天罚不但会降临到泄密者身上，也会降临到听者身上。

而且天机一旦被泄露，最后的结果往往会很糟糕……

所以帝拂衣对在意的人从来不会泄露天机，免得祸延到对方。

苍穹玉唯恐帝拂衣把顾惜玖魂飞魄散的锅扣它头上，忙说道：“我知道轻重的，所以事关天机的事，从来不和她说。”

帝拂衣不说话了，将顾惜玖向怀中揽了揽，闭上了眼睛。

苍穹玉小心翼翼地围着他转了一圈，忍不住道：“圣尊大人，你真不能睡下去了！现在外面一团糟，你再不拨乱反正的话，我给你看的那些场景是真会发生的！”

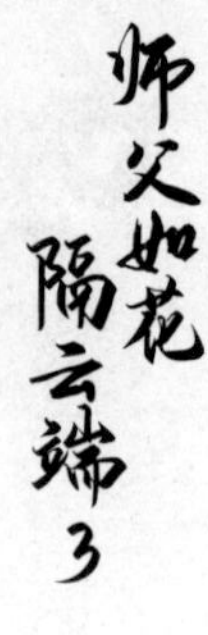

“本座要如何拨乱反正？”帝拂衣终于睁开眼睛，“还有五个月的时限，难不成老天还会再空降一个灵力达到十阶的新圣尊下来？”

“这个很难说。”苍穹玉吞吞吐吐，欲言又止，最后怂恿他，“我觉得你该去观一下星象。”

帝拂衣盯了它片刻：“你是不是又感应到了什么？”

苍穹玉掉头就跑：“天机不可泄露！”

帝拂衣到底抱着顾惜玖又来到后花园，抬眸看了星空片刻，怔住了！

一向晴朗的星空中乌云密布，而在乌云之中，他看到了一颗颇为奇怪的星。

色为五彩，个头够大，却不够亮，周围乌云层层叠叠地围绕着它，让它有光也透不出来，看上去十分憋屈。

这是——代圣尊？！居然出现了代圣尊，看来老天也不想让这大陆彻底毁灭……

苍穹玉在旁边欢欣鼓舞：“圣尊，出现代圣尊了！你只要把这代圣尊找出来，把一些必要的本事教给对方，就能保住这世界。那样主人回归时也不至于接手一个烂摊子……”

帝拂衣浑身一震：“你说什么？！你主人回归？！”

苍穹玉：“……”它向后退了退，“我、我是说新、新主人……这世上早晚会出现真正的新圣尊的。代圣尊只能代三百年……”

帝拂衣一把揪住它：“不说实话是吗？！”

苍穹玉垂死挣扎：“圣尊，天机不可泄露啊！要不然会给你带来灾祸的！”

“本座不怕！说！你别忘了，本座也是可以提前洞察天机的。你对本座说出实情也不算是泄露天机。”

“可是因为你频繁违反天命，无法置身事外，所以天机不会先透露给你了！”苍穹玉的怨念不小。

帝拂衣冷冷地看着它：“你刚才给本座看的那些不算天机？”

苍穹玉：“那、那只是预示……预示你如果就此颓下去会发生的事。”

帝拂衣瞧着它不说话。

苍穹玉被他瞧得玉壳发硬，终于道：“主人因为是新圣尊，她、她不到时候是不会羽化的，也不会真正死亡。她擅自用禁术自杀，破坏了这世界的平衡，算是违背了天道，理应受到重罚。所以天道对她的重罚是，她若干年后会重生，而且是带着所有记忆重生，甚至天道也会让她知道你羽化的全部真相，她每夜都会做有关往事的噩梦，以致让她的那些记忆鲜明如昨……”

那太残忍了！

帝拂衣白了脸：“说下去！”

苍穹玉也豁出去了：“你如果任由这世界毁灭不作为，那么她到时候接手的就是一个疮痍满目的大陆，她所有的朋友都离她而去，她会日日在悔恨中受煎熬，偏偏又死不了，只能再将这大陆重建……直到让上天满意，允许她羽化，她才能得到真正的解脱……”

帝拂衣：“……”

咔嚓一声，帝拂衣身边一张特结实的桌子直接碎成了渣！

“犯错的明明是我，上天为何要惩罚她？！”

苍穹玉打了个哆嗦，也跟着义愤填膺地道：“是啊，这确实挺不公平的……”

帝拂衣闭上了眼睛，手指在袖中似乎掐算着什么。片刻后他睁开眼，视线落在苍穹玉身上：“看来天道是让你拿她的安危来威胁我……”

苍穹玉小心翼翼地问：“那你……”

“要我怎么做？”帝拂衣也很干脆。

苍穹玉松了一口气：“圣尊大人，你听我说……”

它说了一大串事情，帝拂衣默不作声地听完，淡淡地道：“让我做这些可以，去掉对她的所有重罚！若她必须受一个惩罚，可以惩罚在我身上！”

苍穹玉亮了起来，闪闪烁烁一阵，显然在跟什么交流，片刻后在帝拂衣那里刷屏：“圣尊大人只要做得好，让这世界平稳过渡，可以去掉对她的重罚。但天道不同儿戏，确实需要惩罚一人的，圣尊若同意，可以惩罚到你身上，然而肯定不是同样的惩罚方式……”

帝拂衣淡淡地道：“这个本座知道。无论什么惩罚，本座接下就是。”

苍穹玉感动得亮闪闪的，忽然福至心灵地道：“圣尊大人，你其实可以提个让我家主人及时在这个世上重生，和你再见一面这种条件的……”

帝拂衣顿了片刻，淡淡地道：“让她及时重生，再来面对我的陨落吗？”

苍穹玉：“这样你就不会留下遗憾了啊。”

帝拂衣抱着顾惜玖转身就走：“若有可能，我只希望她重生后再不记得我，彻底忘了我是谁，在这世上活得恣意洒脱。”

苍穹玉：“……”

顾惜玖感觉半浮半沉的，有些蒙。

下方是一辆紫水晶车驾，车厢内的装饰简单而又舒服，风格是她喜欢的。

而在车厢内并肩坐着两个人，一位白衣如雪，黑发如瀑，五官俊美无双，这人烧成灰顾惜玖也能认识他的骨头，自然是圣尊凰荼，也是帝拂衣。

和他紧挨着坐在一起的则是一位青衣少女，五官清丽脱俗，身段窈窕，漂亮得不得了，只可惜是个死人。

这身体顾惜玖自然也熟悉得不能再熟悉，这是她自己。

帝拂衣一只手臂揽着那少女的纤腰，让那少女的头依靠在自己的肩窝里，这么看上去，姿态不是一般亲密。

顾惜玖觉得心里有些酸涩和悲凉的感觉。

那个怀抱她其实怀念很久了，可是最近半年中她见了他要么形同陌路，要么相敬如宾，两人很久很久没这么亲密地坐在一起过了。

只可惜他搂的是一具尸体，她能看到却感受不到他的怀抱。

顾惜玖能感觉到自己是飘浮在车厢顶的，可是她左顾右盼也看不到自己的身子……

她飘在那里蒙了片刻，一时有些弄不清状况。

她的记忆还停留在和墨曌同归于尽的那一刻。

她记得自己明明已经死了，已经魂飞魄散了，怎么会忽然又出现在这里？

现在的自己是什么“东西”？

顾惜玖下意识地看向自己，依旧看不到自己的身子。

她现在算什么？一缕神识？

她不会是——知魂状态吧？！

现在的她是一缕知魂？！

她忽然恐惧起来，又看了看相拥的那两个人，一个念头忽然浮上来。

帝拂衣不会是把她那身体当蓝静珂抱着吧？！那现在的她是蓝静珂的一缕知魂？这知魂终于被帝拂衣分离出来了？他现在抱着她是去蛟人族那里把蓝静珂复生？

越想越觉得很靠谱，顾惜玖有些怕了！

她现在还是有顾惜玖的记忆啊！难道她要再眼睁睁地看着他把自己变成另外一个人？！

她后悔了！

她做一次傻子就够了！凭什么让她再做第二次？

她冷冷一笑，一横心，操纵着自己飘下来，飘到帝拂衣面前：“帝拂衣，那身体你可以拿去，但把我放了！我还是顾惜玖！我复生的话只怕还会有顾惜玖的记忆！我不要变成蓝静珂！”

可是他看不到她，自然也听不到她说话——他似乎根本没感应到她。

怎么会这样？

他不是一向能看到鬼魂的吗？

这次他是装的，还是真看不到她？

她顿了顿，再一横心，向他怀中抱的那具身体撞去！

一般人附体重生就是把魂魄撞进去，然后恢复的。

结果，那身体四周似乎有防止什么鬼魂上身的结界，她被弹开了，依旧如浮萍般飘浮在车厢顶上，无所依、无所靠。

顾惜玖顿在那里傻了片刻，心里一时不知道是什么滋味。

她深深觉得自己是被老天捉弄了！

她恍惚记得自己在魂飞魄散后很长时间是什么也不知道的，有点儿神识的时候觉得自己似乎被禁锢在什么云上。

一个声音在她旁边叽叽歪歪的，似乎是说她违抗天命，理应受重罚什么的。她嫌弃对方太吵，随手一拳捣了过去！

结果……结果她就从那云上跌下来了！再然后她就出现在这里。

她看着下方相拥的两个人，感觉很可笑！

她到底违抗什么天命了，居然会受到这种惩罚？心底的苍凉感觉如潮水般漫延，她颓然地飘在那里，一时什么也不想做。

片刻后，她又意识到一个很严重的问题！

她现在是听不到任何声音的！她的世界是无声的。只不过她乍有意识看到这一切太过吃惊，一时忽略了这个问题。

是这车厢隔音？

顾惜玖试探着向车厢外飘了飘，居然飘了出来！

她俯视着下面，终于确定自己真的听不到声音。

既然能飘出来，顾惜玖就不想再飘回去了，飘上了附近的一座酒楼。

圣尊的车驾过后，这里的食客们正在议论纷纷。

顾惜玖虽然听不到声音，但好在懂唇语，一个个地瞧，居然也能看明白他们说的话。

食客甲："我和你们说，前日我就看到圣尊的车驾啦！"

同桌食客乙："啊，真的，和这次一样吗？"

"自然不一样！圣尊每次都会换一辆车驾，肯定不会重样，上次我看到的是蓝水晶车，和今天的一样好看！哎呀，我肚子里的墨水有限，都不知道该怎么形容了！"

"圣尊这几次出来，哪一辆车驾不是极好看的？大惊小怪。"

"是啊，对了，你那次可在圣尊的车驾中看到护国大天师？"

"自然见到啦！她在车厢中，虽然没有出来，但水晶车是透明的，我还是隐隐看到了她的身影……圣尊就像现在这样，和她并排坐在一起……"

顾惜玖微蹙起了眉。

帝拂衣化身圣尊时一向低调，十年八年也未必在人间现身一次，这次是怎么了？

他在人间频繁现身，还揽着她的身体……这是高调秀恩爱吗？

看来他是想让百姓认同她，想给她一个名分。

不过他既然想要复活的是蓝静珂，为什么不等她复活再来秀呢？现在在百姓眼里，他这可是和顾惜玖在秀。

他顶着她顾惜玖的名头这么做算是怎么回事？

帝拂衣到底打的什么算盘？

顾惜玖一时想不明白，又看着他们聊了几句，无非人们在夸赞圣尊，那种歌功颂德的话顾惜玖看了两三句后觉得有些累得慌，正要歇歇，却忽然从一个人口中看到这么一句："听说圣尊有意将衣钵传给护国大天师顾惜玖顾姑娘……"

顾惜玖浑身一僵，第一反应是不可能！

帝拂衣又不是人间皇帝，会生老病死，需要个太子做未来接班人，他可是不老不死的，传什么衣钵啊？

她正有些愣神，忽觉身上一紧，呼的一声，等她再反应过来时，她又回到了那辆水晶车上。

当然，她依旧飘浮在水晶车的车顶。

下面坐的那两个人仿佛连姿势也没改变过。

顾惜玖："……"

她的视线落在那两个人交握的手上，心像是沸水似的一滚！

两人十指相扣！

这是她和他从前最喜欢的姿势，现在看上去她却觉得异常刺眼！

顾惜玖几乎想要冲下去，将他们交握的手分开。

她恨恨地望向帝拂衣，帝拂衣很温柔，正在和躺在他的怀里的尸体说话："宝贝儿，我知道你在世的时候很想将我们的关系公开，很想让大众知道你我的关系……"他说到这里顿了顿，"可惜我那时有所顾忌不能满足你，还伤透了你的心，我现在的补偿令你开心吗？"

顾惜玖："……"

她觉得她的眼眶泛红了！

不开心！她不开心！

他这一声"宝贝儿"叫的是谁？

难道他也曾经称呼蓝静珂为宝贝儿？

奇怪，她现在明明是没有身体的，但有各种感觉，甚至觉得鼻子泛酸，胸口那里也像藏了一罐酸梅……

"宝贝儿，这天下会是你的，等你醒来，我还你一个太平盛世……"

顾惜玖："……"

他真想让蓝静珂做未来的圣尊？那他呢，转向幕后？

顾惜玖觉得藏在胸口的那些酸梅已经破裂了……

外面似乎有些动静，帝拂衣睁开了眼睛，向车厢外看去。

顾惜玖也跟着向外看，正看到沐风向里禀报。

沐风戴着面具，顾惜玖又听不到他的声音，自然不知道他禀报的是什么，只看到车内的帝拂衣点了点头。

“宝贝儿，我带你看看你的功德祠。”

功德祠？这又是什么鬼？

顾惜玖蹙眉，就见帝拂衣抱起那个壳子，一转身没了影子。

顾惜玖：“……”

再下一刻，顾惜玖眼前一花，等她反应过来时，发现自己飘在一座寺庙似的建筑内。

这里香火鼎盛，外面的香客络绎不绝，人们纷纷向着大殿上的神像叩拜，嘴里念叨着各种保佑。人人都很虔诚，有求子的、有求财的、有求姻缘的……

这种场面顾惜玖无论前世还是现世都见过太多了，一点儿也不觉得稀奇。

她的视线落在了那精美的神仙雕像上，然后她呆了呆！

这简直就是仿照着她做出来的蜡像，还是最高级别的那种，可以和真人相媲美。而在塑像脚下，是这位神仙的名讳：大慈大悲顾天师之位。

顾天师——这是专门为她顾惜玖造出来的？

这是他对她心有愧疚所做的补偿？

据说功德祠可以给被立之人祈福、造福泽，让这人福泽绵延。

只有曾经为百姓做过大贡献，救民于水火的人，才有可能死后有百姓自发为这人建功德祠，让其享受人间烟火。

据说哪吒闹海，被东海龙王逼死，他的母亲就为他修建了功德祠，让他承受香火，福报够了以后，他就能再复生……

帝拂衣这是想让她重生？他想让她活过来？

她忽然觉得眼睛有些泛酸，脑中似闪过自己将魂飞魄散时，帝拂衣冲进来抱着她时的情景。

她当时半迷糊半清醒，既看不清任何事物也听不见声音，只隐隐觉得他哭了，抱着她的身体有些发抖，似乎还拼命地呼唤着她……

他对她是有情的，她一向明白，也从来不否认这一点，只是——只是她不想看他为难，看他失落得白头……

毕竟他为复活蓝静珂筹谋了这么多年。

顾惜玖盯着那塑像，一时心潮翻滚，胸中似酸似甜又似胀，还夹杂着微微的苦涩感。

香炉里的香袅袅升起，大殿中香火气息鼎盛，人声嘈杂。

等等！嘈杂？！

她好像——好像能听到声音了！她能听到人说话了！

开始时声音像是隔着水，渐渐越来越清晰，她不但听到了声音，还能嗅到味道，譬如此刻，她能嗅到供桌上瓜果的香气和香炉里燃香的味道……

她有些蒙，现在依旧看不到自己的身体，却有了人的五感。

“宝贝儿，这雕像像不像你？我亲手雕的。”帝拂衣的声音自旁边传来，倒吓了顾惜玖一跳。

她顺着声音望过去，又看到了帝拂衣。

他抱着那具壳子坐在一道横梁上，那壳子坐在他的腿上，他一手揽着那壳子，在其耳边低语。

他明显使用了隐身功能，殿内这么多香客都没看到他。

顾惜玖此刻站在那神像上，帝拂衣看神像的时候，顾惜玖几乎有一种错觉，感觉他能看到她。

她僵了一下，一横心飘开，再看帝拂衣，他的目光依旧落在神像上，视线没有跟着她移开。

他应该是看不到她的吧？

顾惜玖也说不上是松了一口气还是失望。她现在看到他就感觉委屈难受，所以不想多看他。

她围着那神像再转了一圈，又转头看帝拂衣时，发现他正望着神像出神。

而在他面前悬着一条七色链子，那链子一闪一闪的，似乎正和帝拂衣交流。

小苍！苍穹玉！

帝拂衣和小苍在聊什么呢？

顾惜玖凑过去，但那一人一链子在用心灵之术交流，她凑得再近也听不到。

相反因为凑帝拂衣太近，她又嗅到了他身上那种独有的冷香，让她心中一酸，又退开了。

她又看了看苍穹玉，这个浑蛋，还说她是它命定的主人，她现在凑它这么近，它居然没感应到她……

她忍不住又看了看帝拂衣，帝拂衣似在出神，那一双墨色的眸子里闪着黯然的神色。

他低低地叹了口气：“其实……我很想再见到她，哪怕只是见一面，只要看到她好端端的，我也就心安了……可惜，再不能了。”

他的嗓音喑哑得厉害，带着满满的遗憾。

顾惜玖在旁边像是溺水似的一窒，一个疑问浮上心头——他此刻口中的“她”是指谁？

为何他要说“再不能了”？

苍穹玉确实在和帝拂衣交流，这种建功德祠的法子也是苍穹玉想的，说用这法子能让顾惜玖早些重生回来。

原本里面的雕像随便找工匠雕刻就可以，但帝拂衣一定要亲力亲为，在半个月内雕刻了九九八十一尊雕像，让人在大陆各处修建了八十一座功德祠。

因为顾惜玖的死讯被帝拂衣瞒下了，所以这祠是以生祠的名义建起来的。

这半个月帝拂衣极忙，苍穹玉就没看到他休息过！

苍穹玉这半个月过了一把当大爷的瘾，支使着圣尊做这做那，这让它心惊肉跳之余，也很有成就感。

刚才帝拂衣问它，顾惜玖大约什么时候能重生？

苍穹玉根据经验推算了半晌告诉他，大概六十年后……

六十年对曾经的帝拂衣来说，不过是转瞬即逝，但对现在的他来说，遥远得不可企及。

他和她大概就像是彼岸花，花开不见叶，叶生不见花……

他轻触怀中少女的睫毛，低低地叹了一声：“惜玖，你归来后还是把我忘了吧……好好活下去。”

他的声音低得如同呢喃，旁边一直注意着他的顾惜玖却浑身一震！

听到他的第一句话时，她很愤怒，这人总想让人把他忘了，把她当什么了？电脑硬盘？不想要的内容他就随手删掉？！

但她听到他的最后几个字时，心中却生出一种恐慌的感觉。

他这话怎么听着有些像交代遗言？！

是自己多想了吗？

她忍不住又打量了他一下，大概是因为隐身的关系，他并没有戴面具，顾惜玖发现他虽然白发变黑发，但脸色并不好看，苍白得厉害，那一双漂亮狭长的眼眸下居然有淡淡的黑眼圈，唇色也偏淡。

若不是顾惜玖现在没有身体，她几乎就要扑上去看看他的脉象了。

她正有些愣神，外面忽然有些喧哗，一个女声传来：“咦，这是什么庙？顾天师祠？哪个顾天师？”

这声音顾惜玖自然很熟悉，蓝静怡！

顾惜玖没想到她也会来。

外面的道童回答：“是护国大天师顾姑娘。”

蓝静怡嗤笑了一声，声音里带了轻蔑之意：“顾惜玖？！不是吧？！她又没死，怎么就为她建祠了？”

道童的声音带着薄怒：“姑娘说话放尊重些！顾天师自然还活着，这祠是她的生祠！”

蓝静怡的声音尖厉起来：“生祠？她何德何能就建立生祠？！好笑！我倒要瞧瞧她把自己建成什么德行！”

“喂，静怡，你别冲动……”蓝摇光的声音也传了进来。

但他明显没有阻住自己的妹子。

唰！蓝影一闪，蓝静怡直接在殿内出现。

她身上的伤看来已经好得差不多了，除了脸色有点儿失血过后的苍白，其他倒没什么。

顾惜玖看向帝拂衣，帝拂衣已经坐直身子，微皱着眉，淡淡地向下瞧去。

蓝静怡那一双眼睛直接落在神像上，然后她怒了！

“顾惜玖也太嚣张了吧？！我凰哥哥那么大的本事也没建这个！顾惜玖以为自己是谁？这大地的主宰吗？！我眼里可不容半粒沙子，见不惯她这轻狂的样子！”

她忽然抬起衣袖，一道蓝波向着神像轰过去！

她这一下出手极为突然，旁边的护祠道人压根没来得及阻拦，再说以他们的功力，想要阻拦她也阻拦不住。

而蓝摇光刚刚冲进来，也没来得及阻拦，只惊呼一声：“别！”

蓝静怡是九阶的灵力，出手简直可以用排山倒海来形容，这一下如果拍实，不要说这木头神像，就连这座祠堂的殿顶也会被轰上天！

眼见这道蓝波就要拍中神像，一道彩光不知从什么地方疾闪过来，闪电一般快，竟然后发先至，直接迎上了那道蓝波。

彩光势如破竹眨眼间就将蓝波击碎！势头不减，飞卷向蓝静怡！

“啊——”凄厉的惨叫声响起，蓝静怡的身子直飞出去！

砰！被卷出门的蓝静怡也不知道撞在什么上面，震得外面的大树树叶落了一地。

这一突变显然出乎所有人的意料，在场的所有人都傻了！

蓝摇光也怔了怔，目光向横梁上看去：“凰、凰兄！”

半空中一人慢慢现出身形，白袍如雪，面具覆住那张绝世倾城的脸，身周似笼着一圈七彩佛光，气场强大无匹。

“圣尊？！”

“是圣尊？！”

圣尊居然来这祠堂了！

大殿里的香客原本还有呆愣出神的，此刻见圣尊现身，都激动地跪了下去，砰砰地磕着头。

帝拂衣冷冷地站在空中，俯视着下方，淡淡地开口：“传本尊谕令下去，再有毁顾天师词一砖、一瓦、一草、一木者，杀无赦！”

“是！”下面跪着的道童齐声答应！

圣尊亲口下的谕令，谁敢违背？！

以后所有的顾天师祠的香火会比任何寺庙都鼎盛，自然也无人再敢毁坏祠堂一星半点儿。

蓝摇光有些讪讪的，仰望着帝拂衣，说道：“凰、凰兄，这、这祠堂原来是您为家姐建造的啊，静怡不懂事，您别怪她……”

帝拂衣没理他，只淡淡地说了一句：“把蓝静怡拎进来！”

拎？

顾惜玖隐在高处有些好奇，帝拂衣一向护着蓝静怡，在她面前就护了好几次，让她心里很不是滋味，这次怎么了？

蓝静怡确实是被拎进来的，帝拂衣的那一击不是要了她的半条命，是要了三分之二的命，她直接现出了原形，以人鱼之姿趴在了祠堂外的青石板路上，惹来围观民众的阵阵惊呼。

人鱼耶，那可是这大陆极稀奇的种类，现在他们总算看到活的了！

蓝静怡一张俏脸涨得如鸡血一样红，手臂断了，鳞片掉了七八片，落在地上时她疼得眼前一阵阵发黑，压根起不了身。心中又羞又怒，她刚缓过来就叫了一声：“哪个混账居然敢对本公主动手？！本公主定叫凰哥哥前来杀你个片甲不留……”

她这句话尚没叫完，就被人拎着尾巴拎起来！

沐风的声音温和得很：“对不住，圣尊让把您拎进去。”

“什、什么？”

沐风没再多话，直接拎着她进了祠内。

蓝静怡又羞又恼，在沐风手里挣扎：“你、你放开我！男女授受不亲……”

沐风也干脆：“好！”

他一松手，蓝静怡啪的一声摔在了地上，让她又疼了疼，晕了晕。

蓝摇光站在旁边看看妹子再看看圣尊，下意识地想要开口求情：“凰兄……”

帝拂衣一眼扫过来：“嗯？”

虽然帝拂衣只是回了淡淡的一个字，却让蓝摇光心里打了个哆嗦，后面的话几乎说不下去：“看、看在她年纪小不懂事的分儿上……您大人有大量别和她计较，饶她这一次。”

“年纪小？”帝拂衣的声音听不出喜怒，“五千多岁也叫小？”

跪着看热闹的民众轰地笑了，有人嘟囔：“五千多岁可以叫老祖宗、老奶奶了……”

嗡嗡嘤嘤，人们低声谈论着。

蓝静怡勉强从地上爬起身，抬起头不太相信地看着帝拂衣：“姐、姐夫……您、您为何如此待我？我、我就是要毁个木像而已，顾惜玖还活着，却建立什么生祠，她、她哪里配了？姐夫您都没有……”

蓝摇光简直想要堵住自己妹妹的嘴，怒斥道：“静怡，闭嘴！惜玖也是我们的姐姐！她……”

“她不是。”帝拂衣忽然开口，打断了蓝摇光的话。

蓝摇光诧异地望向帝拂衣：“凰兄，您不是说惜玖是……我静珂姐姐的一魂转世？”

“她和蓝静珂一点儿关系都没有。”帝拂衣的声音淡淡的，“她从来都只是她，压根不是别人。蓝静珂已经亡故，和其他鲛人一样，一旦亡故就是真正亡故，直接魂飞魄散，再不会转生……”

蓝摇光白了脸色，后退一步：“怎么、怎么可能？凰兄，您当初不是说……”

“蓝静珂临终时不放心你们姐弟，怕你们伤心过度做出什么傻事，求本尊编此谎言骗你们，让你们有个念想……”帝拂衣的声音冷如玉石。

蓝摇光：“可……”

“没有什么可是，摇光，当年你姐姐为本尊征战而死，本尊既然答应她照应你兄妹成人自然就会做到，所以一直帮你打理鲛族事务，助你平叛登上鲛族皇位，让鲛族在海中称霸五千多年，令姐的恩情本尊早已还清……”

蓝摇光也是聪明人，略一思索，也就想明白了大概是怎么回事。他后退一步，目光落在圣尊身上，叹道：“凰兄，其实、其实您当初就算不说顾姑娘会是我阿姐转世，只要您吩咐下来，摇光也会尽心尽力地照看，绝不会有半分闪失……”

帝拂衣目光微微闪动：“此事，抱歉。”

蓝摇光心情有些复杂，忍不住问了一句：“凰兄，此事您为何现在说出来？”

如果他一直瞒下去的话，自己压根不会起疑。

帝拂衣微垂下眼睛，淡淡地道：“她不喜欢，给她一个交代。”

蓝摇光摇了摇头，正要再说什么，一直没说话的蓝静怡却尖叫起来：“我就说嘛，顾惜玖怎么可能是我阿姐？！她不过是一介凡人，如何和我阿姐比，压根不配嘛……”

她后面的话还没说完，帝拂衣骤然打过来一道彩光！

那彩光瞬间将蓝静怡包在里面……

彩光之中的蓝静怡惨叫得如同杀猪，蓝摇光脸色一变，上前想要阻拦，帝拂衣冷冷地开口：“摇光，你再护着她，本尊会将她身上的功力全部收回来！”

蓝摇光心中一寒，不敢说话了。

片刻后，彩光散去，蓝静怡像条离水的鱼一样在地上抽搐，身上的鳞片足足少了三分之一！

她脸色纸一般白，在地上弹琵琶一样抖着，望向帝拂衣的目光终于现出满满的惊惧……

帝拂衣冷冷地开口："蓝静怡，看在你姐姐的面上，本尊就暂且饶你一命！若你对顾惜玖再有半丝不敬，本尊会直接取你的性命！摇光，带她回海，不得本尊谕令，不许她再来陆上！"

蓝摇光自然不想再在这里待着，匆匆带着蓝静怡离开了。

这一场风波就此落下帷幕。

第八十七章　她虽然恨他，但又何尝不想他？

自己居然真的不是蓝静珂，蓝静珂和自己一点儿关系也没有！

他喜欢的也不是蓝静柯，而是她顾惜玖……

那他当初故意让她误会，狠狠伤她到底是为了什么？

顾惜玖飘在空中将祠堂里的大戏看了个全场，感觉像是被雷劈了，心里似甜似苦、似酸似辣，也说不上是什么滋味，脑袋里更是嗡鸣一片，一时无法静心思考。

她就这么一直蒙着跟随了帝拂衣一路。

帝拂衣一直抱着她的那壳子坐在那水晶车中四处转悠，所去的地方就是一个个顾天师祠。

每到一处顾天师祠，他都会抱着那壳子进去待一会儿。托他的福，顾惜玖也每次都身不由己地跟了进去。

他和那壳子坐在横梁上或者说悄悄话，或者望着木雕像出神。

而顾惜玖就飘在他们附近，也望着木雕像或者帝拂衣出神。

半年的被迫分离，她虽然恨他，但又何尝不想他？

恨之欲狂，却又思之欲狂，说的就是她那半年的状态……

现在她身不由己地傻乎乎地跟着他、看着他，片刻也不分离，也未尝不是一种补偿。

她就这样一连跟了他五天，这五天他一直在赶路，她就没怎么见他休息过，甚至没看到他打过盹!

他虽然是神，但也应该休息休息吧?

他在车内的时候，要么用灵力维持那具壳子如生，要么不知道从何处摸出一块木头雕刻。他雕工不错，一刀一刀刻得细致入微，刻出来的依旧是姿态各异的她，含嗔的、含怒的，甚至撒娇的、得意扬扬的……

每雕好一个，他都会看半晌，会含笑摩挲那小木雕的五官，偶尔还会凑到唇边吻上一吻，低低叫一声“宝贝儿”。

明明是很简单的动作，顾惜玖在上面看着却觉得眼眶发热，想哭。

她跟了他这几天也没有白跟，发现自己恢复得似乎挺快的。

第一天她恢复了听觉和嗅觉，第二天她恢复了味觉，能尝到供品的味道，虽然没有咬下来，但味道还是能尝出来的。

又到月圆夜，帝拂衣这天倒是少有地吩咐住店，让四使也能好好歇歇。

顾惜玖总感觉四使神态有点儿不对，好几次她看到他们像是要哭出来，却又一直强忍着，严格执行着帝拂衣吩咐给他们的任务。

顾惜玖觉得，帝拂衣今夜一定会好好歇一歇，却没想到他亲自下厨预备了一桌酒席，让人摆在了客栈后院花园内。

他抱着那壳子坐下，抬头看了一会儿月亮，又叹了口气：“宝贝儿，今夜十五呢。你曾经说月到十五便团圆，但你我……”他说到这里顿住，停了片刻后，就将一双筷子放在那壳子手里，“惜玖……”他低低地叫着她的名字，“这些菜都是你曾经喜欢吃的……看看现在还喜欢吗？”

那壳子自然是不会吃的，就是帝拂衣也没动筷子。

倒是飘在空中的顾惜玖看到这一大桌子菜，忽然觉得有些饿了!

她最近的五感越来越接近生前，但饿的感觉还是第一次有!

桌上有她最喜欢吃的油焖大虾、松鼠鳜鱼，她忍不住飘下来，想去抓取桌上的筷子，奈何找不到自己的手，只得凑过去闻味道，哄哄忽然生出来的馋虫……

没想到越闻越感觉肚子饿，她往两边看了看，没有任何人看到她。

她把心一横，干脆俯下身子去咬那虾……

她努力了半晌，居然被她咬下一点儿虾须来!

咦，她能咬中实物了？!

顾惜玖再接再厉去咬整只虾……

那虾被她咬得在盘子里滑了滑，然后直接滑出盘子掉在了桌上。

掉落的食物顾惜玖是不吃的，所以那只虾虽然足够肥硕，顾惜玖还是放弃了，转而进攻第二只虾。

她这次使出了吃奶的力气，终于成功地将那虾叼离盘子——

砰！有酒杯坠地的声响传来，吓了顾惜玖一跳，然后那虾自然也从她嘴里滑落，掉回盘子里。

她下意识地抬头，正对上帝拂衣震惊的眼眸！

她僵了僵，讪讪地起身，离开那张桌子，问："你看得到我？"

帝拂衣的视线并没有随着她起身而转移，他的视线是落在那只掉回盘子的大虾上的。

怔了好半晌，他才伸筷子将那只虾夹起来，指尖有些僵，将那虾慢慢凑近鼻端，似乎在嗅闻上面的气息。

顾惜玖忐忑地看着他，不知道那上面有没有她的口水……

"惜玖，是你吗？"帝拂衣霍然站起，目光四顾，"你是不是在这里？"

清风冷冷夜色寒，没有人回答他。

他还是看不到她。

顾惜玖在旁边看着他，心里不知道是什么滋味。

她就站在他面前，也应了他，他却看不到、听不见。

看他茫然四顾的模样，顾惜玖只觉得心里像有一只猫爪子在抓，传来丝丝缕缕的痛。

其实这几天她也试探着想再回到那具身体内，结果都被反弹回来了，她压根附身不上去。

她也围着他转悠过，甚至向他耳边吹过气，也是徒劳无功的。

"惜玖？"他盯着那盘子，手指快速作法。

顾惜玖认得，知道他这是凝聚抓取魂魄之术，曾经百试百灵。

现在他果然抓到了一缕魂魄，一只小猫的魂魄，那魂魄有些懵懂，在他手里挣扎。

帝拂衣眸中的失望之色藏也藏不住："刚才偷虾吃的是你？"

那猫魂一脸蒙地看着他，在他手心里瑟瑟发抖。

帝拂衣随手将那猫魂放掉，颓然地坐在椅子上，怔怔地望着那一桌子菜半晌，苦笑道："是我多想了，她被我伤得那么狠，我这个人她都不想要了，又怎么会稀罕我做的饭菜？何况我做得不好吃……"

顾惜玖："……"

她又有些眼酸，干脆坐在他对面望着他出神。

夜风冷，帝拂衣独坐桌前，没吃菜，但酒没少喝，一杯接着一杯，仿佛在借酒消愁。

他不知道从何处拎出了一支笛子，幽幽地吹奏起来。

他吹笛子无疑是吹得极好的，吹出来的每一首曲子都是天籁，而每一首曲子基本都是顾惜玖曾经在他面前唱过的。

八年时光，她在他面前唱的歌何止百首？

他一首一首地吹下来，不知不觉夜就很深了。

顾惜玖生前就喜欢听他吹笛子，现在也愿意听，但看他不停歇地吹下去，心却开始疼起来。

“别吹了！

“别吹了！你该去休息了！

“帝拂衣，你已经数天没休息了……”

她尝试着和他说话，想要阻止他，奈何对方压根听不到她的声音，也看不到她。风扬起了他的衣角，呼啦啦作响。

“主上！”沐风不知道从何处冒了出来，直接出现在帝拂衣面前。他看看吹笛子的帝拂衣，再看看端坐在椅子上的壳子，张了张嘴，忍不住道：“主上，您这么熬下去不行，先去休息休息，明日还要去为顾姑娘祈福……”

帝拂衣不理他，只是摆了一下手，让他离开。

沐风红了眼睛，固执地道：“主上，您的身体已经受不住这么熬了！本来、本来就没多少日子了，您别再糟蹋……顾姑娘若泉下有知，定也不忍见您如此……”

“本尊心里有数，离开吧。”帝拂衣用腹语开口，笛声依旧未停。

沐风站在那里直挺挺的，像棵小白杨一般：“主上，您不歇下的话，属下就不走！”

帝拂衣俊脸微沉，笛音错了一个调子，他终于开口说了一个字：“滚！”

他的气势太强，沐风还是不敢违逆他，眼睛红红的，到底还是离开了。

不过他并没有走远，而是飞到附近的屋脊上，站在那里守护着帝拂衣。

黑暗中的他就像一个固执的影子，不肯离开。

顾惜玖呆呆地站在原地，感觉自己也像是被惊雷劈中了！

什么、什么叫“没多少日子了”？沐风这话是什么意思？！

她忍不住看向帝拂衣，月光下他的脸白如玉瓷，这么看倒是看不出其他不妥之处。

她一横心，飘到沐风跟前，想试试能不能和他交流，但到沐风跟前才发现，沐风在哭，无声地哭！一个大男人满脸都是泪，鼻翼翕动着，眼泪顺着睫毛小溪似的向下流，然后顺着下巴滴滴答答地落下去，半点儿声音也没发出。

怎么回事？这到底是怎么回事？！

顾惜玖心中忽然生出巨大的惶恐和不安感。

她试探着和沐风说话：“沐风，你说‘没多少日子’是什么、什么意思？他……是他为我祈福的日子有限吗？”

她尽量向好的方向猜测着。

沐风自然不会回应她。

顾惜玖毕竟聪明，第六感又敏锐，把前后的事稍微贯穿起来一想，心更慌了！

明明没有身体，她却感觉自己的心慌得几乎要从喉咙口跳出来！

不，一定是自己想多了！

帝拂衣这样的人可是不老不死的，不可能有什么意外……

顾惜玖想过关于帝拂衣的很多事，唯独没想过他会死，此刻向这个方向一想，就下意识地打住！

她在原地愣了很久，又想起了苍穹玉，立即飘下去！

苍穹玉很“傲娇”，顾惜玖死后，它就不愿意再待在那个壳子上，此刻正静静地躺在桌子上，一闪一闪地发着微光，似乎在为帝拂衣的笛声打着节拍。

顾惜玖飘到它的跟前，试着和它交流，结果这货压根没反应。

顾惜玖围着它足足转了十几圈，使遍了法子，都是徒劳无功。

顾惜玖几乎想把它踹下桌子！它还说时刻能和她无障碍地交流，结果关键时刻压根没用，一点儿心灵感应都没有！

只可惜她找不到自己的脚，要不然真的飞起一脚……

咦，不对，她虽然感应不到自己的脚，但似乎可以用嘴！刚才她就成功地叼起了虾来着！

若在以往，顾惜玖绝对不会用嘴去和苍穹玉“亲热”，但今天顾不得了！

她俯下身子，用力去叼苍穹玉。

这个过程对她来说真是一言难尽，刚才她叼那只虾都费了半天劲，现在叼比虾大十几倍、重十几倍的苍穹玉，简直就像蚂蚁叼大象，不是一般艰难。

她不要说叼起它，就是把它推得动上一动那也是艰难无比的。

苍穹玉原本一闪一闪地打着节拍，忽然似感应到了什么，一下子不闪了，直接在桌子上竖立起来，仿佛在左顾右看。

谁在冲我吹气？！

娘呀，谁在向我吹气？！

鬼啊啊啊啊啊啊啊！

苍穹玉一下子蹦起来，飞速缠上了帝拂衣的手腕，找大神做倚靠去了。

它其实不怕鬼，因为它平时是能见到鬼的，但这次它看不到什么东西，偏偏能感应到有什么在向它吹冷飕飕的气，甚至有一种对方正在咬它的错觉……

顾惜玖：“……”

这个该死的小苍！

帝拂衣被苍穹玉打断了一下，吹出一个颤音。他蹙眉问道：“怎么了？”

苍穹玉在他的手腕上哆嗦着道："有、有鬼！有东西向我吹气，想咬我……"

帝拂衣："……"他也觉得今夜有些邪性，心中忽然一动，向四周望去，"惜玖，是你吗？"

"是我、是我……"顾惜玖回答，奈何在场的人都拿她当空气。

帝拂衣再一次施法，理所当然地依旧没发现什么。

顾惜玖颓然地待在一边，也有些绝望，盯着苍穹玉，恨不得把这货扯过来摔八瓣！

苍穹玉莫名地觉得有些冷，于是再向帝拂衣的手腕上缠了缠，嘟囔道："我怎么感觉有什么东西狠狠地盯着我，想吃我……"

帝拂衣坐在那里，目光落在盘子上，盘子里的大虾尚在，但已冷透。

他沉声道："惜玖，刚才是你吗？如果是你的话，再来动一动这虾吧？你如果在，就动一动这虾肉。"

他抬手将一枚大虾剥出一小块肉，然后放在最上面，还体贴地将那虾肉又热了热。

顾惜玖心中一动——她可以咬动那虾的！

不过，她得用叼的。

这个动作像小狗一样，她感觉很毁自己的形象。

她一时有些犹豫。

帝拂衣一直盯着那虾肉，甚至暗中施法阻止了周围的风的拂动。

但那虾肉纹丝不动。

帝拂衣等了片刻，眸中渐渐现出失望之色，低叹了一声："我还是……多想了……"

他的神色太过黯然，顾惜玖觉得心中一疼，将心一横，终于飘过去，再次努力去叼那虾肉。

虾肉比大虾小多了，又被帝拂衣切成了两半，一小块还没指肚大。

她又有了些经验，这样努力了约莫半盏茶工夫，终于叼起了那小块虾肉。

帝拂衣整个身子都僵住了！

他瞧着那悬空的小虾肉，声音微颤地唤道："惜玖！"他伸出一只手掌，轻轻去托那虾肉，"惜玖，你果然在！我为什么看不到你？"

顾惜玖觉得嘴巴都咬酸了，啪嗒一声，那虾肉自她嘴里掉出来，掉在了帝拂衣的掌心里。

她看着他，自他眼睛里看到似雾的波光，心中又是一疼！

他捧着那虾肉，像是捧着这世上最珍贵的钻石："惜玖，你在我的掌心里吗？"

顾惜玖摇头，她又不是虾肉！

苍穹玉也惊了，自帝拂衣的手腕上飞下来，绕着那虾肉飞着：“主人，真的是您？刚才是您想要咬我？哎呀，您其实可以用手拿我的，不必用嘴咬……”

顾惜玖不想理这货。她如果能用手干吗用嘴啊！

帝拂衣轻吸了一口气：“惜玖，你无法现身吗？”

对啊！

顾惜玖郁闷。

帝拂衣似乎想到了什么，抬手在那壳子上轻轻一挥，像是解掉了什么术法，低声道：“惜玖，你先回自己的身体。”

顾惜玖也不想以这个状态和他交流，于是也抱了一线希望再次撞向那具身体。

但结果让她很绝望，她直接自那身体上穿过去，压根停留不住。

帝拂衣一直屏息看着那壳子，结果等了半晌也没看到顾惜玖有一丝复活的迹象。

苍穹玉狐疑地道：“圣尊大人，你说是不是有什么孤魂野鬼在这里故弄玄虚？我主人那么大本事，如果真成了鬼，那也是极强大的鬼，可以飞沙走石那种。但现在这个只是叼了叼虾肉，还费这么大的劲儿。”

帝拂衣沉声道：“此处没有孤魂野鬼！”

真有的话他能看到的，也没有孤魂野鬼敢在他面前冒充顾惜玖。

他沉思了片刻，忽然抱起了那个壳子：“惜玖，你如果在的话，就跟我走，我带你去吃东西，你饿了吧？”

顾惜玖当然饿，要不然刚才也不会去叼那虾。不过她不知道该怎么填饱肚子，这一大桌子美食她无法享用。

刚才用力过度，她不但饿还累，此刻飘在空中养神。

帝拂衣是实干家，说一个“走”字，人已经抱着壳子不见了踪影。

顾惜玖终于明白自己为什么能一直跟着帝拂衣了，因为她貌似是跟着那壳子走的，帝拂衣抱着那壳子飞到哪里，她就跟到哪里。

帝拂衣去的地方不是什么饭馆酒楼，而是顾天师祠。

已经是深夜，天师祠自然没有香客，只有一名小道童在那里看着香火。

这里燃的香是梵香，袅袅升起的香气在上空盘旋。

顾惜玖的肚子终于不饿了！那香似乎就是她的食粮，她闻了一会儿后，就感觉舒服了不少。

帝拂衣抱着那壳子坐在横梁上，那位置正好能很好地嗅闻那燃香之气。

“惜玖，在这里是不是舒服多了？”帝拂衣低语道。

“是啊。”顾惜玖也感觉在这里最舒服。

帝拂衣倚靠在身后的竖梁上：“惜玖，我们就在这里歇歇吧。”

他说是歇歇，却并没有闭上眼睛睡觉的意思，手指一直掐着某个法诀。

他怀中的壳子虽然已经是仙体，但没有结界相护的话，还是容易腐败的。他又唯恐阻挡了顾惜玖回身体的路，所以撤掉结界后，就暗中用术法加持着，让其一直保持生的状态。

顾惜玖自然看到了他的手指掐出来的法诀，心中酸涩不已。在这期间她已经数次向那身体冲撞过去，依旧是做无用功。

帝拂衣抱着那壳子在那房梁上坐了一宿，他怀中的人动也没动。

连苍穹玉也绝望起来：“圣尊大人，我觉得那叼虾的另有东西，不是我家主人，要不然她就算是灵体也能和我交流的。”

顾惜玖也绝望，她无法和它交流啊！

帝拂衣没说别的，当天边又露出一线鱼肚白的时候，他起身抱着那壳子回了客栈，然后再次坐上水晶车去下一个顾天师祠。

水晶有聚集能量的作用，顾惜玖待在水晶车里的时候也不会感觉到饿。

她又跟了帝拂衣三天，发现帝拂衣坐的水晶车有七种颜色，每一种颜色都很纯粹，而且聚集的能量不一样，她感觉自己的力量又大了一些，甚至能感觉到自己的一只手。

帝拂衣的车中有些水晶把件，她试探着去拎那个最小的把件，那东西居然能被她推动一下。

帝拂衣这几天一直注意身边东西的细微变化，自然看到了那个水晶把件的移动，微微闭了闭眼睛！

他虽然还是看不到她，却无端地能感觉到她的存在！

“惜玖，我不知道你为什么不回身体，但是我知道你在！”他微笑着，笑容温柔，眸底的神色却有些黯然。

顾惜玖这几天已经习惯和他的这种朝夕相处，每天习惯性地看他的脸色。

沐风关于时日不多的那句话如同一根针扎在她心上，让她不得安宁，迫切地想要知道真相。

既然水晶车和顾天师祠能让自己恢复得快些，顾惜玖也就尽量待在这两个地方。

帝拂衣带着她在这大陆转悠，她的每座祠堂都是建在灵气最充裕的地方，她每到一处，能力都有所提高，到第五天的时候，她已经能指挥自己的双手了！

虽然她还无法拿起什么东西，但是能感觉到它们存在的滋味真好！

这一天又到了一座祠堂中，结果他们在这里碰到了熟人——蓝外狐和晏尘！

他们也相携到这祠堂来进香了。

蓝外狐望着那塑像出神，低低叹息了一声：“真像！”

晏尘站在她身边，嗯了一声。

“晏尘哥哥，你说，圣尊大人为什么要给惜玖建生祠呢？”

“为了给她祈福吧？”晏尘亲手燃了一炷香，插入香炉之中。

“我想惜玖了，可惜她这些日子一直和圣尊在一起，也不和我们见一面。这次若不是她，我真的就死了……”蓝外狐心有余悸地道。

晏尘拍了拍她的手，递给她一炷香：“来，你也为惜玖上炷香。”

蓝外狐听话地将香燃起，双掌合十：“惜玖，我已经和蓝阅退亲啦，我没想到这次退亲这么容易，我苏醒以后蓝阅亲自找到我，我还以为他要捉我回去成亲，吓得够呛！晏尘哥哥还和他单挑了……也不知道他们跑到什么地方打了一架，晏尘哥哥把他揍得鼻青脸肿哟……他回来后就很干脆地和我退亲了……”

她低声冲着神像嘟囔着这些，晏尘叹了口气：“外狐，蓝阅藏拙了，他的功夫很高的。”

“惜玖，晏尘哥哥和我就要成亲了，他说要给我一场让我终生难忘的盛大婚礼……请柬也发到你的大天师府了，不知道你看到没有？我好想你能来为我们主持……”

顾惜玖看着那两个人，自然为他们开心，不过主持婚礼的话就不必了。

下面那两个人一直手牵着手，顾惜玖觉得欣慰之余又有些艳羡……

她忍不住看向帝拂衣，惊见帝拂衣并没有待在那里，他带着那壳子不知道何时离开了！

顾惜玖傻了！

她原先不能离帝拂衣十丈远，一旦超过这个距离，就会自动被扯回去，重回他身边，这次是怎么了？

她迅速在方圆十丈内找了一圈，没找到他的影子，又下意识地去寻找他的水晶车，发现那水晶车也离开了。

她在原地发呆了片刻，又返回祠堂中，发现蓝外狐二人也已经离开，祠堂里只剩下道童和其他香客了。

她被抛下了！

顾惜玖飘在横梁附近足足发呆了一炷香的工夫，一时不知道该去哪里。

不行，她要去找帝拂衣！

片刻后，她失望了。她居然出不去这座祠堂！

这祠堂内似乎有困住她的结界，她无法离开祠堂五里范围内。

她在这里被困了足足六天，这六天里她想尽办法脱困都徒劳无功。

帝拂衣再没到这座祠堂来，她只能在香客的只言片语中知道他的消息，譬如他又在什么国的什么城市以什么形式出现，出现时引起什么轰动……

譬如有人说圣尊大人亲自驾临天问宗，据说是天问宗宗主龙司夜犯了什么大错，需要进什么境受罚半日。圣尊亲自将龙司夜送进去的，龙司夜从那什么境出来时几乎丢了命……

众说纷纭，顾惜玖听了以后心里火烧火燎的。

她也终于想起了关于龙司夜的惩罚，貌似还是因为她……

她心里也不知道是什么滋味，想要闯出这里的念头更是迫切。

这一天，她找了一个方向，隐隐感觉这个方位的结界似乎薄弱了些，正试探着忙碌，耳边忽然响起一声悠悠的轻叹声：“不必忙了，现在的你闯不出去。真想出去你就好好修炼，这样过个四五十年就差不多可以出去了。”

那声音有些缥缈，顾惜玖也听不出是男是女，甚至听不出是老是幼，却浑身僵硬了一下！

这像是她才魂飞魄散被禁锢在云上时，在她耳边叨咕她违背什么天意的声音！

“你是谁？！”顾惜玖沉声问道。

“不必管我是谁，你只管修炼便可。”

顾惜玖冷笑：“我很烦装神弄鬼的东西！你是天道？”

“非也，我只是天道谕令下传者。也是监督者。”

顾惜玖觉得有些不可思议，再次冷笑：“其实我一直很纳闷，我违背什么天道了？你既然在这里能不能给我解惑？”

那声音默了默，说道：“你不该死的……”

顾惜玖再次冷笑道：“我是为斗天魔而死的好不好？我如果不用这个法子，压根杀不死他！我是为百姓除了害，就算没功也没过吧……”

那声音叹了口气：“其实你不必出手，凰茶可以解决他。”

顾惜玖：“……”她嘴角挑起了一抹嘲弄的笑意，“原来谁来解决天魔也是你们早就设计好的？天魔只能由圣尊解决？其他人解决了就算是违背天道？”

“这倒不是……不过以天魔的本事，也只有凰茶能彻底将其解决……”

“但我也彻底把他解决了啊！难道他还没死？”

“死了！不过你也搭上了你的命……”那声音幽幽地说。

顾惜玖气结，自己拼上自己的命也成大错了？

“用我的小命来换天魔的命，我觉得值得！”

“不值得……”那声音依旧没什么情绪，“你的命比他的值钱多了！”

“为什么这样说？”她想要一个真相。

这次那声音沉默的时间久了一些：“等四五十年后你出来就明白了。”

四五十年？！她可等不了那么久！

她似乎想到了什么，状似无意地道：“这个世上是不是也有‘天无二日，民无二主’的说法？”

那声音似乎滞了滞："这……"

不待这声音说出话，顾惜玖接着道："你既然是天道的传令者，理应不会说谎话，是不是？"

"这……"

那声音好半晌没动静，随着那声音的沉默，顾惜玖的心也跟着一寸寸地沉了下去。

这个时候对方的沉默几乎相当于默认。

"我是不是未来的新圣尊？"她的声音微微带着颤抖，绝不是因为欢喜！

那声音继续沉默。

"是不是我会取代凰荼圣尊？"顾惜玖的问题一个比一个犀利，也步步接近问题的核心。

她其实很想听到那声音否认她的说法，哪怕对方大声嘲笑她异想天开也行。

结果，那声音活像是变成哑巴了，一个字也不肯多说了。

顾惜玖觉得全身发软，在空中几乎要飘不住……

沐风的话又浮上心头：时间不多了……

"我的复生之日就是他的死期？"顾惜玖问出了几乎不敢问的问题，问出这句话后，下意识地屏住了呼吸。

那声音依旧没说话。

心如冰冻，头脑发蒙，说的就是顾惜玖现在这种症状。

她向后退了退，几乎要将身子缩起来，融进空气中："那我还复生做什么？！我不要复生了！"

"这由不得你。"那声音沉默了这么久，终于开口，说出的话却残忍无情，"还有，他的命有定数，和你复生不复生并无关系。你勤修苦练，说不定能在四五十年后复生；你倦怠不修，四五百年后你也会被迫复生，并不能真正改变什么。最多是你因为违背天意，再受惩罚而已……"

顾惜玖第一次如此痛恨天意！

她微微闭上眼睛，再问："天意到底是什么？谁制定的？"

那声音轻笑道："记得你们人类有一句话，今知天意是无情……天意就是命运，你们各自的命运。没有任何人可以违背天意……就算上界的神仙也不可以，所以你不要再动别的念头了。"

顾惜玖沉默片刻，忽然问："那在天意的命盘中，是不是我和他是无缘的？"

那声音再次沉默了。

两人确实应该无缘，这缘分是那人强行争来的，所以那人也付出了相当惨重的代价。

“他还有多少年？五六十年？”顾惜玖继续问，既然她要四五十年后复生，那么他最起码要支撑到那个时候吧？

那声音低低叹了口气：“你不必想他有多少年了，你和他再无相见的机会。你还是想想复生之后怎么治理这天下吧！”

顾惜玖只觉脑子里轰然一响，他们没有相见的机会了？！

他的寿命连四五十年也没有了吗？！

“他还有多久？！我只想知道他还有多久？！”

那声音没说话。

顾惜玖心慌得厉害：“你说啊！他还有多久？！”她的声音已经带了凄厉之意，“你不说是不是？你不说我不但倦怠练功，就算复生后我也不会做任何事，还会直接成魔毁掉这个世界，我说到做到！说！”

那声音似乎有些后悔和她说这么多，冷冷地道：“你若成魔会加倍受罚！”

顾惜玖脑子里轰然作响，她已经豁出去了：“无所谓！我连死都不怕，还怕你们的惩罚？！他到底还有多少年？三四十年？”

那声音终于叹息道：“没有这么多。”

顾惜玖的心再往下一沉：“那二三十年？你们总得给我出去接手的时间吧？”

“会有代圣尊出现，不必你和他交接。”

“代、代圣尊？！这也能代？”

那声音没说话。

顾惜玖强吸了一口气：“那他需要传授代圣尊的事会有很多很多，也需要好多年吧？我感觉最少十几年以上……十年总有吧？”

那声音叹气，似乎很不忍说出真相。

顾惜玖急了：“你怎么这么黏黏糊糊的？还不如普通人爽快！我既然是未来的圣尊，就算这是天机我也有权知道！”

那声音：“……”

按道理说，现在自己对她说出真相也不算是泄露天机了。

那声音冷了下来，没什么情绪地道：“不足半年……你还是把他忘了吧，对你会好一些。”

顾惜玖眼前一黑，活像是一脚从万丈悬崖上踩空。

龙司夜望着眼前明显僵硬的尸体，不是一般火大！

这尸体是顾惜玖的，是帝拂衣带过来的。这人天天带着尸体游街秀深情就罢了，现在终于把这尸体玩坏了，想起来找他了？

他龙司夜确实能救死扶伤，但已经这么硬邦邦的尸体，他能怎么办？

他抬头看着帝拂衣，帝拂衣戴着面具让人看不清表情，只一双眼睛深沉如海，其中翻腾着微弱的希望，仿佛把龙司夜当成最后一根救命稻草："有没有办法将其恢复？"

龙司夜声音冷冷地道："如果当初直接将这身体放入水晶棺中，用秘法保养，或许能一直保持生的状态，但现在——若不出我所料，这身体会在三天内腐朽！"

帝拂衣明显受了打击，后退一步，望着那尸体怔怔出神。

他其实一直用秘法保养着这具原身，让这原身像植物人一样保持着必要的生机，却没想到这原身会忽然开始败坏，所有生机开始依次断绝，慢慢地变成一具真正的尸体……

更要命的是，他前几天还隐隐感觉到顾惜玖的存在，但这几天忽然就半丝也感觉不到她了！

龙司夜心中也很不好受，不管对方是不是高高在上的圣尊了，一顿冷嘲热讽，把心中的怒火和闷气全部发泄了出来。

帝拂衣默不作声地听着，居然一句也没反驳。

龙司夜骂着骂着感觉没意思了，就算他把对方骂死又能怎样？惜玖也回不来了！

他看着那具尸体，轻吸了一口气道："让她入土为安吧！我们那边的世界讲究死者入土为安。"

帝拂衣坐在那里出神半晌，才淡淡地道："好！本座会好好安葬她。不过，龙司夜，你的惩罚也该领了。现在就进离火境待三个时辰吧，你给我撑住！你出来以后本座还有一个关于惜玖的消息要告诉你，你会希望听到这个消息的！"

他卖了一个关子，龙司夜原本有破罐子破摔，干脆在离火境中死去的念头，听他这样一说，一颗心被高高吊起，恨不得立即就知道这个消息，咬牙去了离火境中受罚。

龙司夜在那里受罚如同被强行拆一遍骨头，那火是从身体内部燃起，一寸寸烧过他所有的经脉。好不容易熬过去走出来时，他已经被烧掉大半条命，几乎要站不住了。

他没想到的是，帝拂衣居然一直在外面等着，看到他出来，还将他从头到脚打量了一遍，然后亲自为他把脉……

龙司夜第一次享受到这种待遇，有些惊，皱眉道："你到底——"

帝拂衣松开他的手，淡淡地道："你体内总算没有龙梵的残魂了！"

龙司夜惊了一下，他体内一直有龙梵的残魂？他怎么不知道？！

"他的魂魄比你强大，若非本座一直用灵力给你封着他，否则你以为你不会被他吃掉？离火境之火乃三昧真火，是煅化残魂的绝佳之地，本座先前没提醒你是怕被你体内的龙梵的残魂知晓，他并不知离火境的功用。"帝拂衣说完就扔给龙司夜几瓶药，“蓝瓶里的丹药是助你治疗离火境灼伤的，红瓶和绿瓶里的丹药是助你恢复功力的。你只要将养得当，一年之后灵力将会重回九阶……”

龙司夜握着那几瓶药有些愣神，不过还没忘记一直想要知道的事：“你说会告诉我惜玖的消息……什么消息？”

“她会复生，所以你也要变强！”帝拂衣说完这句话就带着那壳子直接离开了。

龙司夜的心脏险些跳出来！

惜玖会复生？真的假的？她明明已经魂飞魄散……

帝拂衣不会是在忽悠他吧？！

不对，帝拂衣这人虽然做事无下限，但从来不会在大事上骗人，那他说的应该是真的。

呀，惜玖会复生！

那自己一定要变强，变得很强才能在她困难的时候帮上她！

那他要努力了！

龙司夜感觉像是被打了鸡血，瞬间热血沸腾！

一捧捧的黄土逐渐掩盖了水晶棺，也掩盖了水晶棺中曾经美貌的少女。

帝拂衣亲自动手捧土，没让任何人帮忙。

苍穹玉围着那水晶棺转悠，很是不舍，在帝拂衣的脑海中刷屏：“主人最不喜欢黑暗了，现在却只能把她埋到黑暗的地底去……”

帝拂衣的脸色苍白得厉害，他一句话也不肯说。

现在他的话少得可怜，除非有极其必要的事情需要嘱咐人去做，要不然他一天也未必会开一次口。

“圣尊大人，你说，数十年后主人不会是从土里爬出来吧？”

帝拂衣没回答苍穹玉的废话，慢慢为顾惜玖垒出一座坟。

这个地方依山傍水，是个绝佳的风水宝地，传说中的点龙穴。

埋完人后，帝拂衣取出笛子开始吹奏，笛声幽幽地飘向空中，仿佛是催眠曲。

一曲吹完，他将笛子砸碎在她的坟前。

雪白的玉笛碎了一地，让苍穹玉也跟着抖了抖。它看向帝拂衣，伯牙摔琴谢知音，圣尊这是砸笛谢爱侣吧？

帝拂衣望向天空，此刻夕阳半落，云霞被夕阳染成了金红色，倒是分外壮观。

原先他看日升日落都寻常，就算再漂亮壮观的景致看上万年也早看够了，普通的景观压根无法打动他。

但现在，他看着半落的夕阳却有些留恋……

他真的很想再多活一段时间，哪怕是活到她复生的那一天，远远见她一面也好。

但这终究是奢望了。

他正要转身，蓦然看到那个方向有彩光升空，如同极光一般在空中摇曳了片刻，让被夕阳染红的云霞更瑰丽，有一种惊心动魄的美。

因为那光芒是和夕阳之光混合在一起的，帝拂衣一时没看清那光是几种颜色，但五种是有的。

难道是那代圣尊终于出现了？

苍穹玉也直立起身子：“圣尊大人，那应该是代圣尊出现所散发出来的光！我们快去看看！”

要想做好交接，帝拂衣必须将那代圣尊带在身边，亲自教导三个月以上……

而现在圣尊就还有三个月的寿命，真的耽搁不起了！

顾惜玖气喘吁吁地站在一株大树下，一双眼眸比天边的夕阳更明亮、更锐利！

她终于闯出来了，还是凝出实体闯出来的！

古人云，只要功夫深，铁杵磨成针！

而她凝聚实体之路比铁杵磨成针更艰难，她没日没夜地修炼了整整一个多月，也试遍了所知的所有法子……

她的求生欲望从未这么强烈过！为了能快速复生她豁出了一切！

修炼过程很痛苦，那感觉就像是每时每刻都在地狱里受煎熬，但想要活着去见他的念头成了她的精神支柱，就算修炼之苦像是扒皮，她也能忍过去！

终于，她成功了！

可能是她破结界时用力过猛，在结界破裂的那一刹那，一道七色光居然冲天而起，火山喷发似的直冲云霄！她倒是被吓了一跳。

这种凝实体的法子几乎耗尽了她的体力，破开结界后，她就倚在大树上，想稍微休息一下就去找帝拂衣！

她想他，要想疯了！

她微微闭着眼睛喘息了片刻，在心里先草草拟订了一个计划，然后睁开眼睛正要有所行动时，忽似察觉到什么，向树下不远处看去。

在那里站着一名青袍男子，英俊儒雅得如同翩翩而来的陌上公子。

这人她认识——龙默言。

他正一脸被雷劈到的表情望着她，眸中神色奇异。

顾惜玖从大树上一跃而下：“龙世子，没想到你也在这里。”

她迅速扫了龙默言一眼，他的打扮也有些特别，手里拎着一柄花剪，掖着袍子挽着裤脚，很有陶渊明那种“采菊东篱下，悠然见南山”的隐士风格。

顾惜玖心中微动！

她自那些香客的谈论中知道帝拂衣并没有将她的死讯公布于众，绝大多数人还不知道她已经去世了。龙默言并不身在政治权力中心，是个闲散侯爷，更不应该知道这事。

那他现在这么吃惊是……

顾惜玖心中虽然有疑问，但她现在急着去找帝拂衣，所以这疑惑只是一闪而过，就被她丢在一边，和龙默言打了这声招呼后，转身就想离开。

龙默言总算回过神来，上前一步，有意无意地阻住了她的去路：“惜玖，难得在此相遇，我们去喝一杯？”

故人在异国他乡相见确实应该喝一杯聚一聚的，但顾惜玖现在没心情，摆了摆手：“对不住，我还有急事，以后有空我们再聚。”

“惜玖，且慢。我有话对你说，是关于左天师大人的。”龙默言一句话就阻住了顾惜玖的脚步。

顾惜玖心中一跳，转身问道：“他怎么了？”

龙默言叹了口气：“此处不是讲话的地方，山居离此不远，我们可以去那里。”

顾惜玖目光微微闪动，还没开口龙默言接着道：“放心，不会占用你太多时间，一个时辰足够了。”

顾惜玖毕竟被禁锢在那祠堂这么久，这些日子也没再听到关于帝拂衣的传言，所以一时还不知道去何处找他，就算出去也需要找人打听。现在既然龙默言有消息，她不妨听一听。

一个时辰而已，她耽搁得起！

龙默言的住所是一处竹舍，建在半山腰中，巧得很，离顾惜玖的功德祠只有三四里路。

屋子四周全是湘妃竹林，山风一吹，竹叶沙沙作响。

竹林、竹舍、竹篱笆，篱笆内种植了一些药草，窗下种植着芭蕉，倚着墙根处还放着几样农具，再加上远处蜿蜒的山间小路，这里极有田园隐士风。

龙默言一身青袍站在竹舍前，宛如一幅淡墨山水画，与此地极为和谐。

“惜玖，这里就是我居住之地，喜欢吗？”

顾惜玖看看他，再看看周围的环境，点头道：“看上去挺和谐的。”

龙默言的目光锁在她身上：“是你喜欢的风格吗？”

顾惜玖挑眉，半认真半开玩笑地说：“龙世子，这是你的居所，不是我的，我喜欢与否不重要吧？”

龙默言微微垂眸：“我希望你喜欢……”

顾惜玖不在意地道：“你应该希望你未来的妻子喜欢，而不是问我这个路人。”

龙默言直视着她道："惜玖，我找到重笙了！"

"呃？"

龙默言望着她："惜玖，你到此刻还想隐瞒？"

他居然看出来了！

顾惜玖挑眉，倒没再否认："龙世子，对不住，先前确实是我隐瞒了身份，重笙是我的化名。不过我那时和你是萍水相逢，并无深交……"

龙默言眸中闪过一抹黯然之色，他一挥手，地上就多了一个红泥小炉，小炉上有一个茶铫子，铫子中有水咕嘟嘟冒着泡。他又在竹桌上摆上了茶壶、茶杯。

他这架势应该是要泡工夫茶。

顾惜玖有些不耐："龙世子，你说有关于左天师的话对我说？"

龙默言手指微微一顿，为她泡上一杯茶后，他叹道："惜玖，你太心急了。来，先喝杯茶润润喉咙。"

这还真是急惊风碰到慢郎中！

顾惜玖瞥了一眼茶杯，端了起来，茶香袅袅，配合着周围的竹香，倒能让人心神宁静。

只可惜她现在静不下来。

"惜玖，你信不信天意？"龙默言忽然问了一句。

"信如何，不信又如何？"顾惜玖反问，似乎有些口干，抿了一口茶。

龙默言望着她："惜玖，你知道吗，我初见你时心中就有悸动，这么多年来一直在找你。为了找你，我甚至拒绝了天意的安排……"

他这是要表白？

顾惜玖再喝了一口茶："或许你该接受天意的安排……"

龙默言笑了笑："是啊，我该接受天意安排的，差点儿就错过了一桩好姻缘。后来我终于悟了，所以才来这里，一直守在这里，等着我命中的良人出现……"

顾惜玖却暗暗松了一口气，微笑道："你命中的良人在这山里？"

龙默言目光有些悠远："是啊，在这山里，她被困在这里，因为违背了天意，被困在这里受罚。按道理说，她应该三十八年后才能脱困，但这位姑娘是例外中的例外，早早就脱困了……"

顾惜玖脸色微变，心中一沉！

她被困时，那叽叽歪歪的声音也说她会被困三十八年，还说是什么天意！

她微抿了抿唇，眸中闪过一抹锐利的神色："龙世子，你到底是什么人？"

"你命中注定的良人。"龙默言微笑，笑容温和，带着不容拒绝的强势，"惜玖，我们才是天意安排的一对，按人间的说法，我是你命定的未婚夫，会和你相伴终身的……"

顾惜玖："……"

天意不但把她困在这里，还给她整出一个未婚夫？

这搞笑不搞笑啊！

她笑了，上下打量他一眼，目光锐利："你和困住我的人是什么关系？！"

难道一直捣鬼的人是他？！

龙默言轻轻叹了一口气："惜玖，你误会我了。我和困住你的人无任何关系，我只是奉天意来此处和你相守……我以为要在这里等三十八年，没想到……"

"我不信天意！"顾惜玖打断了他的话，嘴角微翘，"所以我和你无缘，你也不是我命定的未婚夫。龙世子，我还有事，不陪你聊了，告辞！"

她不想和他多啰唆，站起身就要瞬移，被龙默言一把扯住了衣袖："惜玖，你就不对我的来历感兴趣？"

顾惜玖目光微微一闪，手腕一翻，龙默言只觉得手掌一麻，掌心中的衣袖已经被抽走。

他再抬头时，见顾惜玖正似笑非笑地望着他，小嘴微抿，眼神却锐利无比："不感兴趣！"

龙默言被噎了一下，微微叹息："那你听我说完好吗？"

"我说了，我对天意、天道什么的不感兴趣。"顾惜玖懒得和他废话了，转身开始瞬移。

啪！她撞在了一棵竹子上，那竹子被她撞得一阵抖，险些折断。

顾惜玖蹙眉，她的瞬移术失灵了？！

不对，是这竹林有问题！

顾惜玖缓缓转身，望着龙默言："你捣鬼了？！"

她倒没看出来龙默言居然能整出这么厉害的结界！

龙默言站在原地望着她："惜玖，你先听我说完可以吗？"

顾惜玖轻挑起嘴角："好，你说！"

她也没走回去，只是轻靠在一棵竹子上，随手扯了几片竹叶玩。

龙默言看她秀气的手指将那竹叶翻来转去的，有些眼晕，轻叹了一口气："惜玖，我来自上界。"

顾惜玖俏脸上表情不变："和丽王仙子一个地方来的？"

龙默言顿了顿，才道："惜玖，我和她并不一样，她其实是犯了错，被上界发配下来的，而我是奉命下来的。只可惜我先前被封印了灵力，也被封印了记忆，一直以为自己就是普通的闲散侯爷，直到九年前才觉醒，知道了自己的使命。惜玖，我先前无知错过了你，好在我知道得还不晚，原来我心心念念的姑娘就是我命中注定的妻子……"他缓缓地向顾惜玖走近，"惜玖，我知道你心中有人，但那人毕竟不是你命中注定之人，能陪你的时间极有限，你又何必执迷不悟？”

顾惜玖微眯起眼睛看着他，现在的龙默言气势全开，身周隐隐有祥光流动，向她走来的时候如同一尊临凡的神。

这种状态——他的灵力不低啊。

她听他的语气，他对那丽王仙子也不放在眼里，看来他的实力要比丽王仙子高，灵力最少到了十阶以上！

顾惜玖感应了一下自己身上，她现在还是十阶灵力，和龙默言应该不相上下。唯一的缺点是她为了破那结界耗费太多灵力，现在有些体力不足。而且龙默言明显是有备而来，他这个地方所设下的结界，有降低别人的功力的效果。并且他给她喝的那茶也有问题……

这么七七八八减下来，真要动起手来，她占不到什么便宜。

她挑眉看着他：“你想要怎样？”

龙默言道：“惜玖，我知道你短时间内难以接受我，不过没关系，我们有的是时间相处，日后这个天下也是你我的，我会和你联手治理这个大陆。其实我还有一个身份，你大概还不知道……”

“什么身份？”

“代圣尊！”龙默言的声音隐隐带着骄傲之意。

果然是他！

顾惜玖微抿着小嘴，叽叽歪歪地对她说话的那个声音就提到过代圣尊。

她盯着龙默言，没说话。

龙默言既然开了头，倒也没什么可避讳的：“惜玖，因为你们逆天而行，所以作为惩罚，你原本要到数百年后才能重生，幸好现任圣尊凰茶为你开设祠堂，又四处平息纷乱，为你祈福……这样一来，你就可以提前重生，不过也要到三十八年以后，而圣尊凰茶还有三个月的寿命，他无法等到你复生进行交接，所以上苍任我为代圣尊，先和凰茶做交接，代他管理这大陆，等你复生后，再将圣尊之位传给你……”

顾惜玖依旧没说话，俏脸上也没什么表情。

龙默言继续道：“我也是近期才在梦中得到上苍谕令，知道此事，所以来此隐居，一来守着你，二来也是等待圣尊凰茶来找我……”

顾惜玖冷笑道：“你怎么知道他会来找你？据我所知，他并不拿天道当回事……”

龙默言微笑着望着她：“是吗？”

顾惜玖心中忽然一紧！

帝拂衣确实时常违背天道，但如果天道拿她来要挟他呢？！

她眼前似闪过最后见到帝拂衣时的模样，寂寥孤独，可以为一个壳子吹笛子吹

一夜。

她感觉心中骤然一疼，眼眶发热。

那个傻子！他为了她还真是什么都干得出来的！

龙默言忽然一指天边说道："惜玖，你看。"

顾惜玖瞥了一眼，只看到一轮红日已经沉得只剩下碗沿大的半圈，暮色半笼，周围霞光满天。

龙默言轻轻叹了口气："夕阳无限好，但转眼即将沉没，如同圣尊凰荼，你又何必贪恋？而你我是朝阳，正是冉冉升起的时候，比夕阳还要璀璨……"

顾惜玖手里转着一根嫩竹条，一声未发，听他在这里诗人般进行感慨。

那嫩竹条是真嫩，嫩得能掐出水来，有淡绿色的竹液顺着嫩竹条滴落。

"惜玖，良禽择木而栖，姻缘更是如此。你若跟了我，我们日后夫唱妇随，共同治理这天下，朝夕相处，双宿双飞，那才是神仙眷侣……"

顾惜玖侧头看着他："你是说，夫唱妇随，共同治理？貌似我才是正牌圣尊，而你只是代圣尊。天无二日，民无二主，我一旦接手圣尊之位，你还能再跟着参与治理之事？"

龙默言顿了顿道："惜玖，你我若成婚，便不分彼此，这天下你我共同治理也是一样的。你又是女孩子，还是不必这么累，更需要丈夫为你分担事务。我知道你无意于权势，我会帮你把一切打理得妥妥帖帖的，你只接受众生的膜拜就好了，劳心劳力的事让我来。"

顾惜玖轻勾起嘴角。她确实对权势没兴趣，不过不代表她是不会玩政治的白痴！

人心有贪欲，皇家为了皇权的争夺还能弄得父子相残、兄弟反目，所有的亲情在权势面前就像是一则笑话，更何况是圣尊之位！

这位龙世子尚未正式登上代圣尊的位子，就已经不想放开权力。自己如果真的三十八年后复生，这代圣尊只怕已经混得风生水起，到那时只怕他就更不会交还位子了——说不定杀妻证道的事他也干得出来！

顾惜玖略感应了一下自己的身体，茶水中的东西已经被她借玩竹叶的手法给逼出体外了。

龙默言还在侃侃而谈："惜玖，你我是命中注定的一对，天赐良缘……"

顾惜玖打断他的话道："我命由我不由天！我从来不信什么命中注定！我喜欢谁，那么我命中注定的人就是谁！哪怕和他只有一天时间，我也只想和他在一起！就算你能与天同寿，我不喜欢就是不喜欢！"

龙默言微微皱眉："你到现在还不信天命？"

"不信！"顾惜玖的声音脆而冷，"我只相信只要够努力，人也可胜天！天道说我会三十八年后复生，我这不是提前复生了？"

龙默言："……"

顾惜玖这句话很打脸，龙默言一时居然无话可说。

他其实也很纳闷，这个姑娘到底是什么投胎的？她居然屡次逆天而行，视天道规则为无物……

顾惜玖抱臂看着他："我已提前复生，似乎不必再劳驾代圣尊了。我自会去找他……"

龙默言目光微闪，叹道："惜玖，你既然不应该这么早复生，就更不应该再去寻他，要不然不知道会发生什么事……这样吧，你先留在这里，我去找他学圣尊术法，等学会再回来教给你也是一样的。其实你能这么早重生我很开心，我们早些相处……"

顾惜玖用手中的竹条轻点旁边的结界，声音冷淡："你这是想把我困在这里三十八年？"

龙默言摇头："不会，惜玖，你才破结界出来，身上一定虚得很，此地灵气充足，正是修行的好地方。你在这里闭关修炼恢复恢复吧，三个月以后我来带你出去……到时候你想去哪里就去哪里，我都会陪你。"

顾惜玖低吸了一口气，龙默言就是想把她困到帝拂衣离世！

她向龙默言走了一步："你以为你能困住我？"

这句话说完，她蓄势已久的掌力就向着龙默言拍了过去，她一出手就是辣手绝招！

龙默言猛然向后退去："惜玖，你不能运转灵力！我在你喝的茶水中加了料，一旦你运转灵力会腐蚀你的经脉，不及时停止的话会让你变成废人……"他一边说，一边挥动衣袖向旁边的竹子上一甩，那里忽然出现一道门，他的身影在门外消失，只留声音还在这空间中回响，"惜玖，我不会害你，你只要在三个月内不运转灵力发功，这药对你的身体就有增益效果。我这结界你也破不开，你乖乖在这里修炼三个月吧。"

偌大的空间内只剩顾惜玖一人，龙默言已经消失了，很显然他不想和她正面对上，干脆躲了。

而刚才龙默言那一下出手不俗，确实是十阶灵力者才能使出来的。

顾惜玖无声地松了一口气。她现在没有一击获胜的把握，真正和他动起手来她也占不到多少便宜……

现在他躲出去了，那她正好静心动手破他设的这破结界！

她开始转悠，寻找破结界的法子。

帝拂衣，老天说你我无缘，我不信！我一定要见到你！

第八十八章　重　逢

龙默言站在一处山坡上，看着远处自己曾经的居所轻轻叹了一口气。

他确实不想和顾惜玖正面起冲突，无论输赢都没好处。

他这种冷处理的方式是最好的法子，他那居所中有水、有粮、有菜圃，她就算被困在里面几个月也饿不到。

而几个月后，帝拂衣已经羽化，把她放出来她就算再哭再闹也翻不了天了，他有的是时间慢慢将她哄好……

他在原地站了片刻，心里琢磨着要不要主动去找圣尊凰茶……

忽似感觉到什么，他猛然回头，看到在他身后的一棵大树树巅上，飘然站着一位白衣男子。

白袍如雪翻涌，黑发如瀑飞扬，一张银质面具遮挡了他的五官，来人只露出一双比星辰更璀璨的眼睛，此刻正淡淡地打量着他。

圣尊凰茶！

龙默言没想到说曹操曹操到！

他呼吸微窒，知道凰茶功力深，却没想到深到这种程度。以龙默言的功夫，他居然没有察觉这位圣尊是什么时候到的！

他目光微动，躬身行礼："圣尊大人！"

对方穿着标志性的一身装束，龙默言自然不能装不认识。

帝拂衣瞧着龙默言没说话，他一贯情绪内敛，让人摸不透他的想法。

龙默言被他瞧得头皮发麻，躬着身一时不敢直起身。

半晌，帝拂衣终于开口："既识得本尊，为何不跪拜相迎？"

龙默言微微一僵，轻咳了一声，大胆地抬头望向帝拂衣，态度不卑不亢："圣尊大人，默言是天道委派的代圣尊，应该不用行跪拜之礼吧？"

帝拂衣目光微沉，看来龙默言已经知道他自己是代圣尊了。

他既然知道他是代圣尊，那应该也知道圣尊大限将至，那就应主动找圣尊继承此任，而不是悠闲自在地隐居在这里。

他这是学姜太公，还是另有所图？

帝拂衣还是掌握他的一些行踪的，知道他隐居在此已经将近一个月，每日里学农夫栽花种竹，过的是隐士般的生活。

"你知道本尊会来找你？"帝拂衣声音里带着一抹淡淡的冷意。

龙默言没想到他会问得如此直接，略停了停道："是默言胆怯，虽然知道一些真相，却不敢去寻圣尊大人。默言无意于权势，却被迫成为代圣尊，一时不知道该如何是好，故而来此地放松一下心情……没想到圣尊大人会亲自寻来，默言惶恐。"

他回答得滴水不漏，让人寻不到什么破绽。

但他面对的是帝拂衣，任何人在帝拂衣面前耍花枪还没有不被揭穿的！

帝拂衣瞧了他片刻，见他嘴里说着惶恐，但行为可半点儿没有惶恐的样子，明显是有恃无恐。这样的人一旦真正掌握了权势，再让他放下只怕比登天还难——

帝拂衣不动声色，心中对龙默言已经有了评判。

他向着远处瞧了瞧，隐隐看到那片竹林后有竹舍露出一角。

他飞身而下，飘然前行，淡淡地道："走吧。"

龙默言一看他前进的方向，脸色微变！

"圣尊大人，您远途而来，让默言进城好好招待招待您吧？"他赶过去，有意无意地挡住了帝拂衣前进的道路。

帝拂衣足下未停："不必，去你家吧。"

他要去龙默言隐居之所瞧瞧，或许能从龙默言的居所中瞧出这人的心性品质。

龙默言忙躬身道："圣尊大人，山居简陋腌臜，不堪招待圣尊大驾，还是进城找一净处……"

帝拂衣目光微闪，他这是谦虚，还是隐居之处有鬼？

"本尊有些疲惫，你的山居既然离此处不远，本尊就暂时去那里歇一下脚。"帝拂衣足下如行云流水，飘然前行。

龙默言心中大急，有些后悔没将山居完全用术法遮盖起来。

他在山居外设置的结界在外面是看不出什么来的，只有人走到近前才会发现那结界。

龙默言急中生智，拦在帝拂衣面前，微笑道："圣尊大人，您想必是想考校一下默言的功夫，默言现在就可以献丑，可以用术法凝出宅院供圣尊歇脚，还请圣尊指正。"

不待帝拂衣说话，龙默言再后退一步，手指掐诀，五彩光芒在他的指尖闪现……

他也确实有本事，在片刻的时间里就在旁边的山坡上建起一座竹楼，那竹楼颇像八角楼，斗拱飞檐，银铃挂角，看上去既雅致又古朴。从外面望过去，这竹楼比他那山居竹舍要豪华正式得多。

他的山居竹舍像民居，而这竹楼像王侯居所。

他躬着身，表情恭恭敬敬地道："请圣尊大人去竹楼歇脚。"

帝拂衣目光微闪，微点了点头："好，算你有心。"

他抬脚向那竹楼走去，龙默言几不可闻地吐出一口气，在后面忙跟上。

他这竹楼内东西倒是应有尽有，锦墩、木榻、古木家具……每一种看上去都很精致。

帝拂衣在里面走了一圈，龙默言连忙请他在一张古木桌前坐下，诚心求指教的样子："圣尊大人，默言这种功夫能拿出手吗？"

帝拂衣轻笑，目光有些锐利："龙世子十阶灵力了啊，可喜可贺。"

龙默言恭敬地道："默言来自上界，先前被封了记忆和灵力，不记得前事，于今才觉醒几天。默言确实已经达到十阶灵力，但并未特意隐藏实力，还望圣尊大人恕罪……"

帝拂衣瞧了他一眼，又打量了一下这竹楼："你这术法使得不错，不过做代圣尊可不是会盖房子就可以，本尊还要考校一下你的其他本事。"

"请圣尊出题。"

"打架的本事。"

帝拂衣一伸手，随手凝出一柄长剑，指尖一弹，长剑轰的一声击碎了屋顶直飞上天，在空中团团一转，化作无数柄小剑，在空中列为八卦阵形！那磅礴的杀气将竹楼掀飞，使其化为齑粉。

"龙默言，你来破一破本尊的剑阵。别怪本尊没提醒你，此阵煞气极重，你必须破掉才能脱身，如破不掉你这一条小命只能赔在里面了。"

帝拂衣颤悠悠地坐在一棵大树的树梢上，声音如流云冰泉，在整个山坡上回荡。

龙默言脸色微变，这剑阵太凶了！他如果不拿出全部本事来，只怕就要折在这里了！

他这一个念头没转完，那些小剑已经如疾风骤雨般向着他射了下来！

苍穹玉自然也是识货的，一看这剑阵就知道很凶，战战兢兢地问："圣尊大人，您这是对付天魔的法阵吧？这龙默言就算有十阶灵力只怕也应付不了，你别真把他捅死，杀了代圣尊，我家主人以后怎么办？”

帝拂衣淡淡地道：“他如果能这么轻易地被杀死，就不是代圣尊了。”

此刻那剑阵已经将龙默言团团围在正中，连片衣角也没露出来。

帝拂衣一边说话一边跃下地来，向前行去。

“圣尊大人，您这是要去哪里？”苍穹玉纳闷地问。

“去他的山居里瞧瞧，看看他在那里到底藏了什么鬼。”帝拂衣回答得云淡风轻。

龙默言不想让他去那山居，他偏要去瞧瞧！

他看似徐徐前行，实则走得极快，几乎一眨眼工夫就到了山居附近，然后发现了那结界。

龙默言使出了所有的功夫，好不容易躲过了那剑阵的一波攻击，情不自禁地向帝拂衣看去，想看看他眼里有没有赞赏之色，结果没在原地看到人……

他再下意识地一扫，脑中轰然一响！

帝拂衣站在了结界前，正用手指轻触那结界。

龙默言心中一慌，一时走神，被一柄小剑割中了手臂。

那小剑没割出他多少血，但奇疼无比，疼得他哆嗦了一下，稍一走神，腿上又被刺了一下。

“若被剑割中五下，你的一身功力会被废一半。”帝拂衣的声音悠悠地传来，显得不紧不慢的，“别怪本尊没提醒你。”

龙默言：“……”

他看到帝拂衣指尖冒出彩光，很明显对方正预备拆他的结界。

他心中又急又慌，一边在剑阵中左冲右突，一边叫道：“圣尊，那结界不能破！”

“为何？”

“说来话长，待默言破了这剑阵再和圣尊详说。万望圣尊勿破那结界！”

帝拂衣笑了！

这人想用这法子拖着？

“龙默言，本尊要考察的是你的人品！你若心中无鬼，一个隐居之所为何要搞得如此神秘？莫非你在这里干了什么天怒人怨之事怕被人知晓？既如此，本尊更要查看明白！”

龙默言脸色一变，虽然对自己这结界有信心，但眼前这位圣尊实在是太过强大，谁知道他会不会在举手投足之间破开？！

龙默言心中一急，不顾剑阵的追逐，强冲过来：“圣尊，且慢……”

一句话没嚷完，帝拂衣已经将一道七彩光劈在了那结界上！

那结界猛然晃了晃，反弹起一圈五色光芒，向着帝拂衣反罩过来。

帝拂衣微微眯起眼眸，倒没想到这结界如此厉害，居然还会反噬。他一拂衣袖，彩光如虹，和那五色光芒碰撞在一起，直接将那五色光芒击碎！

“圣尊，这是上界的虹影结界，盲目破之容易伤人……圣尊住手吧……”

“原来你是为本尊好？”帝拂衣似笑非笑地说了一句，倒是住手了。

“当、当然，默言是怕此阵误伤到圣尊。”龙默言在打斗的间隙强行辩解道。

“那本尊再问你一句，结界内藏了什么？”

“没、没有什么，只是默言的一些私人物品，不足为外人看……”

帝拂衣瞥了他一眼，眼眸微弯：“是吗？”

他虽然不知道龙默言到底藏了什么，但对方心里有鬼是真的！

既然知道对方有猫儿腻，帝拂衣自然不肯放过，懒得一个个再试验，干脆掐诀弄了一个最厉害的破结界之术，七彩光芒如霞，准备向着那结界招呼！

砰的一声巨响，那结界居然自动裂开了！

一道青影如电般从里面闪了出来，向着帝拂衣身上扑去。

帝拂衣的目光算是极锐利的，但对方实在是太快，他一时居然没看清对方到底是什么。

眼见青影就要扑到他身上，他下意识地想要一掌拍出去，忽似有所察觉，这一掌又硬生生地停住。

而对方在险些撞上他的刹那，也拍出了一掌，却在看到耀眼的白衣时也骤然收回掌。

她回收的力道很猛，自然就控制不住自己的身子，直接一头扎进了对方的怀中！

这一连串变故速度太快，快到双方都没真正看清什么。

柔软的娇躯一入怀，熟悉的少女馨香沁入鼻端，帝拂衣直接僵住了，心在刹那间跳如擂鼓！

而怀中的少女自然是刚刚破阵跑出来的顾惜玖。她也蒙了蒙，双臂支撑在他的胸前，然后抬头。

两人四目相对，同时呆了几秒！

帝拂衣满眼不信的神色，几乎疑心自己是在什么噩梦之中。

惜玖，他怀中的人是顾惜玖！

他心心念念，却又确定再也看不到的人。

她看上去有些狼狈，汗半湿了衣衫，头发也有几缕贴在脸颊上，看得出来刚才很拼。

一向泰山崩于前也不会眨一下眼睛的帝拂衣直接傻了！

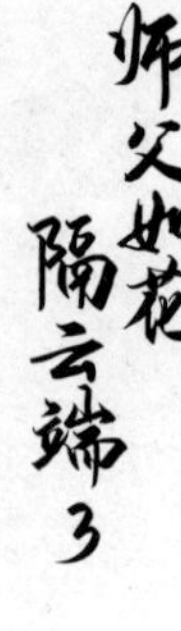

顾惜玖倒是好一些，毕竟知道帝拂衣会来找龙默言。

只不过她也没想到刚破开结界就能碰到帝拂衣，更没想到这么一扑就扑到了他的怀抱之中。

熟悉的冷香让她心动！

多日的疯狂相思一直在胸中翻涌着，此刻终于找到了突破口，一股说不清道不明的委屈也直接从胸口涌到了喉咙，再涌上了眼睛，她鼻子一酸，红了眼睛。

她还没想好怎么做，手就自动自发地抓住了他的衣襟："帝拂衣……"

她唤他的名字，想要说什么，但喉咙那里像堵了一个鸭蛋，一个字也说不出来！

她刚才冲出来时还是杀气腾腾的，想要将龙默言活拆了的心都有，像个女战士。但此刻扎入帝拂衣怀中，她又是欢喜又是委屈，只觉胸腔里有什么情绪要爆炸似的，既想将他狠狠地推开，又想死死地抱住他——

激烈的情绪在她胸中波动，让她一时也不知道该怎么反应才是正确的，她只是下意识地揪着他的衣襟，扯得紧紧的，用力得指尖都白了。

她抬头望着他，两个人目光纠缠，她眨了眨眼睛，还觉得有些失落。

帝拂衣一直僵着身子垂着双臂，居然没有第一时间抱她——

她小嘴一抿，觉得自己似乎不够矜持，足下微微后退一步，想要松开他，但又有点儿舍不得。她略一矛盾的时间，帝拂衣终于缓过来了……

不过他还是有些不信，第一反应是龙默言在这里藏了一个惜玖的克隆人吗，所以千方百计地不想让他看到？

他反应过来后的第一件事是想推开她，但怀中的人活色生香，会流泪、会怒、会破结界，此刻扯着他的衣襟，俏脸上表情似欢喜又似委屈，一双眸子死死地盯着他，泪雾弥漫……

这分明是她！

可是他明明刚将她的躯壳下葬不久，她这个时候也不该复生……

帝拂衣刹那间有些混乱，当然，他的混乱也只持续了几秒，随即他就真正认出了她！

虽然她出现得很不合理，但是他很确定，这是她！任何人也冒充不了。

"惜玖！"他哑声唤她，在她想要脱离他的怀抱的时候，终于拥住了她，双臂扣住她的腰，似乎在感受她的真实性，"惜玖？惜玖……"

他的双臂将她扣得紧紧的，勒得她腰肢有些疼，他的身子甚至有些颤抖，胸腔里一颗心跳得像擂鼓！

顾惜玖将头贴在他的胸前，听着他如擂鼓的心跳，忽然心安了。

她喜欢听他激动的心跳声！他勒她勒得越疼她越欢喜！

她心中翻涌着无数的话，但千言万语在脑海中汹涌来去后，她凶巴巴地扯着他的

衣襟，只嚷了一句："帝拂衣，你、你、你浑蛋！"

这个世上没有人敢骂帝拂衣浑蛋，但听她骂出声后，帝拂衣却觉得比世上任何美妙的音乐都动听！

他笑："是，我浑蛋……"他嘴角带笑，眼中却滴泪，微颤的声音暴露了他激烈的情绪，"惜玖！没想到……"

没想到还能见到你，没想到还能抱着你，真真切切地感受到你的真实……

二人拥抱在一起，谁也不舍得松手。

顾惜玖好歹受的冲击没那么大，还有一些理智在脑海中看家，余光看到了龙默言。

因为帝拂衣没再操纵剑阵，龙默言也终于脱身，此刻他脸色煞白地望着她和帝拂衣，下意识地向后退去——

龙默言还是极理智的人物，顾惜玖居然能这么快破掉他的结界让他吃惊不小，也知道自己大势已去，这个时候绝对不能留在这里。

所以他一脱离剑阵，顾不得身上的伤疼得如同被蝎子蜇，后退两步后，转身就想飞奔离开。

顾惜玖可不想就这么平白放过他！

"龙默言，别走！"她放开帝拂衣的衣襟，拎出了剑，"暗算了我就想走？门也没有！"

她正要扑击过去，帝拂衣一把扯住了她："惜玖，你歇着，让我来！"

帝拂衣不由分说地将她扯到自己身后，掌心宝剑立即成形，那是一柄寒光四射的宝剑，一出现便似带了风雷之声。

顾惜玖倒不和他抢，乖乖地站在他的身后："他算计我、禁锢我，拂衣，替我报仇！"

"嗯，放心，你乖乖等我。"帝拂衣揉了揉她的发，掌心的宝剑越发刺目。

顾惜玖一转身，找了一块石头坐下，一副观战的模样。

她破那个结界几乎耗尽了所有灵力，此刻也确实有些虚，虚汗还在额头上挂着呢！

既然有帝拂衣在，她就不必自己出手了。

龙默言变了脸色。他现在并不是帝拂衣的对手，刚才又受了伤……

他接连后退了几步："圣尊，我禁锢她并无恶意，乃奉行天道。她本不该此时复生，偏偏逆天而行……默言也是怕她出去乱闯再遭受天谴，故而想暂时将她留在这里，也想让她好好将养将养身子，日后您羽化后她也好接替圣尊之位……"

帝拂衣微微一窒，从龙默言的这几句话里，推测出顾惜玖已经知道了真相。

他忍不住看了顾惜玖一眼，顾惜玖的小脸还苍白着，一双眸子却晶亮锐利无比。

她对龙默言的辩词嗤之以鼻，冷冷地道："龙默言，你不过是怕我提前出来见到他，让你这代圣尊英雄无用武之地而已。你还对我下毒呢！幸好我提前将毒逼到体外了，要不然还真的着了你的道，说不定一身功力也会直接废掉……"

龙默言："我那毒……不会真对你不利，对你并没有性命之忧，我只想让你乖乖地待在里面……"

他辩解的话尚没完全说完，风声一响，寒光如电光在他四周闪烁，他的头顶上空出现了剑山似的剑阵，遮天蔽日地向着他笼罩下来。

伴随着剑阵下来的还有帝拂衣冰冷的声音："龙默言，暗算未来新圣尊乃死罪！是男人就少废话，你能闯出这剑阵，本尊就放了你。"

帝拂衣这次设的剑阵显然和刚才的不一样。

刚才那个剑阵是以考校为目的，不会真要了他的命，最多就是让他多吃一些苦头。但现在这个剑阵，是带着真正的杀机的，每一道剑光都如同一道可以劈裂山峰的闪电，向着龙默言劈头盖脸地射下去。

龙默言被修理得很惨！

他在刚才的剑阵中还能稍稍留一点儿实力，但在这个剑阵中拼尽了全力依旧被吊打！

他在经过第一次的剑阵时，还天真地以为这就是帝拂衣的全部实力了，他还可以一战。

现在身处第二次的剑阵之中，他终于明白，刚才所见只是毛毛雨！现在这个剑阵才是帝拂衣真正的实力，极其恐怖！

顾惜玖坐在一块石头上，看着帝拂衣的身影。

他站在那里，手指掐诀指挥剑阵，身上的白袍如雪浪般飞舞，好看得很。

她觉得她有些看不够，视线不想离开他——

他虽然还戴着面具，但顾惜玖还是感觉他瘦了不少，想必这些日子他过得极为煎熬。

想起自己魂体状态下和他在车中相处的那些日子，她心中一酸。对他的痛苦她其实都瞧在眼里。

原来他为自己做到了这个程度——

原来他心中真的只有自己一个。

他站在那里，身上衣袍飞舞，仿佛自带光环，耀眼得很。

这样的他真的只剩三个月的寿命了吗？

不！她不许！她会设法延长他的寿命！

她已经逆转好几次天命了，说不定这次还能逆转……

顾惜玖坐在那里，心中如辘轳乱转，无数念头纷至沓来，每一个念头都是留下他！

“主人！”苍穹玉不知道从哪个角落飞了出来，落在她的手腕上，兴奋地在她的脑海中刷屏，“主人，没想到你复生得这么快！我想死您了，我以为还要在这世上漂泊几十年才能和您重见……”

顾惜玖没理它，这货和她连心灵感应都没有，枉她还曾经把希望放在它身上！

苍穹玉热情地在她的脑海中刷了无数别来想念的话，奈何没得到顾惜玖的一个标点符号的回应，有些吃惊：“主人，您不会感应不到我说话了吧？！天！您真感应不到？我不会又无法和您联系了吧？主人、主人，回应我一句，就一句……哪怕回我一个标点符号。主人啊啊啊啊啊啊啊啊啊啊……”

苍穹玉想要惨叫。

顾惜玖微勾起嘴角继续观战。

她也让这货着着急……

她的目光向剑阵中瞧过去，龙默言在里面已经支撑了四十多招，身上多了无数血口子，狼狈得很。

她觉得很解气！

她和他无仇无怨的，当初认识时还救过他们，甚至在顾谢天的安排下，和他约会了一下，看了梅花。她觉得自己和他怎么也能算是泛泛之交的朋友，却没想到自己拼命破除结界出来就被这家伙阴了一把，险些再次被困在结界中出不来——

她如果不会破除结界之术，估计真会被这家伙关数十年！说不定他为了权势能把她关到地老天荒去！

此刻坐在这里，她才感觉身上酸疼得厉害，也软得厉害。

这是耗尽灵力的表现，她很想找个地方靠一靠。

她正琢磨着要不要把身下的石头搬到不远处的一棵树前时，眼前忽然一花，她的身边多了一张摇摇椅。

顾惜玖：“……”

她看向帝拂衣，帝拂衣还操控着那柄剑砍龙默言，并没有看她，只是说了一句：“石头凉，去椅子上躺着。”

他真贴心！

顾惜玖起身，果然不客气地躺在椅子上了。椅子摇啊摇，似乎连那种彻骨的疲惫感也能被摇掉一些，她微吐了一口气，继续观战。

她也是行家，能看出龙默言已经是强弩之末，估计再支撑个二三十招就会被剁成包子馅……

等等！包子馅？！

这龙默言是上界的人，貌似身份比那丽王仙子还要高些。当初帝拂衣处置了丽王仙子，遭受了天罚，她不过参与了一下，也被罚得够呛，险些成了怪兽体质。如果现在龙默言再被斩杀，只怕帝拂衣还会遭受天罚……

帝拂衣的时间本来就不多了！

她刚刚想到这里，苍穹玉忽然也飞到了帝拂衣跟前，拼命刷屏：“圣尊大人，这人不能杀！他是上界的人，所犯罪行并不至死，您如果把他杀死，只怕天罚转眼将至！您不能再被罚了……”

龙默言似乎意识到了绝大的危险，大叫：“圣尊，我对她并无恶意，只想禁锢她一些时日……就算有罪，也罪不至死。您杀了我会触怒上界的！我乃上界亲王，上界之皇的内弟……”

他急急地亮明了他在上界的身份。

当然，因为说话分神，他身上又挨了好几剑，有一剑险些卸掉他的一条手臂！

帝拂衣却似没听见，微勾起薄唇。

他这辈子没受过任何人威胁！他反正就剩三个月的命了，这三个月还需要调教新圣尊，时间紧得很，就算是上界的人也不敢再动他。

这个龙默言还没坐上代圣尊的位子就开始留恋权势，一旦真让他掌权，只怕就会把顾惜玖当成绊脚石而除掉。

这样的人绝对不能留着，要不然以后顾惜玖会很麻烦，说不定他会成为第二个天魔，在这大陆上再掀起腥风血雨。

帝拂衣一旦动了杀念，那是神仙也挡不住的！

他催动剑阵催动得愈急！

顾惜玖忽然开口：“不要杀了他，你不能再被天罚——”

“无妨，现在天道已经不能奈我何，留下他会给你留下祸害。”帝拂衣声音冷静地道。

他说话的工夫，龙默言的一条手臂已经不见了。

还剩一只手的龙默言在剑阵中左冲右突，像是一头即将被猎人宰杀的困兽，脸色雪白，满脸绝望……

“我不会祸害她！”龙默言大叫，“我绝不会给她添任何麻烦！你若不信，我可立誓！”

“本尊对誓言不相信，比较相信死人。”帝拂衣声音淡淡的，说出的话冷得可怕。

龙默言：“……”

这么稍稍一耽搁的工夫，他腿上又挨了一剑……

龙默言再站不住，扑通一声跌坐在地上，然后眼睁睁地看着无数寒光闪闪的剑向着他袭来——

死亡的阴影笼罩在头上，他绝望地闭上了眼睛！

想象中的万剑穿心并没有到来，他心中一动，睁开眼，正看到顾惜玖站在帝拂衣身边，她一只手按上了帝拂衣掐诀的手指。

于是那数百柄剑就这么悬在龙默言的头顶上，随时会落下来。

龙默言僵住不敢动。

“你立个誓。”顾惜玖开口。

龙默言眼睛一亮，也知道这是自己唯一的活命机会，立即发了毒誓：“我龙默言永生永世不会对顾惜玖有任何不利，不会报复任何人。若违此誓，让我受万刀剐心之苦，被打入十八层地狱永世不得翻身。”

誓言出口后，天边滚过惊雷，代表誓言成立。

发完誓，他满怀希望地看着帝拂衣：“这下圣尊可以放心了吧？”

帝拂衣的表情也不知道是嘲还是笑：“本尊勉强信你一回，不过你擅自禁锢新圣尊，还对她下毒，死罪可免，活罪难逃——”

话音未落地，他的宝剑闪电般落下。

龙默言并没有如愿离开，被帝拂衣废掉了一身的功力，直接扔进了他的竹舍之中。

当然，帝拂衣没忘记在竹舍周围设下结界，这结界比龙默言设的那个还要厉害，龙默言就算恢复了全部功力，想破解结界也是极难的，更何况他的功力又全部被废。

他当初在这里用结界困住了顾惜玖，现在就只能尝尝被困住的滋味。

处置完了龙默言，帝拂衣收了剑阵，看了看身边的顾惜玖：“惜玖……”

他胸口那里像是滚动着一盆沸水，他很想死死地抱住她，却又心存顾忌……

顾惜玖仰着脸看了他片刻，抿了抿小嘴：“帝拂衣，你不打算抱抱我吗？”她的声音里有一丝丝委屈之意。

她还以为他第一时间就会抱起她呢！

结果他像个傻子似的一直看着她，双臂半垂着，没有要和她拥抱的意思。

帝拂衣的手指在衣袖之中握了握，声音发涩：“惜玖，我、我没法给你长久……”

顾惜玖自然明白他的顾忌，可还是觉得委屈。

她抿了抿唇，问他：“帝拂衣，你既然知道我们无法长久，那当初为何招惹我？我开始碰到你时并没有爱上你……”

帝拂衣心中一痛：“对不住，是我不好。”

顾惜玖眼圈发红：“你让我吃一个死人的醋，你为了推开我，还说为何醒的是我，而不是蓝静珂……你不知道这句话对我的打击有多大，我从那时起就开始自厌，觉得我其实不该活着……"

帝拂衣垂在身侧的手掌又握了握，强压住将她抱入怀中哄的念头："对不住，是我浑蛋……"

顾惜玖垂眸看了看他垂在两侧的手，虽然他的手藏在衣袖中，但她还是能看出他手臂僵硬。

她好想扑入他怀中啊！

不过他不主动抱她的话，她心里的委屈怎么平复？

她吸了一口气，继续抬头望着他："那你还想要我吗？"

帝拂衣呼吸一窒。他当然想！他想得要命，可是不能再这么自私……

"惜玖，你已经知道了、知道了我的情况，你我其实不适合再在一起。这三个月我会传授你所有的功夫。"

"你想做我的师父？最后的时光里你想做我的师父？！"

"不是，只是传承，惜玖，我们的时间很紧。"

"帝拂衣，我原本三十八年后才能重生，却提前重生了，你知不知道原因？"顾惜玖向前一步，紧紧地盯着他。她必须给他下猛药了！

帝拂衣摇头，这个原因他也很想知道！

她的出现简直就像是奇迹！他直到现在还不太相信这是真的。

顾惜玖低垂下眼睛："其实……我一直在你身边。"

啊？帝拂衣浑身一震，挑眉看着她。

"我看到你抱着我那壳子四处游荡，看到你和那壳子说话，看到你雕刻了无数我的木像……我那时还以为你是在做复活蓝静珂的事，心里很不是滋味……我那时想要离开你，再不和你相见，但我离不开，不知道为什么一直待在你身边，心里难受也待在那里。"

顾惜玖的声音有些暗哑，低垂的睫毛也微微颤抖。

帝拂衣握了握手指，忍住了抱抱她的欲望："对不住……"

顾惜玖微微摇头："我开始以为是那壳子的原因，以为自己是魂体状态所以离不开原体。后来我才知道不是……你有一天出外办事没带那壳子，结果我发现我一直飘在你的周围，离你不能超过二十丈……我终于明白我其实离不开的是你，我的执念是你……"

帝拂衣心中又酸又暖："惜玖！"

"我那时还以为你心里有别人，却还是放不下你，想要跟在你身边……说实话，我自己也感觉挺没羞没臊的，一点儿自尊也没有。可是我控制不住自己……"顾惜玖顿了顿，才继续道，"我跟在你身边几天后，终于发现你想要复生的不是蓝静珂，而是我……你不知道我那时有多开心，欢喜得一直想绕着你打转……"

顾惜玖忽然扑到他的身上！

帝拂衣身体一僵，他想要推开她又不舍得，稍一愣神的工夫，顾惜玖的小手已经伸入他的衣襟内……

非礼啊！

苍穹玉恨不得捂眼睛，没想到它的主人作风忽然如此大胆。

顾惜玖倒不是要占帝拂衣的便宜，小手是伸进了他的储物空间中，在里面摸出数个木头娃娃。

那些木头娃娃正是顾惜玖的木雕像，每一个都栩栩如生、神态各异。

顾惜玖举高了它们："我能看到你每天都会雕刻这些，你很伤心我知道，也很心疼……我也有些生你的气，你明明这么喜欢我，为什么要推开我？为什么要伤我，逼我离开你？我那时无论怎么想都想不明白，很想当面问问你，可惜你看不到我，也感应不到我……"

苍穹玉在旁边忽然插话："主人，那日在客栈圣尊大人做了一桌子菜，你是不是在旁边来着，还抓起了虾？"

顾惜玖瞪了它一眼："你还有脸提？！我那时以为和你有心灵感应，拼命过去和你说话，你还吓跑了！"

苍穹玉缩了缩身子："我还以为是鬼哩，吹得我身上凉凉的……"

帝拂衣叹道："我那时也确实感觉到你在我身边，可是无论怎么招魂都招不到你……"

顾惜玖摇头："我那时或许不算是鬼魂吧，我自己也不知道那时是什么状态，感应不到自己的身体。或许你给我修建的功德祠起了作用，我慢慢有了五感，慢慢能感应和指挥自己的身体，我那时心里还是很欢喜的，以为这样下去总有一日可以出现在你的面前，当面向你要个说法。我那时跟在你身边，看你那么痛苦，心里也很难受，不过却觉得你活该，谁让你这么伤我了？我甚至想这样也不错，能时时看到你，你看不到我，我就算躺在你怀里你也不知道……"顾惜玖的声音哑了下去，"我那时还以为我们以后的岁月还长，还可以慢慢耗……只要让我待在你身边，就算是鬼我也认了，没想到……没想到我会忽然被困在那座祠堂之中，再也出不去！"顾惜玖用手一指不远处的那座顾天师祠，"那日我明明是和你一起来这祠堂的，稍微出神的工夫，就发现你带着那壳子不见了。我被抛下了！"

苍穹玉应景地连刷三个感叹号："主人，我想起来了，似乎从那一天起，我们再感应不到你的存在了。圣尊大人失魂落魄地一直动用各种术法寻你，还做了许多轻飘飘的东西诱哄你出来拿，他那时神经了似的每天做一大桌子菜，风一吹就以为你来了……原来你是无缘无故地被抛在这里了，你怎么不找找我们？其实圣尊大人那天在这城市里待了一整天……"

顾惜玖横了它一眼："你以为我不想找？我是被禁锢在这里了！"

"怎么回事？谁禁锢了你？"帝拂衣的眼神变得锐利起来。

顾惜玖摇头："具体不清楚……"

她将被困在这里时的情景说了一下，听到顾惜玖说什么天道传音守护者，帝拂衣轻飘飘地瞧了苍穹玉一眼。

苍穹玉缩了缩脖子："不是我！"

帝拂衣冷冷地道："知道不是你，你没这个本事。"

苍穹玉："……"

顾惜玖微抿了抿唇，目光落在帝拂衣的脸上："我也是从那声音说的那些话知道我是未来的新圣尊，是将要替代你的！"她的声音有些发抖，"我怎么也没想到我和你只能生存一个……你知道我当时的第一个反应是什么吗？我不要复生了！我不要代替你！我宁肯维持现状……"

帝拂衣心中一痛，自然明白这真相对她的打击有多大："惜玖，我的陨落是有定数的，无论你复生不复生我都无法……"

顾惜玖点头："是啊，那声音也是这么告诉我的，然后它告诉我三十八年以后我会复生，而你在四个月后会陨落……"她靠在一棵树上，声音微颤，"帝拂衣，你知不知道，我听到这话后感觉天都要塌了！"

帝拂衣将一只手按在她的肩上，她的俏脸还有些苍白，微抿着小嘴站在那里，看上去很坚强，但他还是从她眼里读到了脆弱和恐惧的神色。他低叹道："惜玖，我明白你……"

他能明白她那时的心情。

顾惜玖摇头，抬眸盯着他，眸底似燃了火："不，你不明白！我几乎要疯了！那时我只有一个念头，我要见你！如果不能在你羽化前见到你，我……"

她的声音不自禁地变得尖锐，她想起了当时的疯狂，如果不能及时出来见他，她会彻底疯的！她那时甚至打算如果出来见不到他，她就入魔！她不止一次威胁那个声音，说她如果不能及时见帝拂衣，她宁愿入魔！

或许是她的疯狂让那声音的主人终于害怕了，怕这大陆来个疯狂的圣尊，所以那声音教了她快速凝体的法子。

"我从知道那法子后，就拼命地疯狂修炼，不眠不休……"她红了眼圈，"那个法子不是一般痛苦，每天像是把骨头拆开又重装，疼得我想要打滚，但我从来没想过放弃！和能够重新见你比起来，那些痛我都能熬过去，我每天都要给自己打气，每时每刻都在计算日子，那么痛那么煎熬，我却觉得时间过得太快，怕赶不及……每天看到太阳升起来，我就不想让它落下去。我知道它落下去一次就代表你的生命少一天，我就少一天希望……"她的声音微微哽咽起来，"帝拂衣，我害怕！我每天又痛又害怕，就怕见不到你……偏偏好不容易凝体跑出来又被龙默言算计了。龙默言说要把我关到三个月后，就为了不让我见到你……帝拂衣，其实我很累，我一个多月不休不眠，累得要命，可是我不能让他关着我，我不想功亏一篑，所以再累也要破那结界……”

帝拂衣看着她苍白的小脸心痛如刀绞：“惜玖！”

心中如有沸水在翻滚，他的惜玖，为了他真的拼了！他抬臂将她抱入怀中，紧紧地抱着，再不忍松开。

顾惜玖终于重入这个怀抱，心中的委屈层层叠叠地翻涌上来，她哇的一声就哭了，开始推他：“我费尽千辛万苦，苦苦熬了这么久才出来，可是你告诉我什么？你不想要我了！你只想传授我功夫……帝拂衣，我如果只是贪恋你这圣尊的功夫，干吗要这么拼命地出来？反正数十年后也有人教给我……”

她一颗颗的眼泪像是烫进了他的心里，让他整颗心都紧缩起来！他死死地抱着她，恨不得把她勒进自己的身体里。

“惜玖。”他哑声叫她，低头吻她面上的泪珠，“对不起，我从来没有想过不要你，唯一想要的就是你……”

“不，你刚才说不要我，还想和我划清界限，连徒弟也不想收……”她哭得上气不接下气。

“对不住，惜玖，对不住……”他抱着她轻拍她的后背，帮她顺气。

他抱着她哄，心里的温柔和酸楚似乎要蔓延出来。他亲吻着她的脸颊，亲吻着她的眼睛，亲吻着她的鼻尖。

她趴在他怀里痛快地哭着，仿佛要把这些日子所受的委屈都哭出来。

苍穹玉直接看傻了！

它还是第一次看到她这么失控似的大哭，一时傻在那里，连光也不敢闪了。

它再瞅瞅圣尊，圣尊居然也红了眼睛。他虽然没有哭，但哄她时嗓音沙哑得厉害。

他一向有洁癖，但此刻她的小脸上眼泪流成河，他一点儿也不嫌脏，将她脸上的泪一颗颗地吻掉。

此刻两个人之间连根针也插不进去，苍穹玉忽然觉得自己似乎有些多余。它老实地趴在顾惜玖的手腕上，想把自己伪装成一块普通的、无知无识的石头，减少自己的存在感。

苍穹玉的眼睛还是很尖的，它敏锐地看到顾惜玖虽然是在推帝拂衣，似乎是想把他推开，但一只小手还是揪着他的一片衣襟，唯恐他跑了似的。

女人，怪不得人们说女人是口是心非的动物，现在看来果然如此啊！

现在天已经黑了，天上有几颗寥落的星子，周围显得有些昏黑。

苍穹玉在旁边围观了一会儿，觉得这么黑灯瞎火的太没情调。它略微琢磨了一下，觉得该是自己表现的时候了。它得在主人面前怒刷一次存在感，以便让主人感觉到它其实挺有用的——

于是，苍穹玉积极地飞起来，半悬在那两个人的头顶，大放光明！

它的光是七彩色，一闪一闪的，像舞池里的彩灯似的！

它正努力地放亮光，一道衣袖之风拂过，它就像是被关了电门，立即不闪了！眼前一黑，它自空中跌落下来，啪嗒一声摔在了旁边的一块青石上。

它摔的那一声很响，像是摔破了的鸡蛋。

但相拥在一起的两个人连看它一眼的意思都没有，主人也没看它……

苍穹玉很愤怒，知道是谁捣的鬼！

帝拂衣！刚才就是他给了它一袖子！

苍穹玉闪了闪，想要再飞起来，结果又一缕指风扫来，它一蒙，就什么也不知道了。

解决了那大灯泡苍穹玉，帝拂衣低头吻上了顾惜玖的唇。

顾惜玖身体一震，她还有些哽咽，被他一吻，直接顿住了！

他火热的唇带着安慰和渴求，吻在她的唇瓣上，熟悉的气息萦绕在鼻端，让她心悸。

自半年前的那一场决裂后，他虽然在极偶然的情况下抱过她一下，但从来没有再吻过她，现在两人唇舌相交，委屈又涌上来，她刚刚止住的泪又有汹涌的意思。

她自己也不知道是怎么了，在他面前特别容易委屈。她从来没想到有一天自己也会哭得像个泪娃娃。

“惜玖，是我不好……”帝拂衣声音喑哑，在她唇边轻语。

她的眼泪流进了彼此交缠的唇舌间，微咸微苦。

顾惜玖也尝到了自己的眼泪的味道，终于觉得不好意思了。

她微扬起头，避开他的唇，再将他稍稍向外推了推，手指掐了个诀，想要为自己施个清洁术。

她才不要这么眼泪汪汪地和他接吻，腌臜死了！

帝拂衣握住她的小手，看着她的眼睛。她的眼睛红肿着，眼珠黑黝黝的，像是被水洗过的黑宝石。

这个时候的她其实有些狼狈，刚才为了破那个结界她累出了一身汗，又哭了一场，鼻头都哭红了。

但这样的她才是最真实的，也是活生生的。

帝拂衣心神动荡！

他吻在她的眼睛上：“不必，这样就很好。”

她在他怀中挣了挣："不……"

她不想让自己脏兮兮地待在他怀里。

帝拂衣掐诀亲手为她施了一个清洁术，终于让她身上重新变得清爽，但红肿的眼睛和红红的鼻头可不是一个清洁术就能搞定的。

顾惜玖抬手摸了摸自己的头发，闯阵闯得披头散发的，像个小疯子。

她的形象！

她本来是想美美地去见他的，结果……

于是，她顾不得贪恋他的怀抱了，手忙脚乱地推开他，抬手去拢自己的头发。她向怀里一摸，本来想摸把梳子出来，但身上啥也没带，不要说梳子，连一枚铜钱也没有。

见她的手顿在那里，帝拂衣手里像变戏法似的变出一把梳子："可是需要此物？"

顾惜玖瞧了瞧，他手里的居然是他和她在禁地生活时，他亲手为她打磨出来的那把梳子。

她使用了八年，把这梳子磨得油光水滑的。当初两人决裂时，她把他送给她的所有东西都打包送了回去，其中就包括这把梳子……

没想到他把这些东西都留住了。

这把梳子她用得甚好，所以抬手想将其拿过来，帝拂衣已经将她扯到一个锦墩上坐下："来，我给你梳。"

于是顾惜玖就乖乖地等着了。

帝拂衣原先就给她梳过发，此刻驾轻就熟，梳齿轻轻抚过头皮的时候，像是在为她按摩。

他慢慢地将她的头发梳开，一梳到底。

顾惜玖脑海中忽然闪过这样一段话："一梳梳到尾，夫妻举案齐眉；二梳梳到底，夫妻相携白头……"

她顿时心中一紧，他们注定无法举案齐眉、相携白首……

心脏那里像是有根线紧绷着，胀痛不已，又有想流泪的感觉，她忙忍了回去。

这三个月她要和他好好地过，其他的什么都不想！

当然，她还要寻找能让他留下的法子……

她已经一个多月没有休息，其实疲惫到极点，又大哭了一场，现在放松下来，瞌睡虫立即找上了她……

帝拂衣给她梳头的时间里，她就感觉眼睛要睁不开了。

帝拂衣给她梳了一个很好看的发型，然后变出一面镜子来，放到她面前："宝贝儿，看看，好看不好看？"

顾惜玖并没有回答他，身子一歪，向旁边倒去。

帝拂衣被吓了一跳，抬臂将她抱着，低头一瞧，看她微合着眼睛，呼吸绵长，居然睡着了！

她的眼睫毛还濡湿着，在眼睑下形成一圈半圆的阴影。她有淡淡的黑眼圈，俏脸上带着疲惫之色，很显然，她确实累坏了。

他心中一暖又一痛，俯身将她抱了起来。

她嘤咛一声，小手自发地缠上了他的衣襟，小脸向他怀中贴了贴。

一些习惯一旦养成就很难改变，而半年的决裂让她生生改了一些小习惯，譬如她不再抱他的腰，他把她抱在怀中的时候，她一只手乖乖地垂在身侧，另一只手则捏着他的衣襟，看上去乖巧得让人心疼。

“惜玖……”看着这样的她，帝拂衣喉咙处像堵了东西，酸胀得难受。他低头在她的唇上落下轻轻的一吻。

她的唇一如既往地芬芳，是他贪恋入骨的味道，微微碰触间就让他心神荡漾不休。

惜玖，我该怎么做才能让你受到的伤害最小？

他的手指落在她的手腕上，开始为她号脉。

片刻后他微微蹙眉，她的脉象……

顾惜玖甜甜地睡了一觉，还做了个梦，梦中场景乱七八糟的，一会儿天上一会儿地下，云里雾里的，连她自己也不知道身在何方。

她梦到帝拂衣在她面前羽化了——

“帝拂衣！”她大叫一声，满头大汗地醒来。

顾惜玖坐在床上，好长时间没缓过神来。

她现在是坐在大天师府的寝宫内的床上，屋内家具依旧，甚至桌上的花瓶内的玉兰花还开得娇艳，像是她从来没有离开过。外面阳光正好，光线斜斜地射进来，照得屋内的自鸣钟莹然生辉。

在她的对面，罗展羽正一脸担忧地看着她：“惜玖，你没事吧？”

顾惜玖的呼吸还有些急促，心跳得像擂鼓，她怔怔地望着罗展羽，还有些蒙。

“小玖？小玖？”罗展羽在她面前晃了晃手指。

顾惜玖大脑有些混乱，又怔了片刻，似乎想起了什么，一把扯住罗展羽的手：“帝拂衣呢？！”

罗展羽揉了揉眉心：“小玖，你这些日子到底去哪里了？昨日帝拂衣忽然上门，直接将你送回这里，说你太累，会休息两天两夜，然后他就离开了，不过他说很快会回来……对了，他将沐风四位护法也留下了。”

顾惜玖握了握手指，干脆直接跳下地来："他有没有说他去哪里？"

罗展羽摇头："这倒没有……这位左天师大人做事一向让人摸不着头脑，小玖，你和他到底是怎么回事？你们不是已经退亲了吗？"

顾惜玖轻吸一口气，说道："我和他之间是有一场误会，现在误会解除了……"

"他还会娶你？"罗展羽紧接着问了一句。

"会！"顾惜玖答得干脆。

她要嫁给他！无论他羽化不羽化，她都要做他的妻子！

他如果再顾忌这个顾忌那个的，她就押着他去拜堂！

罗展羽被她这斩钉截铁的语气吓了一跳，她的口气像是要逼婚的女霸王。

顾惜玖觉得，自己似乎变得有些神经质。

因为那个噩梦，她心里总有些慌慌的。

她睡了一天一夜，而帝拂衣当时说两天后回来，还有一天的时间看不到他。

再睡她是睡不着的，时间忽然变得有些难打发。

勉强又熬了一天一夜过去后，还是没见到帝拂衣的影子，顾惜玖开始有些不淡定了，变得坐卧不安。

还是罗展羽提了一句："小玖，你要不要去陛下的皇陵拜祭一下？"

顾惜玖身体一震："陛下？"

罗展羽神色有些黯然："是啊，我们陛下前些日子薨了，十天前他的灵柩被运回来安葬了。你和他曾经是好友，要不要……"

顾惜玖站了起来："要！走吧！"

清明时节雨纷纷，路上行人欲断魂。

临近清明，蒙蒙细雨中，顾惜玖站在皇陵前，望着高高的墓碑出神。

容伽罗生前灵力不低，他大概也没想到寿命如此短暂，所以并没有提前修建自己的陵寝，他的陵寝是匆匆修建的。

即便是英雄人物，死后也不过是一块封地、一抔黄土……

顾惜玖站在墓碑前，心里很不好受。

天上细雨纷纷，她既没打伞，也没用术法遮蔽，任由那绵绵雨丝飘落在衣襟、发间。

三个月后，帝拂衣是不是也会变成一座墓碑？

这个念头一浮上来，她的心像是被人硬生生地扯了一下，痛得她不敢再想！

心沉甸甸的，又沉又胀。

头顶忽然一暗，一柄天青色的雨伞遮在她的上方，飘扬的雨丝再没飘到她身上。

“跑出来怎么不带伞？想体会一把被淋成落汤鸡的滋味？”一个熟悉的声音在耳畔响起。

她身体一僵，转过头去，望进了一双含笑的眸子。

来人是帝拂衣。

他脸上有薄薄的倦色，但精神很好，含笑望着她的时候他还不忘调侃：“这么望着我做什么？被雨淋傻了？”

一边说，他一边在她身上施了个清洁咒，把她身上弄清爽。

顾惜玖一颗久悬的心扑通一声落回肚里，然后她就红了眼圈。

帝拂衣有些吃惊：“怎么要哭了？”他的目光在四周一扫，最后落在容伽罗的墓碑上，他似乎明白了什么，低叹了一声，“惜玖，你是为容伽罗伤心？他其实……”

他的话还没说完就被顾惜玖扯住了衣袖，她扯了他就走：“你跟我来！”

帝拂衣自然跟着她走了。

二人来到一处凉亭中，这凉亭修建在半山腰中，周围是一片桃花林，当时桃花刚刚盛开，落英缤纷，绯红一片，如霞如雾，姹紫嫣红。

因为下着小雨，此地又是在深山之中，鲜少有人来，是个约会的好地方。

顾惜玖一直没怎么说话，此刻眼睛望着外面的桃林出神，也不知道在想些什么。

帝拂衣看了看她的脸色，因为睡了一觉，她的脸色比前日好多了，不过眼底还是隐带血丝，很显然，这两天她其实并没有休息好。

他抬手先摸了摸她的脉门，想再为她诊一下脉，顾惜玖忽然反手握住他。帝拂衣抬头，见她一双大眼睛瞧着他，问出一句话来：“帝拂衣，你什么时候娶我过门？”帝拂衣怔了怔，稍一迟疑的工夫，顾惜玖又道，“你还是不想娶我是吧？！”

帝拂衣微微皱眉：“惜玖，我……”

“我知道你想说什么。”顾惜玖打断他的话，“你想说你还有三个月的寿限，所以不想耽搁我，不想我三个月以后成为小寡妇，不想毁了我长长的一生……是吧？！这是你想说的吧？！所以你明知道我已经知道全部真相，还是想要逃避……美其名曰为我好！”

帝拂衣：“……”

原本两个人一个在榻上坐着一个在锦墩上坐着，顾惜玖越说越冒火，干脆将帝拂衣扯到了榻上，欺近身体，眼睛逼视着帝拂衣的眼睛：“你说我说得对不对？！”

两个人此刻离得极近，她柔软的身子几乎是贴进了他的怀里，彼此之间喘息相闻。

帝拂衣心神一荡！他强压住想要扑倒她的渴望，叹了口气：“惜玖……”

他正要解释什么，身子忽然被顾惜玖推了一下，他没防备，直接躺在了软榻上，而她趴在了他的身上！

帝拂衣吓了一跳，她半压着他，俏脸嫣红一片，一双明眸映着外面的灼灼桃花，仿佛燃着火。

帝拂衣也没多想，抬手又握住她的一只手腕，探测她的脉搏："惜玖，你最近心火太旺，这是强行凝仙体的后遗症，我——"

他还没说完就听到刺啦一声响，他的衣襟被她一把扯开！

帝拂衣身体一僵，随即握住了她的手腕："惜玖！"

她眼圈微红，嘴角却勾起一抹笑，手指轻抚上他的胸膛："帝拂衣，你当初不给我换体，是不是就想在你羽化后，给我留个处子之身，让我以后还能再爱上别人，和别人双宿双飞？"

帝拂衣："……"

这确实是他最初的目的。

顾惜玖凝视着他的眼睛，嘴角的笑意若有若无："我猜对了吧？！可是，你想到我以后和别人双宿双飞，心就不会疼吗？你不吃醋？"

帝拂衣心弦微颤。他怎么会不疼，怎么会不吃醋？

他当初虽然这么安排了，但压根不敢去想她爱上别人的事情……稍稍一想心口这里就憋闷得厉害！

可是他也不忍心她因为自己而孤独一生，凄凉一世。

"惜玖……"他握住她的手，她的手柔软滑腻如脂，可是这双手他还能握多久？！这具身子他还能抱多久？！

心中的痛楚如潮般翻涌而上，他眸中闪过痛楚之色，忍不住抬臂抱住她的纤腰，手臂箍紧，二人的身体紧紧地贴合在一起，如同相互取暖的鱼。

顾惜玖眼圈更红，嘴角的笑意也更深："可是——你有没有听说过一句话？曾经沧海难为水，除却巫山不是云。我已经喜欢过你，这世间还有什么男人能让我再放在心上？！"她的指尖在他的胸口上画着圈圈，声音微微沙哑，"帝拂衣，我不会轻易喜欢一个人的，在婚姻上也不会凑合。所以，就算你羽化了，我也不会再喜欢别人！你现在可以不要我、不娶我，甚至可以不理我，再冷落我、离开我，让这三个月的时光平白地浪费掉，算我拼命修炼凝体回来是自作多情！就让我带着遗憾度过这漫长的一生，我不会再勉强你……"

她说完干脆利落地起身，放开了他。

在起身的刹那她还为他整理了一下衣襟，将他半藏半露的春光遮上。

帝拂衣躺在那里微眯着眼睛看着她，没说话。

顾惜玖没想到话说到这里他还能无动于衷，心里不是一般失落，也不是一般委屈！

她走了两步，又顿住，也没回头，淡淡地道："你不必再刻意躲着我，这样你会很累，我也会累，我既然说了不会勉强你就不会勉强你……"

说到这里她顿住，不想再说下去，就想瞬移离去。

她的手腕却忽然被一只火热的手掌握住，尚未等她反应过来，一股大力将她一扯，她便又撞入一个怀抱之中！

她心头如小鹿乱跳，抬起头来，唇瓣正好擦过他的下巴。

"惜玖，你误会我了！"

"误会？"

他拉着她在软榻上坐下。

"我问你，你最近是不是噩梦连连、心神不定，偶尔还四肢阵阵发冷……"他说了一些症状。

顾惜玖："……"

他说得都对！这些确实是她最近有的症状。

不过这情有可原吧？她毕竟刚刚凝体成功，又知道了一切真相，心中总有些患得患失……

帝拂衣伸出手掌，掌心里出现了一个蓝莹莹的药瓶，药瓶内有晶莹的液体在晃荡："惜玖，你这不是普通的病症，是因为你太急于求成，虽然提前凝体成功，但你身体内自带一种毒素，若不及时清除这种毒素的话，你的症状会逐渐加重。噩梦会时刻纠缠着你，你的情绪也会越来越暴躁，最后心态失衡，练功时就很容易走火入魔……前日我抱你时就为你把过脉，知道你这病症。我并没有躲你，之所以离开两天就是为你采药、炼药……这药草生长的地方有些特别，而且必须用特殊的水来炼制，不能耽搁分毫，这样一来一去，最少要耽搁两天的时间。而你因为太疲惫，按你的脉象你这次最少要睡两天两夜……我以为能在你睡醒之前赶回来，却没想到你早醒了一天，还误会我是在躲你……"

他在她耳边说了来龙去脉，顾惜玖这才明白，心中微跳："你去采药怎么不对四使说呢？他们只说你有急事……"

害得她以为他又在躲她！

帝拂衣苦笑。他自然不能说，那药草生长的地方很危险，四使已经知道他将要陨落的事，他们如果知道他要去那里采药势必会拼死阻拦他……

因为要在羽化前交代四使一些事，也是必须让他们知道的，所以在临近羽化的最后四个月的时候，帝拂衣对四使说了真相。

然后四使就直接像是被雷劈了！

更让帝拂衣无语的是，四使从知道真相之后，就变得神经兮兮起来，时刻想要守护在他身边，守护他比守护自己的眼珠子还要紧。他们四个天天如临大敌，眼圈也时常红了又红，四个大男人背后不知道哭了多少次……

因为不想让他们再担心，所以再去做危险之事时，帝拂衣就不和他们说了，免得他们惶惶不可终日。

他略解释了一下原因，顾惜玖不说话了，心里也不好受。

她垂头坐在那里，帝拂衣将药瓶塞到她手里："来，喝下它，别辜负我的心意。"

顾惜玖这个时候自然不会和他客气，接过药瓶打开盖子将药喝了，那药苦得要命，却带着奇异的芬芳，直滑入喉咙。

她也没皱眉，几口将其喝下。

帝拂衣松了一口气，掌心里又变出一颗糖来："来，用它压压苦味。"

他一如既往地贴心。

顾惜玖偎依在他胸前，只觉心里又甜又苦，将那糖拿过来吃了。那糖是枫糖，她最喜欢的味道，很甜很香，让她心里也满满胀胀起来。

她又想落泪怎么办?

她现在好像太多愁善感了——

帝拂衣微笑，将她的手脚摆出一种特殊的打坐姿势："来，打坐运化一下药效……"

或许是知道他在身边的关系，她很快就静下心来进入状态。

半个时辰后，她收功睁开眼睛，感应了一下身上，只觉血脉畅通活泼，周身的骨头也似轻了几斤，这几天一直有的慌慌的感觉也消失无踪……

他这药真灵!

她吐了一口气，忽似感应到了什么，侧头一看，见帝拂衣就躺在她身侧，微合着眼睛，呼吸沉稳，竟然睡着了。

她心中一动，想起在魂体状态中看到的他，几乎是不太休息的，一直在为她的复生而奔走……

他为她取药的这两天肯定也是不眠不休吧?

她又向四周看了看，发现这凉亭四周笼上了淡粉色的纱幔，不但挡风也能挡外面的人看向亭内的视线。

他想得真周到!

她趴在他身边看了他片刻，觉得怎么也看不够，如果时光能在此刻停住，那该多好!

这些日子她痛苦，他其实比她更痛苦吧?

这个男人为了她到底承受了多少伤害?

心中酸酸胀胀的又有想要落泪的感觉，她吸了吸鼻子，干脆起身。

他的时间不多了，他肯定也不希望看到身边的人天天哭丧着脸对着他……

这些日子她不但要寻找能延长他的生命的法子，还要给他最好的东西，不能再给他增加负担！

她正要悄悄地跳下软榻，去外面的桃林中走一走，平复一下情绪，背后一条手臂搂了过来，直接搂住了她的腰肢，然后用力，将她放倒。她抬眸，和他一双含笑的眸子对了个正着："去哪里？"

"呀，你醒了？怎么不多睡会儿？"

帝拂衣微笑，低头在她的小嘴上亲了亲："我只顾睡，你会不会又说我冷落你？"

顾惜玖红了脸："才不会！"她推了推他，"你是不是挺累的？可以多睡会儿。"

"不累。"帝拂衣露出他招牌似的似笑非笑的表情，"我刚才似乎记得某人想要对我霸王硬上弓……只可惜某人只给我剥了一半衣服就跑了，害得我期待落空……"

他半压着她说出这么一番话，顾惜玖连耳朵都红了。

她一向是不服输的性子，所以虽然脸上发烧，一双眼睛却亮亮的，心一横，一翻身，两个人上下姿势对调，变成了她在上他在下，她半压着他了。

她嘴角勾起一抹笑来，手指挑起了他的衣襟："圣尊大人，你想让我对你霸王硬上弓？"

帝拂衣微眯起眼睛看着她，居然点了点头："很想！"

他微闭上眼睛，手臂半张开，一副任君鱼肉的样子。

顾惜玖心跳加快，眼眸微转，这家伙吃定她不会强要他？

哼！这次她非让他意外一下不可！她彪悍起来的时候也够人瞧的！

顾惜玖将心一横，再不迟疑，手指再次将他半敞开的衣襟扯开……

他爱她如命，她稍稍撩拨那就如星星之火，足以迅速燎原！

他微闭着眼睛感应着她的抚摸，抚摸的地方似乎不对，觉得如同隔靴搔痒。

他觉得这有些要命，颇为难耐地睁开眼睛看向她，然后发现她神态很认真，表情像是为病人做检查的大夫。

"你这是？"他的声音沙哑极了。

顾惜玖嘴角一翘，说道："看你有没有受伤。"

还好，她在他身上没看到明显的伤口，通过按压他的要穴知道他也没受内伤，他除了疲惫了点儿，没有其他要紧问题。

她一本正经地瞧着他："你不会以为我会在这里对你做什么吧？"

帝拂衣："……"

顾惜玖眼睛微弯："这个地方可是野外的凉亭，偶尔会有人路过的，我可不想我

鱼肉圣尊大人时被人围观！”

帝拂衣抿了抿唇，然后忽然笑了：“宝贝儿，我的字典里可是不允许有人打退堂鼓的！”

她的心跳得不像是自己的。是的，她也想要他，可是在这个地方，她没安全感啊！

她一急，忽然俯身抱住他：“我们换个地方！”

然后她干脆利落地来了次瞬移！

于是下一刻，他们出现的地方是她大天师府的寝宫中。

她大概是太心慌意乱了，本意是直接瞬移到自己的床帐内，结果误差了几米，抱着帝拂衣险些撞到墙壁上！

她忙后退了几步，不提防又撞到了桌子上，撞得桌子晃了晃，上面的杯盏晃动了几下，发出哗啦的声响。

她的寝宫外还是有人护卫的，立即有侍女询问：“谁在里面？”

脚步声渐近，有人想要进来查看。

顾惜玖看了看怀中衣衫半褪的某人，某人一点儿也不紧张，只含笑望着她。

她在心里低咒一声，忙开口：“是我，你们退下吧，退出这院子，没有我的呼唤，不许进来！”

侍女们答应一声，全部退出去了。

顾惜玖将帝拂衣放在床上，帝拂衣一直乖乖地任由她摆弄，眸中笑意浅浅。

顾惜玖被他瞧得面上发烧，在他身侧俯身，用手捏了捏他的脸颊：“这么看着我做什么？”

她捏了一把觉得不过瘾，又捏了一把，再捏了一把。

帝拂衣目光微动，握住她的一只手，将她向自己身上一拉，顾惜玖就扑进他怀中了。

她上他下，身躯交叠，四目相对。

帝拂衣握住她那只捏他的脸颊的手，轻笑道：“紧张？”

顾惜玖心中猛跳，死鸭子嘴硬地说：“哪个紧张了？”

帝拂衣吻了吻她的指尖，将她的每一根手指都吻了一遍，这才道：“那你调情的方式不对……”

哪有人调情是捏脸的？

他躺在那里，衣衫半敞，春光若隐若现，一双含笑的眸子里如有水波轻漾，带着让人心醉的慵懒和魅惑。明明是任人推倒的无害小白兔模样，顾惜玖却本能地觉得他危险，这个人其实掩不住他作为男人的那种强势狼性的。

顾惜玖明明是想调戏他，结果却被他调戏得心神动荡、身子发软。

她不能这么被动！不能就这么被他吃得死死的！

顾惜玖是要强的，所以夺回了自己的手，也将他作怪的手从自己的衣内扯了出去："不许动！"

帝拂衣呼吸也有些急促，却轻笑一声，将双手自动放置在头顶："好，我不动。"

顾惜玖也豁出去了，不去看他那双让她心跳加速的眸子，而是直接去脱他的衣袍。

他很听话，让他抬手就抬手，让他动脚就动脚，不是一般乖顺。

很快，顾惜玖就将他脱利索了。

一直淡定地瞧着她的帝拂衣虽然还是躺在那里任她为所欲为，但那双眸子里渐渐染了火光，呼吸越来越急——

毕竟做过八年的夫妻，帝拂衣在这方面的手段不是一般高明……

身影交叠，床帐起伏。

当彼此身心交融的那一刻，顾惜玖眼角滑出了泪……

他顿住动作，扶住她的腰："疼？"

顾惜玖俯身疯狂地吻住他："不，只是……开心……"

她拼命吻他，拼命和他纠缠，似乎通过这种纠缠就能把时光留住，不让时光飞逝，不让分离的那一天到来……

他是她胸口永远的痛！

第八十九章 此情永世不渝

夕阳的光芒从窗外透入。

帝拂衣睡着了，顾惜玖枕着他的肩窝，青丝铺在他的肩头，手臂圈着他的腰，静静地看着他的睡颜，舍不得和他分开。

她不知道别人恋爱了会怎样，但她真的很疯狂。

她真的爱惨了他。她明明是个比较自私的人，但为了他真的可以不顾一切。

两情若是久长时，又岂在朝朝暮暮。

这是名言，她曾经奉为爱情的教条，甚至不止一次说过，只在乎曾经拥有，不在乎天长地久。但真正和他在一起才明白，她很想很想和他天长地久……

她抬手看了看自己的手指，在刚才情爱最激烈的时候，他为她套上了一枚戒指，是当初那枚钻戒，现在终于又回到了她的手指上。

他说会娶她，以圣尊的身份娶她，让全大陆的人都知道她是他的妻子。

婚礼的事他也在筹备，会让她风风光光地嫁给他——

得到他这样的承诺她自然很开心，没想到他会主动说这件事。

她还以为他会以寿限太短不能耽搁她为理由，不和她完婚呢！

其实她早已下定决心，无论帝拂衣娶不娶她，她这一生也只当他是自己的丈夫，不会再爱上其他任何男人，直到她也羽化的那一天。

她的心很小，爱人的话只能容纳他，其他任何人都不行。

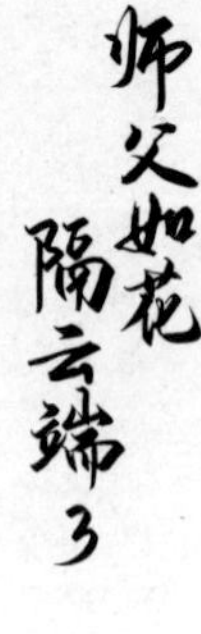

帝拂衣醒来的时候，发现怀中的顾惜玖还保持着他睡着前的姿势，小猫似的蜷在他的怀中，正静静地瞧着他，那一双大眼睛黑得如漆黑的夜空。

二人目光一对，帝拂衣低头在她的唇上亲了一口："没睡？"

顾惜玖将头埋在他怀中，含混地说了一声："我也刚醒。"

其实她一直没舍得睡。

他留给她的岁月太短，她一秒钟也不想浪费，不想在睡眠中让时光虚度。

帝拂衣何等聪明？他自然是明白她的，心中一痛，在她脸颊旁又落下一吻："再睡一会儿吧？我抱着你睡。"

顾惜玖摇头。她真的没有睡意，只是将小脸埋在他的胸前，喃喃问他："拂衣，你说我们这样……会不会有孩子？"

帝拂衣将手掌放在她的小腹上，轻轻地揉了揉："顺其自然吧。"

"嗯！"她点头，确实很想要一个孩子的。她轻笑："我想用孩子拴住你！有孩子你就舍不得我们娘儿俩了……"

帝拂衣眸底闪过一抹痛楚之色，手掌在她的头顶揉了揉："笨！在我心中最舍不得的是你！"

和有没有孩子没关系，在他心目中，她是第一位的，任何人都比不上。

和她好了之后，他自然不想抛下她独自一人，这些年他为了活下去不知道试遍了多少法子，只可惜……

帝拂衣低头看着她的俏脸："睡不着？"

她点头，帝拂衣身子动了动："那我们起来，我教你观星术……"

顾惜玖身子微微一僵，向他怀中钻了钻："不要……我困了。"

说罢她合上了眼睛。

帝拂衣："……"

他是明白她的，她肯定以为她不学习那些圣尊之术，老天就会把他的寿命延长一些。

傻孩子，哪有这么简单！天道岂是如此好糊弄的？

他的日子是有定数的，无论她到时候学会还是没学会，他都无法再留下。

她学不会的话，只能在日后的岁月里吃更多的苦头，用坎坷失败做导师，一步步成长。

他忍不住将她抱得更紧了："我抱着你去。"

顾惜玖急了，推开他："不要！我困死了！我要睡觉！"

帝拂衣："……"

他看了看她那淡淡的黑眼圈，她应该是真的困倦，刚才只是舍不得睡而已。

他心中一软，重新将她揽入怀中，轻轻拍了拍她："好，你睡，我哄你睡。"

"你唱首歌吧？"顾惜玖提要求。

好吧，帝拂衣是不想让她失望的，于是找了颇为擅长的歌，低低地在她耳边唱。

不大一会儿，她听着他的歌声入眠……

她回到他身边已经八天了，这八天她天天腻在他身边，几乎没睡过一个囫囵觉，无论什么时候他睁开眼睛，都能看到她是清醒的，睁着眼睛看着他，似乎唯恐他会突然逝去一样……

这几天他就没看到她熟睡过！

当然，她还是很警觉的，常常在他睁开眼睛的那一刻闭眼装睡……

但装睡和真睡是有区别的，呼吸、心跳、脉搏……清醒和睡着时都是不一样的，她就在他的怀中，他又如何感觉不到？她装睡压根瞒不过他……

他明白她在害怕，害怕失去他……

如同一个人被判了死刑，随着刑期的临近，人只会越来越紧张……

她舍不得他！她没有安全感！

他知道。

她在搜寻各种让他留下的法子，他也知道。

她似乎也怕给他增加心理负担，在他身边的时候，照样和他有说有笑，学东西学得也不慢。但在无人看到的角落，她和四使一样惶惶不可终日，人也眼看着越来越瘦……

她珍惜每一刻和他在一起的时间，恨不得扯住时间的尾巴不让它向前走。

这种滋味并不好受，帝拂衣很明白，但是没有办法……

心上像是扎进了酸枝，又酸又胀又疼，他只能更紧地拥住她，看着她眼睑下的青黑眼圈，在她的鼻尖上落下一吻："明日就是我们的大喜日子，睡吧，我想看到一个美美的新娘。"

顾惜玖习惯性地抱着他的一条手臂，像贪恋温暖的猫一样在他的手臂上蹭了蹭："拂衣，我忽然对大婚没兴趣了，我想明日去云青州看看。我听孟夏说那里有一个怪人，大冷天也喜欢穿着亵裤疯跑，常常说他见过上界的人……说人修仙得道会羽化飞升去上界，你、你说不定也是去上界的……"

帝拂衣无奈，屈起手指在她的额头上敲了一记："那是个疯子！笨！明日的大婚可是我向往很久的了，你敢跑一下试试！"

顾惜玖揉了揉自己的额头，还是不太死心："'他人笑我太疯癫，我笑他人看不穿'，这句话你听说过没有？有些高人是喜欢装疯卖傻的，或许他是真的……"

她现在只要稍稍找到一线希望就紧抓住不放，有时候明知道是假的，也要试一试。

帝拂衣干脆吻上了她："看来你还不累！"

于是帝拂衣和她做了一项比较耗体力的活，而且是很疯狂的，几乎换了所有的姿势。

他终于成功地让她再想不起逃婚去找一个疯子的念头，在他怀中睡熟了。

按道理说，婚前两个人是不能住在一起的，但顾惜玖说要打破传统陋俗，执意住进了他的左天师府……

顾谢天曾经弱弱地抗议过，无奈女儿已经打定主意，他也没办法改变，只能和她谈好，新婚那一天早晨要回来，还要穿结婚的凤冠霞帔呢！

三月三日，阳光晴好，宜动土、宜婚娶。

在这一天，大天师顾惜玖在全大陆黎民百姓的祝福声中，嫁给了圣尊。

帝拂衣给了她一个超级盛大的婚礼，在万众瞩目中将她抱上了花轿，抱进了喜堂。

今日的证婚人是古残墨，他一脸喜色，开心得每一根胡子似乎都要翘起来。

他显然也是事先接到了什么程序训练，这次唱婚并不是按照这大陆正常的程序走的。

他先问帝拂衣："圣尊大人，您是否愿意娶顾惜玖顾天师为妻，永生永世只爱她一个人，对她不抛弃、不放弃，她让你做什么就做什么，她让你向东你绝不向西，她让你打狗你绝不会骂鸡……"

这一套词出来，不但帝拂衣愣了愣，满堂的宾客也跟着愣了愣！有人忍俊不禁，扑哧一声笑了出来。

这一套说辞如果帝拂衣应下来，明显以后就是怕媳妇儿的节奏啊！

圣尊这么高大上的人物，会不会应？

无数目光看向帝拂衣，众人想瞧瞧他会怎么化解这场小危机。

帝拂衣嘴角微勾，回答得郑重其事："我愿意！"

周围静了静，但随即就像炸开锅似的热闹起来，有情不自禁地发出口哨声的，也有笑的，当然，也有暗暗摇头的。

古残墨抬手，让大家静了静，他还有话问新娘子。

"顾姑娘，你是否愿意嫁圣尊凰茶为妻，永生永世只爱他一人，无论他在不在这世上，你都只能是他的妻子，不会再爱别人，也不会再嫁别人……"

这一番话问出，众人愣住了！

圣尊怎么可能不在这世上？

这个世上所有的人都死了，圣尊也还是会存在的！

古残墨是脑袋被驴踢了，居然问出这么白痴的问题?

众人脑海中闪过无数疑问，一直在一旁围观的花纤言忍不住终于开口：“古堂主，您这是问的什么话?！圣尊大人可是永生不死的，您这样问分明是在咒他！”

古残墨心中也苦，这些话都是顾惜玖事前教给他的，让他必须在这一刻这么问，因为拜天地时的承诺等同于向天地立誓，是不允许违背的！

古残墨觉得这一段词虽然不太吉利，但反正圣尊是长生不老的，这么说说也不是不可以，所以就按照顾惜玖教的说了出来。

帝拂衣脸色微微一变，看向顾惜玖，传音：“惜玖！”

她一旦应声，那就代表誓言成立！

那他羽化后，她就只能孤孤单单地在这世上生存万年，直到也羽化的那一天！

不行！她不能犯傻！

帝拂衣唯恐顾惜玖说出一声“我愿意”来，衣袖内的手指微屈，向她的哑穴点去！

顾惜玖也是极聪明的，知道帝拂衣肯定要阻拦她，他的指风刚刚弹出来，便被她不动声色地立掌挡了回去。

她抬头看向古残墨，清脆的声音已经自红盖头下传出：“我愿意！我发誓！”

帝拂衣：“……”

外面原本是大晴天，但她这一句话出口，无数阴云开始在天空中聚集，云中传来隆隆的惊雷声，滚过左天师府的上空，代表她的誓言成立。

帝拂衣忍不住握住了她的手：“惜玖！”

顾惜玖和他互握，传音给他：“我不相信你会羽化！为了我，你一定要活下去！”

帝拂衣轻吸一口气：“我努力！”

这个环节这么过了，下面的环节就顺理成章了，二人相携拜了天地，在送入洞房的时候，帝拂衣在众目睽睽之下再次抱起了顾惜玖，大步流星地向喜房走去。

喜房的布置完全是按照顾惜玖的喜好来的，精巧大气又美不胜收。

帝拂衣抱着她进了喜房，一众喜娘、侍女纷纷拜倒迎接。

帝拂衣将顾惜玖放在喜床上，亲手揭开了她脸上的红盖头。

她极美，此刻眼眸低垂的情况下，就更美得惊心动魄，让人移不开眼睛。

那些侍女喜娘纷纷向帝拂衣道喜，然后请他到外面去招待那些宾客。

这自然又是规矩。

但帝拂衣明显是最不守规矩的人，直接挥手让这些人退下，将顾惜玖抱到桌前，桌前摆了精巧的酒杯、酒壶，是专为新人喝交杯酒准备的。

顾惜玖在他怀中忍不住笑：“你抱我上瘾了啊……”

他时时刻刻抱着她，一步路也不想让她多走。

帝拂衣轻叹："我想就这么抱你一生一世！"

相约白首，白头到老，是普通夫妻就能做到的事情，而对帝拂衣和顾惜玖来说，是不可企及的愿望……

顾惜玖搂着他的脖子，在他的下巴上吻了一下："嗯，说好了，你要抱我一生一世！不许中途扔了我！"

帝拂衣心痛如刀绞，他笑了笑，亲自斟了酒，一杯递给她，一杯自己端着："来，我们喝交杯酒。这酒是我珍藏了百年的，你尝尝可合你的口味？"

那酒是粉红色的，如同美人嫣红的脸颊，酒名为"眼儿媚"，入口甘甜，酒香馥郁，让人醒倦忘忧。

二人双臂互缠，额头相抵，共同饮了杯中酒。

顾惜玖好酒，喝了这一口就有些爱上，忍不住看了看桌上的酒壶，问帝拂衣："我能不能再喝一杯？"

这酒太好喝了！

帝拂衣失笑："笨，交杯酒只能喝一杯，以后有的是喝它的机会，我埋了数百坛呢，你以后想怎么喝就怎么喝！"

顾惜玖握住他的手："以后我们一起喝！"

帝拂衣微微一僵，随即微笑道："好！"

顾惜玖拍了拍他的手："好了，交杯酒也喝了，你出去招待客人吧，免得别人说三道四的。"

帝拂衣抬手将她抱起："不，今夜是我们的洞房花烛夜，我想要招待的是你！"

他说着抱着她向大床走过去。

洞房花烛夜，金榜题名时，人生两大乐事，帝拂衣只对洞房花烛感兴趣，自然不肯放过。

床帐落下，人影交叠缠绵……

浮浮沉沉中顾惜玖脑海中泛过一个念头：这两天是排卵期，他这么勤恳，估计她会怀孕……不过房事太勤的话容易生女孩儿……

可她想要个儿子！

她倒不是重男轻女，而是想着男孩儿应该像他多一些。

她爱惨了帝拂衣，自然也想要个小帝拂衣。

一个时辰后，帝拂衣终于鸣金收兵，顾惜玖身上软软的，几乎都不想动了。

帝拂衣用清洁术为她收拾利索，穿着柔软的睡衣，然后二人并排而卧。

顾惜玖枕着他的手臂和他说话："拂衣，你喜欢男孩儿还是女孩儿？"

帝拂衣微愣："嗯？"

顾惜玖眼眸亮闪闪的："我们或许会有孩子……你喜欢男孩儿还是女孩儿？"

帝拂衣眼睛深沉如夜，一根手指缠绕着脸颊旁的青丝，他微笑着道："我都喜欢！"

她就知道他会这么说！

顾惜玖抿了抿小嘴，眸中有向往之色："我喜欢男孩儿呢，最好是完全像你……"

帝拂衣眯着眼睛笑："我是不可复制的，我是第一男子，没有人可以超过我。"

顾惜玖推了他一把："瞧把你臭屁的，我如果生了儿子一定让他超过你！"

帝拂衣道："他的本事超过我不要紧，但在你心里的位置不能超过我……"

二人在被窝里说说笑笑一阵，顾惜玖的注意力又落在他的头发上，他的头发墨黑如缎，看上去十分顺滑。

她抓过一缕玩，顺便问他："你的头发怎么又黑了，能自动调整的？"

帝拂衣略略一顿，然后说："我记得某人说过，不喜欢我白发的样子……"

"那就是自动调整的喽，没想到你还有这个本领。其实吧，你白发的样子也挺招人疼的，有一种妖魅、帅气的感觉。"再顿了顿，她下结论，"你无论怎样都很帅，我都喜欢！"她干脆抱着他的腰，"拂衣，看在我这么喜欢你的分儿上，你不要羽化啊，我离不开你。"

顾惜玖其实不想给帝拂衣施加压力，但想让他明白她是多么需要他，他就会和命运抗争，说不定就能创造出奇迹！

她一双大眼睛认真地看着他，眸底是满满的渴望之色。

帝拂衣感觉心里像有一把刀子在搅，微笑着道："我努力！"

为了怀中的女子，他也要拼命活下去！

他在她的额头上吻了一下："惜玖，我很庆幸这辈子能碰到你！"

她的双臂缠着他，脸在他的脸上蹭了蹭："我也是。"顾惜玖像想起了什么，"既然圣尊也有羽化的一天，还有接任什么的，那在你之前的圣尊是什么样的？你应该和对方接触过吧？对方是男是女？是怎么羽化的？"

帝拂衣愣了愣，微微蹙眉，摇头道："我没有这方面的记忆……"

"啊？"顾惜玖诧异。

帝拂衣蹙眉思索了一下，道："我的记忆是我从一个荒野之中醒来，这世上的人还不是这个样子，一团糟。然后我自己征战天下，慢慢有了自己的势力，成为圣尊……"

原来他是天生的……

也对，他已经活了将近万年，万年前的历史貌似是原始人时代……

"这么说我是第二代圣尊？"顾惜玖蹙眉，总感觉哪里不太对，却又说不上哪里不对。

帝拂衣揉了揉她的发，没说话。

顾惜玖沉默了一会儿，又问："你是如何和天道联系的？"

帝拂衣叹道："观星看盛衰，偶尔会有声音在我脑海中叽叽歪歪，告诉我该怎样做，不过我一般不理会，对方叽歪得狠了，我会反其道而行之，所以那声音轻易不会和我联系。"

顾惜玖想起偶尔在自己的脑海中响起的声音，貌似是天道的传令者？

其实所谓天道就如同命运，确实是有一定的规律可循的……

她忽然似想到了什么："你说天道是不是上界为下界定下的法则？"

帝拂衣叹道："据说上界的人也要遵循天道……"

顾惜玖握拳："那制定天道的人一定是个浑蛋！压根不顾人的意愿……"

帝拂衣失笑，没说话。

其实天道也并非完全错误，所谓没规矩不成方圆。如果所有的规矩都没了，这世界早就乱套了。

就算是他，也为这个世界定了许多规矩。所谓国有国法，家有家规就是如此，只有这样，这个世界才能健康稳定地发展下去。

当然，那些不好的规矩一旦制约了事物的发展，自然也会慢慢被修改、淘汰。

她现在只是因为他的事义愤填膺，所以才会这么说，这其中的道理她以后会明白的。

顾惜玖又像想起了什么，瞧着他道："对了，天祭月的徒弟到底是怎么回事？这大陆的传闻可是左天师大人横刀夺爱，拆散了一对有情人……"

帝拂衣沉默了片刻，叹了口气："惜玖，这也是我将要教给你的，所谓天授弟子是不允许成婚的，而且每个天授弟子必须经历一场情殇，这样才能成为真正的天授弟子。"

顾惜玖愣住了："为什么？"

"这是他们命盘里自带的命运。他们成为天授弟子可以享受成为尊者的荣耀，自然也须承担他们该有的责任、义务，以及磨难。"

"所以你故意给他们制造矛盾——制造情殇？"顾惜玖不太相信地看着他。

帝拂衣摇头："无须我制造，事实上我并不干涉，天祭月和他徒弟的事是一个意外。"顾惜玖看着他不说话，帝拂衣接着道，"他徒弟是他命中的情劫，原本和我无关，但那个女人是魔教中人，化身少女在他身边，意欲挑起左、右天师之间的矛盾。她那时明着和天祭月卿卿我我，暗地里又来勾引我……被我识破伪装，我曾经指点过天祭月，让他小心，奈何天祭月已经被她蒙蔽了双眼，对她言听计从。我就只有将计就计，和那女人虚与委蛇，引得天祭月大吃飞醋，在恰当的时候，让那女人在天祭月面前现了原形，露出本来面目，然后除掉了她……天祭月从此以后对女人无感，但对我也始终心怀芥蒂，常常想要报复我。我也是闲来无聊，就和天祭月做了这些年的对头。做对头其实比做朋友更容易锻炼他，天祭月的天资原本不如其他三人，但经过这些年和我作对，他的功夫提升得很快……现在已经远超其他三人，不过，他还是打不过我。”

顾惜玖：“……”

帝拂衣，你这是有多无聊！

原来他和天祭月的徒弟是这样一段公案……

其他人不知道内情，还以为是帝拂衣抢了右天师的情人，所以两个人才这么互相看不顺眼……

她软软的手指戳得他的胸口痒酥酥的，帝拂衣的眼神沉了下去，片刻后，她的手指被握住，他的声音变得有些沙哑：“宝贝儿，你在玩火！”

“嗯？”顾惜玖一脸蒙地看着他。

不过，她很快就反应过来了，因为她感觉到了身下之人的身体最诚实的反应。

她咳了一声，正要从他身上滚下来，却被他一把扣住。他扣住她的后脑拉低，然后吻住了她，低声道：“宝贝儿，既然你还不累，那我们可以再杀一场……”

不是吧？！还来？！他这是什么恐怖的体力？！

顾惜玖忙推他：“不行，我累了，我要睡觉！”

帝拂衣不再和她商量，直接“开红”了。

两人几乎是一夜风流。

等他再次得到满足后，夜已深沉，她没再和他说话，累得直接就睡着了，趴在他怀里睡得像小猪，推都推不醒。

帝拂衣垂眸看着她的睡颜，怎么看都看不够。

时间总是在不经意间过得飞快，这世上最难留住的就是时间，无论你如何不情愿，时间该流逝还是会流逝。

一转眼，时间过去了两个月。

这两个月也发生了一些事情，譬如蓝外狐和晏尘终于成亲了，顾惜玖和帝拂衣做了他们的证婚人，让这对新人不是一般有面子！

当然，这场婚礼也很轰动、很热闹。

顾惜玖和帝拂衣在小狐狸那里并没有多待，顾惜玖这些日子一直在寻求改变帝拂衣的寿限的法子……

可惜的是，她几乎寻遍了这世上所有的奇人异士，却没有一个人有法子。

观星术帝拂衣最近半个月才教给她。

真正的观星术极为复杂，绝不仅仅是看星座或者星体亮度，通过观星术可以看出一个王朝的兴衰、相关人物的命数命理影响等，不是朝夕之间能学会的。

因为帝拂衣的时间实在不多，又不能不教，所以他拖来拖去，一直拖到现在。

而顾惜玖在学会最基本的观星术以后，几乎每日都会在观星台上看半天。

越看她越紧张，越看也越绝望——

她看着那颗摇摇欲坠的王星，恨不得飞上去死命将它托住，或者在下面给它安个支架……

而学会了观星术，她也终于明白星辰的陨落是不可逆转的，她没有任何办法。

她也和脑子中那个偶尔响起的声音谈过条件，请求它能网开一面，哪怕把她的所有寿命都转给帝拂衣也行。但那声音只是叹气，说这是不可逆的，让她死心……

她开始整夜整夜地失眠。

当然，她不想给帝拂衣增加太大的心理压力，表面上还要显出比较淡定的样子，只是人日渐消瘦。

而帝拂衣毕竟将要陨落，终于压不住陷入天人五衰的模样，虽然容貌似乎和先前没多大差别，精力却大不如前，容易困倦。

若心无牵挂，他会很平静地接受这个事实，但他现在有了心之所属，贪恋她的温暖，不忍抛下她一个人，不想让她痛苦，偏偏给她造成最大痛苦的就是他，他歉疚、不舍……

所以本该深眠的他也是浅眠，常常略睡片刻就惊醒。而每当他睁开眼睛，都看到她微闭着眸子装睡，睫毛尚在颤动。

只有一次，他睁眼睁得大概太迅速，她没来得及装睡，他的视线和她一双含泪的眸子对了个正着！

她那时正大睁着眼睛看着他，眼中都是泪，一只小手紧紧地握着他的一片内袍衣襟，眸底满是无助和脆弱的神色。

帝拂衣心上像是被狠狠地插了几刀！

二人目光相对的那一刻，她下意识地想闭上眼睛再装睡，却被他紧紧抱住！

他吻她眼睛下的黑眼圈，也顺便将她的泪吻去："惜玖，其实我们都没去过上界，这世上也有很多解释不清的事情，我的事也未必完全让人绝望……我就算羽化也未必就是永远消失，或许只是去了上界……放心，无论我去了哪里，我都会想尽一切法子回来！你别怕……"

她眼睛微微一亮："真的？"

帝拂衣用唇蹭了蹭她的额头："你想想，我原先压根不知道还有你所在的那个世界，而你像一个奇迹……所以有可能会有第二个奇迹！"

会有这个奇迹吗？

顾惜玖心中隐隐生出一点儿希望。

她将头埋在他的胸前："如果真有那么一天，你一定要回来！我等你！"

帝拂衣用下巴蹭着她的发心，重重地应了一声："嗯！"他又用手指挑起她的下巴，在她的唇上印了一吻，"那现在可以睡觉了？嗯？"

顾惜玖应了一声，闭上了眼睛。

帝拂衣轻拂她的昏睡穴，终于让她真正睡了过去。

以点穴的手法助她休息并不是好法子，因为对身体没有太大好处，还有点儿副作用，所以不到万不得已，帝拂衣不想用这法子。

不过她已经好几天没休息好了，再熬下去，她的身体会变差，甚至容易在练功的时候走火入魔。

两害相权取其轻，帝拂衣也只能用这个法子了。

她睡着后，他看着怀中的人一时却有些出神。

让她陪着他走向死亡，再让她眼睁睁地看着他羽化？他几乎不敢想象那一幕！

可是他又该用什么法子将她好好保护起来，免于受这种伤害？

今夜有些邪性，顾惜玖做了一个长长的梦。

梦中她行走在一片火海之中，四周都是火红的高山，周围的山峰、脚下的大地，到处都在喷发着熊熊烈火……

她身边跟着大蚌和陆吾，因为有大蚌和陆吾的术法加持，她就算行走在一片火焰中也感觉不到太热。

她在火焰山中穿行，拐过了无数的山峰，前面忽然现出一片紫色的海洋……

不，那不是紫色海洋，而是一片深紫色的蘑菇地。遍地都是美丽妖冶的紫色蘑菇，那蘑菇长相有些清奇，宛如一个个捏成法诀的手，在那里灼灼开放。

顾惜玖怔住了，一颗心疯了似的跳个不停！

紫云禅菇！这是紫云禅菇！

传说中紫云禅菇可以起死回生，功能堪比王母那九千年一结果的蟠桃，用它来炼制丹药，一旦炼制出九品丹，能让普通凡人长生不老、永生不灭！

这种蘑菇只是在传说中存在，她也只在苍穹玉给她看的异草图上见过。这些日子她还和帝拂衣讨论过，想要找这个东西试试，奈何压根没有人知道这蘑菇长在什么地方，帝拂衣也不知道。

顾惜玖这些日子想要找这个东西想疯了，像大海捞针似的满世界搜寻，没想到会在这里看到！

她眼前还有这么一大片！

她几乎是扑上去的！不顾一切地就想要采摘紫云禅菇，却没想到一脚像是在什么地方踩空，她骤然醒了过来！

她睁开眼睛，眼前所见是坐在那里写东西的帝拂衣。他侧坐着，半靠在床头，手里拿着一支笔奋笔疾书。而她则抱着他的一条大腿，像无尾熊似的抱得紧紧的。

这里是碧梧宫，圣尊凰茶真正的休养之地。

八天前他把她带到了这里，说让她认认她真正的夫家。

这里的一草一木、一花一石都美不胜收，宫殿处白云缭绕，如同仙境。

更重要的是，这个地方灵力极浓厚，是绝佳的休养之地。

帝拂衣前几天原本脸色苍白得厉害，回到这里后，脸色倒好看了不少。

这里极美，真正像是人间天堂。

顾惜玖心中若不是压着一块大石，没心思观景，否则她会真正爱上这个地方。

这里美自然绝对是美的，不过能够进入这里的人必须达到灵力九阶以上，要不然会被里面充沛的灵力给灌死！

现在她和帝拂衣所住的地方就是他的寝宫，她在这里观星也好，修炼圣尊功夫也好，都能达到事半功倍的效果。

顾惜玖蒙了片刻，终于明白刚才所见不过是一场梦。

她心里不是一般失望，有些愣神。

帝拂衣低头瞧了瞧她："怎么？做噩梦了？一头的汗……"

顾惜玖出神片刻，忽然问他："你见多识广，那知不知道一个地方……"

她说了梦中地形的所有特征。

她说得很详细，帝拂衣有些诧异："你怎么知道这个地方的？"

顾惜玖心中微跳，一双眼睛睁圆："真有这个地方？！你知道？！"

帝拂衣果然是知道这个地方的："你说的这个形貌特征和一个禁地很像……"

"什么禁地？"

"佛火境。"

她干脆伏在他的腿上："详细说说！"

帝拂衣对她倒不隐瞒，将自己所知都告诉了她。

原来这佛火境是帝拂衣所知道的八大禁地中最没用的地方。

和顾惜玖梦中所见一样，佛火境遍地都是火，不长任何植物。而且这地方还有个很奇特的地方，只能女子进入，一旦有男子误闯入里面，重则丧命，轻则被里面的火焰灼伤。

早些年帝拂衣仗着自己修为精纯，曾经进去过一次，但也只在里面待了一刻钟就受不了了！

现在听顾惜玖忽然问起，他似乎还有些讶异："你怎么忽然问这个？那鬼地方你去过？"

顾惜玖的一颗心跳得不像是自己的，她将自己梦中所见一五一十地对帝拂衣和盘托出，最后道："你说那里面是不是真有紫云禅菇？是不是老天感我之诚，特意用梦来点化我？"

帝拂衣轻吸了一口气："梦原本是虚无缥缈的东西，或许是你执念太重……"

顾惜玖直接摇头："不是！我如果只是执念重，又怎么会梦到自己从未到过的地方？而且那个地方还是真实存在的！"她直接抓住了帝拂衣的手，"我想去看看，碰碰运气！"

帝拂衣蹙眉："那里有些凶险，连我也未曾真正深入……"

"你说了啊，那里佛火特别，只允许女子进入，我就是女子啊，又有一身功夫，进去绝不会出事的！"顾惜玖目光闪闪地道，好不容易才找到这一线希望，自然不会放过！

帝拂衣看了看她的神色，知道她主意已定，九头牛也拉不回来了。

因为重新有了希望，她一改这些日子的死气沉沉，活力像是重新注入她年轻的身体内，染亮了她的眼眸，她整个人仿佛都璀璨起来。

他略思索了一下，说道："进出那个禁地最少需要五天时间……"

顾惜玖轻吸了一口气："没事，你的寿限应该还有十二天，来得及的！"

帝拂衣不放心："我陪你去！"

顾惜玖摇头："不要！你现在好好努力调养身体是至关重要的事，绝不能再受一点儿伤，更不能勉强自己……把一切交给我吧！"她是个行动派，说到这里再无睡意，直接坐起身穿衣下床，"那个禁地要怎么去？我这就去！"

帝拂衣一把扯住她，无奈地揉了揉眉心："你还真是风风火火的性子，这事急不得，我需要给你好好准备准备。"

顾惜玖有些急："还准备什么啊？咱们现在时间紧急，分秒都不能浪费！"

帝拂衣叹道："放心，不会耽搁你太久，给我一天时间吧。你进那个地方可不能莽撞地冲，需要穿特制的衣服，还要掐对应的避火诀。"

顾惜玖算了算时间，准备一天，再进出五天，一共需要六天，如果她再麻利一些，说不定四五天就能出来……

她这么一算时间还算是充裕的。

既然这是她现今能抓住的唯一希望，自然要准备得万全一些，争取一举成功！

她坚信这是上天给她的暗示，说不定真能通过这法子留住帝拂衣！

她颓了这些日子，现在终于又活力充沛起来。

她看了看帝拂衣正在写的东西，貌似是一些练功心法什么的。

他的字和他的人一样漂亮、潇洒得不可思议，行云流水似的，令人赏心悦目。

顾惜玖趴在他的肩头看了片刻，知道他这是为自己留心法。她只要看到他写这些东西心里就不舒服，借故和他闹了几次，后来他就不在她面前写了，常常是抽她不在身边的时候来写。

现在因为看到了绝大的希望，顾惜玖心情颇好，看到他写这些东西也就不反感了。

不过她还是不想让他写，从他手里抽走了笔：“这些心法之类的东西你以后亲自教给我就可以啦，犯不着写下来，劳心劳神的。你还是好好休息休息吧，把身体养得棒棒的。”

帝拂衣没和她争，将写下来的纸归拢一下，随手放在桌上：“好，先不写了。来，我先教你进入禁地的特殊心法……”

顾惜玖这次学得不是一般快，帝拂衣不放心，让她在自己眼前演练。他教得一丝不苟，她稍稍出一点儿错就能立即被他揪出来，然后让她重做一遍修正……

直到看她掌握得差不多了，他才让她暂时自己修炼，他去为她预备特制的衣服。

顾惜玖自然不会阻拦，自行在院子里参悟心法。

她修炼了足足两个多时辰，觉得应该已经差不多，这才走出去。

她在外面溜达了一圈，想找一下帝拂衣，但沐风告诉她，圣尊刚才就出碧梧宫了，是和沐雷、沐电一起出去的。

顾惜玖不太放心，干脆用传音符联系帝拂衣。

还不错，她刚拨通传音符片刻，那边的人就接起来，他的声音一如既往地清朗：“惜玖，是不是那功法有哪里不明白？”

顾惜玖的一颗心放在了肚里：“没有啦，你去哪里了？什么时候回来？”

“再等我一个时辰吧，你先修炼着，回去我会查看你的掌握程度的。若没让我满意，我会惩罚你！”

顾惜玖脸微微一红，他的惩罚一向是在床榻之上……

她不想再和帝拂衣说话，干脆关闭了传音符。

想了想，她干脆去找大蚌和陆吾了。

这两兽现在已经到了兽类最高级别，所以进出这碧梧宫很随意。但风召不行，毕竟资质有限，所以顾惜玖将风召留在大天师府了。

这两兽从进了这碧梧宫后就像是进了天堂，在这里撒欢似的修炼。

顾惜玖找到它们的时候，它们正在灵髓湖里聊天抓鱼。

顾惜玖吩咐它俩：“明日你们陪我走一趟禁地吧。”

陆吾和大蚌都点头：“圣尊大人已经和我们说啦，还教给我们一些在那佛火境中可以使用的术法，刚才我们在水里就是修炼这个。”

顾惜玖心中温暖，看来帝拂衣什么都替她安排好了……

她轻吸了一口气，神采奕奕地道：“很好，我们一起修炼！待会儿我带你们去吃顿好的！”

大蚌立即点餐：“主人，我要吃烤鹿脯、烤全羊……”

它一口气说出七八样东西，都是顾惜玖最擅长做的，也是它最爱吃的。

顾惜玖今天格外好说话：“好！今天你们好好练，晚上我给你们做！”

“耶！”大蚌和陆吾兴奋得眼睛都亮了！

顾惜玖抬头看了看天，才发现今天的阳光很明媚，周围的花也开得很好。

这里的景致这么美，她还没好好欣赏过呢！

于是，她在碧梧宫里信步浏览着景致。

这里的景致古朴典雅，仙气缭绕，如同梦中仙境，一草一木、一砖一瓦都那么有韵味。

帝拂衣是个爱写字的人，这里到处都有他的墨宝，大树上、卧石上、门匾上，都有他随手写的字。

顾惜玖在他的熏陶下，现在字也写得非常好了，觉得在这里也应该留下自己的墨宝，最好是留下代表两个人相亲相爱的字。

于是，她逛到适合题字的地方都会潇洒地写几个字，或者写“天长帝玖”，或者写“帝拂衣、顾惜玖一生一世不离不弃”，当然也会写一些应景的话。

她正忙碌着，肩头被人拍了一下。

“在做什么？”

她回头，帝拂衣就站在她身后，正似笑非笑地望着她，当然也看到了她的字。

她的字很好看，拿出去也能冒充一下文豪，但和他的字一比，就稍逊那么一筹。

顾惜玖迅速打量了帝拂衣一下，看他精神颇好，面色也很好，身上紫袍如紫色烟霞般夺目，和刚才离开她时没多少区别，看来没受什么伤，也就放下心来。

她拉着他的手，让他看她的字：“瞧，我的字很好看吧！”

帝拂衣的目光在那些字上一转，在“帝拂衣、顾惜玖一生一世不离不弃”上略略一顿，他竖了一下大拇指：“很不错！不像麻秆搭起来的了，有大师风范！”

顾惜玖想踢他一脚：“你这是夸我还是贬我啊？”

帝拂衣一本正经地道：“当然是夸！”

二人说说笑笑片刻，她忽然瞧了瞧他的衣袍：“你怎么换紫袍了？”

帝拂衣挑眉问：“我不是常穿紫袍吗？”

这倒是。

她上下打量了他一眼，诚恳地评价：“你还是穿紫袍更好看！”

帝拂衣在原地转了一圈：“我也这么觉得。不过我就算穿白衣，也是这天下最帅、最好看的男人！”

顾惜玖忍不住笑。她就喜欢看他这么臭屁、这么自信的样子！

其实他无论穿什么衣袍，在她眼里都是最好的，任何人都比不上！

她对找那救命蘑菇还是很心急的，又问他特制衣服的事。

帝拂衣揉了揉她的头发："别急，我才弄来料子，还要制成成衣，再等一个时辰。"

顾惜玖好奇地问："什么料子？"

帝拂衣倒不瞒她："鲲皮。"

顾惜玖睁大了眼睛："鲲鹏的鲲？"

"对，鲲皮最为防火，你只要穿上它，再入那佛火境就无碍了。"

顾惜玖："……"

鲲鹏展翅九万里，鲲是神兽，也是海洋一霸，天生术法惊人。鲲一怒可以掀起千丈高的巨浪，淹没整个大地。

这种传说中的神兽，顾惜玖只是听过，没见过，也压根没打算去招惹。

没想到帝拂衣现在取来了鲲皮！

帝拂衣说话的工夫，也展开了那料子，天蓝色鲜亮的皮摸上去柔软如绸，一抖之下甚至有七彩光芒闪烁。

她看看料子再看看他："你没受伤吧？"

帝拂衣挽起衣袖，让她看手臂上一条细细的割裂伤："嗯，被它的尾鳍伤了一下，见血了。"

那割裂伤很浅，浅得也就是割破一点儿表皮，亏这家伙邀功似的亮出来！

顾惜玖无语，不过也松了一口气，随手为他涂抹上伤药，问他："疼不疼？"

帝拂衣把身子向她身上一靠，把手臂上的伤口凑到她的唇边，很虚弱地答了一句："疼！来，为我吹吹……"

顾惜玖："……"

这家伙又开始卖萌了！

"好了、好了，这鲲皮你打算让谁缝制衣袍呀？我们时间紧，赶紧给人送过去。"顾惜玖想着正事。

帝拂衣微笑着道："鲲皮可是刀枪不入的，这世上没有任何针能刺破它，也没有任何剪刀可以裁剪它。"

顾惜玖睁大了眼睛："啊？那怎么办？我直接裹着去？"

帝拂衣摇头："这么好的料子你裹着去多丑？糟蹋了！我亲自动手缝制。"

这次顾惜玖真呆住了："你还会缝制衣衫？"

这家伙会女红？！

帝拂衣道："本来不会，但为了你还是学会了。"

帝拂衣原本想自己去做，但顾惜玖非要跟着去看。

圣尊亲自缝衣太难得了，她必须围观！

帝拂衣拒绝不了她，只得让她跟着。

于是，顾惜玖终于看到了帝拂衣做女红……

确切地说，他也不算是做女红，手里没有剪刀也没有针线，是用术法裁剪黏合……

一个时辰后，一套衣袍终于出炉。

顾惜玖自然当场就试穿了，衣衫颜色如同雨后的蓝天，样式虽然简单，但极合体，裙裾飘飘若飞，看上去比她平时穿的衣裙还要有仙气。

更重要的是，这衣裙穿在身上极为舒服，顺滑如丝缎，自带一种清凉感，而且还很透气。

这衣裙是带兜帽的，她穿上以后，可以将全身都裹住，一寸肌肤也不会露出来。

顾惜玖转了一圈，随口问他："这衣服太合体了！你也没为我量体，怎么这么清楚我的尺寸？"

帝拂衣似笑非笑地看她一眼："我对你的尺寸只怕比你自己都清楚！"

顾惜玖咳了一声，好吧，貌似她问了一个蠢问题。

为了试验这料子的抗火性，帝拂衣随手将一道烈火打在了她身上。

烈火在她周身烈烈燃烧，而她在里面连炙热的感觉都没有。

这衣服简直不是一般抗火！

顾惜玖道："我瞧穿这身衣服进去，连避火诀也不必用嘛。"

帝拂衣摇头："佛火境里的火不是凡火，你还是需要熟练掌握避火诀的。"

他用术法做这身衣服显然不轻松，俊脸变得有些苍白。

顾惜玖也怕他累到，直接挽着他的手臂："你去歇歇吧。"

她顺手又给他号了一次脉，他有些耗力过度的样子，倒没有其他不妥的地方。

帝拂衣恨不得挂在她身上："好，你陪我一起去，陪我一起休息……"

顾惜玖："……"

事实上，顾惜玖确实将他扶回了房间，但没跟他一起休息。

这家伙的眼里明显写着想干坏事的意思，她才不上他的当。再说她也怕自己一旦陪着他，会让他"越歇越累"，他需要的是真正的休息，所以她将他送回屋子就扯了个理由转身跑了。

帝拂衣坐在床头看着她跑走的背影失笑，只不过这笑容刚刚挂上嘴角，就又消失了。

他的脸色忽然苍白得厉害，虚汗顺着额角向下流。

他揭开衣襟，露出了肋下一个血肉模糊的伤口，那伤口才是真正的重伤，深可见骨。好在他及时处理过这伤了，要不然流的血足以吓坏她！

那伤口他先前用术法遮挡着，也遮挡了他身上的血腥气。

他为自己换了一下药，然后又用术法遮住伤口。

若在以往，这伤虽然重，可以他的体质，一个时辰内伤口就能完全愈合，但现在不行了，他真的到了天人五衰的时候，愈合能力也变得像普通人了。

他去找鲲的麻烦，原本应该关闭传音符的，但他怕她担心，所以和她联系的传音符一直是开着的。

她和他联系的时候，他刚刚取得鲲皮，还没来得及处理伤口。

沐电那时正一脸泪地帮他上药，他就若无其事地接通传音符和顾惜玖聊了几句闲话，声音正常得压根不像是受重伤的人——

她还要进那佛火境，他不能让她在里面为他的伤担心，所以他回来后就把伤口遮住了，只将手臂上一个微不足道的小伤口给她看。

夜晚的时候，顾惜玖弄了个篝火晚会，亲手烤了很多东西。

帝拂衣吃了很多，让大蚌敢怒不敢言，深深感觉自己的食粮被抢了！

好在顾惜玖这次烤的东西多，让所有的人吃了个尽兴。

篝火晚会后，顾惜玖站了起来："好了，时间紧迫，我该走了。"

那个佛火境是个被封印的禁地，在这碧梧宫就能够开启。

帝拂衣带着她和两个宠物来到后花园中，亲自检查了一下她身上的衣衫以及所带的东西。他为她预备的东西不少，有各种法宝和食物，以确保万无一失。

帝拂衣不是一般细心，把这些东西又全都仔细地检查了一遍，确认她真的全部带在身上才放心。

四使站在不远处，等着圣尊一声令下，就打开那道禁地之门。

"惜玖，到里面要处处注意，你的安全为第一要务，就算找不到那紫云禅菇，你也不必在里面多待，最多六天，不能再长……"帝拂衣嘱咐道。

"好！"顾惜玖答应。

"大蚌，你在里面要用冰护之术时刻让你的壳保持清凉，里面有一种火行兽，你用风裂术可抵挡……"

大蚌已经好久没冒险了，此刻一脸兴奋："好嘞，圣尊大人您就瞧好呗！"

"陆吾，你擅用火术，你的火和禁地内的火不同，你施展火术的时候，可以……"帝拂衣又转头吩咐陆吾。

陆吾其实有些不耐，它是急性子："圣尊大人，这话您已经吩咐过了。"

顾惜玖此刻是去意如箭，忍不住笑道："你不必嘱咐啦，这些话它们都快背下来了。你今天真啰唆。"

帝拂衣微僵，随即笑道："笨，我只是对你太关切了。"

"嗯嗯，我知道，你这是关心则乱。放心吧，我保证不但能带出那紫云禅菇，还

能活蹦乱跳、毫发无伤！倒是你，这几天要好好将养，千万不能再劳神劳力的。”

帝拂衣抬臂将她抱在怀中：“真舍不得你……舍不得让你独自进去。”

他怀中温暖依旧，顾惜玖心中生暖，笑道：“是啊，如果不是男人不能入内，我就让你和我同去了。”

旁边的大蚌和陆吾打了个寒噤，对望一眼，大蚌弱弱地道：“男人不能进？主人、圣尊，我和陆吾都是雄的……”

帝拂衣淡淡地道：“你们是兽，是雄的也不是男人，怕什么？”

大蚌闭嘴了。

顾惜玖拍了拍他尚箍着自己的腰的手：“好了，时间紧迫，我该走了，你让他们打开禁地之门吧。”

帝拂衣在她的唇上吻了一下：“保重！”

他这才放开她，向四使打了个手势。

随着四个人作法，空中现出一个金红色的大光圈，里面似有火光熊熊燃烧。

开启这禁地之门很耗灵力，而且四使也支撑不了多久，顾惜玖不敢怠慢，扯着大蚌和陆吾，飞身向那光圈内跃去。在进入的那一刻顾惜玖回了一下头，见帝拂衣飘然站在那里，正注视着她。

因为隔得远，顾惜玖看不到他眼中的神色如何，只看到他向她笑了笑，挥了挥手，也就这么稍稍一耽搁的工夫，她已经落入佛火境中，霎时不见了影子。

那光圈在顾惜玖跃进去后逐渐消失，沐风等人松了一口气。

顾姑娘是善于创造奇迹的人，说不定这次她依旧能创造一项奇迹！

沐电向帝拂衣躬身道：“主上，您受伤不轻，还是赶紧去歇着吧。”

主上受伤的时候他就在身边，自然知道轻重，但主上不让他提，他也就不敢和任何人提起，一直悬着心。

“主人受伤了？！”沐风脸色一变。

沐电正要解释，帝拂衣摆了摆手：“不妨事，本座有要事需要你们立即去做。”他自储物空间内拿出一大摞书，分给他们四个，“这些书你们必须在四天内抄写完毕，一天也不能耽搁！”

四使一脸蒙地看着手里的一大摞书，这些书包罗万象，有术法的、星象的、炼药的、阵法的……应有尽有，看书的标题貌似都是圣尊才能掌握的秘术。

这些书的字体都一样，都是帝拂衣的字迹，很明显是他著的。

沐风大着胆子问：“主上，这上面的功夫应该是秘术吧……我们四个是不是不方便看？”

帝拂衣淡淡地道：“没有什么不方便的，你们照抄就可以，抄完送来我的书房。好了，时间紧急，你们现在就去吧。”

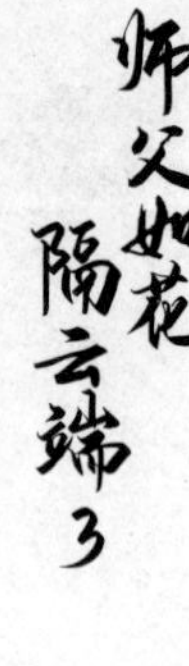

四使对望一眼，知道自己主子一向不按常理出牌，所以没敢再问别的，忙捧着那些书去了。

这些书每人十二本，四天的时间抄完，确实是个大工程！他们只怕还要熬夜才能完成了。

四使离开后，帝拂衣独自站在原地，看着顾惜玖消失的地方出神了很久、很久。

他的头发以肉眼可见的速度变白，青丝变白雪。

她不喜欢他白发的样子，所以他在她面前就算耗费灵力也保持着黑发的模样，现在倒是没必要了，自然就让它恢复正常。

四处都是火，那火红中带着淡金色，连脚下的大地和四周的山石也在燃烧。

顾惜玖穿着那一身鲲服，再捏着避火诀，身处其中的时候还是感觉到了灼热的温度！

四天！她整整在里面搜寻四天了，还是没找到紫云禅菇的影子。

这片禁地不是一般大，她翻过一座又一座山，但前面依旧是山山相连。

她原本以为有梦中走过的路做参考，进来以后只要搜寻梦中的景致就很容易找到那片长满紫云禅菇的地方，却没想到这里面的山势居然很相像！

她走过的每一座山都像梦中的山，唯独没有那一片承载着她的希望的空地！

怎么会这样？

难道那真是一个虚无缥缈的梦，不是真的？

“主人，我们还要向前走吗？”大蚌在她身边亦步亦趋，感觉自己的壳都快被这火给烤焦了！

陆吾毕竟是火行兽，在里面行走了这么多天，依旧是皮毛光滑如缎子的模样。不过它也累了，那一双漂亮的眼睛里也透着疲惫之色。

搜寻四天四夜下来，主人居然一个时辰也没休息过，一直在找！找！找！

它看向顾惜玖，她熬得眼睛也有些红了，不过精力依旧很旺盛。

她抿了抿唇，只回答了两个字：“继续！”

好吧，这紫云禅菇是主人唯一的希望，她拼了命也会找的，所以大蚌和陆吾认命地继续陪着她找。

这禁地里不但有喷涌的火，还有一些不知名的火行凶兽，时不时跳出来想伤人。

它们不算太厉害，但相当缠人，只要跳出来就不死不休地纠缠。顾惜玖和两兽虽然能将它们杀死，但也确实很耗费体力。

这里面是没有白天黑夜的，一直是红彤彤的，顾惜玖是凭身上的怀表算时间的。

她应该走了四天零一夜了。

帝拂衣说她在这里面只能待六天，也就是说她还有不到两天的时间，可是依旧没有眉目。

她心中火烧火燎的，心情也越来越沉重，如果这真的只是一场梦呢，那她该怎么办？

明明周围极热，她却感觉手脚一阵阵发凉，心莫名地有些慌，不断向下沉。

她忽然顿住脚步！

大蚌险些一头撞到她身上，忙后退一步："主人，怎么了？"

"我、我忽然心慌得难受……"顾惜玖情不自禁地将手按在了胸口上，俏脸也苍白得厉害。

"主人，您是太累了，我觉得您应该歇一歇，这么下去不行的。"大蚌让她靠着自己的蚌壳。

顾惜玖抿紧了唇，是这个原因吗？

或许吧！

毕竟在这里面她并不仅仅是在熬夜……

可是，她不能休息！只有两夜一天的时间了，她不能睡。

她摇头，不知道为何，莫名其妙地想要流泪，心不但慌得厉害，还一阵阵紧缩似的在疼，像是整个纠结在一起。冷汗顺着她的额角冒出来，她情不自禁地顺着大蚌的壳软倒，眼看就要坐在地上。

"主人？主人？"大蚌吓坏了，慌忙将她夹进自己的壳里，"主人，你的脸色好差！你休息一下吧，哪怕只是休息半个时辰也好……咦，主人，你怎么哭了？！"

顾惜玖自己也不知道怎么回事，就是想哭，眼泪疯了似的淌个不停。

她胡乱抹了一把脸上的泪，摇摇头，想说话但喉咙那里像是堵了一颗鸭蛋，说不出话来。

"主人，我觉得你可能热到了，按你的说法叫什么来着？中暑！你肯定是中暑了！"大蚌冒充大夫下断语，然后它为她拎出一瓶冰蜜水，"来，主人，喝吧。"

顾惜玖也确实有些渴，接过冰蜜水喝了几口，是帝拂衣调出来的味道。

看来他为她预备的东西真不是一般周全，让大蚌也储存了不少食品、饮品。

顾惜玖看着那一瓶冰蜜水，眼睛又有些发涩，有泪意要冲出来似的！

她摇了摇头，倚靠在大蚌的壳壁上，微合上了眼睛。

或许她确实是太累了！连情绪也变得莫名其妙起来，那她就略休息一下，休息半个时辰就好……

她坐在那里养神，不知不觉就打了个盹。

然后她做了个梦。

远处湖水碧波如玉，近处花木扶疏、山石巍峨，各色奇花星星点点地开放，有云气在四周环绕，犹如瑶池仙境。

这个地方顾惜玖认识，是碧梧宫后花园的景致。

然后，她看到了帝拂衣，心骤然一沉！

他此刻就坐在山石下，白衣白发，俊脸也如雪一般白。

他身后的大石上所刻的字正是顾惜玖曾经写的“天长帝玖”。

顾惜玖的目光落在他的头发上，他的头发怎么又变白了？！这是怎么回事？

她再转头，看到沐风四使正跪在不远处，眼睛都望着帝拂衣，身子僵硬到发抖，眼泪疯了似的流着。

她忍不住冲了过去：“拂衣，你怎么了？”

她的身子却从帝拂衣身上穿过，顾惜玖愣了愣，回过头来。

帝拂衣依旧坐在那里，没有看她，也没有看正疯狂流泪的四使，张开手掌，低头怔怔地看着手里的东西，那是一枚戒指，她和他的结婚戒指！

手指在那戒指上一点点摩挲，他低声叹了口气：“惜玖，对不住。”

顾惜玖的心瞬间紧缩起来，像是预料到有什么事要发生，她再次向他身上扑过去：“帝拂衣，你别吓我……”

她的身子再次从他身上穿过，她一个踉跄跌倒在地。

膝盖跌疼了，她却顾不上这个，忙转身去看他，然后见到了让她肝胆俱碎的一幕。

帝拂衣身上冒出了微光，他的脚正渐渐虚化……

“帝拂衣，你敢羽化！还不到日子你敢羽化！”顾惜玖眼前发黑，厉声尖叫，再次扑过去，却依旧摸不到他的半片衣角，从他身上穿过。

然后她就眼睁睁地看着他的双脚消失、双腿消失，他身上散出来的晶莹碎片越来越多，而消失得也越来越快。

顾惜玖哇的一声哭了出来，不管不顾地扑到他身边，伸手去扯他的衣袖：“帝拂衣，你别丢下我……我害怕……”

“主人？主人！”大蚌的声音像是隔着万水千山传来。

顾惜玖打了个寒战，眼前的一切如冰雪消融般散去，她猛然睁开眼睛，对上的是大蚌那双充满担忧的眼睛。

“主人、主人，你梦魇了吧？好点儿了没？”

顾惜玖定了定神，一颗心跳得不像是自己的。

刚才那是梦，幸好是梦！

她的心还在疼，疼得像是翻转过来，疼得喉咙里都有些发苦。

她又抹了一把脸，结果摸到一手的水渍。

“主人，你做什么噩梦了？大哭大叫的……”

吓死大蚌了！

顾惜玖长吸了一口气，直接跳了起来："我们设法出去！出去！"

她的声音也开始发抖了。

大蚌还纳闷地道："主人，我们还没找到紫云禅菇呢，再说还有两天时间，不能功亏一篑啊。"

顾惜玖却已经沉不住气："我先出去一趟！"

她要出去看看他，确定他没什么意外再进来找……

在这禁地内她是无法和外界联系的，要不然她早用传音符和帝拂衣通话了！

她跳出了大蚌的壳子，因为心太急、太慌，落地时还绊了一跤，险些趴在地上。

她已经深入腹地，就算用瞬移术回去也需要三个时辰。

她左手捞起大蚌，右手扯着陆吾："我们走！"

不待这两货再说话，她已经开始了第一次瞬移。

在这禁地之中瞬移速度和平时比那是大打折扣的，一次只能瞬移二十多里，而她已经进来足足七八百里了！

她提着两货，接连进行二十多次瞬移后，在一道山坡上停了停。

她原本已经累得要命，再这么接连瞬移，累得手颤脚软，嗓子也发干发涩。

这些都不是最要命的，要命的是她脑海中频繁闪过梦中帝拂衣羽化的景象，这让她不是一般心慌！

做梦！她一定是在做梦！

一定是因为自己太牵挂他了，太怕他羽化了，所以才会做这样丧气的梦！

帝拂衣的寿限明明还没到，还有六天呢！

怎么会提前？

假的，这一切一定是假的！

可是，她做的梦往往是真的，万一这次是真的呢？

她脑中各种念头风车似的来回旋转，眼睛里的泪一阵接一阵地涌出，让她眼前时不时模糊……

"主人，你又哭了？"大蚌担忧地看着她，看到她脸色苍白且满脸的泪，"您到底梦到了什么？"

大蚌有些后悔，早知道如此，还不如不让她睡觉呢！

顾惜玖抬起衣袖狠狠地擦了一下眼睛，想说话，但喉头如被哽住，一时说不出什么来。

大蚌感觉到她小手冰凉，心疼地道："主人，你先歇一会儿喘一口气。"

顾惜玖轻吸了一口气："不妨事……"

她归心似箭，正要再扯着两货瞬移，陆吾忽然大叫了一声："咦，主人，你看那是什么？"

顾惜玖被它这一声大叫吓了一跳，顺着它的尾巴所指的方向一瞧，瞧见前面一片断崖处的山坡上露出几个紫色的东西。

因为那东西被一道山峰挡着，顾惜玖也看不见那东西的全貌。

但这么鲜亮的紫色……

她心中一震，不顾一切地直接瞬移了过去，然后看见一大片紫云禅菇！

和她梦中所见一样，那些鲜紫色的紫云禅菇如同一只只捏着法诀的美人手，在一片火焰中挤挤挨挨、摇摇曳曳。她心中希望的小火苗也跟着摇曳起来。

她找到了！天，她真的找到紫云禅菇了！

她那个梦没有骗她，看来那梦也不是帝拂衣为了支开她操纵的，这东西是真实存在的！

顾惜玖的心再次激跳起来，这次却是欢喜地跳动！

那梦指引着她来这里，而且紫云禅菇也确实存在，那证明老天也想让她救帝拂衣！

她在大蚌的壳里做的梦看来是思虑太过引起的，肯定不是真的。

老天既然给了她希望，总不能再把她这希望夺走吧？！

她脑中转着各种念头，人已经飞过去，伸手就去采那紫云禅菇。

“主人，小心！”陆吾猛然扑了过来！

与此同时，从那片紫云禅菇里直接蹿起一条通身火红的巨蛟，一口烈焰向着顾惜玖喷过来！

顾惜玖差点儿被它喷中，忙施了个法诀挡住。

陆吾则用尾巴挥出一道火光直接迎上了那道烈焰。

陆吾被那道烈焰冲得后退了几步，睁着圆溜溜的眼睛，握起小爪子道：“居然是八阶兽！”

大蚌也冲了上来，两片蚌壳如同刀锋般寒光闪闪：“不但是八阶兽，还是八阶中最顶端的！小陆，我俩联手切了它！”

陆吾已经冲上前：“好！你小心些，别让它把你烤熟了！”

它风车似的挥动起九条尾巴，向着那火红巨蛟猛攻过去。

大蚌把身体放到平时的十倍大，像一座活动的大房子，而这大房子上面站立的小人儿也变成了黄金力士，双手从壳里抽出一柄丈八蛇矛，翻滚着向着那巨蛟乱戳。

顾惜玖也出了手。

蛟龙血也有延年益寿的效果，这万年蛟龙的血想必更是大补，帝拂衣应该也能用上的！

一刻钟后，大蚌的丈八蛇矛折断了，陆吾的尾巴被烧秃了一小截。

很显然，这两只神兽不是这蛟龙的对手。

幸好有顾惜玖在旁边分担了蛟龙大部分的攻击，要不然这两只神兽说不定会被那蛟龙直接撕碎！

万年的蛟龙啊，可不是那么容易降服的。

而顾惜玖一步也没退过！她抿紧了唇，围着那蛟龙旋风似的打转，抽冷子就劈上一剑，或者抽上一鞭……

那蛟龙被她打得心头火起，疯了似的向她攻击！

在它狂风骤雨般的攻击下，顾惜玖就像是在风浪里颠簸的小船，似乎随时有倾覆的危险。

她似乎不敌，下意识地向后疾闪。

蛟龙自然紧追不舍。

一人一蛟渐渐远离了那片紫云禅菇。

大蚌和陆吾原本一直在后面跟着向那蛟龙袭击，但大蚌行动慢，渐渐就落后了。

蛟龙原本还防备着顾惜玖和这两兽趁它不备去采药，后来打红了眼就没再注意这个。

等它想起来的时候，它已经追着顾惜玖飞出七八里路，也早拐过几道山峰了。再然后它发现那只蚌不在……

它似乎意识到了什么，正要一个盘旋飞回去看看，忽见远处狼烟滚滚，大蚌旋风似的跑了过来，离着老远就嚷："主人，采到紫云禅菇了！看！"

它原地张开了壳，里面一片颜色深深浅浅的紫云禅菇，几乎填满了它的壳。

这么多，它应该是将那片紫云禅菇全部采来了吧？！

蛟龙眼前一黑，张牙舞爪地向着大蚌飞去。

大蚌早有防备，关了壳向着顾惜玖滚了过去："主人救我！"

顾惜玖自然不想让蛟龙对大蚌不利，一个瞬移，将大蚌遮到身后，掌心中的长绫阻住了蛟龙的势头，又和蛟龙斗在一起。

采到了紫云禅菇，顾惜玖精神大振！

她和蛟龙斗到极点的时候，陆吾和大蚌就插不进手了。

陆吾问大蚌："你居然能想到这个，你这壳里的紫云禅菇有几百棵吧？"

大蚌得意扬扬地道："是刚才主人传音让我这么做的。不过她让我采几十棵，我干脆包圆了，将那片紫云禅菇都铲干净了。瞧，全在我的壳里！"

陆吾："……"它松了一口气，"这下主人无论炼多少药都够了！"

蛟龙耳朵尖，就算在打斗中也把那两兽的对话听在耳内。它心在滴血，怒得发狂，几次想绕开顾惜玖，扑过来撕大蚌。

顾惜玖在打斗中吩咐："你们两个先去进来之地等着，我随后就到！"

大蚌不放心："主人，你一个人对付得了这泼泥鳅吗？"

“放心！”

陆吾还是有见识的：“大蚌，我们在这里容易让主人分神，还是先走！”它又看了一眼顾惜玖，“主人现在的功夫极强了，这泼泥鳅不是主人的对手……”

大蚌这才放心：“主人，那你小心些，我们在那里等你。”

两只神兽一路狼烟滚滚地去了。

蛟龙愈怒，简直要怒到吐血了！

顾惜玖现在的功夫其实不如它，但她胜在打斗经验丰富，以弱胜强是她常干的事，再说大蚌它们提前走了，她没了牵挂，打斗起来更加心无旁骛。

而蛟龙是在暴怒的状态中，虽然它狂暴了以后，发出的每一招威力都比先前强大了不少，但在打斗中也常常出现漏洞。

并且它的每一次疏漏对顾惜玖来说就是一次机会——

一个时辰后，大蚌和陆吾奔到了它们进来时的那处山坡上，尚未站稳脚跟，远处蓝影一闪，顾惜玖直接现身。

大蚌和陆吾都松了口气，大蚌欢欣鼓舞地冲了过去：“主人，你甩掉那泼泥鳅了？快打开结界，我们出去，免得被那泼泥鳅追上……”

它后面的话没说完就咽回了肚里，因为顾惜玖手里捧出了一颗小太阳般红彤彤的内丹！

陆吾睁大了眼睛：“主人，你把那蛟龙杀了？！”

顾惜玖点头：“嗯！”

大蚌一脸不信的表情，主人的功夫居然已经这么厉害了？！

它忍不住向顾惜玖竖了竖大拇指：“主人，你太强了！”它再松了一口气，“那主人你肯定很累了吧？那你先歇歇再开启那结界吧，时间还早，不足六天呢……”

顾惜玖摇头，并没有休息，直接站在原地施展术法开门。

几分钟后，空中再次出现了一道七彩的虹门。

顾惜玖一扯两只神兽：“走！”

当顾惜玖扯着两只神兽穿过那道虹门落在地上的时候，踉跄了一下！

她实在是太疲惫了，现在可以说已经接近强弩之末，落地之后几乎要站不稳了，额头上的冷汗顺着鬓角向下滚落。

她却顾不得什么，先四处望了一眼，花木扶疏，月光皎洁，那些花花草草沐浴在月光下似云似雾。

假山、大石、花草……这些都没变，也没披挂上白幔。

她激跳的心平复了一些，帝拂衣是这里的主人，如果他已经羽化，他这宫内必然会四处扬起白幔。

现在一切依旧，那证明他还活着吧？！

肯定是这样的！

因为她回来的时间接近凌晨，花园里很静，四使他们都不在。

顾惜玖身上连瞬移的力气都没有了，她扶着一块石头坐下，颤着手从怀中拿出传音符，接帝拂衣那边。

她为他采来药了！他有救了！

她要让他来接她，抱着她回去，她累死了！她也想念他的怀抱了，她要告诉他自己有多累，让他心疼。

她没想到明明施了打开传音符的咒，但传音符这次像是死了似的，连闪也不闪。

怎么回事？

她接连拨了七八次，那边始终没有动静。

或许他是睡着了，无意中关闭了传音符也是有可能的……

她沉不住气了，懒得再猜测，一横心，直接瞬移去了帝拂衣的寝宫。

她毕竟太疲惫了，原本是打算直接瞬移进寝宫内的，结果停在了寝宫外。

她轻吸了一口气，正要再直接瞬移进去，无意间一抬头，看到那寝宫的匾额，足下踉跄了一下！

这寝宫上的匾额本该是帝拂衣亲笔题的，名为幻月宫。

那三个字写得龙飞凤舞，极为好看。

顾惜玖才来到这里的时候，还把那三个字研究了小半晌，所以对其印象深刻。

但现在，那三个字不见了，只有一块空的牌匾挂在那里，牌匾的底色是淡金色的，字是紫色的，现在却是淡金一片，似乎从来没有人在上面题过字。

这是怎么……怎么回事？

帝拂衣把牌匾上的字抹掉做什么？

她的心又激跳起来，她轻吸一口气，直接进了寝宫，然后呆在原地。

寝宫还是那个寝宫，但里面的东西有了很诡异的变化。

曾经的花鸟屏风上面的花鸟不见了。

曾经的弹墨梅花床帐也变成了素色床帐，上面绘的梅花失踪了。

帝拂衣雅好丹青，绘画一绝，他屋里的家具上的图案基本都是他画的，但现在凡是他画的那些东西都成了一片空白。

顾惜玖的大脑也险些变得空白，她看看这里又看看那里，喃喃道：“怎么回事？！是谁在恶作剧？！”

帝拂衣？帝拂衣呢？

她看向床铺，床铺上只有她的被褥，他的被褥没了踪影。

或者说，这里面关于帝拂衣的一切都消失了，就像是他从来没在这里待过！

她这是在做噩梦吗?

她颤着手掐了自己的大腿一把，生疼！这不是梦。

她感觉像是一脚踩进了深不见底的地狱里，在原地傻了片刻，又冲了出来。

她太心慌，在门槛处绊了一跤，扑通一声摔了下去。

远处风声一响，一人出现，看到坐在地上的顾惜玖，愣了愣，立即吐了一口气，向她行礼：“圣尊大人，您终于出来啦！”

顾惜玖磕得膝盖生疼，掌心也蹭破了皮。她骤然抬头，看着站立在眼前的沐风：“你、你唤我什么？”

“圣尊大人啊。圣尊大人，您怎么了？啊，您受伤了！”沐风上前一步，手里捧着一管治疗外伤的药膏。

顾惜玖：“……”

她死死地盯着沐风，几乎怀疑他是别人冒充的！

手掌在袖内忍不住地发抖，她长吸了一口气：“沐风，我问你，帝拂衣呢？他在哪里？”

沐风一脸茫然地问：“帝拂衣？谁是帝拂衣？”

顾惜玖如同被惊雷劈中，脸色雪白，一字一顿地道：“沐风，你听着，我没心情和你开玩笑！他在哪里？！他又玩什么花样？你给我告诉他，他再这么骗我，我会恨他一辈子！不，我会恨他永生永世！”

沐风一脸蒙，挠了挠头皮：“圣尊大人，属下、属下如何敢和您开玩笑？属下从来没听说过这个人……”

顾惜玖大怒：“他是你们的主公，也是真正的圣尊！你不要和我开这么低级的玩笑，这并不好笑！”

她声音尖厉，身上的气势瞬间爆发，沐风打了个寒战，扑通原地跪倒：“圣尊大人，您、您是不是在禁地中了什么幻象了？我们的主公一直是您啊，帝拂衣又是什么鬼？他怎么可能是真正的圣尊？”

顾惜玖接连后退了好几步，感觉手脚冰凉。沐风的神情不似作伪，他真的像从来没听说过帝拂衣这个人，像是完全把帝拂衣忘记了。

她吸气再吸气，心里似乎已经想到了什么，只是不敢承认，不敢面对。

她就像溺水的人拼命想要捞取漂浮的一根救命稻草，忽然像想起了什么，忙从身上的储物袋中拿出一沓纸。这沓纸是帝拂衣这些日子写的一些资料，顾惜玖当时不想让他写，随手扯了一沓放在自己的储物袋里。

现在她将纸拿出来，想当作一种证据：“这是他写的一些术法资料，你看……”

说到这里她忽然顿住，死死地盯着那沓纸，呼吸也似被人扼住！

原本这沓纸上都是帝拂衣亲手书写的字，现在却成了一沓空白纸！

她不相信地一张张挨个儿看，越看眼前越发黑。

这些纸都是空白的，全部是空白的！

就一张纸上有几个字，是她随手涂鸦的，压根不是他的字！

沐风看着她额头上冒出来的冷汗，上前一步，担忧地道："圣尊大人，您歇一歇吧？您应该是在禁地待的时间太长了，出现了什么幻觉……"

那么一个活生生的人，居然说没就没了，在别人嘴里还是幻觉！

而这人曾经是帝拂衣最忠心的下属！

帝拂衣到底在捣什么鬼？

帝拂衣、帝拂衣……

这个名字在她心中如沸油似的滚过，她怎么能忘？！这些人怎么能忘记他？！他是那么优秀那么强大的一个人！

她感觉就像跌进了一个巨大的噩梦之中，还是无论如何也醒不来的那种。

她脑子里轰轰作响，一颗心下沉再下沉，仿佛就要沉到深不见底的冰冷深渊里去。

她骤然一把扯住了沐风的衣领："你和我走！"

不待沐风说话，顾惜玖一个瞬移，直接去了帝拂衣的书房。

那里有帝拂衣亲笔写的无数书简，都是绝世孤本，也是帝拂衣要传给她的圣尊术法和策略，帝拂衣不可能连那些东西也全部毁掉吧？！

顾惜玖不知道进来过帝拂衣的书房多少次，帝拂衣常常在这个地方教她一些知识。而她那时最喜欢做的事就是不客气地坐在他的腿上、他的怀中，闻着他身上好闻的气息，听他讲那些术法的事。

现在那把他常坐的椅子还在，桌上也摞着一摞书卷，上面是有字的！

顾惜玖几乎是扑过去的，直接抽出一本书，虽然眼睛有些模糊，但也迅速翻看了一下，上面有字，还是写满了的字！

"沐风，你看，这是他写的！这些都是他写的……"她极力淡定，但声音还是隐隐颤抖起来。

沐风看看她手中的书册，顿了顿道："圣尊大人，这些书……不是您吩咐我们抄写的吗？"

什么？！

顾惜玖手中的书册差点儿掉到地上！

她吸了一口气，揉了揉眼睛仔细一看，发现上面的字迹果然不是帝拂衣的，而是沐风的。

她不相信地接连抽出了几本书，结果这些书册上的字都是沐风四使的，帝拂衣的字一个也没有！

她踉跄了一下，直接坐在了那把椅子上，胸中的酸涩热气一阵阵往上冲，冲得她眼睛生疼。

手脚是软的，头脑也是空白的，她感觉整个人像是跌进地狱之中，眼前一阵阵发黑。

她想爬上来，可是那只拉她的手再不会出现了。

他抛下她了！

他不要她了！

那个梦是真的……他羽化了！

她千辛万苦地采来的那药草也没用了。

怎么可以这样？！

这是不是帝拂衣设的计？他怕她在最后的日子伤心，不想让她直面他的羽化，所以藏起来了？

她如火的目光落在沐风身上："他藏起来了是吧？！你告诉他，我已经给他采来了药，我找到紫云禅菇了！你让他出来、出来！"

沐风："……"

她不想再和沐风废话，又瞬移到了外面，在院子里扬声大喊："帝拂衣，你出来！我真的采来药了！你出来、你出来……你不要闹了，快出来！我害怕！我告诉你，我害怕！"

她是用灵力喊出来的，声音能传出很远很远，整个碧梧宫的人都能听到。

她相信只要帝拂衣在这碧梧宫中，无论藏在什么犄角旮旯里都能听到……

喊完她原地屏息等了足足一刻钟。

但是——他没有出现。

她傻傻地站在那里，风吹得她身上的衣袍猎猎飞舞，风很暖，她却觉得冷，彻骨地冷！

帝拂衣没来，大蚌和陆吾倒是赶来了："主人！"

顾惜玖看到这两只神兽，眼睛一亮，像是又抓到了一点儿希望："大蚌，打开壳！我的紫云禅菇呢？！"

大蚌唰的一声打开壳，露出一壳的紫云禅菇："主人，在这里。"

顾惜玖松了口气："大蚌，你记得我这些紫云禅菇是给谁用的吧？"

她早就和大蚌提起过这紫云禅菇是给帝拂衣用的，是为了救他的，大蚌和陆吾都是知道这事的。

大蚌愣了愣："主人，这紫云禅菇……你是为了炼药用吧？"

"我炼药是为了救谁？"

"救……"大蚌和陆吾面面相觑，"据说这东西炼的药可以让人长生不老，没听

说主人想救人啊……”

顾惜玖心中一沉：“大蚌，你别告诉我，你也不记得帝拂衣了！”

大蚌和陆吾再对望一眼，一起摇头，大蚌弱弱地问：“主人，帝拂衣是谁？”

顾惜玖眼前一黑，像是在万丈悬崖上一脚踩空……

她发呆了片刻，忽然一言不发地奔了出去！

“主人！”

“圣尊大人……”

身后传来大蚌和沐风的呼唤，顾惜玖却头也不回，直奔观星阁。

帝拂衣，你别吓我……

我看着坚强其实不禁吓，我害怕！我真的害怕……

第九十章　她可徒手摘星辰

她跑到观星阁门前的时候，脚步放缓下来，不敢进去了。

进去后她就能看到真相，可那真相是否太残酷？

她一步步走上前，足下像有千斤重。

踟蹰了足足三四分钟，她望着足下的台阶，一时没勇气上去。

这些日子帝拂衣带着她曾经无数次走过这些台阶，每次都是他挽着她的手，但现在再也没有人来挽着她的手了。

片刻后，她终于横下一条心冲了进去！然后她看到了星空，慢慢地坐在了地上……

漫天的星星闪烁着，若在不懂行的人眼里，这满天的星星也没见少了哪颗，星空依旧是那个星空，却明显少了她最在意的那颗大星！

天空之中原来有两颗亮眼的七彩星交相辉映，但现在空中只剩孤零零的一颗，代表帝拂衣的那颗不见了！

他陨落了！

帝拂衣真的陨落了！

顾惜玖坐在地上起不了身，眼前阵阵发黑。

晚了！她回来得晚了！

她明明采来了灵药，上天却不给她救他的机会……

她在这一刻什么也想不起来，脑子里只呼啸着一句话：他死了！他真的死了！以后她无论怎么寻找也无法再找到他了！

她受伤时再无人将她抱在怀中安抚，她受气时再无人为她报仇，她冷时再无人为她遮风挡雨，从今以后，这世界只剩她孑然一身……

她和他的最后一面就是她进入佛火境的那一刻，那匆匆的一抱一吻就是诀别。

她也不知道在那里坐了多久，整个人像是被抽空了似的。

直到外面传来沐风不放心的声音："圣尊大人？圣尊大人？您没事吧？"

她呆呆地仰望着星空，似乎什么也听不见了。

到最后沐风不放心，终于闯了进来，就看到她坐在地上，脸色雪白地望着天上的星星，木头人似的动也不动。

"圣尊大人？"沐风心痛，上前一步，"不如您回去歇一歇？"

好半晌，顾惜玖终于缓缓地将视线转移到他的脸上："沐风，你真的不记得他了？他曾经是你的主人，是你誓死效忠的圣尊，你跟了他几百年……他叫帝拂衣，也叫凰荼……"她的声音哑得厉害，眼睛通红，"我不知道发生了什么，但是他对你们那么好，你们怎么能忘了他呢？他为这个世界做了那么多事……你们怎么能把他抹去？"

沐风微皱起眉，当顾惜玖提起这两个名字的时候，他依旧记不起什么，却莫名地心痛！

顾惜玖没再理他，终于起身，脚步虚浮，明明很平坦的地面却走得深一脚浅一脚的。

她把整个碧梧宫全转遍了，可是没再找到关于帝拂衣的一丝一毫的事物。

她刻的那些字，凡是和帝拂衣有关的，全都消失不见了，就像这碧梧宫从来没有这个人，就像帝拂衣这个人是她在梦中臆想出来的，现实中压根没出现过。

连大蚌和陆吾也忘记了他的存在，似乎只有她自己记得这个人——

她胸中像有一团火在烧！

会不会是帝拂衣怕她伤心过度，所以临羽化时在碧梧宫里下了什么咒，让生活在这里的人或者物一概忘记他，也把他的所有痕迹抹去？！

或许他最想抹掉的是她的记忆，但阴错阳差之下，偏偏只有她还记得他，没受那咒影响……

或许外面的人会记得他！

这个念头一生出来，她一刻也坐不住，直接出宫了。

这个世界关于帝拂衣的一切真的被抹去了！

顾惜玖执着地随机问了一些人，这些人有百姓、有商贾、有官员，甚至有一国之君，可是没有一个人记得这世上曾经有帝拂衣这个人。

她在四处打听帝拂衣的消息的同时，也听说了一个消息，一日前天降陨石雨，落向这个大陆的四面，却在半空中被四道颜色各异的莫名光波拦截，最后燃烧殆尽。

而这场声势浩大的陨石雨过后，九星宗宗主千玥冉、阴阳宗宗主花纤言、右天师天祭月以及鲛族的蓝静怡集体消失。

有人传言是他们奉圣尊之命用毕生的功力击溃了流星雨，阻止了一场灭世浩劫，不过他们也耗尽灵力，直接湮灭于这个世间了。

圣尊在这些人心里依旧极为神秘，不知名姓，没有人知道圣尊已经换了人……

顾惜玖也去了左天师府，但左天师府在帝拂衣带着顾惜玖离开时，就被帝拂衣直接解散了，那里已经人去楼空，一个人影也没有。帝拂衣在这里生活过的轨迹被全部抹去，什么东西都没留下。

顾惜玖像游魂似的在这里盘桓良久，最终绝望地离开。

她满心绝望、满心彷徨，却连个诉说的地也没有。

所有的人都把帝拂衣忘了，唯独她还记得——

她其实很想找个她和帝拂衣都熟悉的人，好好谈谈帝拂衣，只为了证明他存在过，只为了排遣心中巨大的空洞情绪。

可是没有人记得他了！

这个世界明显将关于帝拂衣的一切都清洗掉了！

一个那么强大的人就这么消失于人世间，连名字也无人记得……

她失魂落魄地在这大陆游荡了小半日，最后终于想起一个地方——深海水晶宫！

那个地方深入海底，或许没被清洗掉，能留下不少他的东西。

她终于又回到了那水晶宫……

水晶宫静静地矗立在那里，如同一个最美的幻梦，承载着顾惜玖微弱的希望。

这个地方是他和她最私密、最神圣的家，他曾经在这里布置过婚房，在这里和她抵死缠绵，在这里牵着她的手走过这宫殿的角角落落……

现在这宫殿还在，每一座建筑依旧那么美轮美奂，可是上面帝拂衣曾经题过的那些字全部消失了！

连她曾经在那些珊瑚石、大树、栏杆上刻下的字也残缺不全，凡是刻着他的名字的地方都是一片空白。

她曾经在一块珊瑚石上写下了两个人的名字，然后在中间画了一颗心，心上有一支丘比特之箭，但现在她的名字、那颗心、那支箭都在，唯独没了他的名字……

她不死心地四处乱转，最终还是越来越绝望。

帝拂衣！帝拂衣！

天道太不公平了，怎么可以直接将他抹去，连个名字也不留下？

她缓缓地走到后花园，后花园中那两张摇摇椅还在。她眼前一花，恍惚见到帝拂衣坐在那张摇摇椅上，正冲着她微笑，向她张开了怀抱，耳畔似乎飘过一个缥缈的声音："宝贝儿，过来。"

她眼眶发热，怔怔地看着他，嘴唇颤抖："帝拂衣，原来、原来你藏在这里！"

她扑了过去，想要拥抱他，想要扑入他的怀抱之中，想要让他再抱着她。

她却没想到扑到了那张摇摇椅上，帝拂衣不见了，被她抱着的是摇摇椅的椅背。

椅背冰凉，她的心也冰凉。

她慢慢地坐在帝拂衣曾经坐过的摇摇椅上，抱着椅背似乎想在上面寻找他的气息，自然是失望的。

明明是那么鲜活的一个人啊，曾经在这大陆翻手为云覆手为雨，但现在一旦羽化，却全天下都没了他的痕迹。唯有她还记得他，却再也找不到他……

她翻身躺下，仰望着星空中那一颗孤零零的大星，眼睛越来越模糊。她抬手揉了揉，却揉了一手水渍……

她怔怔地看着自己的手，然后用手捂住了眼睛，眼泪顺着指缝溢了出来。

她一向自持，就算是哭也常常无声。

眼泪越流越多，心中的绝望越来越重，这些天的担忧和彷徨、绝望和无助，堆积在一起，终于让她无法再承受。她在这无人的水晶宫里，再也控制不住情绪，崩溃地放声大哭！

"帝拂衣，我恨你！

"帝拂衣，你出来见见我……

"帝拂衣，我在禁地受伤了，手臂上被蛟龙咬了一下，疼死了！我一直忍着没说，你出来给我看看……"

她挽起了衣袖，露出有些血肉模糊的上臂。

可是那个关心她的人再也不会出现了，她就算受伤垂死他也不会再出来看她一眼。

她翻身抱着帝拂衣曾经坐过的摇摇椅，哭得不能自已。

天上的星星那么多，可是再没有她想看到的那一颗。

她哭得声嘶力竭，哭声震动了整个水晶宫，让宫内那些蓬勃的植物也跟着摇晃，似乎也跟着她流泪……

宫内起了风，吹得她的衣裙猎猎飞舞，也让她的身影越发孤单。

她也不知道哭了多久，哭得头昏脑涨，哭得头脑发蒙。

当她终于止住哭声的时候，嗓子都哭哑了。

然后她怔怔地望着天空，泪眼模糊中帝拂衣的影子不住晃荡，然后慢慢消失。

再然后她惊恐地发现，她对帝拂衣的印象越来越模糊，由最开始的眉目鲜明到面目模糊，仿佛她的脑海中有什么东西起了作用，在一点点地消融她对帝拂衣的记忆。

她霎时手脚冰凉！难道她也会忘记他？！

不要！

她不要这世界忘掉他，不要自己忘掉他！如果连她也忘记了他，那么他这个人就真的彻底消失了。

他为她做了那么多事，为这个世界做了那么多事，怎么可以就这么消失掉？

她要留住他！

她踉跄着起身，抽出一柄匕首，跑到一块大石前，在上面一笔一画地写下他的名字。这名字对她来说温暖又痛楚，一笔一画像是刻在她的心上。

她没想到的是，她刻完这三个字后，这三个字却在刹那间消失，像是空中有一只无形的大手随时将他的名字抹去。

怎么可以这样？！

她连他的名字也不能留？！

他到底做了什么大逆不道的事，让天道如此对待他？！

愤怒塞满胸腔，顾惜玖不管不顾地在大石上一遍遍地刻着他的名字。

帝拂衣、凰荼——她刻着这两个名字，这两个已经刻进她的灵魂深处的名字，但刻一遍就被抹掉一遍……

普通的刻法不行她就用灵力刻，最后她咬破了手指用鲜血刻。

但——不行！这两个名字仿佛成了这个世界的禁忌，无论她用什么法子来刻都无法留住，她绝望地看着这两个名字一遍遍地在她眼前消失。

帝拂衣，我该怎么留住你，让你在这世界能留下一丁点儿痕迹？

她在大石前呆呆地出神，忽然想到了什么，用掌心的匕首在大石上快速刻下了一句诗："事了拂衣去，深藏身与名。"

刻完以后，她屏息等了片刻。这句诗刻下后就不会被抹去。

很好，那她就刻这句诗！

她精神一振，开始在整个水晶宫中能刻字的地方都刻下这句诗。

两个时辰后，水晶宫内所有能刻字的地方都被她刻上了这句诗，她还特意将"拂衣"两个字刻大了一些，醒目了一些。

最后，她坐在摇摇椅上，看着四周被她刻满的字，看着那句诗："事了拂衣去，深藏身与名。"

忽似明白了什么，她喃喃道："帝拂衣，你起的这个化名，是不是就预示了今天这样的结局？"她仰头大笑，"帝拂衣，你早知道会有这么一天的，对不对？！"

你事了拂衣而去好潇洒！却留我在这世上孤独难老。

帝拂衣，我恨你、我恨你……

她笑出了眼泪，孤独地躺在那摇摇椅上仰望着星空中那颗闪着七彩光芒的大星。

在这个世上，再没有人陪她躺在这里看星星，再没有人在她睡着时给她披上外袍，将她揽入怀中了。

再没人哄她入眠，微笑着唤她宝贝儿了。

她这些日子太累了，拼搏数日，从未合眼，千里奔波到头来终究是一场空。

她终于睡了过去——

她手腕间的苍穹玉原先一直装死，此刻却慢慢闪出了光芒。

“主人，这是帝拂衣和天道谈的条件，他为了提前复活你，为了不让你遭受天道的报复，而将惩罚全部揽了过来。天道不会再罚你，但会抹掉他的一切痕迹，把他的一切存在都清零，一切功劳也都清零……

“人哪，都想在世上留点儿什么，若不能流芳百世，就要遗臭万年，只为了留住自己的名字、自己的事迹。他却什么也留不住……主人，你不该恨他……”

苍穹玉默默地在心里刷着屏，为帝拂衣辩解。

“主人，忘了他吧！你关于他的记忆也是留不住的，而留住这份记忆只会让你徒增痛苦……

“主人，其实这次你一出那禁地也该直接忘了他的，却没想到你还一直记得。不过，也不会太久，你不可能与天道抗衡……好好睡一觉吧，睡醒你就是全新的自己，再不会记得这段情殇……”

苍穹玉身上冒出淡淡的七彩光芒，将睡梦中的顾惜玖轻轻笼住。

顾惜玖不知道自己睡了多久，或许是一整天，也或许是几个时辰。

她是被一些动静惊醒的。

“圣尊大人、圣尊大人……”有声音如魔音穿脑，传进了她的脑海里，唤回了她的神志。

她缓缓地睁开眼睛，初醒的她有些迷糊，目光先在漫天的星星上停了停，再然后她坐起身，目光落在面前跪着的四人身上。

沐风四使，圣尊的守护者。

她又环顾四周，微皱起了眉。她怎么会一个人待在这里？

这里是什么水晶宫？这很像传说中的水晶宫啊。

谁修建的？

她感觉脑袋有些混沌，用手指敲了敲太阳穴，干脆站了起来。

看到她醒来，沐风松了一口气：“圣尊大人，这个地方太寒凉，您还是回岸上去吧。”

顾惜玖微微点了点头，这个地方确实寒凉了些，她在这里睡了半晌，感觉手足都是冰冷的。

她的目光先在四周看了一圈，看到遍地的字，怔了怔，她缓缓走到一块刻着字的大石前，将上面的字读出了声："事了拂衣去，深藏身与名。"

她蹙眉，认出这些字是自己写的，还写得不是一般多！

自己这是魔怔了吗，写这么多重复的诗做什么？

她的目光又落在"拂衣"两个字上，心莫名地一痛，脑海中似有个淡淡的影子一闪而过，待她下意识地想要抓住时，那影子却又消失不见了。

但胸口的酸涩感仍在。

她觉得眼睛有些疼，抬手幻化出一面镜子来照了照，这一照吓了一跳。

她的眼睛肿得像核桃似的！

明显她是痛哭过。

她对自己的大哭还是有印象的，但忘记了大哭的理由。

她的目光又落在那刻得遍地都是的诗上，她记得自己入睡前拼了命似的刻这句诗……仿佛在提醒自己要记得什么。

她的目光又落在自己的手指上，中指上的血渍未干，而周围的那些石刻上，有用血刻出来的字。

她本来觉得这些字太多，刻得有碍观瞻，想要随手将其毁去，但在抬起衣袖的时候，看到那句诗又心有不忍，莫名心痛……

"我为什么会在这里？"她随口问沐风，声音虽然嘶哑但已经很淡定。

沐风松了一口气："圣尊大人从禁地采来紫云禅菇，大概是被里面的幻境所迷，出来后口口声声要找一个人，然后就跑出碧梧宫了。"

"我要找谁？"顾惜玖纳闷，也恍惚记得自己疯狂想要找一个人，却记不得要找谁了。

沐风顿了顿，居然也忘记顾惜玖要找之人的名字了！所以他含混地说了一句："应该是什么幻境中的幻象，圣尊大人并没有说清名字。"

原来是这样，顾惜玖不再追问了。

"这里是谁建的？"顾惜玖随口又问。

沐风摇了摇头："这里年代很久远了，应该是很久以前的什么高人建的吧？"

顾惜玖也看出这里的东西确实年代久远，目光落在那两张并靠在一起的摇摇椅上，一个恍神，似乎看到两个人在那里并肩躺着，其中一个揽着另外一个，姿态很亲密。

心中一跳，但尚未等她看清那两个人的模样，那幻象就彻底消失了，她甚至没看出那两个人是男是女。

那两个人影一闪而逝的时候，她的心脏那里传来窒痛，她下意识地向那摇摇椅处走了两步，但那两个人影已经不见了。

她又在这水晶宫里浏览了一圈，在一处殿宇里看到了四个大字：“天长帝玖”。

不应该是天长地久吗？

她自然认出了自己的字迹，恍惚记得自己原先来过这里，但和谁来的她完全忘了！

她信步走着，在水晶宫大门口的大石上，看到了一个比较奇怪的刻字。

她看到自己的名字在右边，而在自己的名字左边画了丘比特之箭，但在丘比特之箭的另外一边，一片空白……

她认出这也是自己刻上去的，一时有些愣神。

她来自现代，自然明白这种刻法的含义，只是没想到自己居然会有这么幼稚的时候，居然刻这种东西，想和一个人相伴终身……

可是，那个人是谁？她为什么就是记不起来了？

她蹙眉看着那颗被箭穿过的心，脑海中传来几句缥缈的对话。

“你画这颗被箭扎的心做什么？”

“这你就不懂了吧？这叫丘比特之箭，被箭穿过的两个人会相爱终身……”

“我怎么感觉像是被一箭穿心？”

这几句对话是突然在她的脑海中闪过的，声音模糊，她听不出男女，似乎是两个人在对话……

顾惜玖下意识地想要再捕捉更多信息，结果对话又消失了。

自己这是陷入幻境留下的后遗症，还是说这是曾经发生过的某个片段？

她正出神，一直等候在旁边的沐风沉不住气，躬身道：“圣尊大人，皓月国传来一个消息，有人自称天授弟子……还请圣尊前去查验。”

好吧，她办正事要紧！

花叶凋零，冰雪遍地。

隔了半年，顾惜玖又回到了碧梧宫。

也不知道怎么回事，她有些反感这个地方。

她那日从海底水晶宫回到陆地，先去了皓月国测试了那位“天授弟子”，结果测试结果是失望的，那人压根不是天授弟子。沐风告诉她，按规矩该把这人废掉灵力投入暗黑森林之中。

她莫名反感这种做法，按什么规矩？哪里来这么多的规矩？！

于是，她只将那人投入暗黑森林，并没有废掉对方的灵力……

这半年她在外面东游西荡，自己也不知道想干什么，心上似乎有一个巨大的空洞，她无论如何也填不满，对任何事都提不起兴趣来。

顾惜玖成了真正的圣尊，担起了圣尊的责任。

她记得她曾经很羡慕那些身处高位的人，但现在她成了这个大陆的最强者，无论走到哪里都有百姓跪拜。

百姓崇拜她，为她建立各种生祠，她的人生明明已经走到了巅峰。

可是她感觉不到半分快乐，心情如同一潭死水，起不了半丝波澜。

她总觉得自己心上像是缺失了一个大角，空得厉害。她下意识地在寻找一样东西，却连她自己也不知道到底要寻什么。

这半年来她也到原先的朋友那里转了转，譬如龙司夜的天问宗，譬如千翎羽的皓月皇宫，再譬如蓝外狐和晏尘的家，还有黎孟夏那里……

她去的地方不少，但都找不到什么感觉。

她无论见了谁都淡如水，说好听点儿叫冷静淡然，说难听点儿叫冷淡疏离——她对任何人都热络不起来。

最近苍穹玉常在她脑海中刷屏，苦头婆心地劝她，劝她对人热络点儿，甚至怀疑她得了抑郁症……

患抑郁症的人是暴躁易怒，总想自杀好吧？

她其实没有自杀的念头，只是觉得这漫漫人生太无聊而已。

“主人，您还有很多术法没修炼，不如您去书房看看？那里有一些修炼的术法书册。”苍穹玉给她找活干。

顾惜玖无可无不可地去了书房。

书房还是当初的模样，她的目光落在书案后的两把椅子上。

稍一恍惚，她似乎看到两个人在那两张椅子上坐着，一个在看书，一个在写字，岁月很静好的感觉。

看书的人不知道碰到了什么难题，侧头问旁边写字的人。

那写字的人干脆把那看书的人抱在怀中，手指指着书开始讲解。

看书的那人干脆搂住对方的脖子，还偷偷亲了对方的下巴一口——

顾惜玖屏住了呼吸，心脏出现了熟悉的心绞似的痛。

她知道她看到的是幻象，是最近半年常常出现的幻象，只不过幻象出现的时间都很短，眨眼即逝，她看不清幻象中的人，只隐隐觉得自己看到的幻象是同两个人。

而这次的幻象出现的时间稍长了一点儿，足足十几秒！虽然人物还是极为模糊的，她看不清面目，但潜意识中觉得那是一男一女……

“圣尊大人……”沐风见她站在门口出神，忍不住提醒了她一声。

她略略一顿，眼前的幻象迅速散去，再找不到丝毫踪迹。

她忽然问身边的沐风：“我原先是不是喜欢一个人？”

沐风挠了挠头皮："这个……属下不太清楚。"

他也觉得自己的记忆有缺失，却实在想不起到底缺失了什么。

他顿了片刻，像是想起了一件事："圣尊大人曾经和天问宗宗主有过一段……关系挺不错的。"

顾惜玖微微蹙眉。她自然记得自己和龙司夜的一些事情，她望着那两把靠在一起的椅子，皱眉思索起来。

难道自己看到的两个幻影是自己和龙司夜？

她隐隐觉得自己一直执念寻找的东西就是这两个幻影……

动听的笛声悠扬地在天地间回响，顾惜玖站在一株大树上，看着不远处临湖吹笛的白衣男子，有些出神。

白衣男子面目俊美无匹，飘然站在那里的时候，仿佛是遗世独立的鹤。

他的不远处就是无论多冷也不会结冰的大湖，湖水轻漾，拍打着点缀着白雪的湖岸，此情此景如同美丽画卷。

这画面很美，很赏心悦目，但顾惜玖眼前微花，那白衣男子忽然似穿着一身紫衣。

她心头一震！

那人似乎听到动静，回身抬头向她望来。

顾惜玖心中又是一颤！

眼前的人戴着狐眼抹额，黑发如瀑，微微一笑间似乎天地也失了色。

当然，这又是幻象，也不过是一眨眼间，那幻象就消失不见，她看到的是龙司夜。

龙司夜很讶然："惜玖！"

顾惜玖有些失望，跳到地上来："龙教官，你今日很闲啊。"

龙司夜双眸如深潭，微微笑道："我每天都很闲，所以，惜玖，你无论什么时候来我都很欢迎的。"

龙司夜干脆在大树下摆了一桌酒席来招待她。

顾惜玖和他对酌，龙司夜对她殷勤，她却没什么感觉，甚至那如影随形的孤独感也没有消散半点儿，莫名的失落感更重。

她不甘就这么放弃，对龙司夜吹笛子还是很感兴趣的，便请龙司夜再吹一曲。

龙司夜将笛子横在唇边，双眸如秋水横波："惜玖，我好久没听到你唱歌了，不如今日你唱一曲，我为你伴奏？"

顾惜玖倒也干脆，心情一直莫名不好，或许唱唱歌就能舒解心中块垒。

龙司夜这次吹奏的是两个人都熟悉的歌——凤凰传奇的《指间沙》。

笛声悠扬，歌声清脆，两个人这次的配合可以说很完美。

顾惜玖恍惚间觉得此情此景仿佛很熟悉，眼前再一花，她似乎看到湖水中半浮半沉着一位男子……

男子长发如帘幕，披散在水中，红衣如莲，浮荡在他身周，他在水中似乎也正看着她。

她明明看不到对方的眼神，甚至连面目也看不清，却奇异地感觉到对方的眼神有些悲凉。

她的心脏狠狠一跳！

身形一起，她忽然向着水中扑去！

她的速度不可谓不快，落入水中后她却扑了个空，湖中只有冰冷的湖水。

当然，湖水是抱不住的，她的怀中终究是一场空。

龙司夜被她突然的动作吓了一跳，看着在水中半浮半沉的她："惜玖？你没事吧？那湖里有什么？"

顾惜玖只觉心里空落落的，知道自己又产生幻觉了。

她摇了摇头："没有什么，我有些热，泡一下。"

她心里真有些火烧火燎的，莫名其妙地想哭……

她飞身上岸，身上的衣衫也随之变干爽。

她斜靠在椅子上，听着龙司夜吹笛子，总感觉这情景有些熟悉。

似乎在记忆最深处，她也曾陪伴在一个人身边，听那个人吹笛子……

她有些恍神，似乎看到一个紫色人影站在那里横笛吹奏，一个女子依靠在那紫衣人的后背上，双臂环绕着那紫衣人的腰，懒懒地听着。

"龙教官，你喜欢穿紫衣吗？"一曲终，顾惜玖忽然若有所思地问出这么一句话。

龙司夜怔了怔，微微摇头。他并不喜欢穿紫衣，潜意识中甚至有些反感这个颜色……

"惜玖，你喜欢我穿紫衣？"

她如果真的喜欢，那他就换一下穿衣品位，穿一下紫衣看看。

顾惜玖侧眸看了他片刻，摇头："不，你不适合穿紫衣！"

龙司夜："……"

这个话题不太适合再交流，顾惜玖思索了片刻，又想起一个问题："龙教官，你对上界的事知道得多不多？"

龙司夜蹙眉，微微摇头："不多。上界极为神秘，我听说咱们这大陆的人如果将灵力修炼到十阶，就能飞升去上界……"

顾惜玖不信："我的灵力已经十阶以上了，沐风他们也到十阶了，怎么没有飞升？”

龙司夜苦笑：“这个——你是圣尊啊，必须守护这个大陆，自然不能飞升。而沐风他们是圣尊的护卫，当然也不能飞升……或许这个大陆的普通人修炼到这个级别能飞升吧。”

顾惜玖垂眸思索片刻，忽然抬头：“龙教官，你现在的灵力到九阶了吧？”

龙司夜点头：“九阶多了。惜玖，还要多亏你炼的药。”

半年前，顾惜玖送给了他一颗用紫云禅菇炼制的丹药，他功力大增，半年内灵力就重新突破了九阶！而且这丹药也彻底改变了他的体质，让他修炼起来事半功倍，他现在修炼的时候，灵力增长速度比以前快多了！照这个趋势，或许他再修炼个十年二十年的，灵力就能突破十阶。

顾惜玖掌心中又托出一颗药：“再送你一颗！”

龙司夜看看那颗紫色的药丸，再看了看顾惜玖。

他自然知道这种药丸的珍稀程度不亚于王母的蟠桃，有再多钱也没地方买，顾惜玖却像送大白菜似的送他……

他心中感动不已：“惜玖，这种药太珍贵了，你还是留着，以后说不定有其他用处。”

顾惜玖摇头：“不必，我想让你快速将灵力升到十阶。”

龙司夜抬手珍重地将那药丸接到手里，心中还是很欢喜的。

“惜玖，我会努力修炼，守护在你身边！”龙司夜信誓旦旦地道。

顾惜玖却望着他若有所思道：“不必，我更想看到你飞升……”

龙司夜呼吸一窒：“什、什么？”

“我对那个上界很感兴趣，但找不到上去的通道，你飞升的话，或许会出现上去的通道。这样吧，你的灵力将要升十阶的时候，你及时联系我……”

龙司夜的俊脸黑了，心中不是一般失落，他顿了片刻，才道：“惜玖，你对上界似乎很有执念啊。其实上界或许还不如下界好，上界就是我们那个年代所说的天宫什么的，规矩多如牛毛，其实未必有多自在……”

顾惜玖垂眸不答。她确实对去上界有执念！

连她也不知道自己这执念到底从何而来，明明她对任何事、任何人都不感兴趣的……

她有些意兴阑珊起来，拍了拍龙司夜的肩膀：“记得，灵力要升十阶的时候通知我。”

她说罢一转身，直接不见了影子。

千里冰封，万里雪飘。

望长城内外，惟余莽莽；

大河上下，顿失滔滔。

…………

苍穹玉忧心忡忡地念诗词给顾惜玖听，最后道：“主人，您看，这世界已经冰封了一年了，这样下去不行啊！”

顾惜玖站在高空中，俯视着下面的一切。

这个世界仿佛到了冰河期，天天大雪飞舞、狂风呼啸，再没了春夏秋冬之分，天天都是冬季。

天上十天有九天是乌云密布，被冻得缩在棉衣里的人们几乎快忘了被太阳照耀是什么滋味。

冷！这个世界所有的地方都冷得要命！

天寒地冻的，自然也不长庄稼。

一年颗粒无收，三国的很多百姓开始挨饿——

官府倒也开始开仓放粮，勉强能应一下急。

但如果再这么下去的话，用不了三年，这大陆上的百姓有一半以上就要被冻死、饿死！

现在有些地方已经开始有饥民暴动……

“主人，您是圣尊，您的心情影响了这大陆的天气。这大陆的百姓都是您的子民，他们对您极为崇拜，您忍心看他们全部被冻死、饿死，让这世界变成末日？主人，您绝对不能再这样下去了！”苍穹玉苦口婆心地在她的脑海中刷屏。

顾惜玖微抿着薄唇，没说话，一双眼睛深得如黑夜似的。

这些日子苍穹玉没少在她脑海中叨咕这些话。

苍生无辜，她也不想这世界一直这么天寒地冻的，但她心中始终一片荒芜，如同雪海，就算想提起精神也提不起来。

她默了半天，才淡淡地道：“你想让我如何做？”

“高兴起来！开心起来！有人气起来。主人，这大陆需要一个有活力的圣尊。哪怕您生气落泪，也比这样一片死寂强……”

顾惜玖又顿了半晌才道：“本尊做不到！”

苍穹玉：“……”

它是真发愁了。

这样下去是绝对不行的，可是它该怎样让主人恢复活力？

说实话，它有些怀念帝拂衣做圣尊的日子。

那时这世界花红柳绿，就算偶尔有战乱的情况，那也是生气勃勃的。

而现在这世界像是要变成一个冰球。

苍穹玉忽然又在她的脑海中刷屏："主人，您要去上界也不是毫无办法，我有法子。"

顾惜玖浑身一震，垂眸看着它："什么法子？！"

苍穹玉道："其实这世界和上界是有一个通道的，只要找到那个通道，您就能凭自己的本事上去！"

"那通道在哪里？"

"在最南端，有树高可接天，树红如火，上则达上界……"

"这范围太广了！有没有具体方位？"

"这……主人，我知道的就这些……"

树冠红如火，所有的叶子都像一个个佛手印，看上去很有禅意。

树高万仞，高可摘星辰，直没入云层深处。

而此刻，顾惜玖就站在这树巅之上。

苍穹玉还是很佩服自家主人的，行事不是一般麻利，做事也不是一般干脆！

它和主人说了那番话后，主人立即就开始行动。

顾惜玖在这南极似的大陆上足足寻找了十几天，在忽然闪过的极光中发现了那棵大树的身影。

苍穹玉只觉眼前一花，光华灿烂，等它再反应过来的时候，顾惜玖已经站在一棵大树上！

那大树红如火，叶如佛手，高接云天，一眼压根看不到顶。

这正是那传说中的接天树！

主人果然找到这棵树了！

上界，我们来了！

已经羽化的凰茶会在上面吗？

（全文完）